昆嵛儿女

第一部

王振宇 著

作家出版社

图书在版编目（CIP）数据

昆崙儿女 / 王振宇 著.－－北京：作家出版社，2014.12
ISBN 978-7-5063-7760-7

Ⅰ.①昆…　Ⅱ.①王…　Ⅲ.①自传体小说－中国－当代
Ⅳ.①I247.5

中国版本图书馆CIP数据核字（2014）第310370号

昆崙儿女

作　　者：王振宇
责任编辑：王宝生　韩　星
装帧设计：刘红刚
出版发行：作家出版社
社　　址：北京农展馆南里10号　　　　　邮　　编：100125
电话传真：86-10-65930756（出版发行部）
　　　　　86-10-65004079（总编室）
　　　　　86-10-65015116（邮购部）
E-mail:zuojia@zuojia.net.cn
http://www.haozuojia.com（作家在线）
印　　刷：北京明月印务有限责任公司
成品尺寸：170×240
字　　数：680千
印　　张：36.25
版　　次：2014年12月第1版
印　　次：2014年12月第1次印刷
ISBN 978-7-5063-7760-7
定　　价：59.00元（全两册）

序言一

跋涉在长满庄稼的荒原

孙覆海

青翠的山水，满坡的米粮，但作为某些特定年代的胶东昆嵛山区，却是一片长满庄稼的荒原。王振宇的长篇小说《昆嵛儿女》，正是在这样一个广阔的历史场景中，用亦庄亦谐的笔触，向读者抖展开一幅上世纪60年代初到80年代初这20多年跨度中，处在历史变革中昆嵛儿女们生活的壮丽画卷，讲述了在这场变革中像《人生》中高加林那样一个向命运不屈抗争的动人故事。

如果我们把命运比作一条泛着清波的河流，那么，生活中的人就是漂在水面的浮萍，任由水流将他们带向任何一个去处。偏偏的，这"漂浮物"中就有一些不安分者，在命运之河中做了弄潮儿，大胆地挑战搏击，终于使命运改变了走向，使人生有了亮光。《昆嵛儿女》中的王振华，无疑就是这样一个优秀代表者。

作为小说的主人公王振华，出身封闭的山区寒门，又是自幼丧父，他和自己的父辈祖辈一样，从一降生到这个小山村，面对着的便是大山和黄土、贫穷与愚昧，经受着物质与精神的双重匮乏，以至于从孩提到弱冠，尚不知大山外面的世界是个什么样子，人烟辐辏、车马骈阗的县城又会是哪般的光景。在长满庄稼却是文化萎芜的荒原上，似乎于冥冥中，有一种什么样的力量如暗夜之星辰，如林莽之溪谷，在导引他、呼唤他、昭示他，使他从隐约投下的那抹亮色中，偷窥着朦胧而又神秘的"另一个世界"，向往着大山外面的精彩。越是如此，他越是不甘心于山沟里的困守，不甘于像他的同龄人王朝猴、金宝、金豆和小叶子等安于命运加给他们的一切，"面朝黄土，永远修理地球皮"。由此，心里便埋下一颗倔强的种子：走出去。

"走出去"，这是《人生》中高加林的追求，是《平凡的世界》中孙少安、孙少平们的愿望。在这些"追求"和"愿望"中，我们甚至还能看到《家》中觉慧、《青春之歌》中林道静们的影子，听到《红楼梦》里宝玉、《家庭与世界》里碧莫拉们的呐喊。虽然，这些追求和愿望，这些背影和呐喊，不属于同一个时代，也不属于同一个国度，但却都有一个本质的共性：如蝉蛇之蜕一样，不甘于命运的摆布，在不屈中甩脱应该甩脱的，在抗争里实现应该实现的。

那么，仅仅凭着有追求和愿望就能"走出去"吗？随着小说故事的展开，我们看到我们的主人公王振华，在土屋草房之中，在那盏自制的煤油灯下，用读书填充着一个又一个空虚而又孤寂的山村之夜，用写字作画编织着多彩之梦的美丽花环。在文化荒芜的年代，学校里发的课本不够读，除了"红宝书"，其他书籍少而又少，这让童稚的振华有一种干渴的焦灼。于是，我们看到了这样一幕有趣的场景：月晦星暗之际，他和小朋友翻墙越窗，爬进图书室里偷书，怀里抱着一摞书，心却在"咚咚"地跳。就是这"偷"来的书，拴了他的心，勾了他的魂，他在知识的珍馐中享受着快意的饕餮，在文化的美馔里品咂着隽永的回味……书籍，即是投在暗夜里的那抹亮色；苦读，则是在长满庄稼荒原上艰难的跋涉。

我们站在时间的高坡上回望，书中那个苦行僧一般的跋涉者，用一本又一本的书，当作自己的脚印，用思索与联想连缀成弯弯曲曲的足迹。人，虽然筚路蓝缕，但因读书而质美气华，小小的山村，也因为飘着书香显得分外美丽。荒原上的跋涉，正如压在大青石板下面的小草，也许，她不能把上面的石板顶翻，但却向着洒进阳光的外面，向着吹来春风、带来雨露的外面，欢欢势势地长着，义无反顾地长着，这种生长的力量就是生命的力量，什么也阻挡不住。因此，这个大山中的孩子，终于走了出来。

王振华经历的时代，是一个激荡人心的时代，也是一个愚昧而又容易自我沉湎和陶醉的时代。在这个时代里，稗莠未必长不过良谷，暗昧也容易被视为光明。因此他的成功便烙上了更为鲜明的时代印记，便具有了更加不同的意义，我们甚至可以这样说，王振华的身上浓缩着的是一个时代，因为每一位从那个时代走过来的人，都会清泉顾怜一般照见自己的影子。尤其是民族中那一群优秀的奋斗者，不管他身处白山黑水还是黄土高坡，也不管他是家居椰乡荔寨还是烟雨迷濛的江南，只要他跋涉过，就不难在这一文学形象中找到自己曾经亮丽过的无悔青春。

那个时代的王振华，未必只属于那个时代。合上《昆崙儿女》最后一页时，我想，那种在文化荒原上苦苦跋涉的精神，应该就是我们人类最需要也是最坚韧的精神。一个人只要有了这种精神，何愁好梦而不成？一个民族有了这种精神，又怎怕华夏之不兴？唯此，这种精神也属于未来。

2014年9月13日于青岛

（孙覆海，《工人日报》山东记者站站长、作家）

序言二

胶东儿女新画卷

耿建华

　　这是一部构思宏大的长篇小说。计划写成三部曲，从一个家庭反映出从上世纪60年代至今的社会变化，是一部继《苦菜花》之后的又一部反映胶东人民生活与奋斗的新画卷。现在已经完成的是第一、第二部。第一部主要反映从1964年至1982年的社会生活和主人公的成长历程。其中重现了60年代生活困难、农业学大寨、"文化大革命"、粉碎"四人帮"、恢复高考、进入新时期等历史背景，描写了主人公从童年到大学毕业的成长历程。第二部则以书信体为主要形式描写出主人公一段曲折的爱情生活，表现了主人公丰富的内心情感和新时期初期人们的精神面貌。

　　这部长篇小说真实记录了胶东地区的社会生活，是一幅带有浓厚民俗意味的社会画卷。书中写到当时农村年终工分决算情况："那时候，昆嵛村一个劳动日价值五角钱左右，扣去分配的粮食款，一个整劳力，干一年活，能分配到100元左右。"写到盖房子，作者也有一笔账："在1970年左右，盖一幢四间的瓦房起码需要1000元。而当时一个10分的整劳力，在年终决分时，也只能分到100元左右，也就是说，需要十年的积累，才能盖得起一栋房子。"这笔钱是不吃不喝才能积累起来的。书中写到主人公王振华在"文革"中参加的三次"革命"：一次是班级里斗争一个十几岁的地主儿子；第二次是参加诉苦大会，"站在主席台前凳子上挨批斗的'地富反坏右'分子中，有一个富农是振华所在的四队的一个年逾古稀的老头，在凳子上弯腰低头几个小时，体力不支，眼前一黑，摔下了凳子，由家里人把他抬回去了，不几天就去世了"；第三次是破除旧风俗，反对婚丧嫁娶"大操大办"的。这些文字都真实记录了时代生活。

　　作者还在书中描写了胶东地区的劳动生活，比如"拆炕"："在春天，胶东地区有拆炕的习惯。拆炕的时候，一般炕沿不拆，这是固定的。振华家的炕沿还是水泥抹平的，很好看。拆下的被烟熏火燎了一两年的'坯'，就成了上好的农家肥。"再如礤地瓜干："晒地瓜干的时候，振华用小车把地瓜推到河套里，再带上几个篓子、礤床、小凳子。这种礤床是专门用来礤地瓜的。在木板的中间，挖一个方孔，斜着装上一个金属刀片，'嚓！嚓！嚓！'那地瓜就被加工成一片一片的了。"书中还写了修大寨田的情形："整大寨田可是个要命的活，先要把地表的熟土挖走，再按照修大寨田的要求，挖石头砌地堰，还要整的能浇水，也没有推土机，全是小车推，挖高填低，把地整得差不多了，再把熟土压上一层。"书中的这些描写让一个真实的胶东展现在读者眼前，是用文学的方法记录下的历史。

小说是以塑造人物为核心的。这部长篇塑造出胶东地区的人物群像。尤其是主人公王振华更刻画得真实，清纯质朴，有血有肉，当然也有很多缺点，使人产生联想，这是千千万万有着相同经历的人的缩影。他像《平凡的世界》中的主人公孙少平一样，与苦难的命运抗争，是个从艰苦农村走向城市的有志青年。不同的是，孙少平没有考上大学而外出打工，而王振华经过刻苦努力考进了大学。王振华出生在胶东半岛中部昆崙山下的农村里，七岁时父亲就不幸去世，母亲拉扯着七个孩子艰难度日。他的童年生活艰苦而又快乐。他在贫瘠的山村里和小伙伴建立起自己的乐园。他一边参加生产队里的劳动，一边和小伙伴捕鱼捉虾，在山区这个动物乐园里尽情玩耍。他求知欲旺盛，为了有书可读，他曾有两次偷书的经历。他年轻时立了四个奋斗目标：一是考上大学；二是不求仕途，最多当个处长；三是有一套楼房住；四是能有自己写的一本书。这四个目标逐一实现了。他的求学之路很艰苦。书中这样描写他的小学教室："教室中间生着一个炉子取暖，地上用石头或砖头垒起两个垛，上面放上一整块把大树锯开的长木板，约有七八排，每个学生都自带一个小木板凳，大家就坐在板子的后面，在这板子上学习写字，前面有一块黑板，供老师讲课用。"他甚至大冬天赤着患冻疮的脚，趿拉着单鞋一瘸一拐地踏雪去上学。

他一边上学，一边还要干着家里的农活，帮大人挣工分。也去山上捡蘑菇、拾榛子。上初中时他开始文学启蒙，偷着看"文革"中被禁的书，如《家》《野火春风斗古城》《西游记》《三国演义》等，还作了不少读书笔记。上高中时，"批林批孔"印发的供批判用的《三字经》《神童诗》也让他如获至宝。没钱买书，他就和小伙伴去学校图书室偷了《金光大道》《共产党宣言》来读。由于害怕学校报案，引来警察——这也着实让他受了惊吓，所以以后再也不敢偷书了。他自学哲学，对《农业基础知识》《果树栽培技术》尤其用心，他认为这是在农村安身立命的学问，他对观测天象极有兴趣，自费购买了一本"天书"，一直保存了几十年。这些情节都展现了王振华是聪明好学的有为青年。

振华在动乱年代里能健康成长，母亲的影响很大，也有身边的叔叔、姐姐和朋友，都使他有一个好的环境。他没有被动乱扭曲了心灵。他善良、坚强，看到"文革"中被批斗的孩子和老人，他都深深地同情。高中毕业后，他成了回乡知青，成了山村里的读书人。他自己装了收音机，收听新闻，学唱样板戏。他给自己画的《松柏丹鹤图》配诗："高鸣常向月，善舞不迎人。"表现出不同流俗的精神。听到恢复高考的消息，他"每天晚上复习到十点钟，凌晨三点再起来学习，太阳快出来时，还要跟着生产队的社员一起干早朝，干一个来小时的活，再吃早饭，然后接着干上午的活。"1977年年底他参加了高考，并如愿以偿地被全国重点大学录取。考上了大学，彻底改变了振华命运的轨迹。七七级学生一考十年，年龄差距很大，有的孩子上初中，爸爸上大学，学生的基础也是参差不齐。振华入学后，就立下了大学不毕业坚决不找对象的决心，全力以赴地投入到学习当中，成了班级最刻苦的学生，由入学时基础较差到以优秀的成绩毕业，当然他也度过了充满情趣的假期这人生最快乐的时光。

小说的第二部写王振华大学毕业分配到钢铁厂工作后的婚姻恋爱生活。着力揭示他的精神世界和情感世界。他给自己定下做人的准则："努力做一个不谋私利的、脱离了低级趣味的、正直的、有修养的人。"他把自己的思考列出了七条。他认为："一个人只要不谋私利，心底无私天地宽，壁立千仞，无欲则刚。生活作风专一，言辞谨慎，与人为善，他的一生就不会有大的问题。"表现出一个刚参加工作的大学生清洁的精神世界。工作安定后，个人婚姻提上了日程，在姑妈牵线后他和军校应届毕业生徐静开始了恋爱。他们不在一地，只好通过书信往来。他们的恋爱一波三折。他们在通信中谈工作、聊人生，诉情感。不断加深着两人情感。称呼也由最初的"徐静同学"变为"徐静"、"思念的徐静"、"远方的徐静"、"亲爱的静妹妹"、"亲爱的静"。在这场恋爱中，王振华表现得热烈奔放、活力四射，而女方则相对矜持。两个相爱的人终于在徐静军校毕业后在济南见了面。他们在大明湖泛舟，在趵突泉观澜，在体育馆听音乐会，在千佛山观齐烟九点。随后他们又一起到烟台、游蓬莱、登昆嵛山，关系发展得很快，也得到了双方老人的认可。然而两个人最终却没走到一起。由于在济南火车站一件突发的意外，王振华激情浪漫的列车和现实谨慎的徐静号走向了分手的两股道。在这一部中作者极力展示了王振华的文学才华。他的情书写得热情似火，文采飞扬。恋爱中的振华成了出口成章、即兴吟诗的才子。他是全身心地投入了爱，但徐静却考虑很多现实问题，并始终不能忘却她的初恋情人，对爱有所保留。在两人分手后，振华由爱生怨，写出一封封讨伐的战书。他信的落款也变成了"复仇天使"。这一部对王振华情感世界的揭示丰富了人物形象，使其更加血肉饱满。

这两部小说的语言朴实无华，幽默风趣，畅晓易读。第一部基本按故事发展自然成文，叙述了主人公的成长史；第二部主要用书信体，是为了更好地揭示人物的情感世界和内心活动，而且由于诗词的加入增强了文学的感情色彩。这是作者用心血描写的自己熟悉的生活，带着青草的芳香，散发着泥土的味道，情节生动感人，引人入胜，洋溢着不屈向上的昂扬正能量，给这个浮躁的社会吹来了探求真善美的清风，提供了为实现自己人生价值和梦想的一个范本。

我们期待着《昆嵛儿女》第三部能早日与读者见面。

2014年9月3日于泉城

（耿建华，山东大学文学与新闻传播学院教授、

山东省当代文学研究会副会长、山东诗词学会副会长）

目　录

第 二 部

引 子

王振华先生是我们的好朋友，其实在我们记者站人的心里，他是我们这个集体中的一员，是我们的家人。

王先生是人民公仆，更是大文豪，他著书立说，泼墨挥毫，在国文（汉语言文学）、国画（美术评论）、国书（书法）、国粹（京剧）、国棋（中国象棋）、国球（乒乓球）等领域都大有造诣。

王先生是工学学士，兼职教授，深知"钢铁是怎样炼成的"，但他又钟情于文学艺术，著述颇丰，是文理兼通的奇才。

王先生思维敏捷，独持偏见，不管干什么事都能于平凡中有创新，"于无声处听惊雷"，令人刮目相看，颇生高山仰止之慨。

王先生的京剧演唱能感染不喜欢京剧的人，不仅精于"马、谭、李、杨"诸流派老生演唱艺术，他还创作了许多"王派"唱腔，令人叹为听止；他激情澎湃的演讲能使"昏昏欲睡"的会场立刻生机盎然；他的书法刚中见柔，隶书篆意，自成一家，是很多人竞相收藏的墨宝。

王先生喜欢运动，能文能武，文下象棋，武打乒乓。他和我们站长（国手级）下象棋，一开始屡战屡败，但他屡败屡战，现已互有胜负，大有平分秋色之势。他练就了一手发球绝技，上旋、下旋、吊角、溜边，让人防不胜防，在高手云集的国球比赛中，他仅凭多变的发球及削球反攻，就能轻松幽默地战胜强敌。

王先生为人豪爽，乐观通达，风趣幽默，每次他来到记者站，都会带来串串开心响亮的笑声。他爱搞笑，爱用夸张滑稽的言辞描述当今社会现象，听者既能知其事，又能悦其心，他还时常文白（文言、白话）兼用、情理（表情、道理）互动，既能令人捧腹，又耐人寻味。

王先生的笑声非常特别，听见他的笑声，即使你此时伤心欲绝也会破涕为笑，我若有曹雪芹的文笔，必能将这具有拯救生命效果的笑声压过王熙凤的……与这样一位正直、善良、才学过人的贤哲在一起，差不多就笑口常开、长命百岁了吧。

我们都非常感谢王先生带给我们的快乐和给予我们的帮助，很庆幸有这样一位亲人。

这篇令人喷饭、笑掉大齿的妙文，是一位在中央大报驻鲁记者站实习的女大学生的大作。文中的土先生，就是本书的主人公。依笔者愚见，他既不是什么奇才，也算不上什么贤哲，而是一个极普通的人。他在山村长大，种过地，做过工，上过大学，当过乡长，在机关工作多年，履历平平，不足挂齿。

王先生当年曾经为自己树立了四个人生奋斗目标：

一、他高中毕业回乡务农，两年后恢复高考，发誓要考上大学。

二、当他大学毕业在钢铁厂炼铁时，他的初恋情人激励他要在仕途上大有作为，他无奈地表示：我这个人不适合当官，估计最多能当个处长。

三、当他与第二个恋人结婚时，蜷缩在棚户区暂借的一间斗室里，不仅"三不通"，就是上WC也要跑出去一百多米。夜晚他和妻子轧马路，仰望着马路两侧闪烁着灯火的住宅楼，对妻子叹道：咱们要是能有一套楼房住多好啊！

四、王先生是个爱读书的人，面对着新华书店、图书馆内浩如烟海的书籍，他想：在这书海之中，能有我的一本书足矣。

从王先生这四个人生奋斗目标来看，他也的确是个胸无大志的人。倘壮志凌云，则四个奋斗目标起码应当是：

一、在学历上，北大或清华毕业后，要拿到哈佛或剑桥、牛津的双博士学位，再整两年博士后。

二、在仕途上飞黄腾达，当不上联合国秘书长，当个总统、总理也可以，最次也要弄个部长、省长干干。

三、在生活上，行则宝马香车、私人波音飞机，食则燕窝鱼翅熊掌，住则风景名胜区高档别墅。

四、要著书立说，就要站在托尔斯泰、高尔基、曹雪芹、鲁迅的肩膀上，著作两身，名扬宇宙。

这四个目标确实远大，可惜普通人做不到，如果能做到一个，也就可能成为伟人了。而王先生的四个目标，也不能说是很渺小，一般人经过努力是完全可以实现的。

弹指一挥间，白驹已过隙。半个多世纪过去，王先生已过知天命之年，他的这四个人生奋斗目标，已经全部实现了吗？

如果您是一位还在"修理地球皮"的小伙子，或是"农民工"，或是在校的莘莘学子，或是走出大学校门还没有高就的青年，或是在工矿企业当"领导阶级"的主人翁，或是一位尚在寒窗下默默笔耕的文学爱好者，或是一位不愿"忘记了过去，就意味着背叛"的不惑之人，想了解一下这位曾处在社会最底层的面向黄土背朝天的庄稼巴子，是怎样向往美好的生活，憧憬甜蜜的爱情，与悲惨的命运抗争，在崎岖的充满险恶的人生道路上，顽强拼搏，坚忍不拔，不懈追求，努力实现自己的人生梦想，那么，就请您耐心地看看这本书吧。

如果您也不满自己的处境，渴望靠个人的奋斗改变命运，实现自己的人生梦想，则以书为鉴，扬其糟粕，取其精华，或许不无裨益，也许还会得到许多意外的收获呢！

第一章 童 年

七个孤儿

在胶东半岛的中部，文登、牟平、乳山的交界处，耸立着一座高山——昆嵛山。

在昆嵛山的东麓，有一个山村——昆嵛村，1958年隶属于文登县昆嵛人民公社（后改为界石人民公社，1983年改为界石镇）。这是一个有着500多户人家的大村庄，村南有两条小河在这里交汇，合流后逶迤东去，流入老母猪河，向南窜入大海。

1964年6月初的一天傍晚，七岁的王振华和小伙伴们到村南的地里挖野菜，刚回到家里，大哥振源便把他拉到桌子前，喝令："磕头！"小振华也不懂得什么事，倔强地不愿磕头，大哥不由分说，把他按在桌前的蒲团上，"咚！咚！咚！"磕了三个响头。

小振华爬起来，揉着额头，仰头向桌子上一看，上面放着一个长方形的非常漂亮的漆黑的盒子，盒子中间镶嵌着一张照片，他踮起脚来仔细一看，这不是爹的像吗？

振华对父亲印象不深。父亲在省城济南工作，很少回家来，他只记得挨过父亲一顿打。那是因为振华在灶房间的草堆旁，划洋火要把这堆草点着了，恰巧被回家来的父亲发现了，屁股上挨了几巴掌，打得长了记性，再也不敢在家里玩火了。

尽管磕了几个头，小振华也不晓得发生了什么重大事情，不明白自己从此就没有了爸爸。在农村，人死了，都是用棺材土葬，直到若干年后，才推行火葬，也才有了骨灰盒。

这是一个上有老、下有小的大家庭。上有70多岁的婆婆，下有七个孩子，四个男孩，三个女孩，一下子全成了孤儿。大哥振源19岁，是应届高中毕业生；二哥振业，因为家里没人干活，小学毕业后，就回家务农，没有再考学；三哥振刚、大姐振萍都在上初中；小姐振美在村里小学校里读书；最小的妹妹振雁才两岁。

这样一个大家庭，失去了家里的顶梁柱，日子怎么过呢？对于一个柔弱的母亲来说，将承担起怎样的生活重担啊！

母亲由于过度悲伤和到济南料理丧事的旅途劳累，在炕头上迷糊地躺着。婆婆哄着最小的孙女守在一旁，神色哀伤。

唉！一门孤寡，愁煞人也！

大家庭中的小媳妇

母亲13岁时，就有人到姥姥家"下价"，也就是定亲。姥爷几代单传，决心把女儿嫁到人丁兴旺的家庭，打听到南边相隔不很远的昆嵛村王家，人丁十分兴旺，就有意结亲。来"下价"的人送来了下价礼：一双鞋、两双袜子、八块银元。小姑娘也知道这是给她定亲，很害羞地躲在门后边偷着瞧人家呢！

母亲的娘家是牟平县龙泉公社潘格庄，在昆嵛村北边约15华里。姥爷能缫丝，在烟台的缫丝厂做过工，后因病去世。姥姥是个小脚家庭妇女，有一个儿子、两个女儿。舅舅是个手艺人，他会做鞋、修鞋。姨妈很小的时候，在解放战争时期，就积极参加妇救会活动，上识字班，后来为了逃婚，就和几个相好的姊妹一起参军了，成了解放军某部医院的一名护士。

因受姥爷影响，母亲也学会了缫丝，后来就到殿后丝厂做工，不到19岁就嫁到了王家。

在昆嵛村，王家是一个最大的家族，可谓大户人家。曾祖父有四个儿子，而这四个儿子，每个又生育有四个儿子，真是人丁兴旺，令人赞叹哪！

在村子中间地段，曾祖父建了从南向北连在一起的四套住宅院落，每套住宅都是六间正房、东西各四间厢房。这些房屋，窗户以下全是方石砌成，上半部由青砖砌成，是全村最好的房子。

四个院落各有用途，最北边的院落是客栈；第二个院落是曾祖父及家人的住房；第三个院落是大伙房，主要在这里做饭，很多人来吃饭；最南边的院落供奉着祖宗神位及德仁堂。根据不同的用途，四个院落的结构也各不相同。

最南边一排房屋的建筑最讲究，高高的石阶，拱形大门的过道，非常气派。这里悬挂着"德仁堂"的黑底金字牌匾，是德仁堂"办公"的地方。在这里接待客人，账房也设在这里。这一排房子的窗户都是双层的，外层可开合，既可遮阳也能挡雨。室内陈设都是明式红木家具，椅子上铺着丝绸软垫，靠墙还摆放着书架，陈列着一些古典线装书籍。这个院落的北屋，供奉着祖宗的神位。

德仁堂在当地很有名望，开设有酒坊、银匠铺、粉房、药房等分号。德仁堂主人也是德高望重，远村近邻有事也多找他协商解决。东边邻村蒋家疃有户人家，生有一子叫王凯，生活自理能力很差，其父病逝前，就把他儿子托付德仁堂主人抚养，同时还带过来40亩地；这王凯就是在德仁堂善终的。

天下大势，分久必合，合久必分，盛极必衰，否极泰来。德仁堂由于一场官司败诉而迅速败落了，不仅各字号赔了个精光，就是已抽穗的大片大片的麦田也廉价卖掉赔钱。曾祖父郁愤在胸，一病不起，临终前给四个儿子分了家，各自过活。四个儿子一家一个院落，三儿子住最南边的院落，大儿子住南边第二个院落，二儿子住南边第三个院落，四儿子住最北边的院落。最南边的院落大门向南，其余三套住宅的大门均向东开，在东厢房南边的一间砌有砖拱大门，门外的墙上还有几个很美观的石雕拴马吊。

王廷英是曾祖父的大儿子，也就是王振华的爷爷。他是个知书达理的开明人，闲时喜欢看看《三国演义》《水浒传》，一个人边看边笑，自得其乐。祖父字也写得很好，是远近闻名的书法家，乡村里很多牌匾都出自他的手笔，也替人写过不少碑文，尤其是他在迎门的照壁上写的很大的"福"和"寿"字，极尽奇思妙想，非常好看，艺术性很高。爷爷人品好，威望高，当别人遇到难事时，都找他商讨，邻里之间、家庭内部的纠纷也请他调解，还经常请他主持分家。

婆婆出身秀才家庭，父亲开过私塾，女儿也就跟着学《三字经》《百家姓》《千字文》，读四书五经，所以文化素养远超过一般妇女。婚后子女成群，她也经常教导孩子们如何做人："在家靠父母，出门靠朋友""人敬你一尺，你要敬人一丈""要知恩图报，绝不要做亏心事"。奶奶不但有学问，而且心灵手巧，是一位剪纸高手，天上飞的、地上跑的、水里游的，凡能看到的动物，都能剪得惟妙惟肖。鲤鱼跳龙门、"喜上眉梢"、小老鼠上灯台、老鼠娶亲，尤其逗人喜爱。剪出来的各种花鸟，春节期间贴在窗户纸上，屋外冰天雪地，坐在炕头上瞅着窗户上百花盛开，令人心旷神怡，给劳累了一年的亲人们带来心灵的喜悦和快慰。

她是大儿媳，吃苦耐劳，孝敬老人，样样起带头作用，妯娌们都敬重她。而且婆婆和善宽容，对她的几个儿媳妇也都很疼爱，像推磨轧碾等苦活、累活，她都抢着干。所以，儿媳妇们对她也很尊重。

爷爷慈眉善目，长须飘拂，相貌清秀，气质儒雅；婆婆长相俊美，待人和善，知书达礼，大家风范。爷爷、婆婆良种沃土，育有四男四女，振华的爸爸王常友，字益三，在兄弟中排行老三。

家道衰落后，生活极其困难，吃了上顿没下顿。爷爷在家种着剩下的几亩薄地。大儿子王常庆，也就是振华的大伯（胶东称大爷），出去跑买卖，每天天不亮就推着小车去南边30里外的葛家集上买白菜。第二天一大早再推到北边十几里地的龙泉汤卖，赚一点钱，再买些生地瓜干回来大家吃。好的地瓜干煮熟后发甜，还好吃，但是价格高。地瓜干若是淋了雨，发了霉，就不是个味儿，难以下咽，但是价格便宜，大爷就只能拣那有霉点的地瓜干买。过春节也吃不上饺子了，仅能吃一顿杂和面的面条，更不用想过年要穿新衣服了。解放前，大爷携家带口到了烟台，为著名的商号"瑞蚨祥"拉水，由农民蜕变为工人。

二大爷王常寿，富有多方面的才华，能写会画，尤精书法，吹拉弹唱，样样来得，又颇好交际，朋友不少，但不是个种地的料。解放前教过小学，后来到烟台财政局工作，再调市人民银行工作。

叔叔王常仁是个积极分子，担任昆嵛村青救会长，工作开展得风生水起，有声有色，加上小伙子又长得很帅，很受姑娘们的崇拜和追求。解放战争期间，他在组织的安排下，投身革命，参加了东北民主联军。家里人一开始还不知道他干啥去了，来信后才知道他参军走了。辽沈战役之后，又随四野林彪的部队转战关内，已经升为营职干部，但在执行一项特殊任务时，不幸遇难。

大姑皮肤白皙，性格开朗，嫁给了昆嵛村东南约十里路的小产村一位教员倪德宽，他经常读一些进步书籍，参加了革命斗争，成为地下共产党员。为了支援革命事业，他将自家的财产都变卖了，大姑就住在低矮的草屋里，进出都不方便。大姑夫1935年被敌人杀害，年仅35岁。在文登的几座烈士纪念碑上都刻着他的名字。他的儿子倪桃在解放后还专门从嘉兴回家乡为其父的墓地立了碑。

大姑夫牺牲后，大姑带着孤儿艰难过活。到了庄稼下种的时候，爷爷就赶着牲口，到小产村帮着把地种上。直到解放后，大姑再醮到小产村南边不远的南截山村。

二姑王常敏，在抗战胜利后，才有机会上学。在学校里，也是一位积极分子，很受老师器重，在老师的指引下，于1946年参军，先是到莱阳加入山东省军区，1947年入党，后一直在华东野战军的野战医院工作，随着部队南征北战，开封战役、睢杞战役、济南战役、淮海战役，救助了无数的伤病员。1949年年初，淮海战役胜利结束后，华东野战军改为第三野战军，随着领袖"将革命进行到底"的号令，第三野战军横渡长江，"打到南京去，解放全中国！"一直打到福建。新中国成立后，在福建海军基地的海军独立警卫团卫生部门工作，并于1950年结婚，调到上海；姑夫王忠臣是一位海军青年军官，驻军在上海。

此时，三姑王常晔正在老家受苦受难，家里地里的活都要干，一个小姑娘连双像样的鞋都没有，穿着猪皮缝的"绑"，里边塞上稻草，到山上打柴。穿这种"绑"，好处是暖和，在雪地上走也不滑，可是一个小姑娘脚上套着猪皮，也实在不雅观。

爷爷心疼得慌，就写信给在上海当兵的二闺女，看能不能把你妹妹也带出去？二姑就和部队领导汇报了此事。由于二姑工作表现非常出色，领导也给面子，再加上新中国成立之初，百业待兴，正是用人之际，领导说行，让她来吧，先上几年部队的学校。

好！三姑娘有了出路，可是从胶东半岛到大上海却也千里迢迢，这路费也不是小数。家里除了一匹耕地的毛驴，再也没有什么值钱的东西了！向人借？不但脸面拉不下来，而且经历了数年的战争和支前，谁有钱哪?! 爷爷辗转反侧，夜不成眠，一咬牙，把毛驴卖了吧! 这才凑齐了三闺女去上海的路费。还剩一点钱，为三闺女置办了一套新衣服、运动鞋，这要参加工作了，怎么也不能穿着猪皮"绑"到大上海吧!

1951年春，爷爷把三姑娘送上了旅途。三姑到了上海后，进了华东海军后勤干校，学习会计专业。入校不久，北京海军总部到学校挑选幼儿园教师。三姑五官端正，一双漂亮的大眼睛，性格又活泼，被挑选上了，到了北京海军七一幼儿园当教师。

不知这次挑选青年女教师，有没有为海军总部的青年军官们找对象之意，反正这批女青年到北京后，不几年，大都成了海军军官的媳妇。

还剩下一个小姑王常丽，在家里帮助操持家务。1947年10月底，胶东地区全部解放，小姑才上了学，她不仅学习好，而且字写得也漂亮。小学毕业了，怎么办? 爷爷又动开了脑筋。二姑娘已经把大妹妹接走了，不能再找她了。又想起了已到沈阳的二弟，也就是振华的三爷王廷豪。三爷的儿子王珍，建国后在沈阳市工作，转业时任团长，现担任着外贸系统领导职务。爷爷就给他二弟写信，请他和王珍商量，看能不能把小闺女常丽弄到沈阳参加工作。尽管王珍伯伯不愿多管闲事，但严父之命也不得不办，就把常丽安排在沈阳的医院里做清洁工。医院里的清洁工作，既脏又累，尤其是医院里经常死人，也没有电梯，就要由清洁工把死尸从楼上背下来，送到太平间里去，就是一个大老爷们可能也害怕，也不愿意干，更别说一个小姑娘了。常丽受不了，就去求王珍哥哥，看能不能换换工作。王珍哥哥脸一耷拉，说："能把你弄出来参加了工作，已经很不容易了。你能干，你就继续干，你不能干，你就回老家种地去吧!"

常丽一看没了退路，回家种地? 鬼才回去了! 就是为了不种地，不吃地瓜干，才跑出来的，这清洁工再苦再累，也是领工资、吃国家粮的，也比种地日晒雨淋的要好得多。就那些死人，反正他们也活不了了，还能吃了我不成! 没什么可怕的，背就背! 常丽一咬牙，好! 我就干个样儿你看看! 从此，一心扑在工作上，不怕脏不怕累，工作很出色，尤其是她的一笔字，写得很漂亮。组织上看她工作又好，字又写得好，就把她调到了医院人事科工作，这也让她哥哥王珍刮目相看，从此对他这个妹妹格外青睐，感情一直非常好。

振华的大爷到烟台工作后，他在福来里的家就成了个中转站，从昆嵛村出来的人，都要在这里落落脚，回来的人也要到家里打打尖。大爷为瑞蚨祥拉水，后来又为几个单位拉水，但收入并不高，有几个孩子要养活，生活也是艰难的。但对老家来的人，总是热情款待，就是没有酒菜，地瓜干总能吃饱。王珍在他家里也来往多次，这一次王珍和他媳妇及父亲等一行人赴沈阳工作，大伯就对他说："你到沈阳安顿下来后，看看能不能把我这个大儿子振亭接过去，不管是继续读书还是工作都行啊。他也小学毕业了，我在这里是个工人，又没有什么关系，没法给他找工作，你帮帮忙吧。"

忠厚老实的大哥哥相托，弟弟不能推辞，到沈阳后，王珍就把振亭接了过来，好在振亭也争气，考进了沈阳市粮食学校，毕业后就参加了工作。

爷爷、婆婆的四双儿女，四个女儿都离开了家门，或出嫁、或参军、或参加了工作；四个儿子中，小儿子已去世，大儿子、二儿子都到了烟台谋生，家里只剩下了一个三儿子常友，父母心里无论如何也舍不得再让三儿子离家而去了。

常友生于1924年，1944年参加工作，人虽年轻，但颇有才干，多智谋，待人和善，在村供销合作社管理财务，能同时用两只手打算盘，工作能力很强。村里的或村外的老百姓都可以入股供销社，使供销合作社的规模不断扩大，产品还出口苏联，影响也越来越大。

新中国成立后，供销社把常友调到了昆嵛山西北的殿后丝厂工作，他在厂里主要负责对外业务，经常到省供销社运送产品或结算账目。省供销社发现了这个难得的人才，于1956年直接把他调到了省供销合作社，在棉麻处（后改为省棉麻公司）工作。爱子虽然是到省城工作，但四个儿子、四个女儿，出嫁的出嫁，参加工作的参加工作，身边一个也没留下，爷爷、婆婆心里既高兴，又难过。因操劳过度，爷爷于1959年就病故了，享年72岁。

母亲十几岁时，就跟姥爷学会了缫丝技术，到昆嵛村西北约十几里路的殿后丝厂做工。母亲皮肤白皙，面庞清秀，虽然个头不高，但工作效率高，性格活泼，又好脾气，还是工会活动积极分子，积极参加识字班和各种活动，受到厂领导和工友们的交口称赞。

母亲在这个厂工作了十年。婚后，孩子两年一个地接着生，她一边工作，一边还要哺乳，非常辛苦。孩子断奶后，就送回昆嵛村，由奶奶照看。小振华断奶后，母亲又把他送了回来，这回婆婆照看不过来了，死活不让母亲再回厂工作了，再加上爷爷年迈多病，也需要人照顾。在父亲百般劝说下，母亲无奈地辞了职，离开了工作多年的工厂，告别了朝夕相处的姐妹们，回家当上了全职儿媳和母亲。

1964年5月底，省供销社在济南召开会议，一项重要内容就是传达贯彻在张家口召开的全国棉花会议精神，山东只有父亲一人去参加了会议，会议上也主要由他来传达会议精神。5月29日晚饭后，作为会议的组织者，父亲还到各房间看望了会议代表。30日晚，会议组织代表观看文艺演出，明天就要散会了，父亲主动要求住会值班。

5月31日早晨，父亲没有去吃早饭，大家也没有见到他，都感觉很奇怪，敲门也没有声音，只好把房门硬打开了，看到他还睡在床上，叫也叫不醒，这才发现，他已经仙逝了，年仅41岁，可谓英年早逝。

父亲原说6月初要回一趟老家，也买了一些给老人和孩子的东西，准备散了会就回家的。母亲正在家里高兴地盼望着，不料人没盼回来，却来了一封电报，带来了噩耗。

此时，大哥振源正在文登县城上高中，惊悉噩耗马上赶回了家，与母亲商定，坐汽车到烟台后，请在烟台工作的二大爷一起坐火车去济南，办理后事。二大爷在城市工作，见多识广，也有所依靠。

在济南站下火车后，坐上了省供销社派来接站的车。在赴追悼会场的途中，这位司机师傅说："常友同志不幸逝世，我们大家都很悲痛。常友是个好同志，我跟他出过三次差，不管对我，还是对下面的同志，都非常好，工作水平也很高。我们处的张副处长，这几天都吃不下饭，就是哭啊！"

张副处长是生产管理处的一个女同志，常友是该处生产管理科的副科长，他们是一个党支部的，都是支部委员。

母亲与父亲同岁，又在工厂工作多年，是个识大体的人。在追悼会上，省供销社的领导劝她别哭了，她就不哭了。振源还记得，领导在宣读悼词时，是称王常友烈士因公殉职的：

王常友同志于1944年参加工作，1946年2月入党，1956年调省供销合作社工作，1964年5月31日在会议上值夜班，不幸病故。王常友烈士因公殉职，我们大家心情都很沉痛。他在来省将近十年的工作期间，历任科员、副科长职务。王常友同志忠于党、忠于人民，对党和人民的事业，勤勤恳恳，任劳任怨，认真负责的工作，是值得我们学习的……

后来，山东省棉麻公司领导，关心常友同志子女的成长，还给界石公社、昆嵛大队革委会寄来一份《关于王常友同志生前表现和病故的前后情况》：

1964年5月30日上午，王常友同志在省供销合作社召开的全省系统政治工作会议上，介绍过河北省的棉花加工经验。他一直情绪很高，这次在招待所吃过晚饭后，主动担任大会值班任务。他入睡的时候，已是12点左右。第二天早晨，有的同志去叫王常友同志起床，发现叫不醒也推不动，当即打电话找医生。医生很快赶来抢救和注射药品，无效死亡。为了对同志负责，弄清情况，当时又向公安部门报告，并请来法医，共同进行检查，经过考察病状，法医最后认定为正常死亡，属于患心肌梗塞病故，死亡时间约在31日凌晨3时许。王常友同志病故后，我们除通知他的家属来省商定殡葬事宜外，还为王常友同志召开了追悼大会。并按照国家有关规定对常友同志的家属进行了抚恤安排。

该件抄送家属一份，用于其子女入党、入团等的证明（1969年1月27日）。

公司领导按照国家规定的抚恤政策，按最高的抚恤金发放，又询问母亲还有什么要求？母亲和二大爷、大哥商量后，表示希望公司能让振源接班，安排工作。公司领导研究后答复，安排工作可以，但不能参加高考；若参加高考，不管考上考不上，都不负责安排工作了。

人生的道路虽然漫长，但紧要处只有几步。在人生的十字路口上，振源何去何从呢？

"进京赶考"

振源学习成绩非常好。从小学到初中，都是名列前茅，初中毕业后，以优异的成绩考入了文登县最高学府——文登第一中学。这是一所升学率在全国也是很高的著名学校。

振源长得很英俊，村子里搞什么重大庆典活动时，用椅子扎一个高架子，他坐在上面，好几个人抬着他游行。

振源不仅学习出众，而且字也写得漂亮，尤其是喜欢绘画。在上初中时，有一位教美术的李长生老师，非常喜欢他，经常把他领到家里吃住，在李老师的悉心教导下，振源的绘画水平有了很大的提高。他创作的《牧童搞革新》以及《马立海的今昔》七幅连环画，都获得了文登县美术作品一等奖。

振源是应届高中毕业生，很快就要参加高等学校招生考试了，在这样紧张备考的时候，父亲突然逝世的噩耗，无疑给他带来巨大的打击。

是继续复习准备参加高考呢？还是参加工作呢？二大爷从家里的实际情况考虑，劝他参加工作。六个弟弟、妹妹，年龄都小，母亲怎么能负担得了？他工作了，还能挣钱，补贴家里的开销。如果他参加高考，万一考不上，就只能回家种地了。虽然文登一中高考升学率在全省都数得着，但每年都有一两名学习成绩优异的学生在高考中失手，学校后面的歪脖树上就吊死过几个这样的学生。就是考上大学，还要读四年书，不但不能挣钱，还要家里给钱，这对家里也是一个很大的负担。

经过再三考虑，振源还是决定参加高考。振源的数学、俄语在全校都是前几名，他感觉有考上大学的把握。母亲虽然处在悲痛之中，但深明大义，同意了大儿子的抉择。

振源的乳名叫进京，他不参加工作而要参加高考的事在村子里传开了，很多人都不理解，也有些人见不得别人好，幸灾乐祸，说些风凉话，有的说什么"进京赶考，考不上拉倒！"这样的话传到了婆婆耳朵里，气得婆婆大骂："考上去，气死那些驴奸的!"

1964年7月7日，高等教育招生考试在文登一中按期进行。高考前夕，振源到父亲墓前磕了三个响头，乞求父亲在天之灵保佑他考上大学。

尽管由于父亲去世，前后耽误学习一月有余，但振源的文化课功底扎实，再加上化悲痛为力量，学习的劲头格外足，功夫不负苦心人，几场考试下来，振源信心十足。最终以优异的成绩被东南工学院录取，成为全村有史以来的第一个名牌大学生。

消息传来，把婆婆高兴得满面生辉，逢人便说："俺孙子进京考上南京的大学了！可是进了京了！"就是那些说过风凉话的人，也纷纷诚挚地向她表示祝贺，夸她有个争气的好孙子，乐得老太太整天合不拢嘴。

小学生送大学生

大哥上了东南工学院动力系，高考成绩在班里数学第一、俄语第二，学习大学的相关课程，并不吃力，也算高才生了吧。

振源虽然身在南京，但心系昆嵛村，时刻牵挂着母亲和弟弟妹妹们。第一学期期末考试结束后，就迅速赶回了老家。

1965年元宵节过后，全家人都到界石公社汽车站为振源送行。振业用小推车推着衣物等行李，小振华也高高兴兴地坐在小推车的一边，使小推车保持着平衡。母亲和振源在前面边走边说着话，后面还跟着大点的三个弟、妹。小妹妹太小，婆婆领着她送到村口，望着这一行人走远了，才回了家。

大人们走着，活动着，还暖和点，小振华坐在小推车一侧，大概是把他冻得不赖，在候车室里边又哭又闹。大哥一看，领着他到不远处的供销社买了几块糖和一个本子，送给了小振华，并嘱咐上学后要好好学习，将来也考上大学。

大哥上大学走了，小振华也很快就开学了。

由于昆嵛村是一个大村子，村东头建有一所完全小学，就是从一年级到六年级，附近一些小村庄没有小学的，孩子们也到这里来上学，还有一些稍大点的村庄设有不完全小学，或称初级小学，只设有一年级到四年级，那里的孩子们上完四年级后，也到这里来上五、六年级。

昆嵛山是胶东的屋脊，主峰泰礴顶高达923米，西伯利亚南下的冷气流与黄海北上的暖气流在这里交汇，经常下大雪，是一个著名的"雪窝子"。由于昆嵛山对气候的影响，差不多每年胶东地区的降雪量都比内陆地区大得多，形成一座昆嵛雪山。

由于上学的孩子越来越多，完小的教室不够用，学校就和大队商量，借用生产小队或老百姓的闲房当教室。上二年级了，就回到了学校本部。回想起一年级入学时的情景和在民房里的学习情况，仍历历在目。

振华是在1964年春节过后上小学一年级的，教室就设在一所民房里。上学那天，天上飘着鹅毛大雪，气候非常寒冷。

这所民房在村子的东头，是三间草房，两个窗户一个门，窗棂上糊着白纸，前面一个院子，院子里还长着几棵大梧桐树。

教室中间生着一个炉子取暖，地上用石头或砖头垒起两个垛，上面放上一整块把大树锯开的长木板，约有七八排，每个学生都自带一个小木板凳，大家就坐在板子的后面，在这板子上学习写字，前面有一块黑板，供老师讲课用。

老师是一位姓邓的女老师，大概是第一天上课吧，小学校的领导也视察来了。

小同学们大多戴着棉帽子，穿着棉衣、棉裤，穿着自家缝制的棉靴。这些御寒的装备，大多是孩子们的母亲自己缝制的。小振华穿的棉靴，就是母亲把棉花夹在两层布之间，剪成靴子的样式，用麻绳绱在千层底上。这个千层底，不知用多少层苞米皮叠起来，和浆在一起的几层布缝在一起，剪成靴底的样子。这样的棉靴穿起来，又暖和又轻便。

同学们冒着风雪，背着小书包，提着小板凳，从村里的四面八方，三三两两地来到了教室，老师安排大个儿的同学坐后边，小个儿的同学坐前面。

事实上，家长们可能不想让孩子来上学挨冻，但学校的老师早就做过调查，谁家有适龄入学儿童，都到家里做过工作，没办法，只得让孩子上学来了。就是这样，住在偏远山庵上的孩子或是没有衣服穿的孩子，有不少还是上不了学的。很多孩子都穿着筒子棉裤，就是在两条单裤之间絮上棉花缝起来，没有任何衬裤。春天暖和了，再把棉花取出来，就成了夹裤了。天气再热了，就把两条裤子拆开，穿单裤子。

报到的新生约有四十来个，差不多到齐了，就还差几个人没到。这时候，进来一个穿着单衣服、灯笼裤（单裤子）的男孩子，再一看，他脚上连鞋都没有穿，光着脚，踏着皑皑的白雪而来，冻得嘴唇发青，浑身打着哆嗦。

这位学校领导一看，顿生恻隐之心，赶紧让他坐在炉子周围，烤烤火，暖和暖和。他又跟邓老师商量了一下，立刻赶回完小，取来一双他自己穿过的旧皮鞋，让这个孩子穿上了。那时候，也没有袜子，农村孩子都是光着脚穿鞋。这双鞋，暖和了这个穷孩子冰凉的双脚，也温暖了其他孩子幼小的心灵，感觉老师是那样可亲可敬。

在这个教室上完了一年级的课，学了一些"鸡鸭鹅，猪猫狗"，一支铅笔加两支铅笔等于三支铅笔，也算有文化的人了。

把大哥送走之后，一开学，振华就上二年级了，这个班就搬到小学校里上课了。

二六合班

昆嵛完小有四排房子，东北角的一排三个教室九间房子是最古老的高大的老式瓦房，看样子有几十年的历史了，这里是高年级的教室。厢房是老师宿舍和厨房，西北角的一排有两个教室，一个教师办公室，老师们在这里备课、批改作业。南面还有两排教室。学校的大门是一个建筑很漂亮的门楼，镶嵌的匾额上刻着"昆嵛完全小学"几个大字。

振华所在的二年级有43个学生，六年级的学生编满一个班后，还有二十几个学生，学校就把这两部分学生合在一个教室里，称为"二六合班"。

二年级的学生在北边，还是用木板子当课桌，坐自带的小板凳，用石板写字。六年级的学生在南边一排，则是两个人一个课桌，坐高凳子，用本子写字。

任课老师是倪本忠老师，他教二年级，也教六年级，不但教语文、算术，还能教唱歌。同学们都觉得他很厉害，都害怕他。一节课里，他给二年级的学生讲一阵子，布置同学们做作业，再给六年级的学生讲一阵子。

小孩子最喜欢跟着大孩子玩，小振华有两个六年级的大朋友，下了课，就跟他们玩。

一个大朋友叫于启智，是前任小学校长的儿子。能当校长，这在村里就是文化名人了，很受村民们尊敬，但是他的腿不好，走路有点瘸，经常挂着一根文明棍，有些人暗地里就叫他"于瘸子"。于启智手很巧，他自制了一把打鸟的手枪，用钢管做的枪管，后边套上一个子弹壳，在子弹壳储放引药的凹坑里放火屑，用弹簧带动撞针，一扣扳机，撞针就将火屑引发了，引爆枪管里的黑色火药，火药爆炸后，将枪管里的铁砂子打出去。振华有时候就跟着他一起去打鸟。农村的麻雀很多，树木落叶之后，对着一树的鸟放一枪，总能打下几只来。

有一天傍晚，放学后，几个小同学跟着于启智到界石村去看电影。大概几个公社有一个放映队，放映队一般有两个人，一个管放电影，一个管发电。从一个村到另一个村，轮换着去放电影。就找一块平地，最好是操场，竖起两根高杆，把银幕挂在上边，再找一张桌子，把放映机放在上边。一来电影队，就是孩子们的节日，吃了晚饭，就提着几个小板凳去占地方。在放映机附近，看电影的效果最好。坐着的人后边，还有很多站着的人看。

从昆嵛村到界石，有五华里，去了以后，天还没有完全黑，大家没吃饭，都饿了。就到界石公社唯一的一家饭店——界石饭店去吃点东西。有的带钱的就买个烧饼吃，于启智也买了一个。小振华没有钱，看着人家吃烧饼，又酥又脆，又香又甜，他是又饿又累，又馋又涎，就向于启智借了六分钱，也买了一个烧饼。

那真是好吃啊！那时候，胶东农村的主食就是地瓜、地瓜干，玉米也不多，小麦就更少了，不过年不过节，不来客人，农民是吃不上白面做的饭的。

借了六分钱，又不敢向母亲要，又没有钱还，拖了一年多，于启智都小学毕业了，还没还上，但小振华始终想着还钱的事，像一块石头压在他心上。

机会终于来了。在村子中间，有个供销社，这个供销社是一个院落，北面三间作商店门面，南面三间作货物仓库，厢房就是厨房和营业员的宿舍。

有一天，母亲领着小振华到供销社买咸盐、火油（煤油）、洋火（火柴）等日用品，小振华向母亲要了几毛钱，说买本子、铅笔什么的，没有全花完，留下了几个小钱。赶紧地去找着了于启智，高高兴兴地把六分钱还给了人家，压在小振华心上的这一块"石头"算是落了地。

大概校长有些关系吧，后来，于启智到烟台港务局工作去了。

还有一个大朋友叫王玉山，和小振华是一个生产队的，都是第四生产队，就住在振华家南面不远。前面提到的那个赤脚踏雪上学的孩子，就是他的弟弟小国。他一家，除了母亲，全是带把的。玉山有两个哥哥、三个弟弟，由于家里人多，劳力少，生活非常困难，一家八口人，挤住在三间草房里。

农村孩子大都很质朴，这个玉山生性豪爽仗义，贫穷不能移，有人欺负小振华，他总是打抱不平。下了学，小振华就跟着玉山，拐着篓子，带着镰刀，去割羊草。秋天庄稼熟了，就偷着拔地里长的花生、萝卜一起吃。

夏天，村子周围的树林里，有很多蝉爬在树枝上"知了知了"地鸣唱。中午没事，他们就一起去黏知了。黏知了的工具是一根或两根接起来的竹竿，头上再捆一根细树枝，把面筋裹在枝头上。做面筋就是用一把白面放在水里洗，把较粗的粉粒都冲洗掉了，剩下的一小块就是面筋，黏性很大。那蝉正在枝头上无忧无虑地叫着，人在树下擎起竹竿，把枝头对准它一碰，蝉就被黏住了，一中午黏几十个蝉是没有问题的。

晚上那就更热闹了，他们在树林下燃起一堆篝火，再用脚使劲蹬树干，那知了就都掉到火堆旁了。还有很多"马猴"从地下的小洞里爬出来，向树干上爬，一伸手就抓到了。

玉山的大哥玉水，是个木匠，也是个很老实的人。小振华有时候拿块木板，请他锯成乒乓球拍；有时候，弄块木头，请他帮忙，锯成手枪的样子，掏孔装扳机，他都很乐意帮忙。玉山的弟弟小国是个心灵手巧的人，小学毕业后，他就下地干活了。家里没有姑娘，这么多人的衣裳也够当妈的缝补的了，小国就学着帮着妈妈干活，他还会一手织毛衣活，打一手好线衣。看着他给家里人打线衣，孩子们都笑话他。

玉山后来当了兵，在部队开汽车，复员后到烟台客运公司当了一名客车驾驶员。

小振华喜欢上学，喜欢读书。冬天他的脚冻肿了，穿不上鞋，他就赤着脚，趿拉着哥哥的一双大鞋，踏雪去上学。

母亲说，小振华在抓周的时候，就喜欢抓书啊、笔啊什么的，肯定是个读书的料。但是小振华嘴拙，四岁才会说话。有一次，妈妈正在灶房做饭，听着炕上"哗啦"一声，一会儿又"哗啦"一声，这是怎么回事啊？探头一看，原来是小振华坐在炕上，在翻一本书呢！还用小手在嘴上蘸一下唾沫，翻一页书，看一会儿，小嘴还嘟嘟囔囔。妈妈一看乐了，抱起小振华亲了又亲。

但是，也有小伙伴不是读书这块料，他宁愿下地干活，也不愿意读书。上了几年学，会写自己的名字，认得钱，会算简单的账，也就辍学了。

慈母手中线

婆婆生得大圆脸，慈眉善目，天生一副菩萨相，非常慈祥，对儿媳妇和孙子、孙女们都非常好。但数年来，生活给她的重压和打击也太大了。

在振华两岁时，爷爷就去世了，婆婆帮助照看着这一大家子人。在三年困难时期，人们都吃不上饭，都在挨饿，有的树皮、树叶能吃，像榆树的皮都被剥光了。春天来了，还有野菜、树叶可以充饥。"吃糠咽菜"也是家常便饭。所谓"糠"，就是把地瓜蔓、花生藤晒干铡碎后，用粉碎机粉碎了，是用来喂猪的。但没有粮食吃，冬天里也没有什么可果腹的，喂猪的糠也就成了喂人的食物了。这东西和着一点地瓜面，团成蛋子，在锅里蒸，很难下咽。尤其是大便解不出。小振华清楚地记得这样的情景，由于解不出大便，三哥在院子里撅着屁股，二哥拿根小棍子往外抠。

大概家里还有一点地瓜干，放在正屋最东边那间屋里的一个大缸里，用盖帘盖着，上边靠墙斜放着一个大面板压着。小振华饿得受不了，就到那里去"偷"生地瓜干吃。把盖帘往上掀起，他把身子探进大缸里，下边脚都离了地，伸着手去抓地瓜干，不知怎么回事，"哐当"一声，那个大面板倒了下来，砸在小振华身上，他就爬在缸沿上，大面板把他压得不能动弹。

婆婆闻声赶过来一看，把小孙子砸着了，这是把孩子饿得呀！赶紧把大面板拿开，把小孙子抱了下来，拿了几块地瓜干给小孙子，哄着孩子别哭。婆婆也饿得很难受啊！眼里含着泪水说："啥时候孩子饥困了，能有个地瓜干拿给孩子吃，就好了！"

振源还在文登一中读书时，一天接到爸爸的信，说省里组织人工降雨，他和一些人到文登，带了一些东西，让振源到汪疃接他。汪疃也是一个公社驻地，在界石东面约20里路，向东南有公路直通文登县城。

振源借了扁担、绳子到了汪疃。爸爸也是很长时间没有见到他了，见他又矮又瘦，叹口气说："唉，我还以为你长高了呢。"走了几里路，就到了界石公社的地盘，振源就到鲁家埠村，找同学家里借了一辆小推车，把东西放在车上，和父亲一起，推着回了家。

婆婆一看，出外的儿子回了家，高兴地拉着儿子的手不放，满脸的皱纹笑开了花。那时候，是夏天，婆婆穿着单衣服，骨瘦如柴。父亲抚摸着婆婆的胳膊，心痛地说："妈，您怎么这么瘦啊！"那眼泪哗哗地就流下来了。

为什么这么瘦？不要说困难时期没什么吃的，大家都挨饿，就是有点好吃的，有小孙子、小孙女，婆婆也舍不得自己吃啊！

婆婆初本宽的小儿子已牺牲10多年了，常友这个婆婆最喜欢、最疼爱、也最孝顺的三儿子的病逝，对婆婆的打击是太大了，老年丧子的悲痛，使她的身体迅速地衰弱了，也就像油灯耗尽了油一样，生命干枯了。1965年大年初二傍晚，婆婆还喝了一碗疙瘩汤，晚上她说要尿泡尿，母亲把她扶起来，大姐拿着尿盆在炕前伺候着，尿完尿，婆婆头一歪，就驾鹤西去了，享年70岁。

送走了婆婆，母亲肩上的担子更重了。她就和二儿子振业推着小车，回了娘家，把姥姥接来了，帮着看孩子。

母亲定亲后的第二年，姥爷就去世了，姥姥跟着舅舅过日子。姥姥很疼爱这个大闺女，每当大闺女回娘家，让带这个，让带那个，就是家里还有一棵葱，她也让大闺女带着。为此，舅舅很看不惯，心里有气，就对姥姥说："你老了，可死你闺女炕头上啊！"

母亲听了这话，也下了决心，就把姥姥接来，养老送终。

姥姥一双小脚，整天屋里屋外"嘚嘚嘚"不停地忙活。有一次，小振华从外面回来了，见姥姥正在院子里苹果树下坐着忙针线活，他进了正屋就向东间屋奔去，想再拿几块地瓜干吃。刚拿了几块，就听见"嘚嘚嘚"的声音传了过来，他一看，不好！姥姥来了，这怎么办？就上了炕，打开了活动的木窗棂的上半扇，爬了出去，又悄悄地进了茅厕蹲了下来。

姥姥在屋里搜寻一遍，没有找着这个淘气的小外孙，又回到院子里坐下了，心里纳闷得很。一会儿，振华从茅厕里捆着裤带出来了。姥姥问："你上哪去了？"振华理直气壮地说："我这不是上茅厕了吗？"整得姥姥一头雾水，真是大白天见鬼了！

慈和勤劳的母亲，手上经常有四种线：丝线、绣花线、纺线、针线。母亲就用这些线，编织着艰苦的生活，养育着她的儿女。

鲁迅先生说："妇人弱也，而为母则强。"母亲作为一个弱女子，在失去丈夫的境况下，用辛勤的劳动，养育了她的七个儿女，把他们拉扯成人，诚可谓强者也！

昆嵛村为了增加副业收入，大队有多种副业经营，有绕丝房（缫丝厂）、机器房（面粉厂）、果业队、林业队、建筑队、蚕业队、木匠房，后来又建起了砖瓦场。这在全公社43个大队中也是首屈一指的。

在大队这些副业上干活的人，称为大队工，挣大队工分，不受生产小队管。年终决算时，大队按照大队的工分，把款拨到各小队，各小队再行分配。大队工活计相对稳定、轻松，不用一年四季下地干活，是各小队的社员们所羡慕的。

绕丝房和机器房、木匠房都在村子西头的一个大院子里。西边一溜大房子是机器房，有一台很大、很重、很古老的12马力柴油机，带动着几台面粉机，给村里的社员们轧面（把小麦、玉米磨成面粉）；东北角是木匠房，有几个木匠长年在这里干活，主要承担大队的一些木工活；南边是一长排房子，是几十间绕丝房，绕房内南北各一排绕丝的木制机械，中间是过道，村里很多大姑娘、小媳妇在这里绕丝。

东边的一些房子是蒸茧、扒茧的地方。要绕丝，先要在大锅上架上几层蒸笼，把茧放在上边蒸熟了，然后由一些老人们扒茧，扒茧就是把每个茧都抽出一根丝（每个茧都是由蚕吐出一根长丝绕成的），然后一挽，放在一个小的方形木盒里，多少个放一盒，大概都是有数的。

绕房里盛不下很多人，有的家庭妇女就在家里绕丝，本村的也有，邻村的也有。这种情况，都要天不亮就到绕房领茧，傍晚再把绕好的几条丝和绕出来的蛹送回绕房，绕出的丝是否合格，要经过检验，蛹也要过秤。

这里的绕房主要用柞树茧，茧大，蛹也大。这蛹营养丰富，非常好吃，据说七个蛹就能顶一个鸡蛋。这些蛹当天傍晚就卖光了，一角二分钱一斤。

后来，村里又在村南一大片河套地里开辟了桑树园子。开始养桑蚕，也有一些人绕桑蚕丝。桑蚕的茧很小，蛹也小，不如柞蚕蛹好吃。但是桑蚕丝却比柞蚕丝好，真丝布料就是用桑蚕丝织出来的，穿着非常舒适，价格也非常高。

振华的妈妈在殿后丝厂工作多年，是缫丝能手。回婆家后，她又干起了老本行。因为既要照顾孩子，又要干家务活，所以就在家里绕丝。

母亲只管绕丝，不管领茧和送丝。领茧和送丝就成了振华每天的最重要的工作了。这项工作冬天最难受了。天还不亮，妈妈就把小儿子叫了起来，穿上衣服，拐个柳条编的漂亮小篮子，到绕房领茧，路上经常能看到邻村也来领茧的妇女，她们大都是隔几里路远的蒋家疃、石头河、高坎等村的。

由于小孩都贪睡，小振华不想起来也得起来，他就想点法子激励自己，如有几块糖或其他的好吃的，不舍得吃，就留着早晨去领茧的路上吃。吃着糖，甜滋滋的，高高兴兴地去领茧，一般领五盒茧，每盒茧绕一条丝。

下午，小振华从学堂回来，母亲把绕好的丝连绕头（把丝绕在上面的缫丝轮子，和纺棉花线的纺车轮子差不多）拿下来，让他拿着，还有绕出来的蛹和盛茧的空盒子，一起送到绕房，再把前一天的空绕头取回来。

送丝和蛹的时候有点刺激，路上偷吃一两个蛹没什么大问题，因为不是每个茧里面都是蛹，还有的是坏了的蚕。但是绝对不能多吃，要过秤的，少了还行吗？

胶东的冬天是很不好过的，最冷的时候，家里的大水缸都结冰，屋里也没有取暖的东西。只是依赖一天三顿做饭，烧的一点柴草能把炕头烧热了。母亲就把绕丝机放在炕头上，绕丝离不开水，冬天里母亲的手被丝线勒得口子一道一道的，往外渗着血丝，再加冷水浸，是很痛的。有时候，冻得实在拿不出手，母亲就把做饭刚烧过的草木灰掏出来，盛在一个盆里，放在绕丝机旁边，冷了就烤烤手。

母亲不但是绕丝能手，而且还绣得一手好花。她白天绕丝，晚上就绣花，真正是含辛茹苦，任劳任怨。

绣花要用撑子。两根木工精心做出来的光滑的长木棍，约有十厘米粗，木棍两头是方的，凿有两个通透的长方形孔洞，用两根两头钻有小孔的比尺子长不少的木板，插在木棍两头的孔洞里，再用长钉子作为插销塞在小孔里，固定住，成为一个长方形的木框子，就可以在这个撑子上绷上有要绣的花纹的白布，然后按着花纹的要求，用线在上面绣花了。

这种印有花纹的白布质地很好，绣花的人们称为"货"，货有较大的，绣完一部分后，把撑子拆开，可以把绣好的部分卷在一根圆木上，再从另一根圆木上拉出来一部分，组装好后，继续绣，这样的货叫"大货"；"小货"布面尺幅较小，用小撑子绷好后，绣完也就完成了。

一般情况，小货可以自己一个人绣，大货可需要几个人，因为交货是有时间要求的，尤其是这些绣品几乎都是出口的，给外国人当桌布，或者床罩什么的，需要多人合作，来不得半点马虎。

绣大货时候，把长撑子搭在两边的凳子上，撑子两边都坐着人同时绣，一面坐两人、三人都可以，最多也就十个人吧。

绣花的线一般都是浅灰色的线，非常结实，按图案要求绣出各种花样，有很多地方是需要镂空的，绣品完成后，已经很漂亮了，不知交货后是否还要印染。

母亲一般是领一块小货，晚上在炕头上坐着绣花，孩子们就在旁边做作业。有时候大概没有小货了，就领大货，就请一些熟悉的大姑娘、小媳妇，也有年龄大的婶子、阿姨，大家坐在一起绣花。

天气暖和的时候，特别是夏天，就把撑子搬到"过道"里或院子里的树荫下，大家在一起绣花，其乐融融。

"三个女人一台戏"，这么多女人坐在一个撑子两旁绣花，而且绣花是用手，而不是用嘴，嘴闲着也难受，就说话逗乐，东家长、西家短，热闹得很，村里发生了什么新鲜事，在这里都能听到，简直就是一个乡村新闻发布的会场。这么多人聚在一起，说说笑笑，也给母亲孤苦的心灵带来一些慰藉，带来些许欢乐。

尽管母亲和这些绣女们绣出了很多的"货"，但是谁家里也没有使用这些漂亮货的。这使小振华想起了"二六合班"时，倪老师领着六年级学生朗诵的课文：卖盐的，喝淡汤；编席的，睡光炕……

在家里，母亲没有闲着的时候。在绕丝、绣花的间隙中，或来绣花的人走了之后，她又摇起了纺车，开始纺线，这么多孩子还要穿衣服呢！今年过年，孩子们都穿上新衣服了，她又开始为下一年的新衣服做准备了。

60年代的农村，尽管供销社里有卖各种布匹的，但能买得起的庄稼人还是很少的。也可能姑娘大了，买块花布做件新衣裳穿穿，那也得家境好点的人家才办得到。

小振华清楚地记得，他穿的衣服，大多是哥哥们穿剩下的衣服改造的，也穿过不少妈妈纺线织的粗布衣服。粗布就是把棉花纺成线，然后织成布，再染成黑色或蓝色的，表面比较粗糙，没有供销社卖的布平滑好看。

母亲纺出够织布的棉线后，就找专门织布的人家给织成布，估计也要给适当的费用吧。

振华的一个同班女同学张祖芬家里就专门织布，她家住在离村三里路的一个叫西南河的小庄子里，是昆嵛村的一个生产小队，有二十几户人家吧。祖芬的爸爸负责浆线，浆线要在一条约30米长的街道上，把棉线都拉出来上浆拉直，然后打起绕来，供祖芬的妈妈用木制的传统织布机织布用。

一般农村的孩子，能在过年时缝一套新衣服就不错了，就是大人也大多如此。小孩整天摸爬滚打，闲不住地玩闹，用不了几个月，新衣服就破了，膝盖、屁股等处就磨出了洞，只有打补丁穿了。

母亲比较爱美，打补丁也比较讲究，补衣服也补得有水平，补丁的样式、颜色也都认真琢磨，裁剪得好看，颜色也和要补的衣服差不多。不像有的孩子的衣服补丁不好看，家里有什么碎布就用什么碎布补，颜色也不协调。

母亲心灵手巧，不是绕丝，就是绣花，倒不用风吹日晒的下地干活，而且挣工分也并不比男劳力少多少。这也为其他妇女们所羡慕，因此有不少大姑娘、小媳妇来向她拜师学艺。

振业学艺

二哥振业，是个非常聪明的人，可以说是兄弟姐妹七人中最聪明的，无奈命途多舛，小学没毕业就曾中断过学业，回家干活，挑起了一大家人生活的大梁。

在小学读书的几年中，他不是考第一，就是第二，第一的时候居多。

在读小学五年级的时候，家里实在没人干活，就让他辍学了。但此时已经发了新学期的课本，他在家里一边干活，晚上还自己学习新课程。清明节的时候，他正在北塆烈士塔南面的自留地里干活，看着同学们排着队，到烈士塔扫墓，他的心像猫抓似的难受，他多么渴望能和同学们一起上学啊！

回到家里，他就向妈妈恳求，坚决要求继续上学，表示一边上学一边干着家里的活，两不耽误，上到小学毕业就不上了。哪个孩子不是母亲身上掉下来的肉？手心手背一样疼，母亲只好同意他复学了。到校不久，就进行了期中考试，他大出意外地考了个第二名，令全校师生赞叹不已。

在60年代的农村，小学毕业也算有文化的人了，大概有一年多时间，振业还到小学里代过课。

村里还有很多青年人是文盲，不识字。在社会主义教育运动中，农村开展了一场"扫盲"运动，发动小学生们，晚上到文盲家里去，教他们识字。振华也参加了这一活动，晚上吃了饭，就到一个振华称作"铁姑"的大姑娘家去教她认字。这个铁姑长得高高的个子，肤色白净，她也在缫房里缫丝，经过几个月的"扫盲"，铁姑写自己的名字、识钱、简单的加减法都会了。

昆嵛大队有十三个生产小队，每个生产小队都有队长、副队长，还有会计、保管。

振华家所在的是第四生产队，简称"四队"，队长是王常青大伯，他安排振业当了四队的会计。

会计负责生产队的往来账目，根据各家所挣工分的多少和人口，分配粮食。最重要的工作是年终决算，就是根据队里卖公粮的收入和其他副业收入，以及在大队干活的"大队工"的收入，算出一个劳动日（10分）价值多少钱，然后进行分配。那时候，昆嵛村一个劳动日价值五角钱左右，扣去分配的粮食款，一个整劳力，干一年活，能分配到100元左右。

振业一边参加队里劳动，一边担任生产队的会计，十八九岁的小伙子，精力充沛，干一天活，休息一会儿就不累了。他就利用业余时间学艺习武，拜师学武术、练毛笔字、学画画、学拉胡琴、学唱京剧，整天忙忙活活，不亦乐乎。

村子西边大概有四里多路的一个小山庵上，住着一位武术老前辈，曾担任国民党部队的武术教官，振业就拜他为师，差不多天天晚上去学武术。主要学习拳术、棍术、刀术。经过数年的勤学苦练，振业的功夫在昆嵛山区一带也算是小有名气。

为了把拳头练硬，他在院子里的墙上，钉上一叠烧纸，天天用拳头打，不知打透了多少叠，练就了一双铁拳头，这拳头要是打在人的脸上，恐怕也能打开了花。

不知他是否为了练飞檐走壁的轻功，天天在腿上绑着沙袋，推小车、干农活他也不嫌累，大概时间久了，一解下沙袋，就能飞檐走壁了吧！

有一年，公社要开农民运动会，村里不少青年都报了名。振业感觉要是把沙袋解下来，身轻如燕，参加3000米跑比赛夺冠，那还不是探囊取物！

运动会开幕那天，他把沙袋解了下来，站在起跑线上，其他运动员还活动一下手脚，他怕浪费体力，也不活动。只听一声枪响，振业一马当先，冲了出去，跑了不到30米，一下子摔倒了，原来是腿抽筋了。看着人家像箭似的跑过去了，"完了，第一是拿不着了！"眼看着煮熟的鸭子飞了，振业悲伤地叹息着。

村里人都知道王振业会功夫，但功夫究竟怎么样，都想见识见识。有一次，出大队工，很多中青年人在一起干活，休息时，有人提议，让振业和一个又高又壮力大无穷的名叫高级的青年比赛摔跤。

这高级原是和振华同班的小学同学，他长得个子高，力气大，顽劣异常，全班同学都被他打遍了。可能有的学生家长到学校告状，说孩子老是挨高级的打。倪老师决定要教训一下高级。这一天上课，倪老师问："同学们，挨过高级打的请举手！""唰"地一下，全班同学一齐举起了手，只有高级一人没举手；倪老师又问："没有挨过高级打的请举手！"此时全班肃静，只有高级一人举起了手。倪老师一看，说："同学们，咱们全班43个同学，有42个挨过高级的打，就一个没挨他打的，就是他自己。高级，你过来！"把高级叫到了讲台上，倪老师抓着他的衣领，就像提小鸡似的，一把把高级提了起来，厉声说："高级，就你这点能耐，还到处打人！我问你，你还敢打人不？"高级也毕竟还是个孩子，那见过这阵势，吓得连声讨饶："哎呀！老师，不敢了，不敢了！"倪老师一看，已经把他镇住了，就把他放了下来，说："好！你既然不敢了，我就不再处罚你了。我再问你，你打人对不对？"高级忙说："不对！不对！""既然知道不对，那么你向同学们道歉吧！"倪老师也真是厉害，这一下就把高级的威风打下去了，高级是再也不敢打人了，但他可能觉得也太没面子了，小学没毕业，就下地干活了。

振业长得很清秀，个子不高，还挺瘦，那个高级似乎也没有把振业放在眼里，口出狂言，张狂得很。再加上这么多人起哄，把振业逼上了梁山，没有办法，只得应战。

会武术的人，似乎不能让人近身，若近身了，有些招数就施展不出来。振业先来了几个虚招，让高级近不了身，惹得他火起，向振业猛扑过来，振业一看来者不善，大有泰山压顶之势，他卖个破绽，拉着对手的胳膊向前一拖，他顺势一蹲，一下子就把高级扛了起来，迅速地转了两圈，把这个虎背熊腰、豹头环眼的家伙转得晕头转向，四周一片声叫好！振业一看，也就把高级又轻轻地放了下来，抱了抱拳："得罪！得罪！"高级也彻底服气了，趴在地上就磕头，口口声声"师傅，师傅"，要拜振业为师学功夫。

不过，振业的功夫虽然名声大噪，但也因功夫坐了一回蜡。有一天上午，社员们都在地里干活，不知因为什么事，冲撞了队长常青大爷，队长抡起拳头要打振业，振业一看，虽然是大爷，也不能随便就打人哪，振业闪身躲过，略施小术，把队长抱了起来，又轻轻地放在地上，意思是给大爷点厉害看看，让他知难而退。没想到，这位大爷可真是大爷，是个村里有名的常青炮，火爆脾气，直筒子，大概他也没受过这样的气，一个鲤鱼打挺，爬了起来，连羞带气满脸通红，感觉受了天大的侮辱，抓起一把铁锨，就向振业抢来。振业一看，有功夫也不能再使了，好汉不吃眼前亏，三十六计走为上，跑吧！撒腿就跑回了家。

一家人正围着小饭桌吃午饭，刚吃了几口，就听大门外边吵吵嚷嚷："王振业，你这个狗东西，你学功夫打你大爷！你出来！"振业一听不好，队长打上门来了，就到正房最东边那间屋藏了起来。常青大爷威风凛凛地进了院子，后面还跟着不少看热闹的人，母亲一看，来者不善，就赔着笑脸，迎了出来，说："他大爷，吃饭了吗？要没吃，就坐下吃点。"队长往堂屋一看，没有看到振业，"好男不和女斗"，这常青炮还有点数，就骂骂咧咧地出去了。虽然没能打振业一顿解解气，可总算出了一口气，振业毕竟让他给吓跑了，挽回了一点大爷的威风。

振华坐着吃饭也没动弹，大爷队长走了以后，二哥怎么还不出来？振华感觉很奇怪，就到东边屋里找二哥，到处也没找到，再一看，上边的活动窗棂没关死，原来二哥也像振华似的会翻窗户，他从窗户翻出来以后，由正房和厢房之间的夹道，翻过一丈多高的墙，跳出去了。二哥飞檐走壁的功夫，这回终于派上了用场。

"文化大革命"期间，到处都画毛主席像。农村的住宅，大多有个影壁，据说与风水有关，不能让人从大门一眼看到正屋，否则留不住运气。这堵影壁，是用砖石砌成的，一进大门，首先映入眼帘的就是影壁，也算是农家人的脸面。那时候，一般都请人画上毛主席像，或者革命样板戏中杨子荣或李铁梅的剧照。

振业大概读小学时上过图画课，无非是用铅笔或蜡笔画个大白菜、萝卜什么的，油画可能都没见过。可是有人请他给画杨子荣，他就敢给人家画。他找来一张杨子荣的剧照，在上面打上小格子，头部打的格子格外细小，再编上号码。然后，在影壁上按一定比例，画上放大了的格子，也编上号码。这样，就能在影壁上画出放大了的画面的轮廓，然后再用画油画的颜料，参照原图片各部分的颜色，涂抹上去，也就八九不离十了。画得多了，自然也能找到一些窍门，画得也就越来越好。

给人画影壁，都是利用午休时间，免费工作的，请吃一顿饭也是应该的。但是，振业家里的影壁，他要求比较高，他请公社里的有名的画家来画，画了一个毛主席重上井冈山的油画，画了三四天才画完。在庄稼人看来，画得是太好了。

农民一年到头，没有法定休息日，但是夏天中午太热，午休时间比较长，一般下午两点多才下地干活。振业有时候就利用午休时间练习毛笔字。"文革"中，古代的碑帖是看不到也买不到的，新华书店里卖的字帖，全是毛主席诗词或语录之类的内容，字体大多是正楷、隶书、魏碑，行书、草书字帖也基本看不到。

振业不知从哪里弄来一本魏碑字帖，他把毛笔的尖锋剪去，经常练，也就练得有点模样了，逐渐成为一名乡土书法家了。"文化大革命中"，村里到处张贴标语口号、毛主席语录，也大多出自王振业的手笔。

1966年"文化大革命"开始后，八个革命样板戏相继出笼，样板戏的唱腔响遍祖国大地，爱好文艺的振业，自然会唱不少唱段。每天晚上去学武术和回来的路上，都是一路高歌。二哥晚上回来的时候，躺在炕上还没有睡着的小振华，听着街上样板戏的唱腔"穿林海，跨雪原，气冲霄汉……"的声音由远而近，就跟妈妈说："妈，我二哥回来了。"母亲就下去为他开门并闩上门。

因为只有挨着锅台的这一铺炕，冬天做饭时能烧热了，暖和。孩子们小的时候，一家人都挤在这一铺大炕上睡觉。母亲从炕边上走一趟，点着被窝外边的小脑袋："一个，两个，三个，四个，五个，六个，好！都齐了。"够数了，母亲才能上炕睡觉，一边嘴里还嘟囔着："三个饱，一个倒。"

振业还利用业余时间学习京胡演奏，京胡是专门为京剧演唱伴奏的弦乐。"三年胡琴轧碾声"，三年过后，他已经能自拉自唱了。

孤儿寡母心酸泪

自幼失去父爱，并没有在小振华的心里留下多么难过的烙印。小孩子也不懂事，心里也藏不住事，什么痛苦悲伤的事，可能过几天、可能过一会儿也就忘了。所以，他整天不是上学，就是割羊草，再不就是和小伙伴们疯玩。

但是，上四年级时，发生的一件看似并不怎么严重的事，却在小振华的心里留下了抹不掉的阴影，使他在知天命之年，仍记得清晰如昨。

有一天，下午已经放学了，振华和几个同年级的学生在乒乓球室打乒乓球，只有一个台子，个个都想打，难免引起一些争吵。这时候，一个姓迟的孩子和振华吵起嘴来，这个孩子比振华高大，他越吵嗓门越高，越吵话越狠毒，他大声吼道："滚一边儿去，你这个没爹的杂种！"

振华一下子愣住了，顿时张口结舌，不知所措，等他回过神的时候，鼻子一酸，号啕大哭起来，那眼泪像断线的珍珠似的，鼻涕一把泪一把的，越哭越心酸，越心酸越哭，直哭得声震屋宇，响彻校园。

哭声惊动了在办公室的老师们，几个老师跑了过来，不知发生了什么大事。

有的同学向老师报告了事情的经过起因。老师们有的批评那个惹事的孩子，有的安慰着小振华。慢慢地，小振华的哭声渐渐小了，抽抽搭搭的，在老师的劝说下，背起书包，流着眼泪回家去了。

这是小振华第一次清晰深刻地认识到有爹和没爹的不同，有爹的孩子就能欺负人，没爹的孩子也成为受欺负的由头，或者孩子们真的打起架来，有爹的孩子的爹来了，就是靠山，孩子就气壮，没爹的孩子靠什么？！

上次队长和振业发生冲突后，打到门上来，冲到家里找振业打架，振业也不过是个不到20岁的大孩子，能懂多少事？哪儿见过这阵势？如果振业的爹在家里，谅借他常青炮几个胆，恐怕他也不敢打到门上欺负人！

作母亲的，看着儿子这样被人欺负，这不也是欺负她吗？心里是个什么滋味？真是欲哭无泪啊！只能打掉门牙和血吞，盼望着孩子们快快长大吧，替为娘争口气！

三哥振刚也不是省油的灯，是家里有名的"三较劲"。他做错了事，母亲一说他，他把头转一圈，脖子一梗，一个"劲"，再说他，他又一个"劲"，三个"劲"较完了，他也不服气。

振刚性格耿直，豪爽义气，生性好动，风风火火。他一踏进大门，随着"咚咚咚"的脚步声，满院子的鸡鸭鹅像遇着了瘟神，不得安宁，鸡飞鸭跳鹅跑，纷纷躲着他。

孩子们在一起玩，打打闹闹，吵吵骂骂，这都是经常发生的事，如果不是打伤了，大人们似乎不宜介入。

振华家路东对面，住着王得利一家人，有四个儿子，大儿子金刚，还有一个女儿，因患小儿麻痹症，手脚都留下了残疾。

这金刚外号"泼皮金刚"，颇有《水浒传》中"牛二"遗风，打仗骂人是能手，还能"抢劫"，年龄与振刚相仿，长得比振刚壮实，二人可谓"棋逢对手，将遇良才"，互不服气久矣。

大姐振萍是家里的"宝贝"，她前边三个哥哥，爷爷、奶奶、爸爸、妈妈都盼一个女孩，她就应运而生了，虽然生在穷人家，但也视若掌上明珠，家里有点好东西都让她吃了。夏天时，她头上扎着蝴蝶结，穿着小裙子，提个小篮子，里边盛着一些好吃的东西，在街门口溜达着"眼气"人。

金刚一看，馋得口水直流，又不好意思要，就开抢了。振萍当街号啕大哭起来。振刚闻声赶来，一看金刚抢妹妹的东西，当胸就是一拳，把金刚打了一个仰八叉。这金刚把抢来的东西刚吃了两口，"哇"的一声又吐了出来，他爬起来，捡起一块石头就朝振刚头上砸去，振刚用胳膊一挡，下边就是一个勾腿，金刚"叭唧"一声又摔倒在地，这回金刚服气了，不敢再打了，就躺在地上边打滚边哭嚎，金刚那哭声可就更大了，可谓惊天地泣鬼神，把他爹王得利哭了出来。王得利一看，他的宝贝大儿子让振刚打了，这还了得，这不是太岁头上动土吗？一把揪住振刚的前衣襟，咆哮道："你这个×养的振刚，你敢打金刚，你再打给我看看！"这泼皮金刚一看，他爹来了，有了撑腰的了，立马爬了起来，也不哭了，对着振刚就拳打脚踢起来。这时候，看热闹的人已经不少了，围了一圈。

振萍一看不好，赶紧跑回家搬救兵，把妈妈拉出来了。

妈妈出来一看，王得利还在耍着威风，指着振刚的鼻子骂："振刚，你这个×养的，真他妈个×少教，有娘养，没爹教的东西，你再敢打金刚，我就打折你的腿！"

母亲一看，拨开众人，走了过去，拉过振刚，凛然地对王得利说："他得利叔，振刚是没爹教，你教教他吧！"

母亲这一句话，把王得利说得张口结舌，哑口无言。在众人的劝说下，各自领着孩子回了家。妈妈也不做饭了，坐在炕上生闷气。

振刚知道惹祸了，给母亲跪下了，说："妈，我再也不敢了，不惹你生气了，妈！"从此，振刚收敛了许多，轻易不和人吵架打仗了。

孤儿寡母受欺负的，并不止振华一家。常水大爷家路南对面，有三间草房，一个小院，这一家人也是寡母带着两个儿子一个小女儿过活。大儿子叫小东子，小儿子叫小珠子，女儿叫小菊子。小珠子的父亲去世更早，他妈妈跟王得利的闺女一个病，一只手和腿都有残疾，那只手的手指伸不开，胳膊伸不直，走路一瘸一拐的，她既不能缫丝，也不能绣花，更没法下地干活挣工分，勉强能做做饭，缝补衣服吧。他们家是非常贫穷的，他们的生活在生产队里是最困难的，看了令人心酸。

也许是同病相怜吧，振华的母亲和小珠子的母亲关系倒很好，振华家里条件好一点，父亲去世后，母亲和不满18周岁的孩子都享受国家抚恤金，上大学的振源也享受，再加上这么多亲戚在外面工作，过年过节的多少也有点帮扶。

虽然振华家里的生活也不富裕，但是母亲却经常接济小珠子一家，有时候送他妈妈一条毛巾、一块肥皂，有时候送点衣服、吃的东西。在这人情冰冷的社会，还有人关心着他们，所以他们一家人都很感激母亲，对振华和哥哥、姐妹们也有一点亲情。

有一大中午，振华吃了饭，到小伙伴家里玩，走到小珠子家的后窗下，这个窗户很小，比较高，是木棂的，糊的纸也都破了。振华忽然来了捣蛋劲，抓起一把土，就朝着窗户扔了进去，然后向西撒腿就跑，跑到了小伙伴"金皮囊"的家里。这家人也正在吃午饭，小振华惊魂未定，就见小东子追了进来。振华琢磨，肯定要挨一顿打了！这小东子一看是振华干的坏事，不仅没有打他，连骂他一声也没有，只是心疼地说："唉，正好做了一盆疙瘩汤，放在窗台上，让你这一把可毁了。"小振华顿时羞愧得恨不得地下裂条缝钻进去！

不幸的是，几年后，小珠子的母亲也因病去世了，剩下三个孤哀子相依为命。

在"文革"中，开始推行火葬。公社里有一辆专门制作的运尸车，像一个棺材，用钢板焊起来的，下面装有两个轮子。哪个村里死了人，就用12马力拖拉机到公社把运尸车拖回去，把尸体装在里面，送到县城附近的火葬场火化。

小珠子的母亲是在冬天去世的，已经用棺材土葬半个月了。这时候，"火葬"的令下来了，村里有些王八蛋干部，为了"立功革命"，硬是逼着两个孤儿把母亲的坟挖开，把尸体拉到县城火化。火化后，把骨灰盒还是放在那个棺材里，再培上土又掩埋了。

这件事，在振华心里触动很大。振华想：这不要说是村支部书记，就是生产小队队长他娘死了，已经埋了这么久了，也决不会、也决不敢这样灭绝人伦、倒行逆施地欺负他们！

小珠子和振华差不多大，学习也很好，他的作文经常被老师当作范文在班上读，但为生活所迫，小学没毕业，就辍学回家干活了。

小珠子的妹妹小菊子，长得也很伶俐，没有上过学，整天在家里忙活，为他两个哥哥做饭、洗衣服。在小菊子15岁的时候，她家里来了一个30多岁的男人，振华还到她家里去看热闹，也没有举行任何仪式，小菊子就跟着这个男人闯关东去了。从此，振华再也没有见过她。

辍学后，小珠子就成为劳力在生产队里干活了。有一次在地里干活，和一个党员副队长外号叫"刘蛋驴"的发生了冲突，对骂了起来，一个十几岁的孩子，敢骂队长，这还了得！气得这个党员队长"刘蛋驴"七窍生烟，暴跳如雷，挥起铁拳，就向小珠子冲了过去。小珠子一看，妈的，好汉不吃眼前亏，拔腿就跑。这个"刘蛋驴"在后边一边追一边骂："×养的，我这个党不要了，也得揍你这个驴×操的！"

这场景，振华似乎看到过，手心里捏着一把汗，替小珠子担着心，暗暗替他加油，可别让这个狗娘养的队长追上了。

"得罪队长没好活，得罪书记没法活。"小东子一家得罪了队长，在队里也就没法活了，无奈之下，小东子领着弟弟也奔关东而去了！

数年后，振华已以全优的成绩高中毕业，昆嵛联中的校长很想让他到学校当老师，却遭到村里领导和生产队长的阻挠，并把他们的亲信子女派了进去；村里有好几个苹果园，振华想到果业队，也不让去；村里通电后，振华十分想当村里的电工，母亲还厚着老脸去到干部家里送礼，一小包猪头肉！这礼也太薄了，人家没有收，当然也就没有答应所求之事。

在回家的路上，母亲仰望着漆黑的夜空，天哪！这孤儿寡母，还有活路吗？！想着丈夫在世的时候，这些人对他那个巴结呀，经常托他从济南买些东西回来，点头哈腰的，像孙子似的，对她也尊敬有加。可现在呢？他们两眼一抹，像不认识似的。母亲心里一酸，那眼泪像决了口的水库，滚滚而下。

母亲到娘家潘格庄去看望生病的哥哥。路上，她看到一辆军用卡车开了过来，就站在路边招手，那卡车就停在了路边，把她拉到了潘格庄。回来的时候，舅舅把他的大闺女小秋叫了来，说："你送你姑回家吧。"

小秋个头不高，人也十分老实，骑着自行车带着姑妈往昆嵛村走。到了旸里口子这个大山坡下，小秋骑不动了，就下了车，和姑妈一起往大山坡上走。边走边拉着家常，拉着这些年来的酸甜苦辣。

姑妈说："小秋啊，听说你姑夫死了，我也没掉眼泪，可是看着你这个最小的振华兄弟，学校请他当个老师，人家不让；想到果业队，人家也不让；想当个村里的电工，人家还不让，我还去给人家送礼，咱那礼也太轻了，人家也不收。我想着，你这个小兄弟命怎么这么苦啊！你这个姑的命怎么这么苦啊！那眼泪哗哗地就流下来了。"

小秋看姑妈伤心，就劝解道："姑啊，我看俺那个兄弟啊，面相很好，天庭饱满，是个富贵之相，肯定不会在村里干长了，说不定老天有眼，哪一天有个什么机会，俺兄弟就出去了，你就放心吧。现在俺那些兄弟姊妹不是都出去了吗？俺兄弟再出去了，就好了，你就等着享福吧！"

经侄女这一番解劝，母亲的心里亮堂了许多，望着面前陡峭的山坡，也增添了许多的力量，和小秋一起，向着坡顶奋力蹬去。

书香门第艺术家

春天来了，就没有什么力量能阻止草木的生长。

这个大家庭，像一艘航船，逆水行舟，在母亲的撑持下，在曲折的生活的航道上艰难地前进着。她的儿女们，也像春天的草木一样，茁壮地成长着，并开出一朵朵艳丽的鲜花。

每天晚上，母亲在炕头上绣花，有四个孩子围着一张吃饭的炕桌在写作业。一盏煤油灯，映照着振刚、振萍、振美、振华四双探求知识的眼睛，照亮着各自面前的教科书和作业本。不过，振刚、振萍完成的是初中的作业，振美、振华完成的是小学的作业。哗哗的翻书声在静静的夜晚更加显得清脆，寒舍中散发着阵阵书香。母亲绣花累了，抬起头看着这几个孩子这么用功学习，心里感到熨帖，感到安慰，也更增添了她生活的希望。

姥姥在一旁，哄着小外孙女振雁进入了甜蜜的梦乡。

闹不清来自什么遗传，这一门七子都喜欢读书，如果不是"文化大革命"和其他原因的耽误，这个家中再考上几个大学生绝对不成问题。而且，这些孩子都有点艺术细胞，写字绘画，唱歌唱戏，长笛胡琴，登台演出，几乎人人都有一手。

大哥振源写字绘画的水平在同辈非艺术类专业的人当中，水平是相当高的了。在东南工学院设有建筑系，学建筑的学生，都有较好的绘画基础，但他们的功力与振源相比，还是逊色不少。学校里一些油印宣传品、刻蜡版，甚至画很大的壁画，还是请动力系的王振源来画，这在全院传为美谈。

二哥振业艺多不压身，武术、书法、绘画、乐器、表演艺术，都很酷爱，乐此不疲。"文革"开始后，村里每年春节都要排演一出京剧样板戏，振业不但经常担任主角，而且舞台布景也是由他来画成的。

三哥振刚虽不擅长表演艺术，但口琴吹得不错，也很能画，家里的白墙壁上，到处都有他的大作。照着《三国演义》等书的插图，在墙上画了不少穿盔甲、提刀枪的赵子龙、关云长，也唬人一阵子。他还特别爱好打篮球，是学校篮球队的主力队员。

大姐振萍，是家里的"千金小姐"，有着百灵鸟般的歌喉，从小学开始就喜欢唱歌跳舞，唱起歌来像银铃一般悦耳，跳起舞来像一只小孔雀一样美丽。在界石公社中学，一直是学校毛泽东思想文艺宣传队的骨干演员。她和旸里后村的同学林秀芬最要好，都是宣传队主要演员，到处宣传毛泽东思想，形影不离。她们演唱的《毛主席著作到草原》等歌曲，真有响穷东海之滨、绕梁三日之慨。在文登县的文艺调演中，她们还得过奖呢！这一段难忘的经历，使她们结下了终生不渝、亲密无间的友谊。

小姐振美水平差点，但春节期间也在公社巡回演出过，她演一个农村党支部书记，风度气质虽然比革命现代京剧《龙江颂》里的江水英差点，却也使广大农民群众眼睛为之一亮，啧啧称赞。

振华虽然年龄较小，但爱好也不少。写字、画画都喜欢。上初中时，老师亲自在大的硬纸上打好格子，请他在上面写字，挂在教室黑板的旁边，让同学们学习临摹。他不知从哪里弄来一本《纪念白求恩》的隶书字帖，爱不释手，临帖不辍。过六一儿童节，也是他表演的大好时机，他演唱京剧《智取威虎山》选段《我们是工农子弟兵》，学校一位大个子董老师亲自为他操琴，相映生辉。笛子、口琴都能来两下子，会吹的歌曲旋律也着实不少。

小妹妹振雁，颇具艺术天赋，从小学到高中，都是学校文艺宣传队骨干。经常参加公社和县里组织的文艺演出。高中还没毕业，就被文登京剧团招收了去，成为一名专业京剧演员。

在胶东，有两个大剧种，很受群众喜爱，一个是京剧，一个是吕剧。农民一年忙到头，非常辛苦，只有过年前后，农民才比较有闲空。单干的时候，进入冬天，也就"三十亩地一头牛，老婆孩子热炕头"，不干农活了。但是，人民公社化以后，特别是"文化大革命"中"农业学大寨"运动在全国轰轰烈烈地开展，冬天也歇不着了，社员们都被组织起来，参加农田水利基本建设，更是累得人们筋疲力尽。

但是，农村的人们辛苦一年，过年也是需要娱乐一下的。在胶东的农村，是有演年戏的传统的。昆嵛村是一个大村，有一批喜欢京戏的人，还有一个在"反右"中从专业京剧团下来的"右派"，他也在村里和农民们一起劳动。一进入腊月，这些喜欢京戏的人，就凑在一起，商量排演一出京戏，在春节期间演出。大队也支持这项工作，在最后的排练中，这些演员及伴奏的人都能记大队工分。

由于多年的积累，村里购置了很多老戏的戏装及各种道具，用好多戏箱子盛着，放在木匠房隔壁的大屋子里储藏着。昆嵛大队的京剧演出在全公社是很有名的，"文革"前演出的《辕门斩子》《穆桂英挂帅》《秦香莲》《野猪林》等剧目，都受到人们交口称赞。那时候，一般大年初二晚上在本村演出，初三到正月十四就到各村巡回演出，用几辆马车拉着戏箱子和演员。到哪个村演出都很受欢迎，尤其是一些不大的村庄，没有排演戏剧的能力，能请到昆嵛村的演员去演出，那是非常高兴的，不仅招待香烟、花生、糖果、瓜子，还要好好招待吃一顿饭。这期间，去演出过的村庄，如果也排演了戏剧，也到昆嵛村来演出，村里的大人、小孩高高兴兴地看戏过大年。正月十五元宵夜，是必须再回到本村演出最后一场的，经过连续多场的演出，演员们对剧目都演熟悉了，演出水平比大年初二的首演要提高很多。这场演出结束后，年过完了，剧团也就解散了，新的一年的农业生产也就开始了。

1966年，史无前例的无产阶级"文化大革命"开始了，"破一切剥削阶级的旧思想、旧文化、旧风俗、旧习惯"的破"四旧"的狂风刮遍神州大地的城市与乡村，帝王将相、才子佳人都被赶下了舞台，代之而起的是八个革命样板戏。京剧《红灯记》《沙家浜》《智取威虎山》《杜鹃山》等的唱腔整天在电台、有线广播、大喇叭里播放。

现代戏给青年们提供了舞台，村里的一批老戏迷们都跟不上时代的步伐，只能羡慕地看着青年人瞎捣腾，出风头。

振业20岁出头，又肯下功夫学习、钻研，还到文登京剧团拜师学艺，和剧团的人打得火热。他演《智取威虎山》中的杨子荣，"打虎上山"那一段舞蹈动作，难度是非常高的，振业的表演非常出色，叫好声不绝。这不仅因为他有武功的底子，而且也是专业演员亲自传授。

村里每年照例要排演一场大戏，振业还演出过《沙家浜》中的刁得一、《红灯记》中的磨刀人、《白毛女》中的大春等角色。振业不仅唱念俱佳，尤其武功了得，那磨刀人刀劈鸠山，与专业演员不相上下。

"四旧"破除了，还要立"四新"。公社和县里每年都要搞文艺调演，这也是一种比赛。有时候，公社组织一些表演水平较高的人，排练一个节目，参加全县文艺调演。振业有好几次被调到公社参加节目创作和排练，他们创作的节目，不仅获了奖，也结识了一批文艺界的朋友。

爱唱的人是闲不住的。在夏天，吃过晚饭后，振业经常提着京胡，约几个爱好者，找个地方开唱，村民们就围着听。

有一次，他和几个人一起到村西数里昆嵛山脚下的石硼塂去唱，振华也跟着去看热闹。这一个山庵有十几户人家，房子都盖在向阳的小山坡上，鳞次栉比，错落有致，农舍青青，绿树掩映，庄前有一个篮球场那么大的大石硼，是一个晒粮食的好地方。他们就在这大石硼上演唱。

一轮明月，光洒大地，蝉鸣阵阵，犬吠汪汪，凉风习习，山泉汩汩。劳累了一天的社员们，这里的男女老少，听到演唱，都提着小马扎、小板凳出来听唱。

振业时而为他人伴奏，时而自拉自唱，观众中不时爆发出阵阵叫好声。"再来一个！"伴随着群众的叫声，他又自拉自唱了一段《海港》选段，高亢嘹亮的京剧唱腔在群山中回荡着："满怀豪情回海港，看东方，晴空万里，霞光千丈，江两岸分外辉煌……"

这场面，这情景，构成了一幅非常和谐优美的画卷。

天气热了，一家人都在院子里吃晚饭。一年到头，主食就是地瓜和地瓜干。锅里加水煮地瓜干，锅边上贴几个玉米面饼子，胶东人称为"粑粑"。粑粑主要是供给干活的二哥吃的，剩下的几个人分吃一个。吃完了饭，收拾完了桌子，母亲就去洗碗刷锅去了。

二哥又把他的京胡拿来了，调了调弦，就拉开了。

"我家的表叔，数不清，没有大事不登门……"刚上小学的小妹妹振雁，用稚嫩的声音学着李铁梅唱了起来。

这一段刚唱完，大姐振萍又开始了"痛说革命家史"："十七年，风雨狂，怕谈已往……"

母亲刷完了锅，笑眯眯地端着一碗白开水出来听唱，把水放在桌子上，让孩子们喝。振业见状，拉着京腔，说了声："谢谢妈！"就自拉自唱起来："临行喝妈一碗酒，浑身是胆雄起起……"逗得母亲开怀大笑。

街坊邻居们，听到乐声、唱声、笑声，纷纷赶来，有的自带小板凳，有的坐在院子里的石条上，有的站着，看着这一家人，吃着地瓜干，唱着现代戏，真可谓黄连树下拉胡琴——苦中作乐，都露出羡慕惊奇的神色。

振业终生酷爱乐器演奏和京剧表演艺术，后来他闯关东，又迷恋评剧和"二人转"，经常在东北各地演出，深受欢迎。他退休后，又到改革开放的前沿阵地深圳，创立了一个京剧团，自任团长，在广东省影响很大。

生活无处不飞歌。农民家大多有一盘石磨，合作化之前，家境条件好一点的，用驴拉磨，把驴的眼睛蒙起来，驴在磨道里转着圈儿拉磨。合作化后，各家的牛、马、驴都交到合作社里去了，就用人推磨。一个人推太重，就两个人推，轻松一点。

为了省钱，振华家里一般也舍不得到机器房磨面，大都是自己推磨磨面。有一次，大姐和他一起推磨，一边推磨，大姐一边讲笑话，笑话讲完了就唱歌，这可真是"磨房里的歌声"。她唱那："蒙山高，沂水长，我为亲人熬鸡汤。续一把蒙山柴，炉火更旺，添一瓢沂河水，情深意长……"那真是声情并茂，余音绕梁，把振华都听呆了，也不觉得推磨的辛苦了，只感到欢乐。

动物乐园

昆嵛村是明朝立村的，全村由南向北地势走高，村北是一座小山，山上立有一座烈士纪念塔。

村子里有一条贯穿东西的大路，在村中间的路北有一栋大房子。这栋房子非常大，在全公社只此一栋。这栋大房子，是村里的建筑队在70年代初盖起来的，全部用石料砌成，钢梁斜顶，上覆青瓦，起码有三层楼高，有20几米宽，60多米长，在里面召开几千人的会议不成问题。村里演戏、开大会都在这里，公社每年的"三级干部会"也在这里召开。

在大房子的西侧，是大队办公室的一个院落。大房子正门，冲着一条向南的路直通南河。路西就是一字排开的振华祖上盖的四个庭院。最南边的院落门前是一条向西的路，这条路东面对着的是一个大菜园子，振华家和常树叔、常金叔家的菜园子都在这里。菜园子的西南角有一眼水井。

这四个院落，都是曾祖父和他的四个儿子盖的。曾祖父随着他的大儿子住在南边第二个院落里，这个院落也就是振华的家。南邻是三爷的房子，三爷一家都跟着大儿子到沈阳了，后来就由二爷的大儿子常水大爷买下来住着；北邻是二爷的院子，这个大院子从中间砌着一道墙，分成了两个院落，由二爷和他的儿子常树叔住着，常树叔是个残废军人，不能干重活；最北边的院落，也分成了两个小院，是四爷和他儿子常金叔住着。振华记事的时候，四个爷爷都去世了，婆婆、二婆、四婆都还健在。

一个家族，在村中间的位置，连着盖起这样四个大院落，而且在农村来说，房屋建得也很讲究，东厢房外墙上还嵌有各种各样的中间有一个孔的供拴牲口用的石雕。土改时，农村划分阶级成分，因为打官司土地都差不多卖光了，只剩下了这四个院落，而且都分了家，一家一个院，就不显得扎眼了，所以各家都被划分为中农，在"文革"中也没有受什么罪，对子女的成长也没有太大的负面影响。否则，起码要划个地主或者富农成分，那可就倒了大霉了：在"文革"中，地、富、反、坏、右，被称为"五类分子"，整天挨批斗，在村里抬不起头，子女连个对象也找不着。

一进振华家的大门，迎门是一个照壁，照壁中间是爷爷写的一个曲里拐弯的一般人不认识的方形大美术字"福"，这个照壁是一个正方形尖顶的草厦子的东面墙壁，用磨砖砌的边缘，中间用石灰抹得很平。这个草厦子是用来堆放做饭用的柴草的。

在西厢房北边两间屋的窗下，有一个猪圈，猪圈的北部与院子地面齐平，靠东墙有一个石头雕成的猪食槽，猪食槽对面是猪窝，猪窝是一整块约一米五见方的大石板做顶，东南角用一根石柱支着，西北两边都靠房子的墙。冬天猪也怕冷，就在猪窝里放不少麦秸，猪就钻在这麦秸堆里睡大觉。

猪食槽墙外有一个猪食缸，里边有把干花生蔓、地瓜蔓粉碎而成的糠，刷锅水也倒在里面，猪快出圈的时候，也放一大块豆饼里边泡着，增加营养，给猪催膘，这就是猪的饲料。用勺子淘几勺倒在猪食槽里，猪就跑过来吃。

猪圈东边是一道半墙，约一米高，在东南角砌有一个门，用一块大石板竖起来堵着，这个门是用来出粪用的。猪圈的大部分是下挖约半米多深的坑，四周用石头砌起来，底部是用平石头铺成的，这是供沤粪用的，就是把青草、麦秸、垃圾等物扔进去，废水也往里倒，再用小推车推来土，均匀地抛扬进去，猪在里面乱拱，又拉又尿，时间长了，就沤成了农家肥了。沤粪坑满了，就要出粪，就是用粪叉子往带斗的簸箕车里装，装满了就推到街上堆起来，还要堆得四四方方的，外面再用一层稀泥土糊起来，让里边继续发酵。出粪也是又脏又累的活。

振华从记事起，猪圈就没空过，一年喂一头猪。一般喂到一百三四十斤，就走了。所谓"走了"，就是请几个人来，帮忙把猪抓起来，用绳子捆住四个蹄子，天不亮就绑在小推车的顶上，送到公社的收购站，卖了。有时候也在村里杀猪。

大猪"走了"，母亲就到集上再抓一个小猪回来养着。"三八界石一六汤"，这就是赶集的日子。每五天一个集，逢阴历三、八日是界石集，逢一、六是龙泉汤集。龙泉公社就是母亲老家所在的公社，在潘格庄村北边约两里地。公社驻地因有一处温泉，供人们洗澡，就称龙泉汤。除了夏天在河里洗澡，周围的庄稼人每年过年前，大都要到龙泉汤洗一次澡，洗去一年的劳累灰尘和晦气，以一个崭新的面貌过新年，争取在新的一年里能有好的运气。

所谓"抓"一个小猪，就是到集上花钱买一个小猪仔。一头130斤重的猪，差不多能卖一百多块钱，而抓一头小猪也要二十元左右。

有一次，母亲抓回来的小猪，特别能蹦圈，老是蹦到猪圈外边乱跑，还抢鸡鸭鹅的食吃，没办法，就把猪的前后蹄用绳子捆起来，让它能走，却不能跑，也就蹦不出猪圈外边了，时间长了，它也长大了，也就忘了蹦圈了。

猪圈的对面，东厢房北边的那间屋窗下，有一个鸡窝，是用石头砌起来的，约半米高，也是用一块大方形石板做顶，还向西开有一个小门，供鸡出入。傍晚，鸡吃饱了，就跑到鸡窝里睡觉，振华就用一个破蒲团堵住鸡窝门，外面再用一块石头抵住。

在农村，有很多农舍与菜园子杂处着，不知道黄鼠狼藏在哪里，但黄鼠狼有时候来偷鸡。夜深人静之时，家里人都在睡觉，猛听到鸡"咯咯咯"拼命地叫，这就是黄鼠狼在偷鸡了，母亲就爬起来，拿根棍子，出来骂黄鼠狼，吓唬它。黄鼠狼叼着一只鸡飞檐走壁可就不容易了，大多时候就把鸡丢在正房与西厢房之间的夹道里，自己蹿上墙头跑了，有时候大人出来晚了，它就叼着鸡跑了。

村子西头北边那条河的西岸住着一户人家，这户人家只有一个青年人，叫王福，是个光棍，他家南面不远就是南河河道拐弯处冲出来的"王福大汪"，是孩子们游泳洗澡的好地方。他专门和黄鼠狼作对。黄鼠狼不仅肉好吃，而且皮毛更是值钱，公社的收购站也收购，用黄鼠狼皮做个皮大衣或大衣的领子，那是太高级了，要是在旧社会，可能只有资本家和地主才能穿得起。

王福做了几个逮黄鼠狼的夹子，就是用木板钉成一个约20厘米见方一米半长的盒子，前边有铁丝网，铁丝网里边放上作饵的老鼠或肉，黄鼠狼看到了，就从后边的口里钻进去，想吃肉，一旦踏下踏板，机关联动就把后边的口盖死了，就把黄鼠狼逮住了。王福在振华家西厢房两头的夹道里都放了夹子，每个冬天总能逮到几只。

农家一般都养鸡。小鸡的来源，一个是买，一个是自己孵。每年春天，都有人挑着两个大箩筐在村里卖小鸡，大箩筐里有很多毛茸茸的黄的、黑的非常可爱的小雏鸡。有的时候，母亲就买十几只回家，放在箩筐里养着，把人都舍不得吃的小米拿来喂小鸡。小鸡慢慢长大了，小公鸡也有鲜红的鸡冠子，公、母就可以分出来了。一般的，家里只养一只公鸡，一边它能司晨，早晨"咷咷咷"地打鸣，叫人起来干活，大公鸡叫三遍，天就大亮了。另外，如果没有公鸡，母鸡可能就不下蛋，或者下的蛋就孵不出小鸡。这个问题，《农业基础知识》的课本里也没有讲过，振华也始终没有弄清楚。公鸡养多了也没用，所以就把多的公鸡杀吃了。当然，一般是有客人、亲戚来做客或者过节的时候才舍得杀，这就是改善生活了。即使吃不上小鸡肉，能喝上一碗鸡汤也是很鲜美的。

在母亲不是很忙的时候，也为了省钱，她就自己孵小鸡。把鸡蛋放在盆子里，用被子包起来，放在热炕头上卵孵着，直到小鸡用硬喙把蛋壳啄碎，就从蛋壳里艰难地钻出来了。但不是每个鸡蛋都能孵出小鸡的，"二十一天不出鸡——坏蛋"，总有一些坏蛋，有的孵到一半，小鸡在蛋壳里就死了，这些孵不出小鸡的坏蛋，就成为振华和小妹妹的美味了。

小母鸡养大了，就开始下蛋，一般在鸡窝里下，下完了蛋，它就"咕哒！咕哒！咕咕哒！"地叫，一方面叫主人来收蛋，另一方面好像很谦虚地向主人报告它下的蛋"不大，不大，不不大"似的。听到鸡下了蛋的叫声，振华就伸着胳膊到鸡窝里把蛋拿出来。

农村人都舍不得吃鸡蛋，大都拿到村里供销社卖了。一个鸡蛋能卖五分钱。有一次振华在供销社里玩，看到一个妇女拿着一个鸡蛋来卖，用卖的钱买了一点点食盐，包起来拿着走了。

在鸡窝的大石板上面，二哥又砌了一个兔子窝，养了几只长毛兔。长毛兔的毛长得很快，大概一个月就能拔一次，收购站按兔毛的长短、粗细论定等级，以不同的价格收购，这也是增加家庭收入的一项副业。振华养兔子的收入，多半都用作买本子、笔等学习用具上了。

本队有一个青年叫大海，他养的兔子多，他家院子里靠墙建有一排排的兔子窝，上下好几层。干活休息的时候，他不休息，就去割草好喂兔子。他卖兔毛卖了二十多块钱，请振华骑自行车带着他到界石公社供销社买了一台有一块砖那么大的半导体收音机，中午或晚上吃完饭，他就把收音机拿出来，放在人们坐着休息聊天的地方，让大家听样板戏。

后来不知怎么回事，三哥振刚和振华的腿上、胳膊上生了很多疮，有大的，有小的，很是难受，这些疮出的脓，都能把衣服黏住了，要脱衣服，就把疮结的痂带下来一层，疼痛难忍。二哥请风水先生来家里看了一下，认为是建在鸡窝顶上的兔窝惹的祸，笋上压笋，不好！二哥就把兔窝拆了，在猪圈南边茅厕南墙外又建了起来。也可能是因为一些外涂药的作用，慢慢地，这些疮也就都痊愈了，但身上还是留下了不少疤痕。

家里还养着几只鸭子、两只大鹅。一只大白鹅，一只灰色的大鹅。鸭子走路很好看，一摇一摆，不紧不慢，很有绅士风度。两只大鹅，雍容华贵，像天鹅一样高洁，颇有公主、王子气度，它们整天形影不离。鸭子和大鹅每天早晨结伴而行，摇摇摆摆地到南河捉鱼虾吃，累了就在河边树下休息。它们每天在河里玩耍，把羽毛清洗得干干净净，傍晚就一起回家了。

有一次，两只大鹅没有回家，可把小振华急坏了，到南河找也没找着，满村转着找也没找着。二哥拉着小弟弟一起去找保大爷掐算，看两只鹅跑哪里去了？保大爷就是大海他爹，他虽然不识字，但不知他从哪里学的能掐会算的本领，而且一向都掐算得很准。但见他闭着眼睛，拨弄着手指头掐算。一会儿，他睁开了眼睛，说："有了，你家这两只鹅丢不了，在东北方向谁家里，你也不用去找，过几天它就自己跑回来了。"

小振华一听，高兴极了，蹦蹦跳跳地回家去了，一门心思地盼着两只大鹅早早回家。果然，过了三天，这两只大鹅自己回家了。原来，这两只大鹅让大房子东边一户人家抓回家去养着了，这户人家德行不知怎么样，老两口快50岁了，也没有个孩子。他们把大鹅弄回家后，就整天关着大门不让它们出来。可能过了几天，这家人疏忽了，忘了关大门，这两只大鹅就逃回了老家。

鸡蛋、鸭蛋、鹅蛋，一个比一个大，平时谁也不舍得吃，一年只能吃一次，那就是过五月端午。母亲早早起来，把很多蛋洗干净了，放在锅里煮，煮熟了就分给还在炕上躺着的孩子们，一人能分到好几个。也舍不得一次吃完，能留着好几天才吃完。二哥把他分到的蛋，都拿去孝敬他的武术老师了。

在正屋的屋檐下，还居住着一窝燕子。大燕子每年临近冬天的时候，就飞回南方去了，到春天就又飞回来了。最初，两只燕子开始筑巢，不停地搬运建筑材料，它们不能用"手"搬运，全是用嘴衔着一口泥、一根杂草、一根羽毛，不辞辛苦，飞行往返，慢慢地、一点一点地，把它们黏合在一起，十几天，就把一个巢筑成了，然后他们就在里面过起了幸福的家庭生活，开始生儿育女。几只小燕子孵出来后，两只大燕子就忙起来了，整天出去觅食。小燕子们就趴在窝边上，盼望着父母快点回来给它们带来食物。大燕子回来了，小燕子们都大张着小嘴，等着父母给它们喂小虫吃。

小小的振华一直心存着一个念头：燕子在谁家做窝落户，这家人家就是善良的。燕子决不会在恶人家里做窝，有的恶人嫌燕子麻烦，就把燕子窝拿棍子捅了，所有的燕子也就不会再来了。

院子里有两棵大苹果树，是麻雀们的栖息地。它们蹲在树上，也经常飞下来和鸡鸭争食吃。到了冬天，野地里的食物都被雪盖住了，有很多麻雀就飞到村子里来觅食。为了除"四害"，当然这麻雀也是味道极其鲜美的山珍！小振华也经常把一个筐子用一根小木棍斜着支起来，再在棍子上拴一根细长绳，把绳子拉到屋里，在筐子下面撒一些小米什么的，引诱麻雀下来吃。麻雀们饿极了，也顾不得危险，就纷纷"自投罗网"，只顾抢着吃。这时候，振华在屋里把细绳猛地一拉，就把来不及飞走的麻雀都扣在筐子下面了。当然"宁吃飞禽一两，不吃走兽一斤"，在地瓜干、大萝卜充饥的日子里，能逮到几只麻雀解解馋，何啻珍馐佳肴！

家里还养着一只白色的奶羊，奶羊春天下羔后，每天早晚都能挤一小罐羊奶，把煮熟的地瓜泡在煮沸的羊奶里，吃起来那真是又香又甜又有营养。

羊奶好喝，但羊要吃草。这挤羊奶和割羊草的任务责无旁贷地落到了振华的身上。一下了学，就和小伙伴们扛个篓子去割羊草。天天割，近处的草都割没了，就要到远处割。

有一次，连着下了几天大雨，羊没草吃了。没办法，振华就拿起家伙出了门。由于山洪暴发，南河一片汪洋，那小石桥早被洪水不知冲哪儿去了。振华就顺着河北岸向上游走，走到水流平缓、河面宽阔处，准备涉水过河，到河南岸去割羊草。振华脚上穿着塑料凉鞋，下到河中，越向中间走水越深，当水淹到胸部时，振华就把篓子顶在头上，一只手扶着继续过河。走到河中间时，水已经到脖子了，脚踩在河底的沙石上，沙石被激水冲走，脚就往下陷，振华就仰起脖子继续往前走，这时候河底的沙石把振华脚上的一只凉鞋冲跑了，振华也差一点就让大水冲跑了！振华冒着生命危险，好歹已经过了水最深、流最急的地方，终于到达了南岸。割了一篓子草和棉槐条子，又顶在头上从原渡河处渡回了北岸，这才解决了羊的大问题。

奶羊必须下羔才能出奶。在村西面约三里路有一个宋家庄，住着二十来户人家，也是一个生产小队。这里是常树婶的娘家，她娘家有好几个兄弟，有一个兄弟家里养着一头大公羊。到了秋末的交配季节，二哥就安排振华和几个小伙伴一起，牵着各的羊到宋家庄交配。那只大公羊长着两只大羊角，威风凛凛，确实厉害，连续为几只母羊配了种，它也不觉得累，大有来者不拒的气概。

母羊在春天里，一般能生下两只或三只小羊羔。小羊羔生下后，吃着母乳，不几天就能满院子跑。这时候的小羊羔，浑身雪白，毛茸茸的，最可爱、最好玩，振华就经常在院子里抓住小羊羔，抱在怀里玩，小羊羔探着头，望着它娘，"咩咩"地叫，它娘看看它，也不理会。

小羊越长越大，就该断奶了，断奶后不久，二哥就把小羊羔卖了。本村有人买，就卖给本村人，本村没人买，就拿到集上卖。每当这时候，振华都非常心疼，好像割了他的肉似的。

有时候，振华也牵着这头大奶羊在南河北岸放羊，牵着羊在岸边吃草。若不牵着，它就到处乱跑，要是跑到人家菜园子里边吃了人家的菜，可就有麻烦了。

有一天傍晚，振华把羊缰绳拴在一棵小树上，他就到别处玩儿去了。忽然，一阵狂风刮起，乌云翻滚而来，瓢泼大雨，倾盆而下，振华也忘了羊的事了，撒腿就跑回了家。二哥一看，问他："羊呢？"振华顿时傻了眼，正要冒雨出去把羊牵回来，却见这只大羊拖着一棵小树跑进了院子。原来，一下大雨，羊也急眼了，左冲右突，终于把拴它的那棵小树连根拔起，把树也拖回家里来了。

农村老鼠很多，大白天也敢到处跑。本来人吃的粮食就不多，老鼠还要来偷粮食，真是可恶。为了捕鼠，家里有几个老鼠夹子，在把弹簧别住的钢丝上，用细绳拴上一个花生，老鼠一吃花生，机关一动，就把老鼠夹住了，但是一般老的老鼠很少上这个当。猫是老鼠的天敌，母亲跟人家要来一只小黑猫，养了一年多，家里老鼠少了不少。过春节的时候，鱼刺、骨头什么的，都让它吃了，长成了一只膘肥体壮、毛色乌黑油光的大黑猫。这只大黑猫好像会念咒，就像唐僧一念紧箍咒，孙悟空就头疼一样，大黑猫蹲在老鼠洞旁边念咒，那老鼠一出来，就让它抓住了，抓住了还不马上吃它，非要把这老鼠玩上半天，吓也把这老鼠给吓死了。

这只大黑猫吃饱了，就喜欢躺在热炕头上睡大觉。可是后来这只大黑猫不见了，几天也找不着。最后才发现它掉进大水缸里淹死了。家里的大水缸非常大，埋在地下一截，地面以上也有一米多高，缸的直径约有一米半，放在靠正屋北墙根儿下，估计猫从缸沿上行走，不小心掉下去了。由于缸又大又深，所以几天也没有发现。

这只可爱的大黑猫死了，振华把它的遗体拿到菜园里，挖了一个深坑，把它埋在里边了。

猫没有了，但是不久，家里又来了一只狗。这是二伯的大儿子从烟台带回来的。他带来两只小狗，一只在振华家养着，一只在北邻常树叔家里养着。

狗恋人，猫恋屋。狗是很通人性的，尤其是小孩，大都喜欢狗，狗也喜欢和小孩玩。只要不上学，这小狗就形影不离地跟着振华转悠，陪着他度过了童年的时光。

捕鱼捉鳖

虽然生活是艰难的，但也充满着童年的欢乐。

村南的小河，发源于昆嵛山顶峰东北侧的滴水源，它就像一条暗河从一块巨大的石硼底下奔涌而出，沿着山谷向东流去，一路上汇集了几条山谷流来的水，到昆嵛山脚下的龙王庙处汇流成了一条较大的河流，流到昆嵛村南时，与一条从昆嵛山北面山谷里流出的河流汇合起来，向东流入老母猪河。

这条河流，发挥着很大的作用。河北岸有不少光滑的石头，这都是村妇们经年累月在石头上搓洗衣服磨出来的。天气暖和的时候，河边有不少妇女洗衣服，"叽叽喳喳"很是热闹。

这条河流也是孩子们快乐的源泉。夏天的时候，有很多男孩子光着屁股在河水里玩，充分展示着裸体的人体美，孩子们在河里打水仗，打水仗不过瘾，就扔小石头对打。有一次，一块小石头打在振华的头顶上，立刻冒出了殷红的鲜血，此时，振华还没有上学，他用手捂着伤口，哭着回家找妈妈去了。妈妈用"长药"，也就是消炎粉，在伤口处敷上，慢慢地也就痊愈了。

小河里还有不少鱼、虾、蟹、鳖，特别是一场大雨过后，很多鱼就会溯流而上，河里就会有不少大鱼。

要想捕到河里的鱼，主要有三种方法。最简单的是用手捉。盯着河里的某条鱼，它游累了，或是看到有人盯着它，它就游到石头底下躲藏起来了。这时候，用两只手在石头底下摸，十有五六能把这条鱼捉住了。

第二种方法就是"喷鱼"。用一个洗脸盆，把一块布掏一个拳头大小的孔，把布绷在盆沿上，盆里放一些炒熟的麸子，鱼闻着香味，就从孔里钻进盆里吃麸子，一看进去的鱼不少了，就把孔盖住，把盆端出来，鱼一条也跑不了了。

第三种方法比较狠，就是用网捕鱼。一个约一丈多长、一米多高的网，两边固定在两根木棍上，两个人一边一个，持棍子把网拉起来，一网就能捕很多鱼。

有一次，振华在河里捕鱼，看到一个小乌龟，又不敢伸手捉。据说，要是被乌龟咬着手，天不打雷它是不松口的。小乌龟也怕人，就爬到一块小石板底下去了。振华想，这回你可跑不了了。踌躇半天，怎么能把小乌龟捉住呢？反正小乌龟跑不快，先把石板掀开再说，看它往哪儿跑？振华就把小石板掀开了，可小乌龟却不见了，真正是奇怪得很，哪去了？原来小乌龟来了个"金蝉脱壳"，它在石板底下钻进了沙子里，不知从河底的沙子里遁到哪里去了。

在南河的南边，有一片洼地，叫"南夼"，这里坑坑洼洼的积满了水，中间一个大水洼，四周一片芦苇，丛生着杂草灌木。这里既是一个鸟类的安乐窝，又是鱼、虾、蟹、鳖、蛇们的福地，也是孩子们的乐园。

放寒假了，上初中的振刚，领着小弟弟，带着小水桶，拿个笊篱，到南夼去捞鱼虾。

这个笊篱是用柳条编成的，过年煮水饺时可用它来捞水饺，但现在却是用它来捞鱼虾。

来到一个水坑前，把冰打碎，那小鱼、虾就都游上来透气，一笊篱下去也能捞上来不少，捞上一阵子，也就够家里人改善一顿生活了。

家里有一个热水瓶打碎了，热水瓶的瓶胆都是两层涂上水银的玻璃，热水瓶的胆破裂，一般都是外层碎了，里层还是完好的。振华就用沙子把玻璃上的水银磨擦去，在里边灌上水，再放上几株水草，把几条小活鱼放进去，这些小鱼在透明的玻璃瓶胆内水草之间游来游去，在寒冷的冬天里，也给家里带来了新的生机和活力。

有一次，捉到一条大鲫鱼，约有半斤重，舍不得吃，就把它放在大水缸里养着。大水缸里的水三五天就用得差不多了，就再挑几担水倒在里边，这条鱼就一直在里边优哉游哉。只可惜不能像透明的玻璃瓶胆那样看着它游。振华就和小伙伴们拿着两面镜子，一个在门外，用镜子把阳光反射到水缸上边的镜子上，这面镜子再把光反射到水缸里，这样，那条鱼在水缸里的游动可就尽收眼底了。

滑颤冰

进入冬天，南河经常结一层薄薄的冰，交九之后，这层冰上能由人行走。

振华家有一个大算盘，非常大，不知是怎么来的。上小学高年级后，学校就开设珠算课，放学之后，振华就背着书包，挎着大算盘，来到南河，把大算盘正面向下，放在冰面上，他盘腿坐在算盘掌上，两手撑着冰锥，就可以在冰面上滑行了。

后来，振华担心把算盘压坏了，再加上算盘的滑行速度慢，比不上其他小朋友们的冰车快。小振华就自己动手，制作了一辆冰车，冰车滑行起来，比自行车都快。

做一辆冰车也不是很难。钉一个长方形的可供坐人的木架子，在底下的两根长棱上，把两根与棱差不多长的粗铁丝两端打尖折弯，钉入木棱中，就固定住了。这两根铁丝，就和滑冰运动员穿的冰鞋底下的冰刀差不多，大大减少了滑行阻力，在冰面上可以滑得非常快。两把冰锥，与钉鞋用的锥子差不多，但较粗大，把大钉子的钉帽切去，钉入木柄中，就可以用来滑冰了。

有了冰车，振华滑冰的兴趣就更浓了，星期天也不用拔羊草了，因为羊过冬的饲料早就准备好了。没事了，就经常约几个小朋友结伴到南河滑冰，还经常开展滑冰比赛。由西向东滑，约有一百米的冰面比较平，几辆冰车一字排开，小朋友们盘腿坐在冰车上，身体略微前倾，两手握着冰锥柄，把冰锥的尖儿插在冰面上。"预备，开始!"一声令下，两只手向后一用力，几辆冰车如离弦之箭，一齐向设定的比赛终点冲去……

天不太冷的时候，冰层比较薄，冰面上不能走人，但冰车受力面积比较大，如果快速滑行，从河北到河南就有可能滑过去。这时候，由于冰车的压力，冰面随着冰车的滑过而"嘎嘎"作响，像波浪一样起伏着，滑这样的薄冰是很刺激的，如果滑慢了，就可能压碎冰面掉入河水中。小朋友们把这样的滑冰称为"滑颤冰"。滑颤冰需要胆子大，还要有一点牺牲精神，特别是第一个滑的人，因为谁也不知道能不能滑过去。河中间水流大，结冰薄，如果滑到中间冰层裂了，大冬天掉到河里那滋味可不是怎么好受。当然，河水不是很深，约半米多深吧。

有一次，振华又和几个小朋友来滑冰，用石头把冰面打了一个小洞，看冰层比较薄，都不敢下冰。振华壮了壮胆说："我先来!"大有荆轲"风萧萧兮易水寒，壮士一去兮不复还"的英雄气概。就把冰车在河边的冰面上放好，坐了上去，挥动着两只小手，两支冰锥就像鸡啄米似的快速地撑着冰车向南岸滑去，冰面也就二十米宽吧，那冰层"嘎嘎! 嘎嘎嘎"的碎裂声，令人心惊胆战，当滑到河中间的时候，冰层一卜子碎裂了，冰车陷到了水里，振华随着滑行的惯性，一个前滚翻，滚在前面的冰层上，这一重压，冰层立刻破碎，把振华整个地摔在冰冷的河水里去了。好在这里河面比较平坦，河水也不急也不深，振华在水里一下子坐了起来，全身湿透，找着了冰车、冰锥，提溜着上了岸。

怎么办? 还不敢回家，这个狼狈样要是让妈妈看见了，还不得挨一顿熊。小伙伴们就到打麦场上的花生蔓堆上抽来好几捆花生蔓，点上火，就围着火，转着圈儿地烘烤，打算把棉袄、棉裤烤干了，再回家。

花生蔓的火很硬，离火远了，烤得慢，心想快点烤干了好早点回家，就离火越来越近，而里边还是湿乎乎的，也感觉不出来热得难受，就离火越来越近。结果棉袄、棉裤差不多烤干了，也把棉袄、棉裤烤煳了，外面的一层布，一动就破了。这怎么办？没办法！硬着头皮回家吧。

吃花生

打麦场上有一大垛花生蔓，等春天的时候，先把它用铡刀铡碎，再用粉碎机把它打成糠，供生产队饲养点喂猪。

在烧花生蔓烤棉衣的时候，小伙伴们在打开一捆捆的花生蔓再向火堆里添的时候，发现每一捆花生蔓里都夹杂着或多或少十个八个的花生果，这真是一个意外的发现！

花生是农村孩子最爱吃的东西了。秋天，生产队里收北泊地里的花生时，社员们用小推车推一车捆着的连蔓带花生果的花生棵，推到南场上。孩子们就在村里的必经之路上等着，小车队到了，就一哄而上，扑上去乱扯乱拽，抽下来一些，解解馋。社员们也不管，而且不是自家的孩子就是邻居家的孩子，反正也不是自己的，而是生产队里的花生，谁去得罪这个人？这真是孩子们非常兴奋的时候。

再一个能吃到花生的机会，就是生产队收完花生后，谁都可以到地里去复收，一家能去几口人，拿个篓子，小镢头，在花生垄里划拉，半天也能复收不少。

再一个机会，就是秋后为生产队里扒花生的时候。队里的花生果晒干了之后，分到各家去扒花生米，花生米才能卖到公社的粮管所。领多少，各家自愿，但这是挣工分的。扒一百斤，多少工分。还要按一定的折，交回多少花生米。如100斤花生果，要交回70斤花生米，多了就归自家，少了的就要赔上。

晚上吃完饭，没事了，一家人坐在炕上扒花生，有说有笑，很是热闹。有用夹子夹的，有用手扒的。所谓夹子，是将棉槐条子用火烧软后，弯折过来就成了。把花生果放在夹子中，手下一用劲就把花生果夹开了，花生米就掉出来了。扒花生时，吃几个不成熟的小瘪花生米不成问题，吃多了肯定要折秤。到生产队粮库交花生米的时候，涨秤了的，都兴高采烈地把多出来的花生米拿回家去了，折了秤的就显得不光彩，肯定是嘴馋吃多了。不过，这里面猫儿腻也不少。有的人家为了压秤，就把花生米放在水缸边上吸收潮气，增加分量。而振华家从来没有干过这样的事，扒出来多少花生米全部交上，也从来没有折过秤，有一次还涨了一斤多呢，把小振华高兴坏了。

生产队每年秋后也给社员们分配一点油料，每人分12斤花生果。这一点花生，除了要给在外面工作的姨妈、姑妈们每人寄出二斤花生米，表示一下心意外，还要榨点油，还要留下一点好过年。过年的时候，家里炒一点花生，好招待客人。孩子们也就是吃几颗，香香嘴罢了，也过不了瘾。

最让振华高兴的是每年榨花生油的时候。榨花生油时，要先自家把花生米放在碾子上轧碎了，然后用两个水桶挑着，送到村西头的机器房里。在这个大院东北角的几间房子里，装备着一台人工的榨油机。村里这么多户人家，都来榨油的时候，是要排队的。二哥振业把桶挑来，把桶放在那里排上队，他就忙去了，让小弟弟在这里看着。

榨油机昼夜不停，一直到了深夜，才轮到了振华的桶。师傅们先将花生坯倒进一口大锅里，下边烧着火，用铲子来回翻，直到把花生坯炒熟了。这时候，真是香气四溢，沁人肺腑。那些坯在大锅里翻搅，会滚成一个蛋儿一个蛋儿的，这就叫"油蛋"，站在锅边看着的振华，馋得受不了，手疾眼快地抓出了一个蛋儿，两只手倒来倒去，直到不烫手了，才敢往嘴里放。这油蛋儿比吃生花生米可香多了，好吃多了，真是不可同日而语。

因为烤棉衣而发现了花生蔓里的秘密之后，小振华就开动了脑筋。心想，这么多花生要是被打成糠，都被猪吃了，也太可惜了，这不是太浪费了吗？毛主席不是教导我们"贪污和浪费是极大的犯罪"么？还说"要节约闹革命"！可是，要是好天的时候，打麦场附近是有人走动的，若是把花生蔓的捆都拆开了，开春要打糠铡花生蔓，可就麻烦了，要是让人发现了，这就是"破坏分子"啊！那还了得！

正在这里踌躇，老天遂了人意。连续几天，下起了鹅毛大雪。振华一看，这真是天助我也，正是去捡花生的绝好时机。就叫上了两个小伙伴，到了南场，不一会儿，就在花生蔓垛上掏出了一个洞，人钻在洞里，外边下天大的雪也没事。在洞天福地里，把花生蔓一捆一捆地拆开，嘿！花生还真不少呢！不到半天，也差不多吃饱了，又把两个衣兜也塞满了。

"苟富贵，勿相忘。"振华回家后，把小妹妹领到一旁，把花生掏出来向她衣兜里塞，小妹妹高兴得满脸是笑，小嘴一口一个地叫"小哥"，叫得振华心花怒放。

吃花生还有更厉害的损招，可谓"竭泽而渔"。不过，这一招振华只和小伙伴用过一次，再也没敢用过。

农村种地，有时候是套种，如在小麦地里套种玉米、花生，割了麦子后，玉米、花生也就长起来了。

套种花生就是在小麦长到一尺多高的时候，在两行小麦之间，用镢头隔一定间距，刨一个小坑，撒几颗花生米当种子，然后用脚把土掩进坑里埋上，还要再踩一脚，压结实一点。

这一天，放了学，振华和一个叫大江的小伙伴到河南边割羊草，到了一块刚刚套种过花生的麦地，加上又饿又馋，两个人就爬在麦田里，由于麦子挡着，从远处看不到人。然后就用镰刀一个坑一个坑地抠，真是弹无虚发，每个坑里都有几颗花生米，抠出来就扔进了嘴里，真是香啊！尽管不大讲卫生。这也不算什么不讲卫生，那1960年挨饿的时候，生产队里种花生，怕社员们偷吃花生种，就把花生种放在大粪里搅和，即使如此，也有的妇女把花生种放在手里搓一搓，就扔嘴里吃了。

振华和大江边抠花生边匍匐前进，同时就把麦子都压倒了。此时的麦子已长节，一压倒就断了，不可能再长起来，但在绿油油的麦苗上爬行倒也挺舒服。

吃得差不多了，还要割羊草呢！抬起头来，四面一看，没有人，就直起了腰，拿起镰刀、篓子，赶紧溜之大吉。这要是被看山的或是队干部抓住了，可就成了"破坏生产的现行反革命分子"了，那可真是要倒大霉。

母亲的大度

这个大江的妈妈和振华的妈妈是一个村的，都是龙泉公社潘格庄人，孩子们互称对方的妈妈叫姨。两家的关系应该很好，可是大江的爹借了振华家一袋子小米，说什么也不还了，愣说没借。母亲考虑都是一个村的，也不能打官司，只能算了。大江家孩子也不少，有两个哥哥、两个姐姐，大江的爹好吃懒做，孩子们也没长大，生活十分困难，只当帮助了这一家人。

这样的事，母亲遇到可不止一次。还有一次，东邻一个婶子借了母亲十元钱，她来还钱的时候，母亲正在做饭，腾不出手，就说："你放桌子上吧。"这个婶子说："我给你放这个茶壶里啦！"就走了。等母亲做完饭，打开壶盖一看，哪里有钱的影子？一分钱也没有。"哑巴吃黄连，有苦说不出。"这怎么说？你能再去要吗？婶子说放茶壶里了，你能说没放吗？也没有证人，这可真是"天知、地知、你知、我知"了，也只好不作声了。不过，这位婶子再也不好意思找母亲借钱了。

由于和大江家这层关系，振华也经常到大江家去玩。有一次正和大江在他家院子里玩，大江他爹赶集回来了，给大江带回来一只煮熟的大红螃蟹，他爹把大螃蟹给了大江，大江一个人坐在屋门槛上吃了起来，连个螃蟹腿也没给振华尝尝，振华鼻子一酸，眼里含着泪，离开了他的家，再也不想到他家去玩了。

回家的路上，振华边流泪边琢磨，要是母亲绝对不会这么做，起码也要分一半给大江。家里有点什么好吃的东西，母亲也舍不得让孩子们吃，留着来个客人或有什么事的时候，好招待人家。

队里有一家叫刘海的，媳妇有病，不能下地干活，有两个儿子、四个女儿，年龄都很小，生活极端困难，长年闻不到肉味。他看到街上跑过一只没主的小狗，拿起一块石头就把小狗打死了，拿回家去给孩子们改善生活去了。他和振业关系不错，振业也经常接济他们一下。振华家来了客人，刘海总是在吃饭的时候来探望探望，振业就请他一起陪客人喝一杯。后来，振华全家所有的人，都离开了昆嵛村，母亲还把她结婚时的一座烟台北极星座钟送给了刘海家。

有一个彪子，叫唐学，是界石村四婆的侄子。这个唐学彪子，蓬头垢面，鼻涕有二尺长，整天走村串户讨饭吃。他一到昆嵛村，后边就跟着一群半大不小的孩子起哄，拿石子打他。

这一天，振华看到唐学从北街上向自己家这边走来，就赶紧回了家，振华不但不敢打他，而且还有点怕他，因为他毕竟是个大人，振华就把大门关起来，留了个缝儿，向外看热闹。母亲看到了，就问："你干么呢？"振华就说："唐学彪子来了！"母亲就打开大门，正好唐学走到门前，母亲就招呼他："唐学，你等等，我拿点吃的给你。"唐学一听，嘴里"哈哈"地应着，站住了。母亲就进屋拿了一块粑粑给唐学，那帮皮孩子一看，有大人给唐学吃的，也不敢再打他了，就一哄而散了。

要说唐学彪吧？他还懂爱情。还有一个彪子，是个女的，叫颜良，年龄和唐学相仿。他们两个有时一块来到昆嵛村，住在村西面一个碾棚里。这是一个四方形的尖顶棚子，里边有一盘碾米的碾子，碾盘就是他们的床。颜良在这里住着，给唐学缝缝破衣服，唐学要来吃的先给颜良吃。冬天碾盘冰凉，唐学就抱来柴草，在碾盘底下烧，不知能不能把这个又大又厚的碾盘烧热。不过，唐学、颜良的风流韵事，却成了庄稼人茶余饭后的乐子。

第一次盗书

"文化大革命"开始后，文登县成立了两个派别的红卫兵组织，一个是"井冈山"派，一个是"二一"派。井冈山派是造反派，二一派是保皇派。这两派红卫兵，一开始是开展革命大辩论，辩论不出个输赢，后来就开始武斗。

在家里，振业、振刚是井冈山派，振萍是保皇派。一到吃饭时，全家人凑在一起吃饭，就开始了革命大辩论，一张嘴可能说不过两张嘴，再加上还是两个哥哥，辩论得振萍饭也吃不下，眼泪哗哗地流。家里是没法住了，就搬到界石中学住宿去了。

这时候，昆嵛村也是一片混乱，村办公室周围的墙上，都贴满了大字报，墙上贴不开，就挖坑埋杆子，把席子固定在杆子上，再在席子上贴大字报。大字报大都是向村党支部书记、大队长等村领导干部发动进攻的。把这些村干部十几年来干的坏事揭了个底朝天，让他们在村子里丢尽了脸面，要把他们全打倒，再踏上一万只脚，让他们永世不得翻身。村里的领导权，就被一个姓迟的造反派头头儿夺去了。

夺取政权大概都是你死我活的。有一天傍晚，这个造反派头头儿率领着民兵连要出去武斗，每个民兵都扛着半自动步枪，排着整齐的队伍，队伍前面还有一挺有两个轮子和厚钢板为挡板的重机枪。

这个造反派头头作了一番战前动员，大概是"革命不是请客吃饭，革命是暴动，是一个阶级推翻一个阶级的暴烈的行动"，"敌人是不会自行消灭的，不会自行退出历史舞台"，"扫帚不到，灰尘不会自己跑掉"，"毛主席挥手我前进"，"我们要坚决沿着毛主席指引的革命道路前进！""用行动保卫毛主席革命路线的时候到了！""为了共产主义伟大事业，不怕抛头颅、洒热血！""要坚决把一切反动派全部消灭干净！""出发！"民兵们个个精神抖擞，扛着枪，拉着重机枪，不知道开拔到哪里去打仗去了。

在史无前例的无产阶级文化大革命暴风骤雨的冲击下，顺之者昌，逆之者亡。界石中学也是处于瘫痪状态。校长们也都挨了批斗，也不敢管事了，教室、图书馆的玻璃也被学生们扔石头打碎了不少。

振华家里这么多读书人，在村里也是个有名的书香门第，可这门第内大多是各年级的教科书，并没有多少藏书，书香似乎还不够浓，香味还不算大，可买书又没有钱，买不起，怎么办？学校图书馆里倒是有不少书，干脆去搬一些书回来吧。这也不能说是偷书，因为中国有句古话，叫作"窃书不为偷"。

一天傍晚，吃过晚饭后，振刚纠集了四五个年龄差不多的伙伴，要到学校图书馆去拿书。小振华好奇，也尾随在他们后边，一起向界石中学奔去。

从昆嵛村到界石村，有五里地，要经过蒋家疃、牟村两个小村庄。一路上，这伙人还高唱着革命现代京剧《沙家浜》选段：

> 月照征途风送爽，
> 穿过了山和水、沉睡的村庄，
> 飞兵奇袭沙家浜，
> 像尖刀直插那敌人心脏，
> 打他一个冷不防……

人们也闹不清这伙人是干什么的，还以为是毛泽东思想文艺宣传队呢！

到了学校，翻过围墙，来到图书馆前，因为窗户上的玻璃差不多都打碎了，伸手进去就把窗户的插销打开了，来的人都跳窗户进去了，留下小振华在外面望风。

图书馆里黑咕隆咚，也看不清书名，更不敢点灯弄火。振刚摸到一本又大又厚的书，认为是好东西，说："我就要这一本了！"又乱摸了一些书，放在窗台上，好给小弟弟抱着。就和同伙们跳了出来。他们有的用衣服包着一堆书，有的腋下夹着一摞书，满载而归。

振刚拿回来的这一本大书，有五六斤重，也没有封皮了，不知是什么书，也不知有什么用。后来，有些人来家里玩，就撕这本书卷旱烟抽。

振华抱回来的一小摞书，有几本《红旗飘飘》，是一些讲革命传统故事的书，还有一本小薄书《昆嵛山火焰》，是一本讲述昆嵛山区人民进行抗日斗争的书，还有几本《中国哲学史》。

农村本来书就少，再加上"文化大革命""破四旧"，个别人家里有些老书，如《三国演义》《封神演义》《水浒传》之类的，可能也都烧毁了，或者藏起来了，读书人能读到的书很少。"红宝书"倒是每家发了四本，对于农民来说，这也是聋子的耳朵——摆设。抽旱烟的就撕来卷烟抽了，不够用了，再到别人家里求一本。也不容易求，即使人家不抽烟，也有别的用处，农民方便时根本没有用卫生纸的，有纸用就不错了。

小振华生来就喜欢读书。小振华三四岁时就煞有介事地坐在炕上翻书看，嘴里还念念有词，估计那是东施效颦，肯定是看不懂。这一回，有了这么多书，再加上念了几年书，斗大的字也识得几升，就真能看得懂书了。这几本书翻来覆去地看，看完了，再到一起去拿书的大伙伴家里借着看。

这一次搬书，对于小振华的读书兴趣的培养，确实发挥了很大的作用，也使他增长了不少知识。在文化"干涸"的"文革"中，就像一场及时雨洒在了干旱的禾苗上。

单枪赴会

1969年秋收之后，二哥振业就要娶媳妇了。

这是母亲四个儿子中第一个娶媳妇的，自然要把亲戚们都请来贺喜。

振华领了一个下请帖的任务，就是到昆嵛山里边给在柳钱庵看山的舅舅送信。

昆嵛山脉方圆上百里，襟连文登、乳山、牟平三个县。人民公社化以后，这些山峦就像土地一样，分给了各县、公社、大队来管理，还有一片大森林归昆嵛山国营林场管理。

舅舅虽然会钉鞋，但在"文革"中，这都属于"资本主义尾巴"，都被割掉了。潘格庄村就派他到柳钱庵住着，担当护林员。

从昆嵛村向西望去，可以看到昆嵛山有两座高峰，主峰泰礴顶像一座金字塔坐落在群山之上，第二座高峰五股叉在泰礴顶的北边，因其形状像一只竖起来的手，也像一个五股的钢叉，因而得名"五股叉"。

振华年年跟着哥哥们到昆嵛山搂草，也到过柳钱庵多次，对山里的路径很熟悉，但这一次让他一个人到大山里去送信，他不免有些害怕。为了壮胆，他就把自制的火药枪找了出来，装上火药、铁砂子和火硝，别在腰里，背对着初升的太阳，领着心爱的小狗，向大山进发了。

从昆嵛村进山有两条路：一条是顺着村中心的东西大街一直向西走；一条是过南河石桥，沿着河南岸的路向西走，这两条路在宋家庄就合成一条路了。再向西走，就是龙王庙了，这是进山的必经之路。这破庙里已经没有龙王了，住着一个看山的老头。

过了龙王庙，就进入昆嵛山了。这路也分成一个岔，向西南的路通向魏家庵，向西的路通向柳钱庵、老蜂窝。向西的小路是沿着河岸走的，河水时而平坦，时而湍急，时而从巨石上跌下，清澈无比。渴了，振华就爬在河边喝上几口，甘甜清冽。抬头望，雄鹰在峡谷上空蔚蓝的天空中盘旋，小鸟在树林中"啁啁啾啾"地唱着歌，还有"蝈蝈"的叫声也特别响亮，此起彼伏，宛如百鸟朝凤的交响乐。

向西望去，阳光洒在前方高耸的红脸石上，这块巨石长在山顶上，很像一个胖姑娘圆圆的脸，被阳光照射得散发着迷人的光芒，更加妩媚动人。振华迎面向她走去，她似乎在对着这个年轻人微笑。

山路在树林间蜿蜒着，时而一块大石头挡住了去路，就绕石而过，时而通过拦河坝由河北转向河南。振华蹦蹦跳跳地走着，看着满山的青松和已经染黄了叶子的柠椤树，更有点缀其间的红叶，满山的青草，兼杂怪石嶙峋，真是色彩斑斓，美不胜收，令人心旷神怡。振华不觉嘴里唱出了倪老师教的歌曲："我们走在大路上，意气风发斗志昂扬……"

这歌声，在群山中回荡着，此时，大有杨子荣打虎上山的意气豪情，恨不得树林里跑出一只狐狸，或者狼，来只老虎更好，大可一试枪法如何，来一场真正的打虎上山。

到了红脸石下，可谓风景这边独好，是昆嵛风光的点睛之笔。

小路在两块巨石之间穿过，这两块巨石像两个巨大的鸭蛋竖了起来，人们称它们为"丢当石"。据说这丢当石很有灵性，人们来到这里时，都喜欢捡起小石块往这巨石顶上丢，"当"的一声，若是扔到顶上掉不下来，必生男孩无疑，掉下来就生女孩。

这里还有王母娘娘洗澡盆、老鼠蛋等名胜，振华也无心欣赏。过了最后一道拦河坝，就到了河西岸，向南一拐弯，山路就又分了岔，向南的路到老蜂窝，向西的路到柳钱庵。

从龙王庙到丢当石，路还是比较平坦的，上山搂草时，人们能把小推车推到这里，放在路边，背起包和抓子，到附近的山上去搂草，用担子把搂到的草再挑到这里，捆到小车上，推着就下山了。

从这里向西到柳钱庵的路，崎岖险峻，向上爬一段陡峭的山坡后，路北有一排绝壁，高有数丈，而且向外有一个很大的角度倾斜着，人们挑着担子从这里经过时，都要格外小心。要是不小心，担子碰到绝壁，就可能连人带担子都摔落下悬崖。

过了绝壁不远，路就更难走了，要走过一乱石堆，要是不熟悉，根本找不到路，人称"滚驴道"。这座乱石堆的北边，又是一座非常险峻的山峰，乱石崩云，似乎随时都有崩塌的危险。在这乱石堆里，还生长着山葡萄，更为难得的是，振华还发现了一棵"裂瓜"。这裂瓜长在藤上，就像香蕉似的，熟了以后，自己就裂开了，比香蕉还要好吃。

振华走得累了，把裂瓜摘下来，又摘了几串山葡萄，在一块石头上坐了下来，品尝着山珍，休息休息。这山葡萄，比家里栽植的葡萄小不少，特别酸甜。

一路上，小狗或前或后地跑着，捕捉到了不少蚂蚱，但也累得够呛，蹲在旁边，张着大嘴，吐着舌头，喘着粗气。

一顿美餐之后，振华又继续前行，再爬一段乱石堆，过了"滚驴道"，就到了比较平坦的地方，可谓"快活三里"。经过长时间的艰苦跋涉，到了这里，终于可以轻松地喘喘气了。

再向西就是一片大槐树林子，柳钱庵就掩映在槐树林子里。

柳钱庵在大林子西边的路北一个小坡上，有三间茅屋，庵东面是一大片长得很高的槐树林子，屋后的高坡上是一大片柞树林，南面的斜坡上是舅舅开垦的几块菜地，种着大萝卜、大白菜等绿油油的蔬菜。斜坡底下是一条潺潺流动的小溪，西南是一片天生的果树林。

振华老远就看到舅舅在庵门前忙活，高声叫着："舅舅！舅舅！"一路小跑着奔了过来，小狗嗅着了肉味，一溜烟儿地窜到了门前。到了门前，一看，舅舅正在剥兔子皮。舅舅看是外甥来了，笑着说："你小子挺有口福，这么多天也没套着兔子，今天你要来，就套着一只。"

振华一看，兴头来了，帮着提水、洗涮、烧火。不一会儿，一锅香喷喷的大萝卜炖兔肉就出锅了，贴在锅边上的玉米饼子也熟了。舅舅好喝酒，平时舍不得喝，这回有了好酒肴，倒了一些酒在碗里，自斟自饮起来。振华不会喝酒，只顾大嚼兔子肉。小狗也开斋了，啃着兔子骨头，撒着欢儿地蹦跶。

吃饱了，喝足了，舅舅问："这么老远，跑来弄啥？"

哎呀！振华这才想起来是干什么来了！赶紧告诉了舅舅家里要办喜事的好

消息。

没事了，振华就来到了西南面的百果园。这里有好多棵圆枣树，一串一串的圆枣，像串起来的黄玻璃球，有些熟透了的就落在地上。一脚踹在树上，圆枣就像冰雹似的往下掉，只是吃起来有些发涩。只有被霜打黑了的才好吃，不但不涩反而非常甜。

还有很多杜梨子树，有大杜梨子树，这梨有鸡蛋那么大；还有小杜梨子树，果实有山楂那么大。还有一种果实红彤彤的沙果树，大的有樱桃那么大，小的有豆粒那么大，又涩又酸；还有几棵灰枣树，树干巨大，在大石硼边横着长，振华爬到树上，吃了个够。这灰枣像高粱粒那么大，非常甜。还有一种枣叫拐枣，它的果实不是圆的，而是一节一节地拐着弯儿长，也生叉，像鹿角似的，这拐枣也很甜。

振华正在树上"攀龙附凤"，高兴得忘乎所以，一不小心，一根树枝被踩折了，"嘎吱"一声，把振华摔到了地上。好在离地不高，没摔坏。这时候，从大石硼底下的洞里窜出了几只野兔，小狗"汪汪"地乱叫，振华一看，忙从腰里掏出武器，拉上了栓，一扣扳机，"嘭"地一枪打去，把兔子吓得一个趔趄，振华以为打中了，爬起来就去追，谁知这兔子一愣神儿，撒开四爪就窜入灌木丛里去了，影儿也看不见了，小狗追了一阵，也无功而返。

又是"嘎吱"，又是"嘭"，可把舅舅吓坏了，不知发生了什么事，赶紧跑下来了。一看，原来是小外甥胡捣蛋。这真是豆腐掉灰里了，吹不得打不得，只能苦笑不已。

振华回到屋里，看到墙上挂着一杆枪筒很长的猎枪，旁边还挂着一个盛枪药的葫芦。就恳求舅舅，要了一点枪药，把枪又装上药，还包了一小包。

果园里这么多枣，振华惦记着弄点回去给小妹妹吃，就向舅舅借了个小篓子，又到百果园里，圆枣、杜梨子、沙果、灰枣，一会儿就收拾了一篮子。

信也捎到了，兔子肉也吃了不少，还摘了一篮子水果，收获也不小了，振华就告别了舅舅，打道回府了。

朝花夕拾

振华扛着一篮子野果，回到家里，小妹妹立刻跑了过来，抓起一个圆枣就塞进了小嘴，刚一嚼，就吐了出来："呀！呸！涩死我了！"振华一看，赶忙抓了一把灰枣给小妹妹，小妹妹这才高兴地吃起来了。

晚上，母亲把杜梨子、沙果放在锅里煮熟了，就一点也不酸、也不涩了。振华又把圆枣放在猪窝盖上晒着，晒软和了也就很甜了。

童年，是人一生最美好的阶段。一是有一颗赤子之心，享受着大人的宠爱，对世界处处感到新奇，什么都好玩；二是没有大的压力，就是上小学，学习也很轻松，还不能承担养家糊口的重担，只是帮着家里干点活，割完羊草，就是玩了。就是在那样艰难的时期，吃不好、穿不好，不过大家都一样，"不患寡而患不均"，也感觉不出有多苦。

昆嵛山村，有山有水，有鱼有虾，到处是庄稼，遍地有牛羊，真是儿童们的快乐世界。

王家大院的门前，有一条排水沟，门向东的三家，都有小石桥架在排水沟上。下雨的时候，雨水都流到沟里，从北向南流到了南河里。

孩子们都喜欢下雨，赤着脚满街跑，蹚水玩。雨一停，就开始打水坝，一般能打三道坝。北边一个孩子用泥土把水沟堵死截流，筑起一道坝；振华就在自家门口筑起第二道坝。第一道坝里的水积满后，就用铁锹把它挖开，那水就快速地冲向第二道坝，孩子们就跟着水头跑，看第二道坝能不能被冲来的水打开，若打不开，就算赢了。第二道坝的水蓄满后，再决口冲击第三道坝。

夏天雨后，满街都是蜻蜓。可能由于气压较低，蜻蜓飞得也很低。小朋友们打完了水坝，就拿着扫院子的大竹子扫帚，满大街扑蜻蜓玩。如果论高兴，可能也不亚于薛宝钗扑蝴蝶。当然，人家宝钗是阳春白雪，农村的孩子不过是下里巴人。

下雨把堆在街边上供沤肥的土也弄湿了，小朋友们就把黏土像揉面似的，把一块泥巴揉得很软乎，又开始了打"娃娃响"比赛。

打"娃娃响"，就是好几个小朋友在一起，把泥土团捏成圆形的，中间是空的，像一个烟灰缸，捏好了后，就一个挨一个地，把"娃娃响"底朝天向地上摔，由于空气的冲击，一下子就把底崩开一个大窟窿，同时伴随着"嘭"的一声响。谁的"娃娃响"声音最响、窟窿最大，谁就是胜利者。

为了取胜，振华动开了脑筋。他把"娃娃响"底部沿着内边用小木棍划了一道圆圈，再拿起来，使劲往地下一摔，"嘭"的一声巨响，把整个底都崩掉了。

还能用泥土捏扁担猴玩。就是用泥土捏一个像秤砣一样的墩，顶上要尖一点，最顶上插一根枣树的刺；再捏两个小土球，从高粱秸上劈一片有弹性的皮子，把它掐成适当的长度，再把两个土球一边插一个，晃晃悠悠的，把这个担子放在那根刺上，一拨弄，两个球就开始旋转，谁的扁担猴最后停下来，谁就算赢了。这一个玩具，一般是要等泥土干了之后才能玩，湿的泥土一般玩不了，因为很容易损坏。

振华家里还有一些面食模子，有"莲子"模子，还有"小果"模子。

把和好的面团塞满莲子模子，用手挤压结实了，一磕出来，形状就是一个莲蓬子，再上锅蒸熟了，也"发"起来了，比原来大不少，暄乎乎的，很好吃。一般是过年的时候，才蒸大饽饽，同时蒸一些莲子，好走亲戚。

小果模子是一个长条形的木板，一块木板上有七个小果模，有的像蝉形，有的像芭蕉扇形，把七个都塞满了，一磕就都出来了。小果不是蒸的，而是在锅里烙，两边都烙得焦黄的，就熟了。这是每年麦收后，阴历七月初七过乞巧节时用的。

七月初七，是天上牛郎织女鹊桥相会的日子。这天中午，喝白面条。下午母亲就开始和面，大姐也跟着一起忙活。烙了很多的小果，一人能分二十来个。这些小果可谓既好吃又好看。吃几个解解馋，也就不舍得再吃了，用针线把它们串起来，结成一个小果子环，像个小花环似的，挂在脖子上，走来走去，也十分得意。小妹妹一看，跟在小哥屁股后边跟着要，不给就哭，振华只好把小果子环摘下来，挂在她的脖子上，小妹妹这才破涕为笑。

振华看这些泥团捏弄得跟面团差不多，就回家把小果模子拿出来了，用泥团塞满，一磕，七个小果就出来了。不过，这些小果好看不能吃。

小伙伴们经常玩的游戏还有弹蛋、打窝、打夹棍等。

弹蛋，就是在平地上挖一个小坑，这个小坑叫作"斗"。画一条线，都从这里开始弹，看谁用最少的次数能把蛋弹进"斗"里。为了阻止别人先进"斗"，可以弹着蛋把别人的靠近"斗"的蛋碰开，轮流着弹，谁先进"斗"谁赢。这个蛋，有玻璃蛋、钢蛋、石头蛋。谁要是有一个玻璃蛋、钢蛋，那就成宝贝了。

石头蛋是用青石头、白色大理石慢慢砸出来的。找一小块石头，用锤头或石头把棱角都小心地砸去，差不多成蛋了，再在石头上磨，就磨成了圆圆的石头蛋了。不过，越到最后越难砸，弹的蛋比较小，大了不好拿，砸碎的可能性也很大，砸跑了的可能性也很大。有一次，振华在菜园西南角的井台上砸石头蛋，都快成功了，不料，一锤头下去，石头蛋从手里飞跑了，掉进砌井台的大石头缝里去了，怎么也找不出来。为此，振华懊丧了好几天。

不过，振华后来有了一颗钢蛋，最出彩的是在一次游戏中，站着把钢蛋往出一弹，一下子击中了一丈多远处的对方的玻璃蛋上，"啪"的一声，把那个玻璃蛋击得粉碎。

打窝，就是在路上挖一个盘子大小的浅坑，在一定距离处，看谁能把石头扔进坑里，谁先把石头扔进坑里还不算赢，人家可以继续往坑里扔石头，就很可能把坑里的石头再打出来，谁扔在坑里的石头没有被打出来才算赢。

打夹棍，把一根短小的木棍，两头都削一下，再手持一个比洗衣服的棒槌略细的夹棍棒，一敲夹棍的头，夹棍就会蹦起来二三尺高，再挥动夹棍棒，朝夹棍击去，看谁能把夹棍打得最远，谁就获胜了。

童年的快乐，真正是"贫贱不能移，威武不能屈"。哪里有孩子，哪里有儿童，哪里就有欢乐，哪里就有幸福！

第二章　镀金时代

"栾流子"进山

振华五年级的时候，二哥振业给他娶了个嫂子。

在烟台的大妈、二妈，还有在南截山的大姑都来贺喜，舅舅、舅妈当然是要来的了，在外工作的姨妈、姑妈也都寄来一点钱，表示祝福。

大妈的娘家是界石公社东边的板桥村，二妈的娘家就是属于昆嵛村的宋家庄。大妈从烟台带来一个印在白铁上的油画《毛主席去安源》，那在农村是看不到的，非常漂亮，还带来一些糖果、海产品，舅妈也给小振华带来一些糖豆。这些天，振华一直处于非常高兴、兴奋之中。

在"文革"中，农村娶媳妇已经不能用花轿了。而是在马车上扎一个轿棚，蒙上台布，马头上再戴一朵大红花，把新媳妇接回来。振业娶媳妇的时候，讲究婚事新办，轿棚马车也不用了，大多用自行车把新媳妇驮回来。

这一天早晨，来了一位大厨师，是在大队赶大马车的迟叔叔，他还提了一个竹篮子，送来了一篮子桃酥点心。他来了以后，扎上围裙就忙活开了。

新媳妇娘家，离昆嵛村不远，振业用自行车就把新媳妇接回来了，后边还有两个"送客"的，用自行车一人驮着一床被褥。这时候，门口鞭炮齐鸣，引得满街的妇女和孩子都来看新媳妇。"文革"中把"四旧"都破了，也不用"一拜天地，二拜高堂，夫妻对拜"了，直接就进了洞房。

这边接着就开席了，最重要的是要把这两位"送客"的人安排好，要坐在"首席"上。这边左右邻舍的大爷、叔叔们，还有舅舅陪着两位贵客喝酒，一定要把两位贵客的酒喝好。农村男女不同席，另设了一桌女宾席。

新房就设在正屋最西边的那间屋里，振业已经把木棂窗换成了玻璃窗，把布门帘也换成了折叠木板门，墙上贴着一些样板戏的剧照、毛主席手书诗词的印刷品。到了晚上，很多人来闹房，来看新媳妇。炕上放着一个盘子，盘子里边放着"抓个"，请来闹房的人吃。

这个"抓个"，大概就是"抓个吃"的意思。就是在白面里和上鸡蛋、花生油、糖，再用擀面杖擀成一张大饼，在面板上用刀切成很小的菱形，再在锅里烙得焦黄，又香又甜。只有在娶媳妇的时候才能吃到。

嫂子姓栾，是昆嵛村东南方约3里远的高坎村人，这是一个几十户人家的小村庄。那时候，革命现代京剧《智取威虎山》正红火，广播里天天播放，大人、小孩对剧情都很熟悉，里边有一个匪徒叫栾平，他逃上了威虎山，土匪黑话称他为"流子"。所以，新媳妇来了不久，村里一些调皮捣蛋的人就暗地里送她一个不雅的绰号"栾流子"。

嫂子个头不高，但挺苗条，皮肤白皙，头发乌黑，是个不难看的人，小嘴说话"叭叭"的，生怕吃了亏，人也很精明，得饶人处也不饶人。就是没有什么文化，不知小学毕业了没有。邻居们都说她是刀子嘴，是否有一颗豆腐心就不知道了。

嫂子心灵手巧，母亲教她绕丝，她很快就学会了，就到村西头的绕房里去绕丝去了。可是不多久，绕房里便有许多闲言碎语的传了出来。那么多大姑娘、小媳妇在里边绕丝，东家长西家短地说个不休，"栾流子"大概对婆婆不满意，就骂骂咧咧地数落婆婆的不是："那个老×养的，有脸说别人，没脸说自己！"

这些难听的话不知怎么传到了母亲的耳朵里，母亲哪受过这个气？不但儿女们没人敢顶撞她，就是街坊邻居对她也都很尊重。王得利、常青炮那么厉害的人，母亲一句话也都把他们说得哑口无言，这个小新媳妇还没有领教婆婆的厉害，有点不知天高地厚。母亲不便和儿媳妇正面冲突，不知是否有"杀鸡焉用牛刀"之意，母亲就让振华到高坎村把亲家请来了。

亲家翁是一个干巴小老头，说话声音倒不小，嘎嘎的。母亲炒了两个鸡蛋，又炸了一盘花生米，请亲家翁喝着小酒，就向亲家"汇报"了他女儿嫁来后的不良言行，把她父亲气得大发雷霆，骂道："这个×养的，少教啊！把她叫回来，我揍这个熊东西！"

母亲说："你揍她干吗？那不打出仇来了，你说说她就行了。"

一会儿，"栾流子"回来吃午饭，一看她爹来了，立刻眉开眼笑，"爹长爹短"地说个不休。母亲一看，吩咐道："我都把菜洗好了，你再炒两个菜，我去叫你叔来，陪你爹喝杯酒。"说着就出去了。

过了一会儿，母亲把北屋的常树叔请来了，一看桌子上还是那两个菜，儿媳妇却不见了，听着西边屋里抽抽搭搭地隐约有哭声，就又炒了两个菜，端了上来。

通过这一回较量，"栾流子"算知道婆婆的厉害了，从此她不但不敢与婆婆正面冲突，就是背后要说婆婆的坏话，还得提防着第三只耳朵。

虽然明里不敢与婆婆冲突了，但与夫君王振业先生的冲突才刚刚摆开战场，孰胜孰负还需要一个相当长的历史阶段才能见分晓呢！

振业先生虽然学历不高，但无师自通，多才多艺，又有一身武功，别说一个"栾流子"，他演杨子荣打虎上山，把威虎山的座山雕都给收拾得不赖。但中国有句古话"好男不和女斗"，不知是否可贯彻于夫妻之间？

快过年了，村里的青年们要排演现代京剧《白毛女》，振业演大春，喜儿是一个青岛市来队里"上山下乡"的女知识青年，叫王春红，长得漂亮极了，和《红灯记》中的李铁梅如同孪生姐妹。她父亲一家在青岛工作，她大爷是本队的一位老社员，为了有个照应，她就下乡到"广阔天地"昆嵛村"大有作为"来了。

本来农村青年对男女接触就颇多偏见，人家大城市知识女青年见多识广，自然又是一番见识。这大春和喜儿是一对恋人，在排演过程中，人家春红往这边一靠，振业就向那边一躲，尽管不能恰到好处地表现这一情感，但是喝了一大坛子山西老陈醋的"栾流子"还是不能容忍。晚上排演完了，她也不让振业睡觉，就开始闹腾，弄得振业也实在没有办法。

新过门的媳妇，也不好意思马上就闹分家，一起合伙过了差不多一年了，"栾流子"就点燃了分家的战火，向往着美好的小夫妻生活，要把婆婆、大姑子、二姑子、小姑子、大叔子、小叔子这一大堆包袱丢掉，轻装上阵，去开创幸福的未来。

振业修养很好，脾气也很好，但被"栾流子"气得咬牙切齿，怒目圆睁，一只铁拳高高举起，大有景阳冈武松打虎之势，眼看着就要以雷霆万钧之力、横扫一切害人虫之势，砸向"栾流子"的"狗头"！但"流子"也毕竟是个"惯匪"，在这万分紧急的关头，她拿出了"一不怕苦、二不怕死"的大无畏革命精神，下定决心，不怕牺牲，排除万难，去争取分家！她脖子扭了三圈，又一挺，一连声地叫嚷着："你打！你打！你打！打死我你再找个好的！"边嚷边向振业身上撞，振业那铁拳在空中高悬着，却落不下来，只听他一声无奈的叹息，也就鸣金收兵了。

振业后来跟朋友们说："他妈的，我这一锤下去，还不把这个熊东西砸零碎了！"

小两口在里屋吵架，母亲在外屋自然明白是怎么回事，就主动地跟二儿子说："分开过吧，再这么过下去没有好处。"就把常树叔找来，把家分开了。

分家后，振业两口住在正屋东面的两间屋里。正屋六间房子，一进门，是两间灶房，没有隔壁，东西两边各有一个锅灶，这就是以前"德仁堂"留下的大伙房的特点。

大概"栾流子"还嫌住在一个屋檐下，低头不见抬头见，还要受婆婆的管制，或者说，人家小两口在东边灶上做点好吃的，西边的人都能看到、闻到，也吃不安生，后来就搬到西厢房去住了。大概这样一来，他们做点好吃的，也就不用跟婆婆、姑叔们客气了。

为了达到能搬出去住的目的，"栾流子"又鼓动振业盖房子。水井旁边那块菜地，刚好能盖一栋带院子的房子。所以，振业也紧锣密鼓地忙活了一阵子。

先是请石匠在南河套里打石头。由于夏天山洪暴发，从山上冲下来很多大石头，布满了河套。石匠把这些石头劈成两瓣或四瓣，振业再利用中午时间或下午收工后，用小推车一次推两块或四块，运到菜园的矮墙下堆着。振华虽小，也帮着助一臂之力，趁空去推几次，也只能捡自己能搬得动、推得动的小一点的石头，一次推两块回来。

在农村，盖房子是件大事。在1970年左右，盖一幢四间的瓦房，起码需要1000元。而当时一个10分的整劳力，在年终决分时，也只能分到100元左右，也就是说，需要十年的积累，才能盖得起一栋房子。当然，振业要盖房子，母亲肯定要拿不少钱。

盖房子是很麻烦的事，石料、砖瓦、大梁、檩条、屋笆、门窗的木料、水泥、石灰、玻璃等等，都要准备齐全，这其中麻烦事多去了。小两口也经常为这些琐事而拌嘴吵架。

有一天夜里，又吵了起来，振业嚷道："妈的，不过了，离婚！"

"栾流子"刀子嘴，是从不示弱的，马上回敬道："离就离，谁不离是狗熊！走！"

"你先走！"

"你先走！"

吵嚷半天，也没人先走。三更半夜的，走向哪里去？恐怕玉皇大帝、王母娘娘也都下班睡觉了，还有人管这事？

第二天早晨，大概怒火也都平息了，也就各人干各人的活去了。

离婚可不是简单的事。那时候，离婚是要到公社的，公社有人管结婚登记，可没人管离婚，大概内部政策就是"只许结婚，不准离婚"。这也符合"宁拆一座庙，不破一桩婚"的民俗，离婚简直不可能，比登天还难。整个昆嵛村，五百多户人家，只听说谁结婚了，从来没听说谁离婚了。

但是，这样的吵闹多了，毕竟很伤感情，房子还没盖，振业一气之下，背起行囊，独自闯关东去了。

这闯关东，可不是闹着玩的事。抛家舍业，一个人到人生地不熟的地方谋生，谈何容易！如果不是逼上梁山，也没人愿意到关东去闯。这固然与小两口吵架有关，但主要的原因，恐怕还是由于在村里受排挤打击之故。

在中国，嫉贤妒能是普遍的社会现象，"人怕出名猪怕壮"，"木秀于林，风必摧之"，"出头的橡子先烂"。在农村，振业可以说是一个非常优秀的青年，就是在公社、县里也小有名气，可是在村里什么好事也轮不到他。想入党，门也没有；想"提干"，那更是痴心妄想；想当兵，村里领导倒挺"照顾"，说"他家没劳力，不能去当兵"。而且后来本家常青大爷年龄大了，不当队长了，"老猫子"新队长连生产队的会计也不想让他当了。

这内外夹攻，迫使振业下定了决心，凭我一身本事，到哪儿还不能挣碗饭吃，"此处不养爷，自有养爷处"，说不定还能闯出一片新天地呢！

穷人的孩子早当家

界石中学也称文登县第五中学，简称文登五中，原来是一所初中，后来学生太多，就升格为一所高中。遵照毛主席"教育要革命，学制要缩短"的最高指示，不但初中的学制改为两年，高中的学制也改为两年。

三哥振刚和大姐振萍都在界石中学读书，而且在同一个年级。这一方面，振刚骑牛时，被捣蛋的伙伴从后边在牛腚上猛打了一鞭子，那牛受惊了，就狂奔起来，把振刚摔在了坚硬的地上，把胳膊摔断了，因而休学一年。另一方面，振萍是大年三十的生日，上学早了一年，因此这差两岁的哥哥、妹妹就成了一级的同学。

正面临初中毕业之际，学校要由初中升格为高中。学校的意见，这两个学生都不错，振萍学习更是出类拔萃，都有升学的资格，但升学人数有限，让家里决定谁上高中，只能有一人上高中。

母亲一看这个事，也不是那么好办的，就召集孩子们开了一个家庭民主生活会，都认为应该让男孩子上高中，女孩上学也没什么用，"女子无才便是德"，早晚得嫁人，"嫁出去的闺女，泼出去的水"。

就这样，学习极好的大姐在"家庭民主生活会"上，被剥夺了继续上学的权利，气得她泪水汪汪，逃离了家门，不知去向。

把大闺女气跑了，母亲还能睡着觉吗？就派出二儿子、三儿子两路人马，村里村外的找了两天，也没找着。

第三天上午，母亲正在家里有如热锅上的蚂蚁，焦躁难受，坐立不安，忽然听到院子里自行车响的声音，急忙出来一看，哎呀！大闺女可是回来了！又带来一个聪俊的大闺女。

"大姨！"秀芬一声清脆的叫声，把母亲满怀的愁绪都吹散了。

原来，家里不让振萍上学了，她想不开、气不过，就跑到了同学中最要好的旸里后村林秀芬家里。秀芬姐和她母亲一边安慰着振萍，一边劝解她。

阿姨说："不能上学了，也没啥了不起的，就是上完了高中，不是还得回家种地吗？反正现在大学也不招生了，城里的知青还得下乡落户来呢，你不如趁早学一门手艺，到哪都能吃饭。你看我能做衣服，也不用下地干活，也挺好的。"

一番真知灼见，拨开了振萍眼前的云雾，重见了天日，卸却了压在大姐心头上的巨石，恢复了乐观。在秀芬家又住了一天，也算毕业聚会吧！此后天各一方，各奔前程，要见面也不是那么容易！

阿姨让秀芬骑着自行车，把振萍送回了昆嵛村。

大姐头脑异常聪明，她无师自通，就凭一本《服装剪裁》的书，买来弯尺、软尺、直尺、裁衣服的大剪刀，先把报纸黏合起来，在上面画线，学着剪裁衣服。学会了剪裁，母亲就给她买来一台缝纫机，她就练习用缝纫机做衣服。

从此，家里所有人的衣服都由她包圆了。村里人知道她能做衣服，逢年过节、婚丧嫁娶，都请她做衣服。大姐白天下地干活，晚上或下雨阴天，就给人家做衣服。都是村里人，民风淳厚，也不能帮点忙，就收人家的钱。但是，逢年过节的时候，总有不少人要到家里来送点什么东西表示感谢。

三姑夫在北京海军总部任职，为了支援新疆建设兵团，姑夫、姑妈调到新疆建设兵团，姑夫在奎屯农七师126团任副团长，但是把两个上小学的女儿留在北京上学，由保姆照顾着。

姑夫、姑妈赴新疆之前，到烟台看看两个哥哥、嫂子，然后回文登老家看看大姐和三嫂。母亲考虑到姑夫、姑妈在新疆，也没有个孩子跟着，便琢磨能走一个孩子，就少一份压力，只这娶媳妇、盖房子就没有办法。就跟他们商量，把振刚领去吧，他高中也快毕业了，也能帮你们干点活。姑妈、姑夫答应到新疆后看看情况，如果行，就来电报。

振刚两年高中很快就毕业了，他和学校的几个相处很好的篮球队员们一起到各村、各个队员家"吃大户"，吃完这家就一起到另一家。

这一天，到了振华家，七八个大小伙子，正是闲不住、长身体、能吃饭的时候。可不是那么好招待的。振萍挽起袖子擀面条，家里剩下那点面，估计要让这些小伙子吃饱了，就没有母亲、弟弟、妹妹们吃的了。

振萍琢磨，也不能让弟弟、妹妹们饿着啊！眉头一皱，计上心来，就把小妹妹也安排上桌，和他们一起吃。

小妹妹遵照大姐密嘱，很快就把一小碗面条扒完了，把碗往桌子上使劲一放，大姐故意问道："小妹，再盛一碗吧？"

小妹妹一拍肚皮，朗声说道："吃饱了！那是驴肚子吗？吃那么些?!"这几个小伙子正感觉这面条擀得真是好吃，准备再来三大碗，听了这话，都不觉一愣，互相瞅了瞅，吃完了这一碗面条，都把碗放下了。大姐再三要给他们盛，他们执意不肯，都说吃饱了，太好吃了，撑得受不了了，绝对吃不下了。

大姐在隔壁灶下乐得差点笑出声来，这下行啦！母亲、弟弟、妹妹们也有面条吃了。

振刚在生产队干了不几天活，三姑妈就来了电报，让他去新疆。

大姐又忙活开了，哥哥要远行，总得做一套像样的衣服吧！夜以继日地做了一件中山装，一件灯芯绒的黑裤子，又做了一套新铺盖，又准备给姑妈捎点熟地瓜干、花生米等土特产品，忙得不亦乐乎！

近十年来，母亲为这些孩子的成长可谓操碎了心，虽然不到50岁，可头发已经花白了。一个弱女子怎么能管得了这么多孩子的吃穿以及上学的费用还有将来的婚嫁呢！如果不是有父亲因公殉职的抚恤金的支撑，这个大家庭是没法过下去的。如果能有一个人来共同承担这生活的重担，该有多好！

母亲是个爱美的人，尽管生活的压力很大，但她从来不打骂孩子，整天笑眯眯的。她一面辛苦劳作，一面把家里收拾得利利索索，孩子们的穿戴也较为体面，家里布置得有一些文化艺术氛围。

快过年的时候，母亲总要领着大一点的孩子赶一回集，除了买一些烧纸等过年用的东西外，还要买回来一些年画，如《梁山伯与祝英台》《鸡蛋变牛》等，这都是一些多幅的画，一套两张，每张印六幅画，下边还配有文字说明。

《鸡蛋变牛》是讲两个儿子分家，老人给每个儿子都分了几个鸡蛋，大儿媳妇好吃懒做，就把鸡蛋吃了；小儿媳妇勤俭持家，她把这些鸡蛋孵出了小鸡，这些鸡又生了很多蛋，这些蛋又孵出了更多的鸡，后来因养鸡赚了不少钱，就到集上买回一头牛来。这样的故事连环画，贴在墙上，又好看，又能使孩子们受到启蒙教育。

母亲在工厂工作多年，气质风度、言谈举止，都不同于一般农村妇女。父亲去世后，也有一些人来给妈妈做媒，劝她改嫁。妈妈看着这么多年幼的孩子，怎么改嫁？这些孩子怎么办？所以，始终没有动改嫁的心思。也可能母亲盼望着，等孩子们长大了，日子就好过了。振业娶了媳妇后，母亲原以为多了个帮手，能帮家里的忙，结果新媳妇进门不久，就闹着要分家，不仅没带来什么好，还尽挑拨母子间的是非，惹母亲生了不少气，使母亲很是心灰意冷。

这一年的夏天，可能介绍的人合母亲的意，妈妈动了心思想改嫁。大姐知道了，这怎么办？三个哥哥都出外了，妈妈要是走了，这个家怎么过呀?！就又哭又闹，阻止妈妈改嫁。又跟振华和小妹妹振雁说："妈妈要是改嫁了，你们可就没妈了，就没人管你们了！"这两个小家伙一听，没有妈了还行吗！绝对不能让妈妈改嫁！就一人抱着母亲一条腿，跪在地上，大哭不止，不让妈妈走。

婶子们闻讯，也纷纷来做工作，劝她不能改嫁。有个婶子说得难听："你那个老胯子是不是又痒痒了，想着灌大米汤？你改嫁了，舒服了，这些孩子怎么办？"说得母亲无言以对。

大姐眼睛都哭肿了，怕人看见，下午到北泊下地干活的时候，她戴了个尖顶大草帽，扣在头上，斜着往前边向下一拉，遮住了眼睛，扛着锄头，低着头默默地在上工的人群里走着。振华也就是十三四岁吧，小孩子悲伤来得也快，高兴来得也快，心里放不住什么事，这会儿正在人群里和小伙伴们前后追逐着嬉闹。大姐从草帽底下瞅了他一眼，这哀怨的眼神，就像一股电流击中了振华幼小的心灵，他看着大姐红肿的眼睛，立刻想起了家里的事，马上老实了，好像一下子懂事了。

振萍在学校的时候，就是界石公社文艺界大名人，不仅能歌善舞，特别是嗓音清脆圆润，声音像银铃般悦耳，加上经常演出，普通话也说得不错，所以她回家干了一段时间的农活，就被公社要去担任界石公社广播站播音员，其播音水平比倪萍在中央电视台春节联欢晚会上表演的播送天气预报的水平高多了。

每天清晨，当振华还躺在被窝里的时候，挂在炕头上方的喇叭盒里就传出了《东方红》的音乐旋律，接着就是："界石公社广播站，现在开始广播……"听着大姐的声音通过有线广播传遍全公社的家家户户，振华对大姐充满了敬佩感、自豪感。

几十年后，大姐已经成为威海市某单位高级会计师，和朋友们聚会时，还有的朋友深情地回忆说："唉，振萍姐，我是听着你的广播长大的。"

大哥上大学了，二哥闯关东了，三哥到新疆了，大姐到公社了，家里只剩下妈妈、小姐振美、振华和小妹妹振雁了，而只有振华是个小男子汉。这样，全家人生活的重担一下子压在了这位刚刚懂事的小男孩稚嫩的肩膀上，真正是穷人的孩子早当家呀！

拔苗助长

1970年，振华小学毕业了。

在小学的六年中，有一次全年级拉到操场上考试，每人都坐一个小板凳，前后左右间隔着一定的距离，由老师念字默写，一共默写50个字，全对了的，只有振华一人。

大概已上四年级了吧，开始学作文。语文课本里有一篇课文《家乡巨变》，老师讲解了之后，要求同学们作一篇作文《家乡巨变》。家乡怎么巨变的啊？谁知道？就学着课文胡诌，什么家乡的"羊肠小道"，变成了宽阔的公路；什么破草房，盖成了明亮的大瓦房；什么解放前穷人都讨饭，现在能吃饱饭了；什么以前穷人的孩子不能上学，现在解放了，穷人翻了身，贫下中农的孩子都上学了。

这时候，昆嵛完全小学已升格为初中了。振华一边继续上学，一边还要干着家里的农活，把自留地、菜园种好，一边还要在暑假中到生产队干活，帮助家里挣点工分。

这一年年终决分的时候，生产队的会计把各家的账目张贴在常水大爷房子的东山头上，四队的社员们都围着观看。分钱最多的一家有六百多元，是信保大爷家，他家有三个壮劳力、两个姑娘都干活，一般的家庭也就是一百多元。而那时的农民几乎没有额外收入，只有这些钱供一家人一年的开销。

有一家人对账目提出异议，认为少分给他家钱了，就找会计要求重新核算，结果会计重新一核算，说还多分给他家钱了。振华尽管年纪尚小，但他坚定地认为，这肯定是会计捣的鬼。"怀疑我算错了，这还了得！不给你点厉害看看，你就不知道马王爷几只眼！"所以，农村有"得罪会计笔头错"之说。

振华也站在人群里看着自家的账目，常水大爷的大儿子振松问他："振华，你家分了多少钱哪？"振华答道："负24元。"他惊叹道："负24元！哦！这是还要向队里交24元哪？！"这振松原来在莱阳动力机械厂工作过，大概在三年自然灾害中，工厂不少人都下放回农村，他就下放回昆嵛村了，他家里还有《内燃机》这样的书呢，让振华感觉他是个了不起的人物。

中国有个成语叫作"揠苗助长"，"揠"为拔的意思，也作"拔苗助长"。语本《孟子·公孙丑上》："宋人有闵其苗之不长而揠之者，芒芒然归，谓其家人曰：'今日病矣，予助苗长矣。'其子趋而往视之，苗则槁矣。"其中的"病"，意为累坏了之意。

这个成语，上初中的时候，语文老师曾讲过。但是，从这段文字中，却看不出这个宋人拔的是什么苗？老师也说不清楚。据分析，估计是拔的水稻苗。因稻苗栽在水田里较深，往上拔出一截儿也不至于倒下，而且看着是长高了。

振华成为家庭"主男"后，最重要的任务可以说有两项：一项是种好自留地、菜园子，让家里有菜吃；一项是搂草，供全年家里做饭、烧水用。而振华的农业生产技术就是从"揠苗"开始的。

可以肯定的是，振华拔的是麦苗，而不是其他的苗。振华家的自留地，村北边的山坡上有一块，南山上有三块，一共约有半亩地吧。一般是秋后种小麦，麦收后栽地瓜或种谷子，也有的在春天就栽上地瓜或种上玉米了。

秋天刨了地瓜以后，把地瓜垄刨平，用小推车推几车猪圈里沤出来的农家肥，撒在地里，再用镢头把地刨一遍，或用铁锨翻一遍，用猪八戒扛着的那种钉耙耙地，不过八戒扛着的是九齿钉耙，耙地的是八齿钉耙。把地耙平后，就可以播种了。

在初中时就开始学地理，二十四节气歌，振华背得滚瓜烂熟："春雨惊春清谷天，夏满芒夏暑相连，秋处露秋寒霜降，冬雪雪冬小大寒。"二十四节气，就是为了指导庄稼人按节令种地而研究出来的。种地要不违农时，如种小麦是"白露早，寒露迟，秋分种麦正适时"。

好！秋分到了，振华提着一小袋麦种，扛着一个小镢头，到耙平的地里种麦子。

振华先用小镢头在地里划了一道长沟，然后开始往沟里撒麦种。可撒多少麦种合适呢？振华犯难了。这时候，他想起了课本《农业基础知识》上讲的，毛主席在1958年提出的农业增产八字宪法：土、肥、水、种、密、保、管、工。这里面有个"密"，就是要密植。好！有根据了，多撒点麦种错不了，密植嘛！这是增产的重要措施，毛主席说的，最高指示，那还有错！广播上不是天天说"读毛主席的书，听毛主席的话，照毛主席的指示办事"么。振华就提起种子袋，顺着沟把麦种密密麻麻地撒了不少，再用脚拨土把沟埋平。再隔十几厘米再划一道沟，撒种……到最后，一看麦种不多了，就少撒一点吧，总算把这块地种上麦子了。撒完了种，袋子也空了，振华高高兴兴地扛着镢头回家了。

过了一段时间，麦种都发芽了，长出地面约两寸高。振华到地里一看，感觉有点不对劲，这麦苗也太密了，一团一团的，这怎么长？他又到生产队的麦地里考察了一番，发现这里的麦苗一棵一棵的都能分辨出来，而自己种的麦子都长成一团了，这肯定不行！怎么办？已经"寒露"迟了，又不能毁了再种一次，拔吧！把多余的麦苗拔去！

这项工作可不是那么容易干的，撒种容易，一把一把地撒，而拔苗的时候可不能一把一把地拔，而是要拔一部分留下一部分，而且要一棵一棵地拔！

振华不辞辛苦，蹲在地里，耐心地拔了半天麦苗，好歹最后撒的种子少了，不用再拔了，总算拔得差不多了。"病矣，芒芒然归"，可不敢跟母亲吹嘘"予助苗长矣"。

振华吃了几个大地瓜，腰酸腿痛地躺在炕上。一歪头，看到了墙上贴的毛主席像，怎么照毛主席的指示办事错了吗？振华翻出农业课本，仔细研究起"八字宪法"来。一看，"密"的解释是：合理密植。他一拍脑袋，恍然大悟！原来，自己只记得"密植"，而把"合理"给忘脑后了。

酸甜苦辣

过了春节，转眼就到了龙抬头的日子。"二月二，拔豆棍"，这是指土地都化冻了，可以往地里送粪、耕地准备春种了。这时候，小麦也慢慢地开始返青了。振华又拿着一柄铁齿挠子，到地里给小麦松土，这样有利于土壤保墒。又在地边上种了一些菜豆。

一眨眼，学校放暑假了，让学生们回来帮家里和生产队夏收、夏种。

在胶东，由于受海洋性气候的影响，春天来的要比山东西部晚半个来月。山东半岛中西部已经割完麦子了，胶东的麦子才刚刚开始成熟。

一般生产队的大块麦田，播种是用一种叫作"耧"的农具，一个人扶着摇着，一个人在前边拉着走，耧上安装着盛麦种的箱斗，有一个小孔往地里漏麦种，一下能播两行种，耧可以同时完成开沟和下种两项工作，摇耧也不是一般人能干的，而需要有经验的老庄稼把式。

到了麦收的时候，社员们就用镰刀割大田里的麦子，而各家自留地的小块麦田都是拔麦子，这样好翻地，把地整好，再种其他夏季农作物。

端午节刚过，一大早，振华就推着小车，来到了南山半腰上的自家麦田，开始拔麦子。这山地虽然是沙质土壤，但由于天气干旱，土地比较硬，要把小麦连根拔起来并非易事，把振华的一双小手勒得红印子一道一道的。

拔了一早晨，振华把麦子捆得一捆一捆的，搬到小推车上捆好，推着一车麦子回家了。

吃完了早饭，振华又推着小车，和母亲、小妹妹一起到地里继续拔麦子。够一车了，振华就往家里送一趟。

拔了一部分麦子后，地里就空出地方来了，就要送粪了。把麦子搬到院子里，振华又把车篓捆在小车两边，装了大半车沤好的圈肥，向地里送。由于地在半山坡，振华人小力气也小，一个人推不上去，母亲就让振雁帮着拉车绳。

小妹妹跑下来了，把绳子拴在车前杠上，绳头往肩上一搭，拉起小车就走。

这一段路，有的较为平坦，有的是缓坡，有的是小陡坡。上小陡坡的时候，必须预先跑起来，才能冲上去。由于振华是第一次往山上送粪，才九岁的小妹妹也是第一次拉车绳，没有很好的合作经验。到了小陡坡前，小妹妹还是匀速地弓着腰拉着车绳往前走，振华一看，不跑起来是冲不上去的，就推着车往坡上跑，妹妹在前边也不知道，差一点就被冲上来的小车压在车底下，振华一看不好，两腿想来个弓步，把小车停下来。这可真是有如逆水行舟，不进则退，小车载着大半车的粪，很重，推不动了，车轮就开始向坡下滑，振华撑持不住，车子一下子翻倒在陡坡下，撒了他一身粪，好歹没把他压在车底下。

振华爬了起来，抖了抖身上的粪，一看，小妹妹也被车绳拽倒了，滚在了坡下，正在地上大哭呢！振华看着这么弱小的还不大懂事的小妹妹，摔得一身是土，不知摔坏了没有，不禁悲从中来，也放声大哭起来。

妈妈还在地里拔麦子，听到两个孩子的哭声响彻山谷，赶紧下来了，把孩子安慰一顿，把小车扶正，用锨把撒出来的粪，再收拾到车篓里。这一次，她亲自拉着车绳，终于把粪送到了地里。

这块地种上了谷子。有了"密植"的教训，这一次撒种，振华注意了"合理"。谷苗长出来后，密度还是比较适宜的。长到一定高度后，振华又进行了一次间苗，这样谷子就开始苗壮生长了。

为了给谷子追肥，振华从猪圈里淘浑水，用两个陶土烧制的尿罐挑着，往地里送。走着走着，一不留神，脚下被石头一绊，"叭唧"摔倒在地上，两个罐子也同时摔在地上，结果都报销了，振华爬在浑水里，半天起不来。

家里没了尿罐子可不行，母亲给了振华一块钱，让他到集上买两个尿罐回来。

"三八界石"，这一天逢集，振华高高兴兴地赶集去了。来到了卖陶盆、陶罐等土产品的地方，买了两个尿罐子，一个四角五分钱。卖尿罐的大爷还拿长烟袋锅挨个地敲敲，"铮铮"作响，以表明罐子没有裂纹。

大爷还用绳子把两个罐子的鼻拴了起来，帮振华把两个罐子一前一后放在肩膀上。振华就背着两个罐子往回走。

陶罐并不很重，估计每个七八斤，背在肩膀上走还行。可是走了二里半路，正好走在了牟村和蒋家疃之间，这一个肩头背着，确实受不了了。振华想倒一倒肩，这一倒没倒好，"嘭"的一声响，两个罐子碰了头，振华一惊，赶忙把罐子放了下来，仔细检查了一番，结果发现一只罐子上碰出了一条长裂纹。

这怎么办？可难坏了振华。要是把这个有裂口的罐子背回家，肯定漏，不能用；要是再背回集上，找人家换一个，人家要是不给换，怎么办？要是不给换，还背着罐子，又来回白走了五里地，那还不如把这两个罐子背回来，找铜锅铜盆匠铜几个钉子凑合着用。可这又怎么向妈妈交代呢?! 妈妈要他来买罐子，他买回个有裂口的回来，这两个眼睛是干什么的？是吃饭的么？唉！背回去试试吧！就跟卖罐子的大爷说，买的时候就有裂口，当时没看见。

振华就又背着两个罐子，没精打采地往集上走。一路上，不少赶集的人都往回走，一看这个孩子怎么回事？背着两个罐子去赶集？

振华低着头，又怕集散了，就加快了脚步，终于赶到了卖罐子的地方，那大爷正在把卖剩下的盆盆罐罐往车上装，就要散集了。

振华把两个罐子小心翼翼地放了下来，对大爷说："大爷，你看我买这两个罐子，当时也没好好看看，回家仔细一看，有个口子，你给换一个吧！"

那大爷又拿起长烟袋锅，把两个罐子分别提起来，都敲了敲，一个"铮铮"，一个"嘭嘭"，发出的声音明显不同。大爷虽然闹不清是怎么回事，他点点头说："唉！我看你是个孩子，我给你换一个。我敢保证，我卖给你的时候，是两个好罐子。"

振华一看，大爷肯给他换了，高兴得小脸顿时阴转晴了，满脸是笑，一个劲地道谢："谢谢大爷，谢谢大爷！我跟你说实话吧，大爷，我在半路上换肩的时候，两个罐子碰了一下，把一个碰出口子了，我要是背回去，可怎么向俺妈交代呀！"

大爷恍然大悟，这才明白了怎么回事，一边还嘱咐着："回去的时候可小心点呀，可别再碰坏了，你要再回来，可就找不着我了。"

大爷又把两个罐子帮振华背在肩膀上，振华兴高采烈地背着两个新罐子回了家。

靠山吃山

"靠山吃山，吃山养山。"这是一条用白石灰水刷写在龙王庙大门两侧的一条标语，似乎在提醒着每一个进山的人要遵守山规。

昆嵛山上生长着很多野菜、多种药材，这都为靠山的人家带来了很多的好处。在青黄不接的时候，野菜可以果腹，各种药材还可以卖钱，以补贴家用。

青黄不接，是农民一年中最难熬的时节。这时候，作为主食的地瓜已经吃没了，即使还有，也基本上都坏了，而只能把腐烂的坏地瓜晒干了，卖给收购站作为造酒的原料。

为了把秋天收获的很多地瓜贮存过冬，振业在他的新房炕下边，费了很大的劲，挖了一个地瓜窖，约有两米见方，四周用石头砌起来，用石条作顶，上边再盘炕，炕前边有活动木板做的门。打开木板，顺着台阶就下去了。由于地窖内温度变化很小，常年在零度以上，地瓜堆放在里边，绝对不会冻坏了。

在没挖地瓜窖之前，家里的地瓜都是贮藏在正屋的顶棚上，还要用草把地瓜盖起来。吃的时候，就从灶间的锅台上再踩个凳子从入口爬进去，取一篮子地瓜下来，可以吃几天。

地瓜虽然冻不坏，但由于在运输、分配的过程中，大都把皮擦破了。因此，到了春天，地温也上升，大部分地瓜都坏了，而且一个坏了，还带累得它周围的地瓜也跟着坏了，就保存不住了。这时候，主食就变成地瓜干了，下地干活的劳力，才能吃点玉米面粑粑，好有劲干活。

在秋末冬初，农民都在自家菜园里挖两个菜窖，一个窖白菜，一个窖萝卜。到了春天，白菜、萝卜也差不多吃完了，没吃完的，白菜也都长芽了，萝卜也就空心了，不能吃了。

这时候，农民春天种的蔬菜，如茄子、辣椒、四季豆等还在生长期中，也就没有菜吃。孩子们就到地里挖荠菜、马生菜，或者成群结伙的到大山里采集野菜。

昆嵛山上生长的野菜，主要有山母楂、卷头子、黄花菜、扫帚花、槐树花等，榆树的叶子也是可以吃的。

山母楂是一种多年生的一丛一丛的约一尺高的植物，春天到了，它就发新芽，其形状很像城市饭店里的面条菜，把这嫩芽采下来，就可以做菜吃，也可以用来包包子。

"卷头子"是孩子们采集最多的一种野菜，就像一根旗杆，顶头上长着一些卷卷的爪子，长大后，这些爪子就伸展开了，可是老了也就不能吃了。它从土里长出来半尺来高的时候，最鲜嫩好吃。卷头子都是一片一片地生长，找到一片就能采到不少。这种野菜学名叫蕨菜，几十年后，已经作为绿色食品，摆在了大城市大饭店的餐桌上，以其清嫩爽口、营养价值高，成为城里人非常喜爱的菜肴。

扫帚花是长在木本植物上的花，这种丛生的植物秋后割下来，能扎扫帚。它开的花一串一串的，白中泛紫，非常漂亮，也非常好吃。

还有一种很奇怪的野菜叫菠菠丁，也叫酸溜溜，专门长在大石硼的边上，一瓣一瓣的，可以生吃，吃起来真是酸溜溜的。

有一次，振华和两个小伙伴一起，到昆崙山采摘黄花菜。这黄花菜似开未开的时候采摘最好。这是一种长在茎头上的黄花，这茎头长得比青草高，而且这黄花也是一片一片地长，哪里有黄花，老远就能看到。

这黄花菜摘回来以后，要用开水涮一下，才能做菜吃。这种黄花，既非常好看，又非常好吃，可以说是野菜中的珍品。在锅里烫一下，捞出来晒干后，还可以拿到采购站去卖，黄花菜更是城市大酒店的上等绿色菜肴。

三个小伙伴，每人扛一个篓子，篓子里还放着一条布袋子和中午的干粮。大家商定，这次要到泰礴顶上看看，从南路上去，从北路回来。

过了龙王庙，他们沿着向西南的这条山路，一直走到了魏家庵，这里地势较平坦，水分充沛，生长着一大片笔直的水杉树。从魏家庵向西，又翻过一个山坡，前面呈现出一道奇特的景观，可谓天下无双。实际上就是一座山，但是这座山其实就是一块硕大无朋的巨石，阳面是一块巨大的绝壁，高约百米以上，东西长千米有余，呈弧形向外突出，绝壁顶上还生长着一些松树。绝壁底下全是崩落下来的大石块、大石板，这就是昆崙山著名的大照壁。

小伙伴们从这大照壁底下的小路蜿蜒前行，仰望着大照壁，人显得是那样渺小。振华想，要是能到大照壁顶上去看看，该有多好！但就是攀岩队员来了，估计也不可能从正面爬上去。看着头顶上盘旋着的苍鹰，振华琢磨，要是能变成一只鹰多好啊！

一路上，小朋友们边采黄花，边欣赏着昆崙春光。快到中午的时候，爬到了昆崙山主峰泰礴顶的东南侧，这里一面山坡上，青草丛生，一片黄花，在阳光下闪烁着耀眼的金光。小伙伴们一声欢呼，就像找到了一座金矿那样高兴，纷纷加快了脚步，向着这片黄花奔去。

不大一会儿，伙伴们的布袋子都满了，篓子也盛满了。好！任务圆满完成，好找地方吃干粮了。

有个比振华大一岁的伙伴叫金斗，他说："咱们到泰礴顶上看看，那里修一个大铁塔，可能是电台的发射塔。在咱村蹲过点的工作组的谭哥，听说现在就在这里工作。咱去看看，也弄点水喝。"大家都附和着说好，就背着口袋，拐着篓子，向泰礴顶上的大铁架子爬去。

这泰礴顶，取泰山支脉而气势磅礴之意。站在泰礴顶上，放眼四望，一览众山小，只见群山连绵起伏，郁郁葱葱，方圆百里，看不到边际。

在大铁塔的下面，建有几排平房，向这里的师傅打听谭哥在不在这里？他们说在，把振华他们高兴得不得了。

一会儿，谭哥出来了，一看都认识。他以前在昆嵛村蹲点一年多，和村里不少大孩子都认识，不认识的也面熟。在孩子们眼里，蹲点工作组的人都是上级领导，比队长、村支书的官还要大，对他们都充满了一种崇拜感。

谭哥看是昆嵛村的小朋友们来了，很是热情，他让大家把布袋、篓子都放在门外，领着伙伴们进了食堂，要请振华他们吃饭。振华忙说："俺们都带着干粮，弄点水喝就行了。"谭哥打了一大碗菜，大家一起吃干粮。喝完了水，谭哥又领着这伙小朋友到铁塔下面的山洞子里面转了一会儿。这山洞里有发电机、各种仪表柜，还有一些师傅在工作着。

刚出山洞，振华就看见几只放养的山羊在吃篮子里的黄花菜，小伙伴们一看都急了，也不管谭哥了，一齐向下跑。快跑到跟前了，那些低着头只顾吃的山羊一惊，抬起了头一看，不好！撒腿就向山坡下跑。

这些山羊不抬头还好，一抬头，正好把篓子的梁挂在脖子上，羊就带着篓子满山乱跑。三个小伙伴瞅准了自己的篓子，就分头去追。羊脖子上挂着个篓子，也跑不快，就左甩右甩，想把篓子甩掉。但是篓子没甩掉，却把篓子里的黄花都甩掉了，这一篓子黄花菜全撒落在山坡上的青草丛里。振华追这只羊，大概因脖子上挂着篓子，也看不清路，这羊就"骨碌碌"滚下了山坡，把篓子也摔脱了。篓子是找回来了，可这满坡撒落的黄花菜可就捡不回来了，要是挨个捡的话，还不如再采一篓子。

三个小家伙提着空篮子，垂头丧气地回到谭哥跟前，谭哥安慰一番，说："唉，我就忘了，还有这几只山羊，要是放屋里就好了。你们从北面下山，黄花有的是，再弄一篓子吧。"

大家告别了谭哥，沿着北面的小路下山。一开始，小路还可辨，再往下就是一片大石头，看不出路径，就只能在一块一块的大石头上跳着走。石头下面还有哗哗的流水声。但是，怎么也看不到水，这可真是"山多高，水多高"。

正在大石头堆里探索路径，振华突然瞪大了眼睛：呀！倒背芹子！这几块大石头中间的一小块泥土里长着几株非常罕见的野菜中的极品——倒背芹子。以前三哥曾从山里带回家几棵倒背芹子，所以振华认得。

这种野菜的形状和味道都极类似芹菜，只是比芹菜高大许多，叶子的正面向下，背面向上，所以叫作"倒背芹子"。这倒背芹子非常珍稀，可能只有泰礴顶附近才能生长，在其他地方根本没见过，振华一生也只采到过这一次。那两个小伙伴一看，这里有倒背芹子，也把黄花菜丢脑后去了，在大石头上跳来跳去地寻找倒背芹子。

从东面看这泰礴顶，就像一座金字塔坐落在群山之上，振华他们是沿着金字塔北斜边下山的，到了金字塔底部，就分成了两条小路，向北的一条通往柳钱庵，向东的一条通往老蜂窝。

到了这交叉路口，振华说："咱们走老蜂窝这条路吧，这边近。"金斗说："行，咱们先到滴水源喝点水。"

走了不远，就听到前边"哗哗"的流水声。这滴水源，也是老母猪河的发源地之一。就在小路的边上，有一块卧在地上的巨石，像一个巨大的乌龟壳，那泉水就像地下河一样，从乌龟壳底下奔腾而出，像是乌龟的头，令人叹为观止，感叹大自然造化之神奇！

这里的水是很有名的，十里八乡有的生病的老人，专门让孩子来这里取一点"神水"回去给他喝，喝了以后就神清气爽，感觉病就好了许多。振华爬在水潭边，喝足了"神水"，抹了抹嘴，遗憾地想，可惜没带瓶子，要不灌一瓶子，带回家去给妈妈喝，该有多好啊！

过了滴水源，接着就是一处悬崖瀑布，瀑布高约十几米，宽约几丈，就像花果山的水帘洞，小道就在这水帘的下面，从这里经过，总要淋上一身天雨。

再向下走，翻过一个大山坡，就是著名的老蜂窝了。

老蜂窝传奇

走到这个大山坡的东半坡上，振华指着路东北边不远处的一个山洞口说："你们看，那就是老蜂窝洞，咱们看看去吧！"

据说，这个洞里边，原来有一个巨大的马蜂窝，人们就称这个山洞为老蜂窝洞。

几个人就横着向老蜂窝洞口走去，走到洞口前，发现这个洞口在一块巨石的上边，一个人根本爬不上去，就两个人搭起人梯，一个人踩着另一个人肩膀，才能爬进洞里。

这个石洞，上下左右全是石头，有一铺炕那么大，人勉强能站起来，里边藏十几个人不成问题。

在学校里，经常进行忆苦思甜或革命传统教育。有一次，学校请来进行革命传统教育的人，就是昆嵛村四队的张超大爷，他讲的内容就是胶东传奇人物于得水在山上打游击、办培训班的事迹。

1935年，胶东爆发了著名的"一一·四"暴动，暴动队伍的番号是"中国工农红军胶东游击队"，暴动发动时间是1935年古历十一月初四（公历11月29

日），暴动计划分东西两路进行。东路是文登、荣成、威海，由中共胶东特委书记、暴动总指挥张连珠和于得水等人指挥。

于得水率第三大队数十人，于十一月初三夜出发，按原计划突袭荣成县的重镇石岛，因走漏了消息，石岛中共地下党组织被破坏，失掉了接应。于得水便率队西去直奔人和集国民党镇公所。初四晨，暴动队伍伪装成打官司的，闯进了镇公所，缴获二十多支枪。随后，奔袭雀岛盐务分局，又缴获了一些枪支，队伍已达百人左右。

张连珠率领的第二大队，起义后遭到韩复榘配有钢炮的八十一师展书堂部的包围，于得水率三大队前来支援，在潘格庄与国民党军展开激战，损失极大。

暴动失败了，张连珠等领导人壮烈牺牲，于得水率部分队员冲出敌人的包围，转移到昆嵛山一带打游击。

于得水他们经常在昆嵛山老蜂窝活动，村里的张超大爷曾经冒着生命危险，偷偷绕过敌人的岗哨上山，给他们送来粮食、食盐。正在大家迷惘的时候，来了中共胶东特委负责人理琪，他认真研究了暴动失败的原因，决定要办训练班，对党员干部进行轮训。

于得水他们也不打仗了，白天就爬进老蜂窝洞接受训练，晚上就下来在山庵里睡觉。由理琪给大家讲课，讲解一些马列主义基本理论和红军游击战术，为革命培训了一批领导干部。

这个老蜂窝洞就在北山的半山腰，原来有几棵大楸树长在洞口，从山下根本看不到洞口。后来，这几棵大树被人砍走了，楸树是做家具很好的木料。振华他们还能看到几个露出地面的大树根。

据说后来有人告密，展书堂的部队来了一个排几十个人，正在山脚下的山庵附近搜索，于得水在洞口大楸树的掩护下，"嘭"的一枪，正打在指挥搜索的排长的大盖帽的帽徽上，把帽徽打得粉碎，大盖帽飞出去老远，把这个军官吓得魂飞魄散，一腚蹾在地上，一摸头，脑袋瓜子还在，这家伙爬起来撒腿就往山下跑，当官的跑了，当兵的更是脚底抹油，溜得更快，一溜烟地窜下山去了，再也不敢进山了。

抗日战争爆发后，在中共胶东特委书记理琪的领导下，于1937年12月24日在文登、荣成、威海交界的天福山，以于得水率领的昆嵛山红军游击队为基础，举行了抗日武装起义，成立了"山东抗日救国军第三军"，起义人员编为第一大队，于得水任大队长。此后，在于得水的率领下，这胶东第一支抗日武装与日寇展开了浴血奋战，当时闻名胶东的牟平城郊"雷神庙战斗"，打得日本鬼子闻风丧胆。

于得水的名字在胶东可谓妇孺皆知、家喻户晓，传说他武功高强，能飞檐走壁，双手开枪。他当年在昆嵛山打游击、办训练班的山洞也被人们叫作"于得水洞"。

人说昆嵛是宝山

昆嵛山不但生长着很多野菜，还生长着很多种药材。

春暖花开之际，小伙伴们经常三五成群地到深山里挖药材。这些药材主要是晒干后拿到公社收购站去卖，卖点小钱贴补家用或买点本子、笔什么的。

这一次，振华又和几个小伙伴进山了，他们扛着篓子，篓子里带着一把短把的小镢头。这回他们从北路进了山，也就是从龙王庙背面的一个山谷小路上山。

挖药材可不像收庄稼，到地里收割或从地里刨出来就行，这药材不知道它长在哪里，需要到处寻找。他们一边爬山，一边到处寻觅药材。

振华他们挖的药材主要有三种。一种是"光棍"，地上长出一根茎，地下是一个就像人工培植的人参似的根，找到一棵后，小心翼翼地把它刨出来。光棍是多年生的植物，比较大的多长在石头缝里，很难挖；另一种是"苍术"，也是多年生草本植物，圆圆的叶子周边有刺，开白色或淡红色的花，也是以根入中药。苍术不像光棍，一找到就是一小片，就像竹根似的横着长；还有一种叫"黄芩"的药材，根是黄色的，比较贵重，也特值钱，但是很少，更不容易见见。

一边爬山，一边寻觅，一边挖，不怎么地就爬到了山梁上，这山梁的南端就是红脸石。

小伙伴们顺着山梁到了红脸石的头顶上，头顶上有几块巨大的石头，就像女人头发结成的髻。髻的四周还较平坦，可以站着观赏一下风光，向外就是悬崖峭壁，吓得人腿都哆嗦，可真是不敢越雷池一步。

向下一望，西面一条小河与南面一条大河在红脸石下交汇，南面那条大河就是滴水源流下经老蜂窝流过来的水，汇流后都注入到王母娘娘洗澡盆里了，这个洗澡盆既像一颗湛蓝的明珠，也像一个聚宝盆。水流经过几层断崖而形成的瀑布，就像银子似的倾入聚宝盆里，立刻就被它收藏起来不见了，只见一片湛蓝。

再看那些鸟，平时都在头顶上飞，现在都在脚下翱翔，真乃荡胸生层云，低头观飞鸟。向南看去，南边山峰顶上四块巨石叠加在一起的"老鼠蛋"越发巨大，它是怎么两块摞在一起而并列起来的呢？真是鬼斧神工，让人不可思议！

玩够了，看得眼也累了，就又顺着山梁向北走，又沿着北边大山的半山腰向西逶迤而去。

中午的时候，他们爬到了柳钱庵北边的山口，这里有一条异常险峻的小路向北面山下通去，从这里就能通向殿后、潘格庄。振华的舅舅每次都是由这条小路背着粮食上山的。

这一个阴面山坡，树木丛生，不知有几百米长，坡度有70度，极其陡峭。

这些小家伙们突然来了精神，也顾不得肚子饿了，纷纷放起石炮来。

山顶上有的是石头，他们在山口东面的坡顶上，把大石头放到坡顶上，"开炮啦！"用手往下一推，这大石头就飞速滚下，连蹦带跳，越滚越快，真有摧枯拉朽之势，顺我者昌，逆我者亡，凡是敢于挡它路的树木，有的就被拦腰砸断，其气势真是吓人。

在这阴面的山坡上，长了很多大槐树，正值槐花盛开，真是一片香雪海，炮石砸在大槐树的树干上，槐花便似暴雪般落下，香气溢满山谷。

一开始，还担心山下有人，就喊了几嗓子："下边有人吗?!"只听群山在回应："下边有人吗?!"没人应声，就先试放了一小炮，也不见什么动静，这帮小子的胆子就越发大了起来。几个人滚来一块大石头，一放下去，就像山崩地裂一般，撞击声震荡山谷，震得山头发颤，大概要是砸在日本鬼子的坦克车上，肯定能把坦克砸扁了！

放炮还不过瘾，又要开了嘴皮子。这个说："这一炮叫金豆炮！"那个说："这一炮叫金皮囊炮！""这一炮叫王朝猴炮！"振华又来了馊主意，大声喊道："这一炮叫猪×野×菊炮！"

"金豆"、"金皮囊"、"王朝猴"都是这些小家伙们的绰号。"金豆"是一种蜂子，就是金斗的绰号，"金皮囊"的小名叫金壮，是振华的同班同学，他家是九队的。"猪"就是小珠子，"菊"是小菊子，是小珠子的妹妹，小珠子比振华年龄略小一点，振华有点欺负人家。振华由于长得胖乎乎的、傻乎乎的，小名叫进举，就知道看书，四邻八舍的都暗地里叫他"大举彪子"。小珠子气愤不过，使尽了九龙二虎三牛四马之力，滚来一块大石头，高声嚷道："我这一炮叫大举彪子炮！""轰隆隆"放了下去。

若干年后，振华研读《孙子兵法》，其中有一段："故善战者，求之于势，不责于人，故能释人而任势。任势者，其战人也，如转木石。木石之性，安则静，危则动，方则止，圆则行。故善战人之势，如转圆石于千仞之山者，势也。"看着这一段，放石炮的景况历历在目，对这一段的理解那是相当深刻的。估计没有切身体会的人看这一段，只能意会，不能言传。大概孙子先生并没有真"转圆石于千仞之山"，即使是转方石、三角石于千仞之山，在如此陡坡上往下一推，也是越滚越快，其势亦不可挡。

放炮放得没力气了，肚子饿得"咕噜噜"响，就顺着小路向南边的柳钱庵走来。一看，门上铁将军把门，舅舅大概回家去了。

在这里吃了干粮，喝足了水，又有劲了，走吧！就顺着向南的山坳，沿小路向南山爬去。

这一个山坳的东西两面，全长着梓椤，这里的梓椤，可不是大树，而是丛生的灌木。到了南边山梁顶上，才有一些大松树、楸树、臭椿树。这里人迹罕至，苍术特别多。刨了半天，篓子也装满了，就披荆斩棘，向山南面的老蜂窝奔去。

从北山梁到山下的老蜂窝山庵，连小路也没有，这一带怪石嶙峋，险象环生，柞树、松树、楸树、椿树及各种灌木交错生长，绿草遍地，扫帚花、山菊花、不知名的野花竞相开放，对面阴面的山坡上，则开满了一大片火红的映山红，真是一地一胜景，令人赏心悦目，美不胜收，是画家们写生的绝妙之地。

伙伴们手脚并用，一会儿往下爬石硼，一会儿攀树枝，互相帮扶着，提着药材篓子往下来。上山容易下山难，这下山没有路就更是难上加难了。历尽了千辛万苦，衣服也挂破了，鞋底鞋帮也闹意见而分裂了，终于到了山脚下，就是老蜂窝的山庵了，也是三间草房。

老蜂窝山庵建在山脚下路北的一小块平地上，大概春天没有人进山搂草而破坏山规，所以看山的护林人都回家种地去了，山庵里也没有人。门前边路南就是从滴水源流下来的冰凉河水，由于山庵西面又是一处大陡坡，所以河水在经过几级瀑布的折腾后，已经很累了，跌落下来后，在这里已经很平缓了。河北边有一棵很大的柿子树，四个小朋友才勉强能合抱过来，树冠遮天蔽日。

几个小伙伴都坐在大柿子树下的石头上休憩，看着清澈的流水，沙子、石子就像沙金和珍珠铺落河底，赏心悦目。这个爬下咕噜咕噜喝了一肚子水，那个又掬起水来洗把脸，舒服极了。

看着满树的柿子花，振华不禁想入非非，兴致勃勃地对伙伴们说："等秋天柿子熟了，咱们一块来摘柿子吧！"凡是好事，都能得到大家的拥护，伙伴们齐声说："好。谁不来谁不是人养的。"

从老蜂窝往下走不远，就到了"大闺女炕"，这是一块在路南边的大石头，高约一米，朝上的一面非常平整光滑，大小正好像一铺炕。人们上山搂草，走到这里，都要坐在这块大石头上歇歇，为了取乐子，就把这块大石头取了个美名叫"大闺女炕"，能在大闺女炕上坐坐，那自然是老爷们儿梦寐以求的好事啦！

这里两岸青山相对出，大闺女炕南侧的峭壁下，从滴水源奔流而下的河水正从这里湍急地流过。

五个小伙子，看到大闺女炕，又来了劲头，高高兴兴地在炕上又蹦又跳，跳累了就都躺在炕上，等着大姑娘来聊聊天。躺了半天，不仅大姑娘没有来，就连小姑娘的影儿也没见着，走吧，回家啦！

昆嵛山上到处都是宝，山上有很多东西都能卖钱。

有一次，听到公社收购站收购葛子的信息，可能是用来缠藤椅的。几个小伙伴又拿着镰刀进山了。

大家又来到了老蜂窝，约定下午日头落山前都到山庵集合，一块回家，就四散开去找葛子。

振华拿着镰刀，一路向西翻过了那座大山坡，下了坡，又过了冰凉河，来到了河南岸，看到向南一条山谷，从来没去过。这里一道几人高的断崖，挡住了向南的去路，一股清泉从崖顶飞泻而下，喷珠吐玉，一片晶莹，煞是好看。

振华从断崖的边上，攀援而上，到了崖顶上，又是一片新景象。这里溪水比较平坦，那清澈的水就在石头上流，真是"阳光松间照，清泉石上流"。

振华正搜寻着葛条，忽然发现溪水东边一块巨石下有一个石洞口，他过去探头一看，哇！这么一个大石洞，里面越来越宽敞，振华爬进去一看，人在里边能站直了，藏个三五十个人没问题。振华想，那老蜂窝洞也太小了，于得水他们可能不知道有这个洞，要是知道，那还不上这儿来办训练班啦！

要说昆嵛山的石洞，那也真是不少。在龙王庙到红脸石之间的小路北边，有一处全是大石头堆成的小山，这座小山中间就有一个洞，顺山势而下，曲里拐弯，有的地方宽，有的地方窄。有一次初中的同学们来这里摘松果，几个人商量着要爬这个洞，人多也就不害怕了，一个人是绝对不敢爬的。大家来到半山处的洞口，一个一个往洞里爬，在最窄处，把振华卡住了，不能往前爬，也不能往后退，不能动了！振华想，这出不去了，怎么办？难道要死在这里吗？最后运用了一些气功原理和缩体功夫，才勉强爬出了这道鬼门关，可真是把他吓坏了！再也不敢爬这个山洞了。

昆嵛山上葛子是很多的。这葛子是多年生草本植物，茎蔓生，叶子分成很大的三片。这葛藤能沿着地面长很长，长的三五十米都有。找到一棵葛子，它能长好多根葛藤伸向四面八方生长，从根上割断一根，顺着这根葛藤，把叶子掰去，顺势把葛条卷起来。葛藤上还生有一些小细根扎在泥土里，吸收养分，要很小心地把这细根从土里拔出来，要是用力扯着藤条使劲拽，就能把藤条从这生根处拽断了。

忙活了一天，每人都收获了两大捆葛子，再砍一棵小树当扁担，忽悠忽悠地就下山了。

沉鱼落雁

昆嵛山漫山遍野的青草，喂养了周边山区农村的大牲畜，农业生产就靠这些大牲畜耕地拉车；树叶松针，也为村民们提供了一年四季做饭的柴草；山上的树木，还为社员们提供了盖新房的栋梁之材。

要论树木的寿命，可能要数白果树、柏树和槐树了。

在昆嵛山西北麓的殿后，有一座仙姑庙，闻名遐迩的是"铜碑铁瓦，七十二搂大白果树"，其实这棵大白果树六七个人就能合抱过来。

据说有一个瞎子，闻名来到了这棵大白果树下，他把探路棍往树上一靠，说:"我量一量,看这棵大白果树有多粗。"就两臂伸开,逐步向前探测。旁边的人逗他玩儿,就把棍子拿开了,他转了一圈又一圈,不知道转了多少圈。那人一看,把瞎子转晕了,就把棍子又放上了,这个瞎子终于摸到了棍子,惊叹道:"哎呀妈呀!可不得了!这个大白果树有七十二搂粗!"

白果树,也就是银杏树。齐鲁大地还有一棵号称"天下银杏第一树",长在莒县浮来山定林寺院内。据考证,此树至少有3500年树龄,树高26.7米,树干周长15.7米,树冠遮荫面积一亩半地,需八人伸展双臂方能合围,有"七搂八柞一媳妇"之称。这棵大树很有灵气,遥想当年,文学理论家刘勰就是在这里写出了千古不朽的名作《文心雕龙》。

槐树的故事就更多了。在山东博兴县城的主要街道十字路口,有一个后来筑成的大花坛,花坛中间生长着的那棵大槐树,让人肃然起敬,据说当年七仙女和董永就是由它做媒才成婚的。在邹县的孟庙内,有一处景观,叫作"槐洞望月",一棵古老的大槐树,它倾斜的树干上有一个大洞,夜晚从这个大洞中望月,可谓别有洞天。在济南千佛山脚下,有一座"唐槐亭",此亭旁边就是"秦琼拴马槐"。

柏树的寿命也够长的,泰山脚下的岱庙内,就有不少"汉柏"。

可是,那种树的寿命最长呢?

在树木当中,要说浑身都是宝的树,可能要数槐树了。

槐树的花,又香又好看又好吃。振华每年春天都要摘不少槐花回来,妈妈把这些槐花先在开水里烫一下,再用它来作馅儿包包子,要是再剁上点肉,那真是鲜美无比。

槐树的叶子是羊和兔子最爱吃的饲料。它还有其他用途,可以用来制作染料,据说绿军装就是用槐树叶子提取的染料染成的。所以,收购站也收购干的槐树叶子。

槐树的种子也相当值钱,一斤能卖几十元钱。不过,要从又高又大的槐树上弄一斤很小的种子可不是容易的事。

槐树也很奇怪,能伸能屈,能大能小,它既能长成参天大树,也有很多丛生的灌木。在昆嵛村南面三里多路,有一座保服水库,这座水库的四周生长着很多低矮的小槐树丛。

学校里为了勤工俭学,经常发动学生摘松果、搂草、拾橡子,这一次又发动学生摘槐树叶子。

从昆嵛村到南边的保服水库,路比较平坦,是一条能走马车的大车道,也不远,振华就和一伙学生带着麻袋和箩子,推着小车,来到了保服水库摘槐树叶子。

这里可谓山清水秀,水库明静如镜,水库边上一群少男少女在欢快地采集着槐树叶子。小姑娘们穿着花衣服的影子、绿树的影子、远山的影子，一起倒映在水中，成为一幅赏心悦目的水彩画。

其中一位叫小叶子的小姑娘，是振华班里最漂亮的女孩，个头虽不高，但身材窈窕，生得眉清目秀，肤如凝脂，两条长辫子垂在身后，生性活泼可爱，且能歌善舞，也是学校文艺演出的骨干。她在哪里，哪里就笑声一片。后来村里排演京剧《野猪林》，她饰演的林娘子，那叫一个绝呀！在十里长亭生离死别一场，她一段二黄散板："见儿夫不由我珠泪垂掉，好一似万把刀刺我心梢……望官人你快把衷肠相告，官人哪，夫妻们恨离别泪洒荒郊。"唱得真是婉转凄凉，动人心魄，多少有情人陪着她把"珠泪垂掉"。

水库边上有好几个伸进水库的小半岛，这里的刺槐长得特别旺盛，叶子也格外肥大。

小叶子清脆的歌声由半岛对面传了过来："红岩上红梅开，千里冰霜脚下踩，三九严寒何所惧，一片丹心向阳开……"

小叶子歌声刚落，这边振华也扯开喉咙唱了起来："太阳啊，霞光万丈，雄鹰啊，展翅飞翔，高原风光无限好，叫我怎能不歌唱……"

"一座座青山紧相连，一朵朵白云绕山巅，一层层梯田一片片绿，一阵阵歌声随风传……"小叶子甜美的歌声又传了过来。

歌声此起彼伏，群山回应，声震云霄。一群野雁正从上空飞过，被这歌声所吸引，或许是想看看这对歌的小伙子和小姑娘，飞行速度也慢了下来，只听"扑通、扑通"两声，空中的两只野雁落入水中，水中的鱼儿也不知哪里去了。

摘满一篓子树叶，就倒进麻袋里，半天工夫，麻袋都结结实实地塞满了，扎上口就装上了小车。一群人，有的推着小车，有的还扛着一篓子槐叶跟着走，说说笑笑，不一会儿就到了南庄。

南庄就坐落在从保服水库流下来的小河的两岸，这里小桥流水，绿树成荫，鸟语花香，宛如世外桃源。

南庄上散落地住着十几户人家，这些人家属于第九生产队。振华的一个同班同学王明就住在小河东岸，王明学习不错，他作文的时候，不知道从哪里学了一套词，一有机会他就用，什么"乌云翻滚，电闪雷鸣，暴雨倾盆，平地积水成渠，沟满濠平……"把同学们唬得一愣一愣的，这家伙太厉害了，肚子里墨水可真不少。

王明家附近尤其是小河东岸有很多刺槐，他的槐树叶子大概弄得差不多了，正在菜园里摘黄瓜，一看河对面来了这么多人，还有他的同班同学，就热情地招呼大家到他家玩。

忙活了一上午，大家也累了，口干舌燥，歇歇也好，就把小推车停在河西岸，都顺着小石桥走了过来。

王明赶紧地提着半篮子黄瓜，过来迎接，把大家领到他家院子里，又忙活着拿小板凳，嘴里还嘟囔着："哎呀呀！稀客呀！今天一大早，我就听喜鹊在树上叽叽喳喳地叫，没想到来了这么多贵人，莅临寒舍，真是蓬荜生辉呀！"

他招呼大家在院子里的石桌旁坐下，又把黄瓜洗了半盆子，请大家吃黄瓜。

这个小院落可真是非常幽美，除五间草房外，连院墙都没有，院子前有一条绿树掩映的小路，路南有一眼石头砌成的泉池，泉水汩汩，从方形的石眼里流出，经一座小石桥流到院子里，经院子里一条石砌的水渠，浇灌着院子周围的树木和菜地。

王明又从泉池里淘来一桶水，大家也不用碗，就用水舀子舀着水，咕噜咕噜喝起来，冰凉的泉水，真是透心凉啊！

这所农家小院里生长着多种果树，院子东南角有一棵极大的杏树，估计有几百年树龄，树荫遮住了半个院子，振华他们就坐在大树底下乘凉。仰头看着枝头累累下垂的还不熟的杏子，大家口水直流，又不好意思摘，就从有关杏树的问题聊了起来。

有的问："这是什么杏树啊？"

"这是麦黄杏。"王明应道。

"这一棵大树能结几百斤杏子吧？"

王明说："那没问题，就是还不大熟，要不我摘点大家伙儿尝尝。"他伸手摘了一些杏子，请大家吃。大家纷纷吃了起来，酸得咬牙切齿，叫王明别摘了。

振华在这里第一次看见了木瓜树，这使他想起了看过的一本《中国民间故事》里的"咕咚的故事"。

房子周围还生长着不少山楂树，这在整个村子里也是不多见的。每年大年初一，王明的爸爸就扛着很多糖葫芦到村部大房子前去卖。用麦秸在一根长木棍的一端扎成一个圆筒形，再安上两条腿可以支在墙上，把山楂串在小木棍上，一串五个或八个，再在锅里熬的糖稀里一滚，就是一根糖葫芦。把糖葫芦都插在麦秸上，红红火火，非常好看，扛到村里，靠大房子的墙竖着，真是馋煞人。小朋友们纷纷把大年初一刚得到的一点压岁钱，买一串糖葫芦解解馋。

吃了黄瓜，喝足了水，也休憩好了，大家告别了王明，推着小车往北走。走到南庄北头一个小院落外，阵阵花香扑鼻而来，振华一看，这个小院满院子都是花，就放下小车，说："走，咱们看看花去。"

这个小院，只有一道矮墙，墙上爬着许多开着紫花的眉豆，眉豆角一串串地挂着；连个院门也没有，进得院子，北面正屋只剩下残垣断壁，蔷薇花攀援在墙上自由自在地生长着、开放着，散发着沁人心脾的香气；院里只有三间西厢房，房门两侧各有一株比人还高的月季花，满株盛开的月季花在微风中轻轻地摇晃着，似乎在向客人们致意；窗户下面还有两株大芍药花，振华也是第一次看到，深深地为芍药花大器的美而震撼，墙角的土堆上还生长着姜士挑等多种鲜花。正是：王大娘家花满院，千朵万朵压枝低。留连戏蝶时时舞，自在娇莺恰恰啼。

这个小院落里住着九队的一位五保户王大娘，她孤身一人。她正在北面断壁后面的园子里摘豆角，准备做午饭，见来了这么多孩子看她的花，非常高兴，忙迎出来，招呼大家进屋坐坐，喝点水。

大娘满头白发，慈眉善目，和蔼可亲，她从蔷薇花丛中走出，振华还以为是花神奶奶来了呢！她的三间小屋，虽然没什么摆设，可也收拾得干干净净，一尘不染。

振华想，花神奶奶一个人生活，该有多么不容易呀！以后要是有空，能来帮助她干点活才好。

采蘑菇的小姑娘

这次摘槐树叶子，还发现树丛地下长着不少蘑菇。到村南头大槐树下快分手时，振华又和伙伴们商量，明天是星期天，大家一起去捡蘑菇吧，小叶子一听，高兴得把篓子抛向了空中，树叶子撒了一地。

第二天早晨，大槐树下，伙伴们高高兴兴地来集合了。这里是社员们到河南边干活的必经之路。河北边土台上这两棵大槐树，不知长了多少年，枝干南伸，像一条虬龙在南河上空腾飞。树下有几块石头，是一个休憩乘凉的好所在。这里有一座石条搭成的桥，连通小河的南北。河北岸经常有妇女在这里浣洗衣服。

小妹妹振雁听说要到山里采蘑菇，杀死也要跟着小哥去，振华就找了一个轻快的小篓子，让她扛着一起去。

采蘑菇比摘树叶子行头要少，扛个篓子就行了，既用不着麻袋，也用不着小推车，轻松自在多了。一路上，小叶子拉着振雁的小手，像小麻雀似的叽叽喳喳个不停。

不大一会儿，就到了保服水库的大坝上，大坝斜坡上栽了很多丛生的棉槐条子，可以用来编车筐和粪篓。大家正在放水闸那里观看水是怎么放出去的。这放水闸是由一阶一阶的方石头斜着砌起来的，每块石头上有一个大圆孔，用大木塞塞住，要放水时，就把木塞拔出来，水就顺着圆孔流下去了，可以用来浇地，也可以泄洪。

几个人正在那里尝试着要把木塞拔出来，振华感到尿憋得慌，就到坝后的棉槐丛里方便。刚掏出家伙，就见棉槐根下盘着一条巨大的蛇，有蟒蛇那么粗大，振华从来没有见过这么大的蛇。那大蛇正抬着头，吐着信子，看着他呢！这一惊非同小可，吓得振华尿也没了，慢慢向后退去，上了坝顶，见大蛇没有追来，这才把心放了下来。

下到放水闸那里，振华怕吓着大家，也没敢说有大蛇，只是叫大伙："快走吧，拾蘑菇去。"没敢再上坝顶，领着大伙，顺着水库边赶紧向西溜走了。

到了水库西南面的山上，一边寻找着蘑菇，一边看着风景。居高临下，看这水库就像一面巨大的镜子，四围山色，尽入其中。

蘑菇一般都生在矮小的松树或柞椤丛中，蘑菇有不少种，能吃的主要有两种：一种蘑菇黏糊糊的，比较多，晒干了也能卖钱；另一种蘑菇就像人工养殖的白蘑菇，这种蘑菇非常好吃，异常鲜美，采着这样的蘑菇，一般就自家做菜吃了。还有一些有毒的蘑菇，一般发红的就有毒。还有的蘑菇长在腐烂的树根上，一丛一丛的，茎细长，不知有毒没有毒，也不敢采。小妹妹见着蘑菇就拾，还得小叶子帮着她捡，告诉她什么样的有毒，不能吃。

伙伴们都散落在树丛中，顺着山的半腰向西走。这是大山的后阴，水分充足，各种植物茂盛地生长着，高的有松树、柞树、槐树、椿树，还有一大片白杨树林，矮的有小松树、柞椤丛、棉槐丛，还有荆棘丛，满山的青草，还有很多开着白色小花的山菊花。在这样一个绿色的世界中，小朋友们呼吸着饱含负氧离子的新鲜空气，心情舒畅地采集着蘑菇，其乐融融。

走到山腰的西头，篓子里的蘑菇都满了，就走下了山。山脚下住着一户人家，主人叫廉朋，一家三口，廉朋夫妇大概到生产队干活去了，他们的十岁左右的儿子正在门前的大杏树下面玩。这棵大杏树比王明家的还大，几个人合抱不过来。整个昆嵛村，像这样的大杏树有五棵，还有两棵在村西头一个村干部家的大门两侧，另有一棵在村子西边的山庵上。村子里还有一棵大柿子树，比老蜂窝庵前的那一棵还要粗大。这些大树，见证了昆嵛村400余年的历史。

伙伴们也都来到大杏树下休息。这一个山庵，四间正房、三间厢房，门前大杏树东面是一块菜园，旁边一个泉池，泉水向外涓涓地流淌着。有个成语叫作"开门见山"，在这里就能得到切身的体验。

在廉朋山庵的东北，又是一座水库，这座水库比保服水库要大不少。在大坝上盖了一间小屋，里边安装着可旋转的放水闸。水库的西面北面山坡上，是村里的一大片苹果园。

休息够了，大家扛起篓子，小妹妹振雁累得走不动了，振华就一只胳膊拐一只篓子，小叶子领着她走。廉朋山庵的后边，是一道小溪，下雨后的山水，就从这里注入水库。穿过苹果园中间的上坡道，就到了南山上的姜家庵。

这姜家庵已经没人住了，房子也倒了，石头一堆一堆的，废墟上长着一些树木和很高的野草。这附近，生长着一棵大松树，是周围山上最大的一棵。

姜家庵东面是一些大石硼，很奇怪的是，在这些大石硼上，又有一些巨大的石头，有一块最大的就像一艘大船，这"大船"的缝隙里顽强地生长着一些小松树和荆棘，还长着一些野草。

小伙伴们爬上这艘"大船"，发现"大船"顶上有几个像洗脸盆一样圆的小水池，池水发绿，用小棍一捅还挺深。没人知道这些小天池是怎么形成的。

大家正在小天池这里探究竟，不知谁惊叫一声："哎呀！蜂子！"

振华过去一看，在大石缝里长着一棵小棘子树，树干上吊着一个大马蜂窝。这一下，大伙又来了精神头，也忘记累了，琢磨着怎么打蜂子。

这蜂子最怕火，蜂子碰到火，翅膀就被烧坏了，就不能飞了。大家商量还是以火攻为上。可到哪里去找干柴呢？有了！那棵大松树上，有不少枝子老了，死了，正好用来烧蜂子。

小伙伴里边，"鸡鸣狗盗"，人才济济。有一个长得挺瘦的小伙伴，叫王朝，绰号"王朝猴"，最能爬树。他自告奋勇，爬大松树去折死树枝。他在大松树下站定，向上瞅了瞅，两手抱住了松树，腰一躬，两条腿就盘住了松树干，手脚并用，不一会儿就爬了上去，折下一些干树枝往下扔。

大伙把干树枝、松毛捆了起来，中间插一根长木棍。谁去烧蜂窝呢？这是个最危险的活，弄不好，就要挨蜂子蜇。振华自恃曾跟三哥打过蜂子，有经验，大概也想在小叶子跟前露一手，就毛遂自荐，铤而走险。

振华两手拿着长木棍，王朝猴点着了松树毛，那火越烧越大，振华把火转了180度的弯，放到小棘子树的下边，撒腿就跑。尽管如此，还是有几个蜂子追来了，有一个在振华的鼻梁上端正中蜇了一下，振华感觉疼痛，一巴掌把蜂子打死了。

这种蜂子叫千觉，大概异常警觉，你如果扔石头打挂在树上的蜂窝，它能顺着石头扔来的方向迅速地冲向你，蜇你一下。

这边振华挨了蜇，小叶子赶紧用她的两个大拇指指甲，挤住伤口，往外挤毒液，尽管挤出一些，但挨蜇的鼻梁和两侧的眼皮还是很快就肿了起来。

那边干松枝的火越烧越旺，烈烟滚滚，烧死很多蜂子，余下的也冲上霄汉了，在外边的蜂子也不敢着边，都飞跑了，真是大难来时各自飞呀！

王朝猴拿个棍子把蜂窝捅了下来，用棍子一插，拿着就跑。这一个大蜂窝，可是真不小，直径差不多有一尺，满满的全是蜜。不过，这可不是蜜蜂酿的蜜，而是蜂子的幼虫，烧熟了，非常好吃，营养价值也极高，城里人一般可吃不着。

虽然此一战，有点损兵折将，但毕竟火攻取得了胜利，大家带着胜利果实，赶紧撤离战场。来到一处安全的地方，又收拾些柴草，点上火，开始烧蜂窝，把里边的蜜就烧熟了。把蜂蜜扒出来，大家都有份。

不过此时振华的眼睛肿得只剩一条缝，把小妹妹吓得直哭。振华安慰妹妹道："别哭，别哭！没事，没事！过几天就好了。来来来！吃蜜吃蜜吃蜜！"把蜂蜜一个一个地往小妹妹的小嘴里塞。

这次拾蘑菇，在南边山上转了一大圈，看那松树狗子正在吐丝绣茧，估计再过几天就变成蛹了。这松树蛹是罕见的山珍，非常好吃，城市大饭店里几乎没有。

剪松树茧很辛苦，要头戴着草帽，手戴着线手套，身上穿着长袖衣服，预防松树狗子的毛掉到身上。这种毛刺一旦落到身上，就往肉里扎，又痒又疼还起大水泡。松树又比较高，很费劲，剪半天能剪小半篓松树茧。这种茧可不能煮熟了绕丝，而是把这些茧放在一个钻有很多孔的铁皮上烧，把茧皮烧去，松树蛹就出来了，也烧熟了。洗干净了，盛上一碗，全家人美美地吃上一顿，皇帝老儿也吃不上，真是一大享受啊！

要说山珍的极品，蚂蚱、蝎子都算不上，非蛤虫莫属。这蛤虫是在柞树或柞椤的根内生长的，它就在里面吃树根，吃得白白胖胖的，像个白的蚕一样。要把它烧熟了或烤熟了，那香气就能把人馋得哈喇子流三尺长。

但有一样，这蛤虫可不像蚕茧，在外面长着，它是生在柞树干里、多年生的柞椤的根内。首先要找到有蛤虫排泄物的柞树或柞椤根，然后用斧子顺着蛤虫活动的小孔洞往里砍，这就很困难。柞树还好说，不过也得高矮适宜，太高了你也只能望蛤虫兴叹！那柞椤根是长在地下的，而且周围多是石头，抡不开斧头。所以，半天才能"打"出一个蛤虫，而且稍不小心就会把它砍破了，物以稀为贵，这蛤虫能不金贵么?! 据了解，这种极品山珍，北京饭店都没有，华盛顿大饭店也没有，美国总统都吃不着。

槐种橡子

槐树的种子最值钱。霜降之后，槐树的叶子渐渐变黄都落了下来，树上只留下一串串的槐树种子在随风摇荡。村周围的槐树种子很快就被小伙伴们钩完了，振华就和小姐振美商量，要到柳钱庵那片大槐树林里去采槐树种子。

采槐树种子要用专门的工具，在木杆上绑住一个铁钩，既可以把长槐树种子的细枝钩断，也可以一扭把细枝折断。

柳钱庵那片槐树林子长得非常高，振华爬到树上，往下钩，小姐就在树底下捡。

振华爬上爬下的，手脚并用，累得手臂都酸了。在柳钱庵东北面的槐树林里，振华又有了新发现。这里断垣残壁，有房屋的地基，也有几块残碑，还有一块六角形的碑很完整，有一人多高，上面刻着密密麻麻的小字，由于年代久远，也认不大清楚。由于昆嵛山是道教圣地，估计这里不知是哪朝哪代的一个道观吧！

由于木杆较短，很多种子钩不到。振华想起了山后面那一片槐树长得矮一点，就和姐姐转移阵地，到山后一看，能采的种子还真不少。可惜有不少棵树被石炮打断了，无种可采，这倒使振华感到一丝惆怅。

柳钱庵屋后的山坡上，生长着不少高大的柞树，这柞树结的果实就是橡子，这橡子也能卖钱，用橡子磨粉能做糊糊。从山后回庵前的路上，振华发现地上已经落下了一些橡子，又跟姐姐商量，下个星期天来捡橡子。

星期天一到，振华和小姐早早地起来了，吃了点早饭，扛着篓子和布袋，带着母亲给准备的干粮，进山来了。到了柳钱庵后面的山坡上一看，这里的橡子都没有了，估计被人捡过了。怎么办？振华想起了安宁口子那里遍地都是柞树，橡子肯定很多。

振华和姐姐沿着柳钱庵门前的山路，向西攀援而上，来到了一个大山口——安宁口子，过了这个山口，就是一片平坦的开阔地，这里到处都长着非常高大的柞树。这里属于昆嵛山国营林场管理，小叶子的爸爸就是林场的工作人员。

再一看，已经有三三两两的人在捡橡子了。由于地上落了一层柞树叶子，这橡子怕被人捡去，从大树上掉下来后，都藏到柞树叶子下面去了。振华就和姐姐都折了一根树枝，划拉着树叶子，才能找到橡子，有时候在一个小洼里能捡到好多颗。

中午吃干粮时，天还好好的，太阳在西南面的泰礴顶上挂着，挺暖和。可吃完了干粮，刚捡了一会儿，就起风了，那风越吹越大，刮得大柞树呼呼作响，橡树叶子满天飞舞；那大片的乌云从泰礴顶上铺天盖地压了下来，一阵阵凉气扑面而来。

振华一看，不好！要下雨了，赶紧招呼姐姐说："姐，要下雨了，那几块大石头下面有个洞，咱进去避避雨！"

这个石洞是在柞树林里的三块大石头斜倚在一起形成的，就像半间小房子，很宽敞，振华刚才还爬进去瞅了瞅。姐弟俩刚进到洞里，只听石硼顶上噼里啪啦乱响。

哇！这还不是下雨，而是下冰雹！那冰雹有麻雀蛋那么大，还没有找到躲避地方的伙伴们可受不了了，赶紧把橡子倒进口袋里，把篓子扣到头上，抵挡冰雹的打击。振华见他们受不了了，就站在洞口大叫："上这儿来呀！上这儿来呀！"附近的几个小伙伴连滚带爬地进了洞。尽管身上挨了雹子打，但头上有篓子挡着，身上穿着线衣、夹袄，也抵挡一阵，没什么大事。这几个小伙伴，有的是本村的，也有不认识的外村的。

一阵冰雹过后，乌云向北而去，南边日出北边阴，道是无晴却有晴。振华他们钻出洞口一看，地上白花花一片，全是冰雹；再一看树上，全成光杆了，不但叶子全没了，就是还没有掉下来的橡子也全被打下来了，可惜没法捡了，都被冰雹压在下面了。

打"地雷"挖老鼠

在昆崙山区，有好几种蜂子。前面打过的那种在树枝上吊一个蜂窝的是千觉蜂子，还有在地下筑巢的金豆和地雷蜂子，它们的蜂巢有多层，多的有十几层。

振华小的时候，经常跟着三哥振刚去打蜂子，学了不少经验。

振刚这个"三较劲"，在半大不小的孩子当中是个头儿。有一次，他和伙伴们把树上的千觉大蜂窝烧了下来，满地都是蜜。他说："都捡哪！捡完了一块分！"大伙一听，捡完了要一块平均分，都消极怠工，只有振刚捡得飞快，捡得差不多了，他又下新指示了："都捡哪！谁捡了是谁的！"这些小伙伴一听，赶紧捡，可是蜂蜜已经不多了。再看看振刚篓子里，蜂蜜倒是不少。眼馋也没办法，"官大一级压死人"哪，众人敢怒而不敢言。

这一天晚上，振刚又领着四五个小兄弟要到南庄打金豆。金豆窝是早就发现了的，就在"花神奶奶"北边不远的小路下边，这是一道地堰，约有一米多高，蜂窝口周围还长着一些棘子，很不好打。

这次作战的方案是，先用农药"六六六"粉，糊住蜂窝出口，把金豆们都熏迷糊了，旁边再烧起一堆火，既照亮，又可用来火攻。都准备好了，还要把裤腿、袖口扎起来，以防止金豆蜂子钻进裤裆里乱蜇。这金豆蜂子比蜜蜂小多了，蜇一下，也就是起个小疙瘩罢了，过几天也就好了。

越是危险，"领导干部"越是要带头。振刚把一包"六六六"粉打开，照准蜂窝口迅疾地扣在上面，撒腿就跑。

一会儿，窝里的金豆们被熏得受不了了，有的钻出来，摇摇晃晃地飞进了夜空。

差不多了，振刚指挥着一人拿小镢头开刨，他在旁边控制着火堆，一旦把金豆窝刨出来，要迅速地把这堆火弄到蜂窝上烧。

哇！刨到蜂窝了，振刚用两根棍，把火一下掀到了蜂窝上，干柴烈火，这一播弄，烈焰冲天，可怜这一窝金豆蜂子，祸从天降，葬身火海，只逃生了很少一部分。

逃出来的这些金豆，见到火光中的这些巨大的侵犯自己家园的仇敌们，纷纷展开进攻，往人身上乱钻，蜇得这伙小子"哎哟！""哎哟！"乱叫唤。这金豆蜇人，像蜜蜂一样，拼尽全身之力，蜇你一下，它就壮烈牺牲了。

最后，把这蜂窝全刨了出来，烧死的蜂子不计其数，蜂窝有十二三层，两头小，中间大，像一个大地球仪似的。每人分得两层大小搭配的蜂窝。虽然挨了蜇，但是想起毛主席的教导："要奋斗，就会有牺牲。"这点小小的牺牲，也算不了什么！毕竟赢得了斗争的胜利。

振刚到新疆后，没人领着振华打蜂子了。但是经过数次战斗的洗礼，已经把振华锻炼成为一个成熟的敢于向蜂子进攻的坚强的无产阶级革命战士了。

由于舅舅在柳钱庵看山，不管是刨药材、薅野菜，还是搂草，振华经常到这里来，对柳钱庵周围的情况了如指掌。

振华很早就发现柳钱庵南面山下小溪旁有一窝地雷蜂子，就在小溪北岸的斜坡上。但由于一个人势单力薄，没有贸然开战。"不打无准备之仗，不打无把握之仗。"振华想等条件成熟了，再打一个大歼灭战。

盛夏的早晨，振华和王朝猴一起到南山割羊草，闲得无聊，振华想起了柳钱庵那窝地雷蜂子。就跟王朝商量，去打这窝蜂子。这猴子生性好动，一听有这好事，一拍即合。

他们把羊草送回了家，换上了打地雷蜂子的全副装备，弄了一包打"化学战"的"六六六"粉，准备"火攻"的火柴、用来刨"敌人"老巢的小镢头，还带上了以防不测的镰刀。把这些武器都放在篓子里，向着预定的"战场"长途奔袭而去。

日照征途风送爽，飞兵奇袭柳钱庵。穿过了山和水、沉静的石硼堆，跨过了宋家庄、龙王庙，突破了"丢当石"、滚驴道，来到了柳钱庵下小溪旁。

为了打好这一仗，必须了解清楚阵地地形，全面分析"敌情"，他们先仔细观察了"敌人"阵地的设防情况。

这一窝地雷蜂子可不比寻常，出奇的大，是振华见过的最大的蜂子。它们在巢穴口飞进飞出，就像飞机一样嗡嗡作响。把这种大马蜂叫作"地雷"，可能是由于如果人或者牛不小心踩到蜂窝口，那蜂子就会像踩到地雷一样"爆炸"，能把人或者牛蜇得半死。

毛主席教导我们："一切反动派都是纸老虎。"不管这"地雷"有多大、多厉害，也没有吓倒这两个勇敢的战士。他们到处找寻了足够的干柴，并把"六六六"粉准确地撒在了蜂巢口。

战斗中出现了意外情况，这"六六六"粉对这么大的马蜂不大起作用，并没有把它们熏迷糊了。只能采取火攻了。点着火堆后，先把火弄到蜂巢出口上烧，封锁住"敌人"的出入通道，切断它们逃跑的路线。不少大马蜂，刚钻出洞口，就被烧掉了翅膀。马蜂没了翅膀，就像敌人的坦克没了汽油一样，成为一堆瘫痪的废铁。

烧了一阵子，外边的"敌人"也救援不出巢穴内的敌人，大火熊熊，使它们也不能靠近巢穴，纷纷远走高飞了。巢穴内的"敌人"被彻底封锁了，一个也飞不出来。

"总攻"的时机已经到了，把所有的柴都加到了火堆上，猴子在旁边用棍子把火堆捎向一边拨弄，振华在旁边抢起镢头就刨了下去。这一镢头下去，就刨到了马蜂窝，说时迟，那时快，猴子这边用棍子把火一下子拨到蜂窝上，同时一只大马蜂像子弹似的一下子击在振华胸口上，"啊！"的一声惨叫，振华丢下镢头一划拉，把大马蜂拍掉了，迅速地进行了战略转移。那边猴子把火扒拉到蜂巢上后，迅速向后一退，脚下拌蒜，一个倒栽葱，跌进了小溪里，蛰伏了起来。

振华转移到安全地带后，忙用两只手的大拇指甲往外挤毒液。哇！这毒液还真不少。不管怎么挤，胸口还是很快就肿了起来，疼痛难忍。

大火烧了半天，蜂窝附近再也没有蜂子飞舞了。估计地雷们不被烧死也给烤死了。好！打扫战场，缴获战利品！

猴子在小溪里躺着大概挺舒服，他观察着再也没有蜂子起飞了，就从小溪水里爬了出来，尽管滚成了个落汤鸡，但战斗意志仍然非常高昂。他很小心地把蜂窝掏了出来，蜂窝已经被烧坏了一部分，很多大蜂蜜都露了出来，已经被烧熟了，先尝尝鲜再说。

这个大蜂窝有六层，每一层都很厚，有金豆的蜂窝三个厚，但没有金豆的蜂窝面积大。"战役"胜利结束，战利品二一添作五，满载而归。

振华把这大地雷蜂窝拿回家，母亲一看也十分惊讶，蜂蜜幼虫都这么大，那蜂子该有多大，太吓人了。母亲还关心地问："让蜂子蛰着没？"振华尽管胸口肿得像个小馒馒，可是被衣服遮着，就满不在乎地说："没有！"小妹妹一看这么多大蜂蜜，对小哥充满了崇拜，高兴得满脸都是笑，把一个一个又嫩又白的大蜂蜜扒出来，扒了有一大碗。

母亲在锅里放了点油盐，把蜂蜜都放在锅里炒，那香气直达天庭，把玉皇大帝馋得垂涎三千丈。

秋收之后，有不少地块种上了冬小麦，也有一些地块留着来年春天种地瓜、玉米、花生等农作物。

这时候，处于农闲期。在没有上冻之前，小伙伴们经常结伙扛着镢头，撅个篓子，到地里揽地瓜、花生。

这揽花生也就是一上午的事，生产队把所有地块的花生都收完了，就让社员们开始复收，当然谁收着就是谁的。振华和小姐也是一大早就扛着镢头、扛着篮子到花生地里复收，能收半篮子花生吧。回家洗洗，就煮上一锅，全家饱餐一顿。

生产队刨地瓜的时候，大都由放秋假的学生们割地瓜蔓，一捆一捆的都扔在地堰上晒着。晒干了以后，捆到小车上推到打麦场上堆起来。春天来了，再用铡刀铡开，用粉碎机打糠，供生产队饲养点当猪饲料用。

有些地瓜蔓已经扎了些根在地下，这些根也能长出很小的地瓜。在割地瓜蔓的时候，就把这些小地瓜拽出来了，地瓜蔓在地堰上虽然晒干了，可这些小地瓜却很难晒干。就是这些小地瓜，也曾解决了振华很大的困难。

上初中的时候，振华一个人到柳钱庵舅舅那里住着搂草，搂了几天草，带的干粮也吃完了，下午就挑着两包草回家来。这一担草刚上肩时并不觉得重，可越走越累，越挑越重，走到龙王庙时，就有点挑不动了。怎么办呢？咬着牙走吧！走一会儿歇一会儿，再加上饿得受不了了，走到村南头时，饿得一点劲也没有了，实在挑不动这担子了。他就把担子放下，到南场上堆地瓜蔓的垛上搜寻那些小地瓜，吃了一些小地瓜之后，才又有了点劲，勉强把担子挑回了家。

地瓜蔓割完了之后，社员们在后面开始刨地瓜，一人刨一垄，从垄的半腰一镢头下去，往上一抬，就把一棵地瓜刨出来了，三垄的地瓜合到中间这一垄上，再把地瓜抬到小推车的车篓里。整劳力能推三车篓地瓜，小车两边各一车篓，两根车把上再绑一根棍，再放上一车篓。

小车队推着地瓜到了场上，一过秤，会计给写个条子，谁家谁家，地瓜多少斤，直接就把这一车地瓜送到某个社员家里去了。

有的地瓜长在垄的下半拉，个别的能长在垄底下。生产队收过地瓜之后，还有一些地瓜没有刨着，漏在地里。这些地瓜生产队就不管了，也不要了，谁复收着就是谁的。

伙伴们用镢头在垄的半腰处划拉着走，就能划拉出地瓜来。振华两只手握着镢把，使劲往下压着，边划拉边往后退。忽然，划拉不动了，有情况！仔细一观察，原来镢头扎到了一个大地瓜里了。振华把这个大地瓜刨出来，用手举起来，在伙伴们面前炫耀一番，比得了个金元宝还高兴。

伙伴们对揽地瓜不大感兴趣，这个活比较单调，缺少刺激，这地瓜也不大好生吃。揽了半天，复收了有半篓子地瓜了，可以回家交差了。振华就提议："咱们去刨老鼠洞吧！"大家也都干够了，王朝猴把镢头一扔，两手向上一举，大声说："好！"就用镢把撅着地瓜篓子，到附近的花生地里找老鼠洞。

这是姜家庵北面半山腰的一片梯田，不知多少年多少代开垦成的。花生已经刨过了，也揽过一遍了。但花生地堰上总有不少老鼠洞，刨花生之前，老鼠就已经运了不少花生果到洞里贮藏着，这是它们整个冬天的美食。

要想把老鼠洞里的花生刨出来，首先要在地堰上仔细寻找老鼠洞的洞口。这也不是很难找，尽管有矮草丛遮挡着，因为老鼠打洞，总要把不少土运到洞外，这就是洞口的标志。伙计们一会儿就找到了几个老鼠洞，两个人一伙，就开始刨老鼠洞。

沿着洞口往里刨，能看到老鼠洞的圆形断面，这时候老鼠大多在洞里藏着，它感到有敌人在挖它的洞穴，就像电影《地道战》里的民兵似的，在较远的地方运土把洞堵起来，刨到这里，就看不见洞了。这时候，就要谨慎地用触摸法来判断敌情。老鼠刚把洞堵起来的地方，泥土是很松软的，其他地方则很硬。真是：老鼠再狡猾，也斗不过好猎手啊！

沿着这个方向再向里刨，很快就出现了新的洞口。老鼠苦心经营的"马奇诺防线"被突破了，随着"咚咚"的刨土声的逼近，老鼠技穷，在里边吓得不知怎么着好，浑身筛糠。

老鼠琢磨：这咋整？看来今天劫数难逃啦！娘的，与其坐以待毙，不如拼死一搏，倘能逃出去，留得青山在，不怕没柴烧。

老鼠打定了主意，看着洞口的光亮，拿出了百米冲刺的速度，一道灰光在振华面前闪过，振华一愣：不好！敌人要跑！拿着镢头就追。

这漫山野泊，除了这个洞窟，老鼠急切间找不到其他藏身的洞，在平整的地上，它虽然有四条腿，无奈步幅很小，怎么也跑不过两条腿的人。这边振华在后边追，猴子也拿着镢头从侧面包抄，把老鼠追得实在无路可逃了，它也不跑了，趴在地上，做困兽犹斗状，呲着两颗小獠牙，张牙舞爪，瞪着两只冒血的眼睛，恨不得跳起来咬这两个令它家破鼠亡的仇敌两口，方消心头之恨。

可是，这老鼠也是极可恨的，人还捞不着多吃的花生，它都偷到洞里去，今年它一窝，明年可能就是十窝，这么猖狂地盗窃生产队里的粮食，那还了得，要不怎么把老鼠列为"四害"呢！这时候，一句古老的话语在振华耳边响起：老鼠过街，人人喊打！看来打老鼠是自古以来就有的事，算不得不仁义、不慈悲。遂一镢头下去，送老鼠的灵魂转生去了，但愿它下辈子不再当老鼠。

老鼠被打死了，它浑身都是宝。老鼠皮毛油光瓦亮，做一对耳套那是没治了。猪吃糠，那肉都很香，这地老鼠吃花生，那肉该是多么香？！猴子边走边嘟囔："一会儿烧烧吃！"

猴子提着老鼠尾巴，又回到了老鼠洞这里。估计这只公老鼠跑出来，可能是想把敌人引开，以掩护洞里的母老鼠逃生，这样还能保护老鼠家族的繁衍。

再继续刨下去，就刨到了老鼠的窝和花生仓，而没有再见到老鼠。这老鼠洞里有几个仓室贮藏花生果，把这些花生果都挖出来，有大半篓子，可谓硕果累累，满载而归。

还有一种很有意思的复收——揽苹果。村里有六个苹果园：村北边北塂苹果园、村西北石硼塂苹果园、石硼塂西边还有一个大苹果园、村西葫芦头苹果园、村西南廉朋水库苹果园、刘清水库苹果园。北塂、石硼塂、刘清水库这三个园子都比较小，那三个则很大。苹果快熟了的时候，小伙伴们一有机会就想偷苹果吃，但看守苹果园的人也非常狡猾，十有五六能被他们抓住。他们藏在隐蔽的地方看着你，一看你进了苹果园要摘苹果，他们马上像狗一样向你疯狂地冲来，并大吼一声："站住！"就差一句"缴枪不杀"了。

都是小孩，嘴馋摘个苹果吃，也没什么大不了的。被抓住后，就是挨一顿训，你表态好点："再也不来偷苹果了"，也就放你走了。但是有一次，看果园的逮住一个大的，这个人是村里柞蚕队的，他用放柞蚕剪桲椤枝的大篓子，偷了一大篓子苹果，上边再用青草盖住，不知怎么被抓住了，这一篓子苹果也被带到了大队部。这个人还是一个预备党员，社员们都议论说："他这下完了，这个预备党员是转不了正了。"

这个事件，对少年振华触动很大。在农村，要想入党非常难，一个生产队几十户人家也没有几个党员，凡是能够入党的，都是有培养前途的根红苗正的干部苗子。而这一次偷苹果被抓住了，满村的人很快就都知道了，不但前途毁了，在村里也抬不起头来，找媳妇也没人跟他。

但是，在苹果熟了以后，果业队开始收苹果，有的踩着梯子摘，有的上树摘，这么多苹果树，还有树叶子遮挡着，总有不少看不见的苹果而被漏摘。如果消息灵通，或正好赶上了，在果业队刚把整个苹果园的苹果摘完后，人们就可以到苹果园里揽苹果。

有一次，振华和小姐正在南山自留地里干活，看到一些人向廉朋水库苹果园涌去，一打听，说是去揽苹果。振华和姐姐也扛着篮子跑去了。

这揽苹果也有技巧，一棵大苹果树，你蹲在树下看苹果树的下面，往往能看到一两个苹果藏在叶子里；再就是苹果树的树顶上，梯子也够不着，大人也上不去，小孩身体灵巧，体重也轻，总能想办法把树顶上的苹果给弄下来。

到了苹果园，振华就和姐姐都忙着找苹果去了。振华老是往树梢上瞅，看到树梢上挂着个苹果，就不辞辛苦，排除万难，也要爬上去，把这个苹果摘下来。小姐不善爬树，就从树下瞅，看到一个就摘一个，不费吹灰之力。所以，回家的时候，小姐揽了大半篓子苹果，而振华只揽到了小半篓子苹果。

这样的好事，一年只有一次，而且还不一定能碰上。

复课闹革命

1966年，开始了"无产阶级文化大革命"，各级党委、政府都被砸烂了，权也被"造反派"夺了，成立了革命委员会。什么事，都要坚决贯彻毛主席的最高指示，一旦毛主席发出了最新指示，那就要连夜贯彻落实，叫作"贯彻最新指示不过夜"。

据说，毛主席他老人家习惯夜里工作，白天睡大觉。所以，有时候他老人家半夜发出最新指示，老百姓半夜也要起来，敲锣打鼓，认真学习贯彻。

"文化大革命"开始后，各单位互相学习革命经验，各个学校的学生都不上课了，停课闹革命，乘坐免费火车到处串联，那火车上挤得连个插针的地方也没有，那车座底下、行李架上全是人，厕所里也挤满了人。

那时候，毛主席在北京经常接见红卫兵，一接见就是一百多万，各地学生都以到北京受到毛主席接见为人生最大幸福。

有一次，振华的大哥振源来信报喜，说大串联到了北京，在天安门广场上受到了毛主席接见，离毛主席乘坐的车只有 27 米。振华看了信非常高兴，也非常羡慕，赶紧向母亲汇报，好像自己也受到了毛主席接见一样。

毛主席大都是晚上接见红卫兵，那天安门广场、东西长安街，可真是人山人海，每个人都擎着一本小红书——《毛主席语录》，胸前佩戴着毛主席像章，"毛主席万岁"的口号声此起彼伏，响彻北京城，不知有多少学生喊哑了嗓子；每个人都往天安门城楼那儿挤，不知道挤掉了多少双鞋子。

几十年后，据一份内部资料介绍，一位中央首长回家后，跟夫人讲，接见完红卫兵后，清理天安门广场，清理出几卡车鞋子倒不足为怪，奇怪的是，清理出很多金条和金饰品。他认为，这都是那些红卫兵到资本家或走资本主义道路的当权派家破"四旧"或抄家时，趁机揣到自己腰包里的，在这么拥挤的情况下，加上金子又很重，都漏到了地上。

振华所在的小学，也成立了红卫兵组织，每人都戴一个印有"红卫兵"字样的红袖章，"革命先烈用鲜血染成的红旗一角"也没人戴了。在哥哥的鼓动下，振华还贴出了一张大字报——声明，就是用毛笔写的大字报，声明脱离保皇的"二一"派，反戈一击，加入"井冈山"革命造反派司令部，誓死捍卫毛主席的革命路线！

闹腾了一年多，火车都让学生占了，铁路也不能运输物资了，国家经济建设受到严重影响。这时候，毛主席发出了最新指示："复课闹革命。""大中小学都要复课闹革命。"这样，小学又开始一边上课，一边闹革命。

振华参加的革命，主要有三次。

振华班上有一个地主的小儿子，这个地主在抗日战争期间当过伪保长，在"文革"中，阶级成分不好，那算倒了八辈子霉了。"地富反坏右"被称为"五类分子"，是要被管制的。

这一天，班上召开批斗会，老师让这个 10 岁多一点的孩子跪在教室前边的桌子上，由"革命小将"们对他进行革命大批判。振华感觉他真是可怜，这么小就挨批判，以后怎么办？！

第二次参加的革命，是组织学生参加村里的诉苦大会，就在村西头的缫丝房大院里。在大院的机器房南头靠西墙有一个戏台，村里的大房子没盖好以前，就在这里唱戏、开会。

戏台两侧是两条大标语，右边是：加强无产阶级专政；左边是：坚决镇压反革命。随着一声"把地富反坏右押上来！"的号令，一批民兵身背五六式半自动步枪，两个人押一个，一人架着一条胳膊，让"地富反坏右"坐着"飞机"就提溜上来了，让他们站在戏台前的高凳子上，弯腰低头，接受诉苦和批判。

有几位苦大仇深的老贫农上台诉苦。打头炮的是村贫农协会主席外号叫常玉炮的，他还没上台，台上就有人领着喊起了口号："不忘阶级苦!""牢记血泪仇!"上边喊一声，下边就跟着喊一声，声音越来越大，看这群情激愤，不知这几个"地富反坏右"能不能活过今天。

常玉炮声泪俱下，指着前边的地主分子，控诉伪保长怎么依仗官府的势力，霸占了他家的土地，使他们一家吃不上饭，穿不上衣，家破人亡，恨不得将这个恶贯满盈的恶霸碎尸万段。

这时候，台上的人又领着喊起了口号："打倒万恶的旧社会!""忘记了过去，就意味着背叛!""打倒地富反坏右!""坚决镇压反革命!"

常玉炮悲愤地控诉道："妈那个×! 过年了，地主家的狗仔子，都穿着新棉衣、棉裤，戴着棉帽子，吃香的喝辣的，俺家里让他们剥削的，连个破褂子、破裤子也没有哇! 小孩没有衣裳穿，都不能出门。人家穿新衣裳，我就跟他们说'俺剃了个大新头!'×养的，那是人过的日子吗?! 牛马不如啊! 要不是毛主席领导着闹革命，哪有我常玉炮的今天! 我常玉炮誓死也要跟着毛主席干革命，毛主席让我向东，我决不向西! 毛主席让我偷鸡，我决不摸狗! 毛主席指哪儿，我就打哪儿，决不含糊! 决不能让这些狗娘养的地主恶霸翻了天，让那些×养的地富反坏右一辈子不得翻身!"

这时候又响起了口号声："翻身不忘共产党!""幸福感谢毛主席!""伟大领袖毛主席万岁! 万岁! 万万岁!"

常玉炮下了台，走到那个不共戴天的伪保长地主的后边，怒气冲天地骂道："操你妈了，没想到你这个狗娘养的也有今天，我不把你打翻在地，再踏上一只脚，让你永世不得翻身，我就不是常玉炮!"说着，常玉炮一脚把凳子上弯腰低头的伪保长踹了下来，可能由于仇恨太大而用力过猛，自己一只脚也站立不稳，反作用力一下子把他自己也顶得向后边摔倒了。会场上的群众看着伪保长向前边滚了几个滚，常玉炮向后边滚了几个滚，都想笑而不敢笑。常玉炮爬了起来，恼羞成怒，奔向伪保长就狠命踹了几脚，又骂道："你这个狗娘养的，还敢报复贫下中农! 想翻天哪!"一脚踩在伪保长的背上，把伪保长踩得个嘴啃泥，翻不了身了。

第二个诉苦的老贫农，说父亲被地主逼死了，无钱埋葬，被迫向地主借债，由于不识字，被地主高利贷盘剥，还不起钱，愤而打官司，可借据上"驴打滚"的高利贷写得很清楚，官司又打输了，被逼得卖田卖房，妻离子散。这个不识字的老贫农也出了名了，他的孙子后来被保送上了界石高中。

站在主席台前凳子上挨批斗的"地富反坏右"分子中，有一个富农是振华所在的四队的一个年逾古稀的老头，在凳子上弯腰低头几个小时，体力不支，眼前一黑，摔下了凳子，由家里人把他抬回去了，不几天就去世了。

这个老富农，其实就是在旧社会也不是很富裕，他家过道的顶棚上还贮存着几捆檀树皮。这种树皮在灾荒之年，没有粮食吃的时候，可以用来充饥。他有一个儿子，四个孙子，三个孙女，年龄都不小了，可是由于家庭成分不好，四个孙子还没有一个说上媳妇的，逼得三个孙子闯了关东，两个孙女远嫁他乡；大孙子三十多岁才娶了一个牟平县的富农的闺女，小孙女后来跟着一个在昆嵛山打山洞子的当兵的跑了，据说跑到男方莱西县农村的老家去了。

第三次参加的革命，是破除旧风俗，反对婚丧嫁娶"大操大办"的。第六生产队一家社员娶媳妇，一共摆了两桌酒席。中午12点左右，由民兵连长率领着一帮学生，"呼隆隆"地涌到了人家家里，屋里、院子里全站满了学生。

这些坐席的人，也都是些亲戚朋友，有的年龄很大，正在推杯换盏，喝得不亦乐乎，一见来了这么多人，都闹不清出了什么大事，一个个目瞪口呆，张口结舌。大概自从盘古开天地，三皇五帝到如今，也没遇到这样的事，娶媳妇请亲戚朋友喝个喜酒也不行。大概这不符合毛主席"节约闹革命"的最高指示。

"在这场'文化大革命'中，必须彻底改变资产阶级知识分子统治我们学校的现象。""在农村，则应由工人阶级的最可靠的同盟者——贫下中农管理学校。"按照毛主席的最新指示，一字不识叫扁担、斗大的字识不了几升的贫协主席常玉炮进驻了昆嵛联中，对学校进行管理。

学校经常开大会。一开会，常玉炮就坐在主席台上，真是"十一个人排两行——人五人六"的。校长讲完话后，他总要"我再说两句"，无的放矢地乱放几炮，惹得师生们想笑而不敢。

年轻的造反派头头，已经夺了权，成了村支部书记，也经常到学校讲讲话。这个头头和振华的大哥振源是小学同学，虽然个头不高，但长得挺帅，而且口若悬河，极有口才。他虽然结婚了，可还有年轻姑娘不知出于何种目的，对他很青睐，投怀送抱。

常言道："男追女，隔重山；女追男，隔层纸。"这位书记大概也不是坐怀不乱的柳下惠，一时把持不住，就越过了雷池，把人家姑娘的肚子搞大了。

在农村，未婚闺女肚子大了，那是没脸见人的，谁把她的肚子整大的，就只能嫁给谁。这个大闺女就铁了心，硬逼着他离婚，要和他结为连理，共同革命，白头偕老。

书记要离婚，这事可就大了。在越雷池之前，骗骗这个大闺女倒容易，真要离婚，那就要冒着妻离子散、身败名裂的危险。既然他离不了婚，这个外村的大闺女就经常来闹腾，闹到最后，抱起一块大石头，把书记家的锅给砸碎了！

"你不让我过，我也不让你过了！"一个大闺女，挺着个大肚子，怎么过？谁还要她?!这大闺女闹到这个份儿上，也不能要脸了，在书记家里呼天抢地，号啕大哭，闹得翻江倒海，天翻地覆。书记年轻的太太哪儿见过这阵势，早吓得躲娘家去了。那看热闹的人里三层外三层，把书记的"官邸"围得个水泄不通；那年轻英俊的书记，发型也不齐整了，让大闺女搓揉得乱蓬蓬的；平时到处讲话、做人的思想政治工作的雄辩口才，此时也木讷了：除了哀求再也说不出别的话了。

好事不出门，坏事传千里。大闺女大闹昆嵛村书记府的"佳话"，霎时就在村里传开了，全界石公社43个大队也都有了耳闻。

大闺女这一撕破脸的闹腾，把曾经不可一世的造反派头头闹得威信扫地，再也没脸领着广大群众进行"无产阶级文化大革命"了。由于民兵连长根红苗正，旗帜鲜明，立场坚定，在破"四旧"和对敌斗争中，敢于冲锋陷阵，他就被推上了支部书记的宝座，领着社员们在无产阶级专政下继续革命。

兼学别样

课虽然是复了，但却不能正常地上课。因为要认真落实毛主席的最高指示："学生以学为主，兼学别样。也就是不但要学文，也要学工，学农，学军，也要随时参加批判资产阶级的文化革命的斗争。"

农村孩子学农有天然的优越条件，除了暑假、秋假可以直接参加农业生产劳动外，昆嵛联中还在村西边河套的一片洼地里，发动学生，开垦了一大片水田，栽上了水稻。这里靠河近，能够引水灌溉；肥料更是充足，这么多学生"制造"的有机肥料，让学生们挑到田里施肥。因此，这片水稻长得绿油油的，看着就喜人，大有昆嵛水田赛江南之风貌。

农村学校学工，就需要没有条件创造条件了。好在农村有很多工业生产用的原料，如地堰上、山上，就生长着不少山姜，这山姜用处可不少。农民们把山姜拔下来晒干，搓成较粗的姜绳，夏夜睡觉的时候点上，用来熏蚊子。而且，用山姜蒸馏出的山姜油，更是一种非常宝贵的工业原料。学校就让学生们到处拔山姜，把附近山上的山姜都拔没了，农民们晚上睡觉只好挨蚊子咬了。

蓖麻油的用处就更大了。据说喝点蓖麻油就拉肚子，具有极强的润滑作用，飞机都用蓖麻油作润滑剂。振华把院子里的空地方都种上了蓖麻，在正房与东厢房夹道里的一棵蓖麻，长得跟大树一样，老高老粗，真是罕见。

学校的老师们本事也很大，能造出学生们用的蓝墨水，还能用橡子粉做出糨糊。那时候，也不单设物理、化学课，而是一门叫作《工业基础知识》的课，讲195柴油机的构造原理等知识。

学军那就更有意思了。军事化编制，一个年级叫一个连，一个连分成几个排，一个排也就是一个班级，排再分几个班，一个班十几个学生。振华从小就不是当官的料，从来没当过排长，更当不上连长了，当了一些年的班长，管十几个人。

学军的时候，同学们都用麻袋扎一个小背包，背在肩上，再拿一根红缨枪，练队列、刺杀，民兵连长担任军事教官。"防左，杀！""防右，杀！"练兵场上，杀声阵阵，响彻云霄，令敌胆寒。还经常搞搞急行军，到附近的村庄或山头上围歼敌人。

高年级学生还要负责摘松果，松果也叫松树楼，供冬天上课时烧炉子取暖用，松树子还可以卖钱，勤工俭学。到了秋后，就发动学生摘松果。振华个头不高又较瘦小，还没女同学能干。人家一天能摘一百多斤，振华只摘了六十来斤，觉得很不光彩。

第二年，他就先下手为强，利用业余时间，到南河沿的防风松林带那里先摘了不少松果，放在家里。等学校组织学生摘松果的时候，他就用小车推着一天摘的松果来到家门口，把已经摘的松树楼放到车上，一起推到学校去过秤。这一下成了排里摘松果的冠军，受到了老师的热烈表扬，也赢得了一些女同学的青睐，真是痛雪前耻、扬眉吐气、光祖耀宗啊！

在学校里，除了学农、学工、学军，还有一项重要任务，就是毛主席著作"天天读"。有一位高年级学生，大概为了成为学习毛主席著作积极分子，每天比老师早晨办公还早，就端着小油灯，把它放在老师办公室外边的窗台上，他就站着，孜孜不倦地在那装模作样地看《毛泽东选集》。结果校长还真在全校师生大会上对他进行了表扬。

毛主席著作不仅要"天天读"，而且像《为人民服务》《纪念白求恩》《愚公移山》等"老三篇"，还要求学生能够背诵。谁只要说能背下来某一篇，老师就让他在全排背诵。振华干活不大行，背书倒不打憷，确实出了一阵子风头。

"文革"中，每个人都要"灵魂深处爆发革命"，"要斗私批修"，"要狠斗私字一闪念"，整得学生们也不得安宁。还要大批"白专道路"，要"又红又专"，搞得学生不能专心学习。

难忘恩师

1970 年左右，根据最高指示："小学校附设初中班，这种办法还是好办法，先进经验。""教育要革命，学制要缩短。"因而成立了昆嵛联中，初中由三年缩短成二年制。

从 1964 年年初到 1972 年年底，振华从上小学到初中毕业，学习还是出类拔萃的。在初中时，班上的学习委员是一位很秀气的女同学，她在日记上写着："在学习上，要向王振华同学学习。"

在初中的学习过程中，能够记得住的突出成绩是一次数学考试，有一道加分题，全年级只有振华一个人做对了。这一道题是这样的：正方形的四个边长和圆形的周长相等，问正方形的面积大还是圆形的面积大？大多少？

在从小学到初中的学习中，换了很多老师，有几位老师，记忆还是很深刻的。

一位赵子昆老师，是学校东邻蒋家疃人，民办教师，他教五年级的语文兼班主任。下午自习的时候，他就拿着一本《欧阳海之歌》，到教室里读给同学们听。他读得声情并茂，感人肺腑，使同学们深受教育和熏陶。

有一次，振华跟赵老师到贮藏室领体育课用品，看到里边有一张印刷品的画，是一个小姑娘坐在弯弯的月亮上，周围还有很多星星，真是美极了。振华目不转睛地盯着看，入迷了。赵老师看他实在喜欢，就做主把这张画送给了他。振华如获至宝，拿回家来，贴在屋里最醒目的位置上。晚上学习困了，看两眼就不困了；在地里干活累了，回家看上一会儿也不累了。这幅画，给少年振华带来了无限的快乐和慰藉。

一位刘昌盛老师，是昆嵛村人，文登一中毕业，也是民办教师，他教初中的《工业基础知识》。有一次讲压强，就是单位面积所受的力。要计算压强，必须先算出受力面积。讲到计算圆的面积，他就说："大家要记住了，锅盖的面积派阿儿方，鳖盖的面积派阿儿方，车轮子的面积派阿儿方，眼珠子的面积派阿儿方，脑袋的面积派阿儿方。"

一位教数学的于平老师，是界石公社大产村人。她很喜欢振华，振华也很盼着听她的课。有一次，她在班上给几个同学讲题，振华看着她，脑袋里不知在想啥，叫了她一声"妈"，把她叫愣了，同学们也愣了，这怎么回事？振华回过神来后，红着脸说："哎呀！这脑袋走神了！"这才掩饰过去。

在学生眼里，于老师很大了，其实她就是个二十几岁的姑娘。振华也不懂得讲卫生，也不懂得美，洗脸的时候，只用手摸点水，洗洗前面，耳朵后边和脖子都洗不着，黢黑的。于老师摸着他的小脑袋说："你看看你，小脸洗得挺白，再把耳朵后边、脖子洗洗就漂亮了。"振华听了，马上一个大红脸，这可真是羞死人了。从此以后，振华也注意讲卫生了。

1977年恢复高考时，振华和于老师在界石中学听高中老师辅导时，还见过面，她也考上了莱阳农学院。毕业后，她曾担任文登市商业中专学校副校长，被评为中学高级教师，还当选为文登市人民代表。她的情况，振华还是从一本1997年出版的文登市史志办公室编纂的《文登学人》里面了解到的。振华的简要事迹也被编在这本书里，师生都成了"文登学人"，也是不多见的吧！

于华文老师教初中的语文兼班主任，就在村西头住，他和二哥振业是小学同学，估计他也就是初中毕业教初中。他上语文课的时候，每一课讲完之后，都总结出这一课的"中心思想"，然后用一节课的时间，把"中心思想"用很漂亮的板书抄写在黑板上，学生们再把"中心思想"抄到本子上。他教过振华，也教过妹妹振雁。这两个学生都对于老师充满感激之情。多年后，振华回乡探亲，还和妹妹一起去看望了他。于老师也是个多才多艺的人，能写善画。经过不断地学习和进修，后来晋升为中学高级教师。

1972年冬，振华快初中毕业了。此时，已经有准确的消息，由初中升高中时，不再采用推荐的方法，而改回考试升学的办法。不少同学都在认真复习功课，准备参加中考。

有一天下午，同学们都在自习。振华喜欢写写画画的，正在照着一本《美术字》的书里"乘风破浪，一日千里"，要把它临摹到本子上。这几个美术字写得总体像波浪，字下面还有倒影，确实很美。振华正在课桌上全神贯注地描摹，不提防于老师巡视课堂，在振华旁边站住了，他也没有严厉的批评，只说了一句话："都什么时候了？你还弄这个！"

"什么时候？"这一句话，像一声响槌，敲醒了振华懵懂的脑袋。什么时候？！一个15岁的孩子懂什么？如果考不上高中，就只能回家种地了！母亲从来不干涉孩子的学习，对国家大事也不怎么关心，也没有对孩子说要好好学习，好考上高中，也许母亲自信每个孩子学习都很好，用不着她操心。如果不是于老师提醒，振华还真没有意识到是"什么时候"了。

于老师走后，振华开始思考是"什么时候"了，再有一个来月，就要初中毕业了，升高中是要到公社考试的，考不上怎么办？

振华有个小本子，1973年1月1日，他在小本子上写下了这样几句话：黄金时代很可能在1973年1月结束，这全有待于我的努力！

文学启蒙

这个小本子也不是日记本，只记了一些"重要"的事，上面还记有一些不知他从哪里抄来的豪言壮语和具有"文革"鲜明印记的警句，如：

每做一件事，想想是否符合人民的需要；每说一句话，想想是否符合毛泽东思想；每走一步路，看看是否走在毛主席革命路线上。

我今后要用完全彻底两把尺子天天量，要有对工作极端地负责任、对同志对人民极端地热忱两面镜子天天照，要用批评和自我批评这把扫帚天天扫，扫除自己思想上的灰尘。

我们对毛泽东思想，无限热爱，无限忠诚，无限信仰，无限崇拜！

花盆里长不起青松，

鸟笼里养不活雄鹰。

院子里跑不开骏马，

温室里炼不出英雄。

在初中，他又搜罗了一些书看，如巴金的《家》《野火春风斗古城》《西游记》《水浒传》《三国演义》等，这些书在"文革"中全是禁书，能借来看也不容易。

在这个小本子上，还摘录了一些他认为精彩的片段，如：

杨叔叔啊，我长了这么大，不知道什么叫痛，也有发冷发热的时候，发冷时晒晒太阳，发热时喝碗冷水，冬天风雪眯着眼去捡煤核，手裂流血不喊疼，夏天毒阳底下拾发臭的碎纸，嘴唇烧焦不喊热。

三小子从来没哭过。活阎王的狗腿子用皮鞭打他的时候，他没哭过；爹爹惨死的时候，他没哭过；二姐给活阎王抢走时，他没哭过；甚至连他亲眼看见妈妈咽气的时候，他也没哭过。

这家伙老奸巨猾，处世最讲权术。他有个三字哲学：遇到名利，他是一争二夺三开抢；遇到责任，他是一摇二推三不知；话到嘴边留三分，事要三思而后行。

妹妹你年轻，诚实聪明，又有文化。不过我觉得你在爱情这本字典上，还有不少生字。爱情不是花晨月夕下的甜言，也不是软绵绵的眼泪，更不是金钱物质的收买品。我主张，要找个志气刚强的汉子，别要那蝎蝎螫螫男儿故作女态的人；选择老婆也不要弱柳扶风眼泪洗脸的"林黛玉"，要她有几分"丈夫"气。

他得了一个能够体贴他的温柔的姑娘，她的相貌并不比他心目中那个"她"差多少。他满意了，在短时期中他享受了他不曾料到的种种乐趣，在短时期中他忘掉了过去美妙的幻想，忘掉了另一个女郎，忘掉了他的前程。他满足了，他陶醉了，陶醉在另一个少女的温柔的抚爱里，他的脸上经常带着笑容，而且整日躲在房里陪伴着他的新婚的妻子。

明天，所有的人都有明天，然而在她的前面却横着一片黑暗，那一片一片接连着一直到无穷的黑暗，在那里是没有明天的。是的，她的生活里是永远没有这明天的。

明天，小鸟在枝头上唱歌，朝日的阳光染黄树梢，在水面上散布无数明珠的时候，她已经永远闭上眼睛看不见这一切了。她想，这一切是多么可爱，这个世界是多么可爱。她自己以一颗天真的女孩的心，爱一切的人，希望一切的人幸福。她不停地为人服务，从不曾伤害过一个人。她和别的少女一样，也有漂亮的面孔，有聪明的心，有血肉的身体，她顺从地接受了这一切痛苦，她没有一点抱怨，她终于得到一点安慰，得到纯洁男性的爱，找到她崇拜的英雄。她的英雄对于她变得太高大了，成了高不可攀的月亮。虽然此时她对他哭坏了眼睛，哭哑了声音，她也不能得到他。她爱生活，她爱一切，而生活的门严严地关住了她，只给她留下那一条堕落的路。她想到这里，那条路便明显地展现在她面前，这时候她完全决定了，不再迟疑了。她要把身子投在晶莹清澈的湖水里，那里倒是一个很好的寄身的地方，她死了也落得一个清白的身子。

《西游记》这套书，一套十本，是一套线装古书。每一本前边都有几页很精美的插图，每回末都有一段"悟子一曰"的评论。这套书是从舅舅家借来的，振华非常喜欢。除了看书，还临摹了不少插图。可惜的是，由于村里人借阅，给弄丢了几本，无法"完璧归赵"了。

读《西游记》，除了读熟了故事，也摘录了一些名言警句，如：

日落西山藏火镜，月升东海现冰轮。
宁爱家乡一捻土，莫爱他乡万两金。
树大招风风撼树，人为名高名丧人。
珍奇玩好之物，不可使见贪婪奸伪之人。
人在矮檐下，怎敢不低头。
少壮不努力，老大徒伤悲。
人没伤虎心，虎无伤人意。
要知山下路，需问上来人。
虽然路途遥遥，还终须有到之日。
与人方便，自己方便。

还有一些警句，不知振华从哪里抄来的，这在"文革"中，也是难能可贵了，如：

学而时习，欲其熟也。
取人之长，补己之短。
小事糊涂些，大事聪明些。
开口说大话，不如动手做小事。

将论人长短，先思自己如何。

智而为私，不如愚而为公。

多狐疑者，不可与之谋事；好便宜者，不可与之交财。

日日行，不怕千万里；日日做，不怕千万事。

一块砖垒不起万里长城；一滴水浮不起万吨轮船。

前途是光明的，道路是曲折的。

横眉冷对千夫指，俯首甘为孺子牛。

海水不可斗量，人不可看貌相。

己不正，焉能正人。

读书之法，在循序渐进，熟读精思。

世界上不论做什么事，没点毅力，没点勇气，没点冒险精神是做不成的。

　　之所以不厌其烦地从振华的小本子上摘录一些东西，是为了让读者了解一下一个面临初中毕业的15岁的山村孩子的成长过程，他的所思所想、所作所为。

　　从这些内容可以看出，在"文革"的大环境中，他也不可避免地受到了很大的影响，在那人人手擎小红书的大背景下，他还能想方设法借阅一些"禁书"，有现代的，也有古代的，而且还做了一些读书笔记。

　　从这些读书笔记的内容可以看出，尽管振华也是一个孤儿、弱者，但他有一颗悲悯同情之心，对"三小子"、"她"充满了同情；还记有一些爱情的内容，尽管在农村荒凉的土地上，也不能窒息一个慢慢成熟的少年对爱情的憧憬。

　　从这些摘录的片段里，也可以感觉少年振华对自己命运的思考。

　　在这些摘录的片段里，那一段比较长的，是从巴金先生的名作《家》里面摘出来的。描写的是高府里的一个丫环鸣凤爱上了高家的三少爷觉慧，三少爷也爱她。但是在等级森严的封建社会里，少爷不可能娶一个丫环为妻，高府要把她卖给一个有权势的糟老头做姨太太。

　　如果鸣凤是出身于某府的富家小姐，可能也就不会有这样的悲惨命运了。"文革"中有句顺口溜很流行："龙生龙，凤生凤，耗子生儿会打洞。"再看看班上的同学，仅仅因为是地主的儿子，就要跪在桌子上，遭受全班同学的批判。其实一个孩子懂什么？他又能做些什么坏事？农民的儿子就只能种地，而城里的孩子就能当工人，拿工资，这社会公平吗？

　　初中语文课本上有《陈涉起义》的课文，里面陈胜说的一句话，深深地铭刻在振华的脑海里："王侯将相宁有种乎？"尽管有着改变自己命运的朦胧想法，可是出路在哪里呢？

　　后面的一些警句，虽没注明出处，但其所含深刻的哲理，对成人也很有借鉴思考的意义。若有兴趣，读者可做一番考证，看这些警句出自哪里？何典何故？

黄金时代

初中学习阶段已经于1973年1月14日结束了。如果我能够继续为革命学习，那是我的志愿，如果不能，那么就要虚心接受贫下中农的再教育，在农村这个广阔天地里做出一番成绩。（1973年1月14日）

明天就要开学了，我要在高中学习阶段，把学习搞好，把字写好，争取加入共青团，一定要搞好团结，反骄破满。（1973年2月20日）

振华终于如愿以偿地拿到了界石高中入学通知书。昆嵛联中两个班一百多名初中毕业生中，有十几名同学考进了高中。

全界石公社，在较大的几个村子里设有联中，就是从小学能一直读到初中毕业。主要有昆嵛联中、界石联中、旸里联中、大产联中、张格庄联中，全公社43个自然村，小村庄的孩子们都到就近的联中上学。

界石中学是一所很正规的中学，校园绿树成行，校舍高大明亮，图书馆、实验室齐全，教师全是公办教师，水平较高。

来到这样一个全新的环境，面对全公社青少年中的佼佼者，尤其是振华看到昆嵛村北面的旸里村的几名文艺分子特别兴奋，这几个人有的到昆嵛村演出《龙江颂》扮演过江水英，有的演出《沙家浜》扮演过沙奶奶，还有和振华一个班的鞠家庄的演过《红灯记》中的李玉和，振华的精神面貌也为之一振。

全公社共招收了三个班的高中生，被编为七三级一班、二班、三班，每个班约四十几个学生，振华被编在七三级三班。这三个班的教室在校园西南角的一排房子里，三班的教室在最东边，中间是二班，一班在最西边，每个教室三间屋。

学校规定，家庭离校五里路以上的要住校，昆嵛村离校正好五里地，不能住校，需要走读，每天中午在学校吃饭。一般学生都是交玉米或小麦，也有交地瓜干的，玉米居多，磨成面粉后，由食堂蒸成"圆台"窝窝头，也不能多吃，只能吃一个，四两。菜金二分钱，主要是学生种的冬瓜、白菜、萝卜等蔬菜，肉片是见不着的。

课程设置有数学、物理、化学、农业、政治、音乐、生理卫生，也有体育课、劳动课。

入学后，体育老师先来了一个下马威，3000米跑！男女同学一块跑，沿着学校操场的400米跑道跑七圈半。振华身体较弱，也没练过长跑，跑了几圈以后，就跑乱了，满跑道都是人，振华被男生大队拉了一圈，还是男生的最后一名。振华琢磨，少跑了一圈还是最后一名，还跑不过女同学，这也太丢人了！有朝一日要力雪此耻啊！

讲生理卫生课的，是学校医务室的袁医生，头发都白了。他讲"生殖系统"这一章的时候，全班的女同学都趴在课桌上，把脸埋在两臂间，羞得不敢抬头。他特别讲到月经期间要注意卫生。还举例说，公社拖拉机站一个女拖拉机手，正开着拖拉机耕地，"好事"来了，措手不及，只得用擦拖拉机的布"搪塞"一番，结果感染了，差点要了命。

教语文课的刘信英老师，40多岁，人长得很有女知识分子的特点，课讲得好，普通话也说得好，同学们都很喜欢她。

学校里办一种油印小报《战报》，每期八开纸一张。有一次，同村考来的家住西南河的张祖芬对振华说："你的作文上了报纸啦！"振华一听，非常高兴。想办法找来一张《战报》一看，原来是上语文课时的一篇作文《学雷锋的小故事》。

这篇作文，写的是在劳动课中，同学们在学校西边砌围墙，北风呼啸，寒风刺骨，同学们发扬一不怕苦、二不怕死的革命精神，干劲冲天，有的搬石头，有的和石灰，有的砌墙，一派热火朝天大干社会主义的场景。这时候，文章的作者"我"在搬石头时，一不小心，滑进了旁边的水池里，同学们连忙七手八脚地把"我"拖了上来。刘爱国同学把棉衣脱下为"我"穿上，又脱下自己的鞋袜逼"我"穿上。虽然是数九寒天，这深厚的无产阶级情谊，却温暖了"我"的心，也深深地感动了每一位在场的同学。

振华的字写得不错，隶书也能写，魏碑也能写，还跟于华文老师学了一手"扁方块"字，规规矩矩的，再加上他有一本《美术字》的书，所以学校教室"山头"上的两面大黑板，都由他包圆了。

每星期有半天的劳动课，男同学不是种菜，就是种粮。在界石村东面的王家庄村北有一大片河套，学生们把这里开垦成了农场，种了不少小麦；学校南邻有几亩地，是学校的菜园。学校还建有"橡胶圈"工厂，各种型号的橡胶圈是用来密封的；学校还有一个面粉厂，有一台发电机组，发电供学校照明和给面粉机提供动力。还有一套用蒸馏法提取山姜油的设备。

每当上劳动课的时候，有不少女同学到橡胶圈厂去做橡胶圈，把橡胶放在钢制的模型里，热压成型；男同学大多种粮种菜去了，用小车推粪，用罐子挑人粪尿，都不轻松。每当这时候，班主任大多安排振华去写黑板报，一面墙那么大的一面黑板，大题目要用美术字，仿宋体或黑体字，还从图书室借了一本《黑板报头》的书，穿插一些插图，不同的内容用不同的字体书写。

一个新的黑板报出来后，总是有很多人观看。就是在更换黑板报的过程中，也有不少学生围观。

一个全新的黑板报展出后，振华最担心的就是下雨。下上一场大雨，就把黑板报上的内容全冲去了。

学校的《战报》，也多是振华利用劳动课的时间，在蜡纸上刻印出来的，刻好版之后，再一张一张地印出来的。《战报》的编辑是刘信英老师，她编好稿子并排好版后，就由振华或其他同学刻版。主要刊登一些学生们写的稿件，也摘登一些其他内容，很受同学们的喜爱。特别是刊登了某位同学的文章，这位同学也会身价倍增，引来同学们羡慕的目光。

教化学课的李老师，那真是飞机上挂暖瓶——高水平。他高高的个子，戴一副眼镜，很有知识分子的派头，特别是上化学实验课的时候，在实验室里，他身穿白大褂，那真是风度翩翩。

李老师第一次来上课，把教案往讲台上一放，介绍说："我叫李延垠，和大家一起学习化学。"他讲课言简意赅，通俗易懂，45分钟的课，他总是留下10分钟让同学们提问答疑。而讲物理课的杨老师总是下课了还要再讲几分钟。

期中考试成绩出来了，李老师拿着化学试卷往讲台上一站，问道："哪位是王振华同学？"振华一听老师点名，忙站了起来。老师说："请坐下，王振华同学在这一次化学考试中，附加题也做对了，得了满分，110分。希望大家向他学习，也请他担任化学课的课代表。"

大概这是振华从小学到高中最光彩、最自豪、最得意的一件事了。从此，他对化学课更加用心地学习，李老师也非常喜欢这个天资聪颖而又勤奋好学的学生。

有一次，李老师跟同学们说："遗憾的是，现在你们都不能考大学了，不把大学办好怎么行呢?！也有一些信息表明，高考可能还是要恢复的，希望同学们一定要好好学习，争取能考上大学，做一个国家建设的栋梁之材。大学还是非常诱人的，'山东大学'校门上这几个字，都是镀金的。"

李老师这一番话，像在严冬刮过的一阵春风，使同学们心驰神往，也在同学们心里撒下了考大学的种子。一旦春天真的来了，就会破土而出。

遗憾的是，李老师上了一年的课，就调到牟平师范去了。

据说，他本来是大学的化学老师，因犯了"错误"，被贬下来改造的。

后来教化学课的有两位老师，其水平和李老师还是有差距的。

但由于振华的化学课已打下了良好的基础，也培养了浓厚的兴趣，在诸多课程中，化学课是学得最好的。

讲政治课的老师是一个小矮个子，同学们背后叫他"米发索"，因为他的工资只有三十四元五角。他解释为什么要对"地富反坏右"进行管制和批判，其原因之一是"一经形成，难以改变"。这又明显地与他讲的辩证法的规律"一切事物都是对立统一的，事物都是在发展和变化，由量变到质变"相悖的。按照他的理论，也没法解释毛泽东、周恩来等一大批革命领袖都是地主、富农或资本家出身的。

教音乐课的刘乐生老师，印了不少歌颂"文革"的歌曲，一上音乐课，他就教唱《无产阶级文化大革命就是好》，第一段歌词是："无产阶级文化大革命，就是好，就是好呀就是好，就是好……"还教给同学们唱了一段革命现代京剧《龙江颂》里江水英的一段唱《手捧宝书满心暖》。他的成绩大概主要还是组织了界石中学毛泽东思想文艺宣传队，经常到各村演出。

刘信英老师语文课讲得很好，振华还记得几篇课文，有鲁迅的《记念刘和珍君》《药》《阿Q正传》，还有《红楼梦》节选"葫芦僧乱判葫芦案"。没有看过全本的《红楼梦》，也只能"管中窥豹，略见一斑"，但对这一段的"护官符"却背得滚瓜烂熟。再就是毛主席诗词和几篇文言文。

学生的组成，比较复杂。大部分是从农村来的，少部分是公社干部的孩子、老师的孩子，还有单职工的孩子，也有的是"文革"中下放农村劳动改造人员的孩子。这少部分学生，风度、气质、衣着、伙食都比农村来的学生高，他们也有一些优越感，是农村同学们所羡慕的。

和振华同桌的，是来自南截山大队的刘汝谦，也就是大姑所在的那个村。他很谦和，有点体育特长，担任班里的体育委员。每天早晨，组织住校的同学们起来跑早操，跑完早操后就早自习，早自习结束后再吃早饭。刘汝谦高中毕业后当了兵，后来在部队提了干。

在振华座位前面的是界石村的刘金玲同学，学习也不错，说话声音很好听，经常在学校的有线广播上朗诵诗歌，人长得很漂亮，一头乌黑的秀发，扎着两条长辫子，脉脉含情的一双大眼睛，银盘大脸，还有一对大酒窝，体态丰满，衣着得体，而且衣服总是干干净净的。

下午最后两节课，一般都是自习，老师大都不在教室里，这就成了同学们聊天的好时机。时间长了，同学们都混熟了。

这一天闲聊时，金玲对振华说："上初中的时候，我就到你家去过。"振华一听，真是丈二和尚摸不着头，认为这是不可能的。

她说："你还记得过年的时候，有一天晚上，你村里演戏，你正在家里看书，有两个女的到你家去找你大姐，你说大姐不在家，估计在后边看戏。有这回事吧？"

振华一听，想起来了，说："确有这回事。"

金玲又说："那个高点的是你大姐的同学，和你大姐是好朋友，那个矮一点的，就是我！"

振华听了非常高兴，心中暗想，还真有点缘分，没入学就已经见过面了！

金玲接着说："你哥哥王振刚和我哥是一个班的，都好打篮球，是学校球队的。我哥哥说，毕业时，好几个同学到你家去玩，吃了一碗面条再就不敢吃了！"

振华听了，就想起了大姐和小妹搞得"驴肚子"的鬼把戏，就笑着把谜底揭穿了，把金玲的肚子差点笑爆了。有的同学在做作业，有的同学在小声聊天，金玲抑制不住，突然放声大笑起来，又清脆又响亮，同学们就像得到了命令，都转头向这边望来，把振华和金玲都望得脸立刻红了起来。

金玲的父亲是一个残疾军人，母亲会缝纫，虽然不是公家人的子女，但风度气质相当出众，同学们都喜欢她，振华也很喜欢她。由于住在学校驻地的界石村的同学们也来上早自习，为了早点看到她，振华每天很早就走五里路到了学校，有时候早自习还没上完，看到她，感到心里很甜美。

振华看书不少，有关爱情的书也看了不少，再加上可能有点缘分的想法，曾偷偷地送给金玲一个小红塑料皮的本子和一块小手帕，本子扉页上还写着"革命友谊，万古长青"之类的内容。大概没有署名，但金玲何等聪明，一看这漂亮的字迹，就知道是谁送的。这一份小礼品算是投石问路吧，没想到金玲既没退还礼物，也没有任何表示，像没有这回事似的，还和以前一样和谐相处，泥牛入海，没了消息。

振华一想，据金玲同村的界石的同学私下说，高一级的一位刘姓同学和金玲谈恋爱，这位刘同学经常到金玲家帮助干活，但金玲本人讳莫如深，从来不谈这方面的事。想到此，振华也就打消了这方面的念头。想想还是感觉差距不小，自己高中毕业后就要回乡种地了，人家金玲在公社驻地，家里认识人也多，毕业后还不知干啥去了，反正不会去种地。总之，振华感觉有点自卑，有点自惭形秽。

之所以产生这些想法，从下面振华从书上摘抄的这两段内容，就能看出端倪：

啊，青春！无限美丽的青春啊！当情欲还未被知晓，只是从急速的心跳而模糊的被感到的时候，当无意间触及对方的胸脯而手儿震颤和迅速地移开的时候，当青春的友情又挡住了最后一着的时候，还有什么能比搂着头项的爱人的手臂和像电流一样的热吻更为可亲可爱的呢？

他晓得冬妮亚跟石匠的女儿不一样，不能把她当作自己人，当作一个普通的、他能理解的人看待。这心理使他防备着她，准备随时加以断然的抵抗。因为像她这样漂亮和受过教育的少女，对一个可怜相的伙夫，也许会有嘲弄和侮蔑的举动。

第二段肯定是从《钢铁是怎样炼成的》上摘录的，"冬妮亚"这个名字是很多读书人耳熟能详的。这两段摘录，大概透露了这样两个意思：一个意思是到了十六七岁的青少年，爱情的意识有了觉醒，憧憬纯真美好的爱情；另一个意思是对自己喜欢的人，又不敢大胆追求，怕遭人拒绝和嘲笑。要知道，庄稼巴子可能属于社会的最底层，要不城市里犯了错误的人都被赶到农村来了呢？有的大姑娘就放风说："宁可找个挣两分钱吃公家饭的人，也决不跟个庄稼巴子过日子！"

和振华同一个学习小组的刘爱国同学，人很厚道，富于正义感，和振华关系很好。他家也是界石村的，振华还到他们家去玩过。爱国高中毕业后也去当了兵，复员后担任了界石村的党支部书记，也算是个人才了。

振华的斜对面是从青岛全家下放回来住在王家庄村的徐艳丽同学，青岛小姑娘洋气得很，衣着在全年级都是引人注目的，她肤如凝脂，面相俊美，歌唱得非常好，是学校宣传队的骨干成员。

有一次，学校宣传队到昆嵛村演出，在大房子里的戏台上表演，观众很多，她唱了一段现代京剧《奇袭白虎团》里阿妈妮的一段唱腔，唱得与电影里也差不多；她还和一位从大连下放回来的同学合唱了电影《青松岭》插曲《沿着社会主义大道奔前方》，这一段插曲，旋律优美，歌词也不错，男女声二重唱，悦耳动听，给山村人民带来了精神上的享受。

还有一位女同学刘霞，家也在界石村，父亲在公社农具厂当厂长，母亲也在缝纫部工作，据说她姑姑是县委常委。刘霞个子细高，身材窈窕，不但学习不错，还喜欢看一些小说。有一次自习时，她不做作业，在偷着看小说，振华悄声问她："看的什么书？"她把书拿出来，让振华看了看封面，原来是《小城春秋》。

这几位同学都是很优秀的，特别是这几位女同学，在振华心里都有着崇高的地位，振华也很喜欢她们。振华在学校里，不仅学习好，字也写得漂亮，在整个学校也小有名气，女同学们也喜欢和他交往。但也仅仅是同学之间的情谊罢了，但这种情谊几十年后也没有褪色，回想起来，仍然历历在目，恍如昨日，感觉很珍贵。

"批林批孔"

高中上了半年多，中国发生了一件大事，就是中共"十大"的召开，以及随之在全国开展的"批林批孔"运动。这样重要的大事，振华的小本子上有着记载，而且"孔"没批好，倒使振华学了不少"孔孟之道"，真可谓"失之东隅，收之桑榆"。

关于"十大"的记载，是由政治老师在课堂上念着"十大公报"，同学们在下面记录，当时学生们根本看不到报纸。由于这一段内容具有重要的"史料"价值，而现在的年轻人可能就像看"天书"一样，不可思议，故抄录如下，以飨读者：

中国共产党第十次全国代表大会于1973年8月24日至28日在北京举行，这是一次团结的、胜利的、朝气蓬勃的大会，毛主席主持了这次大会。

大会议程：一、周恩来同志作政治报告；二、王洪文同志作《关于修改党章的报告》，并向大会提出《中国共产党章程（草案）》；三、选举中国共产党第十届中央委员会。

大会选举了由148位代表组成的主席团，大会代表共1249名（其中包括台湾省的代表第一次参加党的代表大会），代表着全国2800万党员。

大会文件以马克思列宁主义、毛泽东思想为指导，分析了国内外大好形势，充分肯定了在"九大"路线指引下，各条战线所取得的伟大胜利，总结了两条路线斗争特别是粉碎林彪反党集团的基本经验，进一步明确了无产阶级专政下继续革命的方向和任务，是全党、全军、全国人民的战斗纲领。

当选的195名中央委员和224名候补中央委员，体现了老中青三结合。第十届中央委员会充分说明了我们党兴旺发达、后继有人和在马列主义、毛泽东思想基础上的坚强团结。大会愤怒地声讨了林彪反党集团的罪行，全体代表坚决拥护中央决议，永远开除资产阶级野心家、阴谋家、反革命两面派、叛徒、卖国贼林彪的党籍，永远开除林彪反党集团主要成员国民党反共分子、托派、叛徒、特务、修正主义分子陈伯达的党籍，撤销其党内外一切职务；一致拥护中共中央委员会对林彪反党集团及其主要成员所采取的全部措施。

大会指出，当前要继续把批林整风放在首位，要充分利用林彪反面教员的作用，向全党、全军、全国人民进行阶级斗争和路线斗争的教育，学习马列主义、毛泽东思想，批判修正主义、资产阶级世界观，要继续上层建筑包括各个文化领域的斗、批、改，努力抓革命，促生产，促工作，促战备，把各项工作做得更好，要按照十大确定的政治路线和新党章，把我们党建设的更加坚强，更加朝气蓬勃，领导全国各族人民，团结一切可以团结的力量，进一步巩固无产阶级专政。

大会指出，当前国际形势的特点是天下大乱，是好事而不是坏事，正在朝着有利于各国人民而不利于帝修反的方向发展。我们一定要坚持正义，坚持党的一贯政策，加强同全世界无产阶级、被压迫人民和被压迫民族的团结，加强同一切受帝国主义侵略、颠覆、干涉、控制和欺负的国家的团结，结成最广泛的统一战线，反对帝国主义和新老修正主义，特别反对美苏两国的霸权主义，我们要同全世界真正的马列主义组织团结在一起，把反对修正主义的斗争进行到底。

大会号召务必加强反侵略准备，警惕帝国主义世界大战的爆发，特别警惕社会帝国主义的突然袭击，坚决、彻底、全部地消灭敢于来犯之敌。

对于21世纪的青年人来说，要读懂这一篇"天书"，不下点真功夫研究一番是不大容易的。

在史无前例的"无产阶级文化大革命"中，作为毛泽东选定的接班人、国家主席刘少奇，成为中国头号走资本主义道路的当权派，被毛泽东《炮打司令部——我的一张大字报》一炮打倒，含冤而死；"十大"公报中，被永远开除党籍的资产阶级野心家、阴谋家、反革命两面派、叛徒、卖国贼林彪，曾是共和国功勋卓著的十大元帅之一，"九大"党中央副主席，是"毛主席最亲密的战友"，又被毛泽东选为接班人，并写进了"九大"党章。据报道，1971年9月13日，林彪阴谋败露，驾机叛逃苏联，在蒙古温都尔汗折戟沉沙，摔死了。王洪文是"文革"中造反起家的人物，又被毛泽东选为接班人，成为党中央副主席，不知这位接班人会怎么样？

"十大"之后，"批林批孔"运动在全国如火如荼地展开，界石中学也不例外。

孔子要"克己复礼"，林彪要复辟资本主义；孔子说"惟上智与下愚不移"，"民可使由之，不可使知之"，林彪则吹嘘"我的脑袋就是灵，爹娘给的，有什么办法？"孔子说"小不忍则乱大谋"，林彪则鼓吹"不说假话办不了大事"。林彪还在卧室里挂着条幅："天马行空，独往独来。"吹捧孔子的人则说："天不生仲尼，万古如长夜。""一灯能除千年暗，一智能灭万年愚。"反对孔子的人则讥讽道："怪不得孔老二之前的人，白天走路都打着灯笼呢！"

为了深入批孔，学校油印了不少资料，供大家批判用。

振华这一代青少年，根本没有接触过孔孟之道，"文革"中，"四书五经"早作为"四旧"给烧了。这一次老师印发的什么《三字经》《神童诗》及其他供批判的资料，可让振华开了眼界，如获至宝，在小本子上也抄了不少。如：

> 说话多，不如少，多易错，少宜好。
> 人有短，切莫揭，人有私，切莫说。
> 如有人，事勿忙，忙多错，勿为难。
> 凡出言，信为先。
> 君子怀德，小人怀土；君子怀刑，小人怀惠。
> 君子喻于义，小人喻于利。
> 恃德者昌，恃力者亡。
> 君子坦荡荡，小人长戚戚。
> 小不忍则乱大谋。

这些"反动言论"对与错，好与不好？仁者见仁，智者见智。振华把它们记到了小本子上，大概还是很欣赏的吧。

第二次盗书

学校有一个图书室，但不是振华第一次和振刚他们来盗书的图书室。原图书室很大，在学校中间位置的一所最大的房子里，老图书室的书大概在"文革"中丢得差不多了，再加上"旧文化"的书估计也被清除了，不能再让这些旧书毒害革命接班人。

现在的图书室就在七三级三班的北边三间房子里，这里的书以新书居多，还有一些《山东文学》《中国青年报》之类的杂志、报刊。不管怎么说，对于一个没有见过多少书的山村孩子来说，也是展开了一个广阔的新天地。

那时候，最著名的长篇小说是浩然的《金光大道》《艳阳天》，都是写农村题材的。振华如饥似渴地阅读着，里边的人物如高大泉、吕瑞芬、萧长春、马之悦、马立本等至今仍栩栩如生地活跃在他的脑海中。振华后来又看了电影《金光大道》和《艳阳天》，更加深了对小说的理解。

《艳阳天》里边写小会计马立本看《西厢记》，"待月西厢下，迎风户半开。隔墙花影动，疑是玉人来。"犯了相思病。

振华感觉这几句诗意境非常美。常言道："少不看西厢，老不看三国。"这《西厢记》不知是一本什么样的书？要是能借来看看多好啊！

振华还借了通俗哲学读物《认识与真理》，里边论述客观真理、主观真理、绝对真理、相对真理，以及真理的检验等哲学问题，使振华对认识世界的眼界大开。一时间，他对哲学很有点着迷。

图书室里的不少书，振华非常喜欢，他就琢磨，怎么能搞几本？

一个星期六的下午，他到图书室，坐在东边靠窗户的阅读桌上看杂志，西边的一间是存放图书的架子，管理图书的老师正在架子后边整理图书。

振华一观察，发现图书室的玻璃窗很高大，上边的插销并没有插死，只有下边的插销插着。他想，只要把下边的插销拔开，窗户还是照样关着，晚上来很容易就能从外面把窗户打开，就可以跳进来拿书了，想拿什么书就拿什么书。

计划好之后，他站到窗边，像是在向外眺望，观察了一下，见没人注意，就偷偷地把锸销向上拨开了，然后又溜到书架前，观察要拿的书在什么位置。

星期六下午两节课后，就放学了。住宿的同学也都回家了。

这天晚上，振华叫了一个要好的伙伴"金豆"，一起来拿书。

这一路上，可不敢像第一次盗书那样明目张胆了，这一次要悄悄地进去，偷偷地出来。

这"金豆"也属"侠义"之辈，曾多次和振华干过鸡鸣狗盗的勾当。他家里也很穷，小时候上学买不起写字的石板，他拉着振华一起去赶界石集，集上人很多，他让振华在旁边蹲在地下，拿几块石板看看，挑选一下，看过的就放在脚下。"金豆"从后边伸手就拿了一块，不巧被卖石板的老头发现了，站起来就追。一个小孩在大人堆里，连头都看不见，出溜出溜就钻没影儿了，到哪去追？老头无功而返，一看刚才要买石板的小孩也没影儿了。

振华还约"金豆"一起去偷过树。村林业队在村西南育了一片水杉树苗，水杉树长得很快，树干笔直，叶子也很好看。振华想，要是在院子里栽上一棵水杉，多好啊！可大白天是绝不能也不敢去挖树苗的。

这棵水杉栽在院子的东北角鸡窝的前面，栽上的时候有大拇指粗，数年之后，振华考上大学了，暑假回来，这树已经有碗口粗了，长得老高。

在昆嵛联中上学时，学校东南方是蒋家疃大队的一片果园。春天的时候，振华曾来这里溜达，发现一株梨树很好，不大也不小，能挖走。振华又想，要是把这棵梨树"移植"到自家院子里多好啊！这样院子里有两棵大苹果树，又有梨树。

这次行动，也是请"金豆"帮忙。夜深人静时，扛着铁锨、镢头，鬼鬼祟祟的，像是两个盗墓人，来到了这棵梨树下。看看没有动静，就开挖了。挖了半天，挖了一个大坑，才把这棵梨树连根刨了出来，"金豆"扛着铁锨、镢头，振华扛着梨树，二人凯旋。

这棵梨树栽在院子南边墙下，栽上时还没发芽，振华看着它慢慢鼓出嫩芽，长出绿叶，又开了一树的梨花。常言道："桃花似血，梨花似雪。"振华看着这满树的"香雪海"，心里美极了，又想着秋天就有大鸭梨吃了。

二哥振业结婚时，把正屋最西边的那一间房的木窗棂的窗户换成了玻璃窗。分家后，这间屋就成了振华的卧室。振华一看，玻璃窗倒是透亮，可惜正对着西厢房的山头，颇有压抑感。振华想，要是能在窗前的夹道里栽上一棵小树，就好看多了。

这一次不用偷树了。振华下地干活的时候，发现路边有一棵小柳树，下大雨时被冲倒了，他就把这棵小柳树拔起来，栽在了夹道里。这小柳树长得也很快，几年时间就长得枝繁叶茂。夏天的时候，打开窗户，那枝条能长进房间里来。振华坐在炕上的小书桌前学习，抬头一看，窗含杨柳数十条，一片绿色似山林。再有几个"知了"在枝条上鸣叫，也真使人心情舒畅，逍遥似神仙。

"桃三杏四梨五年"，偷树毕竟有点望梅止渴的意思，不如直接偷"梅"爽快，立竿见影。

这一天，烈日炎炎，午饭后，振华和"金豆"结伴到南山割羊草，也想着到廉朋水库里洗个澡。来到了廉朋水库大坝上，看着碧波荡漾的水库和北岸的苹果园，二人商量，游到水库北岸，上岸摘几个苹果解解馋。苹果有很多种，如小国光、大国光等品种要到秋天才成熟，而竹光等苹果，麦收之后就成熟了。

二人在南岸大坝水闸小屋旁把背心、裤衩一脱，赤条条跃入水中，向北岸游去。

上得岸来，找到一棵竹光苹果，一边摘一边往水库里扔，那水面上斑斑点点漂浮着一些苹果，正摘得起劲，猛听一声断喝："站住！站住！"就见看果园的一个二愣子外号叫"金宝"的汉子冲了下来，二人一看不好，一个鹞子翻身，跳入水库中。

金宝大概是从北山上发现了有人偷苹果，也没有路下来，从地堰上连蹦带跳地不知过了多少坎，摔了多少跤，浑身大汗，满身是土，冲到了水库边，大概他是旱鸭子，下不了水，气得他站在水库边上跺着脚地大骂。

振华和"金豆"一看，金宝下不了水，就一边仰泳浮在水面上，一边看着蓝天白云，一面吃着扔到水库里的苹果，一边还忘乎所以地把苹果举起来"眼气"金宝。

这个廉朋水库，振华差一点在这里送了命。那还是上小学的时候，一伙子人，有大点的，有小点的，都下到水库里洗澡。这水库的底是个缓斜坡，脚能踏着底没事。如果不会游泳，一旦脚踩不着底了，那就没办法了。振华一开始在浅水区玩水，可这水好像有一股吸力，把人向深水区吸，等到脚踏空了，就漂进了深水区，只剩头发还漂在水面上。在这千钧一发之际，一位叫"大洋"的哥哥游过来，把振华拖上了岸。这是振华第一次遇险，如此救命之恩，振华没齿不忘。从此，也就慢慢地学会了游泳。

金宝虽然是个二愣子，有点傻，但也有精明之处。他琢磨：我看你两个小子能老在水里不出来吧？就向东绕着水库边向二人放衣服的水闸房走过来。

二人一看，不好！金宝这个×养的要抄咱们的后路，就把吃了一半的苹果一扔，改换最快的自由泳姿，使出吃奶的劲，向南岸游去。

这座水库南北窄，东西长，且岸边怪石嶙峋，草木横生，给金宝增添了不少麻烦。

待二位大侠刚爬上南岸，金宝也到了大坝东头，正向这边跑来。

这俩小子一看，事不宜迟，穿衣服是来不及了，就把衣服、鞋子往篓子里一扔，光着腚，赤着脚，提着篓子沿着大坝向西窜去。这金宝在后边大喊大叫，"站住！站住！给我站住！"金宝毕竟上了点年纪，再加上有点气管炎，跑了一会儿，就喘不上气了，眼看着两个偷苹果的贼光着屁股越跑越远，气得他在后边大骂不止，要是把这两个小子逮住，不碎尸万段是解不了他的心头之恨的！

这一次"拿书"行动，振华背着个空书包，和"金豆"一起从学校西面翻墙而入，教师宿舍都在东面的几排房子里，此时，学生们都回家了，西边黑咕隆咚的，不闻人声。

来到图书室北窗下边，让"金豆"在外边望风。振华用刀子把窗户往外一别，窗户就打开了，振华大喜过望。因为他担着心，管理图书的老师临走时如果认真检查一遍，很可能发现这个窗户的插销没有插死，顺手就可以插死了，那这一趟也就算白跑了。

跳进室内，回身把窗户合上，就直奔书架，也不敢划火柴照亮，估计着白天看到的要拿的书的位置，装了一书包，约十几本，就又顺原路跳出窗外，又把窗户关上了。

神不知，鬼不觉，一书包喜爱的书到手了，这种兴奋、刺激无以言表。

"金豆"属于"项刘"一派，不是读书人，对书不感兴趣，初中没毕业，就回家种地了。他一本书也不要，此一番辛苦，纯属友情赞助。

振华把书背回家，母亲还在灯下绣花，问了一句："怎么回来这么晚？"振华对曰："在同学家复习功课了。"母亲一看，背着书包回来了，也就没再说什么，继续绣她的花去了。

进到西房，振华急不可待地点上了小油灯，把书拿出来，摞在一起，一本一本地检视。

《金光大道》有了，《艳阳天》三卷缺一卷，还有《沸腾的矿山》《征途》《激战无名川》等小说，政治、哲学方面的书，有恩格斯的《自然辩证法》、列宁的《唯物主义和经验批判主义》，还有《共产党宣言》。

这一次行动，可谓"不打无准备之仗，不打无把握之仗"的典范，占尽"天时地利人和"，可以说获得了圆满成功，振华十分得意。唯一的遗憾是，《艳阳天》缺一卷，可能是让同学们借走了，以后再说吧！

读者诸君，不知大家对此事怎么看？一方面是，整天号召学习马列主义、毛泽东思想，干部们家里发了很多马恩列斯、毛主席著作，估计真看的人不多，放在家里，装点门面，可谓聋子的耳朵——摆设；一方面是，真想学点马列主义哲学的山村穷学生，却又买不起书，被逼得"偷"马列的书看，这也是世间一大奇观吧，令人可笑可叹！

《共产党宣言》，是马克思、恩格斯的经典著作。在中国，第一个翻译这本书的是陈望道。这本书的扉页上有一句话："全世界无产者联合起来！"据资料介绍，当年陈望道把这句话翻译为："四海之内，皆兄弟也！"很有点江湖味道。仔细分析这两句话，是有着本质不同的。全世界无产者，也就是穷人，穷人们联合起来，推翻剥削阶级。而"四海之内，皆兄弟也"，抹杀了阶级性，有阶级调和之意，意为全世界的人，不分穷人、资本家、地主，都是一个战壕的战友，大家一起建设和谐社会。显然与马克思、恩格斯写《共产党宣言》之本意不合。

《共产党宣言》揭示了共产主义一定能够实现的社会发展规律。

振华琢磨，为什么共产主义一定能够实现呢？就认真地读了这本小薄书。从这本书阐述的道理来看：资产阶级和工人阶级是两个对立的阶级，资本家唯利是图，榨取工人的剩余价值，为了实现利润最大化，必然对工人的剥削越来越重，压迫越来越强，在重重剥削压迫之下，工人阶级的生活也越来越困难，量变产生质变，"官逼民反，民不得不反"。最后全世界的工人阶级必然联合起来，推翻剥削阶级，实现公有制，随着公有制的不断发展壮大，社会物质财富极大地丰富，人类就进入了共产主义社会。

但是，《共产党宣言》发表100多年来，也没见美国、英国、法国、德国、日本等发达资本主义国家的工人们团结起来，武装暴动，把资产阶级政府推翻，这是为什么？

据一些资料介绍，《共产党宣言》像一面镜子，高悬在资本主义社会的上空！如果资本家们像《共产党宣言》中所讲的那样，残酷地剥削压榨工人，不管工人的死活，那么，总有一天，工人们会团结起来造反。英国、法国的工人大罢工也证明了这一点。所以，为了维护资产阶级的统治，资本家们或资产阶级的政客们也不得不在工人的工作时间、工作条件、劳动安全卫生以及提高工资待遇等方面，做出一些改进，以维护其统治，保持资本主义社会的发展。因此说，在资本主义社会，工人们的工作、生活条件得以不断改善，收入不断提高，使工人们能够过上基本的甚至较为富足的体面生活，实在是《共产党宣言》给工人们带来的福音。

"盗书"的第二天，是星期天，看着这一批书，振华仍沉浸在兴奋之中。这一天，他手不释卷，徜徉在《金光大道》上。

星期一要上学了，振华心中不免忐忑，不知学校有无察觉。他心里像揣个小兔，怦怦乱跳，又像十五个吊桶打水——七上八下的。

到了学校，他故意先从图书室后边经过，一看，那扇窗户仍然关闭着，没有什么动静，这才把心放了下来。如果这扇窗户没关好而开着，则必然引起怀疑，那么"盗书"之事，就会成为一个盗窃案在学校传得沸沸扬扬。

上了一上午的课，什么事也没有，振华心中暗喜，以为这事神不知鬼不觉地就过去了。谁知下午教务处门前停着一辆三轮摩托车。振华一琢磨，坏事了！这十有八九是管理图书的老师发现图书被盗而报了案，公安局的人破案来了。

接下来的这几个小时，振华真是如坐针毡，站不是，坐不是，各种念头在他心里翻腾着。他想，这要是被查出来，可就完了！从家里把书搜出来，在村里也抬不起头来了；再到学校里一展览，开个批判会，被公安局押走，也甭想再念书了，说不定还要在"笆篱子"里边蹲几年，这一辈子就算完了！

振华越想越怕，头昏脑涨，大汗淋漓。

金玲回头一看，振华脸色煞白。就关心地问："你怎么了，脸色这么难看？"

振华回答说："难受！"

"肚子疼吗？"

"嗯。"

"我到卫生室给你要点药去。"金玲还真不错，这么关心同学。

不一会儿，金玲拿着几粒止痛片回来了，还端来了半杯子水，看着振华吃了药，又说："今天晚上有电影啊！你在这看吧？"

"你怎么知道的？"振华奇怪地问道。

"那不，电影队的摩托车都来了，还拉着放映机。"

一听这话，振华的病立刻就好了，也不冒汗了，脸也慢慢有了血色，也高兴起来了，又很有兴趣地问："演什么电影？"

"演《李双双》，可逗人了，在这儿看吧？"金玲介绍道。

"行，不走了，在这儿看电影。"振华高兴地说。

金玲一看，这振华好得也太快了，以为是她拿来的灵丹妙药发挥了神效呢！她哪里知道，这是她的一句话"电影队的摩托车"，除去了振华的心病。

此前，公社电影放映队要到哪个村放电影，都是由该村派一个人，用小车把放映机、发电机、布幕等推回村里来。不曾想，放映队也鸟枪换炮了，现在用上三轮摩托车了，这自然非常方便，也给各村省去了很多麻烦。只是这"炮"，却把振华吓坏了。

"一失足成千古恨。"这一次惊吓，在振华的人生之路上留下了深深的烙印，产生了深远的影响，即使多年后，想起此事，也感觉后怕。一旦被查出来，被勒令退学是轻的，即使不勒令退学，在学校也待不下去了，只好自动退学。当时大姐振萍还在公社广播站担任广播员，在全公社知名度很高，这要传出去，"王振萍的弟弟偷书让人抓住了"，不知大姐将如何面对？小姐振美也在这里读书，比振华高一级；小妹妹振雁还在读小学，有个偷书的哥哥，她在学校怎么也抬不起头；若是老母亲知道儿子偷书被抓住了，将多么伤心！更为严重的是，若"东窗事发"，这个"偷盗"的恶名将背一辈子，在农村恐怕连个媳妇也找不着，谁愿意将闺女嫁给一个小偷呢？！哪个大闺女愿意跟"贼"过一辈子？！

这第二次"盗书"侥幸过去了，由于有了这一系列的反思，不但《艳阳天》第三部不敢想了，从此以后，振华再也不敢、再也不想、再也不愿偷东西了，不管什么东西，这个毛病算彻底连根铲除了！

全优秀才学天书

高中的学制已经由三年缩短为两年。振华入学时是冬天，后来要改为秋季入学，所以，振华他们这一级的学生又延长了半年，1975年7月毕业。

在这两年半的时间里，振华的数学、物理、化学、语文，学得都不错，振华还主动地学习一些哲学理论，为此，在全校师生大会上还受到校长表扬。

要说收获比较大的，可能要算《农业基础知识》了，而且这正是振华在农村安身立命所欠缺的。

从马铃薯的栽培，到大白菜的田间管理，振华都了然于胸。尤其是学习《果树栽培技术》，他更是上心。教农业的姜毅老师，领着同学们到邻村的苹果园实习，学习剪枝技术，什么"主干分层形"、"十字形"等苹果树树形的修剪，振华都很熟悉。果树病虫害的防治也都基本掌握。

给苹果树剪枝，都是在冬天。要为一棵苹果树剪枝，首先要判断这棵苹果树是什么品种，不同品种的苹果树剪枝技法是不同的。振华潜心学习研究各品种苹果树枝的特点，如枝条的颜色、斑点等，以至于同学们剪一把各种苹果树的枝条，随便抽出一枝，振华立刻就能说出这是什么品种。如小国光、大国光、竹光、印度、秋花皮子、红玉、凤凰蛋等。这一手绝技，使姜老师都感到惊讶，更是令同学们赞佩不已，振华也踌躇满志地打算着毕业后到村果业队里去大显身手。

最大的收获，就是振华学会了一套"观天"的法术，能够预测未来的天气状况，并且活学活用，用以指导农业生产，屡试不爽。

这套"法术"，主要得益于一本"天书"，就是上海市气象局编的《民间测天谚语》，这本"天书"六万多字，包括：看云和天象测天、辨风向转换测天、观雷雾露霜测天、察生物动静测天以及长期预报的谚语，共收集和介绍测天谚语八十多条。振华还从学校图书室借来的《农业生产手册》上，学来了预测晴雨、预测风、预测寒暖以及物象测天等方面的测天谚语近百条。

振华对测天非常着迷，把这本小书翻得滚瓜烂熟，这些谚语都在脑子里翻腾。经过不断地实践检验，振华感觉，要准确地预测天气，就要熟练地运用几种方法观测，然后做出判断。例如："燕子低飞蛇过道，大雨不久就来到。"如果只用这一句谚语，是不可能把天气预测准的。即使是好天，人们也可能见到"蛇过道"，那燕子也不可能老是在高空飞，也总有"低飞"的时候。这就需要通过观察风向、云的形状和动向等因素，再运用其他谚语，来综合分析研究，才能做出正确的判断。

在春天，胶东地区有拆炕的习惯。拆炕的时候，一般炕沿不拆，这是固定的。振华家的炕沿还是用水泥抹平的，很好看。拆下来的被烟熏火燎了一两年的"坯"，就成了上好的农家肥。

炕拆了就没地方睡觉了，所以还要想办法再盘起来。盘炕是用坯间隔着垒起一个垛一个垛的，上面再平铺上石板，再用稀泥抹平。在晾干的过程中，还要用更稀的泥浆再"灌"几次缝，直到做饭时，整个炕上不冒烟了为止。再在炕上铺上稻草，再铺上席子，就能在炕上睡觉了。

但是，要拆炕，必须先"拓坯"。拓坯是个很麻烦的事，要用小车推十几车的黏土和沙子，堆在打麦场上，用水和起来，把一个长方形的和砖头差不多大小的木框子，放在平地上，把和好的泥用铁锨填进去，抹平，再把坯框子拔出来，就拓出了一个"坯"。要盘一铺炕，需要几百个坯。

坯拓好了，就在平地上自然晾干，然后用小车把它们推回家去放起来，炕拆了之后用来盘新炕。

那么多坯，费那么多劲拓出来，要一周左右才能干透了。一旦老天变脸，下起雨来，那可就倒了霉了，这些坯可就物质不灭地又变成稀泥了，老百姓戏称为"喝坯汤"了。

要想"拖懒"不拆炕还不行，生产队要肥料逼着拆，而且也是按捣碎后的体积算"工分"的。

振华弱小的年纪，费好大的劲推来了土，和母亲、妹妹一起上阵，拓了一大片坯，晒了两天，还要把坯扶起来，晾晒底部。

这一天晚上，一场骤雨袭来，把这一大片半干的坯淋成了汤。次日早晨，振华跑来一看，顿时傻了眼，仰望苍天，欲哭无泪！

那时候，虽然有线广播也播送天气预报，但都是"文登地区"的概况，不可能具体到某个公社、大队，而且气象科学落后，十有八九预报不准。所以，人们开玩笑说，到处都在说假话，只有一个天气预报想说真话，还说不准。

遭受了这样的挫折，振华对测天有着极大的兴趣和极强的愿望，学了这么多测天谚语，如获至宝，经常演练，观天象已达炉火纯青之境、出神入化之地。从此，他通过观天象，择日拓坯，再也没有喝过"坯汤"。

还有一个农活，也是要绝对依赖天气的，那就是晒地瓜干。

秋收期间，生产队分了很多地瓜，再加上自留地的地瓜，家里到处都堆着地瓜。这地瓜又不大好保存，放在外边冬天就冻坏了，地瓜窖也不能贮存很多，即使贮存在地瓜窖里的地瓜，到了春天，也就保存不住了，都烂了。要长期保存，并且作为春天、夏天的主粮，只有一个办法，就是在秋天收地瓜的时候，把地瓜晒成地瓜干，这就好保存了。

晒地瓜干的时候，振华用小车把地瓜推到河套里，再带上几个篓子、礤床、小凳子。这种礤床是专门用来礤地瓜的。在木板的中间，挖一个方孔，斜着装上一个金属刀片，"嚓！嚓！嚓！"那地瓜就被加工成一片一片的了。

母亲坐在那里礤，礤满一篓子，振华就提着去撒落在河滩上，这河滩上布满了小石子和石头，振华和小妹妹还要把它们摆均匀了，不能重叠。

晒一次地瓜干，能晒好几车地瓜，摆好之后，这一片河滩白花花的，阳光一晃，很是耀眼，像洒落了一片珍珠。

秋高气爽，要是好天，三五天就晒干了，再一片一片地收起来。要是被淋上一场雨，这一片地瓜干就算玩儿完了。即使眼看着要下雨，要来抢拾这些半干的地瓜干，也来不及，就是拾了一部分拿回家，也无法晾晒，还是要霉烂。

自从振华掌握了观天"法术"之后，家里的地瓜干再也没有淋过雨。母亲对小儿子这一套本事也很惊讶，以前知道诸葛亮会观天象，没想到自己的儿子也会这一套！不错！

振华观天象有了一点小名气，街坊邻居来问天气的人也很是不少，但也有人不服气。

有一次，振华正在自家菜园里干活，生产队的保管来闲聊，问最近天气怎么样？振华根据"天上勾勾云，地下雨淋淋"及"云交云，淋杀人"等谚语，做出判断，说："三日之内，必有大雨！"之所以这样自信，是因为这几条谚语的准确率达98%以上，屡试不爽。

这位保管"大人"抬头把天一看，太阳当头照，天高云淡，几片薄云在飘动，坚决不相信会下雨。二人当场拉钩打赌：一盒大前门香烟。

第一日、第二日过去了；第三天上午过去了，还是晴天。

中午时分，那位保管碰到振华，问道："你那'大前门'准备好了没有？"

振华笑道："别慌，不着急，今天晚上12点以前不下雨，就算我输。不过，你也得准备好了，可别要赖呀！"

在农村，生产队的会计和保管是仅次于队长的大官，生产队的粮库、农机具等都归保管管理，是很受人尊重的。这位大官一听"要赖"两个字，有点急了，唯恐振华要赖，立刻起了咒："妈那个×的，谁要是要赖，不是人揍的！"

下午社员们正在南山上干活，约四点左右，墨黑的乌云从西北方的山后，扩散过来，振华一看，忙喊道："要下大雨了，赶紧回家吧！"生产队长不信邪，以为振华扰乱人心，干扰生产，不让大家走。

振华说："你们不走，我可走了！"拿起锄头，像兔子似的窜回了家。刚进家门，那倾缸大雨就泼了下来，这可真是"平地积水成渠，沟满濠平"。

到底是礼仪之邦，信义为先。那位保管"大人"没有食言，第二天就拿了一盒"大前门"给了振华。"美食不可独吞"，振华把香烟打开，散发给大家一起抽。这一下，振华观天的本事就越传越神了，从此得了个绰号，人称"王半仙"。

这本"天书"，振华非常喜爱，一直保存了几十年，是上海人民出版社1974年出版的，定价一角八分，后面还盖着"文登县新华书店门市部"的小图章，证明着这本"天书"是振华自费购买的，而非"盗书"。

值得留恋的"镀金时代"结束了，1975年7月19日上午，举行了毕业典礼，颁发了毕业证书。也没有条件举行会餐，同学们都把剩余的饭票订了点好饭，饱餐一顿，下午就要离开校园了。

全班同学都通过了毕业考试，但是数学、物理、化学、语文、政治、农业六门功课全部获得优秀，则非易事，只有少数几个人，振华是其中之一。

相处两年半，就要各奔东西了，不知何年何月再能相见。比较要好的同学，互相赠送个小笔记本作纪念，金玲也偷偷地把一个红塑料皮的小本子放在了振华的桌箱内，这个小本子后来伴随了他多年。

老师们大多站在校园门口，与同学们握手作别，互相说一些祝福的话。

学生们都要到广阔天地去修理地球皮了，是否能够"大有作为"？则只有天知道了。

作为高中老师，在"文革"之前，他们教过的毕业生中，肯定有不少人考进了大学，为师者是何等的骄傲和自豪啊！可是现在，大学是不能考了，只有回乡种地了，老师们心里也是酸甜苦辣咸五味杂陈，不是个滋味。

在当时的农村，大多数青年人高小毕业就不错了，初中毕业生就不是很多，高中毕业生就更少了。所以，高中毕业生在村里就算高级知识分子了，何况振华还获得了"全优"，在村里也引起了一些反响。

"路漫漫其修远兮"，18岁的振华作为一个青年、一个公民，真正进入了社会，走向了人间。

第三章 在人间

牟平遇险

在昆嵛山村长到17岁，振华的足迹不要说踏遍了全中国，更不用说走向世界，就是连文登县城也没有到过。到过的最远的地方，向南就是昆嵛村南边的晒字公社和葛家公社，向北到过舅舅所在的龙泉公社，向西就是爬上了昆嵛山顶峰泰礴顶，东边连相邻的汪疃公社都没到过。而这也就是大多数山村孩子的真实写照。因为除了吃饭、穿衣、下地干活，人们就没有什么事要到更远的地方去。去玩吗？傻瓜才走这么远嘞！坐汽车？谁舍得花这没用的钱。

在高中读书时，有一个姓孙的同学到过烟台市，回来就觉得了不起了，到过大城市了。他得意洋洋地问同学们："你们说说，烟台最高的楼有几层？"

绝大多数同学们楼房都没见过，可谓"满眼风光小草房"，哪里知道楼是什么样的？有的同学就装见过大世面的，壮壮胆子说："四层！"

这位孙同学不屑一顾地撇撇嘴说："嘁！嘁！四层？你到过烟台吗?！见过楼吗?！烟台那个楼啊，真他妈×的高，有六层！"哇！六层，那得有多高啊！

看着这位洋洋得意、不可一世的孙子傲慢的态度，振华想，我大爷在烟台，我有机会也要到烟台逛逛，开开眼界，看看城市是什么样的。

高二放暑假的时候，振华想利用这个机会到烟台玩玩。怎么去呢？长途汽车不舍得坐，这一百来里地，车票也要几块钱吧！振华决定骑自行车去。

这自行车在70年代的农村，还是很稀罕的，很少有卖的，农民也买不起。一辆青岛产的"大金鹿"牌自行车，要120多块钱，一个整劳力不吃不喝干一年才勉强能买一辆。不过振华家倒是有一辆自行车，这一辆自行车不是买的整车，而是买来自行车的各种零部件，自家组装起来的。

村里有一个能人，叫刘栋，高高的个子，游手好闲，不安心农业生产，大概搞点投机倒把，赚点小钱，嘴上整天叼着烟卷。不要以为他有多少钱，前面说过的一个妇女拿着一个鸡蛋到村供销社换点咸盐的，就是他的夫人，他还有两个上小学的"公子"，那小日子过得也够窄巴的。

不过这刘栋是个场面上的人，走南闯北，有不少狐朋狗友。他家穷得叮当响，买不起自行车，而他的"工作"又很需要，怎么办呢？借鸡下蛋吧！他就怂恿二哥振业，说有辆自行车多么多么方便，鼓动的振业心动了，感觉有辆自行车是很好。就问："哪有卖的?"

刘栋神神秘秘地说："这么金贵的东西农村哪能随便买到？那得凭票。不过我倒有办法插一辆，我有朋友在牟平门市部里，把自行车的零件都买来，组装起来就行了。"

"那恐怕比买辆自行车还贵吧?"振业担心地问。

"差不多吧，贵不了十块八块的，我找人家帮忙，总得请人家吃个饭、抽根烟吧!"刘栋大包大揽地说。

振业一听，言之有理。就和母亲商量，从抚恤金里边拿出一百多块钱，交给了刘栋，让他去插自行车。

这刘栋也真是有能耐，时间不长，就把一辆新自行车骑回来了。不过，这车子振业倒没骑过几回，差不多成了刘栋的专车了。他是插车的有功之臣，他来借车，振业说不出来个"不"字。

后来，振业闯关东去了，振华就不大买他的账，对他老来借车心怀不满。原来车子停在过道里或院子里，振华就想法把车子推到西厢房放着，让他看不见，就说车子不在家。

好! 刘栋又来借车子了。振华说："车子让人家借走了，不在家。"

刘栋眨眨眼说："哎呀! 老弟，我都看见车子在厢房里放着，你借我骑骑，也骑不坏，回来我就把车子给你送来了。"

听他这"老奸巨猾"地一说，振华也没法了，倒好像自己做了亏心事了，小脸都红了，只得开开厢房门，把车子推了出来。

不过，这辆自行车也的确给振华带来了不少的快乐，同时也给家里人带来了很多方便。

振华当时还很小，不仅够不着车座，连跨在车大梁上骑也不够个儿，就插车孔骑。把自行车推到南场上，先用左脚踏着自行车的脚踏子，学着遛车，熟练了以后，再把右脚从车架子的三角形空当之间伸过去，踏着脚踏子，就能蹬着自行车跑了。随着身体慢慢长个，再提升到跨着车大梁骑，上初中的时候，就能坐到车座上骑了。

大姐在公社当广播员，白天到各村或农田基本建设工地采访，晚上就写广播稿，早晨天不亮就开始播音。大姐聪明好学，勤学苦练，写的稿子有不少还刊登在《农村大众》和《烟台日报》上呢，被文登县广播站采用的稿子就更多了。这期间，这辆自行车就成了大姐的专车了。

振华上高一的时候，小姐振美也在该校上高二。为了充分发挥这辆自行车的作用，下午放学后，振华就到公社驻地，把大姐骑回来的自行车骑走，在半路上碰到小姐，就带着她一起回家了。第二天早晨再一起乘车上学，到学校附近，让小姐下来，振华就把自行车骑着送给大姐。

公社驻地在学校东北方约一里多地的地方。有时候，振华到大姐处，大姐还没有回来，就只有失望地开步多走两里地回家了。

这辆自行车在学校春秋两季运动会上也出尽了风头。在开运动会的时候，如在径赛中，运动员要在检录处点名，然后由一名同学骑着自行车把名单送到起跑处，这里的裁判人员再根据名单安排运动员在跑道上各就各位，听令起跑。

由于很多同学都在场外观看，这位同学骑着自行车往来传递，很是引人注目，令人羡慕。因为全体同学中，会骑自行车并且有自行车的没几个，星期六下午同学们回村大都是步行。振华上高一的时候，这个光荣的任务都是由高二的同学担任。振华想，什么时候我要能干上这个差事就好了。

一年后，振华升高二了，原高二的同学们都升到庄稼地里去忙活去了，小姐不错，升到大城市去了，到南京去帮忙照料大哥的小孩萌萌去了。这回轮到振华大显身手了。这一任务本身就令人精神振奋，英姿飒爽，再加上从小练就的高超车技，单手扶把交接检录名单，在运动场上盘旋驰骋，这运动场简直成了振华表演车技的舞台。

振华上初中的时候就学过地理，看地图没问题。从昆嵛村沿公路向北到龙泉公社，再向西北，就上了烟威公路，经牟平县城，再向西北直接就到了烟台。

这一天清晨，振华早早起来，穿上自己挣钱买的草绿色背心和短裤，吃了早饭，母亲又为他准备了点干粮好路上吃，嘱咐了一番，振华又检查了一下轮胎的气，在车后座绑上了一只篓子，里面放满了振华自己种植的大蒜、黄瓜、茄子、豆角等蔬菜，就骑上自行车出发了。

一路上，车轮滚滚，晨风微吹，意气风发，不一会儿就过了舅舅所在的潘格庄，过了龙泉汤不久就上了烟威公路。这烟威公路可了不得，路面是黑的，是沥青铺成的，而此前走的乡间公路都是砂土路。沥青路面光滑，阻力小，骑起来轻快多了。

不一会儿到了一个大山口子，有几里地长，只能推着车子往上走，这是有名的上庄口子。推到顶上，把车腿一支，歇歇脚吧。咳！路南坡下还有一眼泉水，真是太好了。振华趴下"咕噜咕噜"喝了一肚子水，太爽了，又洗了把脸，小凉风一吹，太舒服了。

就是在这个大山坡上，若干年后发生了一场车祸。一辆大卡车在下坡拐弯时，为躲避迎面而来的一辆马车，一头撞上了路边的大树，这棵大树很粗大，没把树撞倒了，倒把驾驶室挤扁了，此时车前发动机处已经起火，驾驶员卡在里面出不来，副驾驶位置上还坐着一位搭车的妇女，这驾驶员用力把这个吓呆了的妇女推了出去，自己则葬身火海。

这位驾驶员就是和振刚打架的金刚。他后来当了兵，在部队开车，复员后就到了烟台运输公司开大车。他当兵时娶了个农村媳妇，复员后，他成了拿工资的工人，就看不上农村媳妇了，动不动就骂："妈那个×，我跟你离婚，我找黄花闺女有的是!"那媳妇也只能把眼泪当水喝，有苦而不能言。

金刚惨遭火焚，不知是不是报应，但他临死，总算救了个人，也算积了点阴德。他爹王得利，后来得癌症死了。二哥振业闯关东回来，振华还和二哥去看望了他，他瘦得皮包骨头，很是吓人。

上坡长，下坡也长。骑着自行车下这么长的山坡，那真是凉风得意。

烟威公路在牟平县城的北面通过，到了这里就已经走了一大半了。此时已近中午，振华想，找个地方歇歇吧，吃点干粮。

这一看，路北边一座小山，山上有一座烈士纪念塔，路旁入口处还有一座漂亮的石牌坊。就在这里歇憩吧，有大树遮荫，还有台阶可以坐。

下得车来，看这两边石柱上的楹联是：为有英雄多壮志，敢教日月换新天。进得门来，看着台阶直通山顶，两边有许多烈士的陵墓。由于担心车子和东西的安全，振华没敢爬上去看看。

仰望着山顶上高耸的烈士塔，振华觉得昆嵛村北埠上的烈士纪念塔就太矮小了。虽然这座塔并不高大，但却是界石公社唯一的一座烈士纪念塔。从小学到高中，每年的清明节，学校都要组织学生来扫墓。清明时节，风和日丽，柳芽吐翠，农村的孩子们都在这时候换下棉袄、棉裤，穿上了轻便的衣服。附近各个学校的学生们也都抬着花圈来了，这真是昆嵛村一年中非常热闹的一天，孩子们就更是兴高采烈了。

农村的孩子们没有多少高兴的事，一年当中有三盼：一盼过年，穿新衣、吃好饭；二盼清明节，脱棉袄，都来扫墓好热闹；三盼六一儿童节，学校里演节目，高高兴兴乐一天。

高中两年半，过了三个清明节。每当这一天，同学们都要列队步行五里地到昆嵛村扫墓，而昆嵛村的同学们在烈士塔下等着就行了。这时候，振华心里总是很得意，到处转转，看看热闹。等同学们来了，就归到自己班里，扫完墓后，再和同学们一起返回学校。

休息了一阵子，神游了半天，不但没歇过来，反而腰酸腿痛。振华从来没走过这么远的路，也真是够呛的。这时候，《西游记》上"虽然路途遥遥，还终须有到之日"浮现在振华脑际。已经走了一大半了，慢慢骑吧，天还早着呢!

过了牟平县城，一辆带大拖斗的大拖拉机从后边开了过来，振华一看，来主意。这拖拉机拖斗的角上，有一个把手，是用来开关拖斗的。骑着自行车正好可以用右手抓着这个把手，这样拖拉机就能拖着自行车走了。

振华拼尽了吃奶的劲，快速地踏了一阵子，追上了拖拉机，靠近了拖拉机拖斗的侧后，左手扶着自行车把，右手抓住了把手，好! 这一下省劲了。

这大型拖拉机虽然没有汽车快，却比自行车快多了。振华还担心驾驶员发现了不让他抓把手呢！因为驾驶员从反光镜里一眼就能看到了，但驾驶员并没有当回事，也没有制止这一危险行为。

自行车在拖斗的侧后跟着跑，自行车的前轮和拖斗的后轮挨得很近。一开始，振华聚精会神，全神贯注，保持着一定的距离，别让两个轮子碰上了。跑了一段路之后，振华开始分神，注意力不那么集中了，自行车的前轮碰上了拖拉机的后轮，拖拉机的轮子大，自行车的轮子小，自行车前轮边沿碰上了拖拉机后轮的后边沿，两个轮子的转向正好相反，只听"啪唧"一声，振华连人带车摔在路边，估计驾驶员听到了响声，也看到了这一幕，但是也没有停车，"突突突"地冒着黑烟跑了。

振华爬起来一看，左肩膀连皮带肉擦去一片，腿、胳膊倒没摔坏，只是把篓子里的"大丰收"摔得到处都是。振华赶紧扶起了车子，把散落的东西收拾到篓子里，这要来辆汽车还不都轧零碎了。

老天保佑，没大事。车子也没摔坏，就是肩膀痛。这伤口，再加上咸的汗水的浸润，是够人受的。这里前不靠村，后不靠店，没得办法。"从来就没有什么救世主，一切全靠我们自己！"走吧！再来拖拉机，振华也不敢再蹈覆辙了。

随着路边里程碑上数字的不断缩小，前面已经能够看到烟台口子了。这也是一个很长的山坡，是威海、牟平进烟台市的必经要道，从这里就可以俯瞰大海了。

烟台的大爷

70年代的烟台市并不是很大，有两条主要马路：大马路、二马路，贯通东西。现在的年轻人大概并不清楚城市的道路为什么叫马路？因为20世纪初的中国，还没有几辆汽车，城市的干道，主要就是用来走马或跑马车的，所以叫马路。

按着信封上的地址，连打听带问，从二马路向南，振华很快就找到了大爷的住处。

大爷的住宅在烟台体育场东北角的福来里街56号，后来在体育场上盖起了一座体育馆。这是一个门向西的临街的小院落，院里住着两户人家。大爷住东边的三间正房，还有两间东厢房，院子里还有两棵大无花果树，满树的无花果笑开了口。

解放后，"瑞蚨祥"就公私合营了，大爷还是拉他的水。从新中国成立以来，这座城市的自来水还没有普及，而是在马路上隔一段距离，就建一个可以接水的阀门，居民们都挑着桶到这里，用"水钮"把阀门扭开接水。不少临街的商铺和小工厂，他们不愿意自己挑水，就由工人送水。

大爷的拉水车是一个地排车，上边固定着一个大木桶，用管子能把桶灌满，后边安装有一个阀门，再用桶把水挑到各个用户的贮水容器内。

振华来这几天，整天帮着大爷拉水、送水，倒也长不少见识，乐在其中。大爷长年累月的拉水，把他的脊背都累弯了，就是不拉水了，也直不起来。

城里的学生们也放暑假了，他们没什么事干，就在街上聚众打闹。振华帮着大爷推着拉水车穿大街、走小巷，有些捣蛋鬼就拿小石头往车上扔，打得木桶"咚咚"响。大爷不理会他们，振华敢怒而不敢言。

拉水到了烟台市北边的海滨，这里有几家小商店，大爷送完了水，买了两瓶啤酒、几个松花蛋、一包五香花生米，在海边的岩石上一坐，面对着大海，请侄子吃松花蛋、五香花生，喝烟台啤酒，轻柔的海风吹拂着，把浑身的疲劳和不快，都一起吹到大海里去了。

这是振华第一次到海边，看着波涛汹涌的大海，上下翻飞的海鸥，还有远处正在进出港的轮船，还能看到烟台山上高耸的白色的灯塔，一下子使振华的心胸宽阔了起来。

大爷拉水几十年，目睹过国民党统治时期，也目睹过共产党闹革命，大概他认为国民政府、国民军是正统的，对共产党闹革命有点瞧不上，口口声声"土八路"。烟台在1948年就解放了，共产党成立工会他也不参加，只管拉他的水。可是，不参加工会，就算没有组织，或者叫没有参加革命工作，后来就不能办理退休手续，不能享受退休养老金。大爷为此事到处找过，但那些当官的有几个愿意为一个工人办点好事的？也都没有什么结果。这成了他的一块心病，再也没有回过昆嵛老家。

大爷的孩子不少，但仅有两子两女长大成人。大儿子振亭在沈阳粮食局工作，给大爷留下了一个孙子后也去世了；大闺女小芒在烟台纺织厂工作，二闺女小芳招考上了济南的公安，后来成为济南市公安局一级侦查员，经常外出执行任务。在身边的儿子也参加了工作，在烟台铜材厂上班，大妈在家里料理家务。

振华到大爷家的时候，芒姐正好在家里，她一看弟弟受了伤，就骑着自行车驮着弟弟到了她工作的纺织厂，请医务室的大夫消了毒，涂了药，好在也无大碍。

振华带去的农产品引起了大家的兴趣，特别是振华种的大蒜，个头极大，芒姐掰开一头大蒜，数了数，竟有28瓣之多。

大爷拉水虽然没有星期天，但他估计着各单位的水送的差不多了，也可以自己做主休息一天。这几天，振华天天帮着送水，把各单位的贮水容器都灌满了。

这一天上午，大爷领着振华坐公交车到了烟台市西郊一个叫西沙旺的地方，来看望二妈一家人。二妈家就住在苹果园子里，四周是一望无际的苹果树。"烟台苹果莱阳梨"，看来这里就是烟台苹果正宗产地了。

二大爷是一个长得很喜相的人，整天笑嘻嘻的，他曾在烟台市人民银行工作过，喜欢结交朋友。当他的弟弟在济南猝然去世后，他陪同弟媳、侄子去济南料理后事。由于他见多识广，又熟悉国家政策，再加上弟弟在单位工作也好，人缘也好，在抚恤金发放方面，争取了很优惠的待遇。振华的奶奶以及未满18岁的子女都在抚恤范围之内，但振华的母亲未满50周岁则不应得抚恤金。二大爷通过做工作，就说弟媳有病，在农村不能下地干活，不能自食其力，因而也为弟媳争取了一份抚恤金。这样每人每月的抚恤金是6元，合计每月是42元，大概与振华的爸爸的工资差不多。这是二大爷为弟媳一家人办的最大的一件好事。要不是这笔抚恤金的支撑，很难想象一个妇女，在农村能够抚养这么多未成年的孩子，并供他们上学。

可能正是由于这种感激之情吧，当后来二大爷在西沙旺盖房子的时候，资金短缺，振华的母亲将300元的积蓄给了二大爷，其中也包含着父亲的丧葬费。

但是，这次振华到二妈家里探望的时候，二大爷已经去世几年了。他得的病是癌症，家里人听说癞蛤蟆项上的毒瘤能够治病，曾写信来，请振业多抓癞蛤蟆治病，以毒攻毒吧！为此，振华一有空就上山下地乱抓癞蛤蟆，抓了不少。由于二大爷治病只要癞蛤蟆的头，所以振华就把癞蛤蟆的两条肥后腿剁了下来，不是烧吃就是烤吃了，再把癞蛤蟆的头串起来，挂在院子里的苹果树枝上晾干，一串一串的，有机会就托人捎到烟台。但这癞蛤蟆也没能把二大爷的病治好，二大爷终于撒手西归。

二大爷一生也是命途多舛。他在"文革"中曾被打成"牛鬼蛇神"，1969年10月，可能是贯彻林副统帅的"一号命令"，全家都被下放到昆嵛村来。振华记得很清楚，一辆大卡车，拉着一些家具什物，在村中央大队部前停了下来，二大爷胸前还挂着一块牌子，上面写着"牛鬼蛇神"四个大字。村里人也不知道"牛鬼蛇神"是什么，出外的人回来了，都很热情，帮着搬东西，安置到找好的房子里。

二大爷的"新家"在村南头，就在振华所在的四队参加劳动，由拿工资的国家干部变为挣工分吃饭的农民，还戴着一顶"牛鬼蛇神"的帽子，二大爷这个场面上的要好的人，其郁闷痛苦的心情是可想而知的。

二大爷有三个儿子、三个女儿。大女儿已经结婚了，没有来，其他孩子都没有结婚，都来了。三个儿子和二闺女都在生产队劳动，若论挣工分的话，一天也能挣不少。小姑娘小红还上学，就插在振华那个班里。

小红长着一头乌黑的头发，扎着两根大辫子，身材高挑，一双水汪汪的大眼睛，又是大城市来的姑娘，说着一口烟台普通话，其言谈举止自有一股农村小姑娘望尘莫及之处，学习也不错，深受同学们喜爱。

有一次，下课休息，学校西边的公路上"轰隆隆"地驶过一些不知是什么东西的大怪物，小红用小手一指，对振华说："你看，那是坦克！"哇！坦克是这样的啊！振华只从书上知道有坦克，这回可见到真坦克了，大开眼界啊！同时也感叹，还是人家城里人见多识广啊！

大儿子、二儿子都喜欢写写画画，有一次，他们联手办了一期黑板报，这个黑板就是用水泥在墙上抹平了，再刷上墨汁，黑板就在小珠子屋后的墙上。他们连写带画，把这一期黑板报办得真是无与伦比，那样优美的插图和秀丽的隶书、魏体的粉笔字，振华从来没有见过，真是太漂亮了，路过的人没有不驻足观看、啧啧称赞的。

一年多后，二大爷一家就返回了烟台市，可是由于这一次折腾和羞辱，对二大爷的身心打击是很大的，回去后不久就得了不治之症。二大爷病逝后，弟兄四人，只有大爷健在。也可能是由于他整天运动，到处拉水，虽然背驼了，但身体得到了长年锻炼的缘故吧！

大爷对弟媳妇还是很关心的，振华回家时，大爷给买了二弟媳喜欢吃的甜面酱和一包青鱼干，收拾了一篓子，捆在自行车后座上，让振华捎了回来。

回程就轻松多了，走到牟平县城的时候，已是中午，打打尖再走吧。便到路边一个小饭店里，点了一瓶啤酒和一盘饺子，也算改善生活了。

邻座是几个海军战士也正用餐，他们见这个小伙子挺有意思，就搭讪起来，问振华干啥去了，到哪儿去呀？振华就向他们作了"汇报"。他们热情地说："我们到威海，你坐我们的车走吧，把自行车放在车厢里，到了你下车的地方，你就拍拍车顶。"

真是意外之喜，这回也算鸟枪换炮，不用抓拖拉机啦！振华兴奋地上了汽车，站在车厢上，手扶着车顶后边的护栏，卡车风驰电掣般驶去。振华这还是第一次坐卡车，心想还是解放军好，全心全意为人民服务。

汽车沿着烟威公路向东疾驰而去，牟平到龙泉那个路口，也就是二十来公里吧，汽车一会儿就跑过去了。振华在车上左顾右盼，看着公路两旁的美景，心里美滋滋的，再一看，路边的村庄去时似乎没有见过，估计是过了，便连忙拍了几下车顶。汽车慢慢靠边停了下来，战士们帮振华把自行车搬了下来，就挥手作别了。

振华也到过大城市了，开学后也着实向同学们吹嘘了一通大城市如何如何好，马路上的汽车如何如何多，商店里的东西老鼻子了，见都没见过，烟台山上的灯塔如何壮观，大海如何看不到边，轮船怎么怎么大，比咱们这一排教室都长，同学们听得大眼瞪小眼，心驰神往，恨不得也到烟台开开眼界。

一进济南府

高中毕业了，就要到广阔天地炼红心了。

估计没有青年人愿意干一辈子农活的，所以大姑娘都愿意嫁个挣工资的人，哪怕他挣二分钱。

振华也在琢磨，怎么才能跳出农村这个泥坑，找个工作干干。振华想起了母亲曾说过的往事，她和大哥到济南办理父亲的丧事，省棉麻公司表示，如果振源不考大学，可以安排工作。因此，振华和母亲商量，到济南去一趟，看棉麻公司有没有可能给安排个工作，哪怕在县城里上班也好啊！

只要是为儿女好的事，母亲没有不愿意的。这样，振华费了一番心思，起草了一封给棉麻公司的信，又拿出在学校刻蜡版的功夫，用魏体字誊写了一遍，虽然不是写在有格的纸上，但横着看成行，竖着看也成行。振华在信封上写着负责人收，说要和母亲到济南去。

准备了几天，这要出门总要体面一点，振华又和母亲收拾了一点花生米等土特产，就和母亲一起乘汽车到了烟台。在大爷家吃了晚饭，就坐上了开往济南的火车。

火车到济南的时候，天已经亮了，见铁路北边一片一片的荷花，在朝日的映照下，分外妖艳。

在历山路找到了省棉麻公司，公司安排父亲的老同事王秀丽阿姨接待这母子二人。安排住在解放桥的历山旅社内，离公司也不远。

在去旅社的路上，王阿姨对振华说："你写的信已经收到了，公司领导说字写得很漂亮，但工作不好安排，还是在农村好好干吧。现在，城市里的知识青年也都不安排工作了，还要上山下乡呢！"

王阿姨又对母亲说："领导安排给你们200元钱补助，愿意在这多住几天也行，早点回去也行，食宿费用都从这里边出。"

父亲是1956年调到省里工作的，从一个办事员、科员，到担任生产管理科副科长，在济南工作了八年。母亲也来过济南几次，和几个家庭关系都不错。这一次来，母亲领着振华拜访了王秀丽阿姨家、毕处长家，还有一家是母亲娘家一个公社的赵阿姨家。

这几家的大人、孩子对这母子俩都很亲切、很友好，给振华留下了终生难忘的印象。

王阿姨的丈夫也是省供销社的一个处长，他们有两个大姑娘，还有一个小儿子，小名叫小波，比振华年龄小一点，正上初中。他们家离山东师范学院不远，这个初中生就领着高中毕业生到山师的游泳池去游泳。

这是振华第一次到大学的校园，一块大牌子挂在大门右侧，大门两边还有两棵倒着长的修剪的像雨伞的树，正对着大门的广场上矗立着一尊巨大的毛主席挥手的塑像。

人家小伙子都穿着游泳短裤，姑娘们都穿着漂亮的泳衣。振华里边穿着个大裤衩子，那布也土里土气。这位初中生小伙子，还有几个伙伴，可能也怕振华不好意思，就说："你在里边游吧！游够了再出来。"

游泳池里人不少，可是真在游泳的人并不多。由于天气炎热，很多年轻人是在浅水区戏水凉快的，深水区人很少。虽说振华的泳装不怎么样，可各种泳姿却很娴熟。

在高中的时候，他还专门买了一本《游泳》的书，专门练习了蛙泳、仰泳、自由泳、侧泳，以及踩水，就是在水里面行走，也学习过水中救护等技能。特别是侧泳，两手扒一下水，能蹿出去几米远，这样快的速度，也引来一些羡慕的目光。

毕处长家里条件更好一点，他有一个儿子，一个女儿，都比振华小。振华在他家里第一次看到这样好的一个晶体管收音机，比一块砖头略小一点，还有一个皮套子。振华在学校里学过晶体管电路，对收音机的构造是很了解的。有了这收音机，可就有的玩的了。

母亲和大人们拉家常，振华就在这摆弄收音机。忽然收音机里传出一阵很大的响声，把大人们都惊住了，都转过头看他，振华不好意思地说："这是收音机里唱戏，在打雷呢。"原来收音机里正在播出现代京剧《红色娘子军》，那吴清华逃出南霸天家，在椰林里奔跑时，电闪雷鸣，大雨滂沱。

赵阿姨有两个儿子，一个小姑娘。大儿子叫赵元平，和振华同龄，比振华小几个月。元平领着振华到金牛公园看动物，猴山上的猴子，老虎、黑熊等都见过了，遗憾的是熊猫馆里的大熊猫不知跑哪里去了，没有见着。他们还到趵突泉公园去看了泉水，泉池中央那三股大水柱腾空而起，有两尺多高，蔚为壮观，令人叹为观止。池水中还有很多红的、黑的大鲤鱼在自由自在地游动着。

这次到济南，振华把自己攒的一点零花钱全带上了，一共有七角二分钱。他在路边卖茶水的地摊上一坐，花五分钱买了一杯茶，边喝茶边看着川流不息的自行车人流。

看那些城市女孩，穿着漂亮的裙子，腰板挺直，优雅地骑着车子，真是潇洒，在农村是看不到这样的光景的。

在济南住了三天，第三天晚饭是在王阿姨家吃的。饭后，王阿姨已经工作了的大姑娘送这母子俩乘18路公交车到了济南火车站。在车站入口处，就要告别了，这位姐姐又去买了两支冰糕，给母亲和振华一人一支，她自己却没有舍得买一支。

在振华眼里，一支冰糕一角钱，就算是不小的开支了，而且人家是城里姑娘、干部子女，不但没有嫌弃农村来的人，还这样热情、体贴，人家给你送到火车站满可以了，大可不必再买冰糕给你消暑。所以，这支冰糕凉爽清甜的味道一直伴随着他，她亲切和善的面容也铭刻在振华的心里。

太阳照在南河上

到济南一趟，虽然工作没着落，但毕竟到省城看了看，开阔了眼界，增长了见识。

回村后的几天，暴雨连下，山洪暴发，平日潺潺流水的南河，此时河面就像长江一样宽阔，就像咆哮的黄河一样汹涌，河水已涨出河床，漫浸了村南边的低洼处。

王朝猴家就住在村子最南边，西边就是四队的饲养点。他家进水不少，房子前边的菜园子也被水淹了。王朝是四爷的孙子，他爸爸常新大爷也是村里的一个能人，不仅能赶大马车，还会一手瓦匠活。振华家里的两个锅灶，全是大爷来翻新砌成的，他把砖磨得很好看，有各种图案，确实很漂亮，振华家的炕沿也是这位大爷用水泥抹的，很适用、好看。

站在河北岸，向南边望去，保服水库的大坝从中间决开了一个"V"形的大豁口，那决口的洪水顺势而下，势必会把南庄上王明的家给淹了。由于大河阻隔，人们也过不了河，不能去看望他们。

在村东头有一座公路桥，这座桥就是在砌成的五六个桥墩上，铺上又大又厚的钢筋水泥预制板，在上面跑汽车没问题。当洪水最大的时候，已经淹没了桥面。在这样大的洪水的冲击下，中间的桥墩底下被淘空了，两块大水泥板桥面就落进了河里，被洪水冲走了，公路交通也被阻断了。

四队的地大都在河南边，过不了河，也就不能下地干活了，这倒是个读书的好机会。

看了几天书，洪水已经落下去了。这时候的南河，虽然水还是比平时大，但经过这样大洪水的冲洗，那河床也真是干净，不是沙子就是石头，那水也真是清澈啊！只是原来的石条桥不见了踪影。

要恢复生产，先要把桥搭起来。队里的青年劳力，一齐上阵，全都光着膀子下到河里寻找那些被山洪冲走了的石条。

火辣辣的太阳照在南河上，天上没有一片云彩，可谓万里无云万里天，一丝风也没有，一会儿就能把人们的皮肤"烤"下来一层。

那些当桥面的大石条，被冲出去老远，大都被沙石埋住了，有的露出一个角，就要先把它们挖出来，然后用铁链子两头拴住，几个人一起把它们抬到原来的地方，再放到短石条搭成的桥墩上。

桥修好了，南北变通途，人们又开始忙活起来了。

挖大口井的艳遇

夏天的农村，风景如画。

在广袤的原野上，每一大片树林子里，都隐藏着一个村庄，村庄与村庄之间，都是大片的田地，或泊地，或梯田，生长着各种农作物。高的有玉米、高粱；稍矮一点的有谷子、芝麻；再矮一点的有大豆、大萝卜；长在地垄上的有地瓜、花生，长在架子上的有豆角、黄瓜。

这时候的农活，主要是锄地，就是把玉米地、地瓜地、花生地里长的草锄掉，这些影响庄稼生长的草一旦被锄头锄断了根，烈日一晒，立刻发蔫，同时还松了土，增强了土壤的透气性，有利于农作物的生长。

一年当中，农村比较忙的有"三夏"、"三秋"。

"三夏"是指夏收、夏种、夏季田间管理。夏收主要是割麦子，然后尽快种上玉米、地瓜等农作物。

"三秋"是指秋收、秋种、秋季田间管理。把玉米、地瓜、花生、大豆、谷子等农作物收获后，于秋分前后种上小麦。

夏季田间管理，不是很忙。这时候，大队要贯彻毛主席他老人家的最高指示"水利是农业的命脉"，决定要成立一个水利队，大搞农田水利基本建设。

水利队的劳力要从各生产队抽调。这时候，常青大爷年事已高，已经不担任四队的生产队长了，而由一个外号叫"老猫子"的人当队长，外号叫"刘蛋驴"的人当副队长，就是那个"我不要这个党了，也要打死你这个×养的"那个混蛋。这"老猫子"和"刘蛋驴"一商量，振华刚毕业，队里的地也都分给各家去锄去了，就让他到水利队干活去了。

水利队的第一个大工程，就是在北埠烈士塔后边挖一个大口井。大口井的地点是山脚下的一条小溪旁，不知是否经过了地质勘探，还是找风水先生看了看，才选定在这里开挖。

水利队有二十几个人，都是年轻力壮的青年小伙子。开挖前，大队支部书记，也就是原来那个民兵队长，亲自莅临工地，训了一通话，讲了一通挖大口井的伟大意义，并亲自动手，划了一个大圈子，这就是大口井的外沿。

划完了圈，这位书记就不知跑哪儿去了，反正他是不干活的，不知是不是脱产干部，但工分却不能少拿。

一开始，队员们在圈内用小推车把土运出去，越挖越深，小推车就没法用了。就一圈一圈地摆开阵势，下边的人把土用铁锨扬到上一圈，这样接力着干，一直把土扬到井口外。

挖到一丈多深的时候，挖出了一棵有一抱多粗的腐朽了的大树，这棵大树卧倒在土层里。这棵大朽木，倒引起了振华的一些思考。他抬头看看周围的小山丘，看不到一棵大树，只有一些不高的马尾松，这棵大树生于什么年代呢？为什么会被埋于地下，而没有被人们发现并加以利用呢？！

挖大口井也真是个体力活，上圈和下圈的垂直距离正好一人高，要不停地把土扬到上圈，没点臂力的人还真干不了这个累活。好歹调到水利队的人都年轻，嬉笑怒骂，倒也热闹，活虽累，干得倒挺痛快。

这一天中午，振华回家吃了饭，就返回了工地，这时候其他人还没有到，他就顺着玉米地向北漫步而去。北边是旸里河，河北岸就是旸里村。在昆嵛联中上学时，他还代表学校乒乓球队在体育老师的率领下，来旸里联中进行过友谊赛呢。

他刚走上河南岸的小路，只见一个姑娘一手挽着一盆刚洗过的衣服，一手用梳子梳理着刚洗好的长发，刚好打个照面。仔细一看，这不是班里的文娱委员于文华吗？这可真是意想不到的一次邂逅。

于文华在学校里也是个名人，旸里村春节期间到昆嵛村演出的现代京剧《沙家浜》，她扮演沙奶奶；演出《龙江颂》，她扮演盼水妈，演唱俱佳，而且学习很好。

于文华一看是老同学，也兴奋得脸红了起来，放下了洗衣盆，班荆道故起来。

于文华毕业后，就进了旸里联中当了一名语文老师，这应该说是一个很好的安排了。振华也向于文华介绍了昆嵛村几名同学的情况，张祖芬也到学校当老师了。虽然振华是村里唯一一名全优的高中毕业生，但是当老师却没有他的份儿。在昆嵛联中，还有的没有上过高中的初中生，也在学校里当老师，令人不忿。振华也明白，没有关系、不送礼，是办不成什么事的！当然，他不能当着老同学的面说这样的话。

一边是青纱帐，一边是清澈的小河，河边杨柳依依，蝉声阵阵，两个青年男女在树下小路上忘情地交流着，确是一幅令人难忘的美妙画面。

道故半天，意犹未尽，一个要到学校上课，一个要去挖大口井，走的不是一条路，就这样依依不舍地告别了。

振华固然对这次邂逅有些想法，莫非有点缘分？这真是太巧了，就是约会也不会这么巧！振华还是感觉有点自卑吧！就是在农村，联中老师的地位也比庄稼巴子高出十万八千里!

从1973年3月开始,在"文革"初期就被打倒的邓小平已经出来工作了,他对教育系统也进行了一些整顿,所以七三级高中招生取消了推荐而采取考试录取,而且上课也是较为正规的,所以这一级的学生还是学到了不少东西。

到1975年,邓小平担任了中共中央副主席、中央军委副主席、国务院副总理,已经在主持中央工作了。这时候,社会上就有一些传言,说有可能恢复高考。这对于急于摆脱庄稼巴子命运的振华来说,无疑是一针强心剂。同时,振华也打定了主意,不到23岁,坚决不找对象! 他妈的,这一辈子都要在农村修理地球皮吗?!

身份卑微、胸怀大志的振华,仰望苍天,壮怀激烈,空悲叹! 他把目光又慢慢地移向了苍翠的山峦,移向了葱绿的青纱帐,移向了来时的田边小路,迈开大步,走向了大口井的工地。

大口井在一圈一圈地缩小着,向地下延伸着,每圈的台阶上都站着人,用铁锨往上一层台阶上撩土。一台抽水泵不断地把涌出来的水抽到坑外。大家正在挥汗如雨干得起劲,村支书又来了,要临时抽调几个人去挖埋高压电线杆的坑。

振华一听,立刻踊跃请战:"我去!"

书记一看,这小伙子是个可造就之才,哪里艰苦哪里去。就又挑了几个人,领着翻过了村北的山梁,向西北来到了公路旁的玉米地里,这里已经有几个用白石灰划好了要挖的坑的边线,一组高压线杆是两根十几米高的水泥线杆,要挖两个两米见方两米多深的大坑。在昆嵛村境内通过的高压线杆都要昆嵛村负责挖坑。

书记安排好了,就又溜走了,不知干啥去了,大概又到别处指导工作去了吧? 昆嵛村是个五百多户人家的大村子,村支书"溜溜达达是干部",根本不用下地干活。

这条公路是乡村砂土公路,就是昆嵛村东头那条南北向公路,向西北通向振华姥姥家,路两旁都是大杨树,遮天蔽日。

振华正在路旁玉米地里画地为牢,挖土不止,忽闻一声清脆悦耳的呼声:"振华哥!"振华停了下来,抬头一看,原来是小叶子推着自行车和她母亲从北边走过来,这里地处北塂北边的大山坡下,她骑不动了,就推着车走。

振华一看,小叶子来了,就把铁锨向土里一插,挂着锨把一下子跳出了地牢,来到了公路上,和小叶子热情地聊了起来。她母亲在旁边,一看这两个人聊起来没个完,就独自向前走去了。

那几个挖坑的小伙子,有了"西洋景"看了,都挂着锨把,往这边瞧。

这两个人毕业后,也很少见面,小叶子的爸爸是公家人,小叶子毕业后,就到她爸爸所在的昆嵛林场工作了。在振华眼里,小叶子就像个高不可攀的小公主一样，可望而不可即，但这并不影响两个青年人的互相交流。

聊了半天，那些挂着锨把的伙计们，羡慕忌妒恨吧，不甘寂寞，大概是想吸引这个漂亮的姑娘看他们几眼，就开始起哄，"噢！噢！"地乱叫唤，把这两个人的谈话一下子就打断了，把他们的思绪也一下子拉回了现实。两人对望了一眼，在"噢噢"声中，脸都红了。

赶紧把小叶子送上了路，大概也说了一声"再见"吧！这一声"再见"，就是十几年以后的事了。

干了一天的活，累得腰酸腿疼。

在收工回家的路上，振华想着这一天的奇遇，心里甜滋滋的，感觉生活是那么美好，激情澎湃，兴奋难抑，不禁大声唱了起来：

> 日落西山红霞飞，
> 战士打靶把营归……

广阔天地炼红心

伟大领袖毛主席教导我们："知识青年到农村去，接受贫下中农的再教育，很有必要。""农村是一个广阔天地，在那里是可以大有作为的！"

在"文革"初期的"红卫兵"运动中，学生们停课闹革命，戴着红袖章，到处"破四旧"、"打砸抢"，闹腾得乌烟瘴气，也没有学到什么知识，大学也不招生了，工厂也都在武斗，基本上不能正常生产了。

这么多学生面临着初中、高中毕业，他们留在城市里，可怎么办呢？所以，毛主席就发布了最新指示，把这些并没有什么知识的所谓"知识青年"送到农村去，"上山下乡"，"插队落户"，接受贫下中农的再教育。

烟台市的一大批知识青年来到了界石公社插队落户，公社开完了欢迎会，就分到了一些条件较好的村子里。

看着二十几个烟台知青，男男女女，披红戴花，坐着大卡车，来到村里，接受贫下中农的再教育，振华有点幸灾乐祸，他眼前浮现出第一次到烟台时，帮着大爷拉水，几个顽皮小子扔石子打他们的一幕，仍然怀恨在心。

振华想，让这些×养的接受我们贫下中农的再教育，实在是很有必要，累死这些×养的，让他们不知道吃几碗高粱米！毛主席他老人家就是伟大，不教育教育他们怎么得了！

不过，知识青年到农村来，称为"下乡知青"，像振华这样在农村土生土长的知识青年，则称为"回乡知青"，仅一字之差，就显示了身份的不同。

昆嵛村为知青们在河南岸盖了一溜房子，又砌了一圈围墙，形成了一个知青大院，在大院门楼上边挂了个"知青之家"的木头牌匾，门两旁还贴了一幅红对联：知识青年上山下乡，广阔天地大有作为。把他们安置在里边，三个人一间房，跟学生宿舍差不多。村里由一名副书记与知青们联系，安排对他们进行再教育。

这些小青年们，也就十几岁，知识有多少倒不知道，不过他们在城市里过着衣来伸手、饭来张口的寄生虫生活，种地的知识肯定是没有的。就是振华在农村土生土长十几年，种小麦不是也闹过"拔苗助长"的笑话吗？

刚来的几天，大队开欢迎会，接受一下张超大爷的革命传统教育。

一开始，还安排人给他们做饭，好吃好喝，他们到河边遛遛，看看远处的昆嵛山，望望满天的云霞，在清澈的河水里洗洗衣服，洗洗脚，倒也挺逍遥、惬意。

几天之后，就把他们分到各生产队去了，除了九队等边远山庵上的几个生产队没有分去知青外，其他的生产队每队二三个人，由于四队已经有一个青岛知青，这次只分来一个女知青。

其实农村的人并不欢迎这些知青来，他们又不能干什么活，还得给他们盖房子，还要分社员们并不多余的口粮，还不虚心接受贫下中农的再教育，好惹是生非。

在城里，他们又不上课，又不做工，整天空喊"把无产阶级文化大革命进行到底"，到处捣乱，不知道干什么好。这下可好了，来到了农村，不干活就没工分，没工分也就没有收入和口粮，尽管这收入很低。

这些所谓的"知识青年"，没有经过多少锻炼，体质虚弱。分到四队的这个女知青，也就初中刚毕业。大概由于她父亲是"走资本主义道路的当权派"，被打倒后关进了牛棚，升高中要推荐，自然是推荐不着她了，城里也不让待，她只得下乡来接受贫下中农的再教育了。

这位女知青，芳名林红玉，个头一米六多一点，弱柳扶风，"两弯似蹙非蹙罥烟眉，一双似喜非喜含情目"，像个林妹妹。不要说在炎炎烈日下干活，有一次她在农田里被暴晒了一阵子，就晕倒了。行啦，这一下可有了理由，可以养几天"病"了。

振华看这位林妹妹实在娇小可怜，顿生恻隐之心。他自已也已经锻炼得身强体壮，什么农活都能拿得起、放得下，是一个10分整劳力了，就经常帮着她干一点活，特别是锄地、追肥、割麦子这些农活，都是一人或者两人一垄或几垄，到地头了就可以休息一下，都到地头了以后，再开始下一个来回。

这位林姑娘，虽然体弱，但却多才多艺，能歌善舞。她回家过完春节后，返回知青点时，总要带一些点心、罐头什么的，来看望振华的妈妈和妹妹，母亲待她就像自己的闺女一样，她比振雁妹妹大两岁，都喜欢唱歌跳舞，很快就成了要好的姐妹。

后来，振雁考上了文登京剧团，红玉也就不大好意思经常来家里玩。但振雁每次回来，都要去看望这位林姐姐，并把她拉回家来吃顿饭，聊聊天。

时间久了，知青们和昆嵛村的农民们生活就差不多了，村里按照公社的安排，要让知青们全面接受再教育，让他们自食其力，就把为他们做饭的大嫂撤了回来。

知青们有钱的时候，就海吃一顿，没钱的时候，十天半月也吃不上一顿肉。有时候，鸡、鸭、鹅跑到了"知青之家"附近，就会莫名其妙地失踪。

如果少一两只，村民们也不知道怎么回事，只能自认倒霉，但丢得多了，村里人就知道是知青们干的好事。但"抓贼抓赃，捉奸捉双"，你没有当场抓住，你也没有办法，也只好敢怒而不敢言了，你要胡说八道，这"诬陷"知青、破坏上山下乡运动，这可不是闹着玩的。

知青点在河南边，向西不远就是葫芦头苹果园，要说知青们来受苦，还有点好处的话，那就是吃苹果不花钱。

这一片苹果园非常大，一个人睡在一处小房里看守园子，他就是有三头六臂也看不过来，尤其是晚上，特别是下半夜，看园人白天干活累了一天，早像死狗似的躺在炕上没有知觉了，知青们就是把苹果园的苹果都弄到知青点去，他也不知道。

知青点里，也安装着有线广播，不少知青还有半导体收音机，整天播送革命样板戏，他们都耳熟能详。晚上没事，闲得无聊，他们就在屋里唱戏，阿庆嫂、沙奶奶、郭建光、胡传魁、刁得一都有人充当，一部《沙家浜》，他们躺在床上也能从头至尾给说唱一遍。

他们胡闹的最厉害的一次，曾经引起上级领导的严重关注。

不知是哪一个捣蛋鬼，大概上高中时学《生理卫生》课，知道"荷尔蒙"是催情的，他也不知道有多厉害，也不知道从哪里弄来一些给驴、马催情受孕用的荷尔蒙，放进了大锅菜里。

下午收工，大家从各个生产队干完活都回来了，吃了晚饭，时间不长，就都受不了了，两两捉对厮杀，叫声连天，一塌糊涂。有一个没有配成对的女知青，难受得在地上打着滚叫唤。

有人从不远处路过，听到知青点里异常的喊叫声，就过来看看是怎么回事？哎呀！可了不得了，不堪入目，这是怎么了?!

这一次严重事件，使昆嵛村的知青点出了名。可查来查去，也没有查出是"阶级敌人"破坏上山下乡运动，只能虎头蛇尾，不了了之了。

侥幸的是，林妹妹逃脱了这一噩运。

当天下午，振雁从南海巡回演出结束，刚刚回家来，准备休息几天。快收工时，她就到了知青点，等林姐姐回来了，就把她拉回了家里，请她吃从海边带回来的海鲜。由于好久没见了，吃完了饭，也不让林姐姐走，非要留她一起痛聊一晚上。也是老天可怜见吧，让她免遭了此次羞辱之灾。

比起下乡知青，回乡知青也有地利人和的优势。振华的字写得好，村办公室前面有两块黑板报，都由他包办了。他又能画插图，又能画花边，美术字、魏碑、隶书都写得不错，方方正正的字也能写，把个黑板报搞得花团簇锦，十分引人注目。每当他利用业余时间更换黑板报的时候，总有一些人围观，发出"啧啧"赞叹之声。

各种美术字振华都很熟悉，写得很好，村里东西主干道两旁的墙壁上，都由他写上了很大的美术字，或仿宋体，或黑体字，或隶书，或其他异形美术字，内容都是一些"文革"中的标语口号或毛主席语录，如"抓革命，促生产，促工作，促战备"，"备战备荒为人民"。

有一件小事，使振华感觉很羞愧。那一次，他正在村办公室对面供销社的后墙上写美术字，有一个牟平县过来的中年人，蹲在振华身边看。闲聊起来，振华指着东边墙上刷的标语说："那是学校老师写的，写得不好。"这个人一听，二话没说，站起来扭头就走了。振华坐在那里，一下子愣了，羞愧得耳红面赤。

这一次教训，使他长记性不少，此后，他轻易不说别人的"东西"不好，不吱声罢了，好也罢，不好也罢，"大风吹倒梧桐树，自有旁人论短长"，"东西"摆在那里，自有人评说。

后来，全国各地都办阶级教育展览馆，就把振华和一个下放到村里的干部抽出来，还有驻村工作组的两个年轻人，一起办阶级教育展览室。

这个下放干部叫刘琦，很有个性。他家住村北头，北埝底下，半山坡上，一个小院落，门前一棵大杏树。振华到他家里去，看他画的国画牡丹很好看。大冬天里，他家还养着一盆牡丹花，振华感到很惊讶。

刘琦也能画人物。他就根据诉苦大会上那些贫农愤怒的控诉，地主、富农对他们的压迫、剥削，如何强占房产，如何利用穷人不识字进行讹诈等，来进行创作。有的是一幅，有的是几幅。他画好后，再由振华根据画面写成解说词，用隶书写在画的下面。

振华家菜园的路南，有一个新盖的院落，四间大瓦房一个院，住着工作组的几个人。工作组的组长是界石公社党委曲书记，估计他和大姐振萍也比较熟悉。

有一天，曲书记让工作组的李强把振华叫了来，让振华写几个锦旗上的字。这让振华感觉受到了领导的重视，就按照锦旗的大小，写了几张，挑写得较好的送给了曲书记。

过了几天，村里召开表彰大会，奖励一些先进单位，如村里在北泊办的砖瓦厂就得了一面锦旗。鲜艳的红锦旗，金色的隶书字，还配有花边，非常漂亮。

振华一看，那锦旗上做的字，正是按自己写的样式而制作出来的，心里颇生几分自豪感。

阶级教育展览室还没有办完，已经到了麦收季节，按照大队的安排，就放下了手头的工作，都去参加"三夏"大会战了。

割麦子的苦与乐

在广阔天地里，有两个活最使振华发愁，第一个就是割麦子。

胶东地区割麦子是在五月端午开始。振华上初中的时候，就开始承担家里所有的农活，种自留地、菜园子、搂草等，他稚嫩的肩膀哪里能承担如此的重负！

收麦子的时候，天还蒙蒙亮，母亲就把他叫了起来，还塞给他几个热乎乎的鸡蛋。振华一看，来了精神，一骨碌爬了起来。这鸡蛋除了过端午节能吃几个，一年到头再也见不着。一个鸡蛋五分钱，穷苦的庄稼人针头线脑、买盐打醋可就靠它来换哪！

吃了鸡蛋，振华精神抖擞地推着小车，到了南山半腰上的自留地。看着这一块三分多地的麦子，一下子发了愁，心想这不知啥时候能拔完！

麦子不是用镰刀割吗？为什么要拔呢？用镰刀割的，那是生产队里的大田。大田里割了麦子，再用犁耕一遍，把麦茬耕翻，再栽地瓜、种玉米、种豆子什么的，或者是套种。

自留地里的麦子就要用手拔了！用两只手拔起一把麦子，再在鞋跟上磕打，把麦根上的土磕打掉，拔得够一捆了，再用麦秸捆起来。

拔了一早晨麦子，太阳也升起老高了，把麦捆都捆在小车两旁，推着回家了。

吃了早饭，振华又推着小车到了地里。

早晨天还凉爽一点，接近中午的时候，气温又高，烈日炙烤，汗流浃背，手被麦秸勒得一道一道口子，再加上磕打麦根时尘土飞扬，脸上、脖子上被汗水冲出的小泥沟一道一道的，除了两个眼珠转动，浑身沾满了泥土，那麦芒在磕打中也到处乱飞，脖领里也飞进了不少，直向肉里扎，再加汗水浸泡，那个难受啊！

唉！真不是人干的活！

"天作孽，犹可违。"身体受点磨难无可厚非，"天将降大任于斯人也，必先苦其心志，劳其筋骨……"尚能忍受，但对于一个少年心灵所遭受的伤害则永远难以抚平。

拔了一上午麦子，麦捆子满地，这一次捆了十几个麦捆子在小车上。一个小孩，推起车，从前边几乎看不见推车的人，当然推车的人也几乎看不到车前边的路。

振华推起小车，沿着山间小路向山下走去，又累又饿，脚底踉跄，再加上看不清前边的路，车轮向路边一滑，连车带人翻下了地堰，滚到了地堰下边的麦地里，麦捆也摔得到处都是，胳膊也擦破了皮，把脚也扭伤了。

唉！又是欲哭无泪呀！哭给谁听啊！

在这荒郊野外，妈妈正在家里做饭呢，听不到你的哭声，也不可能赶来给你擦眼泪，安慰你。

男儿当自强。振华爬起来，把小车推到了小路上，把摔散了的麦捆重新捆到小车上。再一看，这一片麦地可就惨了，也不知道是谁家的麦地，成熟了的麦子被压倒了一大片。

振华好不容易把一车麦子推到了家门口，刚把麦捆子都搬到院子里，就跳进来一个人，开口就骂："振华！你这个×养的，你怎么把我的麦地作祟那个熊样，妈那个×的！"

振华吓一跳，扭头一看，真是冤家路窄，我操他妈了！怎么把车翻到了"刘蛋驴"的地里去了！把这个村里有名的"驴"惹"驴"了，这怎么办?！操他妈！欺负人欺负到家门口了，尽管振华心里火气直往上冲，可又一想毕竟理亏，把人家的麦子压坏了，只得赔着笑脸道："叔啊，我不是故意的，车翻下去了，实在对下起啊，叔。"

母亲正在收拾饭，一看儿子又惹麻烦了，忙赶了出来，说着好话："他叔，孩子小，没力气，车翻了，给你惹祸了，我揍他！"又说："他叔，大热天的，你屋里坐坐，喝碗水。"

这头"刘蛋驴"，一看也没辙了，好像一块石头扔在了棉花堆里，碰不出响声，不跟他硬碰硬，就骂骂咧咧地走了。

高中毕业后，振华就成为一个"十分"劳力了。一般妇女干一天活，只能挣六个工分。因为家庭妇女早晨要在家里做饭，上午干活到11点多钟，还要早回家做午饭，所以挣工分少。

振华上初中时，遇上放暑假、秋假，到生产队干活，一天能挣三四个工分。至于某人挣几个工分，那是生产队社员大会评出来的，叫作"评工分"。记得看朝鲜电影《鲜花盛开的村庄》，里边有一个胖姑娘，真能干，挣600个工分，确实不少，能顶一个壮劳力。

生产队里割麦子，在地头上一溜儿人排开，每人四垄，最多六垄，排好之后，就都蹲下开镰。地头短的还好说，北泊的地头非常长，大概有500多米。那可是谁割到头，谁就可以歇憩呀！

振华高中毕业后，大姐振萍就到公社缝纫组工作去了。缝纫组和农具厂都在界石村东头的一个大院里，里边的人都很熟悉。加上大姐天性活泼、可爱，农具厂的年轻人也都愿意找她帮忙做个衣服什么的，人缘很好。

振华琢磨，这割麦子，普通的镰刀太短，一次只能割一垄，如果打造一把长镰刀，一下就能割两垄，那有多好！他就画了个长镰刀的图形，窄窄的，长长的，请大姐找人在农具厂打制一把。

在麦收前，大姐把镰刀送家里来了，还给安上了一个称手的刀把。振华把这把镰刀磨得异常锐利，可谓吹毛得过！

生产队里要割麦子了，振华腰里别着这把特制的镰刀，兜里还揣着一小块细砂轮，这是他到烟台帮着大爷拉水到工厂时，看到地上堆着几块磨碎了的砂轮，跟人家工人师傅要的。

振华雄赳赳、气昂昂，推着小车，和割麦子的大队人马一起，向北泊的麦地挺进。

娘的！有了这样先进的装备，老子还怕谁，试看天下谁能敌?！

排开阵势后，镰刀嚓嚓，麦子纷纷倒下，不一会儿，就拉开了距离。在滚滚麦浪中，振华就像一艘快艇，劈波斩浪，遥遥领先！

振华挥一下镰刀能割两垄麦子，其他社员一下只能割一垄，速度差不多快一倍。当大部分社员割了一大半时，振华已率先冲到了终点。

地头上有树，树下长着细嫩的小草，振华往树下一躺，他娘的，太爽了！

休息好了，振华爬起来一看，他们还有一段距离，就又拿出小砂轮磨起了镰刀，把这镰刀磨得削铁如泥！

待大部分社员割到地头了，振华又开始向回割了，这些人没有得到休息，也没有时间磨镰刀，他们也没有磨镰刀的小砂轮，这都属于秘密武器，不能轻易示人！

镰刀越钝，越割不动，越费劲，也就越累，越累也就割得越慢。在生产队干活，一般是上午歇憩一次，下午歇憩一次，由生产队长掌握，每次能休息二十分钟吧。

自从有了这把长镰刀，所向披靡，最愁的割麦子也就不在话下了。

这一次，到了地头后，看着"上山下乡"林妹妹比别人少割一垄，还被远远地拉在后面，振华瞅准了林妹妹所在的地垄就挥刀而上，迎头往回割，这林妹妹正愁自己割得慢，被拉下这么远，一抬头，发现经常帮助她的大哥哥在帮她的忙，也来了劲头，割得快了不少，到和她碰了头，其他人大都还没到地头呢！

她满脸喜悦地站直了腰，要不是有这么多社员还在旁边忙着，大概她就要扑到这位大哥哥怀里了！

看着林妹妹感激的眼神，振华就像三伏天喝了酸梅汤一样爽，抬起手臂用衣袖擦了一把前额的汗水，向四下扫视了一眼，看了一下还蹲在地上低头割麦的社员们，大有"会当凌绝顶，一览众山小"的气派，那架势，真是孔夫子挂腰刀——能文能武，那气势，真可谓力拔山兮气盖世！

搂草春秋

在农村生活二十多年，最使振华发愁的第二个活就是搂草。

"三个饱，一个倒。"一天三顿饭，"人是铁，饭是钢，一顿不吃饿得慌"。但这三顿饭又不能生吃，不管是烀粑粑、烀地瓜，还是煮地瓜干、烧水，或者还要做点菜，都要烧草。

山村不仅没有煤气，也没有煤，山上的柴也不能打，那都是集体的。每个生产队都有饲养点，养着马、牛、驴、骡子，还有不少的猪，每天要用不少的柴火熬猪食什么的。

冬天没什么农活了，生产队就组织劳力上山砍柴，供饲养点用。社员们是不能上山砍柴自家用的，庄稼人做饭没有柴烧，而只能上山搂草烧来做饭。

一年365天，每天三顿饭，所用的草是很不少的。而这一年所烧的草，只有在秋后草都枯了，树上的叶子开始落了，特别是松树针和柞树叶子落得差不多了，全公社一个令，开山搂草三到五天，才能上山搂草。

一般情况是，在秋收之后，种上小麦了，生产队便组织劳力上山割青草，这些青草是用来喂生产队里的大牲口的。

整个昆嵛山都被瓜分了，这一片从哪儿到哪儿，是哪个村哪个生产队的，分得一清二楚。集体割完青草，并晒干搬下山之后，再开山供社员们搂几天草。

割青草这个活，也不轻快。如地势平坦，就和割麦子差不多，只是没有垄。

四队一片山峦在魏家庵西边，需要在山上住一晚上，两天才能把这一片青草割完。这就需要用小车推着铺盖，带上两天的干粮，天不亮就出发。

上山割青草都是壮劳力的事，高中毕业后，振华才第一次参加生产队的割青草。

割青草虽然不轻快，但也很有意思。

这一大片山峦，有各种野果都成熟了，还有多种蚂蚱、"山草驴"、螳螂。一到歇憩的时候，年老一点的都在那抽烟休息，年轻人就到处找果子，抓蚂蚱烧着吃，那蚂蚱又肥又香，可谓山珍，纯"绿色食品"。

在魏家庵西边山坳里割了一天草，太阳落山了，社员们开始打窝棚，准备晚上睡觉的地场。一般是砍几根树枝，绑两个"人"字架，再加一个横梁，再用青草苫一层，地上再铺一层草，把铺盖往上一放，就能美美地睡一觉了。

进山之前，振华观测了一下天象，发现有"云交云"的现象，这说明天空冷暖气流在不同的高度交汇，很有可能下雨。他就把母亲特意托人从烟台买来的为他夏天抗洪用的一件胶布雨衣带上了山。

打窝棚的地方，是在山脚下的一个避风凹处，长着很多大树，也没有人修理。

振华一看，这一棵大柞树，长着一个大树杈，像一个躺着的"人"字，几乎是平的，离地一米多高。振华又观测了一下天空，发现泰礴顶后的乌云正向这边扩散，天空阴乎乎的，空气湿度也较大，"日落乌云接，明天把工歇"，他判断很可能晚上就要下雨。他就动开了心思，晚上要是下雨怎么办？

眉头一皱，计上心来。干脆整个吊铺吧！就把带来的绳子在树杈之间横着缠绕起来，又搜寻了一些葛子条细缠一番，铺上一层青草；又把吊铺上边的树枝用葛子条固定起来，再用青草苫起来，把雨衣也用葛子条固定在青草上边。这样一来，一个能遮风挡雨的吊铺就做成了。

吃完了晚饭，一会儿就什么也看不见了，天空漆黑，伸手不见五指。这里也不是城市，还有电灯、路灯照明，还能学学红宝书什么的。在这深山老林里，可就只能睡大觉了。

振华躺在吊铺上，山风忽悠悠地吹着，吹得吊铺晃晃悠悠的，十分舒服。

劳累了一天的人们，很快就进入了梦乡。

睡梦中，振华忽然被惊醒了，只觉外面狂风大作，刮得山林呼呼作响，吊铺也晃悠得很厉害。

躺在吊铺上，振华琢磨，好歹我把吊铺捆扎得比较结实，没什么事。

正在胡思乱想，风停了，只听大雨点子打在树叶上的"啪啪"声，一会儿，就像炒豆似的，"啪啪啪啪"响成一片，一阵大雨倾盆而下。

只听外面一片咋呼，"不好啦！地上流水啦！""哎呀呀！我的窝棚漏水啦！""我操他妈，这可怎么弄！"

振华躺在吊铺上，什么事也没有。

一会儿，外面咋呼声小了，他又沉入了睡梦之中。

第二天早晨，振华从吊铺上爬了起来，地上还在淌水，只是不下雨了。

东方一轮朝日喷薄而出，彩霞满天，苍山如洗，分外妖娆。

窝棚里的那些人们，也都爬了出来，只是他们一夜也没能睡好觉，即使窝棚扎得好不漏，也架不住地上的流水。你若敢躺着，就能把你的铺盖全弄湿了，所以很多人都把铺盖收了起来，放在不漏雨的角落上，自己则坐在草捆子上，坐草待旦，就这样度过了一个难熬的不眠之夜。

看着"老猫子"队长、"刘蛋驴"队副也一晚上没睡觉，淋得像个落汤鸡，垂头丧气的落魄相，振华心里乐开了花，颇生几分得意之感，但表面上一点也不敢表示出来。

青草割完了，还要扎起草帽子。就是把这些割下来的差不多一人高的青草的草梢扎起来，下边则散开来，像一顶草帽子，好让青草晾晒干。

几天之后，青草就被晒干了。队里再组织劳力，把这些青草捆成草个子，用小推车推回来，放在饲养点，给队里的大牲口冬天和开春后当饲料。

庄稼收完了，青草也从山上搬回来了，全公社就要统一开山搂草了。

在上山割青草的途中，或在割青草的地方，也是寻找开山搂草的地方的好时机。

有一次在昆嵛山西北麓割青草，这一块青草地大都是在山上，长着很多松树，那被霜打黄了的松树毛落了一地。振华暗想，这是个搂草的好地方，他担心别人也会来，就打定主意，开山第一天，要早早地来，占着这块地方。

第二天就要开山搂草了，两个姐姐也回家了。因为是全公社统一开山搂草，这对于全公社的社员们来说是个大事，所以社办企业的工人们也放假回家帮助家里搂草。小妹刚刚下乡演出告一段落，也回来休假了，听说开山搂草，也主动请缨参战。

头天晚上，振华就做好了战前准备。他把用稻草搓成的绳子，按一定长度，截成一截一截的，用来捆草"八搂"，把用稻草绳结成的盛草的包以及镰刀、搂草的抓子，捆在小车上，又检查了小推车轮胎的气足不足，把两个姐姐和妹妹搂草的战场也安排好了，又叮嘱母亲凌晨三点来钟叫他起来，这才放心地早早地睡下了。

虽然没有"闹钟"，可母亲自有一套观星的本事，一看"丝"（三星）在什么位置，是什么时辰，心里很清楚。母亲按时做好了饭，烀了几个带馅的玉米面和豆面混合面的粑粑，给孩子们当干粮，这才把儿子、闺女们都叫了起来。

吃了点东西，振华推着小车就向勘探好的搂草预定战场奔去，亏得路已经走熟了，要不然还不知道要摔多少跤呢！

到了战场，还好没有人来，这一先着是得手了。休息了一会儿，抽了一支九分钱一盒的"葵花"牌香烟，天才蒙蒙亮。

事不宜迟，振华就行动起来，这里割上一把草，那里搂起一小堆松树毛，这就是占领阵地。这就跟狼占地盘一样，狼在哪里撒了尿，留下气味，做了标记，这地盘就是它的，别的狼就不能再来了。

振华占够了地盘，天也亮了。这时候，四乡八邻的人们也陆续到了山里。一看，这个地场不错，但再一看，已经让人占去了，就只好到别处找地方去了。

占了一大片松树毛多的地方，要把这些松树毛搂起来，必须先用镰刀把长着的杂草割了去，才便于用抓子搂草。这些割下来的青草或矮灌木丛，正好可以用来捆"八搂"。

到了下午三点多钟，两个大草包已经装得结结实实的，又捆了四个"八搂"，在包口各捆上一个，捆在小车两边，在包上边再各捆一个，满载而归。

这松树毛是做饭的极好的燃料，因为松树毛是带油的，火头旺，耐烧，而柞栎树叶子、杨树叶子、草叶子都次之。

这时候的振华，已经今非昔比，不是上初中时候的振华了，已经成了一个拿得起放得下的正儿八经的壮劳力了，能熟练地驾驶这满载的小车，行进在崎岖的山路上了。

振华把一车草推到了家门口，卸了车，洗洗脸，喝了碗稀饭，就又推着小车到南部山区支援姐妹部队去了。

按照头天晚上的战略部署，振华起早单枪匹马奔赴割青草时选定的西北深山战场，打响第一战役；把两个姐姐和妹妹安排到不太远的廉朋水库南边的山上，开辟第二战场。这里满山都是松树，松树毛自然不少，让她们在那里战斗。振华则发扬连续作战的优良作风，把第一战役的战利品送回家后，接着就转移到第二战场，支援姐妹们取得第二战役的胜利。

没费什么劲，就找到了松树林中并肩作战的三姐妹。

小姐、小妹正拿着扁担、棍子朝松树枝上乱打，好似在打日本鬼子，那些已经被霜打黄了还没有落下来的松树毛和小树枝，像被打败了的日本鬼子纷纷投降，不一会儿地上就落下了一厚层。大姐则两手拿着抓子把落下来的松树毛搂成一堆一堆的。

姐妹们一看，援兵来到，喜出望外，大有一鼓作气，直捣黄龙的劲头。

振华的新的战斗任务是，把姐妹们搂成一堆一堆的松树毛，捆成"八搂"，然后装车，运回大本营。

这捆"八搂"也是个技术活，下乡知青可玩不了。先在地上等距离放三根绳子，割一些长的青草纵向放在三根绳子上，最好再砍一些小树枝放在上面，然后用抓子把草刹紧刹整齐，叠放在树枝上，放一层草之后，中间还要放几根树枝，这就像钢筋混凝土里的钢筋一样，起加固作用，再放上一层草，外面再放上一些长的草，把三根绳子都刹紧打结捆起来，再用抓子把两头拍打齐，这个小"八搂"就捆成了。若是捆大"八搂"，则可以放三层草，这"八搂"自然就大了。

经过一阵激烈的战斗，打扫清了战场，一共捆了四个大"八搂"，两个小"八搂"，"六二添作三"，匀称地捆在了小车两旁，把抓子、扁担朝"八搂"上一插，振华驾驶起战车，轻车熟路地凯旋。

搂草这个活虽然很累，但也很有趣味。

漫山遍野都是人，山上的野兔子吓得到处乱窜，到处乱喊"抓兔子"，把兔子吓蒙了，有的一头撞到树上就撞死了，就被搂草的人提着耳朵捡了起来。这人得意洋洋，大声嚷着："娘的，太好了！明天不搂草了，还在这儿等着捡兔子！"据权威考证，这就是成语"守株待兔"的确切出处。

姐妹部队虽然没有逮着兔子，但在草窝里逮着一只大刺猬。这刺猬可不像兔子一见人就跑，刺猬一见人，就原地不动，缩成一团，像个球似的，浑身的刺拃掌开了，据说它还能像狐狸一样放"臊"，即使老虎也奈何它不得。据权威考证，"老虎吃刺猬——下不去口"，即源自此处。

昆嵛山上到处都是宝。在树丛里、草棵里，还生长着不少"老虎座"，也就是灵芝草，这是很名贵的药材。平时人们见不着，在搂草的战斗中，它们原形毕露，插翅也难逃了。

到了廉朋水库北岸的大陆坡，大姐把绳子拴在了车前杠上，帮着拉车绳。振华撅着腚，拉着胯，铆足了最后一点力气，往坡顶上拱。一边还寻思，不愧是大姐，劲就是比小妹大。若不是大姐亲自拉车绳，这么长、这么陡的坡可够个人受的。

小姐提着网兜里的刺猬，小妹手拎着一串灵芝，美滋滋地跟在车后边，向路上的行人们炫耀着。

中间连停都没停，振华推着小车，身体成45度角，一鼓作气拱到了坡顶。

哎呀，不行了，歇歇吧！就把小车往路边一放，舒了一口气，再也没有上坡路了。大姐就把车绳解了下来，姐弟们都坐在路边那棵大松树下的石头上歇憩。

这一坐下，各路妖魔都来了，浑身像散了架似的，腰酸腿疼胳膊痛，那汗水把上衣都湿透了，被山风一吹，倒也非常爽快舒适。

落霞与双鸟齐飞，雾霭共长天一色。看着日头慢腾腾地沉入西山，把个泰礴顶画上了一道金钱，看上去就像李可染的逆光山水画。眼看着霞光愈来愈高远，慢慢向西山收拢，振华的思绪也随着霞光渐行渐远，酸甜苦辣涌上心头……

振华琢磨，兄弟姊妹七人，就属我命苦。

大哥振源一直上学，就没大干过庄稼活，更不用说搂草了。

二哥振业全家闯了关东，在黑龙江省集贤县兴隆粮库干活，虽说是扛麻袋、当建筑工，也是拿工资啊，用不着割麦子搂草了。

二哥曾两闯关东。第一次闯关东，是振华上初中的时候。如前所述，有两方面的原因，一是"栾流子"整天挑事，闹得母子、弟兄妹妹不和；二是在生产队、村里受排挤，郁郁不得志。他一人独闯关东，在外面几年，大概也没发了大财，同时也牵挂着家里，就回来了。振华上高中的时候，二哥已经有了两个孩子，长子醋醋，女儿蓉蓉。当时计划生育政策是不准生三胎，二胎必须结扎。计划生育工作队的人也做好了这一对夫妻的工作，说第二天来做手术。振业就和一些哥们商量，如果他们明天来了，就做了吧！如果第二天不来，就全家闯关东。

当天下午，振华正在界石村北面参加军训，用家里的麻袋捆成小背包，背在肩上，在地里山上摸爬滚打，二哥骑自行车找了来，说要到东北，用这条麻袋装东西。

等到振华下午放学回了家，二哥全家已经乘汽车离开了昆嵛村。

三哥振刚跟着三姑到了新疆建设兵团，在农七师师范又读了两年书，毕业后当了126团中学的老师，也找了对象。

大姐振萍初中毕业后，没干几天庄稼活，就到公社当了广播员，现在又在缝纫组上班。

小姐振美高中毕业后，就到南京给大哥看了两年孩子，回来后在家里编了一阵子篮子，现在也到公社面粉厂工作了。

小妹振雁高中没毕业，就考进文登京剧团了，也不用干庄稼活了！

唉！就苦了我这个小庄稼巴子了！

这三天开山搂草，还有姊妹们帮着，三天过后，两个姐姐都要回厂上班去了，而且大姐明年就要"出门子"了，肯定不管娘家搂草了；小姐也在面粉厂对上了象，也快成人家的人了；小妹妹在剧团里，一两个月才能回来一趟。到那时候，就再也没有人帮着家里搂草了，想到此处，不禁感叹连连。

大姐一听老弟"哎哎"地叫唤，以为是叫她们走了，就拉着小妹妹的手站了起来，说了声："走了，回家啦！"这才把振华的思绪扯了回来。

"走吧！"振华也站了起来，抬眼一望，太阳早不知跑哪去了，只剩空中的飞鸟乱投林了。他蹲下身，把车襻往肩上一背，两手操起车把，双腿用足力气往上一蹬，站了起来。

唉！小车不倒只管推，车到山前必有路啊！

农村的孩子从很小就开始搂草。几个小伙伴，用抓子杆撅个篓子，到村头地堰上搂草，搂一篓子草就又撅着回家了。这种草叶子没有火力，一般不用来做饭，而用来铺猪窝，猪把窝里的草都弄脏了，就把这些碎草弄到猪圈里踩粪，一举两得。

振华上小学的时候，跟着上高中的三哥到昆崙山里搂草，那更邪乎。第二天开山，头天晚上就走了，到山里占地盘。占不到好地盘，那才没办法。

走着走着，看到不知哪个村搬青草时装车的场地，散落了不少晒干的青草，三哥说："老弟，你就在这看着，占着这地场。天亮了，你就搁这搂。我再往上走走，下半晌我就回来了。"

三哥推着小车往上走了，把这个10岁多点的小弟弟扔这儿不管了。

这时候，也就是下半夜，天黑乎乎的，有不少人也进山了，车轮滚滚，人声嘈杂，把大山里的兔子、狐狸、獾、狼、老鸹、老鹰、喜鹊、麻雀等飞禽走兽搅得不得安宁，不知发生了什么天灾人祸。一会儿，半山腰"噢"的一声；一会儿，半空里"嘎嘎"地叫唤；一会儿，一个看不清的小动物窜了过去，山崖旁边的小溪也"哗哗"地作响。把个小振华吓得、冷得直打哆嗦。

一会儿，上来个人，才又壮了壮胆。

在颤抖中，天色微明，上山的人也渐渐多了起来。小振华也就不害怕了。干吧！拿起抓子，把散落的青草搂成一小堆一小堆的，把这片地场全占了下来。

在开山之前，三哥领着小弟偷着进山，打算到舅舅看山的柳钱庵割青草。这青草不是用来做饭的，而是用来卖钱的。一般做饭的草是二三分钱一斤，而喂牲口的青草要七八分钱一斤。

兄弟俩推着小车，带着干粮和镰刀，不敢走龙王庙前的正路，那里有徐虎子看山，可邪乎了，肯定不让进山。

从龙王庙北面的小路进山吧。这条路三哥也不是很熟悉，走着走着，路越来越窄，而且有老高的石硼挡道，人能爬过去，小车推不过去。

三哥一看，也没辙了，就说："这么的吧，你推着车回去吧，我上山割草去，割了就放咱舅那堆着。"三哥就背着镰刀、干粮，顺着小路往山上爬去了。

振华比小推车略高一点，推着空车往回走。

这条小路的南边就是从龙王庙流下来的那条河流，走着走着，来到了一个三岔路口，一条向正东，一条向东南。振华想，向东南的路肯定通向河边，又没有桥，自己肯定过不去，就推着小车向正东这条小路走。

走着走着，遇到一个小型采石场，那大石硼被劈得七零八落，大石块堆得到处都是，就是不见人。这可难坏了振华，没有路了，这点力气，他无论如何也不能把这小车搬过去，一点办法也没有。

这怎么办？在这荒山野岭之中，看不见一个人，三哥也早就走远了，急得他没办法，哭吧！又是焦急，又是委屈，这一哭起来，顿时像天河开了两道闸门，泪水哗哗地流啊，朦胧中看那河水都像在暴涨；大嘴一张，"哇哇"地震山响，惊天动地，直哭得天昏地暗，感动了上苍！

正在那里两手抹泪，哭得声嘶力竭，耳边突然传来了人声："哎！你这个小孩，怎么的啦？"

振华一惊一喜，抹了抹眼，眼前站着一个大人，一看来了救命的人了，委屈得又号啕起来。那人一看，蹲下身来，拍着振华的肩头，安慰他。慢慢地，他才止住了哭声，向这位叔叔说了事情的经过，找不到路，回不了家了。

原来这位叔叔正在河南岸的地里耕地，由于河南岸很高，这条小路又在河北岸的河套边上，看不到河南岸上干活的人。这位叔叔听到隐约的小孩子的哭声，就过了河，循着哭声找到了这里。

这位叔叔了解了情况，叹了口气，说："唉，这条路打石头不通了。"又向南一指，说："你走那条小道就好了。"他说着，就把倒了的小车扶了起来，推着往回走，又来到三岔路口，把小车放在向东南的这个路口上，说："行啦，你顺着这条小路走，前边就上大路了，一直就回村里了。"

振华千大叔万大叔地感谢了一阵子，才推着小车走了。心里还琢磨，这条路不是通向河边的吗？走了几十米，才发现这条路又拐向了正东，是顺着河岸走的，并没有通向河里，这才放了心。回头看看那个恩人，已经过了河，到了南岸，站在那高崖之上，向这边看着呢！振华高兴地向他挥挥手，那人也挥挥手，然后就不见了。

振华跟着三哥可受了不少罪。有一次，为了给二哥盖房子，要割芦苇编屋笆，三哥领着他到泰礴顶北边那片芦苇荡割芦苇。天不亮就出发，跋山涉水，爬到这里，已接近中午。割芦苇倒不难，不一会儿就割倒了一大片。

这芦苇很高，差不多有两个大人高，再加上接近昆嵛山顶峰的小路走的人很少，小路两边不是茂密的树木就是齐腰深的青草，不能用担子挑，只能一捆一捆地往山下扛。

扛到哪里呢？要扛到王母娘娘洗澡盆旁边的丢当石那里，小车只能推到那里。

三哥把割倒的芦苇一共捆了四捆，两捆大的，两捆小的。三哥先把一捆小的放到小弟肩上，自己又扛起一大捆。走着走着，小弟就跟不上了。三哥说："你别着急，一会儿我来接你。"就先扛着下去了。

那芦苇这么长，左碰右撞，小振华没有办法，就扛着根部，让芦苇的梢在后边拖着。又要扛着，又要拖着，真是弄不动，可把小振华折腾草鸡了。正在那没办法，三哥又从原路迎了回来。三哥说："你在这儿歇歇，我把这捆扛下去再回来。"

就这样，三番五次地一段路一段路地往山下倒，太阳快落山了，才把四捆芦苇倒到了放小车的地方，难兄难弟这才松了口气。

不管怎么苦，这还是有哥哥照顾着呢！累了，哥哥还能迎一迎，有个依靠。哥哥们全都走了以后，全副重担都落在了振华的肩上。

由于舅舅在柳钱庵看山，上学的时候，在开山搂草前些天，母亲就弄上一包干粮，让振华去柳钱庵舅舅那里，在那住着搂几天草。能享有这种便利的，也只有小孩和老人。因为壮劳力都在生产队里忙着秋收秋种呢！

十几岁的振华，活蹦乱跳，把镰刀、干粮放在用稻草绳结成的包里，捆好了，用抓子杆撅着，就进山了。

过了丢当石、拦河坝，沿着陡峭山路向西爬去。不一会儿，追上了前边的一个老人，这个老人也背着搂草的工具。

一老一小边走边聊。老人客气地问："小伙子，您贵姓？"

振华一听，这还了得！"您贵姓"！感觉很是受到了尊重，也深深地体会到文化的力量！好在振华家里也是个读书人家，耳濡目染，孔孟之道也懂一点，忙回答："免贵姓王。"那老人一听很高兴："哎呀！咱们一家子，我也姓王。"振华也高兴非常。"免贵"，用得多好！这回算没丢人，显得有文化、懂礼貌。要是说

"我贵姓王"或者"我姓王",那就算失礼、没文化了。

到了柳钱庵,舅舅正在那儿忙着要做午饭。再一看,三间山庵里,只有一铺炕,而且炕上已经放着几床铺盖,刚好还有一个空,这位王大爷把他背来的铺盖放那正合适。

舅舅熬了一锅白菜汤,菜汤上边的盖帘上面热着人们带来的干粮。

饭做好了,在附近搂草的人也陆续回来了,人还真不少,有七八个人呢!除了振华是个小孩,全都是白胡子老头。

粗砂碗,一人一碗白菜汤,大家围着锅台,吃着热气腾腾的粑粑,也有吃着白面饼。吃白面饼的老人不敢吃独食,总要撕一块给舅舅,舅舅就是这里的地主啊!

吃着吃着,王大爷夹起分在他碗里的一小片肥肉,放在振华碗里,说:"小伙子,你年轻,吃了这肉,好长个,多长劲!"哎呀!把振华感动的,不知说什么好,可舍不得再把肉片夹回去了。"谢谢大爷!"就把这一小片肥肉膘子送到嘴里去了,这个香啊!

做这一锅白菜汤,大概用了几片肥肉炒一炒当点油水,炒出油后,"肉吱啦"大概也被舅舅"肥水不流外人田"了,估计这一锅白菜汤里就剩下一两片肥肉了吧!韩信"一饭之恩"还思报,王大爷这一小块肥肉之恩,振华也没敢忘了。到了知天命之年还恍如昨日,历历在目。

吃了午饭,也不休息,就各人找地方忙活去了。

振华一下午,搂了四五包草。搂满一包,就撅回来,倒在山庵东边的平地上,到吃晚饭的时候,已经是一大堆草了。

吃了晚饭,天就黑了,再加上干了一天活,非老即小,也都累了,睡觉吧!可一铺炕上实在睡不下这么多人。

王大爷还客气地说:"小伙子,你睡这儿吧!"

振华推谢道:"别了,大爷,您老年纪大,睡个热炕,暖暖身子!我年轻,火力壮,我在我搂那堆草里睡,没事儿!"

舅舅也没办法,总不能把老人赶出去,而让自己的外甥在炕上睡。况且,凡是来的老人,都给他送了"礼"呢!尽管这些礼很轻,可能是几张饼,可能是几个饽饽,可能是一块肉,但是"礼轻情义重"啊!

已经是晚秋了,深山里的夜晚还是很凉的,来这里的老人都是带了铺盖的。可能母亲觉得让外甥到舅舅这里来,用不着见外,不但没有带什么"礼"来,而且连铺盖也没有带,怎么还不能凑合着睡觉。因此,只带了干粮来。

振华一人,来到了自己搂的草堆旁。这一大堆草,大部分是桲椤树的叶子,柳钱庵周围,除了东边是槐树林,北边、西边都是高大的桲椤树,还有楸树和各种野果树,松树很少,幸好没有松树毛。

振华用青草扎了个枕头，把草堆分开，自己躺了进去，又用镰刀把草划拉到身上盖着，只留一个头在外边，又把镰刀放在身边，壮着胆，以防万一。

秋风入夜静，万籁俱无声。

这昆嵛山里的夜晚，静得吓人。振华躺在草堆上，就像躺在席梦思上一样，仰望着浩瀚的夜空，真是野旷天低树，只见满天的星斗近在咫尺，在头顶上向他眨着眼睛。盖着这么多草，也不觉得冷，呼吸着最清新的空气，一会儿就进入了梦乡。

这搂草啊，有草搂还好说，就怕没草可搂。

三天开山搂草，昆嵛山周围十几里的人都到山里搂草，男女老少齐上阵，满山遍野都是人，好像把昆嵛山的地皮扒了一层。而仅仅搂三天草，是远远不够一年做饭用的。在春节左右，有不少人还是要进山搂草的，只要不破坏山规，也就是不砍树，这是允许的。

有一次放寒假，振华和一个伙伴一起进山搂草，从柳钱庵一直向西北到了昆嵛山第二高峰五股叉下，也没有找到一块没人搂过的地方！只有冒着危险，爬到人迹罕至的地方，才能找到可搂的草！

唉！年年搂草愁煞人！

农业学大寨

"三十亩地一头牛，老婆孩子热炕头。"这是传统中国农民的理想。

按道理说，农民们从春种、夏收、夏种、夏季田间管理，到秋收、秋种，面朝黄土背朝天地忙活了三个季节，粮食入了仓，冬天也到了，就到了农闲季节了，应该在热炕头上歇憩歇憩了。过了春节，"二月二，龙抬头"，才开始新的一年的农事活动。

可是，在史无前例的"无产阶级文化大革命"中，一切都乱了套，伟大领袖毛主席又发出了新的号召：农业学大寨！

山西昔阳县的大寨人在陈永贵的带领下，大战虎头山下狼窝掌，把七沟八梁一面坡都整成了旱涝保收的"大寨田"，他们战天斗地的英雄事迹，传遍了全国。陈永贵也因此从大队党支部书记坐直升机升任国务院副总理，整天头上扎着白羊肚毛巾，穿着传统农民对襟衣服接待外宾。

春、夏、秋三季，社员们都忙于农业生产，只有到了秋后，进入冬季，才是农田水利基本建设的大好时机。

全公社开山搂草三天之后，马上就进入了冬季农田水利基本建设大会战。这样一来，农民一年四季就没有休息的时候，真正是"革命加拼命"了。

这次大会战的战场选在昆嵛村东北面的一片山后阴上，要把这一面山坡建设成标准的"大寨田"。

在进入战场的路上，扎起了一座"松门"，就是树起四根树干，再横着扎上两根树干，把松枝捆绑上去，再在苹果笼子盖上贴上大字，两边是一副对联：苦干巧干拼命干，誓把荒山变良田。横批是：农业学大寨。上边还插着许多面小红旗。

整大寨田可是个要命的活，先要把地表的熟土挖走，再按照修大寨田的要求，挖石头砌地堰，还要整得能浇水，也没有推土机，全是小车推，挖高填低，把地整得差不多了，再把熟土压上一厚层。

为了旱涝保收，在山脚下，还要挖一个大口井，盖一个扬水站。

整个工地，红旗招展，人来车往，全大队的壮劳力都来参战了。

这个大会战，也是全公社的重点会战战场，公社的领导们带领着工作组的人也在这东跑西颠的，不停地吆喝。高音喇叭不停地播放着语录歌："下定决心，不怕牺牲，排除万难，去争取胜利！"还经常播送会战中的好人好事、轻伤不下火线等英雄事迹。

随着天气越来越冷，这又是没有任何遮挡的山阴面，北风那个吹，雪花那个飘，振华和青年突击队的队员们推着小车，那就是一溜小跑啊！跑起来就不冷了！尽管身上冒汗，可呼出来的气，都在棉帽子上、眉毛上结成了白霜，真像是"圣诞老人"。

虽然干活的时候不觉得冷，到了休憩的时候，可就了不得了！这汗一凉，就像一层冰粘在身上，真不是人受的滋味。

冻得受不了了，振华和金豆、王朝猴就到处搜寻，找来一些庄稼秸子和小木棍，生起一堆篝火，火烧起来了，劳累的人们都围拢来烤火，那火烤得人脸上热乎乎的，双手热乎乎的，但是烤不着后背，真是：火烤胸前暖，风吹背后寒。

在这场大会战中，每个生产队包一块地，在这里战天斗地。

要说参加这大会战还有一点好处的话，那就是每个生产队都派两个妇女为工地上的人做饭，用生产队的余粮蒸大白面馒头，熬白菜汤。

一般庄稼人只有在过年过节或来客人才能吃上白面馒头。因此，在这朔风怒号、雪花横飞的山坡上，手持白面大馒头，喝着热气腾腾的白菜汤，将士们大有气吞山河之势，恰似狂风扫落叶，在这吃饭的战场上较量起来，不亦快哉！

《节振国》

进入腊月，大会战已接近尾声，一层层梯田绕山转，大口井也砌起了井壁，金字塔似的扬水站也快竣工了。

这时候，村里一些喜欢文艺的年轻人蠢蠢欲动，凑在一起商量过年排演个什么戏。

1976年的冬天，"四人帮"刚粉碎不久，"样板戏"中的《沙家浜》《白毛女》《红灯记》《智取威虎山》等以前都演过了，人们也都看腻味了，但是演老戏似乎条件还不成熟，最后商定排演京剧《节振国》。这出戏既不是样板戏，也不是古装戏，而是一出反映煤矿工人闹罢工、组织武装抗日的现代戏，年轻人排演起来也较容易，而且全公社还没有哪一个村庄演出过这出戏。

《节振国》是由开滦赵各庄矿职工与唐山京剧团合编，于1959年首演的。其剧情是：1938年，唐山赵各庄的矿工，以胡志发为代表在党的领导下展开罢工。工贼李奎山诬蔑工人杨作霖、节振国等出卖工人利益，节当场揭穿谣言，群情激愤。伪警察分局长耿合率众包围罢工委员会，夏连凤、杨作霖被捕，杨不屈，夏叛变。日本侵略者又连捕节连秀、蒋连之等矿工，节振国逃走，节妻刘玉兰被捕，刑讯不屈。节隐居在杨作霖家，杨脱险逃回，日兵追来，二人同逃，组织起游击队袭击日军炮楼。冀东成立了抗日联军，命节等组成工人特务大队打击日本侵略者、汉奸。日宪兵队长彬田令夏连凤率领特务搜捕节振国，反被节击毙。节乘机乔装入警所，枪毙了分局长耿合。又乔装李奎山与彬田会面，当场打死李奎山，刺死彬田。胡志发带领游击队一举解放了双桥。

剧目选定了，就开始挑演员。村里那位老艺人，是烟台京剧团下放的，他儿子、孙子都会演戏。挑选演员，也以他的意见为主。村子里喜欢演戏的青年男女们，晚上都聚集在村办公室里，有的自告奋勇，要演哪个角色，经刘老先生面试，就可以确定了。

演节振国的，是同在四队的一个叫刘敏的已婚青年，这个青年人英俊潇洒，和村北头一个大姑娘谈恋爱，不知怎么把姑娘的肚子搞大了，赶紧就结了婚，偷偷摸摸的连婚礼也没有举行，把姑娘领回家就过起了小日子。

演节振国妻子玉兰的是一个高中毕业生刘兰香，嗓音甜润，人很漂亮；演杨大娘的是一个叫刘娜的高中毕业生，可谓窈窕淑女，生得真是美丽极了，高高的鼻梁，樱桃小嘴，尤其是那一双会说话的脉脉含情的大眼睛，真堪与电影明星夏梦相媲美。美中不足的是她有点咽喉炎症，干重活累了就拉"四股弦"，喘气不匀。振华被刘老先生钦点演夏连凤。下乡知青当中也有几个好文艺的，也被分派了角色，有一个演胡志发。林妹妹身材娇小，被安排演老矿工冯老顺的女儿。

主要演员分派定了，一些配角和群众演员也都有了着落，就把剧本发给大家看，各位演员把自己的场次和台词、唱腔都抄录下来，自行练习。

白天还要去修大寨田，到了晚上，几个人就聚在一起抄剧本，练台词。

振华家里只有他和母亲两个人，人少又宽敞，姑娘们都愿意来玩。刘娜、兰香、林妹妹几个人几乎每晚上都来，大家在一起练习台词。二哥、大姐、小妹都是文艺爱好者，振华大概天生也有点艺术细胞，还能对这些年轻演员进行一些角色分析、艺术指导。

刘娜来了，从兜里掏出两块水果糖来，给振华一块。振华剥开糖纸，把糖放进嘴里一咂摸，赞叹了一句："真甜！"

刘娜忙问道："愿意吃吧？我明天还给你拿糖吃。"

其实这是姑娘一种感情的流露，而振华其时还不到20岁，可能是"小孩滋尿窝——不懂爱情"，也可能是其他原因，而对姑娘的好感没有深切的感受。吃了几块糖，"杨大娘"的台词也不多，只有一场戏，一段唱腔，也练熟了，见这位哥哥无动于衷，慢慢地也不来送糖了。

刘兰香和林红玉年龄相仿，红玉小一岁，像两个小姐妹，一有空就黏在一起。总是林妹妹先到兰香家，两个人再一起到振华家，兰香早熟一点，经常偷偷地送给振华几斤"秋天的菠菜"。

农田水利基本建设大会战胜利结束，这时候也临近小年了，数九寒天，天寒地冻，忙活了一年的社员们，到了这时候，才得以休养生息，能窝在炕头上暖和暖和了。也有不少村民趁此闲暇，上山搂草。不过近的地方已经无草可搂，只有到更远的大山里、险峻的地方，还有没搂过的草。而演员们都集中到大房子里，夜以继日地集中排练。

青年男女们整天在大房子里，一场一场地走场排练，欢声笑语，此起彼伏，其乐融融，热闹非常，大概这是农村青年们一年当中最快乐的时光了。天天听，天天练，连节振国的一些唱段，振华也学会唱了。

一直排练到大年三十前一天，这一天晚上，进行了彩排，也有不少来看热闹的村民和小孩子。然后，演员们都放假了，定于大年初二晚上在本村正式演出。

到了初二下午，演员们早早地吃了点晚饭，都兴冲冲地来到大房子戏台南侧的化妆间里，进行化妆。姑娘们特别爱给小伙子们化妆，尽管振华饰演的夏连凤后来成了叛徒，可林妹妹还是把他化妆得很英俊。

天黑了，村里的小孩们，早早地提着几个小板凳、马扎，来到戏台前占地方，给爸爸、妈妈占，给爷爷、奶奶占，给哥哥、姐姐们占。

演员们忙化妆，乐队的锣鼓就不停地敲打。在静谧的山村，锣鼓喧天的声音响彻全村，好像广告似的，招呼人们都来看戏。

这时候，虽然高压电线杆已经树起来了，振华他们修大寨田时，看到架设高压线的师傅们正在架线，但村里还没有通上电。戏台上的照明，还是用汽灯。这汽灯实际上是煤油灯，用纱罩来点燃，四周有玻璃罩，点亮后起码有200瓦灯泡那么亮。

第一次正式登台演出，青年演员们怀里像揣个小兔似的乱蹦跶。

演出开始前，林妹妹在幕后当报幕员向观众介绍主要演员。节振国、胡志发、刘玉兰、杨大娘等正面人物都是大大方方地上场，或来一个造型，或来一个鞠躬，然后退下。

振华饰演的夏连凤，原和节振国是结拜兄弟，也是个人物，后来被捕叛变。夏连凤的出场，振华动了一些心思，采取背对着观众，倒退着出场，到场中央再一转身，略露一小脸，即用手把脸一遮，又急促地转身下场去了。

这一小手，颇有点类似京剧《凤还巢》里的大姐出场，采取背向出场的绝招，"犹抱琵琶半遮面"，出场后，还用扇子遮住大半个丑脸，真是美与丑绝妙的对比，绝门了！可那时振华连《凤还巢》的剧名也没听说过。

从初三开始，就到其他村子演出。

由于这个剧目比较新，演员们也都很精神，特别是女演员们特别漂亮，再加上越演越熟练，邀请的村庄也越来越多。最紧张的时候，一天演出两场。上午到一个村去，人家满招待，把演员们分别领到家里去吃好饭，午后演出一场；然后转移阵地，到另一个村里，再吃一顿晚饭，晚上再演出一场。等到演出结束，回到家里，也是累得够呛。

出去演出，也是相当于换戏。凡排演了戏的村子，你去演出了，他们村的戏也要到昆嵛村来演出，昆嵛村的大人小孩们这年也就过得热闹。

演出的一些道具，由一辆马车拉着，有几个戏箱子，盛着演员们穿的衣服、乐器、刀枪等。演员们则大多骑着自行车走村串寨。

"刘玉兰"总是坐在"节振国"的自行车后座上，她把两只手放进"节振国"的短棉衣口袋里，又暖和又坐得稳当。"夏连凤"的自行车后座上，则总是坐着"冯老顺"的女儿，后边还有一大溜，"杨大娘"搭上了"胡志发"的车。这一行人，就像敌后武工队一样，在乡村的土路上，俨然一道靓丽的风景线。

巡回演出，确是很爽，不但吃得好，而且也非常兴奋、刺激。尤其是一个农村青年，一辈子也难得受到人们的尊重、礼遇，而一旦作为演员，这么老远到邻村演戏，给群众带来欢乐，受到村里干部和群众的热烈欢迎和盛情款待，一种自豪感便油然而生。

转眼就要过正月十五了。按老规矩，十五晚上要在本村作最后一场演出。

经过正月初二的首演，及后来的十几场巡回演出，虽还达不到炉火纯青之境，但演员们也都表演得很熟练了。因此，这场演出是表演水平最高的一场。

夏连凤在演出时，要把一盏矿灯摔到地上，这盏矿灯就是利用以前村里演《红灯记》时木工做的"红灯"，夏连凤把"红灯"往舞台上一摔，结果把"红灯"摔碎了。效果倒是很逼真，就是把管理道具的人心痛得不行。

元宵节过完了，离春耕还有一些天，参加演出的知青们也利用这一段时间，纷纷回烟台家里团聚去了。

暴风骤雨

1976年，是个多事之秋。

1月8日，周恩来总理与世长辞；

4月4日清明节，天安门广场发生悼念周总理的"反革命政治事件"，邓小平又下台了；

7月6日，朱德委员长在北京逝世；

7月28日，唐山发生7.8级地震，造成24万余人死亡；

9月9日，一代伟人毛泽东的心脏停止了跳动；

10月上旬，中共中央粉碎了"四人帮"，结束了"文化大革命"这场十年动乱。

清明节后，全国都在"批邓、反击右倾翻案风"；10月之后，全国人民又在英明领袖华主席的领导下，愤怒声讨"四人帮"的滔天罪行，肃清"四人帮"的流毒。

其实，邓小平也好，"四人帮"也好，他们有什么罪行，老百姓哪里知道？不过是听听广播，连报纸也看不着，"矮子观场——人云亦云"罢了。

批邓也好，批"四人帮"也好，都当不了饭吃，农民还是要种地吃饭。"文化大革命"闹腾得再厉害，也就是学生"停课闹革命"，工人"停产闹革命"，而没听说农民"不种地闹革命"的。农民可不傻，不种地，没人给你粮食吃！

龙年就这样在动乱之中过去了，一转眼，就到了小龙抬头的日子。各生产队都在忙着把各家门前积的和饲养点积的农家肥运到地里，准备春耕春种。

四队从烟台买了一台12马力的拖拉机，先用拖拉机把粪运到南后阴子山下，再用小推车推到山上的地里。

人来车往，穿流如梭。在梯田里，隔一段距离，就倒一小车粪，以便开垄时把粪撒在里边，好栽地瓜，或者把粪撒在整个地面上，耕地后种花生或种玉米等农作物。

这时候，"刘蛋驴"队副看到有一堆粪特别少，就发火了，吆喝道："哎呀呀！都过来！都过来！妈那个×，这堆粪是谁倒的？！"

不管是谁倒的，也没人敢承认。"刘蛋驴"看没承认，自己下不来台，"雷公打豆腐——专拣软的欺"，就指着振华说："妈那个×！这就是你倒的！"

振华反驳说："这不是我倒的！"

"妈那个×！不是你倒的，还是我倒的吗？！""刘蛋驴"一看这小子居然敢挑战队长的权威，娘的！吃了老虎心豹子胆啦？！一蹦二尺高。

"我的车轮是二六的细车带，这是个二八的粗车带，肯定不是我倒的！"振华说完，满怀激愤，怒目而视，心里骂道："操你妈！欺负人还有这么欺负的！他妈的，我要是有二哥那一身功夫，非揍你这个驴×操的！"

这时候，一些王姓的叔叔伯伯们看不下去了，就说："这真不是振华倒的，他那个车带细，这是个粗车辙。"王朝猴、金豆一帮王姓弟兄们也放下了小车，围了过来。

这个"刘蛋驴"虽然是头名驴，不是什么好汉，但也不傻，知道"好汉不吃眼前亏"，众怒难犯，只得自找台阶："妈那个×的，不快干活，都待这儿弄么！"

在农村，宗族之间的斗争一直存在着。就是一个生产队，也存在着权力之争。四队主要的是王姓，张姓、刘姓次之，徐姓的只一家。谁当队长，谁就是这个队几十户人家的土皇帝，他就有给社员们安排"工作"的权力，"得罪队长没好活"么！振华上初中的时候，还是本家的常青大爷当队长，此后就是他姓的人当队长。

春去夏来，春玉米、春地瓜等农作物在地里蓬勃旺盛地生长着。

割了麦子后，还有不少地块要种夏地瓜、夏玉米、萝卜等农作物。

栽夏地瓜，就是起好地瓜垄后，从春地瓜的藤上剪下一截地瓜蔓，栽到垄上，浇上水，再把"窝"用土盖好，这一截地瓜蔓就活了。

这一天，公社在昆嵛村蹲点的曲书记安排振华把村办公室前的黑板报的内容换一换，说是有人要来村里参观。对振华来说，这无异于圣旨。可是又有分给自己承包的锄地的任务。振华就想，先到地里锄地，锄完了再回来写黑板报。

振华戴上草帽，扛着锄头，到了村南队里分给他管理的夏地瓜地里。一看，这夏地瓜藤长得不长，还没有到垄底。如果长到了垄底，就需要先把地瓜蔓翻到另一边，先把这边锄一遍，再把蔓翻到这边来，把垄那边再锄一遍。

振华看地瓜蔓没有长到垄底，就想省点事，不翻蔓，直接锄地，想早点锄完，好去完成公社领导交给自己的光荣任务。就拉了架势，"那个前腿弓，那个后腿绷"，"嚓嚓嚓！"速度倒挺快，约到下午三点来钟，就把这半亩左右的夏地瓜地锄了一遍，扛起锄头就回了家。

振华换完了黑板报，太阳也落了山。

刚回到家，大海跑来了，急促地对振华说："我操，你可闯祸了！你锄地怎么割了那么些地瓜，'老猫子'领着我们正好在下面那块地里给萝卜上肥，还亏了我歇憩的时候，割兔子草，上去一看，那么多地瓜蔓都奄拉叶了，我还拾了不少回家喂兔子。'老猫子'上去一看，又拾了不少。这个狗娘养的，可没拿回去喂兔子，都送上大队部了，让你赶紧去！"

我操他妈！振华一听，头都大了，这怎么办?！这回可真是倒了霉了，掉他们手里了！

振华立马想起十二队一个青年，因为锄地时割了不少地瓜，被开了批斗会，说他破坏毛主席"抓革命，促生产"的伟大战略部署，被戴上了"坏分子"的高帽子，被民兵押着游了街。这个青年从此在村里抬不起头来，快30岁了，连个媳妇也没说上，只好闯了关东。想到此，振华不寒而栗。

大海看振华愣愣地戳在那里，就催促道："你赶紧去吧！'老猫子'在大队部蹦高儿哪！"

"这怎么办?"虽然从振华家到大队部也就一百来米，可振华感觉这两条腿像是被灌了铅，沉重的迈不开步，感觉这一小段路怎么那么漫长?

终于迈进了大队部的大门，可是整个院里和各个屋都没有人，只有门内地上放着一小堆地瓜蔓，一头还有一些细小的根。

振华一看就明白了，这根本不是锄头割断的，而是锄头一动这地瓜蔓，就把这细小的根拽动了，烈日一晒就蔫了。

这时候，天已经黑了，大概在这里办公的人已经回家了，那个"老猫子"屌队长大概把地瓜蔓往大队部院里一扔，发作一阵，看人都走了，振华还没来到，再在这闹也没人听，就回家了吧！

振华一看没人，也就回了家。

刚才大海来的时候，和振华在院子里说话，母亲正在屋里做饭，这个祸事她已经知道了。振华回来跟母亲说："大队那没有人了。"母亲说："你没把那些地瓜蔓拿回来么?"振华一听，又快步返回了大队部。一看，那些地瓜蔓已经没有了。

振华想，这个屌"老猫子"肯定饶不了我，非得有工作组出面协调不可。

振华饭也没吃，跟母亲说："妈，我罗这个祸呀，没有工作组出面不行，我到公社找俺大姐，让她找公社曲书记说说。要不然，这些×养的还不把我整死！"

母亲一听，言之有理，就说："那你快去吧，早点回来。"又把一块粑粑放在儿子裤子兜里。

家里的自行车在大姐那里，队上其他人家也没有自行车。好歹从昆嵛村到公社这五里地，振华上学走熟了，黑天走也没什么事。

到了公社，找到大姐住处，振华委屈得就哭了："罗祸了！大姐。"

大姐一惊："罗么祸了?"

振华就把前因后果跟大姐说了一遍。大姐一听，也担心这个平时就跟王家不对付的"老猫子"队长趁机报复，泄私愤，要是明天开了弟弟的批判会，她在公社还怎么干？

事不宜迟，大姐下了决心："没事！老弟，咱这就回村里，我找曲书记说说，没什么了不起的。"

振华骑着自行车，后座上带着大姐，使出了吃奶的劲，没命地蹬啊，不一会儿就回了家。母亲一看，把大闺女请回来了，也就略略放下了心。

大姐洗了把脸，就到了南边工作组的驻地。

振华这一路跟赛自行车似的，再加上心里着急，大汗淋漓，把背心都湿透了，心里像"十五个吊桶打水——七上八下"的，就盼着姐姐能带回好消息。

振华在家里度分如时，望穿夜空，两个耳朵都竖了起来，就盼望听到大姐回来的脚步声。

大姐在公社广播站当播音员时，稿子大多是自己采写的，也经常接触公社的领导人，和这些领导都很熟。到了社办企业缝纫组后，只有一个师傅带着她，大姐本已自学了裁剪，也已经缝制了无数的衣服，再加师傅指点，且心灵手巧，做衣服的水平已与师傅不相上下。公社的领导们，都愿把布料送到大姐那里，大姐就利用晚上的时间，为领导们做衣服。

胶东地区解放战争期间就有为解放军做军装、做军鞋的优良传统，那是不但没有工钱，布料鞋底可能也是无偿的。这一优良传统传到大姐这里，为公社的革命干部、亲戚朋友做衣裳，加工费自然是不能要的，没搭上布料也就不错了。

终于，大姐的脚步声由远而近了，振华倚闾而望，把救急救难的姐姐迎了进来，还抱怨道："你怎么这么长时间才回来？"

大姐说："哎呀！你这个老弟，我去了，总要和曲书记先说点别的吧，最后才能说你这个事。这不，曲书记还要我给他做一套新衣服哪。"大姐说着把一个小布包让弟弟看。

进了屋，一家三口都在炕上坐下了，大姐开始汇报工作："妈，不用害怕，没什么大事。'老猫子'上大队的时候，正好曲书记在那，那个×养的在大队院子里蹦高儿，呼天吼地的，曲书记把他叫到办公室，了解了情况，对他说：'你先回去吧，怎么处理，工作组的同志研究一下，再作决定。'把那个×养的呲走了。曲书记的意思，绝对不能开批判会，但是也不能不了了之，大队不处理这个事，压缩范围，减少影响，等小队以后开会的时候，让老弟在会上检讨检讨。曲书记还特意嘱咐，要强调不是故意的，而是劳动经验不足，今后虚心向贫下中农学习，当一个好社员。"

"这还不烧高香了，亏了人家曲书记。要是像十二队那个人那么挨批斗，咱在村里还怎么活呀！"母亲一听也心怀感激。

听到这儿，振华一颗跳到嗓子眼的心，才回到了原处。这时候，才感到肚子饿了，一摸裤子口袋，抓出了一把粑粑渣渣。

清风明月

青年男女们，通过排练节目和巡回演出，加深了了解，增进了友谊，也难免不摩擦出点爱情的火花来。

演"杨大娘"的金娜，给振华送了几次糖，看振华像个木头疙瘩一样没有反应，也就不再送糖了，大概伤了姑娘的自尊心了吧！

演节振国妻子的刘兰香，倒对振华越来越好。她一个人不好意思到振华家里玩，就先到知青点约上林姑娘，一起到振华家里玩。有时候，林姑娘也先到兰香家里玩。大概都算"知识青年"吧，尽管一个叫"下乡知青"，一个叫"回乡知青"，但在农村这样文盲都很多的地方，有着共同爱好的知识青年们，干了一天的农活之后，能在一起交流交流，聊聊天，也确是很愉快的。

这一天，是阴历六月十五吧，她们两个吃完晚饭后，又结伴到振华家玩，屋里闷热，就在院子里坐着小板凳拉呱。抬头一看，天上一轮大月亮，贼明瓦亮的。振华提议道："这么好的月亮，咱们出去溜达溜达吧？"她们都说好，就结伴出了门。

三个人一起走，就没什么事。如果青年男女两个人在夜晚向村外走去，第二天闲言碎语就会铺天盖地而来。

三个人过了南河的石板桥，到了河南岸。路过"知青之家"大门前的时候，看到"知青之家"里面也是黑乎乎的，屋里那点小煤油灯透出的光亮，还没有外面的月亮亮。

向南过了"知青之家"，就是广阔的田野，月光如水，清风拂面。她们踏着皎洁的月光，向南山上走去。山间小路清晰可见，池塘里"呱呱呱"蛙声一片，树上的蝉"知了知了知了"叫个不停，玉米、高粱、大豆的花香沁人肺腑。

小知青在前边走着，两个大知青在后边说个不停，还偶尔地偷着握一下手，马上就又松开了，唯恐小知青转回头看见了。

到了南山顶上，在南石窝子的大石硼上坐了下来。

在这南山之巅，可以俯瞰昆嵛村，整个村子就像一片森林，被雾霭笼罩着，宛如仙境一般。劳累了一天的社员们，也大多躺下休息了。

青年男女们有说不完的话，又说了半天，山顶上风也大了起来，天也凉了起来，太晚了家里也不大放心，回去吧！

这林妹妹年龄小，体质弱，再加父亲是"走资派"，在知青点里，也没有个把知心的朋友，想"进步"的知青们也不愿意和"黑帮"、"走资派"的狗崽子打交道、拉近乎。所以，林妹妹也是很孤独的。来到农村这广阔的天地，乡村民风淳朴，村民心地宽厚，有这样一个大哥哥、大姐姐，还有振雁、阿姨这样一些人对她很好，特别疼爱她，对她凄苦的心灵也是一丝慰藉。

这些知青们，在城市里游手好闲惯了，到农村来干农活，可是难为他们了，没有一个不想着早点招工回城的，或者能被推荐上大学那就更好了。但是，招工名额是很少的，不仅要"根红苗正"，还要表现突出，推荐上大学那就更是难上加难了。

要想招工回城，村党支部的推荐意见是极其重要的，而支部书记的意见也就是党支部的意见。

这些"知青"们也深深地体会到了农民"得罪书记没法活"的道理，他们的新认识是"得罪书记回不了城"。

在界石公社，为了能回城革命而"献身"的女知青也是不少的。无身可献的男知青们，也有的身藏利斧，深更半夜，到了书记家里，把斧头往桌子上一剁，吓得书记也赶紧安排他回了城。就熊了这两种"特长"都没有的知青了，只能在广阔天地里继续炼红心了。

知青们除了干活，也没有别的什么事，也不用学习文化，"红宝书"虽然好，可"天天读"也就读不下去了。好在知青男女差不多参半，那就谈恋爱吧！一两年的工夫，就有不少对有了感情，但是又绝对不能结婚，一旦结了婚，那就真正是扎根农村干革命了，就甭想回城了。

如果哪个女知青嫁给了当地农民，这一下子就会成为"扎根农村闹革命"的典型，即使那位闻名全国的文登女知青林淑娘，也没有嫁给当地农民。

感情既然有了，越发展越热乎，越热乎越控制不住，难免越过雷池。

虽然那时候计划生育抓得很紧，但那些"计生工具"是只发给已婚夫妇的，这些偷越雷池的男女青年，没有任何措施，也就难免开花结出些"禁果"。

腹中有了"禁果"的姑娘，是不敢对任何人说的，没有证明，就不能到医院流产。

有个女知青，就用布条把越来越大的肚子拼命缠起来，知青们或她家里人，只是感觉这个姑娘怎么越来越胖，却并不知道她是怀了"禁果"。直到有一天，在她上茅房的时候，这颗"禁果"直接掉到了坑里，才为人知晓。

在人们的观念上，"下乡知青"和"回乡知青"是绝对不同的。"下乡知青"是有可能回城的，而"回乡知青"原本就是要在农村干一辈子革命的。所以，"下乡知青"和"回乡知青"之间是极少有谈恋爱的，结婚的那更是寥若晨星。虽然林妹妹对这位大哥哥心生感激之情，这位大哥哥对她也很有怜爱之意，但总的来说，这是两股道上跑的车，是不可能跑到一起的，还属于友情范围之内，双方都不可能有其他非分之想。

三人从另一条路下了山，把林妹妹送到了"知青之家"大门楼下，看着哥哥、姐姐走远了，她才进了门。

振华先顺路把兰香送到家门口附近，这才回了家，母亲还在灯下熬夜绣花呢！

由于小煤油灯的亮度不够，为了方便母亲绣花，振华还特意买了一盏活动底座的小罩子灯，很精致好看，可以把底座折成90度挂在墙上，非常方便，也很明亮，村里还没有第二盏呢。母亲非常喜欢这盏灯，绣起花来也特别来劲。

虽然干了一天的活，又爬了一趟南山，此时躺在炕上，振华却感到非常轻松愉快，想着想着，也就进入了甜蜜的梦乡。

经过多次近距离接触，兰香姑娘准备把择婿的"绣球"抛给振华。胶东的姑娘没有抛"绣球"的传统，而是向选中的意中人送自己刺绣的鞋垫。

这一天晚上，兰香姑娘送给振华两双鞋垫，这两双鞋垫图案非常美，色彩搭配也很漂亮，绣工极其考究，尤其是针脚极密，非巧手慧心而不能为之。

振华也见过小姐为她对象刺绣的鞋垫，针脚稀疏，无法与兰香绣的鞋垫相媲美。

两个人躺在西屋炕上聊天，兰香向振华介绍她手有多巧，她穿的衣服都是自己缝制的；她干活有多麻利，一大家人吃面条，她一会儿就能把两块面团擀成面条，队里的人都夸她漂亮又能干。

两个人躺着，嘴闲不着，手也没闲着，不知怎么把兰香的上衣扣子解开了，单衣里边就戴着一个"奶箍"，也就是城里姑娘戴的"乳罩"。不过，农村当时根本没有卖"乳罩"的，很多姑娘和小媳妇都是"天乳"朝天。这个"奶箍"也是兰香自己用两块小手帕拼接而成的。看着这漂亮手帕拼接成的乳罩，紧紧地包裹着姑娘丰满的乳房，不断升温的情爱之火，尽管把振华烧得有点迷糊，但他还是没有失去理智，他明白这就是"雷池"，一旦越过，将产生不可逆转的后果。他的头脑一下子清醒了，他没敢再把乳罩的扣子解开，而是把兰香的衣服扣子一个一个又扣了起来。

因为振华知道，在农村，你要是把一个姑娘"办了"，而不娶她，那姑娘家里人是饶不过你的，"生米已做成了熟饭"，非娶不可！没有第二条路，这可不是闹着玩的。如果振华没点控制力，而解开了兰香乳罩的扣子，那就很可能控制不住了，是要出事的！

转眼又到了七月十五，这一天晚上，在大房子里召开全村党团员大会。到会场之前，两个人就商量好了，等点完名，开一会儿会之后，振华先出来，待一会儿兰香再出来，一起到南河去玩。

开会嘛，总有一些不来的，有的拖拖拉拉，来得很晚。支部书记就在台上开展了革命大批判，把这些不来的党团员熊了个狗血喷头。

有个老党员坐不住了，站了起来，愤怒地说："妈那个×的，每次开会，挨熊的都是来的人，你熊得再厉害，不来的人也没听见，你怎么不找人把那些×养的都拖来！"

闹腾了一阵子，会议终于开始了。一会儿，振华和兰香都先后溜出了会场，来到了南河畔。

冰轮似的明月挂在天上，是那么皎洁明亮。振华找了一个隐蔽的地方，在一棵灞河柳下，搬来两块石头，两个人肩并着肩坐了下来，望着脚前边粼粼闪光的河水，又开始了说不完的情话。

这一次，兰香说她做了个梦。振华问她做了个什么梦，兰香怎么也不说，架不住振华胳肢她，笑得她喘不上气，这才求饶："说！说！"

兰香简捷地说："我做梦，咱俩结婚了！"

振华一听，这不是很含蓄灵活的求婚吗?！可进可退。

振华没有贸然作答。因为他虽然已经20周岁了，但他绝不想一辈子修理地球皮。振华心里始终有一个念头，或者叫作梦想，就是想方设法离开农村，他干够了这种整天"面朝黄土背朝天"的艰苦而又无聊的"工作"，他渴望着能到社办企业干活，也有着毕业两年后要考大学的理想。自己早就打定了主意，不到23岁，不找对象！此前曾有两个人给他介绍对象，他都没有考虑。所以，他是不想这么早就找对象，也不敢越雷池一步。当然，两个人有感情，处处朋友是一回事，只要没有定婚，没有"办事"，那回旋余地是很大的。如果过了23岁还出不去，那也就没啥指望了，那就找个对象结婚吧！如果是这样，兰香还是个不错的媳妇！

振华思虑再三，没有应亲，而是说："哎呀！我也是整天想你呀！那天晚上你走了，我做梦咱们在一块办好事呢！妈的，这怎么弄？"

怎么弄？也不敢真"弄"！两个人唉声叹气了半天，举头望明月，低头观清流……

此后不久，就真有一股风吹到了山村，说可能要恢复高考。

姐弟大学梦

从1966年"文化大革命"开始，大学、中学基本都停课闹革命了，高中、初中的学生后来都下乡或回乡接受贫下中农的再教育去了，大学也停止了招生。

大哥振源1964年考入东南工学院，由于不再招生了，学校也不能正常上课了，这批学生一直也没有毕业，在学校里待了六年，到1970年才毕了业，相当于硕士研究生的在校学习时间。可最后几年，他整天和学生们一起闹革命，不是刻蜡版就是画壁画，学业上没有什么大的长进。

后来，毛主席在北京发现了这个高等教育所存在的问题，就发出了最新指示："大学还是要办的，要从有实践经验的工人农民中间选拔学生，到学校学几年以后，又回到生产实践中去。"

为了贯彻毛主席的最新指示，从1972年开始，大学又开始了招生。学生条件是：政治思想好，身体健康，具有三年以上实践经验，年龄在20岁左右，有相当于初中以上文化程度的工人、贫下中农、解放军战士和青年干部。采取"自愿报名，群众推荐，领导批准，学校复审"相结合的招生办法。

这个"十六字"招生办法，最关键的是"领导批准"，所谓"群众推荐"、"学校复审"还不是聋子的耳朵——摆设！

大姐振萍听说大学要招生了，初中文化程度就行，非常兴奋，就积极报了名。

"自愿报名"之后，要过的第一关就是"群众推荐"。四队的社员们，吃完晚饭后，都在常水大爷的房头下坐着小板凳乘凉，大姐在那里讲她如何不怕苦、不怕累，虚心接受贫下中农的再教育。大姐经常写广播稿，还在报纸上发表过多篇文章，文采飞扬，再加上当广播员练就的嘴皮子，小嘴"叭叭"的，再加上她为"群众"做过多少衣服啊，队里的群众都很满意，这样的好孩子不上大学什么样的上?!一致推荐：上！

可招生的名额很少，一个公社不一定能有一个名额，这"领导批准"的领导，起码应该是县革命委员会的主任吧！公社干部还算不上"领导"。可想而知，就算公社报到了县里，而没有走县领导的"后门"，也只能是"泥牛入海无消息"。

这上大学，就完全改变了一个人的命运。有那么多大队领导、公社领导、县领导的孩子，上山下乡的知青们，有多少家长是地区领导、省领导，既然是"领导批准"，那为什么不先批准自己的孩子上大学？或者，官官相护有牵连，我批准你的孩子上大学，你批准我的孩子上大学，就算自己的孩子都上了大学，还有那么多同事、朋友、亲戚的孩子，都来托关系要送子女上大学，没点"意思"能批准吗？这就是所谓的"走后门"问题。

1972年大学招生时，按初中毕业的文化程度进行了文化考核，考试科目为数学、语文两科。自1973年出了"白卷英雄"张铁生之后，文化考核就被批判掉了。

从1972年到1976年，界石公社只有两个人经"领导批准"上了大学。一个是昆嵛村原支部书记的儿子，上了山东师范学院；一个是昆嵛村东邻蒋家疃的杨素玲，她和大哥振源都是文登一中的同学，关系很好。杨素玲家是富农，可能是作为可以改造好的子女的典型推荐的吧。她家有不少亲戚在外面当官，不知走了后门没有，她上的是山东中医学院。

大姐连续报了两年名，讲用也是很出名的。振华上高中的时候，学校还请她到校给所有的学生们"讲用"。语文老师还让同学们以此做了一篇作文，大姐的"讲用"固然好，振华的作文写得也不赖，文字花团锦簇，内容感人至深，又在学校"战报"上刊登了。

"讲用"再好，没有"领导批准"也是白搭，连续的挫折，让大姐失去了上大学的信心。上大学没指望，那就结婚吧。新郎是他们上中学时在文艺宣传队巡回演出时认识的于忠民，他家住在汪疃公社西南方的一个小山村，他的叔叔在县里当革委会副主任，他中学毕业后，当了几年兵，复员后又被"领导批准"到莱阳农学院"深造"了两年，毕业后分到了界石公社工作。

大姐虽然没有"领导批准"上大学，但是从1975年1月开始，邓小平又复出了，主持国务院日常工作，开始了全面整顿，听说大学招生除了前边的条件外，也要附加文化课考试。但整顿不到一年，"反击右倾翻案风"和1976年"四五"反革命政治事件，又把邓小平整下台了。通过考试进大学的门又关上了。

但是，历史潮流，顺之者昌，逆之者亡。1976年10月，猖狂一时的"四人帮"垮台了。

1977年8月8日，刚刚又复出工作的邓小平主持了科学和教育座谈会，邓小平就果断地指出："今年就要下决心恢复从高中毕业生中直接招考学生，不要再搞群众推荐。"

10月12日，国务院批转了教育部《关于一九七七年高等学校招生工作的意见》，决定在当年恢复已停止了11年的高考制度，通过统一考试招收大学生！

10月20日晚，中央人民广播电台广播了恢复高考的消息；21日，新华社发通稿，各种报纸都刊登了这个大好消息，《人民日报》还发表了《搞好大学招生是全国人民的希望》的社论。

这一振奋人心的消息，使振华像久旱的禾苗遇到了甘露，像岁寒的松柏沐浴了春风。他立刻意识到盼望已久的改变命运的大好时机终于来到了，真是喜从天降、欢欣鼓舞啊！前有车，后有辙，大哥能考上大学，我也能考上！大姐的大学梦没能圆了，小弟拼了小命，也要替大姐把大学梦圆了！不争（蒸）馒头争（蒸）口气，说什么也要为王家人争这口气，为自己争这口气！

山村读书人

这次高考的招生对象非常奇特，举世无双，令后人匪夷所思：凡是工人、农民、上山下乡和回乡知识青年、复员军人、干部和应届高中毕业生，对实践经验比较丰富并钻研有成绩或确有专长的，年龄可放宽到30岁，婚否不限，要注意招收1966、1967两届高中毕业生。

高中毕业两年多，振华这个回乡知青，一直心存一念考大学，不过那时候招生对象是要有二至三年的生产实践经验，而且必须"群众推荐、领导批准"，这一次不用了，"恢复统一考试，择优录取"。

振华的高中数理化课本保存得完完整整，一本不少。他平时有空也看看书，把数学公式、物理定律、化学方程式都整理在一个小本子上，很便于记忆。

振华还有一间卧室兼书房，就是正屋最西头的那一间，玻璃窗户，宽敞明亮。这书房在农村来说，也算不错了，也有点文人雅士的风貌。

在炕的中间，振华请同队的一个会木匠活的好朋友趁下雨天做了一个带桌洞的小炕桌，桌洞里装配着电池作电源，供两个电器设备使用。一个是汽车的转向灯，装在有底座的弹簧上，摇头晃脑很好玩；一个是吹灯风扇。振华用细玻璃弯管做了一盏煤油灯，管的一头用塑料软管接通插在装煤油的大玻璃瓶内，另一头用纸塞上，一点就着，加一次油能用几个月。吹灯风扇是用一个微型直流电机带动一个小铝制叶片，安装在灯芯侧面。一按电钮，电扇转动，就把煤油灯吹灭了。

灯的旁边放置着他组装的晶体管收音机。这部收音机是在公社管理广播站设备的解师傅的指导帮助下组装而成的。振华又做了一个漂亮的盒子，平时用来听听样板戏和新闻。那时候，广播电台经常教唱样板戏选段，振华也跟着学会了不少唱段。

从这个简装的收音机上，能够先于公社和县里的有线广播听到不少重大新闻。如1976年10月，"四人帮"被粉碎的时候，振华就是中午在收音机上先听到的消息，"以华主席为首的党中央一举粉碎了'四人帮'"，还听到北京游行队伍里高喊的口号声，"打倒王洪文！""打倒张春桥！""打倒江青！""打倒姚文元！""打倒'四人帮'！"哎呀妈呀！这是怎么了?！王副主席还在党的十大上作《修改党章的报告》呢！那江青不是毛主席的夫人吗？怎么都打倒了呢?！至于"四人帮"所犯下的种种罪行，普通老百姓哪里会知道?！恢复高考的重大消息，振华也是通过收音机率先听到的。

小桌上摆着一些书，旁边还有一个书箱子，装满了他所有的书，当然也包括他两次偷来的书。

西面的墙壁上，贴着他的美术作品。在毛主席标准像的两侧，是他用毛笔写的一副对联：挥泪继承领袖志，誓将遗愿化宏图。迎着房门的墙上，是他临摹的一幅焦墨山水画，两旁也有一副对联：天连五岭银锄落，地动山河铁臂摇。在毛主席像和山水画之间，是他照着摄影作品画的庐山仙人洞，并配有用隶书写成的毛主席《为李进同志题所摄庐山仙人洞照》，这是一个横幅的作品，左边是仙人洞，右边是毛主席的这首诗。这幅作品的下边，是振华集句而成的座右铭：学而时习，欲其熟也；论人长短，先思己何；欲要人敬，必先敬人；将欲取之，必先与之；己所不欲，勿施于人；天地人斗，其乐无穷……

在门后边的墙壁上，贴着他临摹的《松柏丹鹤图》，一只丹顶鹤立于松枝上，振翅欲飞，还有两句诗配画："高鸣常向月，善舞不迎人。"供临摹的画册，是他从下放干部刘琦那里借来的，这刘琦后来落实了政策，全家都返回了原单位。

最有意思的是，在炕前方桌旁的地面上，振华自己制作了一把躺椅，这张躺椅完全是用粗一点的木棍做成的，底部是两根弧形的木棍，按照躺椅的结构，做了一个高靠背，用凿子凿成榫眼，采用榫卯结构，组装起来后，再用钻孔的工具钻一个小孔，紧插一个小竹棍，加以固定，用葛子条缠成底座和靠背，再放上棉布垫子，跟坐沙发似的，躺在上面，前后摇晃，悠然自得。

有一次，来了四五个初中时的同学，不知出于什么动机，想把这张躺椅压塌，结果这几个人都坐在上边，也没能压塌，还是照样前后摇晃。他们不知道这躺椅多处运用了三角形的稳定结构，再加各部位的接头固定得很好，就是再加上一两个人也没问题。

在贫穷落后的昆嵛山村，一个青年农民，劳动之余，能在这样一个自我创造的书房里读读书、写写字、画点画，也算是很惬意、潇洒了。

自从听到电台广播的准确消息，要在12月进行高考，振华就把数理化、语文等高中课本全找了出来，白天照样下地干活，晚上全力复习功课。

阳历10月，也就是农历九月，正是秋收、秋种的大忙季节，要想请假在家复习功课考大学，那是不可能的事。而在村里的知识青年们可不管这一套，纷纷拿来烟台大医院开的病假条，回烟台"养病"去了。林妹妹本来就体弱多病，她也随着大部队回去了，她是初中毕业生，她的想法是能考上中专也就可以了。

振华每天晚上复习到十点钟，凌晨三点来钟再起来学习，太阳快出来时，还要跟着生产队的社员们一起干早朝，干一个来小时的活，再吃早饭，然后接着干上午的活。

生产队干活，很多人在一起，西邻的一个婶子说："哎呀！人家振华真能学习，我都不知道他什么时候睡觉，晚上我睡的时候，他的灯亮着，早上我起来，他屋里的灯还亮着。"有的说："听说今年要考大学了，我看这个振华就不像个干庄稼活的样，十有八九能考上！"

大姐虽然没能圆大学梦，但是非常关心弟弟的文化课复习，抽空回来看看情况，还给弟弟鼓劲："老弟呀！广播站的老解跟人家说：'王振萍那个弟弟肯定能考上。'你可多用功啊！"

这时候，大哥振源大学毕业后，分配在江西临川九一二地质大队子弟中学教书，他是放弃了到青岛纺织机械厂工作的机会，主动要求和大嫂一起到江西的。他们于1972年结婚后，已经在那里工作五年了，大嫂也在临川的中学教书，相隔不是太远。

　　大嫂还记得他们结婚回昆嵛老家探亲时，见过15岁的小弟弟，那么小的孩子，已经为家里承担了那么重的担子。傍晚，劳作了半天的小弟弟扛着锄头没精打采、疲惫地回了家，给大嫂留下了深刻的印象。她来信鼓励小弟弟参加高考，改变自己的命运，并寄来了一本遵义中学编的数理化复习资料，这何啻于雪中送炭！

　　这时候，已经由新疆建设兵团调回莱阳海军场站工作的三姑妈，也特地寄来了信件，鼓励侄子好好复习功课，考上一所好大学。姑妈那意思，她这个侄子不但能考上，而且能考上一所重点大学。

　　这些都给振华鼓了很大的劲，增强了他的信心，再加上他坚决要离开农村的决心，可真是拿出了"革命加拼命"的劲头，全身心地备考。

　　村里的小孩们，每天都在一起玩，每当振华走过，他们就跟在屁股后边追着喊："大学生！大学生！"喊得振华很不好意思，脸红脖子粗的。

　　村里那个经常借振华家自行车的大个子刘栋，见多识广，有点神道。有一次，他从树下走，身上落了鸟粪，他脱下衣服就撕了！这一次，他在街上走，听到孩子们的喊叫，特意跑到振华跟前，说："这个好哇！小孩的预言最准啦！你准能考上！"振华这才由恼火转为高兴。是啊，看那《三国演义》等古书，天下要发生大事，总是先有童谣在社会上流传。

　　这一天，振华在街上碰到一个解放军战士，很年轻，他问振华知不知道篮球框、篮球场的尺寸。原来这是在昆嵛山里打山洞的部队战士，部队想建一个篮球场，供战士们体育活动用，没有相关资料，就派他到村子里打听。

　　振华说："我家有一本《体育活动手册》，估计里边应该有，你来看看吧！"就把这位战士领回了家，打开手册一查，还真有篮球框的尺寸、篮球场的大小，真是"踏破铁鞋无觅处，得来全不费工夫"！把这位战士高兴透了，就拉起呱来。

　　原来，这位战士来自济南，在即墨当兵，今年才开到这里打山洞。振华就和他拉考大学的事，并自信地说："只要全公社能考上两个，我就有希望！"

　　这位年轻战士听了颇为吃惊，也露出点不大相信的表情。振华见状又说："不信你就等着看吧！"后来，振华考上了大学，还和这位战士有通信来往，成了朋友。

　　到了11月，庄稼地里的活基本干完了，大队又开始组织农田水利基本建设大会战，大概接到了公社的通知，凡报名参加高考的人，可以在家里复习功课。

　　这一下好了，能够整天在家复习功课了。此时到高考，也就一个多月的时间，振华有时候也昆嵛联中看看，不少年轻的民办老师也都报了名，但报的都是中专，没有敢报大学的。

　　"塞翁失马，焉知非福？"他们白天要上课，晚上还要备课，可就没有振华此时自由了，可以夜以继日地复习功课。

有一天，振华到村子北头看望自己的初中老师刘昌盛，也就是讲压强时"锅盖的面积派阿儿方"的那位先生，他是老三届（1966、1967、1968年"文革"初期的高中毕业生），不知什么原因，此时他已不当老师了，和振华一样，成了纯牌的农民了。

刘老师已经结婚，妻子是昆嵛联中的音乐老师，也是本村人，属于民办老师。振华到他家里一看，满墙壁都挂着数学公式，还有公式的推导过程。

振华一看服气了，到底是老师，水平就是高！振华只记得公式，而对公式怎么推导出来的，就没有当回事。这次拜访，收获不小。

刘老师了解了一下振华的复习和报考情况，说他报的也是大学，看来师生要在一起考试了。又说："我考文登一中的时候，只答完了数学卷，考语文的时候，是一篇作文。我就在那苦思冥想，想整高级的，结果两个小时过去了，我还一个字也没写，就这么交了白卷。结果还被录取了，奇怪不奇怪？看来我的数学考的分相当高，要不然不会录取。"振华一听都傻眼了，还有这样的事！

再后来，就是到界石中学听高中老师辅导，由于人很多，教室里盛不下，就在以前振华写黑板报的那个室外大黑板前进行辅导。语文老师讲主语、谓语、宾语、定语、补语、状语，讲句子分析；化学老师还是给振华上过一段课的女老师。

她讲完后，很多考生问她问题，她说："你们有问题，问他就行。"她把振华往众人面前一拉，把振华弄个大红脸。要知道，这请教问题的人里边，就有振华很喜欢的初中数学老师于平。

在高中读书时，振华是化学课代表，初、高中的化学课，他学得很好，几乎没有能难住他的问题。有几个人问他化学问题，他都对答如流，那些人不由得都露出钦佩的目光。

在界石中学复习的日子里，有不少考生是高中老师的孩子。一个偶然的机会，振华看到了一篇高中语文老师为她的孩子备考而写的一篇作文，虽不能向人家要，但这却给了振华一个启发，自己也要写几篇作文，记叙文、议论文，都要写几篇，记在脑子里，免得临时抱佛脚。

同时报考的，有公社卫生院院长的儿子，还有驻昆嵛村工作组的李强，还有一位年轻的界石公社党委副书记。振华想，都当公社副书记了，还考什么大学？！

这李强是比振华高一级的高中毕业生，和大姐都很熟。1977年青年节，振华被评为文登县学习雷锋积极分子，公社团委书记、李强，还有一人，共四人到文登县城参加了文登县学习雷锋经验交流会，关系也不错。

这些考生都愿意和振华在一起复习，有不懂的问题方便请教。李强为了方便复习，还把振华请到他在张格庄的家里住了一段时间，一起复习功课。

振华虽说是个"全优秀才"，但各门功课也毕竟参差不齐，物理、化学最好，语文也不错，只是数学不是很好，很难的题就做不出来。

考虑到高考可能要考几何证明题，尽管课本上的几何证明习题，振华也会做，但一些难的证明题，则大多做不出来。振华想，在这么短的时间内，要把几何证明题复习好，不大可能，很可能耗费了不少时间复习，考的题还是不会做。既如此，干脆放弃几何证明题的复习，把精力用在其他方面，"失之东隅，收之桑榆"。

在公社中学组织的一次模拟考试中，振华的数学考试成绩不是很好，有个教师的儿子趾高气扬，嗤之以鼻，那意思就这点水平还想考大学，徒有虚名罢了，没把振华放在眼里。

振华没有说什么，心里想：骑驴看唱本，咱们走着瞧吧！这考大学，是要看总分的！

这时候，在山东中医学院深造的杨素玲，已经毕业分配到文登中心医院工作。她了解到县里要在文登师范学校组织一次模拟考试，就打电话给振萍，让振华去县城参加考试，熟悉熟悉高考规则，以免高考时紧张，导致发挥失常。

振华骑了两个小时的自行车，到了县城，找到了师范学校。操场上按一定距离摆放着小凳子，谁愿意参加考试，就可以找个地方坐下，老师给每人发一份数学试卷，考生们都在那低着头答题。

振华交了卷后，去中心医院向杨大姐告别，杨大姐穿着白大褂，正在上班。她同科室的还有几个年轻的女大夫，她们知道振华是来参加模拟高考的，对他非常热情，把她们工作用的一些空白处方或化验单给了振华，让他复习功课用。

1977《难忘的一天》

转眼就到了11月底，准考证也发下来了。振华的准考证上贴着一张盖着文登县招生办公室印鉴的一寸免冠照片，上面印着：山东省一九七七年统一招生准考证，编号是：021081，还盖了一个"大"字，表示报考的是大学。

考场设在界石公社东邻的汪疃公社中学，考试时间和科目安排是：

12月9日	上午8:30～11:00	语文
	下午2:00～4:30	物理、化学（文科历史、地理）
12月10日	上午8:30～11:00	政治
	下午2:00～4:30	数学

振华一看这个考试安排非常好，先考的几门功课复习得都不错，水平也不

低，而相对来说，振华的数学水平较低，如果先考数学而考不好，会影响其他几门功课的正常发挥。考完这三门，最后考数学，就没有心理包袱。

按照通知要求，李强和振华头一天去汪疃中学看了考场，透过玻璃窗户看到有自己考号的教室里每人一张桌子、一个凳子。

看完考场往回赶，天上已飘起了雪花。由于张格庄在界石公社的东边，离汪疃中学不到十里路，振华就和李强一起，到他家里住下来。

第二天一早，起来一看，银装素裹，满山皆白，地上积雪有二寸厚，骑自行车倒也问题不大。李强的母亲早就做好了早饭，等着二位赶考的青年学子吃罢早饭好赴考。

二人赶紧吃了一块油饼，就着两个咸鸭蛋，喝了几碗粥，就匆匆上路了。

二人骑着自行车向汪疃奔去，些许积雪也挡不住二位求学心切的学子，再加上顺风，半拉小时，已赶到汪疃中学。

邻近公社的考生都到这个考点来考试，考生们陆陆续续地来到了，校门外黑压压的到处都是人，三三两两的，都在兴奋地谈论着，难抑激动的心情。

提前几分钟进了考场，把准考证放在桌子右上角。

时间一到，开始发试卷了。

振华一看，只有一张纸，上面印着：

一九七七年山东省高等学校招生考试

语文试卷　A卷

（理科考生只作文，文科考生全作。答题时，要抄题）

一、作文

题目：难忘的一天

二、解释词语：（1）诽谤（2）踌躇（3）明火执仗（4）居心叵测（5）高瞻远瞩

三、给下面一段文言文加上标点，并译成现代汉语：

赵且伐燕苏代为燕谓惠王曰今者臣来过易水蚌方出曝而鹬啄其肉蚌合而钳其喙鹬曰今日不雨明日不雨即有死蚌蚌亦谓鹬曰今日不出明日不出即有死鹬两者不肯相舍渔者得而并禽之。

振华一看，眼睛里只看到三道题，作文和词语解释还好说，这篇文言文就像天书，根本没见过，也看不懂，有几个字还不认识，这下毁了！

再从头到尾仔细审视了一遍试题，这才发现了在语文试卷四个大字下面，有一个括号，用小字写着：理科考生只作文，文科考生全作。这一下如释重负，好像从地狱回到了天堂，把振华高兴得心花怒放，信心大增，立刻来了精神。

那就作文吧！《难忘的一天》，也没有字数限制。振华正是20周岁，没有经历过惊天动地的大事，哪一天难忘呢？

毛主席逝世这一天倒是难忘的。

毛主席是1976年9月9日凌晨逝世的，这一天下午三点多钟，振华一伙人正在大队的水利工地上，累死累活地干活，累得铁锨都扬不起来了，正在那里瞎琢磨，要是不用干活了多好啊！正在这时候，从村里来了个人，说书记让都回村里大房子里去。来人传达完书记的指示就走了，并没有说什么事。

振华一听，别提多高兴啦！他妈的，可是不用干活了！

振华跟着这一伙人，扛着铁锨往村里走，心里就寻思开了，这是什么事？不干活了，都到大房子去，去干什么？

振华想，肯定是大事！是不是毛主席逝世了？！周恩来在1月、朱德在7月相继去世，从中央新闻纪录电影制片厂的新闻片子中，看到毛主席已经老态龙钟，行动很困难。但是，毛主席会逝世吗？老百姓可不敢想这个问题，人们不是整天高喊着"敬祝毛主席万寿无疆！""毛主席万岁！万万岁"吗？

来到大房子，黑压压的人都站在里边，只见北墙上挂着一个巨大的毛主席像，四周还披着黑纱，真是毛主席他老人家逝世了！一会儿，高音喇叭里就放出了哀乐声……

在冥思苦想中，振华构思了一半，觉得这一天写不好，换主题吧！就写高考第一天！这方面的材料振华倒是看了不少。

从高考复习的角度讲，作文是肯定有一篇的，是记叙文，还是议论文，这就谁也说不准了，振华从老师那里看到她为儿子作的几篇范文后，自己也作了几篇，有一篇和这个恢复高考就有密切关系，写这个主题，可以说得心应手。

大致构思了文章的结构之后，就下笔了。振华还特别注意，把魏碑体的钢笔字写得很漂亮，字写得好，卷面清楚整洁，可得点印象分吧！

今天是高考的第一天，也是我难忘的一天。
……

开宗明义，点出主题。接下来就纵横捭阖，从1966年"文化大革命"开始，"四人帮"对教育的破坏，停止了高等学校招生考试，对国家建设造成了巨大的损害。11年后，以华主席为首的党中央一举粉碎了祸国殃民的"四人帮"，拨乱反正，正在领导全国人民实现四个现代化，需要大批的有各种专业知识的建设人才，恢复高考是培养人才的有效措施，是选拔人才的重要途径……又写了自己如何努力学习文化知识，渴望进大学深造，学得真本领，为实现四个现代化贡献力量，又一颗红心，两种准备，如何如何。

写完了，又检查了一遍，交了卷出了考场。正好碰上了一同考试的刘昌盛老师，说他的作文写的是9月9日毛主席逝世。又说起这篇文言文，他说："这不就是成语'鹬蚌相争，渔翁得利'吗?!"振华一听，恍然大悟，这个成语他是知道的，就是没有读过原文。

听了昌盛老师的作文情况，振华就犯开了嘀咕，自己这个主题好不好呢？内容应该说不错，可题目是"难忘的一天"，自己这写了半天还不到，符不符合题目要求呢？

下午的物理、化学考试，振华感觉很轻松，没有不会的大题。

第二天上午的政治考试，也没有答不出来的题。有一道大题是"阶级斗争必须年年讲、月月讲、天天讲"的党在社会主义初级阶段的基本路线，这条基本路线250多字，振华背得滚瓜烂熟，在筹备阶级教育展览室时，曾把它用金纸刻成黑体字，贴到红色的底板上，作为展室的迎门展板。

就剩下午的数学这块难啃的硬骨头了，但愿没有几何证明题。

数学试卷发下来了，振华一浏览，糟糕！果然有一道几何证明题，还有附加题，是求微分还是求积分的，这高中也没学过微积分哪！

考了这么多年试，考试经验还是有一点的，先拣会做的题答。

那道证明题，虽不能证明，也在试卷上按答题规则写下了：已知、求证、证明：只是在证明的冒号后边没有证明的内容，不知道能不能给个一两分。

两天的考试结束了，和李强告别后，振华就骑着车子回到了家里。

大姐关心弟弟的考试情况，特意回来看看。振华一说作文题目，大姐就说："这还不好写，就写毛主席逝世啊！联系咱们家的实际情况，能写一篇好作文。"

大姐的话，又在振华不平静的心里激起一圈圈的涟漪。

不管怎么样，这一考是过去了，但愿能考上！就是今年考不上，也就算练练兵，继续好好复习，明年再考，考不上决不罢休！

含泪送子上大学

考完试后，歇憩了两天，就又投入了战天斗地的农田水利大会战中。

这一天傍晚，振华正在路上走着，东邻的得利叔赶着队里的马车从后边赶了上来，一看是振华，就问："哎！振华，你接到录取通知了没有?"

振华说："没有。"

"那干么完了，人家高坎的都接到通知了。"

王得利这一句话，就像晴天霹雳一样，一下子把振华打蒙了！他痴痴呆呆地回了家，这怎么办？王得利说的是真的还是假的？听他那个话，就想着我考不上，他好看个笑话，癞蛤蟆想吃天鹅肉，庄稼巴子还想上大学！真是痴心妄想！那大学是你上的吗?！你有那个命吗?！

在家里坐不住，想起大姐在公社里，有没有人来通知，公社里的人必定知道！上公社找大姐问问，要不然真让人受不了！

振华饭也不吃了，向母亲说了一声，立马开步向公社奔去。

弟弟参加了高考，大姐也时刻关注着各方信息。公社有个文教组，组长和大姐关系也挺好。看着弟弟满头大汗地来了，大姐还以为家里出了什么事。待振华说明来意，大姐肯定地说："今天我还见张文教了，都没来通知，听那个×养的瞎白话！"

大姐一番话，像一颗定心丸，振华立刻安定了下来。

既来之，则安之。大姐和姐夫正要吃饭，振华又蹭了一顿饭。然后嘱咐大姐，听到什么消息要尽快告知，就骑着自行车回来了。

等啊等，盼啊盼，终于盼来了通知，通知振华和刘昌盛老师到文登师范学校体检。

体检那天，振华和刘老师早早地相约骑着自行车向县城蹬去。

临近县城的时候，看着路上骑自行车的青年男女们，衣着都很靓丽，漂亮潇洒，风度翩翩，一看和农村下大力、干苦活的年轻人就不一样，心里颇生羡慕之意。又想，要是自己能考上大学，也将在大城市里学习，毕业后国家分配工作，也就成国家干部了，那可真是一步登天哪！不管怎么样，既然来参加体检，那说明是过了分数线，就有希望！

1977年的高考，报考之后，还没有考试，就要先填报高考志愿。

振华高中毕业后，就回村参加劳动，连大学分文科、理科也不清楚，也不知道重点院校、一般院校、本科学校、专科学校的区别，就找来学校名单和招生专业，填了几个青岛海洋学院海洋化学专业、山东医学院制药专业、大连工学院等院校和专业，大都和化学有关。并在是否服从统一分配一栏中，填了"服从分配"四个字。

其实，当时最关键的不是上哪一所大学，首要的是能考上大学，只要能跳出"农门"，哪一所都好！

到了师范学校，满院子都是人。这所学校里有一所漂亮的小洋楼，有遮风避雨的回廊。刘老师在文登一中读过书，对这幢小洋楼的历史也略知一二，就向振华介绍了一通。

体检主要是量血压、测视力，是否色盲，量身高、测体重，这些振华都没问题。

有个老大夫，把振华的胳膊扭了几扭说："你这个身体呀，当兵不行，上大学没问题。"振华一听上半句，像掉进了冰窟窿，听了下半句，才回过神来。

有一个考生，可能是由于过度紧张，测了一次，血压偏高，医生就好心地让他去溜达溜达，平静一下心情，再来测。看他衣着还不如自己，紧张得脸红脖子粗的。

振华祈求着他能平静下来，通过体检。同是庄稼巴子，相逢何必曾相识，要是因为体检没通过，而不能上大学，那将是人生多么大的遗憾哪！这个考生报的是东南工学院，这不是大哥考的那个学校吗？怎么报考时没看见呢？要是能到大哥的母校去读书也不错呀！

1978年春节前，远在新疆建设兵团农七师126团中学教书的三哥振刚和嫂子王秀梅回来探亲，也没有举行什么婚礼，就住在了一起。母亲也没有能力为他们举办个像样的婚礼。

此前，在126团工作的三姑妈、姑夫已经调到莱阳海军机场场站工作，可能他们没有办法把振刚也带回来。

过了春节，县里组织各公社的劳力到汪疃北边的初村公社去修公路，振华和村里的一批年轻人推着小车，载着铁锹、镐头等工具，踏上了修路的征途。

在那里顶风冒雪干了一个多星期，到正月十四了，振华估计三哥、嫂子过了十五就要返回新疆了，就向带队的请假，说回村一趟，送送哥哥、嫂子。

回来一看，哥哥、嫂子已经走了，到莱阳去看望姑妈、姑夫去了，从那里就回新疆了。振华一看，在家里也没什么事，就打算第二天返回修路工地。

正是母亲做晚饭的时候，从大队部来了一个人，传达公社的电话指示，让振华马上到公社文教组去。

振华一听，立刻明白了是怎么回事，高兴地跳了起来，大喊道："妈！我考上了！"

饭快做好了，振华连饭也没顾得上吃，就骑着自行车风驰电掣地向公社奔去。到了公社文教组，张文教还在那里等着哪！

张文教说："你已经被大学录取了，明天上午到县教育局开会，去拿录取通知书。你这次考上了大学，也为咱们公社争了光。希望你上大学后，好好学本领，毕业后为家乡建设多做贡献。"

振华一听，连连点头，称："一定好好学习，为家乡父老乡亲争光！"又问道："咱公社一共录取了几个人？"

张文教说："这是第一批录取，就你一个人，这都是大学本科院校录取的。还有几批专科院校的录取，估计还能考上几个。"

这一晚上，振华兴奋得好像屋里盛不下他了，母亲高兴得也不绣花了，经常来绣花的几个大姑娘小媳妇也非常高兴。

这个说："哎呀！人家振华就是争气，可是不用当这个×养的庄稼巴子了！"

那个说："我早就看振华不是个种地的料，割两棵地瓜，那些×养的还找茬儿要斗人家，这一下好了，不受那些×养的窝囊气了！"

又一个说："婶啊！你有福啊！培养了两个大学生！"

大家七嘴八舌，说得母亲脸上笑开了花。

夜深了，大姑娘小媳妇们都回家了。振华躺在炕上，兴奋得睡不着觉，思绪翻滚，回想着高中毕业两年多的遭遇，满怀悲愤。

尽管振华具有多方面的才能，尤其是对果树栽培技术很有兴趣，想到果业队去干活，没能如愿；尽管振华是村里唯一的全优高中毕业生，昆嵛联中也想让他去教学，也没能去成，而那些狗屁不通的初中毕业生，由于家长送礼拉关系，也在学校里人五人六地当起了老师。这些误人子弟的家伙，怎么一个也没考上啊？！尽管振华物理学得很好，电工基础知识也颇熟悉，想当村里的电工，也没能当上。

振华也知道，想到果业队、当老师、做电工，那是必须给村干部送礼的，可是送什么呢？有什么可送的呢？

后来振华看到一幅画，表现下乡知青回城后需要送礼走后门才能安排好一点的工作，一个女知青提着两瓶酒和点心，在一个领导门前踟蹰不前，看着窗户里边的领导们山珍海味、杯斛交错、大呼小叫，画面表现出的姑娘十分无奈、无助的迷惘痛苦的心情，很有震撼力、感染力。这使振华想起了自己的母亲，为了儿子的前途，揣着一小包猪头肉，硬着头皮去给干部家送礼的尴尬场面，不禁潸然泪下，这都是儿子无能啊，才使母亲受此难为！

这一下好了！终于考上了大学！满腔悲愤化为昂扬之气，真是扬眉吐气啊！既为自己争了气，也为母亲争了光！

第二天是1978年2月21日，正月十五元宵节。母亲早早起来做好了饭，还煮了几个鸡蛋给儿子带着当干粮。

从昆嵛村到县城的公路，振华已跑过几趟，有差不多30公里，没有一次像今天这样精神振奋，轻松愉快，他两手撒把伸向天空，迎着朝阳，像展翅高飞的雄鹰，向着理想奔去！

到了县教育局，人来人往，熙熙攘攘，人们的脸上都挂着灿烂的笑容，不管从全县什么地方来的考生，都知道自己的命运从此将发生重大的转折，即将踏上人生新的美好的征途。

会议室里，人才济济，台下有200多人就座，洗耳恭听县领导的讲话。

据领导介绍，文登县在"文革"前的历次高考中，录取率在全省都是很高的。经过十年动乱之后，于去年底恢复了高考，全县有近15000人参加了考试，录取到大学本科院校的有204人，录取率为1.36%，录取人数居全省各县之首。今天来开会的各位考生，都是百里挑一的优秀人才。领导鼓励大家到大学后，努力学习，不辜负全县人民的期望，为实现社会主义现代化学好本领。

领导讲完话后，就开始挨个点名，到台上领取录取通知书。

振华领了录取通知书，一看信封下边印着东北工学院，打开一看，是钢铁冶金系炼铁专业。这个学校振华连听都没听说过，更不知道在哪里，炼铁专业是干啥的？只知道1958年大炼钢铁，大概和这个有关吧？管他学啥了，考上就万幸，反正不用种地了。

信封里还附有一份《东北工学院新生入学注意事项》，其中要求：

学生入学时自带录取通知书，于2月26日至2月28日到校报到。此期间沈阳车站设新生接待站。东北工学院校址在辽宁省沈阳市南湖。学生需带东北地区所需的单、棉衣服、被褥、餐具及其他生活用品等。特别是防寒衣物一定置备。外省学生，入校时携带当地七八年布票和棉花票，到校后可兑换辽宁布票和棉花票。

入学时满五年工龄的国家职工学生，工资由原单位照发。其他学生一律实行人民助学金制度。家庭经济困难申请人民助学金的学生，来校时要携带生产大队革委会或父母单位关于家庭经济情况的证明。来校后，由学校根据家庭经济情况，评定人民助学金。

学生需自带本人户口、粮食关系（带足当月需要的全国粮票，粮食关系从到校后第二个月开始供应）……

振华一看，哦，学校在辽宁省省会沈阳市，小姑妈不是在沈阳工作吗？每年过春节前，母亲都要给在外工作的姑妈、姨妈寄上二斤花生米，姑妈、姨妈们也寄一点钱回来，这来往的邮寄和回信，都是振华办理的。有个姑妈在那儿工作，还有点依靠，很好！

振华揣着录取通知书，先到文登中心医院杨素玲大姐那里报了喜，又到文登京剧团找小妹振雁，小妹一看小哥考上了大学，高兴得呐喊一声，张开双臂，像展翅飞翔的大雁一般，请小哥美餐了一顿，还给了一点钱。

从接到录取通知书到入学报到，只有五天多的时间，母亲和邻居的婶婶们在家里忙着给振华做被褥、棉衣、棉裤。三哥从新疆回来时，带回来一包新疆长绒棉花，正好用上了。

兰香姑娘听说振华考上了大学，也闻讯赶来祝贺一番，她看着录取通知书，眼睛里露出了崇拜的神色。她想着自己选人是选对了，可惜要飞走了。她恋恋不舍、惆怅而无奈地说："振华哥，你就要远走高飞了，只剩小妹一个人在家里受苦了，这都是命啊！你好好念书吧，不用管我。只是以后发达了，别忘了我这个爱过你的小妹妹。要是有空，也给我写封信来，寄张照片，让我也看看那大学是个什么样。"说着，在振华脸颊上亲了一下，就含泪跑了出去。

此时大姐正在婆婆家坐月子，她生了一个白白胖胖的大小子。原打算孩子满月的时候，振华和母亲去贺喜，现在只能振华一人去了。大姐以虚弱的身体，夜以继日地为弟弟做了一套新衣服，让姐夫捎了回来。

在这几天当中，界石公社又有几个人收到了录取通知书。和振华一起复习和赴考的李强考上了大连海运学校；和振华一起去县城体检的刘昌盛老师和教振华初中数学的于平老师，都被莱阳农学院录取了；还有一个是振华的高中同学于文华，也就是振华挖大口井时在旸里河畔遇到的那位女同学，被青岛医学院北镇分院录取了，她得知振华被东北工学院录取后，还专程骑自行车来昆嵛村看望了老同学，也算送送行，并希望入学后相互通通信，交流一下情况。

到沈阳上学，要先从昆嵛村坐汽车到烟台，从烟台乘轮船到大连，再从大连坐火车到沈阳。

几年来，部队在昆嵛山里打山洞子，部队换了一批又一批，村里还住着一些部队首长。南邻常水大爷的南屋就住着一位周参谋，周参谋的爱人也来生孩子了。

周参谋是个文化人，喜欢看书，他看完了《三十六计》，就让振华借来了，把三十六计都记到本子上了。

听说振华考上了大学，马上就要到学校报到，周参谋联系了一辆到烟台的军车，让振华搭车到烟台。

这一天早晨，振华挑着铺盖和一个柳条箱子，放在常水大爷门前，等候军车到来。

母亲出来送儿子，儿子看到母亲的眼里含着泪花。母亲是个坚强的人，振华长这么大，几乎没有看到母亲流泪。看到母亲眼含热泪，振华的心顿时一沉。数天来，自己沉浸在考上大学的喜悦之中，却没有顾及母亲的境况。母亲当然为孩子高兴，但是最小的儿子一走，她养育的七个孩子，就都出去了，家里只剩下她一个人，这日子怎么过？

想到此，振华宽慰母亲说："妈，我大姐那儿，孩子满月后，就要回公社上班了，你去给她看孩子吧！"

这时候，四邻八舍的叔叔、大爷、大娘、婶婶们，以及一同修理地球皮的弟兄们，闻讯也都到街上为振华送行。

一会儿，一辆军用卡车开了过来，大家帮着把行李放在后车厢里。

周参谋又嘱咐驾驶员："这是到沈阳上大学的小王，你把他捎到烟台，他在哪儿下车方便，就在哪儿下车，麻烦你，多关照一点。"

振华坐进了驾驶室，在喇叭的鸣笛声中，频频向人们挥手。

汽车越开越远，母亲的身影也越来越小，但在儿子的心中，母亲的形象却越来越高大。

再见了，敬爱的母亲！

再见了，父老乡亲们！

再见了，可爱的家乡！

第四章　我的大学

　　作为一个跳出"农门"的庄稼人，进入了当代青年最渴慕的高等学府——东北工学院，迎接他的将是崭新的生活、繁重的学习任务。人们说"一年土，二年洋，三年不认爹和娘"，经过四年大学生活的洗礼，这位修理地球皮的农村小伙子，将以怎样的面貌呈现在您的面前呢？

艰难上学路

　　在大连开往沈阳的列车上，振华坐在硬座上沉思着。一会儿庆幸逃出了农村，不用再干最发愁、最苦的两个农活了，再也不用受那些窝囊气了；一会儿对即将开始的大学生活充满了向往，也有一些恐惧。管它了，无论如何，拼了命也要大学毕业，一分配工作，那可就是国家干部"铁饭碗"了！一会儿脑海里像放电影似的展现了这几天的行程。

　　部队的卡车开到烟台市二马路就停下了，这里到大伯家还有一段路，但是大卡车开不过去。振华用棍子挑着行李，一头是一个大柳条箱子，一头是被褥、洗脸盆等日常用品及一些书籍，还有给大爷、小姑妈捎的一些农副产品，大概有140斤。

　　此时，有一股劲撑着，这么重的担子压在20岁的年轻稚嫩的肩膀上，也确实不轻快，但振华也没感觉压得挑不动。在农村干活时，无论如何也没挑过这么重的担子。

　　终于挑到了福来里街56号，刚进了院子，就把担子放下了，累得直不起腰了。大爷一看侄子考上了大学，非常高兴，张罗着去买菜做好吃的。

　　振华的当务之急是尽快买到烟台去大连的船票。当时只有晚上两班船对开，春运还没有结束，船票很紧张。来的时候，振华就知道了启智老大哥在烟台港务局工作，就到老校长家去问清楚了他在那里上班。振华到港务局找到了这位曾借钱给他买烧饼吃的老大哥，也就买到了第二天晚上去大连的船票——五等舱。管他几等舱了，能走就行！

　　大爷的大女儿在烟台纺织厂当技术指导，大女婿在海军印刷厂工作，他们生有一男一女两个宝贝。大爷的儿子也结了婚，住在东厢房两间小屋里。

　　和大爷同住一个院的那一户人家，男主人是个领导干部，振华第一次骑自行车到烟台时，因手把拖拉机的拖斗把手，不慎被摔在路上，就挨了这位领导一顿批评："这是个常识问题。"这一次，这位领导一看，这个农村小伙子可真不赖，能从农村考进大学，把振华好一顿夸奖。要知道，他有一个女儿是下乡知青，连大专都没考上，还在家待着，不愿回插队的农村呢！

在这里，大爷、大妈对振华都很好，但振华却有两块心病，很是惭愧。一个病是偷，小时候和三哥振刚和大爷这个儿子一起到南截山大姑那里走亲戚，偷了他两元钱；一个是说谎，高中毕业后，到莱阳三姑家里去，那时大姐振萍的男朋友正在莱阳农学院上学，昆嵛村于华文老师的弟弟也在农学院当老师，振华曾到农学院看过他们。返回烟台后，烟台的大姐夫带振华到海军印刷厂去玩，大姐夫有事忙去了，振华就在那里转着看，怎么化铅铸铅字，怎么拣字排版，在那里工作的女同志就问振华："你从哪里来呀？"振华就说："我从莱阳农学院来的。""你在那儿念书吗？"振华模棱两可地说："啊。""哎哟！还是大学生呢！"振华就不敢接茬儿了，红着脸走开了。

大姐夫下班回到大爷家，见到振华，铁青着脸熊了他一顿："你怎么跟人家说你是莱阳农学院的呢？！你怎么能跟人家撒谎呢？！"熊得振华小脸白一阵、红一阵，张口结舌，无言以对，恨不得有个地缝钻进去！

这一次今非昔比了，振华真考上大学了，而且是比莱阳农学院高得多的全国重点大学，大姐夫也是满脸赔笑，这口气算是出了，但并不能抹去说谎的记录。

在烟台，振华还有一个朋友——王仁，这位老兄40多岁，他老家也是昆嵛村，在南庄上，不过老宅已经没有人了。他在烟台造纸厂搞供销工作。每到夏季，收了麦子之后，他就要到农村去收购造纸原料——麦秸。他到昆嵛村去的时候，总是住在振华家。吃住都在这里，当然最后要走时也交一点伙食费，住宿费就免了。

麦收之后，也就是夏季田间管理了，属于农闲时节。这两兄弟就到处转悠，中午到"王福大汪"去洗澡，有时还要带着象棋，把塑料棋盘铺在水中的石头上，对弈起来，可谓人间仙境、物我两忘也。

这次到烟台，第二天，振华就到位于烟台汽车站南边的烟台造纸厂去找王仁，王仁一看，"莫逆之交"来了，要到沈阳读大学，高兴得眉飞色舞，说："沈阳是个好地方，全国五大城市之一，北京、上海、天津、广州、沈阳，就是冬天太冷了，你这棉衣、棉裤、棉鞋都带好了吧？"

振华把胸脯一拍，说："你看吧，都穿着呢！"

王仁安排振华把行李拿过来，晚上一起吃饭后，送上码头。

振华本想到烟台后，把给大伯的东西放下了，能轻快一些，不想大伯又给了一些东西，让振华捎到沈阳，给他的小妹妹，这样行李反而加重了。但振华又不能说不带，不带怎么行？！咬咬牙，都带上了。

傍晚，在小饭店里点了几个小菜，喝了两杯小酒。王仁哥在造纸厂工作，别的没有，有的是纸，他又弄了一大卷纸送给振华，让他到大学好好学习。别的可以不要，这学习必需品是必须带上的。

把扁担挑子捆在自行车后座上，王仁哥费劲地推着，振华扶着，向港口走去。这烟台是个滨海小城，从汽车站、火车站到烟台港，公交车也就两站。

乘船的人很多，行李要过秤。一称吓一跳：160斤！交点运费事小，这怎么能挑到沈阳啊！

快要上船了，大概是涨潮吧，那轮船停在码头上，有一个很长的扶梯供乘客上船用，坡度很陡，这能挑上去吗？振华心里打开了鼓。

送客的人只能送到检票口，没有船票不能上船。振华狠了狠心，说："哥，你回去吧。"弯下了腰，咬了咬牙，挑起担子拼命挺了起来，上了扶梯。后边还有人催着："快走！快走！"这无论如何也不能停下呀！就这样，咬着牙，拼了命，把行李挑到了甲板上。放下担子，伸了伸腰，往下一看，王仁哥还在那里挥手呢！

很多行李就堆放在甲板上，振华也找了个地方，把两件大行李拴在了一起。振华听说过，船上没人偷东西，因为偷了东西也下不了船。把行李放好了，振华就去寻找自己的舱位。

船上到处都是人，好不容易挤了下去，找到了五等舱。

这五等舱是在水面以下，轮船的最底层，一个大通舱，什么也没有，到处都坐着人，放着行李，能挤个地方坐着就不错了，更别说躺着了。

在农村一千样不好，但有两样是好的：一个是蔬菜和粮食，一个是空气。农民吃的蔬菜和粮食全是自己种的，一个是新鲜，真正绿色的，而城里人吃的面粉都是隔年的，吃着也不香；在农村很少机动车，村里也没有冒黑烟的工厂，漫山遍野的大豆、高粱、玉米地，各种树木花草满山岗，都吸收二氧化碳，放出氧气，空气中极富负氧离子，对人体健康非常有益。所以农村多长寿老人，文登也是全国闻名的长寿之乡。

虽然找了个地儿，挤着坐下了，可一会儿就憋得受不了。这么多人挤在大通舱里，还有人抽烟，又不通风，其气味实在难闻，令人恶心。受不了了，就跑到甲板上吹风。

客轮慢慢地调头，驶出了港口。看着烟台山上的灯塔，一闪一闪地扫射着夜空，为夜航的船舶指引着方向。

灯火阑珊的海港、城市在缓缓地向后退去，轮船在黑暗中向辽东半岛驶去。

在甲板上站了一会儿，海上风又大，冻得人受不了，甲板上的旅客都进到舱里去了。没办法，振华只得又回到了轮船最底层，在靠近扶梯的地方勉强挤着坐下了。

　　紧挨着的旅客是一个小伙子，从发型到装束，一看就是个城里人。一聊，才知道小伙子叫于大河，家住沈阳市，姥姥家在牟平县。这一下子就拉近了距离，都到沈阳，双方的姥姥都是牟平的。再深聊，父亲都在商业系统工作过，而且都已过世，都是母亲一人拉扯着孩子们过日子。振华和大河都是家里的小儿子，振华有三个哥哥、两个姐姐、一个妹妹，大河有两个哥哥、一个姐姐、一个妹妹，可谓"同是天涯沦落人，相逢何必曾相识"。

　　这位小伙子，浓眉大眼，梳着城里人的分头，个头有一米八，正上高二。振华虽是农村小伙，留着小平头，但在农村青年中也算气质不错，再加上要到沈阳东北工学院读书，这下子在大河心里的形象就高大了起来！"东工"是沈阳最著名的大学，这在一个高中生的眼里也算高山仰止吧。惺惺相惜，二人虽未交换兰谱，也称兄道弟起来，聊得越来越起劲。

　　有了这一个同道的好弟兄，振华也就放心了。此前，振华出过几次门，也就是烟台、莱阳，最远到过济南，那是高中毕业后陪母亲一起去的，一晚上火车就到了。这一次到学校报到就麻烦了，乘船到大连后，要从码头再到火车站，火车站在哪儿？怎么走？都不知道，还要排队买票，麻烦事多着了，心里还愁着呢！这一下可真是老天帮忙，有了这个小弟兄做向导，什么事都好办了，还愁到不了沈阳！

　　轮船到了大连港，天也快亮了。大河回姥姥家过年，也背了不少土特产，先上公交车到火车站吧！

　　在公交站点，挤车的人很多，振华挑着160斤的重担，在人群里被人推着向车门口挤。挤到了车门口，那踏板可够高的，很难上去。那司机师傅一看，这小伙子挑这么多东西上不来，就离开驾驶座过来帮忙，纳闷地说："你这是要搬家呀？！"

　　振华说："到沈阳上学。"

　　那驾驶员一听，立刻来了精神，大声招呼着："哎！哎！让一让！让一让！让上大学的先上来！"帮着把行李提上了车。

　　到了火车站，振华看着行李，大河去排队买票。

　　还不错，买到了下午的票，还有座位。

　　火车终于开出了大连站，一开始人还少一点，随着火车越走越快，越走越远，上车的人也越来越多。尽管轮船上很难受，可毕竟还能挤个地方坐下，这春运列车上挤得连个站的地方也没有。

　　振华在船上就没睡好，又挑这么重的担子，在列车上一开始还能眯眯眼，打个瞌睡，后来挤得没办法，很多人上不了车，还有那年轻的，双手把住车门上边，一使劲，就从人头顶上蹿上了车，趴在人头顶上，落不了地，他倒挺舒坦，就是下边的人受不了。

列车到鞍山时，振华身边挤着三个人，两个中年男人，一前一后抱着一个白发老人，估计是他们的老娘。

"老吾老以及人之老，疼吾娘以及人之娘。"振华恻隐之心顿生，就问："你们这是去干吗？"

其中一人答道："到沈阳给俺妈看病去。"

振华一听，就站了起来，说："让老人坐这儿吧。"

那两个中年汉子感动得不知说什么好，忙把老人安顿着坐了下来。

从鞍山到沈阳大概还要两个多小时，振华就这样站着硬挺了一个多小时，腰酸腿痛，实在受不了了，但看着有病的老人，也不能叫人家起来。大河迷糊着，他还是个大孩子，让他迷糊吧！好在人挤人，你就是迷糊了，也倒不下去。

列车在凌晨五点多钟终于到沈阳站了，天还没亮，这下不用急了，慢慢来吧！

振华和大河出了站，一看，不远处有东北工学院新生接待站，还有中国医科大学、沈阳音乐学院、鲁迅美术学院、辽宁大学等院校的新生接待站，这下算妥了，到地儿了。

大河把振华送到"东工"接待站，正好大河的大哥也来接他，振华和大河握手作别，并约好以后抽空去他家玩。

东北工学院

天还没有亮，负责接待的人让把行李放这儿，先到候车室里休息一下，接站的车到八点才能开。

振华第一次到沈阳，回头看看沈阳站也真是漂亮，全是欧式建筑，站前广场上矗立着一座高高的纪念碑，碑顶上一辆坦克，炮管向天上刺去。

转了一会儿，就冷得受不了了。虽然穿着棉鞋，可这种棉鞋在山东还顶得住，在零下20多度、滴水成冰的东北，就不怎么管事，双脚就像踩在冰上一样，一会儿就麻木了，那小北风就像刀子似的，在脸上一刀一刀地割着，真是受不了。

在候车室里等到了天亮，快到八点了，振华又来到了接待站，来了一辆大客车，接站的学兄、学姐们帮着把行李都弄上了车，人也差不多坐满了，开车吧！

客车沿着南环路向东开去，刚过南湖桥，就向南拐去，路西是南湖公园的东大门，前方远远地看到一座大校门，车驶近一看，校门西侧悬挂着一块大牌子，上书"东北工学院"五个行书大字。

迎着大门的是一座巍峨的主楼，客车向主楼东面的路驶去，直接向南开到了第一宿舍大门前。

钢铁冶金系的新生在这里报到，安排学生报到、住宿的就有不少是学校的教职员工。这里还挂着一些横幅，有的写着"欢迎钢冶系新同学！"还有什么"工程师的摇篮欢迎你！""欢迎未来的工程师！"之类。

振华办完了入学手续，一位个头不高、面目慈善的中年女老师领着振华到宿舍。

第一宿舍是三层的建筑，呈"己"字形分布，估计八级地震也震不倒。中间"一"横处是学生食堂，振华的宿舍就在与食堂拐角处的一楼。进去一看，已经有一位同学先到了。

这位女老师叫刘洁，是振华到校后认识的第一位老师，她在钢冶系党总支工作，爱人是系里的副教授。刘老师很热情，帮振华把东西安置好，就又忙着接待新生去了。

这一间宿舍比较大，大概有 16 平方米，屋中间放着一张大条桌，靠墙的两边各放着两张上下床，床的栏杆上贴着小纸条，上面写着各人的名字。还有一张空床放在门旁边，用来放置箱子等日常用品。

振华的铺位是下铺，正好在窗户的南边，倒挺方便。这一个大窗户，振华就没见过，有八扇双层木制玻璃窗，窗下还有暖气片，木板地面，屋里倒是很暖和。

振华铺位的对面，就是那位已报到的同学的铺位，这位同学叫陈文远，是一位下乡知青，从丹东考过来的，比振华大一岁。

陈文远个头比振华矮一点，眉毛很浓，眼睛不大却很有神。可能是经过广阔天地的锻炼，身体非常强壮。两个人聊了一会儿，说出去转转吧！

大学就是大呀！东北工学院的主要建筑都是 50 年代苏联帮助设计建造的，体现了俄罗斯建筑风格。

东工的正校门向北，进门直冲主楼，当时可能是沈阳市最高的建筑，老远就能看到主楼楼顶。

主楼向南，东边是采矿学馆，采矿学馆的东边是体育馆，可在里面进行篮球比赛，体育馆北边就是一个 400 米跑道的标准体育场，采矿学馆向南隔一个足球场，对面就是冶金学馆，足球场的东面是化学馆，冶金学馆的南边就是第一宿舍；在冶金学馆和一舍之间，从东到西排列着几十副篮球框架，供学生们打篮球玩。

与采矿学馆对称着的，西边是建筑学馆，向南隔一个小公园就是机电学馆，机电学馆的南边就是和第一宿舍对称的、构造完全相同的第二宿舍。

从机电学馆向西过一座小土山，就是教职工宿舍区。这里有很多两层的小洋楼，非常漂亮，一栋小楼住两家，这就是教授楼了。附近还有商店、邮局、医院等后勤服务设施。

从建筑学馆、采矿学馆、体育馆门前的东西路，再向东，就是东工的东门，东门正好对着沈阳音乐学院的大门。

主楼宏伟壮观，建筑学馆最漂亮，在当今中国也算数得着的精美建筑，在这里照相留影的人很多。冶金学馆最气派，小汽车能开到二楼的大门。

在这些主要建筑之间，都有纵横交错的宽阔马路相连，路的两边栽植着很整齐的松树，非常美观。从东门到西门大概有五华里，从北大门到一舍南边约有三华里，这所大学可真是够大的。

此前，振华只到过山东师范学院、莱阳农学院玩过，这两所学校无论其建筑还是规模，与"东工"相比，那真正是"小巫见大巫"。

此时的东工，设有采矿系、钢铁冶金系、自动控制系、机械系、有色金属材料系，还有基础部。钢冶系设有炼铁、炼钢、电冶金、冶金炉等四个专业。

东北工学院是冶金部直属高等院校，师资力量雄厚，教授、副教授有二百多人，而当时沈阳有的普通高校甚至一个教授都没有。

东北工学院在全国最著名的专业就是炼铁，有一批享誉全国的著名教授，炼铁专业毕业生在钢铁行业也很受欢迎。

未来的工程师们

振华和陈文远围着校园转了一圈，又到东工商店买了一些牙膏、肥皂等日用品，就返回了宿舍。这期间，又有几位同学到了。

傍晚，这一个寝室八位同学都按时到齐了。

八个人中，有两个北京人。一个许思贤，一个吴文江，都是老三届的吧，二十七八岁。许思贤从黑龙江生产建设兵团考来，吴文江从包头考来。

郁琼瑶，上海人，上海有名的育才中学的高才生，也是老三届，也是从黑龙江生产建设兵团考来的。

这三个家伙倒挺好，带工资上学！尽管只有不到30元钱，可那时候钱值钱哪！学生一个月的伙食费才12元！

陈兴国，大高个，长得非常帅，从鞍山来；孙武，五大三粗，从辽阳来。他们都是下乡知青。这一次，孙武兄弟俩都考上了大学，哥哥在沈阳药学院上学。

还有一位郭立功，个头不高，是山东鱼台县人，在家乡担任高中语文老师，说话文绉绉的，显得有学问，也很有个性，住振华的上铺。

炼铁专业共招收了70名新生，其中有4名女生，分成两个班，振华所在寝室的人全在一班。每班分到两个女生，分到一班的女生，一个是赵红霞，山东人；一个是赵丽生，吉林人。

学生中间，年龄差距很大。从山东荣成来的王力波是应届高中毕业生，年仅

17周岁，振华20周岁还算较小的，大的则30多岁，孩子都上初中了。

这些未来的工程师们，大都来自东北三省、山东和内蒙古。沈阳市考来了三人，下乡知青为数不少，兵团来的不少，工厂来的也有。从山东曹县来的王瑞朋，此前已担任村党支部副书记，入学后又担任了一班的副班长；二班女生王春平入学前已担任公社党委副书记，还有医生、火车司机，干什么的都有，为了一个共同的革命目标——炼铁，走到一起来了。

巧的是，70个炼铁专业的同学，应该都是第一次见面，可是二班有一个同学，振华怎么看着都有点眼熟，一询问，原来是济南来的赵元平，也就是振华第一次到济南时，陪着振华逛动物园的赵元平。父亲既是同事，孩子也都在一所学校同专业学习，也算缘分不浅吧！

尽管"炼铁"是东工最著名的专业，可同学们一交流，报考这个专业的却是寥寥无几，大都是在"服从分配"一栏里划了钩，而分配来的。

3月2日，举行了开学典礼。全体新生每人扛着一把椅子，以系、班为单位，列队开到主楼南侧的广场上，黑压压的一大片。由院党委书记康敏庄讲话，鼓励大家珍惜来之不易的进大学深造的机会，努力学习，成为建设四个现代化的合格人才。

然后是入学考试，考高中的数学、物理。振华物理考得不错，72分，50分以下的同学则要参加物理补习班。但数学考得不怎么样，据说全班只有两个人不及格，振华就是其中之一。

振华的成绩让同学们感觉很奇怪，因为要参加物理补习班的同学约占三分之一，而振华物理72分，是相当高了，但数学在全班又差不多垫底，令人不可思议。

总之，学生的学业水平参差不齐，而入学前同学中担任高中老师的人不少。崔向富是朝鲜族人，入学前担任高中数学老师，是一班的学习委员，他利用晚上的时间给同学们补习数学。振华一看，他这个三角函数整得太熟了，很多内容，上高中的时候老师根本没讲过。崔向富高考时的数学加分题微积分都会作，太厉害了。

阶梯大教室

课本发下来了，有《高等数学讲义》《普通化学》《基础日语》《中国共产党两条路线斗争史讲义》，还有体育课。

那时候，"文革"结束不久，以华主席为首的党中央还在各个领域肃清"四人帮"的流毒，学校里不管老师还是学生，经常开会，不是学习这个文件，就是传达那个精神，不去还不行，毕竟是"政治挂帅"的年代嘛！教高等数学的朱伟勇老师，就在上课的时候发牢骚："什么时候能不开会了，能专心搞科研、教学就好了。"

钢冶系的新生，上高等数学、普通化学、中共党史等大课的时候，都在一起上。炼铁专业两个班，炼钢、电冶金各一个班，冶金炉专业两个班，其中炉二班是一个走读班，阶梯大教室，二百多个学生，都在这里上课，济济一堂。

《高等数学讲义》是1958年樊映川等编、人民教育出版社1977年12月再版的。朱老师讲高等数学非常精彩，大家都喜欢上他的课，有几个外校的年轻数学教师也来听他的课。

他先讲了几个课时的"排列组合"，他说："排列组合最能锻炼一个人的脑筋。"接着讲解析几何、导数、微分、积分。他的课讲了有一年半多，二百多个课时。他著有一本《正交与回归正交试验法的应用》，不少同学慕名到新华书店去买了一本，这是一本实用性很强的应用数学书。

高等数学推导公式很多，朱老师基本上不用看备课笔记，一下子就能推导一黑板，把最终的公式推导出来。这都是很枯燥的，他也经常讲一些有益的笑话、趣闻以调节课堂气氛。

有一次，上课铃刚响过，朱老师把讲义往讲台上一放，说："同学们，我昨天看了孩子的一本小画书，很有意思。讲爱因斯坦上小学的时候，老师布置家庭作业，让小学生们每人做一个小板凳。第二天，老师检查每个人做的小板凳，他拿起爱因斯坦交上来的小板凳，看了看，举起来对同学们说：'同学们，你们看看，世界上再也没有比这个还差的小板凳了！'爱因斯坦满脸绯红地站了起来，说：'老师，这里还有一个更差的，这是我第一次做的。'说着从身后又拿出了一个更差的小板凳。"同学们听了哄堂大笑，同时也受益匪浅。

朱老师课讲得好，又有不少成果，很快就晋升为副教授，讲课的精神头更足了。

据同学们传说，在学校里开会研究晋升副教授的名单时，可能由于他较年轻，没有他的名字，会议快结束的时候，主持会议的领导问："大家看看，还需要提谁？"朱老师举手说："我提一个，朱伟勇！"大家一看，虽是毛遂自荐，也确实够条件，提不出什么反对意见，就一致通过了。

高等数学学到最后，微积分都学完了，朱老师对同学们说："这个高等数学呀，事实上比初等数学好学，你只要记住了微积分的公式，就没有不会作的题。但是这个初等数学呢，比如说，平面几何、立体几何的证明题，你拿一道难的来，就是数学教授恐怕也要看半天，还不一定就能证明出来。"

他还说："学问，学问，连学带问。可是，你研究到后来，你问谁呀？没人可问，那就全靠你自己去研究了。"

振华感觉高等数学难学，主要是高中时三角函数、因式分解没有学到家，经过半年多的反复练习，也基本上掌握了诀窍，学起来也就容易多了。

《普通化学》（钢铁冶炼专业）教材是东北工学院化学教研室1974年6月编印的，是一本颇具"文革"气味的教材，扉页上印着：

毛主席语录

教育必须为无产阶级政治服务，必须同生产劳动相结合。

学制要缩短。课程设置要精简。教材要彻底改革，有的首先删繁就简。

要把精力集中在培养分析问题和解决问题的能力上……

这本教材的前言，介绍了教材编写的过程，因其有"史料"价值，也就恭录如下，以飨读者：

本着"教育要革命"、"教育必须为无产阶级政治服务，必须同生产劳动相结合"的精神，我们在党组织领导下，走出校门，到三大革命实践中去进行普通化学教材试编。本教材在我院举办的工科试验班和"文化革命"后的第一届工农兵学员中进行过试用，并在此基础上重新修订。

修正主义教育路线的主要危害是三脱离。"文化革命"前我院钢冶系普通化学的内容盲目的打基础，追求"广、博、深"，缺乏实用性，大讲水溶液。按照毛主席"教材要彻底改革"的教导，我们做了一些删繁就简的工作；同时结合钢铁生产的实际，确定了以高温为主低温为辅的教学内容。

编写教材的过程也是我们学习毛主席著作的过程。编写新教材时我们以《实践论》和《矛盾论》为指导，贯彻辩证唯物主义，努力做到由浅入深，由近及远，由简单到复杂，按照实践、理论、再实践不断地进行提高。编写新教材时，我们以无产阶级政治统帅自然科学内容，努力宣传毛泽东思想，批判资产阶级和修正主义思想，使教育为社会主义革命和社会主义建设服务，使我们的教材与资本主义和修正主义的教材有根本的区别。

在编写过程中听取了有经验的老工人、专业教师和工农兵学员的宝贵意见，也参考和学习了兄弟院校教育革命的经验。

教育革命正在蓬勃发展，不管在政治思想上和技术业务上，由于水平所限，我们做的是很不够的。错误难免，希同志们批评指正。我们决心以此为起点，在毛主席革命路线指引下不断前进。

对这样一篇奇文，恢复高考30年后的大学生们肯定是不明就里，如坠五里雾之中。但恢复高考第一届的七七级大学生所使用的教材，很多都是在"文革"

中"教育革命"的产物。如后来开课的《材料力学》《理论力学》《炉子热工基础》等课程的教材，有的也是1974年编写的。

讲《普通化学》的是乐秀毓教授，他担任化学教研室主任，瘦高个，白发苍苍，学者风度十足。在高中时，振华的化学课就学得最好，这《普通化学》也就好学多了，不像《高等数学》那么费劲。

由于化学课基础好，学新课也不觉得难，在课堂上也敢于提问或回答问题，可能还有批改作业吧，乐教授对振华还是有好印象的。

乐教授的女儿乐来星，考在沈阳师范学院外语系读书，与振华的大伯的孙子王承志是同班同学，承志称呼振华为叔叔，因振华和承志已去世的爸爸振亭是叔伯兄弟。相识之后，承志到东工来看望叔叔，就一起去看望他的同学乐来星和振华的老师乐教授。

乐教授一家就住在校园西边的教授楼里，教授夫妇看到自己女儿的同学和自己的学生来看望他们，非常高兴，热情接待，并对振华说："你的化学学得不错。"给振华以很大的鼓励。

撒药娜拉

东北工学院只有炼铁专业学日语，其他所有专业都学英语。大概是由于日本的钢铁工业在世界上比较先进、发达之故吧。

日语教材是湖南大学外语教研室日语组编写的理工科用《基础日语》（上下册），由湖南人民出版社于1973年出版的，"前言"如前文差不多，也是充满了"文革"味。第一课前边就是"毛主席万岁！"五十音图之后的第一个课文是"东方红"。

教日语的是韩郁令老师，两册《基础日语》学完之后，慢慢向专业日语过渡，就由金老师接着教授。韩老师会话比较好，他告诉同学们："单词靠死记，语法靠逻辑，翻译靠熟练。"金老师语法分析很到位。

学日语，首先要学五十音图。就像英文的二十六个字母，但比英文字母复杂多了，有平假名、片假名两种写法，还有什么清音、浊音、半浊音、促音等，把没有接触过日语的同学们整得晕头转向。

五十音图学过之后，韩老师就先教了几句日常用语，如"大家好"（米那桑抠你齐娃）、"老师好"（圣岁矣抠你齐娃）、"再见"（撒药娜拉）、"早晨好"（噢哈约无狗砸以马死）、"谢谢"（阿力割头）。

本来，韩老师往讲台上一站，先来一句："米娜桑抠你齐娃！"同学们要来一句："圣岁矣抠你齐娃！"但刚学这东西，字母还都不熟练，更不用说会话了，这几句话也经常弄混。

韩老师来上课了，往讲台上一站，对同学们说："米那桑抠你齐娃！"有几个同学就扯着嗓子喊："撒药娜拉！"教室里顿时笑成一团，把面相严肃的韩老师也逗笑了。

笑过之后，韩老师把脸一板，严肃地说："好啊，你们这些同学，拿张作霖对付日本人的一套来对付老师！"同学们都一愣，也都严肃了起来。

韩老师接着说："张作霖主政东北的时候，在沈阳大帅府，经常接见日本人，也会几句日语。有一次，来了个日本武官，他握着对方的手乱摇，嘴里喊着：'撒药娜拉！撒药娜拉！'弄得日本人不知所措。进了客厅，副官倒茶倒酒了，他气得站起来指着副官大叫：'阿利割头！阿利割头！'这个日本人以为张作霖不懂日语。拜会完毕，张作霖送日本人到大门口，冲着日本人直摆手，嘴里喊着：'八格牙路！八格牙路！'（混蛋！混蛋！）把小日本耍了一把。"

大家起先还把脸板着，越听越忍不住笑，待韩老师讲完了，大家笑得像开了锅，同时也调动了同学们学习日语的兴趣和积极性。

学外语，不管是学日语还是学英语，在上新课之前，必须把课文里的新单词背下来。在东工校园里，跑完早操之后，满校园都是拿着小本子背单词的学生，随处溜达，一个个旁若无人，如痴如醉，嘴里嘟嘟囔囔，叽哩哇啦，像有神经病似的。

有一次，吴文江对振华说："如果谁能把课文都背下来，不但单词会了，语法也会了，而且还练习了会话，考试更不成问题了。"

振华一听，很有道理，从此就狠下功夫，把《基础日语》上下册的课文全背下来了，考试的时候根本不用复习，随便怎么考，分数都很高。这样就能集中精力去攻克难度大的高等数学了。

老鼠头闹学潮

到校安顿下来后，振华就去看望了小姑妈王常丽，姑妈在沈河区房管局工作，姑夫在沈阳酱油厂工作，他们住在青年公园桥北的宿舍楼里。大儿子已工作，二儿子还在读中学，小儿子在读小学。

振华把母亲和大伯捎来的花生、熟地瓜干、海产品等交代清楚，吃了一顿饺子，也算改善了一次生活。临行时，姑妈嘱咐："星期天有空就过来。"

"文革"中的沈阳，是陈锡联主政，每人每月只有三两花生油的油票，人们都称他是"陈三两"。此时此刻的沈阳，商店里卖的点心，有不少是红色的——高粱米做的。

学校食堂里，主食有三种：高粱米、玉米面窝头、馒头。还有一种外号叫"杠子头"的食品，是用白面粉做成的，死硬死硬的，同学们形容说"放在汽车轮子底下也轧不碎"。

副食也是马尾巴提豆腐——提不起来，白菜汤、酸菜汤，偶尔有点豆腐，甭想见点肉。

到了开饭的时候，同学们每人拿着碗或饭盒、勺子，排着队打饭。若谁的碗里偶尔有一小块肥肉，能挑出来炫耀半天，把同学们馋得不行，恨不得抢过来解解馋，这位同学一看再炫耀下去，这块肥肉就有可能落入他人之口，就赶紧仰头放进嘴里。

有一次，盛菜的大木槽里有了荤腥了。眼尖的同学发现菜里有一个老鼠头，大概机器切菜时把这只躲在菜里偷吃的老鼠给切碎了，就一锅都煮了！

这一下，了不得了！学生们不干了，饭也没法吃了，把这老鼠头吊了起来，挂在食堂大厅里，还有用绳子拴着的咬不动的"杠子头"。由于同学们都受过"文革"的战斗洗礼，写大字报都是行家里手，大字报马上就贴得满墙都是，愤怒声讨的吼声，再加上敲盆砸碗的交响乐，响彻云霄！

好家伙，闹学潮了！这还了得！顿时惊动了系里、院里的领导们，亲自出面，分片包干，晓以大义，做耐心细致的思想工作，并答应立马改善生活！

与天奋斗，其乐无穷；与地奋斗，其乐无穷；与食堂奋斗，其乐无穷！

这一斗立刻见效，马上破天荒地开了一顿红烧肉。同学们用勺子敲打着破碗，欢呼着胜利！

尽管伙食不怎么样，可振华是农村来的，这自然比一天三顿地瓜、地瓜干强多了，而且伙食费也不高啊！每月伙食费12元，菜票、粗粮票、细粮票，每月由生活委员领一次。

入学不久，班里就开始评助学金，农村来的同学大都评为一等助学金——16元，城市里来的同学，有二等、三等的，当然，带工资上学的就没有了。

上了一个月的课，就到了清明节。班里组织大家到抗美援朝烈士陵园扫墓。

抗美援朝烈士陵园在沈阳城北，北陵公园的东邻。这一个烈士陵园建设得规模宏大，牟平县的烈士陵园又没法比了。

进了陵园大门，就是一座高大的纪念碑，碑文是由董必武题写的"抗美援朝烈士英灵永垂不朽"。

扫完了墓，同学们在陵园门口照了一张合影。

此时已近中午，回学校吃饭肯定是不行了，下饭馆吧！这时就以寝室为单位了。振华同寝室的八个同学，北京、上海的三个同学都带工资，鞍山、辽阳、丹东的三个同学也都是大城市来的，只有振华和郭立功是农村来的，交完了学校收的教材费等各种费用，可谓囊中羞涩。

在小饭店门口，有的同学已经进去张罗着找座位，有的张罗着要点菜。郭立功和振华在门口商量着："他妈的，咱别吃了，咱回去吧！"二人就想走，陈兴国一看，拉着二人的手说："回去干吗？回去也没饭吃了！这回不用你们拿钱。"硬把两个人拉了回来。

其实，既然出来，囊中总要带几个子，只是不舍得花罢了。既然吃了，那就按人头来吧，别掉这个价了。

郭立功感慨地对振华说："他娘的，山东好汉都是非常仗义的，但他妈的没有钱也仗义不起来呀！"振华也感叹道："是啊，手中有钱腰杆子硬啊！那宋江，不就是有点钱，谁有困难他就帮谁，才得个绰号'及时雨'吗！'天生我材必有用，千金散尽还复来。'别着急，面包会有的，钱也会有的。"

上大学是为了追求真理的。"手中有钱腰杆子硬"，这一条大概也是二人追求到的绝对的普遍的最简单的真理吧！

北陵与故宫

清明节刚过，五一国际劳动节又到了。

4月30日晚，学校组织了第一次会餐。以寝室为单位，每个人打回一份不同的饭菜，放在寝室内的长条桌上，大家饱餐一顿，心情极为畅快。

身高体大的孙武，摸了摸鼓起来的肚皮，叹口气道："唉！他妈的，来了两个月了，我就没吃饱过，这回可吃饱了！"

振华一听，也颇有同感。学生定量30斤，又没有油水，活动量又大，正是长身体的时候，确实不够吃，要想吃饱的话，一天吃一斤六两差不多。好在振华又是哥哥、又是姐妹的，还隔三差五地给他寄点全国粮票来，所以他倒也没挨着饿。

五一节放假，去看看大河吧。

从南湖公园站乘环路无轨电车，转到了红旗广场，广场中央有一组工农兵形象的巨大雕塑群，躯体前倾着，簇拥着红旗向前进。这样大规模的雕塑群像，振华也是第一次见到，很多人在这里拍照留念。

从这个广场辐射出多条道路，振华按大河留下的地址，找到了去黄河大街的公交车，在北三段下了车，打听着找到了大河的家，住在一幢宿舍楼的三层单元房内。

大河一看，老朋友来了，非常高兴。阿姨个头不高，面目祥和，又是老乡，聊起来没个完。阿姨的大儿子、二儿子、大女儿都已工作了，大河上高中，妹妹上初中，一家人和和气气，其乐融融。

聊了一阵子，大河说："走，咱们到北陵公园玩玩。"

阿姨送到门口，嘱咐道："玩够了，早点回来吃饭哪！"

大河头戴一顶崭新的军帽，显得很帅气。"文革"期间，最吃香的就是解放军了，那时候，"农业学大寨，工业学大庆，全国人民学习解放军"。这都是毛主席的最高指示。就是城市里的姑娘，找个解放军当对象，那也是相当满意了的。城里的小伙子，能戴上一顶军帽，那就可以招摇过市，显摆一番。可是军帽又没有那么多，需求量又这么大，所以，那时候抢军帽成风。你戴着军帽在大街上走，后边来个骑自行车的小伙子，把你的军帽从头顶上一抓，就快速地骑车跑了，等你反应过来，你也追不上，只能自认倒霉。

一路上，大河就介绍沈阳抢军帽的厉害，戴着出来可要小心点，尤其是晚上根本就不敢戴出来。

沈阳这个城市确实是大，也是一座历史文化名城。这里有清兵入关前的故宫，是除北京故宫之外的全国保存最完整的故宫建筑群，还有北陵（昭陵）、东陵（福陵）等皇家陵寝。

五一劳动节，公园都为劳动人民免费开放。

北陵公园，古木参天，气象森森，这里到处都是游人，非常热闹。还有辽宁歌舞团及沈阳市的文艺团体在这里义务为劳动人民表演精彩的文艺节目。

到了陵园的最后边，就能看到一个周围用砖砌成的高大的圆形围墙，墙里边就是一个大土丘。这下边就埋葬着清兵入关前的清太宗皇太极及其皇后。

看着这个大土丘，令人思绪翻滚，感慨万千："纵有千年铁门槛，终须一个土馒头。"人生的意义何在呀?!

陵墓南面两边都是陈列室，陈列着皇太极生前用过的一些刀枪剑戟、穿过的衣服铠甲等物品。有一把椅子很有特色，扶手是用两支鹿角做成的，非常漂亮，但坐着不一定舒服，而且存在危险隐患，这要是不小心摔一跤，扎在脑袋上或胸部，能把人刺死。

后来，大河还陪振华到东陵和故宫转了转。

东陵是清太祖努尔哈赤及其皇后的陵墓。昭陵和福陵的建筑都具有满汉两族风格。东陵有著名的108磴，踏过这108个台阶，才能进入主要建筑景区。

这次到东陵，振华带了一个速写本，在那里画了三幅速写，《东陵108磴》《东陵碑亭》《东陵建筑群》。

此后，振华凡外出旅游或开会，总是带着速写本，走哪画哪。

沈阳故宫的建筑布局分为三路。

东路为清太祖努尔哈赤时期建造的大政殿与分列两边的二王亭、八旗亭。不仅布局合理，壮观和谐，而且反映了清初共治国政的联合政体，它是中国宫廷建筑史中独具特色的一大创造。

中路为清太宗皇太极时期续建的大内中阙，主要建筑有大清门、崇政殿、凤凰楼、清宁宫。

西路则是乾隆时期增建的文溯阁、嘉荫堂和仰熙斋等建筑。文溯阁建成后，曾收藏79337卷的《四库全书》。

与北京故宫相比，沈阳故宫自有其特色——参观北京故宫大概看不到皇帝一家人吃饭和出恭的地方。清宁宫里还有煮肉的巨大的铁锅，过年的时候，皇帝一家人就在这里煮肉、祭祀，吃肉过大年。宫内南、西、北相连的"万字炕"，保留着满族住室结构的特点。

皇帝方便的地方，也没有暖气，要是冬天也够冻屁股的，其设施不如现代的抽水马桶。

转完了北陵，大河拉着振华一起回家吃饭。过节了，老家来了客人，阿姨和姐姐都在忙活着做好吃的。这一家人都很实在、热情，使振华大有宾至如归之感。

要回学校了，姐姐对振华说："现在厂里要考高中的课程，你星期天有空能来帮我补习补习吧？"

振华想，刚经过考大学的磨炼，帮助补习普通高中的课程，那还不是张飞吃豆芽——小菜一碟，就满口应承："没问题，没问题！"

最勤奋的学生

七七级新生入学时，学校里还有两级工农兵学员——七五级、七六级。

工农兵学员的文化课考试，是以初中课程为主要内容的。由于"文化大革命"的干扰，学生学业水平普遍较低。在钢冶系高年级的学生中，振华后来认识了两个人。一个是王力波的荣成老乡，他只有初中学历。振华不由自主地想，自己高中毕业，学高等数学还这么吃力，初中毕业生这怎么学呀？一个是振华的文登老乡杨启邦，长得高大英俊，在七五级冶金炉专业，来校前在中学担任老师，基础还好一点。

半年之后，七八级新生就入学了；又一年之后，七九级新生也入校了。此时，因教育革命学制缩短为三年的七五、七六级工农兵学员也都毕业离开学校了。杨启邦还不错，分到了山东省冶金系统的一个研究单位工作。

七七级学生，以社会青年为主，应届高中毕业生很少。炼铁专业70个人，只有王力波和二班一个小伙子是应届高中毕业生。七八级学生可能参半吧，到了七九级新生，主要就是应届高中毕业生了。

这三届学生，后来被统称为"新三届"，学习都很刻苦。尤其是七七级学生，每个人都非常珍惜来之不易的学习机会，其刻苦努力的学习精神，经常为教师们称道。

后来的八○级学生，就全是应届高中毕业生了，在他们中间弥漫着"60分万岁"的口号。大概为了能考上大学，已经拼了三年命，考上了大学也就达到了目的，"船到码头车到站"，该松口气、好好玩玩了。

大学的学习，与中小学差别很大。中小学的学习，一是讲课节奏慢，二是作业多，老师还要批改。大学由于要学的课程多，老师讲课非常快，也布置作业，但有的课，老师既不收作业，也不批改。如高等数学，配发一本《高等数学习题集》，讲完课，朱老师拿出这本《习题集》，要求作多少页某某题，布置完了，他讲义夹一合，一拍屁股就走人了。第二天，再发一些标准答案，由同学们自己批改自己的作业。试想，200多个学生的作业，老师怎么批改的过来。不过，一个讲课的老师，还配一个助教，负责给同学们"答疑"。

钢冶系是全院有名的"老头系"，可能是指这个系的女生少，也可能是因为这个系的学生大都土里土气的吧！要是与东工东邻的如花似玉、郎才女貌的沈阳音乐学院的学生们在一起，那就像贾宝玉、林黛玉和刘姥姥、板儿似的。

不管怎么说，钢冶系也有"系花"。炼铁专业有四位女生，炼钢、电冶金、冶金炉各班有五名女生，这二十几枝"系花"，也就很抢手，成了某些男生献殷勤和追求的对象了。

大一、大二这两年，不少课程都在一起上，如《高等数学》《普通化学》《普通物理》《理论力学》《材料力学》《电工学》等课程，六个班都在阶梯大教室上。

上大课时，阶梯教室的前排是听课最好的地方，为"兵家"必争之地。有的男同学，吃了早饭，就背着书包，抱着几个坐垫，一溜小跑，来占听课的好阵地。当然，他抱着的几个垫子，有一个是他的，其他的都是女同学的。

大学老师上课，一上就是两节课，称为两个学时，当然每节课也就是上50分钟吧。

上午两节课上完后，下两节课十有八九要调换教室，而且不在一个学馆内。钢冶系多在东北角的采矿馆和西南角的机电馆之间调换。这一下热闹了，在采矿馆上完两节课，老师刚说下课，那些好为女同学服务的爷们儿，迅速收起女同学的坐垫，以百米冲刺的速度，向西南斜着穿过小树林，奔向机电馆。而同时，机电馆那边也有不少同学向采矿馆这边奔来。此时的校园，学生们川流不息，热闹沸腾，蔚为大观，煞是好看。

振华还是有自知之明的，僧多粥少，自己又是从农村来的，虽然小伙个头一米七八，长得又很白净，一头乌黑闪亮的头发，但衣着气质仍脱不了农村习气，再加之一口胶东方言，还满嘴污言秽语，就是献殷勤也轮不着自己。

这"污言秽语"也罢，很多人听不懂。有一次，一个同班同学问振华："老王，这个'吕必炒的'是个什么意思啊？"振华一听脸就红了，人家阳春白雪，听不懂咱这下里巴人，又不好解释，随支吾其词："这是胶东土话，骂人的，你这大城市人，说你也不懂。"

这是进大学后，振华第一次感觉到与环境格格不入，此后必须加以注意，慢慢修行吧！

振华的想法，当务之急，是先把学业搞好，大学毕业后，分配了工作，那时候，天涯何处无芳草，找对象还不好办。因此，振华就更加坚定了自己的主意，心如古井之水，波澜不惊，决意集中精力，完成大学学业，不毕业不谈对象！

由于学习压力太大，时间不长，很多同学就患神经衰弱，睡不好觉。尤其是理工科的课程，都是很硬的，不像文科课程死记硬背就行，女同学压力就更大了。晚上睡不好，白天自然就发困。朱老师在黑板上推导公式，前排就总有几个女同学困得趴在长桌上瞌睡。老师也体谅学生们的难处，也不叫醒，你睡你的，我讲我的。好在瞌睡虫一会儿就跑了，又精神起来继续听课了。

振华自以为从农村长大，干农活两年多，身强力壮，对付学习应该没问题，也不注意体育锻炼。

一般上午四节课，下午有时候有两节课，有时候没有课，有时候做实验。振华总是在食堂吃完午饭就到教室学习，晚饭有时候拿回寝室吃，和同学们聊会天，就又到教室了。各班有固定的小教室，铁一、铁二在一个大一点的教室。在教室里学习到10点，教学楼就要熄灯，就背着书包，回寝室睡觉。

这样拼了几个月之后，振华也开始睡不好觉了。熄灯后，躺在床上，翻来覆去的，迷迷糊糊的，就是睡不着，白天就没精神。若长此下去，形成恶性循环，对学习的影响可就大了，若是毕不了业，可就坏事了！怎么办呢？

大一、大二、大三的学生，都要上体育课。刚开学时，沈阳还是冰天雪地的，上体育课，先学滑冰。就把采矿馆和冶金馆之间的那个足球场四边围起来，用水管子浇上水，一晚上就变成滑冰场了。每个同学领一双滑冰鞋，先领花样滑冰的短刀冰鞋，学会滑了以后，再领长冰刀的速滑冰鞋。

同学们都换上了冰鞋，站在冰场上，老师讲解完了滑冰要领，就让同学们练习着滑。

那冰鞋，就像鞋底子上绑了两把窄菜刀，不要说滑，站都站不稳，一个一个的直往冰上摔，同学们前仰后合，相互取笑，这第一节课就是摔跤了。第二节课，就练得能滑了。学校体育馆还向同学们出借冰鞋，有学生证就能借，这倒是东北高校的一大特色。

天气渐渐暖和了，冰就滑不成了，体育老师又教了一套三路长拳。

东工体育教研室还有一位体育教授，是国家级裁判，在全国都很有名。有一次，院里开运动会，辽宁省的一个跳高运动员要晋升"健将"，当着教授的面跳了过去，教授拿着尺子一量跳过的高度，就算考核通过。

有一次要上体育课，外面下雨，室外没法上，教授就把同学们集中到教室里，讲了一堂体育课。讲我国近现代体育事业的发展，又讲我国运动员参加奥运会如何如何，又讲李鸿章出访英国看篮球赛、足球赛的趣闻轶事。

他说："李鸿章出访英国，英国人请他观看篮球比赛，他看那么多人抢一个球，就对陪同的英国人说：'这么多人抢一个球多不好，还是一人发一个球，让他们玩好。'"说得同学们哈哈大笑。

教授接着说："李鸿章看不懂篮球，又被请去看足球比赛。不知足球为何物的天朝大臣，看来看去，也不得要领。看了半场，感觉莫名其妙，匪夷所思，就问陪同的英国公爵、子爵们：'那些汉子，把一只球踢来踢去，什么意思？'英国人说：'这是足球比赛，而且他们不是汉子，而是绅士、贵族。'李鸿章摇摇头说：'这么冷的天，为什么不雇些佣人去踢？为什么要自己来，跑得满头大汗？回头内热外感，伤风感冒就不好了，谬矣哉！谬矣哉！'"

这一下子，教室里哄堂大笑，有的同学还感叹道："难怪中国足球不行，原来国家领导人就不懂足球！"

有的同学向教授反映，由于学习压力太大，神经衰弱，睡不好觉，怎么办？

教授说："这是个较为普遍的问题，也好解决。七五级有两个学员，也是神经衰弱睡不好觉，我给他们出主意，下了晚自习后，就去跑步，从学校跑到火车站，再跑回来，大概有十几里路，这一坚持跑步，就睡好觉了。跑了一圈回来，出一身臭汗，也非常累，洗巴洗巴，一上床就睡着了，就跟小猪似的，呼呼地打呼噜。"

老师的教导，有如大旱之年望云霓，拨开云雾见天日。其他同学不知听没听进去，教授之一剂良药，确实对了振华之症。

当天晚上，振华即付之一跑。十里长街，冲迷雾破黑暗，心中充满了追求光明的渴望。

农村孩子，尽管缺点很多，但也有城里孩子所缺少的一些独特优点。农村孩子从小吃苦受累，受尽折磨，就是不怕苦、不怕累。

此后，振华天天坚持跑步，晚上9点开跑，跑到9点45分左右回寝室，同学们还没睡。冷水擦身，洗漱完毕，躺在床上，别提多舒服了，很快就进入了梦乡。是否像小猪似的打呼噜，也只有同学们知道了。

不跑步，就不知道跑步的好处。一是明显增强了体质，睡眠质量明显改善，也就意味着白天精神抖擞，听课精力集中，学习效果显著提高；二是坚持从天热时就开始的冷水浴，从夏到秋，从秋到冬，坚持不辍，增强了身体的抵抗力，大学四年就没有感冒发热的事；三是充实了大学生活。一天到晚，三点一线，寝室——食堂——教室，令人烦闷。开始跑步后，振华有多条跑步路线，从学校到南湖公园再到火车站是一条，有时就在采矿馆东北角的田径跑道上跑；月明之夜，就从宿舍向南，跑到浑河大堤上去，也不感到害怕。"知己知彼，百战不殆。"别说大堤上无人，就是有人，看到远远一个黑影跑过来，也能把人吓得退避三舍了。

同寝室的同学，有几个也睡不好，一听振华吹嘘跑步的诸多好处，纷纷要求跟着振华跑步。振华此时的学习成绩还不是很好，自我感觉不良，这回因跑步提高了威信，也满心欢喜。晚自习结束后，就和约好的同寝室三个同学一起跑步。

第一晚，跑火车站，好歹一起跑回来了，有一个同学坚决不跑了；第二晚，跑浑河大堤，又一个同学坚决不跑了；第三晚，田径跑道12圈，最后一个同学也坚持不了了。就剩振华孤家寡人，坚持长跑不辍。

振华刚上高中时，第一节体育课，就是跑3000米，被同学们拉下一圈多。上大学后，经过长时期的跑步，耐力也得到很大提高，跑步速度也明显加快了。在系里举办的运动会上，5000米长跑也敢报名一试，差一点就进了前六名。有一次，学院组织全院学生参加春季万米越野比赛，从体育场出发，过东门向南到浑河大堤，从西门跑回来，再到体育场。取前200名，第一名得200分，第200名得1分。经过激烈角逐，振华取得114名的成绩，得86分，为钢冶系取得团体冠军立下了汗马功劳。

带工资的同学，星期天经常到火车站附近的工人文化宫看电影，中午再到饭店吃一顿，改善一下生活。回来后，就跟同学们介绍看的电影如何如何，同时也不忘吹嘘一下"烧麦"怎么好吃。

"烧麦"是什么玩意儿，振华没见过，也没听说过，不会是把麦穗烧熟了吃吧？

大学四年，一以贯之。除了节假日、星期天有时候到姑妈家、大河家走一走，改善一下生活之外，振华只看过两场电影，这也是听他们吹嘘得如何如何好才去看的。

一部是国产影片《冰山上的来客》，这部影片的音乐旋律和插曲，都非常优美、动听、感人；另一部是日本电影《追捕》。改革开放之初，人们很少能看到爱情电影，高仓健饰演的杜丘和中野良子饰演的真由美的精彩表演，扣人心弦，他们演绎的动人故事，倾倒了无数的中国青年和莘莘学子。

1976年粉碎"四人帮"后，1980年11月20日，中华人民共和国最高人民法院特别法庭公开审判林彪、江青反革命集团的10名主犯，举国关注，振华也好奇心十足，一连几个晚上挤在宿舍二楼的中厅，看电视转播。看着这些"文革"中不可一世的整过无数人的大人物，如今在法警的押解下，站在了被告席上，"成者王侯败者寇"，只有"伟大旗手"江青在那胡搅蛮缠，"狗头军师张"则一言不发，"死猪不怕开水烫"，行使了他的"沉默权"。

振华入学体检时，视力为1.5。由于每天长时间的学习，视力迅速下降，几个月之后，就看不清黑板上的字，只得配了副近视眼镜。这倒好，看起来更像个大学生了。

由于长年坚持长跑，有了强健的体魄，又能睡得好，加之年轻，脑袋虽不是很聪明，起码不能说很笨，再加学习刻苦，学习成绩也就不断提高。

最美好的时光

人的一生，说长也长，说短也短。

曹操有诗曰："对酒当歌，人生几何。譬如朝露，去日苦多。"

大多数人，从记事上小学起，初中、高中，压力都是不小的，考不完的试，排不完的名次。尤其高中三年，压力尤其大。高三那就不是人过的日子，教室后边的墙报上每天更改数字，离高考还有多少天，能把人逼疯了！难怪不少学生考完大学后，把高中的课本、复习资料一把火都烧了，以泄胸中之愤。考上大学之后，"刀枪入库，马放南山"，"60分万岁"也就可以理解了。

大学毕业之后，以前是分配工作，现在是自找工作，就业压力、工作压力，成家立业，买房购车，各种压力烦恼，接踵而至，一直到退休，也安定不下来。退休之后，还有几十年，也就一眼看到头了，各种疾病从身上生出来，也就不复美好时光了！

尽管"去日苦多"，然人生毕竟还是有美好的快乐的幸福的时光，不然这人生也就太苦闷、太无生趣了。

纵观人生，若有幸能够上大学，求学这四年应该是人生美好的时光了，青春年华，对未来充满憧憬。上大学后，如果不考试，那就是人间天堂了。可惜目前的中国，什么都要考，上大学而不考试，只能是痴人说梦，算是学生之梦吧！

然大学四年，有暑假、寒假七八个，而且期末考试也考完了，如释重负，身心放松，卸去了所有的压力，这应该是人生最美好的时光了！

从1978年3月开学后，经过几个月的紧张学习和考试，终于盼来了盼望已久的第一个暑假。

文登和荣成是邻县，王力波家在荣成县马道镇。他年纪最小，就和振华结伴回家。

一晚上火车就到了大连，王力波有个姑姑在大连工作，说先到他姑姑家去，再去买船票。

他姑姑、姑夫，还有两个千金，大千金上初中，小千金上小学。

在他姑姑家客厅沙发上坐下之后，振华看茶几上放着香烟，就抽了一支。

早餐后，千金们都上学去了，大人们想必也都上班去了。一看家里没人了，振华又想抽烟，可是茶几上的香烟却不见了。

振华就大发感慨："你看看！你看看！你姑姑一家人也真够小气的！我抽了一棵烟，还把烟藏起来了，你们家的人都这么着吗？"

左一句，右一句，说得王力波脸上红一阵、白一阵，他也纳闷，怎么烟就不见了呢？

发完了牢骚，正商量去买船票，厕所门忽然开了，出来一个大人，正是姑夫！这一下轮到振华脸红了，说啥呢？这才叫"不好意思"呢！

原来姑夫在厕所里，听着振华喋喋不休，怪话不断，也不好意思出来了！

振华的大姐夫的姐姐在大连云山宾馆当会计，这座宾馆档次很高，是大连市的接待宾馆，和大连港都有联系。

振华到云山宾馆找到了这位大姐姐，她拿来一张条子，让振华到客运港售票处几号窗口去取票。

在家千日好，出门事事难。在家靠父母，出门靠朋友。信哉？自此，烟台、大连之间最难买的船票问题算解决了。而且这一次买的船票，还升了一级，是四等舱。就是在五等舱的上层，也是大通舱，不过固定着很多钢制的上下床，这就可以躺着舒舒服服地睡大觉了。

大学四年，烟台、大连来回多次，振华最奢侈的是乘过一次三等舱。三等舱在四等舱的上层，在水面以上，隔成一个单间一个单间的，里边有四个上下床位。真是"货比货得扔，人比人得死"。想想五等舱的境况，不要说三等舱，就是四等舱也很好了。

天亮了，人们都涌上甲板，看海上日出。一阵阵凉爽的海风吹来，沁人肺腑；眺望着辽阔的大海，令人心旷神怡；看着翱翔的海鸥，年轻的心已飞回了故乡。想着快要回家看望母亲了，游子心潮激荡。

轮船劈波斩浪，快速前进，远远地看到海上的山了。振华指着那远山对王力波说："看哪，烟台山！"旁边一位老者纠正道："那不是烟台山。"初生牛犊不怕虎，振华面子上下不来，就顶撞道："那肯定是烟台山！"老者一看："孺子不可教也！"也就不与一般见识，而"沉默胜金"了。

在烟台汽车站，约好了返校的时间，先把王力波送上了到荣成的客车，就分道扬镳了。振华又到大爷家把小姑妈捎给她大哥的一些点心什么的给了大爷。

归心似箭，在大爷家吃了早饭，就直奔汽车站，乘车回到了家乡。

汽车在昆嵛村东头停了下来，振华沿着村中间的东西主干道，一路风光，与见到的熟人们打着招呼，乡亲们都以羡慕钦佩的目光，看着这位全村唯一的大学生荣归故里。

踏进熟悉的门槛，院子里苹果树下，一个很长的绣花撑子两边坐着五六个大姑娘、小媳妇，都在穿针引线，绣着美丽的花边。一看大学生回来了，都亲热地打着招呼。

母亲一看，小儿子回来了，满脸笑容，忙站了起来，接过行囊，左看看，右瞧瞧，说了声："瘦了！"

看着母亲慈爱的目光，振华感慨万千，真是"儿行千里母担忧"啊！

这第一个暑假，除了给菜园浇浇水，上上肥，没什么别的农活可干。

早晨起来，带个日语单词小本子，过了南河，到处溜达。有一次，背出了神，竟撞到路边一棵大树上。

放假前，振华从学院图书馆借来一套四本《红楼梦》，有时在屋里看，有时在院子里看，有时出村找个小树林看，看得津津有味。

吃完午饭，就和几个熟悉的儿时伙伴到村子西边的大口井游泳。这里总有十几个小伙子、小孩子在这里游泳、玩水。

振华一下水，就绕着边不停地游。

这个大口井是长方形的，大概有30米宽、50米长，四周砌有一道矮墙。这个大口井的原址是一个大水洼，旁边还有泉眼，因这里有水源，就在这里挖了个大口井。

这大口井，可不是城市里的游泳池，这里所有的人都光着屁股蛋子，这样游泳才够味、才爽，阻力也小，游得也快。

游累了，就坐在池子边上聊天。

王朝猴说："前一阵子，张成义家那个小闺女在这个大口井里淹死了。"

振华忙问："怎么回事？"

王朝猴说："妈那个×的，咱村那个熊赤脚医生，给人看病，看着看着，把人家孩子的肚子看大了，那闺女感觉没脸见人了，就跳这大口井里淹死了。"

说起赤脚医生，这也是在"无产阶级文化大革命"中诞生的社会主义新生事物。大的村子，都有一个或几个赤脚医生，给村里人看病、治病。大病要到公社卫生院去看，感冒发热、泻肚子、打蛔虫等小病，赤脚医生就能看了。

医院里的医生，都身穿白大褂，足蹬亮皮鞋。赤着脚的医生，也就是村里人，虽名曰"赤脚"，但平时并不参加生产队的劳动，是个人人羡慕的好差事。如果后门不硬，你就是华佗再生，扁鹊在世，恐怕也当不上这赤脚医生。

这赤脚医生，也没有上过医学院，顶多上过几天赤脚医生培训班，会点针灸术，村里人都背后叫他们"二百二医生"，说他们就知道抹"二百二"[1]，肚子痛也抹"二百二"。但是，农村也有一些传统的老中医，在村民中间享有很高的威信。

---

① 二百二：紫药水。

昆仑儿女

昆嵛村是一个五百多户的大村子，共有三个赤脚医生，可谓老中青三结合。

老的叫周文新，是个老中医，住村东北角，他有三个儿子、一个闺女。大儿子认振华的母亲为亲妈，在村里机器房干活，振华家要是送去小麦磨面粉，磨好后，他就挑着给他亲妈送来了。二儿子和振华的大姐同学，在米山公社工作；三儿子是村团支部书记，他的对象还是振华的母亲介绍的。最小的是闺女，从小学到初中都和振华同班。

有一次，振华的母亲生了病，躺在床上，感觉不好，就给振华交代后事，谁还欠咱多少钱，交代完了，就说："你去叫你文新大爷来。"

振华正在这里吓得不知所措，一听母亲吩咐，一溜烟地冲出了家门，穿过了大半个村落，到了文新大爷家，上气不接下气地说："大爷，俺妈病得不轻，叫我来请你去看看。"

文新大爷和振华的父亲是很熟悉的老朋友，要不然也不会让大儿子认亲爹、亲妈。文新大爷把药箱整理好，让振华背着，穿上鞋就出来了。

经文新大爷把脉诊断，先让母亲吃了几粒药，安慰了病人一番，又开了药方，让振华去公社卫生院抓药。赶到振华抓药回来，母亲已经在忙活着做饭了。

振华一看，对文新大爷佩服得五体投地，这真是杏林春暖、妙手回春哪！

一个年轻的女赤脚医生，还没有结婚，身材娇小，人很精明。她弟弟和振华初中同班，担任班长，但没有考上高中，就回村在果业队干活。有一次，他在西边最远的苹果园巡视，发现一个姑娘倒在路上，估计是急性病发作，一看还认识，是五队的一个大闺女。他一看，这怎么办？就把她背起来送回了家。这个大闺女高高的个子、苗条的身材，身体恢复了后，执意嫁给了背她回来的男人。

再有一个赤脚医生姓张，个高大，肤白净，相貌英俊，气质儒雅，已结婚生子。媳妇在家里绣花，长得又白又漂亮又丰满，感觉《林海雪原》里描写那个女军医白茹就应该是她那个样子。但她的丈夫不珍惜，家花不如野花香，吃着碗里的看着锅里的。他有很多机会单独接触女病人，终于把人家小姑娘的肚子弄大了，大概又负不了这个责任，逼得姑娘投水自尽了。

振华认识这个小姑娘，个子约一米五，十六七岁，五官端正，性格开朗，想她好好的一个小姑娘，就如含苞待放的花朵，还没有充分地体验生活，就这样决绝地结束了自己年轻的生命，很是惋惜，也对造成这恶果的色狼充满了愤恨。

这个小姑娘的死，又让振华想起了村里另一个大姑娘的惨死。

这个大姑娘不到二十岁，她弟弟和振华小学同班，是很要好的朋友。她爸爸脾气非常暴躁，村里没人敢惹他。这个姑娘也在缫丝房绕丝，大概因为婚事惹恼了她爸爸，连打带骂的，姑娘受不了了，瞅空儿喝敌敌畏死了。她家就在大队办公室东边，村里不少人到她家去看，振华也挤在人缝儿里看，姑娘的娘哭得天昏地暗，这个逼死亲闺女的爸爸也在院里顿足捶胸，追悔莫及。

这暑假差不多有两个月，在家里住了一段时间后，受大姐之邀，振华和母亲来到大姐家里做客，在这里住了几天。

大姐和姐夫结婚后，租住在公社驻地的一个农户家里。这一户人家是一个院落，大门向北，临界石村的东西主干道。这条主干道也就是逢阴历三和八赶集的地方，一到集日，整条街两侧都是卖东西的。这个院落前后两排房子，中间是院子，户主一家住南屋的四间，大姐一家租住北屋的三间，最西一间是个过道。

户主是一个50岁左右的农民，瘦高个，好喝酒，略显苍老。他妻子领着两个闺女和左邻右舍的女人一起在过道里绣花。大闺女年已及笄，人长得苗条、白净、漂亮，待字闺中；小闺女初中毕业就不再上学了，也帮着家里绣花。

丈母娘和小舅子哥来了，大姐夫忙活了起来。正逢赶集，出门买了一条大鲤鱼和一些小海虾、蛤蜊，还有一些时令菜蔬，在灶下拾掇。

振华在家里的时候，主管外务，内务又有姐姐，又有妹妹，基本上不用动手。但又想表现得勤快点，就说："哥，我帮你忙吧？"

大姐夫在部队当过连队的司务长，既会买菜，也能做饭。姐夫说："你能帮什么忙？在这儿还碍事。这么着吧，这家房东挺好，你去请老头中午过来喝一杯，然后上集上转转去吧。"

振华到了南屋，很客气地传达了姐夫的邀请，老头高兴得了不得。然后就到集上转悠去了。

这市面上人来人往，摩肩接踵，走着走着，听到一声呼唤："振华叔！"

振华驻足一看，原来是昆嵛村四队的一个小伙子德胜，手里托着一个小盒子，在这里做买卖。振华凑近一看，盒子里放着花花绿绿的圆形透明塑料片。

"我这是表贴啊，贴在手表蒙子上，又好看，又保护手表。叔，我给你贴一个吧？"德胜热情地介绍道。

振华推辞道："我这个破表用不着。你爹妈都挺好的吧？"

"都挺好的。"

"行，那你忙啊，我再转转。"

振华抬腕一看，时候差不多了。在往回走的时候，振华想，这些个小塑料片都卖了能卖几个大钱？不过人家敢出来赶集卖也就不容易了，自己恐怕都没有这个勇气，慢慢锻炼吧。

振华又抬腕看看自己戴的"上海"牌手表，想起买这块表的时候，也真是不容易。

当时，农村青年能戴上一块手表，那是很时髦的事情了。整个四队也就是有两个青年戴着手表，而且戴的是天津产的"东风"牌手表，大概70多元钱，就得意得了不得了。

振华十分想买一块"上海"牌手表，要120元钱，这是有很多困难的。一个是农村没有卖的，供销社来个一两块也要走后门；一个是家里的钱不够。就是烟台大爷的大女儿在纺织厂工作，为了买一块手表，也要积攒几年的钱，才能如愿。

后来大姐想办法弄来一个买手表的票，可这钱不够怎么办呢？就跟母亲商量。

母亲说："你去借吧！能借着你就买，借不着就再说吧。"

这是振华第二次借钱了，可不是六分钱了，而是要借几十元钱。就厚着脸皮，找那家境好一点的，关系又不错的人家，去试试看。

不管怎么说吧，反正走了两家，是把钱借着了，把手表买回来了。

振华考上了大学，还真是需要一块手表。可大姐考虑，一个农村孩子，戴着手表上大学，会不会造成不好的影响？就让弟弟先别戴，上学后，看戴的人多不多，再说。

振华入学后，看到不少同学都戴着手表，没人当回事。

这次放暑假回来，振华才把心爱的"上海"牌手表戴在了左手腕上，而且也增加了一个以前不曾有的动作，经常抬手腕看看时间。

看着这东来西往的人流，振华又想起了有一年和小哥、大姐来赶集，买回了半铁桶糖水，也许是糖精水。小哥和大姐用一根棍子抬着往家走。走一会儿，歇一会儿，喝一会儿，哎呀！那个甜哪！还有一次，上小学的振华有了一毛钱，不知怎么花好？去赶集吧！到了集上，买什么好呢？看到有卖鸭梨的，这种梨是所有梨中最甜的，振华从来没吃过。一打听价格，一毛钱能买一个大梨。好！买个大梨尝尝吧！就为吃这一个梨，来回走了十里地！想到此，振华不禁长叹一声，往事不堪回首啊！

转悠一会子，就转回来了。一看，房东老头已经来了，正盘腿坐在炕上做客呢！桌子上摆了几个菜，还有一瓶酒。

大姐回来了，帮着摆筷子、酒杯，大姐夫把最后一个菜也端上来了，拿起酒瓶要斟酒，一看不对劲，一瓶酒放这儿的时候还是满满的，怎么还没开始喝就"少了"一大块呢？他看看房东，老头正"王顾左右而言他"，唉，好酒之人！开喝吧！

小闺女刚初中毕业，正在学习绣花，母亲来了，技痒难忍，就指导小姑娘学习，其乐融融。两个小姑娘见来了个大学生，崇拜得不得了，一口恨不能喊出两个哥，叫得那个脆生、那个甜哪，叫得振华心花怒放，浑身舒坦。

在界石村，振华有不少高中同学，同班的有三个最要好的同学：刘爱国当兵去了；刘霞到文登工具厂上班去了；刘金玲考上了文登卫生学校。

刘霞一家人在界石公社也算是名门望族了。她爸爸在社办工厂当厂长，母亲在缝纫组工作，尤其是刘霞的姑姑，"文革"中是县委常委，经常脖子上挂一双破鞋挨批斗，闻名全县。不过，彼一时也，此一时也，现在已提升为县委副书记了。

高中毕业后，有一次振华到界石村，正好碰到刘霞挑着两个尿罐，挨门挨户地搜集人粪尿，在每家搜集的人粪尿都要过秤，记到小本子上，好折算工分。两个尿罐都盛满后，再挑到生产队的粪池子里倒掉。

一个如花似玉的姑娘，干这个活真是明珠暗投啊！估计心里也是很委屈。可是，不吃苦中苦，难为人上人。在那扭曲的年代里，上大学是要贫下中农推荐的，贫下中农能推荐一个绣花姑娘上大学吗?！而高中毕业生，一个大姑娘，不怕脏，不怕臭，不怕累，为社会主义新农村建设挑大粪，这样的典型不推荐上大学，还推荐什么样的典型呢?！

金玲同学一看，刘霞挑大粪，我也得整点突出事迹，当个养猪姑娘吧！就坚决地、义无反顾地拒绝了大队书记让她担任会计的安排，到村东南新建起的一排排养猪场当"女猪倌"去了。

这猪倌比挑大粪还难当，要用大锅熬猪食，烟熏火燎。熬好后，淘到两个铁桶里，挑着担子到每个猪食槽前，再淘几大勺喂猪。这还能忍受，尤其是打扫猪圈卫生，猪屎猪尿臭气熏天，顶风还臭八百里！为了上大学，臭就臭吧，为了一生的幸福，怎么着也要忍两年吧！就是有一点受不了，"常在河边走，还能不湿鞋"，在养猪场干时间长了，浑身上下都沾了不少猪粪尿，就是把衣服洗干净了，在街上一走，身上也有一股臭气熏人，人们皆侧目而视。

从一个人人喜欢的姑娘，到人们离得远远的，这样大的反差让金玲受不了！回到家门口，她先把工作服挂到大门外的木橛子上，然后再洗脸洗手地进家门吃饭。

这还不算怎么着，难堪的是，这养猪场既有公猪，也有母猪，还要组织交配，还要为母猪生仔儿服务，当好接生婆，这可真是要了一个花姑娘的命了！

金玲是班上最爱干净、最漂亮的女同学。开学不久，同学们就传说，七二级的陈浩和她谈对象，那位学兄长得也很精神，学习在级部前几名，不过看这人面相有点邪，很厉害的样子。名花既已有主，本班同学都有可望而不可即之慨。

金玲上学时，几天就要换一次外衣，这能看到；内衣是否一天一换，这看不到，也不好问。看她整天打扮得漂漂亮亮，再搽点雪花膏、润肤露，浑身散发着一股迷人的香气，大概比薛宝钗的冷香丸还要香。

金玲卧薪尝胆、咬牙切齿地顽强地坚持了三个月，实在受不了了。这一天傍晚，回到家门口，把外衣脱巴脱巴都扔了，到了屋里，抱着母亲就哭啊："妈呀！我真是受不了啦！我就是不上这个大学，也不养这些×养的猪了，真受不了啦，妈呀！"

妈妈一看，把闺女委屈的，也抱着闺女哭。仰望上天，闺女的出路在哪里呀?！这么好的闺女，就在农村，嫁个庄稼巴子，当一辈子"锅台转"吗?！

唉！上学时，学校经常请贫雇农给学生作诉苦报告，忆苦思甜。那些报告里经常说的一句话是："旧社会把人变成了鬼，新社会使鬼变成了人。"《白毛女》就是讲了这样一个真实故事！两个年轻漂亮的知识女青年，在那人格被扭曲的年代，被命运逼得挑大粪、当猪倌，不知读者作何感想？但愿这样的悲剧不再上演！

春雷一声震天响，"四人帮"们遭了殃。1977年恢复高考的信息霎时传遍了大江南北、工矿村庄。刘霞听到恢复高考的消息，把两个尿罐子往粪池子旁边石头上一摔，恨声道："他妈的，我这两年大粪算白挑了！谁愿意挑谁挑去吧，我是不挑了！"一头扎进了数理化的王国当中。

当时，农村的孩子报考大学的少，报考中专的多，只要能脱离农村吃上国家粮就算烧高香了。苍天有眼，金玲考上了文登卫生学校，刘霞虽没考上，姑妈也把她安排进了县里的工厂。

学校都放暑假，金玲的卫校也不例外。

这一天中午，振华正坐在大姐房东家院子里的梨树下，提前预习要开课的《普通物理学》教科书，看到金玲笑容满面地走了进来，两个小酒窝儿波动着，一双脉脉含情的大眼睛看着她的老同学。

振华一看，老同学来了，非常兴奋，赶紧让座，又进屋倒水，在梨树底下班荆道故起来。

1977年的高考，最先录取报到的是本科生，然后是大专生，中专是最后录取的。所以，振华入学报到之后，也不知道高中同学有几个人考上了中专。

聊了一阵子考学的事，知道班里还有两个同学考上了中专，又聊了半天上学的事。

金玲叹息道："唉，咱们上高中的时候，那些×养的糟蹋我，说我是陈浩的对象。陈浩追我是真的，经常帮我家干活，都是一个队的，邻里邻外的，他来帮着干活，我妈还能把人家撵走吗？我爸是残疾军人，也不能干重活，但是我从来没有答应过他什么，俺妈也没表过态，主要是我不喜欢这个人。现在他当兵走了，我也考上学了，这个事也就没影儿了。俺这个学校，学制是两年，毕业后很可能就留在县里的医院工作了。等我挣钱了，你上学要有困难，我还能帮帮你，反止我们学医的，哪儿都需要，工作也好调动。"

看着这位高中时心里的偶像，振华内心百感交集。毕业前夕，振华还大着胆偷偷地送给金玲一个小手帕和一个小笔记本，以作留念呢！振华也看过几本文学书，又是20出头的青年，他听明白了金玲的意思，但没有表态。

能有这样一个漂亮姑娘做对象当然很好。可是，四年大学才刚刚上了半年，老鼠拖木锨——大头在后头呢！大学不毕业，谈何对象？所以，入学报到前，自己就立下了志愿：大学不毕业，不找对象。因此，考上青岛医学院北镇分院的旸里村于文华同学来昆嵛村看望他，他虽然热情接待，但是也没有表什么态，后来也没有再联系。

刘霞从县城回来看望父母，听说老同学来了，也来看望振华，硬塞给振华一双"回力"牌高帮白运动鞋，也不知道她从哪里知道的鞋号，振华说啥也不要。

刘霞说："你看看，我都买了，你不穿，我弟弟脚大也穿不上，没人能穿。老同学了，这点面子还不给！"振华只好收下了。

她又掏出一些钱，递给老同学说："你寒假回来时，在沈阳帮我买一个'棉猴'回来，我这来回骑车子冷啊！"

振华一看，吃了人家的嘴短，拿了人家的手短，这点忙只好帮了。

这两位女同学，是高中女同学中的佼佼者，眼眶子是很高的，在振华心中那是高不可攀的。这一次相见，振华这个小农民出身的大学生，在心理上得到了某种满足，也许是虚荣心得到了满足吧！

"一经形成难以改变"，恋爱不成仁义在，这两位女同学靓丽的形象、高雅的气质是铭刻在振华的心里的，同学之间的友谊也是天长地久的。

日月如梭，转眼就到了8月下旬，在家里也玩够了。振华就跟母亲说，先到莱阳看看三姑妈，回来从烟台大爷那返校。

到了莱阳海军机场场站，姑妈看到大学生侄子来了，很是高兴，更为高兴的是，她的大闺女任晓红也考上大学了，是在郑州的中国人民解放军测绘学院，也正在家里准备着行装。

姑妈的小姑娘晓霞这时已从北京转学到莱阳的中学读书。晓霞长得非常洋气、漂亮，在北京读书时，还作为红领巾代表向外宾献过花呢！

场站在莱阳县城西边，在莱阳的几天，和两个妹妹一起到县城赶集，买一些好吃的，回来改善生活，着实美餐了几顿。

临行时，三姑给了一小袋带壳的花生，让振华捎给她妹妹。

回到烟台后，又和大爷一起到烟台西沙旺看望了二妈一家。二妈的大儿子是个赤脚医生，二儿子王鸿在幸福镇政府工作，三儿子在海上养殖作业，二女儿也结婚了。

王鸿对振华说："考上大学才是第一步，要好好学习啊，不能松劲，离毕业还有好几年呢！"

临行时，大爷给了振华几块钱，嘱咐说："你小姑愿意喝啤酒，你给她买两瓶啤酒，要是不方便就算了。"

在于启智的帮助下，已买了两张四等舱船票。由于和王力波也约好了，就一起上了船。一晚上颠簸，天明就到了大连。

王力波还要到他姑姑家去送东西，振华感觉"无颜见江东父老"，惭愧地说："这回我可不敢去了，你去吧！我到云山宾馆去看看我那个大姐姐，就去买火车票。我在候车室那儿等你。"

要去见大姐姐，又没带什么礼物，振华就把三姑让捎的那一包花生送给了大姐姐，表示感谢吧，以后也少不了再添麻烦。

振华和力波坐上了火车，一会儿就到了午饭时间。王力波从包里拿出几个鸡蛋，说："我妈给我煮了不少鸡蛋，你吃吧！"

哇！开斋了！振华一看，包里鸡蛋还真不少，就诡秘地对王力波说："你看我能吃几个？"

力波说："随你吃，能吃几个吃几个，总吃不了一把①吧！"好家伙，还真够大方的。

力波父母也在农村，只有一个姐姐，在荣成县从事计划生育工作。

尽管力波生性大方，不过也发起了牢骚："妈的，开学时我带了些花生米，都让他们抢吃了，那个谁还说啥呢，'这个花生米养胃呀，我这个胃不大好，下回你多带点'。他奶奶的，我还多带点，这回我一个也没带。"

振华也附和着说："那个×养的就不是个好东西，牛×烘烘的，不啰啰他。"

振华吃着鸡蛋，琢磨着力波的话，悠着点吧，吃几个不饿了也就算了，要真吃了10个鸡蛋，力波到学校一说，脸面可就不好看了，没出息！力波要一生气，下回一个也不带给你吃了！

回到学校，同屋的同学们都把从家里带来的好吃的东西拿出来，让大家尝尝。振华也没什么好带的，有胶东特产熟地瓜干，随便吃。上海郁琼瑶从家里带来一饭盒做好的菜，也不知道是怎么做的，也不知道是什么东西，大家都尝了尝，那真是好吃，振华就没吃过那么好吃的菜。

到小姑家去一趟吧，把母亲捎给小姑的土特产送去。三姑捎的带壳花生送给大连姐姐了，没了！大爷让买两瓶啤酒，一打听，要买瓶装的雪花啤酒，必须要交旧瓶子，也不成。好歹大爷说了"要是不方便就算了"，那就算了吧！

不久，三姑来了一封信，意思是说，让你捎的东西你没捎到，不诚实，做出一些无理之事，从此断绝关系！

这一封信，不啻一颗原子弹在振华脑袋里炸开，将他炸蒙了，不知如何是好，这事也不能对任何人说，白天晚上都在琢磨这个事，怎么办呢？

先写封信向三姑检讨吧！再向小姑当面检讨，也把大爷让买啤酒的事也解释了一下。小姑人厚道，不像三姑火爆脾气，疾恶如仇，眼睛里容不得沙子。小姑见侄子认识到错了，也就没有再批评什么，安慰了几句。

痛定思痛，振华在记事本上记下了这件事，并写下了反省后的决心："我确

----

① 一把：十个。

实应吸取这次教训，事要三思而后行，做一个光明磊落的人，不管在谁面前，都无愧于心。"

给三姑的检讨信没有回音，姑侄就此中断了"外交"关系。

第一个寒假回家时，母亲让振华到昆嵛山去搂草。振华想，好家伙，我就是为了不搂草、不割麦子、不吃地瓜干，才考学走的，让一个大学生去搂草，当娘的也真想得出！要说不去吧，又怕伤母亲的心，毕竟母亲这七个孩子，都是听母亲的话长大的，没有违拗母亲意愿的。去吧！振华打定主意，就去搂这一次草，再也不去了！

要到大山里搂草，需要一个伙伴，找着了儿时的玩伴王常吉。常吉长得非常高，大概有一米九，但比较瘦，说话非常幽默，很会说笑话。而且他的手也非常巧，他做的小木盒、玩具，都非常精巧。按辈分，振华应该叫他叔，但年龄相当，也就直呼其名了。

常吉一家在六队，父亲王廷瑞，担任队里的会计，母亲在家里绣花。父母个子都高高的，文质彬彬，相貌堂堂，生有四子一女。大儿子在部队当兵，已官至营长，娶的媳妇就是振华母亲的"亲闺女"，娘家住村西头，振华叫她华姐，好似薛宝钗再生，圆圆的脸上两个酒窝儿，长得那一个甜美啊！见人满脸是笑，和善得很，见了振华的母亲，满嘴地叫"亲妈"，叫得那个亲哪！华姐有福，后来就随军到烟台去了。

不过，这桩亲事里边，有一个辈分问题。振华的姐姐当了常吉的嫂子，振华叫常吉的哥哥是叫"姐夫"呢？还是叫原来的"叔叔"？

这位王营长大概在部队当过侦察兵，学过武术，刀枪棍棒，样样来得。他探亲回来，二哥振业算是又找着老师了，有空就向人家请教、切磋。

常吉的二哥已结婚，但不幸在山坡上打石头时，被滚下来的大石头压死了。因为当时要修昆嵛山水库，就在龙王庙东边路北的大山上劈石头，放炮时把大石头崩下来了，他躲闪不及，以身殉职了。界石公社还在牺牲现场开了追悼会，振华也去参加了。

哥哥已死，嫂子就改嫁给六队的一个光棍了。振华在"文革"中参加的三次"革命"之一，就是在民兵连长的带领下，去婚宴现场反对"大吃大喝"的，就是这个光棍娶媳妇。在民兵连长的带领下，一伙子学生冲了进去，振华一看，坐首席的就是在柳钱庵把唯一一块肉搛到他碗里去的那位爷爷，振华不好意思看他，就往后边出溜着逃了。

常吉的三哥也没念过高中，但他喜欢看书，振华最早看到《红楼梦》这部书，就是从他这里看到的。他故作高深，故弄玄虚，说这书怎么怎么好，你还看不懂，也不借给振华看。

大一暑假的时候，振华从学校图书馆借了一套《红楼梦》，就是由于这个缘故。不过这部书看一遍确实看不懂，只里边的人名就多得记不住，非熟读不可。毛泽东非常喜爱《红楼梦》，他说至少要看五遍才有发言权。以后有机会再多看两遍吧！

常吉的姐姐也是村里有名的大美人，性格又好，嗓音甜美，聪明能干，人人称赞，嫁给了和振华同辈的振华家东邻的一个青年民办老师。

这里又出来一个辈分问题，振华是叫常吉的姐姐"嫂子"呢？还是原称呼"姑姑"？

在农村，低头不见抬头见，总要打招呼的，这确实是一个很别扭的问题。

也怪了，怎么昆嵛村的大姑娘、小媳妇都这么漂亮？

读者可能不相信，或曰本书作者属井底之蛙，压根就没见过什么真正的大美女。且慢，若说上大学前，那还有点道理，经过大学的洗礼，后来又去过很多的大城市，包括去过几个国家，接触过无数的人，电影、电视不知看过多少，能说没见过大美女吗？就是世界小姐也从电视上见过呀！

但是，这昆嵛村里的大姑娘、小媳妇确实漂亮，而且是天生丽质，不是人造美女。

还有一家姓迟的人家，当家的为大队赶马车，振业结婚还请他来当厨师做宴席呢，他媳妇在学校为老师们做饭，他们生有两子两女，女孩都长得非常漂亮，男孩都非常英俊。大女孩圆圆脸，乌黑的大眼睛，读小学时和振华前后位。这女孩子不但漂亮，且肤白如凝脂，看着真是养眼。上小学刚学了几个字，振华就写了"迟长鬼"几个字给她看，她一看是骂她爹的，也不说别的，把头埋在小桌上就哭啊！她妹妹个头比她姐姐高，瓜子脸，两条大辫子晃来晃去，把村里年轻人的眼睛都晃花了。

人的美是很难用文字描写的，但昆嵛村出美女却是事实。一方面是这里的青山绿水钟情于女子，一方面是村里的大姑娘、小媳妇大都在家里绣花，或在绕房里绕丝，不下地干活，没有被晒黑，皮肤白皙而鲜嫩，"一白遮百丑"啊，所以显得格外美丽漂亮。

常吉这一家人，在村里威信都很高，振华都很喜欢。常吉的妈妈给二哥振业介绍的对象，就是她在高坎村的亲妹妹的闺女"栾流子"，而且振华母亲的亲闺女又嫁给了常吉的大哥，可谓亲上加亲。

这一回，母亲让振华到山里搂草，首先想到的伙伴就是常吉。晚上先到他家去串了个门，约好了明天一起去搂草。

搂草的准备工作也是轻车熟路了，头天晚上就把搂草的包、镰刀、抓子、扁担、绳子都捆在小推车上。

第二天天不亮，就起来吃了点早饭，带上母亲起早做的干粮，会齐了常吉，沿南路进山。

一过了南河的石板桥，就是那条东西向的车马大道，向东直通村东头的公路，向西直达龙王庙，在这条大道上，两辆小推车并排行走没问题。

一上了这条路，常吉就打开了话匣子。

他说："咱村有个皮秋子，你知道吧？"

振华应道："皮秋子看山有屁放，这我听说过，他又怎么了？"

"这个×养的，让他笑死人。后来，他又在绕房里绕丝，验丝的人说他绕的丝不合格，不给记工，还要罚他。他就发火，拿着他绕的几条丝，抖着说：'哪一条不合格？要细的有这一条，要粗的有这一条，不粗不细的有这一条，哪一条不合格？你说说！'人家绕丝的，绕出的丝要粗细一致，才好织绸。这个粗，那个细，或忽粗忽细，这怎么织绸？可这个验丝的老人哪碰到过这样的无赖肉，被他气得脸红脖子粗的，张口结舌说不出话来。皮秋子一看，认为他得理了，又嚷道：'没话说了吧？给我记上，要不给我记，我上你家吃饭去！'扔下那几条废丝，扬长而去。

"废了这么些茧，绕了几条废丝，绕房里就不要他来了。皮秋子回家又和他爹怄气，捉弄他爹。他不知从哪弄的泻肚子的药，放他爹喝的粥里，看着他爹喝了粥，他就上院子里，把他媳妇的红布裤带，搭在茅厕的矮墙上，他就跑到门外，等着看热闹。

"一会儿，他爹肚子里咕噜咕噜响，受不了了，捂着肚子跑出屋门，就要进茅厕。一看，儿媳妇的红裤带搭在矮墙上，这不能进哪！把老头憋得来回转悠，'儿媳妇'也不出来，只听'扑通'一声，都泻到裤裆里了。皮秋子在门外偷着看，一看如此光景，阴谋得逞了，就哈哈大笑起来。

"他老爹一看，怎么回事？估计是被这个浑小子捉弄了，到茅厕一看，哪有人？气得他拿着靠墙的破扫帚就追了出来，嘴里骂着：'操你妈了，我打死你这个×养的！'刚追出大门，大概裤裆里的东西流了下来，脚下一滑，一个嘴啃泥，摔倒在地下。这一下老头没辙了，气愤交加，坐在地上哭嚎起来：'作孽呀！不知哪辈子缺的德，怎么养你这么个逆子！哎呀呀，没法活了！'这一嚎嚷，满街的人都来看热闹，让这个熊东西笑死人。"

七拉八扯，一会儿到了龙王庙。东方欲晓，龙王庙附近驻着挖山洞的部队营房也响起了军号声。

上哪儿搂草呢？常吉说："近的地场都让人搂光了，得到远的地场、偏的地场才行。咱到老蜂窝对面那个山南面，有条小道过河，一般人不知道，那里阳面的雪估计也化了，咱上那吧。"

两人推着小车，到了丢当石，把小车放在路边，用扁担撅着包、抓子、干粮等，就向南去老蜂窝那条道上爬去。

到了拐弯向西去老蜂窝的地方，下面有一条隐蔽的小路过河，就是在河里有几块石头，可供人踩着过去，不熟悉的人看不出这是一条过河的路。

过了河，向南绕过山梁向西，这就没有路了。山阴面还是皑皑白雪，向阳处的雪已经融化了。

两人在丛林中一直向西，估计山北面就是老蜂窝了，终于找到了一大片没有搂过草的地方，地下铺着一层松树毛、桲椤叶，还伫立着枯黄的野草、灌木丛，好！就这地了。

一人找了一块地方，开始打扫战场，清除搂草的障碍，把竖着的野草、灌木丛割掉，这些东西可用来垫着捆"八搂"。

一年没干农活了，蹲下割一会儿，就要起来伸伸腰，看着泰礴顶上被阳光映照着的白雪，就像一座白色的金字塔矗立于半空，放射着银光。

日头正南了，战场也打扫得差不多了，吃饭吧，补充点粮草，增加点劲，下半晌才是重头戏呢！

大概为了犒劳一下宝贝儿子，鼓励鼓励，好再上山搂几趟草，母亲烙了一张饼，还有几块青鱼干，常吉带的是夹馅豆面粑粑，两人合着吃了一阵子，抽了一棵烟，吃了几把雪，行了，干吧！

用抓子顺山坡往下搂，一会儿就搂成一堆，再搂成一堆，估计差不多够了，就装包。

这个包还是振华在家种地时，跟北邻常树叔学着结的。这种搂草用的草包集市上也有卖的，可是要花钱哪！下雨阴天的时候，振华就在家里用稻草搓草绳，搓够结包的了，就拿着请常树叔结包，一直看着把一个包结完，自己也就会了，经过不断地练习，振华的结包技术就很熟练了。振华还跟常树叔学会了编筐、编篓，跟舅舅学会了钉鞋、补鞋，这可就省事多了。一双新鞋，当然，一般一年也只能买一双新鞋，穿几个月就磨出了窟窿，自己找块皮子，用钩锥和线绳就能够把鞋补好，凑合着也就能穿一年了。

装满了包，还要用脚踹一踹，结结实实地装满了两包。又捆了两个草"八搂"。

把"八搂"放在立起来的包顶上，再用一根麻绳捆在一起，在两个包的上沿把扁担穿进去，再把麻绳解开，在扁担上缠一圈，再系死加以固定，这样搂草战役的主攻战斗也就结束了，剩下的任务，就是把这一担草，挑到丢当石，捆到小车上，推着回家了。

两个人推着小车，到了龙王庙。忽然从庙里蹿出一个东西来，挥舞着一根棍子，边向这边跑边喊："站住！站住！"

二人一看，这是徐虎子来了。这徐虎子个头矮小，身上没有二两肉，屁股没有两个拳头大，常吉要是提着他的衣领，能把他拽得离地两尺。但这个人长得却十分凶恶，没人不怕他，日本鬼子都怕他，一听说徐虎子来了，都连滚带爬地躲进炮楼里不敢出来。振华上初中时，学校还请他作报告，讲他打日本鬼子的故事。

这徐虎子是一个著名的全国民兵战斗英雄，和电影《地雷战》里山东海阳县用地雷打鬼子的于化虎、赵守福一样全国闻名。上级还发给他个人一支步枪，他腰间扎着一条从日本鬼子身上扒下来的很宽的皮带，那皮带扣磨得闪闪发亮。

不过，徐虎子给振华他们作报告时，也说他"走麦城"的事。有一次被汉奸告密，很多日本鬼子就冲着他们的驻地来了，想活捉徐虎子。徐虎子一看，不好！日本鬼子太多了，好汉不吃眼前亏，他撒腿就往村外跑，那村边的矮墙围子如履平地，一蹿就过去了，前面又是一条一丈多宽的水沟，他一个"鸡子高"就蹦过去了，鬼子蹦不过去，他就跑庄稼地里去了。鬼子瞎放了一阵子枪，也没打着他。

鬼子走后，徐虎子又跑回来看了看这条深水沟，那是无论如何也蹦不过来了！

他也受过很多伤，腰上有一大块钢板夹子，地方政府可能考虑他不能参加生产队劳动，就安排他到龙王庙看山。

徐虎子住在龙王庙看山，进出山的人他都能看见。他跑到小车跟前，把手里挥舞着的那根棍子，往草包里乱插。原来他拿的是一根铁棍子，用来检查包里有没有木头，搂草可以，砍树不行。

他看没什么大问题，就鸡蛋里挑骨头，看到"八搂"上的灌木条，就吼道："怎么砍树呢？！"

常吉说："徐大爷，有您在这儿，借我们两个胆儿，也不敢砍树啊，这就是几根扫帚条子。"振华也赶紧从兜里掏出一毛五一盒的"黄海"牌香烟，抽出一支，递了过去："来，大爷，抽棵烟。"徐虎子用手一挡："我不抽！这回饶了你们，再不能砍树啊！"

"好！好！谢谢大爷！"二人"嗯啊"着，推起小车，脚底抹油地溜了。

到了南河石板桥上，太阳也落山了，村里的人看着两人推着两车草回来了，有的老人还竖着大拇指说："你看看，你看看，人家振华都上大学了，还去给他妈搂草，真孝顺哪！"

先到了常吉门口，振华说："明天咱歇歇吧，我可不行了！"打定主意再也不去搂草了。

在家门口放下小车，把两包草弄到院子里，把小车在过道里放好，振华脸也不洗，鞋都没脱，就往炕上一躺，乱哼哼起来。

母亲正忙着在做饭，听着不像，过来看看，关心地问："华子，怎么啦？摔着了吗？"

振华喘着粗气说："哎呀妈呀，要了命啦！摔是没摔着啊，腰酸腿痛啊！肩膀都压肿了，你摸摸！"把母亲的手拉过来，就往肩头上按，隔着厚棉衣，母亲哪能摸出肿不肿，就心疼地说："歇两天吧，再不去了。"

振华一听，计谋得逞，这才放了心，从此算告别了让他恼恨多年的搂草生涯！

春节过后，接到了振雁托人捎来的信，请她小哥到县城玩玩，看看她们剧团新排演的京剧《昆嵛烽火》。

这次和常吉一起到昆嵛山去搂草，聊起来，他还没有到过县城。正好，这次约他一起到县城玩一趟。

这天一大早，两人骑着自行车，过界石，到汪疃，向东南直奔县城而去。

文登京剧团新编现代京剧《昆嵛烽火》，是根据小说《昆嵛山火焰》改编的，就是反映抗日战争期间于得水打鬼子的故事，有名有姓的，还是当地人，老百姓也爱看。特别是于得水他们打鬼子的埋伏，那背景的盘山公路上，鬼子的汽车越开越近，进入了伏击圈，一声地雷爆炸，火光闪烁，十分逼真。春节期间，一天演出两场，下午一场，晚上一场，也够累的。小妹在剧里面扮演一个持红缨枪的小姑娘，扎着两个羊角辫，类似现代京剧《平原作战》里的小英，英姿飒爽，还有一段唱腔。

这次在文登城，遇到了一位一起复习考大学的考友，就是公社卫生院院长的公子，他握着振华的手说："我操，你算飞黄腾达了！"

振华问道："你现在在哪干么？"

"这不在钢窗厂上班嘛！操他妈的，又脏又累的，还三班倒，一个月才挣个20来块钱，好弄么呢！"考友满腹牢骚地说。

"也不孬啊，好歹有个工作，比我在家种地时好多了。"

下午回来时，推着车子，走上汪疃西边英武口子的大长坡，在坡顶上遇到一个年轻人，他跟振华和常吉说，他家是葛家的，到烟台给他妈抓药，抓完了药就没钱了，不能买汽车票了，就提着药，从烟台走回来的，鞋走得都湿透了，希望能用自行车带着他。

振华想，这个人孝顺，又没有钱坐汽车，走了一天走不动了，把他带回家去住一夜，第二天他再走回家，倒是挺好。

可是再一琢磨，葛家是在昆嵛村南边隔一个晒字公社。若从烟台走回来，应从牟平县的龙泉走到昆嵛村，而不应该走到汪疃。心存此种疑虑，振华就不敢贸然把他带回家。心想，把他带到这个大山坡底下，再给他点干粮算了。

振华打定主意，就对他说："我们从文登县城过来，跑了一天，也真骑不动了，我们把你带到这个大山坡底下，行吧？"

那人一看，这一个大山坡，有两里地长，也省他不少劲，就说："好！"

到了坡底下，振华停下车，说："又要上坡了，你下来吧。我们这还有点吃的，送给你吧，不知你饿不饿？"

那人一看，还给他一个烧饼，忙说："哎呀！太感谢了，我中午就没吃饭。"

"你慢慢走吧，我们先走了。"振华和常吉就骑车子向西而去。

常吉疑惑地说："他妈的，这个人也看不出是怎么回事，咱可不敢惹他。"

"是啊，多一事不如少一事。"

第二个暑假又来了。

此前，三姑、姑夫已调到了烟台工作，住广仁路46号，这是一个大院，住着不少部队的家属。北边十几米就是海水浴场，向西不远就是烟台山，确是风水宝地。

三姑到了烟台，肯定要去看望她大哥，大概说起这个侄子的事，事过境迁，气已经消了。也可能大伯说她："振华还是个孩子，他就是不对，也已经认错了，你是不是做得有点过了？"尽管三姑也感觉过了点，但是又不能主动写信给侄子说她错了吧！

振华到了烟台，去看望大伯。大伯说："你三姑也调到烟台了，你去看看她吧。"

振华脸一红，说："我把俺姑得罪了，我可不敢去！"

大伯说："多大个事儿啊，你去看看她，不就好了！我跟你一块去。"

振华一看，没办法，硬着头皮去吧！

大伯领着振华，就像押着一个小囚犯，从南向北，过了张裕葡萄酒公司，沿着小胡同就到了广仁路。

离胡同口还有十几米，振华停住脚步，说："大爷，你先去看看，要是俺姑不愿意见我，我就不过去了。"大爷一听，只好先过去了。

振华站在胡同里，心里既羞愧又难受，唉！何苦来！正在这时，看到三姑满脸是笑地出现在胡同口，向振华招手，这一下算是一块石头落了地。

三姑妈虽然嫉恶如仇，个性很强，但她喜欢有才华的人。振华复习考大学期间，她还专门来信，就报考院校等问题进行指导。子侄中只有振源和振华率先考上了大学，做姑姑的也感觉脸上有光。"不打不相识"，经过这一次"事变"，振华也成熟了许多，对姑妈、姑夫也更加尊重，以至后来姑妈、姑夫到美国定居，也还保持着联系。

第二个暑假非常热闹。其时在镇江华东船舶工程学院工作的二姑妈、姑夫也回昆嵛村老家看看；在沈阳师范学院上学的大爷的孙子王承志到烟台看望爷爷，和三姑妈的在解放军测绘学院读书的大闺女任晓红、在烟台读高中的小姑娘任晓霞，三个人也结伴到昆嵛村来了。

好在家里房子多，门板也用上了，支起来当床。大姐、姐夫也回来帮忙招待，在公社面粉厂工作的小姐也回来了，在文登京剧团当演员的小妹振雁也闻讯赶回。再加上左邻右舍的二大爷三婶子，还有那调皮可爱的孩子们，也都来瞅瞅"出外"的。

当然，镇江的肴肉也很香，沈阳的糖果也相当甜，人来人往，坐的地都找不着，真是门庭若市，热闹非凡。只是把母亲累得不轻，不过再累心里也高兴。

"千里搭长棚，没有不散的筵席。"二姑、姑夫住了两天，到南截山看望了她的姐姐，就到烟台去了。

二姑和姑夫在新中国成立后，工作地点和单位多所变动。他们先是从上海调到了北京，姑夫在六机部工作，姑妈在中国医学科学院做党务工作；在"文革"中，因姑夫家庭出身"不好"，就下放到湖北枝江六机部所属404工厂工作多年，这是一个制造舰艇发动机的厂子。"文革"结束后，也算落实政策吧，他们自己选择到了镇江华东船舶工程学院工作。姑夫在学院组织部门，专门负责为"文革"中受到迫害的干部平反，经过耐心细致的甄别，为不少干部平了反，受到教职员工的赞扬和被平反的干部及子女们的爱戴。

他们育有四个孩子，老大是个女孩，也在学院工作，四个孩子起名均与海有关，苏海、海洋、海防、海春，大概是由于姑妈、姑夫都是海军出身吧！

姐姐、姐夫、小妹妹也都回去上班了，只剩下母亲和四个学生了。

这一天，振华又从村里借了一辆自行车，和承志两个，一人骑一辆，振华带着晓红，承志带着晓霞，到南截山村去看望大姑妈、大姨妈、大姑奶奶。

两个帅小伙，骑着自行车，车后座上还各带着一个城市靓妹，奔驰在绿色田野的乡间公路上，高兴得两个妹妹抑制不住内心的喜悦，动听的歌声脱口而出：

> 我们的家乡在希望的田野上，
> 炊烟在新建的住房上飘荡，
> 小河在美丽的村庄旁流淌，
> 一片冬麦，那个一片高粱，
> 十里哟荷塘，十里果香，
> 哎咳哟，嗬呀儿咿儿哟，咳！
> 我们世世代代在这田野上生活，
> 为她富裕，为她兴旺。
> ……

唱完了《在希望的田野上》，又响起了四重唱《年轻的朋友来相会》：

> 年轻的朋友们，我们来相会，
> 荡起小船儿，暖风轻轻吹，

花儿香，鸟儿鸣，春光惹人醉，
欢歌笑语绕着彩云飞。
啊，亲爱的朋友们，美妙的春光属于谁？
属于你，属于我，属于我们八十年代的新一辈！

再过二十年，我们来相会，
伟大的祖国该有多么美，
天也新，地也新，春光更明媚，
城市乡村处处增光辉。
啊，亲爱的朋友们，创造这奇迹要靠谁？
要靠我，要靠你，要靠我们八十年代的新一辈。

但愿到那时，我们再相会，
举杯赞英雄，光荣属于谁？
为祖国，为四化，流过多少汗？
回首往事心中可有愧，
啊，亲爱的朋友们，愿我们自豪地举起杯，
挺胸膛，笑扬眉，光荣属于八十年代的新一辈。

　　歌声在田野上飘荡着，在地里劳作着的人们，无不停下手中的活计，注视着这两对飘然而过的青年男女。

　　一路上，过蒋家疃、牟村、界石，从界石村向南要过河，这条河也就是昆嵛村的南河，流了五华里，流到这里，从界石村南流过。到了河边一看，傻了眼，这河桥跟昆嵛村南河的桥一样，都是石条搭建起来的，只是中间几根石条被洪水冲走了，这怎么办？

　　困难吓不倒共青团员！振华和承志一商量，跟两个妹妹说："你们在这等等，我们先把车子扛过去。"

　　两人挽起裤腿，把车大梁用肩头扛起，就试探着下水了。好在这里河床较宽，洪水已退。最深处也就是没过膝盖。

　　到了南岸，把车子支好，又涉水回去，跟两个妹妹说："把你们背过去吧！省得脱鞋、脱袜子的麻烦，反正我们的裤子已经湿了，要是把你们的裙子湿了，再湿了身，可就不得了了！"

　　两个妹妹对看了一眼，笑了笑，齐声说："好！有你们背过去，肯定湿不了身。"就一个趴在哥哥背上，一个趴在侄子背上，脚不沾水，就到了南岸。

　　从南岸启程，就没有乡间公路了，只有能走马车的马道了。推着车子上了一个大山坡，顺坡而下就是小产村和大产村，牺牲的大姑夫就是这个小产村的。振华给他们介绍了一番，又说："这村里还有我一个高中同学叫于吉兰，非常活泼，能歌善舞，不知她现在干什么。"

过了大产村，再上一个小山坡，就是北截山村，北截山村紧挨着的就是南截山村，在这两个村子里都有振华高中的同学。到了南截山村，沿着十字路口向东走到头，路北就是大姑的家。大姑家的门楼向东，不远处就是文登最大的米山水库。

把自行车推进了院子，大姑听到了动静，出来一看：哇！这都是谁？

振华是从小就来走亲戚的，大姑自然认得，其他三位，大姑就从来没见过。一听振华介绍，把个大姑喜得合不拢嘴，赶紧地让闺女到大队瓜地里弄个大西瓜回来。

大姑改嫁到这里后，又生有一子一女，此时姑夫已病逝，儿子考哥也因病去世了，只剩下这一个闺女叫小斑子，还待字闺中，与母亲相依为命。

斑姐个头不高，但长得眉清目秀，白白净净。不一会儿，她抱了一个大西瓜回来了，足有20斤。哇！这么大个西瓜，太喜人了！不但振华没见过，那城里人更是见不着了。

把小桌搬了出来，斑姐拿着大菜刀要杀西瓜。这大西瓜不待杀，刀刃一碰就自己裂开了，张开了血盆大嘴，欢迎远道来的客人。

这大西瓜也真是熟透了，沙瓤的，细甜细甜的。经过长途跋涉，尤其是两位男士，尽管带着两个靓妹，但是不用劲蹬，那车轮子也不动弹哪！早已汗流浃背，嗓子冒烟。一看如此可口解渴的大西瓜，也顾不得文明礼貌了，拿起一大块来就啃哪，吃得两腮沾满了红沙，一副狼狈相。两个妹妹一看，笑得把到口的西瓜又喷了出来。

大姑和斑姐也都笑得了不得，她们也不吃，就坐在小板凳上看热闹。

不一会儿，吃得肚子都鼓起来了，吃不动了，也就吃了一半吧。这时候，文明礼貌才回来了，振华拿起一块说："姑，你吃！"承志也拿起一块说："姑奶奶，你吃！"

吃完了西瓜，就张罗着吃饭。来了贵客，吃什么呢？斑姐和姑妈一商量，杀鸡吧！

"杀哪只呢？"看着院子里的五六只鸡，斑姐问道。

"杀那不下蛋的公鸡！"大姑妈当机立断地做出了决定。

好家伙，这只大雄鸡一听要杀它，怒发冲冠，满院子乱跑。大姑忙喊道："快关门，快关门！"斑姐跑过去，把大门关上了，关门捉鸡。要是大公鸡跑出了大门，恐怕除了鼓上蚤时迁，别人是逮不着了。

院子里展开了一场人民战争，要抓捕这只雄鸡。

农村虽然养鸡，但少有人吃鸡；城里人虽然吃鸡，但不养鸡。这只雄鸡自知在劫难逃，但困兽犹斗，狗急跳墙，兔子急了还咬人，故而怒目圆睁，鸡冠倒竖，鸡头两侧的毛像针似的挓挲开了，"够！够！够——"地怒吼着，示威着：看你们谁敢抓我！

两位京城靓妹，虽然吃鸡不少，但真要抓一只活生生的鸡杀了吃，也没有过。再一见这只雄鸡这个拼死的架势，乐见其生，不忍见其死，就说："姨妈，别抓它了！"

别抓它了，行吗？城里人体会不到乡下人的艰难，来个客人能把人愁死。振华就见过邻居婶婶拿个瓢到家里来借一瓢面，擀个面条招待客人。陪着客人吃的，也只有男当家的一人。家里其他人若还要吃面，就用地瓜面擀成面条，黑乎乎的，不好吃。故而胶东习俗，妇女、孩子不上桌，客人吃饱后，拾掇下来的残汤剩饭，母亲和孩子们才能吃。孩子们见来了客人，都非常高兴，眼巴巴地盼着能吃点好东西，母亲哪能吃得下，只好喝点剩汤寡水了。

不抓它，拿什么招待远方来的贵客？

为了待客，振华这几天就没少跑了路，骑着自行车到邻村菜园里买菜，到界石集上割肉，还多亏了姐妹们回家来带只鸡、鸡蛋，割一块肉，再加上邻居叔叔、婶婶们送一点菜，要不然，就这么多人吃饭，也能把平时一人在家的母亲愁坏了。

所以，振华是知道这只鸡必杀无疑，非杀不可。瞅这只鸡被逼到了角落里，爪子深深地蹬到泥土里，准备绝地反击的一瞬，一个箭步窜上去，把它按在了地上。

鸡是抓着了，先把它的两条腿一捆，它就动不了了。

要杀鸡，也不是一般人能下得了手的。斑姐杀西瓜还行，这杀鸡，她也害怕。

振华就逗承志："承志，你来！"

承志可没干过这事，推辞道："我可不敢。"

振华手拍着胸脯说："还得老将出马呀！"把鸡脖子上的毛一拔，把鸡头向后一扳，拿过菜刀，环视一圈，就要行刑，只见两位京妹子吓得面色发白，一溜烟地窜屋里去了。

蘑菇炖雄鸡，再加点辣椒，香味飘过了半条街，两位京妹子也忍不住探头探脑地张望着。

斑姐把家里珍藏的面缸子也搬了出来，把面都倒在盆里，要和面擀油饼。

哇噻！"喝汤省，吃饼费，吃饺子菜白赘。"这是胶东流行的谚语，意思是说，喝面条最省，连汤带水，容易把肚子填满；烙饼是最浪费的，这还要擀油饼，怎么了得！

斑姐在那忙活着做饭，姑妈还到处找瓶子，张罗着要到供销社去打酒。

两位小伙一看，忙说："不会喝酒！不会喝酒！"

姑妈还乐呵呵地打趣："不会喝酒怎么行？赶到时候，上丈母娘家去，不喝酒还行，人家笑话！"

那时候，城里人过年过节吃只鸡，也都是冷冻的白条鸡，大多是养鸡场出来的，谁知道吃了多少激素喂大的？再加多少调味品，也不如农家野生的鸡，纯绿色的，就是不加那些没什么用的调味品，仅加点葱、姜、辣椒，炖出来就非常香，非常可口。

两位靓妹跑了半天路，还唱了不少歌，体力消耗也不少，西瓜尽管吃了不少，可那东西不抵饥呀！冒冒汗，再跑两趟WC，就什么都没有了，肚子早饿得咕噜咕噜叫，这香味分子还一个劲地向她们鼻子里扩散，由于条件反射的作用，那哈喇子哧溜哧溜往外流。

好！万事俱备，只欠吃了。

一盆炖鸡端上来，一摞油饼也上了桌，姑妈招呼着："来来来！你们先吃着，我再做两个菜。"

尽管馋得不行，两姐妹还是硬把姨妈拉到了饭桌旁，斑姐怎么也不上桌，说："我再炒个韭菜鸡蛋，还有花生米呢，炒一炒，可香啦！"

大姑坐了下来，用筷子把鸡头夹了起来，说："吃鸡头，会梳头！让小闺女吃这个大鸡头吧，好会梳头。"就把鸡头放在晓霞的碗里。

哇！开吃，这个炖鸡好吃啊！啃着鸡骨头，再醮着鸡汤吃油饼，真是香啊，大家都吃得不亦乐乎。振华用胳膊肘儿碰碰承志，嘴巴向两位京妹子一嘬，承志抬头一看，嘴里的一块饼就喷了出来！两个这么文绉绉的妹妹，也不讲斯文了，两个腮帮子都油乎乎的，弄了个大花脸，还在那里大啃特嚼呢！

客官可能想，这像什么话？拿点餐巾纸擦擦呀！且慢，不要说那时候没有餐巾纸，就是卫生纸农村人也用不起！

虽然斑姐体质较弱，也挣不了几个工分，但大姑有烈属抚恤金，母女二人相依为命。在农村，家里没个男劳力，日子是很不好过的，可能斑姐舍不得亲娘，所以迟迟没有嫁人。后来，还是她三舅妈，也就是振华的妈妈帮她在本乡找了个女婿，"倒插门"吧，组织起了像样的家庭。

这一次，这么多孩子来看大姑，老人高兴得合不拢嘴，那鸡她是一块也没舍得吃，看着这些孩子吃得那么欢，比她自己吃了还高兴。

吃饱了，喝足了，陪着大姑妈聊大天，说不完的家常话，道不尽的思念情。看着这几个孩子，长得这么好看，又这么有出息，真是越看越爱看，亲也亲不够，多年来，大姑妈也没有这么高兴过。

在南截山村，振华有两个高中同学，一个是同桌的他——体育委员刘汝谦，当兵去了；一个是前边和刘金玲同桌的于傲男，不知道于傲男在不在家？去看看她吧。

她家就住在姑妈家西边路南，她爸爸还是村党支部书记呢，她已经在文登县城的工厂找了个工作，没有在家。见着她爸爸，客气话说了一大堆，感谢她对大姑一家烈属的照顾。

告别了缠着一双小脚的大姑妈，斑姐一直把这些弟弟、妹妹、侄子送到了北截山，站在坡顶上，看着他们上了自行车，顺着下坡飞驰而去。

到了坡底，振华回头看看，她那娇小的身影，还在挥动着双手。

一路上，追着落日，迎着晚霞，唱着小曲，十几里路，不知不觉就回到了昆嵛村。

这一次走亲戚，这几位少男少女玩上瘾了。

承志遥望着高耸云端的昆嵛山，神往地说："小叔，明天咱们去爬山吧！"他看着西边那昆嵛山神秘得很，多么雄伟，多么壮观，多么神奇，山清水秀，肯定好玩得很，他是很想进山领略一番的！

两位妹妹，大城市里长大，公园里的假山估计是爬过不少啊，可这真正的爬大山，她们也没经历过。还有两位保驾护航的，就是爬不动了，两个小伙子也不至于把她们扔在深山里不管吧？有了可靠保障，心里有了底，也就来精神头了，跟着起哄："爬山！爬山！"

"好！爬山！"振华顺应民意，与时俱进，果断地做出了决定。

兵马未动，粮草先行。这要上了昆嵛山，半天可是回不来！

一游昆嵛山

巍巍昆嵛山，高耸入云端；
滔滔猪河水，奔腾永向前。

生于斯、长于斯的振华，对这片土地，对这座大山，可谓爱恨交加。

这昆嵛山，振华上过无数次，但都是为了谋生，搂草、挖药材、薅野菜、割葛藤，真正是足迹踏遍昆嵛山脉，在这山山岭岭上洒下了多少汗水、泪水！但这一次不一样了，这一次是陪着城里人进山游览，诚可谓彼一心境，此一心境，不可同日而语。

第二天清晨，打点好行装，四个青年又共乘两辆自行车上路了，向昆嵛山进山必经要道——龙王庙进发了。

振华上大学前，就已经有部队在龙王庙西边到红脸石东边之间的东西向大山的南麓打山洞子，到现在已经有几年了，不知情形如何。

到了龙王庙前，把自行车放好了，下车向山里走去。一路上，能看到部队在这里新盖的营房，有不少当兵的人，在这里忙活着。

沿着河边的山路，一路向西，半山上有五六个大洞口，大概跑汽车是没问题的。这座山整个就是石头的，战士们就在这座大山里凿石开洞，其艰苦卓绝可想而知。如果当兵几年，就在这里开山洞子几年，那也够可怜悲壮的了。

一路上，一会儿河北，一会儿河南，河里边有多道拦水坝，拦水坝前都有一片明净的池水。拦水坝是由大石块砌成的，水顺着石缝往下流，坝上就是通行的道路。

过了几道拦水坝，就到了昆嵛山的名胜景区。这里汇聚了多处风景名胜，西边是红脸石，南面是老鼠山上的四个巨大的两两叠在一起的老鼠蛋，特别是红脸石下的王母娘娘洗澡盆，约有十米的直径，比圆规划得还要圆，一股瀑布从老高的悬崖上跌落池中，水花四溅，云雾蒸腾，池水湛蓝，深不见底，令人叹为观止。

承志带了一架120海鸥照相机，在这个风景区照了不少相。

又过了一道拦水坝，就到了去老蜂窝和柳钱庵的岔路口，从这里西征吧，先到柳钱庵。

西行的路非常陡峭，走惯了北京、沈阳平坦大马路的年轻人，这样险峻的山路，不用说走，见也没见过。大城市里的青年人，也是可怜，除了马路、商店、公园、电影院，就没什么好玩的。那北京、上海、天津、沈阳，都是全国有名的大城市，城内就是连座真正的山也没有，这也使人们的生活缺乏许多生机和乐趣。

到了"滚驴道"，三个年轻人手脚并用，终于爬了过去。也就是振华熟悉地理，要不然他们连路都找不到。这"滚驴道"在山的阴面，就全是大石头，"驴"在这里也没法走，肯定要滚下山去，因此名曰"滚驴道"。

过了"滚驴道"，就是"快活林"，这里地势平坦，高大的槐树拔地参天。树林内，凉气飕飕，出了一身臭汗的承志，解开衣领扇着风，真是快活极了。

过了快活林，路南有一眼清泉，这就是柳钱庵庵主的水源地。想当年，住在山上搂草时，没少替舅舅提水。今天，泉水依旧，清冽甘甜，沁人心脾。趴在泉边，看着水中的映像，振华感慨万千，真是今非昔比啊！

到了庵前，铁将军把门。看看太阳，已近正南。进膳吧！补充点能量，继续西征。

从庵前向南的小路，下到沟底，也就是振华和王朝猴在这里打地雷蜂子的旧战场。

在小溪边上找了一块平坦的大石头，振华把背包卸下来，一件一件地把"粮草"摆好。

遥想当年，振华进山，不管是挖药材，还是薅野菜，带的粮草多是玉米面粑粑，只有在最累的搂草时，母亲才三更起，做点玉米面、豆面的混合面做的粑粑，中间还夹一点馅，这就是最好的干粮了。

可如今，鸟枪换炮，这带的"粮草"，农村孩子就不易见到，更别说吃了。午餐肉、五香鱼罐头，面包、点心，琳琅满目，令人垂涎欲滴。当然，城里人尽管也不能经常吃，但毕竟不算怎么太奢侈。

吃着午餐肉，振华又想起了那年在这里住着搂草时，那位老爷爷把他碗里的一小块肉搛到了自己的白菜汤碗里，心里一酸，双眼滚下了两颗晶莹的珍珠。

晓红一抬头，发现哥哥情绪不对，就问道："怎么了？哥。"

振华抹了抹眼睛，叹口气："唉！往事不堪回首啊！"就把这段往事说给他们听，说得他们心也酸酸的。

振华又感慨道："唉！这人真是没办法，可谓人各有命。像你们，生在大城市，不愁吃，不愁穿，不管孬好，就是上不了大学，将来也会有份工作。可是若生在农村，从小就开始吃苦受累，一辈子种地，没有什么盼头。要想离开这累死人的庄稼地，现在还有一线希望，能考学，但能考上也相当不容易，百分之几吧！以前主要是出去当兵，拼死拼活地干，争取入党提干，或者留在部队，或者转业到地方，也能安排个工作。提不上干的，那最好是能在部队干个驾驶员、炊事员，复员后一般也能找个工作。但要没点关系，不送点礼，也当不上这个兵。

"我上初中就开始顶起这个家了，什么农活没干过？你们看我这个右肩，就是从小挑担子压的，比左肩低不少。我这个背也是有点驼，你看承志这个背，溜直的。我要不是考学考出来了，这会还不知道在哪块地里修理地球皮呢！哪能有闲心陪你们爬山玩。"

一番话，说得他们频频点头，赞叹不已，也庆幸自己生在大城市，长在干部家庭。

补充了卡路里，人又精神起来了。振华领着他们在花果山游荡。一边介绍着："这是杜梨子，能长老大；这是沙果，到秋天全是红的；这是圆枣，一下霜，落一地，可甜了；这是灰枣，虽然小，跟小麦粒似的，就跟吃糖似的；这棵大核桃，不知你们见过吗？这是栗子，有刺啊，皮里边才是栗子果实，你们吃那糖炒栗子，就这东西。"

振华一边走，一边介绍，说得这伙城里年轻人犹如望着梅林，口内生津。晓霞忍不住说："哥，咱秋天再来吧，来摘果子。"

振华想了一下，笑道："要能再来，敢情好，一人带一个篓子，保你们拿不了。只是都上学，农村学校还放秋假，帮助秋收，这城里学校也不放秋假呀！等你以后大学毕了业，看有机会再来吧。"

"那得猴年马月呀！"晓霞失望地说。

振华灵机一动，想起了以前舅舅在这里看山时，曾领着他去摘桃子，这棵桃树生长的地方非常偏僻，就在这条溪流的上头，一块巉岩的下边，从小路上根本看不着，只有看山人知道这里有一棵桃树。就说："看看咱们福气怎么样，前边沟底下有一棵桃树，这回子正好熟了，咱们去看看，有没有桃子？"

晓红、晓霞一听来了精神头，一齐嚷道："走啊，走啊，摘桃子啰！"

振华领着他们，向西北斜着穿过了"花果山"，返回庵前的山路，沿路西行。

这一路坡度不大，到了地方，又向溪边拐下，从上边探头一看，哇！满树的肥桃在迎风晃动，仿佛在欢迎远道来的客人。

眼大肚子小。这伙人一边摘，一边洗着吃，刚刚补充了粮草，也吃不了多少，就把盛"粮草"的背包装了一挎包。看着树上那么多鲜美的肥桃，也没法拿，留着吧，再有人来也不至于太失望，就一步三回头，恋恋不舍地向这棵给他们带来了欢乐的桃树告了别。

返回了正道，不一会儿就到了安宁口子，过了这个山口，就是成片的参天的柞木林，振华曾和小姐在这里捡过橡子，这里是国营昆嵛山林场，保护得很好。

过了柞木林，就到了滴水源了。

看着这么大的水，从一块巨石下喷涌而出，真是不可思议，这么高的山，哪来这么多水？喷涌不息，终年不涸。

晓红、晓霞、承志也学着振华的样子，在泉池边洗了洗手，双手并拢，掬起泉水喝了个透心凉，太爽了！这是真正的天然矿泉水，不但北京、沈阳找不着，就是纽约、巴黎也没有。

从滴水源再向西南一点，又是一个三岔路口。一条向东通往山下的老蜂窝，一条往西南通往昆嵛山主峰泰礴顶。

振华看太阳已偏西不少，就提议从这里下山。承志没登上顶峰，老大不甘心，说："来一趟不容易，怎么也得上去看看哪。"两个京妹子从早晨起，已爬了大半天的山，从小到大，哪受过这般累，吃过这般苦。但见侄子都这般勇敢，这作姑姑的还能示弱吗？

又沿着很陡的山路，爬了半天，到了山坡顶上，四下一看，北边是昆嵛山第二高峰五股叉，南边是主峰泰礴顶，正立足于两峰之间的凹处，但这里也是东西方向的分水岭。向西远眺，群山绵延，西北是牟平县，西南云蒸气绕，好似海外仙山，恰是乳山县境。

站在这新的高的起点上，南望泰礴顶，高耸入云，西望脚下断崖峭壁，令人心惊胆颤。晓霞一屁股坐在草地上，说啥也不往泰礴顶上爬了。

承志一看没招了，他一个人鼓鼓劲，爬上主峰可能问题不大，但要让他背一个人往上爬，恐怕就没这个勇气了。若是让两位京妹子在这里等着，也不放心哪，万一来个山大王把妹子抢走了，去做了压寨夫人，那还了得！

登不了顶，照张相吧，总算到此一游，近距离欣赏过泰礴顶了。

振华看着这伙残兵败将，已无进攻锐气，只好鸣金收兵，打道回府。

上山容易下山难。振华明知此理，却鼓动道："走啊，老妹，上山累，下山不费劲，来！我搀着你。"把晓霞搀了起来。一听说不往上爬了，晓霞精神头也来了："不用搀，我还行！"

这条小路，两边的草都把路遮住了，窥不见路径，很难找着路。一会儿，草深林密，一会儿，山势陡峭、巨石巍峨，险峻处，振华和承志搀扶着两位姑娘，艰难东行。

振华拿着根棍子，在前边划拉着青草开路，即使这样，也几次误入歧途，好歹大方向是正确的，一会儿也就又找着路了。

走着走着，振华发现一边的树丛底下盘着一条灰色的蛇，这种蛇叫"稍土"，是剧毒之蛇，要是被它咬上一口，肯定回不了家。

振华定了定神，没有惊动它，也没有大呼小叫，轻轻地往后退了退，从旁边领着他们绕了过去。

费尽千辛万苦，终于到了老蜂窝，这里的山庵也没人。在这里歇歇吧！

这里是昆嵛山的又一处名胜。大家在大柿子树底下，在河边的石头上坐下，洗洗脸，喝点山泉水，遥看瀑布挂后川，飞流直下几十丈，听着百鸟鸣唱，心情为之大振。欣赏着周围的青山绿水，满坡的花草树木，恍如仙境，虽然腰酸腿痛，却也心旷神怡。

趁此机会，振华又抓紧进行了一场革命传统教育，指着西北半山腰上悬崖峭壁上那个洞口，讲了半天于得水在这里办培训班、搞革命的故事。

从老蜂窝向下，虽然是山路，但就很好走了，因为从这里开始，走的人多，路径分明。

不一会儿，到了大姑娘炕。这块如镜子一样平的巨石，就在路南边，谁走到这里，都要坐在炕上歇歇。

这回大姑娘炕真迎来了大姑娘，振华就怂恿两个大姑娘上炕躺一躺，"坐着再好不如躺着"，伸伸胳膊伸伸腿，好好歇歇。

这两个大姑娘也真是累得不轻，两腿像灌了铅，往炕上一躺，仰望着蓝天白云，道道霞光流彩，也真是人生一大享受。

承志一看，机不可失，时不再来，打开照相机，选好角度，对好焦距，把这一富有传奇色彩的瞬间化作了永恒。

从这里启程，沿着河北岸半山上的小路，向东走不远，再向北拐，一溜下坡，就又回到了丢当石、王母娘娘洗澡盆了。

这丢当石，据说是当年秃尾巴老李扔下的，很有灵性。承志童心大发，要丢块石头试试生男还是生女。承志大概练过扔手榴弹，手挺有准头，这块石头一丢上去，居然落在顶上的一堆小石头中间，"当"的一声站住了。

振华一看，遂说道："承志啊，这丢当石可是很神哪，你将来要是生了大胖小子，可要请我们几个喝酒啊！"

承志兴奋地说："好好！没问题！没问题！"

振华又鼓动两位妹妹也扔个石头看看，两位妹妹红着脸不上当。

这时已近黄昏，还有几里地才能到龙王庙，此地不可久留，走吧。到了部队打山洞子的地方，路就更好走了，对于爬了一天山的人来说，这就是康庄大道了。

太阳落山了，一道道金光从昆嵛山后边射向半空，映照着满天彩霞，绚丽无比。

到了龙王庙，振华这颗悬着的心算是放下了。这一天，他可真是提心吊胆，若是摔着了、碰着了，那就不得了了，要是被蛇咬了，那可就更不得了了！

骑上自行车，顺着北边那条公路，一溜下坡，风驰电掣，两耳生风，想想爬山的艰辛，此时就是飞翔在半空中的神仙了。

小河月色

回到家，母亲已经做好了饭。

趁着他们又洗手、又洗脸的当儿，振华把小饭桌搬到了院子里，在桌子边摆上了五个小板凳、马扎，又把电灯拉到正房门口挂上，又帮着母亲端碟子拿碗放筷子。

母亲常说："有了常是节，没有节是常；饿了甜如蜜，饱了蜜不甜。"

这一伙年轻人，还是长身体的时候，又爬了一天山，中午的"干粮"尽管不错，但此时那午餐肉、五香鱼也不知跑哪里去了。只听得肚子"咕噜咕噜"乱叫唤，看着三舅妈、三奶奶做的菜，香味扑鼻，一个个垂涎欲滴，恨不得用手抓着往喉咙里送，但大城市里的孩子讲礼貌，一看老人还在忙活，都不好意思先动手。

振华一看，就喊："妈，你别忙了，先吃饭吧！"

"你们先吃，别等我，我再熬个鸡蛋汤。"母亲一边忙活，一边答道。

好家伙，母亲不愧在工厂干过，见过世面，还挺能整，要搞个四菜一汤，这可是城里招待大干部的标准。辣椒炒鸡蛋、芸豆丝炒肉、红烧茄子、豆角炖土豆，色香味俱全，全是新鲜的、绿色的时令蔬菜，主食是暄腾腾的胶东大饽饽。

既得了"圣旨"，振华就招呼："来来，吃吧，吃吧，别等了！"各位战将左手持一片大饽饽，右手执一双竹筷，一顿风卷残云，四盘子菜顿时不知去向。

母亲端着一大碗汤出来了，往桌上一放，说："来，再喝点汤，鸡蛋海米黄瓜汤。"大家又喝了一阵子汤，把肚子里大饽饽、土豆块之间的缝隙也填满了，吃得这个饱啊，把振华的驼背都撑直了。

四个年轻人吃饱了，看着老人把四个盘子里的剩菜残汁都合到汤碗里，做成一个"全家福"，拿片饽饽，慢慢地吃了起来。

四个年轻人看着，有点不好意思，就逗老人开心。

承志说："奶奶，你做这个菜真好，又新鲜又好吃，让我们都吃光了！"

母亲笑着说："有心开店，就不怕大肚子汉哪！"

一句话，把晓红逗得了不得，也赞扬道："舅妈，这个大馒头，这么大，这么暄，怎么蒸的？太好吃了！"

"那好，走的时候，背两个给你妈尝尝。"母亲乐呵呵地说。

晓霞那小嘴更甜，说起话来，可真是受听："舅妈，俺哥上学后，就你一个人在家，我有空还来看你，帮你干活。"

这个一句，那个一句，说得老人眉开眼笑，心花怒放。

看着母亲也吃完了饭，两姊妹争先恐后地帮着拾掇碗筷，又张罗着要刷锅洗碗。

母亲站起来，揉了揉腰，说："你们爬了一天山，也够累的了，都歇歇吧，我来刷。"

承志忙着把电灯又拉回灯窝里挂了起来，给奶奶照着刷锅。

这时候，晓红又想起了背回来的一挎包桃子，这山里野生的桃子并不很大，但吃起来能甜掉牙。她把桃子倒在盆里不少，洗干净了，放了一盘子，端到灶间，说："舅妈，我们在山里摘的桃子，可甜啦！您尝尝。"

舅妈两手正忙着，腾不出手，就说："好好好！放小桌上你们先吃着，我刷完锅再吃。"

这生活，可真是美好！吃饱了，喝足了，再吃一顿餐后水果，真是神仙过的日子。

吃着吃着，感觉院子里亮了起来。振华一抬头，一轮明月正从东厢房上升起。

想着爬山出了一天的汗，几天来也没能让他们好好洗个澡，就提议道："咱们这南河呀，就是村里人洗澡的地方，天然大浴场，泉水浴。咱这的规矩，中午是男人洗，晚上是女的洗。桥上边不远，有不少浴池，就是人们把石头、沙子弄到边上，用手挖出来的坑，专门供洗澡用的，人躺在坑里，只露个头。不知你们敢不敢去洗？"

这城里人，洗澡洗惯了，这些天东跑西颠的，没能好好洗洗，确实难受得很。北京、沈阳这都是闻名全国的特大城市，姑娘、小伙子全都是见多识广，那城里游泳池里还不是青年男女都在一个池子里游泳嘛！两姐妹听说还有这等好去处，一齐嚷道："敢！"说着，就去收拾洗澡的东西和换洗的衣服去了。

这条河，也就是从昆崙山滴水源流下来的，并汇聚了几个山脉的支流。昆崙山植物茂密，也改善了这里的气候，夏天经常下雨，山洪把这个河床冲刷得极其干净，除了鹅卵石就是金灿灿的沙子，一尘不染。

这条河流，振华是太熟悉了。他曾冒着生命危险过河去割过羊草，也曾和王仁哥躺在王福大汪里在石板上下过棋。

振华想，过了河，到南岸，顺路向西走，再转向北，就到了王福大汪，村里的大姑娘、小媳妇们到不了这么远，还能避开河里洗澡的女人们。

跟母亲打了招呼，振华就领着三人出了门。

在月光的照耀下，沿着小巷，三拐两拐，就到了河边。河北岸的大槐树下，坐着不少人，都在这里乘凉、聊天。

走近了大槐树，一个大高个子站了起来，开玩笑地说："这个×养的，这不是老华吗？这得去弄么呢？搞对象吗？"

振华一看，正是儿时伙伴王常吉，就笑道："搞个屁对象，这是我三姑的两个闺女，这是我大爷的孙子，回老家来看看。你这个×养的，找着对象了吗？"

常吉道："这不找了一个么。"

"谁家的？"振华好奇地问道。

"就是你三哥亲妈的二闺女。"

在胶东农村，有认亲爹、亲妈的习俗。在昆嵛村，振华的母亲就有两个亲儿子、一个亲闺女。振刚认这个亲妈是八队的，过年时，振刚还领着振华去走过一次亲戚。他亲妈做的红烧牛肉，好吃极了，振华记忆犹新。

三哥的亲爹、亲妈都长得高大、结实，生有二子、三女。不管男女，都一表人才。大女儿张迷，村里演《红灯记》，她当李奶奶；演《沙家浜》，她就当沙奶奶，人长得漂亮，嗓子又好，闻名乡里，被外乡一个军官挑去做媳妇了；二女儿小布，比她姐姐高不少，约有一米七，人也很漂亮，性格活泼，且非常健美；三女儿有运动天赋，正上烟台体校呢！大儿子高级，和振华小学同班，全班43个人，打了42个的，就是他；小儿子金科，不知干什么。

振刚这个亲妈有点神道，能掐会算，还能给人用法术治病，外村有很多人慕名而来。既求她，就要给她送礼，大概家里点心什么的收了不少。试想，在"文化大革命"中，"破四旧立四新"，哪容得这种现象存在？这一天，村里召开批斗大会，把她弄上了台，旁边桌子上还摆满了人家送的礼品，那点心盒子摞得老高。

批斗完了，就没事了，振刚这个亲妈就来到了振华家，找振刚的妈妈聊聊天，舒缓一下郁闷的心情。

振刚的亲妈不忿地说："那些×养的，上俺家里去，把那些空点心盒子都弄走了，摞在台上，斗我。这些驴奸的，真不是些东西。"

振刚的妈一听，笑笑说："你不是会算么？你没算算他们什么时候斗你，把那些盒子都扔了，不就没事了！"

亲妈一听，还是妈厉害，"以子之矛，攻子之盾"。

振华听常吉这话，赞叹道："哦！小布啊，你这个×养的真有福，找这么个好媳妇，又好看，又结实，又能干，壮门头啊。什么时候结婚，我回来喝你的喜酒。"

"操他妈的，这个熊屌计划生育，不到年龄，还能结婚？"

"你这个家伙，真是个熊包，你不会结黑婚①，再生两个黑孩子。"

"他妈的，咱老百姓有那个胆吗?!那都得是当官的儿郎，要是咱，还不早让人家把房子扒了!"

振华笑道："急性子吃不得热豆腐，明年就到了。不过，我这个小布妹妹成你媳妇了，我怎么叫你呢?叫你妹夫吧!"

常吉一听，一会儿工夫，就由叔叔变成妹夫了，这不吃大亏了，就笑道："那还行，我还是叔，你得叫她婶。"

"那好，到时候我看看，是她叫我哥?还是我叫她婶?"振华说着，就向石板桥上走去。

上了石板桥，只听得小河流水哗啦啦，还有从上游传来的嘻嘻哈哈女人们洗澡的嬉闹声。四下一看，月光朦胧，雾气蒸腾，疑是银河落人间，七天仙女下凡尘。

河南岸，离河床不远，有一道防风林，从东向西约有三华里，全是生命力极强的松树，已长得有两个人高。防风林的南边，是一大片桑树林，村里养桑蚕，主要就是从这里采集桑叶。紧挨着桑树林，就是进昆崙山的东西道路，直通龙王庙。

过了河，沿着大路向西走了约有两里多路，估计快到王福大汪了，振华就领着他们穿过桑林间的小路，到了河边，这里果然听不到嬉笑声。

在月光下，振华观察了一下地理位置，王福大汪还在上边不远处，就又领着往上游走，发现水流边一块大石头，在这大石头边上，就有一个很好的"浴池"，人们把小石头全堆在四边，池底全是沙子。

振华看了看，对两姊妹说："你们就在这吧!王福大汪太大了，怕你们害怕。你们看看，四周都没人。我和承志到树林里给你们站岗放哨。洗完了，你们一喊，我们就能听到。"

两姐妹看了看这个天然浴池，虽然比不过王母娘娘洗澡盆，也相当不错了，城市里是不可能有的。

在防护林和桑树林之间的空地上，振华乘机又让承志接受了一次"贫下中农再教育"，但不知有没有必要?

振华指着桑树问："承志，你知道这是什么树吧?"

承志摘下一片大叶子，仔细看了看，大概沈阳的公园里没有这种树，没见过。就老实地说："不知道，没见过。"

没见过!振华这下来了精神，就像上农业课的老师似的，讲了起来："这个呀，是桑树，桑蚕就吃这个桑叶。这个蚕哪，主要有两种:一个是柞蚕，一个是

① 黑婚:没有领结婚证的实际婚姻;黑孩子，指没有得到计划生育指标而生的孩子，通常不给上户口。

桑蚕。柞蚕吃柞树叶子，放在山上养；桑蚕吃桑叶，放在家里养，把桑叶弄到家里，喂给桑蚕吃。柞蚕大，绣的茧也大，桑蚕小，绣的茧也小。

"绣茧以后，就要缫丝。这一个茧，就是一根丝，先把茧放在大蒸笼里蒸熟了，再用缫丝机，把多少股丝合成一股，缠到缫丝机的机头上，有个曲柄连杆机构，下面用脚踩着，机头就不停地转，就把丝抽出来了。丝抽完了，还剩下一个蛹，这些蛹还要交回去卖。我妈原来就在殿后丝厂工作，后来孩子多，就不干了。咱这村里还有一个村办的缫丝厂，村里都叫绕房。这桑蚕蛹小，城市里也有卖的，你可能吃过；这柞蚕蛹可就大了，还很好吃，据说七个柞蚕蛹能顶一个鸡蛋的营养，但是大城市里一般没有卖的，等有机会，给你弄点吃吃。

"柞蚕丝是黄的，桑蚕丝是白的；柞蚕丝织成的布，就是一般的丝绸，经印染后，可以用来做衣服、做被面什么的；而用桑蚕丝织成的布就高级了，那叫真丝，又轻又滑溜，穿着可真是舒服，尤其夏天穿，感觉就凉快。咱这文登县城里，就有一个丝绸厂，还挺有名的，丝织成绸后，还要印染。我看晓红前两天穿那个衣服，就是真丝的。呃！这两个家伙怎么还没动静呢？"

"没动静，大概就是快了。"承志应道。

在这广阔的田野，看着星星，望着月亮，大有"星垂平野阔，月涌小河流"之意境，听着四周各种昆虫的大合唱，混合着青蛙"呱呱呱"的鸣叫，又有"稻香村里说丰年，听取蛙声一片"之慨。

眺望着雾霭笼罩着的南山，振华眼前又浮现出上大学前与兰香和红玉月夜上南山的情景，沉浸在一种美好的回忆之中。

听说兰香姑娘现在已名花有主了，不知那红玉姑娘如今怎样？1977年年底，知青们都回城去复习功课准备高考，听村里人说红玉姑娘考上了烟台卫生学校，虽然是个中专，但她是初中毕业生，这也算实现了她的理想吧！不知有没有机会再见面？知青已"拔点"了，"知青之家"也已改为村里的苹果库。估计红玉姑娘是再也来不到这里了，唉，往事如烟哪！

"哎——"一声呼叫，穿过河川，飞过月空，跨过松林，传了过来，打断了振华的思绪。

承志一听，也扯起喉咙"哎——"回应了一声。

回到大石头前，二位"河神"容光焕发，如出水芙蓉，亭亭玉立，感叹不已："哎呀！太好了！太爽了！太浪漫了！"

看着两位"仙姑"兴奋的样子，承志按捺不住地说："小叔，咱也洗洗吧！"

振华当然也想好好洗洗，清爽一把，就对俩妹妹说："这么着吧，你俩在这坐着歇歇，看看月亮，是不是比北京的月亮亮，我俩到上边不远的王福大汪去洗洗，那里还能游泳，一会儿就回来。"

这王福大汪，跟个游泳池差不多大，只是边缘不规则，北岸是约两丈高的断崖，河水由西南冲过来，在这里拐了个弯，被断崖挡住，向东南流去，在这里冲刷成一大汪水。

两人脱光了衣服，下水试了试，凉爽啊！水深及腰，就游了起来，可真是太爽了！太酷了！爽了几把，过过瘾，洗巴洗巴，就上岸穿上了衣服。

振华"噢——"了一声，那边也回了一声。好了，走吧。

这时，皎洁的月亮快到正南了，下游也没有动静了。

振华说："农村人睡觉早，估计下面没人洗澡了，咱们沿着河往下走吧，要是有人，她们肯定会咋呼。"

月光如水，小河哗哗。踩着鹅卵石，凉风拂面来。

大槐树下，已空无一人，劳累了一天的人们，已经都回家休息了。

振华又发出了最新指示："明天休整，你们好好睡一觉，早晨也不叫你们，睡到几点是几点。"

《红楼梦》里写刘姥姥进大观园，看到啥都感到新奇，惹得黛玉、宝玉、湘云等大观园中人笑得肚子疼。如果刘姥姥把黛玉、宝玉、湘云领到她庄上玩玩，大概也够他们新鲜一把了。

这一次，振华把大城市里的姑娘、小伙子们，领到了农村，恰似刘姥姥把黛玉、宝玉、湘云请到了她庄上。

"刘姥姥"把"大观园"的姑娘、小伙们领进了昆崙山，也是什么都感到新奇，这是什么树？这是什么花？这是什么果子？他们都不知道，而"刘姥姥"知道。

在此后几天中，"刘姥姥"又带领他们到菜园子，到了广阔的田野，哄他们说花生是树上长的，那红薯像西瓜似的长在藤上，他们也信。好多蔬菜，他们也吃过，但没见过长在哪里？不知道怎么生长的，振华也爽了一把，好为人师，总算替刘姥姥出了一口气，争了一把光。

在农村玩几天没问题。这里的山也清，水也秀，人也热情。到菜园里摘个辣椒、茄子，割个韭菜，摘个芸豆，也都很好玩。受不了的是，白天苍蝇上下翻飞，晚上蚊子"嗡嗡"乱叫，再加上洗澡不方便，更没有抽水马桶，也够那大城市里的姑娘、小伙们受的。

玩了几天，新鲜劲也过了，大概也够受了，打道回府吧！

这一天中午，吃过了"上马饺子"，振华把他们送到了村东头的长途汽车停车点，在这里等汽车。

不少乡亲坐在树下的石条上歇响、聊天。挨着停车点西侧的这一家主人叫宋连杰，大高个子，和漂亮的媳妇生了三个漂亮的千金小姐，二千金小学和初中都和振华一个班，还请振华给她画过"凤凰穿牡丹"的鞋垫样子。不过她绣好后可就不给振华了，可能是给了西山庵宋家庄一个小伙子。

因为宋连杰也是个残疾军人，不能搂草，三个千金虽漂亮，但漂亮的脸蛋是不能顶柴草的。宋家庄上这个小伙子的爸爸，看上了老宋家二千金，就经常让他儿子推着小车给老宋家送柴草。但这次拙下啦，原来这位二千金并没有嫁给这个小伙子，而是嫁给了文登化肥厂的一个拿工资的。

正聊着，北面过来一个大高个子，推着自行车，车后座上捆着一个白色的冰棍箱子。冰棍是村里的冰棍厂生产的，就在村子西头的大院里，振华还去参观过，吃过几个冰棍。

这种冰棍是真正的冰棍，就是井水加糖精冷冻而成的冰块，非常坚硬，二分钱一根。

这个大个子，村里人都叫他大山，人大力不亏，有的是力气。

早些时候，电影队要来村里放电影，书记就派他推着小车去把放映队的机器运回来；村供销社要到公社的供销社进货，也让他去推，有时候从公社推回一车新鲜的鱼虾，村里有钱的人就买两斤，吃点荤腥，改善一下生活。

现在，他为村里的冰棍厂到处卖冰棍，有点大材小用啊。

这大山是五队的，与四队的人都认识。他一看，老熟人、村里的大学生回来了，还有客人，就停下了车子，拿出四根冰棍，送到振华面前，说："来，老华，吃个冰棍！"

振华接过来，给晓红、晓霞、承志每人分了一支，三个人还一个劲地喊："谢谢！谢谢！"

振华琢磨，这怎么办？他是送的？还是卖的？就算他是送的，这能白吃人家的吗?! 咱又不是《小兵张嘎》里的日本鬼子胖翻译："老子吃馆子都不给钱！"要是不给钱的话，坐着的乡亲们会怎么想？怎么看？振华觉得不给钱不好，不行！就掏出一角钱来，硬塞给大山，谁知大山立刻脸红脖子粗的，像受到了污辱一样，把钱往地下一摔，气哼哼地骑上车子扬长而去。

一会儿，从南边来了一辆红色的长途客车，车上人不是很多，看着他们上了汽车，找着了座位，车门就关上了。

振华向他们挥挥手，再见吧，您哪！欢迎再来山村做客！只要你们还敢来！

勤工俭学

第三个暑假又要到了。

这一个暑假怎么过呢？振华考虑，已经回去了两个暑假，该玩的也玩了，而且回一趟家旅费也不少，再加上学校又组织留校的学生勤工俭学，振华就和班里几个山东籍的同学留了下来。一个是同寝室的郭立功，振华的上铺；一个是个子不高却敦敦实实的张育德；一个是同班女同学赵红霞。

系里安排振华和赵红霞到炼铁教研室给老师们做试验助手，安排郭立功、张育德去挖埋设管道的地沟。

这次试验，是研究攀枝花钒钛磁铁矿高炉冶炼技术的一个科技攻关难题。

钒钛磁铁矿高炉冶炼，是一个世界性的技术难题。19世纪初，许多国家就开展了钒钛磁铁矿的高炉冶炼试验。当炉渣中 TiO_2 含量大于16%，就会遇到炉渣黏稠、渣铁不分等特殊难题，百年来未能解决。

我国四川攀西地区蕴藏着丰富的钒钛磁铁矿，特别是与铁共生的钒钛属战略物资，其储量在国内外占有举足轻重的地位。因此，国家对攀枝花钒钛磁铁矿冶炼试验十分重视，但也十分困难。

苏联专家在50年代援华时，就进行过很多试验，也没有取得成功。他们撤回国时，留下了一句话："攀枝花钒钛磁铁矿，就像镜子里的花，看得到，拿不出。"

1964年年底，为了准备打仗，国家决定建设西南三线基地。要建设大型钢铁厂，首先必须解决攀枝花钒钛磁铁矿高炉冶炼的世界性技术难题，国家组织了钒钛磁铁矿高炉冶炼科技攻关，曾任冶金工业部副部长的周传典任攻关组组长。

高炉冶炼是试验成功的关键。东北工学院炼铁教研室实力雄厚，拥有一大批有才华的专家学者，特别已经突击翻译了四卷国外有关钒钛铁矿的有关资料，很有价值。东工推荐李殷泰任新技术组组长，以后西昌试验阶段由杜鹤桂接任，两人都是国内著名的炼铁学教授。他们的助手李永镇、杨兆祥，也都经常在专业刊物上发表文章。化验组的组长由东北工学院化验室主任李桂新担任。

在全体人员的共同努力下，经过三年、三次扩大试验，解决了世界各国近百年来未能解决的高炉冶炼钒钛磁铁矿的高难技术难题，获得了国家科技发明一等奖，为我国攀枝花钢铁基地的建设提供了可靠的技术基础。

1970年后，攀钢1号、2号大型高炉陆续投产。但在"文革"中，周传典也被关进了"牛棚"，攻关组也烟消云散，因而高炉生产一直不正常。

"文革"结束之后，为恢复生产，杜鹤桂教授等炼铁教研室的老师们也多次与攀钢的工程技术人员和职工组成攻关组，一起攻克了一系列的难关。至1986年，攀钢大型高炉各项经济技术指标已达到全国先进水平，并实现了钒钛矿综合利用，成为当时全国第四大钢铁厂，对于我国经济建设和国防建设都具有重大的战略意义。

在吕鲁平等选编的《钒钛磁铁矿高炉冶炼、钒钛球墨铸铁资料汇编》的文集中，在有关钒钛磁铁矿冶炼的31篇论文中，大都是杜鹤桂教授单独署名或与其他研究人员联合署名的，如《高炉冶炼钒钛磁铁矿合理炉料结构的研究》等论文，大多刊登在《金属学报》《钢铁》《钢铁钒钛》《中国钢铁年会论文集》《钒钛磁铁矿开发利用国际学术讨论会文集》等学术刊物上，还有李殷泰教授等四人联合署名的《攀枝花钒钛磁铁矿高炉冶炼的特点》等，可见，在钒钛磁铁矿高炉冶炼科学研究方面，东北工学院确是达到了世界领先水平的。

杜鹤桂先生于1949年毕业于天津北洋大学冶金系，1953年与李殷泰、杨永宜等六人毕业于东北工学院冶金系研究生班，该班导师是苏联冶金专家马汉尼克教授，这一批研究生都成为新中国培养的第一代冶金专家。

杜鹤桂教授是我国钢铁冶金炼铁学科的奠基人之一，1952年参加组建国内第一个炼铁专业，该专业1981年被批准为国内首批钢铁冶金博士点，1986年被评为国家重点学科。杜教授长期从事教学和科研工作，为国家培养了数以千计的高级钢铁冶金技术人才，培养了硕士和博士研究生60余名，可谓桃李满天下。杜教授在国内外学术刊物上发表论文260余篇，出版专著、教材13本，论著5本，还获得国家科技进步一等奖、国家科技进步二等奖各一项。杜教授是国内公认的理论联系实际的炼铁专家，先后到日、美、德、澳、加拿大等国访问讲学，受到高度评价。

在新中国成立十周年前夕，由东北工学院炼铁教研室靳树梁、张清涟、杜鹤桂、李殷泰、李永镇等编著的《现代炼铁学》，由冶金工业出版社出版，成为全国冶金类院校的教科书，也成为冶金工程技术人员的必读书目。

1980年暑假中，振华他们作试验助手的这项科研任务，是冶金工业部下达的，杜鹤桂、李殷泰、李永镇等著名教授都参与了这项科研任务。

王振华和赵红霞的任务主要是给老师们当辅手，用棒磨机把矿石磨成粉啊，用矿粉做球团哪，记录试验数据啊，等等。

这个试验研究，主要是把球团矿放在一根横着的转动的用耐高温的绝缘材料做成的直径约十厘米的长管子里，这个管子有两米多长，在各种还原气氛及不同温度下进行还原试验，探索什么条件下还原效果最好，据此确定冶炼工艺参数，制定冶炼工艺技术标准。

有一次，可能是要更换一些设备部件，教授们把这座还原炉全拆开了，堆了满地的部件，不小心把一根还原管子摔破了，心疼得不得了，说这一根管子要一万多元。

有一位老师把损坏的一小块铂铑铂热电偶让振华看，还说："这是铂金哪！比黄金还贵重。"

振华把这点宝贝放在手心里端详来端详去，老师就说："送给你了！"振华一听，如获至宝，赶紧找了一张纸，包了好几层，放进了衣兜里，把老师们逗得笑个不停。

试验了一个多月，试验取得了阶段性成果，勤工俭学告一段落。一天一元钱，虽不很多，也不少啦！能够两个月的伙食费。

郭立功、张育德他们和系里其他留校的同学挖管道沟，也竣工了。

都没事了，玩吧！

振华和郭立功一个屋，一同出去转悠，校园这么大，而且东工校园南边没有围墙，隔一条排水沟直通浑河大坝。

坝里坝外，很多地方有芸豆啊、眉豆啊、辣椒等蔬菜，不知道什么人种的，有的都老了，也没有人摘，就弄点回去吃，不吃也就浪费了。看着这些能吃的东西浪费了，也很心疼啊！就摘一些，往兜里一塞，寝室有小电炉子，洗一洗，把小铝锅往电炉上一放，放点油、食盐，加上水，煮开了，就做成了一锅菜。

郭立功从家里背来了一袋子炒面，倒点开水一搅和，就是一顿饭。

承志也放假了，没什么事，就来东工找振华玩，带着他的120相机，就和郭立功三个人，一起逛南湖公园、青年公园、万泉公园，拍了不少照片。

"手中有钱腰杆子硬。"侄子帮着拍照，搭上胶卷还有冲洗费，叔叔兜里钱也挣了不少，照完了相，上饭馆撮一顿吧，沈阳雪花啤酒也不比青岛啤酒差哪去，味道好极了。

就在这两个傻帽儿玩得不亦乐乎之际，人家张育德早已趁机把赵红霞搞定了。

张育德是干部家庭出身，他拿一个存折向振华显摆，里面有二百多块钱。

哇！振华挣了三十来块钱，就觉得是一笔大财富了，二百多块钱，可真是大富翁了！

人家玩的可就比这两个傻帽儿档次高多了，逛公园、看电影、下饭馆、逛商店，看文艺演出，在公园里哪人少就往哪钻。

赵红霞一米六多点的个头，长相清秀，是从医院里考来的。那些老三届们都瞅着眼红，要下手还没有得逞，就让张育德近水楼台先得月、捷足先登了。

两个班70个同学，只有四个女生，已经共同学习两年半了，再不下手可就晚了。

可是，张育德的眼睛里可容不得沙子，把他的"猎物"看得紧紧的。谁要是接近赵红霞，或是想献殷勤，他就找机会直接警告："赵红霞是我的，希望你离她远点，要不然我就不客气！"

这一来，好几个同学也就退避三舍了，看着人家出双入对，气得大眼瞪小眼，心里酸溜溜的。

本班另一位女同学赵丽生，也已名花有主了。

这赵丽生，身高一米六五，身材苗条，虽然面相不敢恭维，可人家是从吉林市考来的，拉得一手好二胡，声音甜美。谁学习好，她就喜欢谁。

一开始，学习委员崔向富，老三届，入学前就是高中数学老师，微积分他都会，入学后给同学们补习三角函数的就是他，高等数学考试谁都考不过他，赵丽生就把坐垫给他，让他到阶梯大教室占座位。

两年之后，高等数学也学完了，崔向富的老本也吃光了，那日语、普通物理学、理论力学、材料力学、物理化学、电工学等课程，全是新的，像振华、王力波等年轻学生就追了上来，把老三届全甩后边去了。

可是有一个一米九的大高个郭建光，是上海人，人称"大老郭"，他学习成绩最好。

大学里评三好学生，怎么评？谁各科考试成绩平均分最高，谁就是，当之无愧。要不然没个标准谁也不服，谁的"德"好，谁的"体"好，很难评定。

"大老郭"连得两回院三好学生，赵丽生立刻弃旧图新，用白眼把学习委员甩了，把青眼睐向了"大老郭"，秋波频送。在男多女少的炼铁界，女子还有攻不下的男堡垒吗?! 不久，"大老郭"就拜倒在赵丽生的石榴裙下了。

况且，"大老郭"自有一套理论，到处散布。他的理论核心是，找老婆就要找"三心"老婆：看着恶心，用着开心，放在家里放心。

他的理论一时在同学中广为流传，流毒甚远。

浪漫浑河南湖畔

大学生活是自由的、浪漫的。

沈阳音乐学院的大门和东北工学院的东门相对，只隔一条马路。即使从马路上走，也能听到从楼层的窗户里传出的各种乐器声、学生们的吊嗓声。

学校嘛，不像党政机关，可以随便出入。

振华一向对这座音乐学府充满了好奇。这一天早晨，振华拿着单词小本子，溜达进了音乐学院的校园，这校园大概也就只有东工校园的四分之一大，但是小巧而精美。校园内，到处都是演奏乐器的，练唱歌的，令人目不暇接，美不胜收。

这里的学生衣着靓丽，风度翩翩，可谓阳春白雪，东工钢冶系的那些"老头"们与人家相比，立马就成了下里巴人，好像生活在两个世界里。都是大学生，差别咋就这么人呢?

与东工校园北面紧邻的，就是南湖公园。南湖公园是收门票的，虽然票价只有五分钱，但穷学生也舍不得花这个钱，公园又不能不逛。公园和学校之间有一道围墙，那围墙也就一人多高，小伙子手扒着墙头就能翻过去，更有甚者，有人把墙掏了一个大洞，一猫腰就进公园了。

春天一到，公园内杨柳依依，百花争艳，湖水荡漾，游人如织，一派迷人的旖旎风光。

下午课程很少，没课的时候，振华就经常背着书包，从大洞进园，找一个大树下的石桌石凳，在那里复习功课。

从公园的南岸，跨过一座木桥，北岸有一个圆形的大花坛，花坛中央是一组群雕，主体是一个在草原上放牧的姑娘，骑在一匹前腿腾空的骏马上，身背斗笠，手持号角，回首凝望着辽阔的草原，一群鹿在骏马周围追逐着。

这组群雕，也是"文革"的产物，马背上的姑娘，像是表现一个"知识青年"在广阔的草原上大有作为。

这里有一位公园的职业摄影师为人们拍照。振华和承志以及郭立功都在这里合过影。

这组群雕的西边是一个又要收费的园中园，里面亭台楼阁、假山喷泉、奇花异卉，人们在这里流连忘返。

群雕的东边也是一个园中园，里面布置得也很有特点，许多花卉在这里培育，如国庆期间要在重要地点布置一些花卉造型，如巨龙、大象等，都在这里扎好架子，一小盆一小盆地固定在上面，或直接在上面的土层栽花种草。

这所园中园是不收费的，但也不对公众开放。

东工学生食堂在星期天只开两顿饭。城里人好睡懒觉，好不容易熬来个星期天，厨师们也要休息休息，学生们学习了六天，有的还神经衰弱睡不好，趁着星期天睡个懒觉，补充一下睡眠，也实在很有必要。

城里人好睡懒觉，但农村人没有睡懒觉的习惯。在春、夏、秋三个季节，天还没有亮，社员们就要起来，先到地里干个早朝，再回家吃饭，实在辛劳。

上学后，振华继承了这一光荣的革命传统，星期天早晨，振华也起得很早，就拿着小单词本，到处溜达着背日语单词。

这南湖公园，为了方便市民早起锻炼身体，八点以前是不收费的。

星期天早晨，振华仍按平时的六点来钟起床，拿着小单词本，一边溜达，一边背单词，从学校北大门出来，不远就是南湖公园东大门，从东大门进园，过了木桥，到了群雕东边的园中园门口，看到木栅门是虚掩着的，就推开一条缝，挤了进去。

哦！这里又是一番新天地，许多花草见所未见，居然还种植着几十株美丽的罂粟，开着红色的、蓝色的花朵，还有不少奇花异卉，漂亮极了。

振华一看，这些花太漂亮了，就忍不住摘了几朵小花夹在本子里。没想到，就此萌生了他采集花的标本的兴趣。

在园子里转了半圈，从西北角的屋子里出来一个苗圃工人，个头不高，约50来岁。还不等人家问话，振华就先送上一句问候："师傅，早晨好！"

本来，这个工人出来，是要把"侵略者"赶出领地的，可一见对方像个大学生，又很客气，很尊重他，就放缓了脚步，声音也柔和了不少。

他看到振华拿着个日语单词本，就来了一句日语："噢哈约无狗砸以马死！"

振华一听，了不得！这老人还懂日语，马上回应了一句，就用日语聊了一阵子。

要回校吃早饭了，振华又来一句："撒药娜拉！"

老先生也来一句："堆娃妈他，妈他以拉虾以！"（那么再见，欢迎再来！）

振华喜欢学日语，不仅把《基础日语》学过的课文全背了下来，还从书店里买了几本《日本语九百句》《日语会话》等书学习。

理工科学生不要求外语会话水平有多高，大多数同学能看懂但不会说，条件好的同学还有个"半块砖"的录音机，能听一听录音，大多数同学都没有这种条件，对会话也不太感兴趣。因此，振华的会话能力在两个班的同学中是数得着的。他虽然背了不少课文、会话的句子，要表达的内容基本能张口就来，但由于听力训练太少，故听力还差得远。

振华回宿舍后，跟同学们说起南湖公园一个老头会日语，许思贤说："下个星期我陪你去会会他。"

这个老头，估计是伪满时期的一个日语翻译，日语说得非常流利，气度也颇高傲，很可能在"文化大革命"中倒了霉，被贬到公园里栽花种草。大概他对东工校园也很熟悉，又问振华在哪个馆哪个教室上课，说有时间去看你们。

晚上，他还真来到了教室，和同学们聊了一阵子，说要上讲台给同学们讲日语。

许思贤年龄毕竟大一些，见多识广，对他说："这请人讲课，要请示系里，我们反映一下，看系里什么意见。"

那人一见，肯定没戏了！系里能让不明身份的外人到学校来讲课吗？

振华一看，差点惹了麻烦，那个园中园是再也不敢去了。

这一个星期天，振华又陪吴文江到南湖公园去玩，看到一个年轻人坐在大树下小马扎上，地上摆着几幅刘晓庆、陈冲等电影明星的素描像，膝上放着一块画板，在给人画像。

吴文江说："你看，刚学了点技艺，就出来挣钱，不会有大出息。"

湖南有一个很宽敞的水榭，建在水里，凭栏远眺，别有一番情致。

此时，正有一红衣女子在这里舞剑，那婀娜的身姿，潇洒的动作，神出鬼没的剑路，看得振华眼花缭乱。可谓：

> 今有佳人奉天女，一舞剑器动四方。
> 观者如山色沮丧，天地为之久低昂。
> 燿如羿射九日落，矫如群帝骖龙翔。

来如雷霆收震怒，罢如江海凝青光。

湖边路上人头攒动，都在观赏这位奇女子舞剑，不但农村人振华看得目瞪口呆，就是首都人吴文江也叹为观止。

走到一个很高的秋千架旁，吴文江说："来，我带你打秋千。"

两个人就一起踏上了秋千架的踏板，面对面站着，四脚交叉并在一起，四只手抓着系踏板的钢索。吴文江就开悠，越悠越高，眼看着就和秋千架一样高了，人和地面都快平行了，吓得振华腿都软了，连连呼叫："哎呀！不敢了！不敢了！"

吴文江一看，把小王同志忽悠服了，才慢慢地随着自由摆动，停了下来。

振华琢磨，这大城市人也太厉害了，打秋千都能打这么高。

逛了半天，两人在木桥西边的湖边长凳上坐了下来，看着平静的湖水和对岸风光。

振华灵机一动，也想露一手，让大城市人瞧瞧。就起身捡起一块小石片，下到湖边，一猫腰，贴着水面把石片甩了出去，这石片在水面上不断地碰击着，溅起一溜水花，向对岸箭也似的飞去。

这一绝技，让吴文江看得也傻了眼："哟，你还有这两下子！"

"这算什么，我还有几下子呢！"振华吹嘘道。

还有几下子什么呢？振华看了看脚上穿的几元钱一双的塑料底黑布面鞋，鞋底和鞋帮已经裂了一道大口子，就对吴文江说："你信不信？我敢把这双鞋扔湖里！"

吴文江摇摇头说："不信！"

"不信？这么的吧，公园北面有卖鸡架的，我把这双鞋扔湖里，你请我吃鸡架，怎么样？"

吴文江大概琢磨，你这个小子逗我玩哪，你把鞋扔湖里，赤着脚去吃鸡架啊！就说："行！你要扔了，我请你吃，你要不扔，你请我吃！"

吴文江话音刚落，振华就脱下一只鞋，站了起来，以45度的角度，狠命扔出了一条漂亮的抛物线，把鞋扔到了湖中央，看着这只破鞋在湖面上溅起一片水花，荡起一圈圈涟漪，在圆心处转了个圈，就沉到湖底去了。但同时，振华似乎也闻到了鸡架诱人的香味。

两只鞋都扔出去了，看着圈圈涟漪碰撞着，吴文江颇感吃惊。

吴文江北京生、北京长，就是下乡在包头，哪里见过赤着脚走路的？就是骆驼祥子拉车，也要穿一双跟脚的好鞋吧！他可不知道，这农村的小孩，从小就赤着脚满地乱跑，哪里有鞋穿？那玉山的弟弟大冬天上学还赤着脚哪！

丢这一双鞋，在振华来说也不是第一双，而是第三双了。

小时候，他和小伙伴们到北泊去割羊草，都坐在一个井沿上，这个井的井口比较大，大家都把双脚垂在井筒里，人离水面也有两米。

振华在井沿上坐着，两只脚乱晃荡，把一只母亲做的新鞋掉井里了，这只鞋在井水里一转悠就不见了。

这怎么办？穿一只鞋回家，怎么跟妈妈交代？振华琢磨，干脆吧，一不做二不休，把剩下这一只也丢下去吧，回家就跟妈妈说没穿鞋。

回家倒是把妈妈糊弄过去了。可是不久，生产队打捞那口井，把落在井里的乱七八糟的东西全打捞上来了，这双鞋当然也打捞上来了，可惜鞋帮已经泡烂了。

大概有人就跟母亲汇报了，母亲一问，振华只好从实招来。母亲也没有多责备什么，只是说："你要是回来就跟我说，咱找人帮忙打捞上来。你看看，一双新鞋可惜了！"

另一双鞋，也曾丢过一只，不过有了教训，振华把剩下的一只带回了家。那是上初中时，前面已介绍过的，下了几天大雨，羊没有草吃了，振华头顶篓子，蹚着淹过脖子的河水，到南岸去割羊草，脚底下沙石俱下，流速很快，把脚下的一只塑料凉鞋冲跑了。到南岸割了一篓子羊草，回来时，振华把另一只鞋放在篓子里，顶在头上过了河。大概过了十几天，振华和一个同学在河里洗澡，忽然想起了被水冲走的这一只鞋，就对那个伙伴说："咱们顺着河，往上找找，说不定能找着呢！"反正是玩，走吧！就沿着河往上走，在王福大汪的上边，河水在这里急转直下，河道里全是一些大石头，振华一眼就瞅见了夹在大石缝里的那只鞋。哎呀，那个高兴啊！

在"文化大革命"中，什么怪事都有，红卫兵搞串联，重走长征路，练红军的铁脚板。受此影响，振华也不穿鞋了，整天赤着脚走路、干活。

一年春天，大队发动全村劳力开展义务劳动，到昆嵛山里扛杆子。大清早起来，到昆嵛山里去扛一趟杆子，就是把村林业队在山里砍倒的松树树干扛到村西头的机器房大院里，还不影响白天各生产队的生产。

这一次扛杆子，居然欣赏到了昆嵛山十大名景之一的昆嵛云海。

很早起来，振华赤着脚就和队里的人一起往昆嵛山里走，进山之后，感觉云雾弥漫，能见度很低。

当走到半山腰，忽然豁然开朗，一片光明，回头一看，哇！一片云海，上下翻腾，就像大海的波涛一样汹涌，太壮观了！一个个的山头，就像航行在大海中的轮船，一轮朝阳，也从东方冉冉升起，霞光映照在"轮船"上，就像观赏海上日出一样。

这山路都能扛着杆子赤着脚走，还故意在割过草的草茬里走，着实练就了一双针扎不入的铁脚板。

振华想，昆嵛山路都不在话下，还在意沈阳的平坦马路吗！这一次，虽然把一双已不大能穿的破鞋扔进了湖里，但毕竟换回了一个鸡架吃吃，物有所值！

吴文江站了起来，说："走，吃鸡架去！"

京城人心眼儿多，这小子就不怀好意，领着振华专拣人多的地方走，出振华的洋相。过了木桥，到了园中园，吴文江又买了两张票，偏要进去看看。

这振华虽是个农村孩子，但已上过两年半的大学，又戴个近视眼镜，一身学生装，胸前还佩戴着东北工学院的白底红字的校徽。游人们一看，这个大学生怎么回事？都把眼睛聚焦在他的一双赤脚上，有的还嘟囔："这个大学生怎么光着脚逛公园呢？"

振华红着脸也不吱声，心想反正熬过这一会儿，就去吃鸡架啦！

吴文江在旁边一脸的坏笑，可让这小子看热闹了，大概也长了不少见识吧！

除了南湖公园，离学校最近、也很好玩的就是浑河岸边了。

浑河是一条从东工校园南边流过的大河，南湖公园的水也是从这条河里引进的，从南湖公园流出后，沿市内人工开挖的河道流入鲁迅公园、青年公园、万柳塘公园、万泉公园，然后就流入护城河道，转向西北流入北陵公园，构成了沈阳市的陆上水系。

沈阳虽是大城市，但建筑在平原上，一个上坡都没有，更不用说有座山了。但沈阳的人民特别勤劳能干，没事的时候，就发动全市的工人开展社会主义劳动竞赛，就在平地上挖土，看谁挖得又快又多，把挖出来的土堆在一起就筑成了一座小山，往挖出来的大坑里放上浑河水，就成了湖。因此，造成了不少有山有水的公园，人们在这里既可登山，又可玩水，增加了游园的兴致，人们流连其间，乐而忘返。

秋天到了，浑河大坝下面参天的大杨树叶子黄了，飘落一地，为大地铺上了一层金色的地毯。有的黄叶子被吹进了浑河里，也就随波逐流，不知流到哪里去了。

经过近三年的学习，不仅学到了不少知识，同时近朱者赤，环境改变人，接触的都是大学教授，同寝室的同学也大多是城市里来的，特别是北京许思贤、吴文江，上海郁琼瑶，鞍山陈兴国，年龄都比振华大不少，修养也很好，耳濡目染，也慢慢地使振华身上去掉了不少农村孩子的野性及满嘴的粗秽字眼，像个大学生了，但还有不少差距。

20来岁，同学之间打打闹闹的也是常事，振华和人家闹着玩，常挂在嘴边上的一句话是："怎么的，不服啊？不服出去遛遛！"

这一天下午，上完了两节课，就是课外活动时间了。看着陈兴国和王力波走在前边，振华就从后边暗下脚，把陈兴国绊了一个趔趄，手脚俱着地，差点就来一个嘴啃泥。

陈兴国爬起来一看，遭了人的暗算，气得他火冒三丈，怒发冲冠，大吼道："八格牙路！你小子找抽啊！"

振华得了便宜还卖乖，嬉皮笑脸地说："呃！不服啊？不服就出去遛遛！"

"遛遛就遛遛，走！"这陈兴国正在气头上，正想出出这口恶气。

这一下，没辙了，振华把自己逼得没退路了！要是不出去遛遛，这以后还能在学校里混吗？！可是，到哪儿遛遛呢？振华一琢磨，朗声道："你真敢出去遛遛啊？那好！咱们到浑河边上遛遛吧！那地儿好啊，既平坦，又没有石头，摔不坏你。"

王力波一看，也来精神头了，说："摔跤啊？行！我给你们当裁判。"

三个人也不回寝室了，背着书包，就向浑河岸边挺进，在大杨树林里找了块能施展开手脚的平地，满地都是杨树叶子。

大家把书包放在一边，先活动一下手脚。为了吓唬陈兴国，振华先来了几个弓步、马步，再来了几个踢腿、冲拳，又左脚蹲在地上，右脚来了一个扫堂腿，扫得满地的杨树叶子横飞。那陈兴国也不示弱，也整了几个毒蛇出洞、老鹰捉小鸡的架势。

裁判为了保证安全，还将场地用双脚仔细地检查了一遍，把小石块拣出扔到河里去了。

这摔跤，可谓自由式摔跤，两人绕着场边转悠，一会儿手臂就互相架着，拉开了架势。

二哥振业习武，也和高级比赛过摔跤，耳濡目染，振华也知道一些招式，扫堂腿、兔子蹬鹰什么的，这扫堂腿看机会还可用用，那兔子蹬鹰是个损招，对同学是不能用的。但是振华也练就了一个绝招，若是摔跤，屡试不爽。

比赛开始后，振华想：先下手为强，后下手遭殃，要先给对手一个下马威。就趁势往陈兴国的右腿前跨一步，同时右臂夹住陈兴国的脖颈，猛一用力，疼痛难当，趁机把他的头往右下方一扭，右腿顺势就把他绊倒了。

"好！旗开得胜！一比零！"王力波咋呼道。

吃了这一个亏，陈兴国注意了，再不能让对手近身！陈兴国个头比振华高不少，再加上东北人在"文革"中打群架是出了名的，也有几下子。

振华又试了几次没得手，陈兴国瞅准机会，用右脚直接钩住振华的左脚腕，同时两手用力抓住振华的胳膊向右边一摔，连身都没近，就把振华摔倒在地。

"好！一比一平！"王力波的咋呼声小了一点，大概他也希望老乡赢吧！

陈兴国很有涵养，同学之间就是玩玩，不必摔得你死我活的，非分出胜负不可，要真摔坏胳膊腿的就不好了，大概他的脖子让振华夹得也够受，可能觉得也没有必胜的把握，就提议休战。

"一比一，平分秋色吧！"陈兴国喘着粗气提议道。

第一部 第四章 我的大学

第一二三五页

振华一看，再摔下去，胜负难卜，见好就收吧，好歹也没丢人，遂鸣金收兵，打道回校。

两个人沾得一身土，那杨树叶子下面的土湿乎乎的，不洗衣服是没法弄干净的。

回到宿舍，大家一问，只好和盘托出，笑声顿时飞出了寝室，其他寝室的人一听什么事这么热闹，纷纷推门而进，来瞧瞧是什么热闹事。一时欢声鼎沸，又起哄道："没分出胜负不算，明天再比，我们都得当裁判！"

这一次遛遛，把振华"遛遛"的病治好了，再也不敢轻易说"不服出去遛遛"了！

天气渐渐冷起来了。

这一天，白天刮了一天强劲的西风。到傍晚，同学们都从教室返回宿舍，振华发现风停了，树梢一点都不动了。

从食堂打了饭，回到寝室进膳。同屋的同学们都在喝着白菜汤，啃着杠子头，边吃边聊天。

吃完了饭，振华发表了高见："据我观察，今天晚上要结冰。"

这一句话，像平静的南湖投进了一块石头，溅起了圈圈涟漪，大家纷纷发表意见，就是没有一个人相信。

吴文江更不相信，大概因为上次打赌输了，请振华吃了一顿鸡架，吃了亏，这一次想挽回点面子。就说："这么的吧，咱们再赌一次，一盒大生产香烟，怎么样？"

振华胸有成竹地说："没问题！大家都当证人啊，明早结了冰，老吴请大家抽烟；要是没结冰，我请大家抽烟。"

第二天清晨，同学们六点就起来跑操，原来路上一洼洼的积水，果然就结了一层薄冰。

吴文江又输了，但他吃中饭时并没有"大生产"，把振华气得不轻，心想你这北京大城市人，首善之区的公民，居然不讲信用，就得让你看看礼仪之邦、齐鲁古国人民是怎样讲诚信的。下午就买了一盒"大生产"，吃完晚饭，就发给大家抽，也递给吴文江一支。

大家觉得奇怪，就问道："怎么回事啊，不过年不过节的？"

振华说："昨天打赌，晚上果然结了冰，文江输了不买烟，我买给大家抽。"

文江一听，气得把烟往桌子上一扔，说："我不抽！"

振华一看，琢磨：有理走遍天下，无理寸步难行！没脸抽啊？不抽拉倒！

吴文江生着气，同学们抽着烟，也都感觉纳闷，这个家伙懂天文地理吗？很是怀疑。

有的同学就问道："这冰是结了，你是怎么知道的？不是听了天气预报吧？"

"我上哪儿听天气预报？我连个收音机都没有，上午都在一起上课，下午我们都在教室里学习。"振华理直气壮地分辩道。

"那你是怎么知道的？"同学们不解地问。

"唉！天机不可泄漏啊！"振华故弄玄虚地卖开了关子。

"呃，说说，说说！我们也长点见识！"

"我呀，有一本观天文的书，里面有很多测天谚语，有的准确率在98%以上，如'天上勾勾云，地下雨淋淋'，'月亮生毛，大雨滔滔'，'日落乌云接，明天把工歇'，我从高中就研究观测天气，那些谚语背得滚瓜烂熟。昨天白天刮了一天的西风，傍晚忽然停了，这就有一句谚语叫作'西风入夜静，来日有严霜'，再加上现在是深秋季节，东北的冬天来得早，所以我判断晚上要结冰，果然不出我之所料啊！哈！哈！哈！哈！"

同学们一听，果然有道理，这家伙还真有两把刷子！

振华一看，这帮家伙都服气了，又锦上添花道："这还不算什么，有一年冬天，到莱阳我姑妈那去，那是一个海军机场场站，晚上都在露天看电影，天上还有月亮。我一看这月亮不对劲，月亮四周像长了一圈毛似的，我就跟一起看电影的表妹说：'今天晚上要下雪。'我表妹是七八级大学生，在解放军测绘学院读书，她抬头一看，天上还有月亮，杀死她也不信晚上能下雪。我说：'不信你等着看吧。'看完电影就不早了，还没下。睡了一晚上，第二天早晨起来一看，满天皆白，鹅毛大雪还在下着。我这表妹算服了，竖起大拇指说：'哥，你太厉害了，真是上知天文，下懂地理，人才难得呀！'"

同学们听这一通老王卖瓜，都哈哈大笑起来。

这吴文江虽然输了，可是也被这个"小王"忽悠得有点服了，但他还是不大明白："月亮生了一圈毛，就要下雪吗？"

振华又卖开了关子："唉，本来我不愿意多说，我这是多少年的科研成果，让你们这一会儿都学会了，看在同学面上，我再透露一点吧。我刚才说了，有一句测天谚语叫作'月亮生毛，大雨滔滔'。月亮为什么会生毛呢？这说明空气中的水蒸气非常充足，是下雨的征兆。可对这些测天谚语要活学活用，在春夏秋三季是下雨，那么在冬天就是要下雪，所以我判断那天要下雪。"

"嗯，还真是有道理，不简单！明天我买烟你们抽！"吴文江叹服道。

冬天到了。越是东北人越怕冷，真是怪了，当南方人、山东人还穿着毛衣、秋裤的时候，东北人就已经穿上了棉衣。

现代京剧《智取威虎山》里面，杨子荣装扮土匪打虎上山，座山雕问杨子荣："听说许旅长有几件心爱的东西？"

"两件珍宝!"

"哪两件珍宝?"

"好马快刀!"

"马是什么马?"

"卷毛青鬃马!"

"刀是什么刀?"

"日本指挥刀!"

尽管振华从农村来,经常穿着带补丁的衣服,但他也有两件心爱的东西:两双鞋。

一双是部队军官穿的高帮牛皮鞋,大概是母亲到成都看望姨妈时,在部队医院当政委的姨夫给的。振华在农村种地时,也穿不着,一直放在家里,这上大学了,才派上了用场。这双皮鞋非常漂亮,振华又非常珍惜,把皮鞋擦得锃明瓦亮的,都能照见人影。

仅仅是穿着一双这样漂亮的皮鞋,在穷学生中间也足以昂首挺胸了。就那个能搞对象的张育德,有一次在食堂排队打饭,嫉妒地用他的破鞋踩在振华穿的这双漂亮皮鞋上,还满嘴嘟囔:"他妈的,你这鞋怎么这么亮!"

这双鞋是春秋季节穿的,要是冬天还穿着,就能把脚冻掉。

沈阳的冬天,最冷能到零下30多度,因此必须穿棉鞋。振华的这一双棉鞋,也非同凡响,是姨妈从四川特意寄来的一双军用大头鞋,鞋面是翻毛牛皮的,里面是羊毛的,鞋底厚,帮高,非常漂亮暖和。商场里是买不到这么好的大头鞋的,这在滴水成冰的北国,可真是一件珍宝。

在镇江工作的二姑妈,还专门寄了款来,让振华买一件棉大衣,以抵御东北的严寒,给寒冷中的侄子送来了温暖。

这一个星期天的清晨,振华轻手轻脚地悄悄爬起来了,穿上棉衣、棉裤,蹬上大头鞋,戴上棉帽子、棉手套,出了寝室。

出一舍大门一看,满地皆白,下了一晚上的大雪,到处银装素裹,好一派北国风光!

振华踏着皑皑的白雪,信步往浑河边走去。

这一片寂静啊!浑河大堤上下,既没有车辆通行,也没有人走动,就连鸟儿也待在窝里睡懒觉呢!

到了大片的杨树林里,真正是林海雪原,打虎上山的杨子荣的光辉形象顿时浮现在眼前,不由得引吭高歌起来:

穿林海,跨雪原,气冲霄汉。

抒豪情,寄壮志,面对群山。

我恨不得，急令飞雪化春水，

迎来春色换人间……

　　在这寂静的清晨，这嘹亮的高音穿透力极强，声波震动得树枝上的积雪纷纷落下，落了振华一身。

　　再看东方，一轮红日，冉冉升起，分外妖娆，照在莽莽的雪原上，映射出万道霞光，真壮观哉！

　　回到寝室，同学们刚在穿衣服。听了振华介绍的浑河两岸的银色世界以及"穿林海跨雪原"的豪情，都露出了羡慕的神色。

　　冬天到了，春天还会远吗？

　　千里冰封的北国，在春姑娘温暖的怀抱中慢慢地融化了。

　　这一天下午，振华又到浑河边溜达。此时的浑河已开冻，河中间已经是"飞雪化春水"了。但是，靠近岸边的地方，还有正在融化的薄冰层，不过也支离破碎了。

　　振华来到河边一瞧，呀！怎么这么多小鱼呢？！而且这些鱼都像晕了头似的，好像都麻木了，不会游动了。是不是这些小鱼一个冬天都在冰层下面冬眠，现在刚化冻，还没有苏醒过来？

　　好家伙，千载难逢，机不可失，时不再来。振华从河套上找来一个破筐子，又找来一根树枝，把那些迷迷糊糊的鱼划拉到岸边上，捡到筐子里，忙活了半天，弄了不少鱼，提溜着回了宿舍。

　　弄回这么多鱼，还是活的，把同学们乐坏了。怎么办呢？

　　上海郁琼瑶，在北大荒兵团里就经常自己动手做饭，有一个煤气炉。他发表高见："咱们把这些鱼洗干净，放点盐，煮这么一脸盆，就能吃！"

　　好！这些鱼把兵团战士用的铝制脸盆都快盛满了，放在煤气炉上煮。

　　此时正是吃晚饭的时候，邻室的同学们就像猫儿闻到腥味一样，跑过来不少。一看，在煮鱼，都不走了。

　　"好啦！熟啦！"郁琼瑶尝了尝，灭了火，把一盆鱼端到桌子上，这一下可不得了了，开抢啦！大概上了快四年大学了，学校学生食堂里做鱼，只有一次，每人那么几块带鱼，还不够塞牙缝的。这一次好，一大盆鱼，着实让大家过了一回鱼瘾。

　　新鲜的小鱼，尽管没有加什么佐料，味道也确实鲜美，也可能是"饿了甜如蜜"吧！

　　吴文江一边扒着小鱼吃，一面说："小王不错，不辞劳苦，下河捞鱼，把裤子、鞋都弄湿了，给大家改善了一顿生活，很好，很好！予以表扬，给予奖励，来来来，多吃点，多吃点！"说着用小勺捞了几条小鱼放到振华碗里，把大家逗得吃着鱼嘻嘻地乐。

夏天又到了。这是入学后的第四个夏天了，所有的课程都快学完了，期末考试后，暑假一过，就要开始毕业实习、毕业设计了。

炼铁专业所学的课程中，除《高等数学》《普通物理学》《物理化学》《电工学》等课程，推导公式、计算多一点，其他一些课程用到《高等数学》的并不是很多。这一次期末考试的课程，如《高炉炼铁学》《金属学与钢铁热处理》《燃料与燃烧》等课程，需要背的内容很多。

书包里放着复习题，遛着弯儿背吧。振华沿着浑河北岸，溯流而上，有一座大桥，一看桥头石上刻着：浑河工农大桥。顾名思义，这座大桥连接着沈阳市区和郊区，过桥向南，直通苏家屯。这座大桥还是很宏伟的，振华不由得拿出本子和钢笔，画了一幅速写。

三年半高强度的理论课程学习就要结束了。振华想，在这南湖公园逛荡了几年，也没有在这里划过船，等全部课程考完后，一定要来这里划一次船。

这一天上午，前两节课考完了最后一门课《高炉炼铁学》，振华直接背着书包钻墙洞进了公园，到划船处交了押金，买了船票，就跳上一艘小木船，荡开双桨，驶向辽阔的湖面。

哎呀！真是爽啊！这三年半是怎么熬过来的?！现在终于卸去了所有的压力，身心俱放松，仰望着蓝蓝的天空，看着水面飞过的小鸟，偷窥着青年男女在树荫下、在小船上打着花伞，干一些不愿人见的勾当。

看着人家柔情蜜意的，也触动了振华的心思。自己已经24周岁了，也基本坚持了自己不毕业不找对象的策略。现在，顺利毕业是没有任何问题了，为了毕业分配时有一个理由，要求分配到什么地方去，不少同学都找了女朋友。经过一番联系，在青岛的秀芬姐给他介绍了一个女朋友，通过一些信，这次放暑假是不是要去青岛看看呢？

扬眉吐气

刚入学时，学校组织了一场入学考试，振华物理考得不错，可数学就差远了，是班里两个不及格的同学之一。

这高等数学，特别是微积分，公式背下来倒没问题，关键是运用公式微分、积分后，还需要一系列的三角函数、因式分解的推导化简，才能得出正确的答案，或者在运用公式微分、积分之前，就先要把题目化简。

振华对数学没有多少天赋，高中时讲得也很简单，学起来也不难。但到了大学里，可就看出了数学方面的差距。

学了个把月之后，有一次晚饭后聊天，许思贤说："看来咱们屋，小王学习比较吃力一点。"

期中考试到了，考《高等数学》，就在铁一班的教室里考，振华和陈文远同桌，两人关系也很好。有的题目振华推导不出来，就斜眼瞄着陈文远的卷子，往自己的卷子上抄。

这也不是考大学，没有那么严，就一个老师监考，他或在后边站着，或来回溜达，反正斜眼的机会是有的。但瞒过了老师，却瞒不过同学。

考试成绩下来了，呃！振华的《高等数学》成绩还不错，在同寝室居上中游。

有一个年龄大一点的同学就发牢骚："唉，考试的时候，我看有的同学抄人家的，考的分数比我们还高，真是不公平啊！"

振华一听，面红耳赤，满面羞愧，一句话也说不出来。他发誓，今后决不再抄人家的答案了！

由于振华坚持每天跑5000米，睡眠质量高，体质好，学习效率也高，再加上他刻苦异常，半年后，学习也就追上来了。那些三角函数、因式分解也就那么些诀窍，一旦做题多了，公式运用熟练了，不懂还可以问同学，也就慢慢掌握了。

大二结束的时候，《高等数学》已学完，那些"老三届"们的老本已经吃光，课程全是新的，而且他们都快30岁了，有不少30多了，记忆力可能就有点下降，振华等年轻学生的优势也就显现出来了。

有一次，吴文江对振华说："你们年轻，记忆力好；我们年龄大，但理解的东西多，各有所长啊！"但有很多课程、很多试题，是需要背的，还是年轻占优势。

大三第二学期结束，《材料力学》《理论力学》《电工学》《传热学》《日语》（冶金矿山类）、《高炉炼铁学》等几门课考下来，成绩全部公布后，平均成绩振华全寝室第一。

许思贤赞扬地说："哎呀！这回小王考得不错！"

许思贤这一句话，是对振华几年来异常刻苦勤奋学习的一个肯定，振华觉得这口恶气、窝囊气终于出了，自己用行动和学习成绩一雪前耻，终于挺直了腰杆子。

东工的老师很多，教授、副教授有200多人，讲师、助教就更多了。不同的课程由不同的老师来讲，一般对专业重要的课程，授课老师水平就要求高。如《普通化学》《物理化学》《高炉炼铁学》等授课老师，都是副教授、教授授课。

有的老师是所用教材的编写者，在同学们当中的威信也就更高。如讲《燃料与燃烧》的郭伯伟教授，就是"文革"前高等教育出版社出版的《燃料与燃烧》教材的主编，他本人高高的个子，气质儒雅，风度翩翩，课也讲得深入浅出，很受同学们好评。

《物理化学》这门课程，是钢铁冶金专业最重要的基础课，是考研的五门课程之一。既不好讲授，也很难学。一开始，教授《物理化学》的老师，是物理化学教研室主任，他可能试验比较厉害，但讲课非他所长，同学们就向系里反映，要求换老师。后来学校就换了杨光莹教授，他是冶金工业出版社 1979 年出版的冶金高等院校矿冶类专业《物理化学》教材的主要编写者，学养深厚，个头不高，神采飞扬，这个课算让他讲活了，水平确实是高，深受同学们尊敬和喜爱。

在大学学习了三年半，上了几十门课程，振华感觉，教授、副教授的授课水平的确比讲师要明显高出很多。有的老师大概是"工农兵大学生"毕业，那课讲得水平确实不高，在学生中也没有什么威信。

有一次，炼铁专业的同学们都到教室坐好了，一看黑板上写着一行大字："同学们，我上一节课讲得全错了！"

同学们一看，这不知道是哪一个同学搞的恶作剧，都在那笑。正在这时候，授课老师来了，一看满教室的同学都在笑，也不知道怎么回事？他回头一看黑板，这才发现了同学们笑的根源。

好在这位年轻老师还是很有修养，没有发火，也没有拂袖而去。而是说："同学们要是对我讲课有什么意见，可以直接向我提出来，也可以向系里反映。教学相长嘛，也希望同学们多帮助我，咱们共同把教学搞好。"

同学们听了，也都静了下来，班长赶紧上去把黑板擦干净了，请老师继续讲课。

大学这么多课程，有几门课程振华是胸有成竹、不怕考试的。如《基础日语》，全部课文都能背下来，什么单词、语法、翻译，还怕考吗？若是怕，就是怕不能得第一。《传热学》里面有一个很长、很复杂的计算公式，考试的时候肯定要考，振华把这道公式铭刻在脑子里，其他背的内容也不在话下。

这一天，在阶梯大教室里考《传热学》，同学们随便坐。振华一看，坐在左边的正是那位指责振华考《高等数学》有抄袭行为的年龄大的同学。

卷子发下来了，振华就忙于答题，也不注意别的。答累了，一抬头，发现这位老兄偏着脑袋在偷瞧振华的试卷，振华把试卷向左移动了一点，又把左臂让开了一点，等他把这道长公式抄下来之后，才又开始答题。同时，振华斜眼瞅了他一眼，发现他的脸也通红。振华感觉很爽，但他没有对任何人提起过此事。

大学四年，炼铁专业学过的课程有高等数学、线性代数、概率论与数理统计、基础日语、日语（冶金矿山类）、政治经济学、辩证唯物主义与历史唯物主义、中国共产党历史、电子计算机与算法语言、电工学、普通化学、物理化学、分析化学、理论力学、材料力学、机械制图、机械设计基础、燃料与燃烧、传热学、传质学、流体力学、冶金炉热工基础、热工测量仪表与过程控制、炼钢学、高炉炼铁学、钢铁工业企业管理等二十多门课程，还选修了第二外语英语、硅酸盐学等课程。

除了上课，很多课程还要做实验，每堂实验课都要写实验报告。

第一次上物理实验课，是用游标卡尺测量一根钢丝的直径。测了很多次，数据都不一样。那么这根铁丝的直径究竟是多少呢？这就要用加权平均法来计算出，即把几次测出来的数据相加，再除以测量的次数，得出来的数据就是钢丝的直径。

通过这一次实验，振华觉得世界上很多东西，看起来说得很准确，其实都是相对的。如人的身高、体重、血压等。一说身高，一米七八，看似很准确，但实际上，一个人的身高，在早晨、中午、晚上，都是不同的，体重也是这样的，这些数据都是在变化中的，是相对的，并没有一个绝对准确的数据。

《分析化学》的试验课那就更多了，同学们都没有接触过那么高档次的仪器，对实验程序也不是很了解，有时不慎把仪器弄坏了，气得指导老师大发脾气。

《材料力学》做拉伸实验、硬度实验，也都很有意思。

做拉伸实验时，把一根加工好的钢试棒固定在拉伸机上，一开动机器，就往两边拉，看着试棒中间慢慢被拉长、拉细，最终被拉断，然后根据拉伸曲线，算出试棒的抗拉强度。

做材料硬度实验时，就把试样放在硬度仪下面，用一个最硬的圆珠（估计是金刚石的，硬度为10）往下压，压出一个小圆坑，直径多少，测出一个数值，就是这种材料的硬度。

金属学及钢铁热处理的实验也很有意思。先要把圆形的试件磨得很光滑，用几道砂纸打磨，磨得已经很光了，再上抛光机磨，真是光可鉴人。再放到金相显微镜下观察，什么奥氏体、铁素体、贝氏体的，还要画出金相图片，贴在实验报告上。

这么多课程，又要做实验，还有数不清的考试，有的老师开玩笑地说："同学们都是身经百战的，这次考试也不在话下。"

这么多的考试，振华没有补考过。

有一次考普通物理学，可能题出得太偏了，不少同学考完后脸都白了。这要是补考，整个暑假就不用想玩好，好好复习吧！

许思贤感慨地说："唉，这老师要想把学生考倒，那是太容易了！"有的同学考完后要回家，就嘱咐留校的同学："成绩出来后，一定要写信告诉我，我好有个准备。"

这一次物理学考试，振华考了63分，而得60分的同学不少，这是老师慈悲为怀,把五十几分的提到了及格线,就不用补考了。就是这样,仍然有不少同学进行了物理补考。

有一次考《电工学》,考完出来后,振华看到班里一个女同学也出来了,脸色煞白煞白,呆呆的目光看着远方,旁若无人,这也是考砸了。

补考的同学当然是有,《高炉炼铁学》是专业课,还有五六个同学补考呢!同班有一个男同学留级了,到七八级去了。钢冶系还有一个女同学精神失常,回家休学去了。

经过不懈的努力,刻苦地学习,在学业考试方面振华是扬眉吐气了。这对个人自信心的树立,也是极其重要的。都是一个脑袋,我也不比别人差。

原来担心的能不能顺利毕业的问题,已经不是问题了。现在的问题是:争取毕业论文、毕业设计都取得优秀的成绩,为毕业分配及走上工作岗位创造一个良好的条件!

儿女情短

英雄气短,儿女情长。

儿女情短,英雄气长?

著名作家沈从文在《从文自传》里写道:"谁都希望当兵,因为这是年轻人一条出路,也正是年轻人唯一的出路。"若想离开乡村,只有一条路,就是当兵,混个一官半职的,从而改变自己的命运。包括沈从文自己、他的兄弟、父亲、祖父,都当过兵,当的不是清王朝的兵,就是地方军阀的兵,就是没有当过人民子弟兵。

在20世纪六七十年代的胶东农村,当兵仍然是脱离农村的唯一途径,包括获诺贝尔文学奖的莫言,也是走了偏门才当上了兵,从而走出了高粱地,改变了自己的命运。

一般农村青年当上了兵,就拼死拼活地干,希望提干,混出个人样来,也就有了吃国家粮的光明前途了。

但当兵提干,也非易事,没个三头六臂的也提不了。昆嵛村当兵复员回来的也不少,如果没有一技之长,也是外甥打灯笼——照旧(舅),还得种地。四队有六个当兵的:一个是大海的哥哥,在部队当炊事员,复员后到工厂食堂工作去了;一个就是玉山,他在部队开车,复员后在烟台客运公司当驾驶员;一个金刚;一个是常水大爷的二儿子,复员后仍然修理地球皮;一个是金斗的哥哥国英,在济南当兵,这小子高中毕业,很有一套,在部队提了干;一个是村领导的大儿子,他在部队当的是文艺兵,小提琴拉得很好,他复员后,和振华一起在生产队干了几个月活，就到县城找了个工作。

就是少数提干了的，他本人是光明了，原来在农村找下的未婚妻可就凄惨了。就在昆嵛村，有一个曾做过振华小学老师的青年，当兵后提了干，就把未婚妻一脚踹了。这样的情况还有一个，被踹的未婚妻就是兰香的姐姐。再就是那一个经贫下中农推荐、领导批准上了大学的工农兵大学生，也把高中同学未婚妻踹了，这位女同学英雄气长，自觉在故乡难以抬头做人，就闯了关东。

振华上大学后，曾与那个送给她两双鞋垫的兰香姑娘通过几次信，寄了几张学校的照片，兰香姑娘也是英雄气长。她写信说："在我这个农村姑娘看来，你这个大学生就像天上的月亮，可望而不可即。"第一次暑假回老家，兰香还来看望了振华，说起有人给她提亲，这个小伙子也是本村人，他们也是高中同学，男耕女织，倒也门当户对。

像振华和兰香这样还仅仅是朋友关系，算不上是对象，也根本没有谈婚论嫁，也不存在把人家踹了的问题。而七七级学生里面，有很多学生是有未婚妻或未婚夫的，已结婚生子的也不少。上学期间，既有姑娘来校找男生要说法的，也有小伙子追到学校找姑娘而不死心的。

这些事，也确实让班干部、辅导员挠头，若处理不好，很有可能就酿成人命案。因为既是未婚妻，很可能就曾以身相许过，既被人"玩"过，又被人踹了，在那样的封闭年代，特别是在农村，这样的姑娘是很难在社会上抬头的。自古就有"痴心女子负心汉"之说，女子大多用情专一，若来个非君不嫁，这事就很难办了。

1980年元旦左右，七七级炼铁专业的同学们，正在鞍钢进行生产实习，传来一个震惊人心的消息：二宿舍发生了一起爆炸案，炸死了三个人，伤数人，把宿舍外墙炸了一个大窟窿。

住二宿舍的学生，是机械系、自控系的，这个男生是辽宁大石桥考来的，也是要和家乡的未婚妻散伙，姑娘就抱定了要么保持关系、要么同归于尽的决心，腰缠炸药和雷管，来到了东工。

据《辽宁青年》后来报道，这个姑娘有亲戚在采石场干活，炸药和雷管很容易就能搞到。

就是早晨，该负心郎的班长、还有一个班干部，同在一间寝室里给这位姑娘做工作，大概话不投机，姑娘就引爆了炸药，炸得三人血肉横飞，当场毙命，而那位负心郎在隔壁仅受了点伤。

这件血案，立刻引起了学校领导的高度重视，针对七七、七八级学生的特殊情况，广泛开展了一场社会主义婚恋观教育，要求同学们特别是有未婚妻、未婚夫的同学，一定要正确处理，对人负责，对己负责。

到大三学年结束的时候，钢铁冶金系的系花基本都有主了。电冶金专业的名花刘素文，皮肤白净，头发乌黑，面相俊美，风度优雅，也让北京许思贤摘到了手。

这一天，郁琼瑶领了一个漂亮姑娘到寝室，让大家见见，说是他同学，从黑龙江生产建设兵团调回上海工作，途经沈阳，来看看。

吴文江开玩笑地对振华说："这是来示威呀！"

但奇怪的是，铁一班的两枝班花有了主，铁二班的两枝花还没人摘得。

一枝是沈阳的，芳名王春平，也是下乡知青，上学前已担任公社党委副书记，嗓音非常动听，只是个头不高，其貌不扬。有一次，振华正好和春平坐在大教室后面一起复习功课，她就跟振华说她家条件怎么好怎么好，无奈振华根本没往这方面想，听不懂怎么回事，反而用一些刚学来的日语句子考人家，什么"猴也有从树上掉下来的时候"，翻译成汉语就是"智者千虑，必有一失"。那春平姑娘年龄比振华大，一看这小子怎么回事，什么意思啊？！又是猴啊、木啊、落啊，这不是骂我吗？！气得收拾起书包就走了，再也不理这个小子了。振华坐在那里发愣，这是怎么回事？！怎么得罪她了？

铁二另一枝花徐艳，也是城里人，个子更矮，胖乎乎的，人长得挺白净，小眯缝眼，戴副金丝边眼镜，貌似文静，可一张利嘴，堪比诸葛，恐怕铁二的群儒加起来，也舌战不过她。一般男生望而生畏，鼓不起勇气折桂。只有一名男生，就像她的男仆似的，整天为她占座位，帮她打水、打饭，可这样的人她偏偏瞧不上，为她服务可以，想由同学间的关系再进一步则不可以。这枝名花，直到毕业，还是一花独放。大概国内的青年人她是瞧不上了，后来听说她出国了，不知国际友人中有没有她能看上的？

振华小伙子，已24岁了，个头一米七八，"一年土，二年洋"，发型也由小平头改为斜分头了，头发黑得发亮，皮肤很白，由于长年坚持长跑，锻炼得身形矫健，再加学习刻苦，成绩也上来了，因此，在钢冶系这个人称"老头系"的芸芸众生里，也算是一表人才了。

一天，正是吃晚饭的时候，本班赵红霞来到寝室，把振华叫到门外，递给振华一个纸条，说炼钢专业的程彦秋想跟你谈谈。振华一看，这个纸条上写着："明晚八点建筑馆门前见，不见不散。程彦秋。"

纸条上的字写得非常秀气，这位彦秋姑娘的形象也就浮现在振华脑海中。七七级钢冶系的女生也就那么二十几个，冶金炉、电冶金专业的女生可能多一点。这位程同学，上大课时也经常看到，个子不到一米六，体形瘦小，两个眼睛挺大，但不妖媚。

大学同学间谈恋爱，无可厚非，谈恋爱的同学也都出双入对，没什么怕人的。可这赵红霞把纸条送到寝室来了，赵红霞来找振华本来就不大正常，那些猴精的捣蛋鬼早扒着门缝把秘密听了去了，振华回到寝室，他们就开始了审问，秘密是保不住了。

这个说："这个人不能要，她原来有男朋友，上学后把人家踹了，人家都追到学校来了。"

那个说："像小王这样的呀，让人家略施小计就上钩了！"

本来振华对彦秋女士的相貌就不敢恭维，再加上这帮家伙不说人家的好话，振华想，见一面就算了吧。

晚上，如约在建筑馆门前见了面，走到了小树林里，找了个长凳坐下了。

经交谈，程彦秋家是太原的，父亲是太原钢铁厂的领导，和冶金部的领导关系也不错。她的意思，快毕业了，不少同学都找了朋友，一旦确定了关系，毕业分配时就可以要求分到一起。还表示，如果能确定恋爱关系，毕业分配想到哪儿都行。她还说，追求她的人也有好几个，她看不上他们，觉得他们太贱。

振华想，这怎么办呢？找个什么借口拒绝呢？说学习紧张吧，人家说可以先确定下来，不影响学习；说想回山东吧，人家说可以到山东去。再怎么说呢？只好说："我和家里商量一下，看看家里什么意见？"

姑娘也明白，这只是托词罢了。看着姑娘恋恋不舍的样子，振华狠了狠心就先走了。

不几天，程彦秋同学住院了，就住在东工医院。

振华就跟吴文江商量："听说程彦秋住院了，要不要去看看人家？"

吴文江说："你要去看，就看上了！"

振华一想，是啊，既然不愿意相处，就算了吧，长痛不如短痛！

有一次，振华到小姑家里去，看到一本中小学生课外读物《古诗一百首》，是张田若于1979年选编的。

振华这个大学生一看，竟然爱不释手，有不少古诗都没见过。"文革"中的语文课本，选编几首诗词也是毛主席诗词，中国古诗词基本见不到，书店里也没有卖的。

振华把这本书借来后，就跟背外语单词似的，有空就背。惹得陈文远说些风凉话："你背这东西有什么用？是为了吸引女同学注意吧？！"

这还真不好回答了，若说自己喜欢，人家可能会认为你矫情，或者撒谎。

许思贤说："能背几首古诗词也好，你看二班范学委就经常在采矿馆二楼教室里开着窗户，站在窗口背诗，我听他背那古诗词啊，没有一首背对、背全的。"

这一下，不单替振华解了围，也增强了他多背一些古诗词的兴趣和信心。为了掩饰"中小学生课外读物"几个字，以免让人看到掉大学生的价，就用一层纸把封面糊在里面了，外面写上《古诗一百首》。

一次下课后，振华拿着这本书边背边向寝室走，同班沈丰盛一看振华在背古诗，大有知音之感。就问振华道："有一首辛弃疾的《水龙吟》词，很好，你知道吧？"

振华拿的是一本中小学生读的古诗词，他说的这首词大概是大学文科学生才学的吧？就老实地回答："不知道。你背背听听。"

这一路上，就听沈丰盛背这首《水龙吟》：

> 楚天千里清秋，水随天去秋无际。
> 遥岑远目，献愁共恨，玉簪螺髻。
> 落日楼头，断鸿声里，江南游子。
> 把吴钩看了，阑干拍遍，无人会，登临意。
>
> 休说鲈鱼堪脍，尽西风，季鹰归未？
> 求田问舍，怕应羞见，刘郎才气。
> 可惜流年，忧愁风雨，树犹如此！
> 倩何人，唤取红巾翠袖，揾英雄泪！

沈丰盛一路背来，振华尽管对这首词的背景不了解，内容也不是很理解，但被这首词的曲调、意境、优美的词句所震撼，原来词竟然这样美啊！就请沈丰盛把这首词写了下来，又请他讲解了一番。

经沈丰盛这一指点，振华不但喜欢唐诗，而且对宋词也开始着迷起来了。

这一天，振华拿着这本诗选，到东工邮局寄信，买邮票时，里边那位邮局女员工看振华拿着本书在背诗，就问："你拿的是什么书啊？"

振华就把书递了过去，她翻了半天，说："哎哟，这本书挺好，借我看看吧！"一个学校的教职员工，还能说不借吗？借就借吧！

又一个星期天的下午，振华又到邮局寄东西，这位女员工说："你等等，我跟你说个事。"

一会儿，她忙完了，就出来跟振华说："一会儿就下班了，咱们一块走，你到我们家做个客吧，我把书还给你。"

振华一想，反正也没有什么事，去老师家里看看也没什么不好，就答应了，在外面转悠了一阵子。

等了一会儿，这位老师出来了，就一同到她家里去。

这位老师叫张嘉明，40来岁，原来在市邮政中专任语文老师，大概由于家庭出身不好，"文革"中就把她下放到东工邮局来工作了。她家住在青年公园东边、五爱体育场北边，在家里就可以看足球比赛。

来到吴老师家，她爱人吴静中也是语文老师，住在三楼，一室一厅，门厅用一道布帘挡着，里面住着他们的千金大茉莉。

坐下一聊，倒也很投机。大茉莉的爸爸、妈妈都是语文老师，耳濡目染，她也成了个文学爱好者，什么托尔斯泰、屠格涅夫、维克多·雨果、巴尔扎克，她都知道。高考的时候，她报考文科，考完了语文、政治、史地，大概数学比振华还差，就没有参加数学考试，因而名落孙山，在沈阳印刷厂参加了工作。

这位大茉莉姑娘，身高约一米六七，身材苗条，一双眼睛，眉目含情，蛾眉淡扫，虽有点近视，却不愿戴眼镜。

全家人齐动手，包了一顿饺子。吃完了饭，张老师把《古诗一百首》取出交还了振华。振华接过一看，这本书又包上了一个漂亮的封面，是一位姑娘在桦树林里采花的摄影作品。

振华要回学校了，张老师让大茉莉送送客人。出了门，振华请她回去，她说回去也没事，走一走也好，就一直走到了青年公园。振华想，天这么黑了，一个年轻姑娘自己回去，恐怕不安全，就又把她送回了楼下，才返回了学校。

到了大四，振华也开始考虑毕业分配去向问题了。

青岛有一个钢厂，若能分配到青岛岂不很好！要实现这一目标，最好就是先在青岛找一个对象，毕业分配时也好提出要求。

振萍大姐那个非常漂亮的同学林秀芬在青岛防疫站工作，几经联系，说明意图，秀芬姐给介绍了同村在青岛工作的一家人的姑娘，芳名丁润华，比振华大两岁，原在山东冶金工业学校读书，中专两年学制，她已毕业留校工作，学校也已升格为山东冶金工业学院。由此，开始了通信联系。

据秀芬姐来信介绍：

丁姑娘长得挺漂亮，就像电影《爱情啊，你姓什么》里父母离婚的姐弟俩那个姐姐，脸型、鼻子、嘴巴都挺像，眼睛还要大些，比那个演员还好看，但是不疯。活泼而不轻飘，稳重而不呆板，热情而不虚伪，当然也不厉害。

毕业这近一年的时间，给她介绍的人也有不少，然而像军人、机关的工作人员等，她不过是听听而已，连看也没去看过的。她喜欢个学专业的人，要找个大学生，事业、爱好、性格都能合得来的人。重视人的质量，而不论及什么家庭。

丁姑娘在家里是老大，还有一个弟弟、一个妹妹。弟弟高中毕业参加了工作，妹妹正上初中。爸爸、妈妈都在城建局的下属单位工作。

你们可先通信了解一下，有必要的话，夏天见见面，再说。

终身大事，三思而行。

丁姑娘既然这样好，大两岁不是什么大问题。振华先写信简要介绍了自己及学校的一些情况，丁姑娘也回信介绍了她及学校的一些情况。

丁姑娘在信中说："我于1975年高中毕业后便下乡了，在高密县插队，先在大队技术队干了一段时间后，便被调到联中当老师，后又到公社桑场干了一段时间，最后又当了一段时间的广播员。总的来讲，在农村的两年多，还是使我开了眼界。

"我们学院目前仅有两个系：建工系，设厂矿、民用建筑和给排水专业；矿山系，设采矿、选矿和冶金机械专业，打算从此分出一个机械系。冶金机械专业的课程有：金属材料热处理、机械设计基础、炼铁、炼钢、轧钢、重型机械、通用机械、液压传动等。

"我毕业后，承老师提携留校，在冶金机械专业电测实验室工作。

"至于青岛钢厂，主要是炼钢和轧钢，没有炼铁，也就没有烧结机、高炉之类了。"

基本情况都了解了，再谈什么呢？谈人生、事业、理想吧！

丁姑娘来信说："你来信要我先谈谈对人生的看法，畏命不如从命。不过，我也谈不出个所以然来，还是请您多包涵。

"根据我短暂的微不足道的二十几年特别是近十年来的经历，我认为，人生的道路是不平坦的。人生好像一座群峰起伏的大山一样，有上坡路，也有下坡路。人们恰好分为两类：一类好像驾车走在下坡路上，不流半滴汗水，轻松地走完了人生的旅途。这种人貌似舒服、美满，实际则不，那下坡的惯性是难以驾驭的，一旦碰上什么沟沟坎坎，就会弄个车翻人倒，岂不大煞风景了吗?！所以我情愿做那种辛苦负重的爬坡者，在人生的旅途中不松劲的、脚踏实地的奋力攀登。实际上，在人生的舞台上我也正扮演了这样一个角色。我也不认为一帆风顺的人就是时代的宠儿，如果一个人平平安安地走完了过来的路，那他的经历如同白开水一样，人们喝后虽然平安无事，然而却是淡而无味，不能给人启迪、借鉴。这样的人对人生的真谛是不能理解的，因此发言的权力似乎最小。只有那种命运的'宠儿'和那所谓'背时'的人，才最有资格议论人生，踌躇满志也好，牢骚满腹也罢，那都是他们的切身感受。

"当然，任何事物都是辩证的、对立统一的，人生之路也是这样。我相信，人生的上坡路同下坡路是同样多的，在今后的路上我要验证我的结论是否正确。在人的命运中，'人为'的因素发挥着重要的作用，为改变命运而进行的奋斗，只能是'雄心勃勃'，而绝不能'野心勃勃'。如若不然，碰壁只能是客观的惩罚了。

"随着时间的推移，人们就会发现真理只有一个，即：生活的强者是那些无论在怎样的环境条件下，都能够把握住自己、永远奋发向上的人。

"从您的字里行间可以看出，您对生活中美好的东西是热爱和留恋的，这说明您是一位会观察事物、有思想抱负的年轻人，不是吗？正因如此，我倒真想了解您对人生的看法。"

这一封信水平是相当高的，也颇富哲理，正像有人说的"苦难是人生的宝贵财富"一样。由于离毕业只有半年多的时间了，怎样面向社会、直面人生，实现自己的人生价值，也是振华经常思考的问题，他应丁姑娘之嘱，回信谈了若干人生感悟。

丁姑娘回信云："首先对您的'绝密资料'能与我仿效而表示由衷的感谢！您对人生的看法是比较客观和实际的。您的观点，大体来讲我还是能够接受的，有的不仅能接受，而且可以作为警句铭记。比如：'忍得一时之气，免得百日之忧'、'凡事预则立，不预则废'、'行成于思，毁于随'等。这些都是很好的处世之说，使我颇有感触和收获。

"您让我谈谈其中不能接受的地方，说实话，我真谈不出反对的意见。尽管人与人有着千差万别，然而，正因为您所阐述的观点既不过激，也并非消沉，而是道理非常明显的劝人之方。我想即使遇上一位怒发冲冠者，在此规劝下也会心平气和的。所以，这些观点称得上比较标准的做人规范了，是值得年轻人借鉴的。"

从1981年5月开始通信，到8月振华去青岛之前，丁姑娘共写了七封信，称呼由"小王同志"到"振华"，落款由"丁润华"简化为"润华"，相互交流的还不错，只是从第二封信开始，就请振华"预测分配将会如何"做出分析。后来的几封信，也把毕业分配作为一个非常重要的问题来讨论。

"关于你的专业，我看同'冶金'二字还是能对上口的。但不得不承认，并不是我们学院所最急需的。我们冶金机械专业，炼钢的课时能比炼铁的多一些，但主要是轧钢。轧钢你们也学过吧？

"看来，你的分配问题还真是一个大问题。我现在也是毫无头绪，摸不着头脑，能来青岛是成功的前奏。但愿天助我也，分配问题能顺利些。"

振华在暑假前些天，给丁姑娘去信，说暑假期间要经过青岛，然后到南京去进行毕业实习。

丁姑娘回信说："来信谈到，你暑假要来青岛玩几天，我很高兴。但愿青岛美丽的风景、凉爽的海风……能在你记忆中留下美好的印象。"

振华想，既然丁姑娘"很高兴"，那就到青岛见见面吧，同时也给秀芬姐写了信。

秀芬姐回信说："即使没有这宗事，你也可以来青岛玩玩的，青岛的夏天还是很好的，你来后住我这里即可，就像到自己的亲姐姐家里行了。"还画了一张从火车站怎么走的路线图。

周游列国

经过三年半的紧张学习，二十几门理论课程全部学完了。1981年暑假之后，就要到南京进行毕业实习了。

经过三年半的共同学习，同专业的同学都已相当熟悉了，尤其是本寝室的同学，朝夕相处，都成为好朋友了。

振华想利用大学期间的最后一个暑假，周游一下列国，虽未能读破万卷书，姑且先行万里路吧，增长点见识，也是很有必要的。

振华的想法，先和吴文江一起到北京，看看天安门、故宫、长城；然后到济南，找赵元平，再游览一番大明湖、趵突泉、千佛山；然后回昆崙村老家，住几个星期，再到青岛，与通过不少信的润华姑娘见见面，对象成与否在此一举；再从青岛乘船到上海，到郁琼瑶那里，看看上海这个全国最繁华的大城市，继而乘火车经苏州、无锡，到南京找大哥振源，游览一下金陵这个十朝古都，实习也就快开始了。

沈阳开往北京的12次特别快车，是一列全国优质服务模范列车，每人都有座位，大概没有座位上不了车，或者说座位票卖完了就停止售票了。这与大连到沈阳的春运列车上无立足之地形成了鲜明的对照。

列车于20点47分准时发车，衣着整洁的列车员，提着水壶，满面笑容地为旅客们倒上一杯开水，使旅客们顿生温暖。当然，这特快列车和普通列车的票价也不是一个档次。

一边喝着水，一边听吴导游介绍一通北京："北京也叫燕京，春秋战国时燕国的都城就在这里，蒙古忽必烈时期就称为燕京，统一全国后，在这里建起了规模宏大的都城，北京人都称为'元大都'。明永乐年间，才改为北京。1928年改北京为北平，新中国成立后复称北京。北京可谓历史悠久、古迹遍地啊，可看的东西太多了，没一个星期你看不过来。"

振华一听，吸了一口气道："住个三四天了不得了，看看主要的吧。"

清晨，一轮朝日从东方冉冉升起，灿烂的朝霞映红了华北大好河山。

列车快进北京站了，女广播员就开始了播音："旅客同志们，大家早上好！我们伟大祖国的首都北京马上就要到了。北京这座古老文化和现代文明交相辉映的城市，是我国政治和经济的中心，是所有华夏儿女心中的骄傲。故宫是世界最宏大的皇家宫殿群；天坛是皇帝祭天拜祖之处，万里长城在北京绵延数百里……北京就是这样一座集皇城乐土的古韵和现代气息于一体的大都市，以其特有的大气和包容吸引了无数慕名而来的游人。旅客同志们，北京欢迎您！欢迎再次乘坐我们的列车旅行，再见！"

这一阵忽悠，把振华忽悠得热血沸腾，恨不得跳下车就跑到天安门广场。

"文革"中毛主席在这里多次接见红卫兵。当时，还没有电视，每次放电影之前，都要先放映中央新闻电影纪录片厂摄制的新闻纪录影片，每当看到毛主席在天安门城楼上向游行队伍挥手致意的片子，振华都心潮澎湃。那时候，大概每个青年人都以能到北京天安门广场接受毛主席检阅为最大的幸福、最大的光荣。

学《基础日语》的时候，第十九课就是讲一个工农兵大学生来北京，大意是：

早晨，来到北京。列车滑进了站台，我的心猛烈地跳动起来。人们来北京，首先参观哪里？大概谁都会回答：天安门广场。我一下火车，首先就向天安门广场跑去。我瞻仰着天安门正面高高悬挂的毛主席光辉的肖像，庄严地宣誓："毛主席啊，毛主席！您是我们的大救星。只有您，才使我们工农兵能进大学深造。为了您，为了我们伟大的社会主义祖国，我们一定努力！"

一想到这节课文，振华就笑着问吴文江："老吴，咱们先上哪儿啊？"

吴文江笑笑说："你就别先跑到天安门广场啦！北海公园离我家最近，那里边最好玩，先逛北海吧！"

吴文江家就住在护国寺街6号，路北对门就是京剧大师梅兰芳的府第。出了门向东，过了地安门西大街，就是北海公园北门。

买了票，进了公园大门，琼华岛上的白塔即映入眼帘，北海的九龙壁举世无双，五龙亭建在北海里，倚栏观望，游人们划着小船在海上荡漾。很多恋人们也不划船，就那么坐在小船上，大眼瞪小眼，看也看不够，或者窃窃私语，谁也不知道他们说些啥，说也说不完。这里毕竟是皇家园林，确实气象非凡，不是沈阳南湖公园可比的。

在白塔山的西麓，有一座阅古楼，此楼上下两层，楼体前圆后方，呈扁环形，中间是纵深的天井，内植大树两株，恰似笔筒中插的两支大笔。

这座楼内，藏有《三希堂法帖》刻石，共收集了魏、晋、隋、唐、五代、宋、金、元、明135家的340件书法作品，而其中又以王羲之《快雪时晴帖》、王献之《中秋帖》、王珣《伯远帖》这稀世三宝为最。

当游览者作了长时间的攀登，饱览了园内的湖光山色之后，又被引入这座可以"阅古"的楼中，对历代书法遗迹进行品评欣赏，会引发人们探讨古代书法艺术和精湛的刻石工艺的幽情。

参观了天安门广场和故宫之后，振华想"不到长城非好汉"，到八达岭长城看看吧！

这吴文江回了家，同学朋友的事不少，帮振华研究了去八达岭的火车线路之后，就忙他的去了。

早晨，振华直奔西直门火车站，这里离文江家很近。乘上慢车，慢慢地向八达岭驶去。这时候，天空却下起了霏霏细雨。列车到居庸关，列车广播就介绍詹天佑在这里修铁路的事迹。

到了八达岭站，振华随着出站的人流，到了八达岭长城关隘的箭楼，随着人流向北山上的长城登去。

原来有些适合取景照相的地方，还有专门为游人照相的，这一下雨，把照相的摄影师都淋跑了。振华正在那里遗憾，好不容易当上了好汉，却不能留下一张照片。正在这时，游客中有带相机的，一看振华胸前戴着"东北工学院"的校徽，就主动说："哎，你是东工的啊？我家就住南湖不远，来，给你照一张，弄好后我给你送去。"

这可真是雪中送炭，令人喜出望外。振华赶紧摆好姿势，举起一只右手作"V"状，以庆贺自己终于成为好汉了，立此为照。

照完相，振华又为这位助人为乐的素未谋面的朋友留下了东工学生第一宿舍的房号，后来这位朋友还真在开学后把照片送到了。只是烟雨蒙蒙，没能把长城的雄姿尽情展现出来。

离下午列车返回的时刻还有不少时间，振华找了个地方，画一张长城吧！长城的轮廓还好画，只是两边的山、树木很难表现，还是功力不够吧。

吴文江的家是一所典型的北京四合院，北屋西边是一个过道，北屋三间房由老奶奶住着，文江领着振华拜见了老人，爷爷去世不久，老奶奶骄傲地介绍说："《北京日报》还登了你爷爷的讣告呢！"

东西两边各是两间厢房，南屋是文江的妈妈和家人住着。院子里还有一棵大槐树，遮天蔽日，夏天倒也阴凉。振华一来，文江的舅舅用地排车拉来了一架弹簧床，安在文江的屋里，供客人安歇。

最后一天，文江陪振华去了颐和园和香山。

在颐和园昆明湖畔，文江介绍说："我多少年也没再来过，据说这里是慈禧太后挪用海军经费为庆贺她60大寿而建的。这里湖边的长廊很有名，你看那横梁上画了很多的画，大都是中国古代故事。"

从长廊尽头拾级而上，从佛香阁远眺十七孔桥，眺望着烟雾笼罩的香山、八大处，可谓美不胜收啊！

一连几天，给文江和他家里带来很多麻烦，文江的妈妈在北京大学工作，爸爸可能去世了，没有见过，也不好问。文江还有两个哥哥，也都工作了。

为了感谢文江的热情接待，振华找了一个小饭店，请文江吃了一顿中餐。

二进济南府

在沈阳读书期间，意外地与铁二班的赵元平重逢。如前所述，赵元平的爸爸、妈妈与振华的爸爸都在省供销社工作，振华的妈妈和元平的妈妈又都是一个公社的，娘家相隔仅几里路，两家关系是很好的。父亲去世后，元平的爸爸赵叔叔有时还写信来，或寄点学习用品，鼓励孩子们好好念书。

在沈阳，振华也曾领着元平到小姑妈家里玩过，两人关系也是很好的。此次放假之前，振华就和元平约好了，先上北京，再到济南，一是看望叔叔、阿姨，二是在济南转一转。

告别了文江一家，振华在北京站乘上了从北京南下徐州的265次直快列车，于晨七时许就到了济南站。

想起1975年夏高中毕业时，第一次和母亲来济南的情景，令人欷歔不已。那时候，没有见过什么世面，也不懂人情世故，前途渺茫，是希冀省棉麻公司能给安排个工作，就是安排在县里工作也很好啊！结果是失望而归。现在已经大学快毕业了，毕业后就是国家干部，工作也由国家分配，就是去不了青岛，能分配到济南也很好啊！

赵元平家住在山师东路，山东建筑工程学院斜对面。叔叔和阿姨还上班，赵元平有一个弟弟、一个妹妹，都上着学。

巧的是，振华从火车站乘18路公交车到山师东路下车，走了一会儿，正好碰上了出来买早点的赵阿姨。因为赵阿姨的形象很有特点，个子不高，圆圆的脸盘，满面笑容。振华就跟阿姨回了家。

元平的一个表妹任明，在南京大学中文系读书，放假了，从石头城来泉城玩玩。她还是一个摄影爱好者，带来了一台不错的135相机，三个人就一起去游览济南名胜——大明湖、趵突泉、千佛山。

大明湖已经和老舍、胡适描写的完全不一样了。老舍、胡适他们没有看到多大的湖，而是看到一片片的藕田，"无数的小湖田，无数芦堤，把一片好湖光划分得七零八落"，而现在的大明湖，真是一片大明，湖光潋滟，亭台楼阁，景色宜人。

从西南门入，走回廊就到了鸳鸯亭，两个亭子组合在一起，构思巧妙。亭子北侧，有一条河道，趵突泉的水向北从这里流入大明湖。

再向前就是园中园——铁公祠。一进月亮门，门内两侧有一副对联非常著名："四面荷花三面柳，一城山色半城湖。"此联是清乾隆年间山东学政刘凤诰所撰，字为时任山东巡抚的铁保所写。

赵元平指着这副对联说:"这副楹联啊,现在还能看到是很不容易的。'文化大革命''破四旧',什么都砸,公园里的人为了保护这副有名的石刻,就用水泥把它糊死了,要不然十有八九今天就看不到了。"

南面临湖建有小沧浪亭,一面临湖,三面荷池环护,四周游廊回绕,是名人雅士聚会的地方。从这里向南看,在风平浪静的时候,就能够看到著名的"佛山倒影"。

北面就是铁公祠,祠内有一尊铁公的铜坐像。

"铁公,这是个什么人哪?"振华虚心地问道。

元平先入为主地说:"这铁公啊,据说是明朝一个守卫济南的大将,大概他保卫济南有功,所以就修个祠纪念他。"

任明一看,这位元平先生一知半解,接着补充道:"铁公就是铁铉,是河南人,明代建文帝时任山东参政。朱元璋打下天下后,在南京称帝。立长子朱标为太子,朱标早逝,朱元璋病逝前,指定皇太孙朱允炆继位,即建文帝。朱标的弟弟,也就是建文帝的叔叔燕王朱棣不服而造反,燕王从他的藩地北京一路向南打,几个大仗都打胜了,一直打到济南。铁铉就组织败退下来的残兵剩勇坚守济南,他身先士卒,足智多谋,燕王什么法都用上了,全力进攻了三个月也没有攻下来,他还差一点中铁铉的计而丧命,最后不得不撤兵。燕王一撤兵,铁铉就率军追击,打得朱棣落花流水,一退几百里。燕王造反四年,最后攻入都城南京,也是从济南西部聊城绕道南下的,而不敢再攻打济南。朱棣登基后,铁铉等将领被凌迟处死。

"后来,乾隆皇帝游济南大明湖,认为铁铉忠君报国,应予嘉奖,遂在这里建了铁公祠,供人凭吊。要是抗战时,韩复榘有铁铉这样的抵抗精神,日本鬼子决不会这样轻易地陷落济南。"

太厉害了!任明这个文科大学生这一篇高瞻远瞩、博古通今的宏篇大论,直接把这两个只知道"钢铁是怎样炼成的"的理工科大学生征服了!

出了园中园,就是一座北水门,这里控制着大明湖的水位,据说济南所有的泉水都汇集在这里,使大明湖有"恒雨不涨,久旱不涸"的特点。北水门上建有一座汇波楼,为一座悬山歇山重檐七间城楼式建筑,"汇波晚照"是古时济南八景之一。

再向东不远就是北极阁,也称北极庙,阁建在36层台阶的高台上。在36级台阶的中间,有两道纵向的石条护石,顺势而下,这就成了孩子们打滑梯的绝好场所,也造就了一处典型的以柔克刚的例证。孩子们用他们柔软的屁股把坚硬的石条磨得光可鉴人,而且磨出了两道很深的凹槽。

听旁边的旅游团导游介绍说:"中国古代讲究三十六福地,七十二洞天。所以这里的台阶是三十六级,来回七十二级,每一级都要走,不要跳着走,以免少了福。"

　　导游又介绍说："北极阁始建于元代，明清两代都有重修。这里供奉着真武神君，也叫玄武帝君，是北方之神，也有称为水神的。后边的启圣殿，是明代成化年间增建的，供奉着真武神君的父母。"

　　踏着三十六福地，到了高台上，过门槛时，导游强调："男的先迈左脚，女的先迈右脚，要顺时针游览。"

　　平台上地势较高，凭栏西眺，北极阁西侧一座庭院，绿竹环绕，院内有清澈的荷花池，池中石栏桥中间还有一座月下亭，北面是一排西式建筑，非常漂亮。

　　任明问道："这是什么地方？这么漂亮？"

　　"这是山东省政府主席韩复榘修建的别墅。济南战役的时候，这里是王耀武最后的临时指挥部，他在这里坚持了一天一夜，就从这里的地下通道溜到城外逃跑了，最后在寿光县被民兵逮着了。"元平这一次回答还不错，得到了文科大学士的颔首微笑。

　　北极阁下有渡船码头，三人乘画舫到了湖中的历下亭。

　　"海右此亭古，济南名士多。"这两句诗文，可以说是济南的名片，被书法大家何绍基书丹镌刻在历下亭南门两侧，很多人在这里照相留念。

　　任明看着这副楹联说："这两句出自杜甫的诗《陪李北海宴历下亭》。唐天宝年间，杜甫的弟弟在鲁，他到济南探亲，碰到被贬到山东做北海太守的大书法家李邕李北海，李北海就在这亭子里请杜甫喝酒，还邀了几位济南文人作陪。杜甫嗜酒，山东人也能喝，喝得酒酣耳热之际，杜甫慷慨赋诗，'海右此亭古，济南名士多'，杜'诗圣'绣口一吐，遂成千古美谈。"

　　门内就是历下亭了，这个名字据说也是杜甫在这里饮酒命名的，后来乾隆皇帝御书"历下亭"匾额挂在亭子上。这里可以说是大明湖的点睛之笔，亭内外游人如织，荷花与绿柳相映，画舫来来去去，是一个最好玩的地方，"历下秋风"是济南八景之一。

　　历下亭北边是一座名士轩，门两侧是郭沫若题写的楹联："杨柳春风万方极乐，芙蕖秋月一片大明。"轩内是一大批济南名士的刻石造像，如辛弃疾、李清照等。大明湖南岸还建有稼轩祠，振华跟沈丰盛学的那首词《水龙吟·登健康赏心亭》就是这位名士作的。

　　历下亭西南侧有蔚蓝轩，楹联为当代书法名家欧阳中石题写："蔚秀依栏凭水色，蓝荫对镜鉴天光。"据说，乾隆皇帝曾在这里驻跸过。

　　赵元平一看这座蔚蓝轩又来了本事，跟任明说："这大明湖啊，有两大怪，蛙不鸣、蛇不见。"

　　"为什么呢？"任明奇怪地问。

　　"这个呀，学问大了。"赵元平卖开了关子。

"快说说，怎么回事？"任明扯着赵元平的衣袖摇晃着。

"想当年哪，乾隆皇帝到大明湖来玩，就住在这座房子里。他一看，水里这么多蛇在游动，感觉不安全，晚上那青蛙呱呱地叫个不停，影响他老人家睡觉，就下了一道圣旨：蛇入洞，蛙不许叫。结果他离开济南下江南的时候，忘了再下一道圣旨解除这个禁令，从此大明湖里面就看不见蛇了，青蛙也不叫了。"

"你这个当哥的，老糊弄小妹。"任明嘟囔着小嘴不满地说。

赵元平一看小妹生气了，急了："我要是骗你，我是小狗，老济南人都这么说，就是导游也这么说。"

"导游也这么说？等着我问问。"任明这才消了气。

从历下亭乘船到南岸，就是大明湖南门，也是大明湖正门。南门牌坊西侧，有一块石碑，上面竖刻着"大明湖"三个大字，与正门牌坊上的字如出一辙。奇怪的是，"明"字的"日"旁中间多了一横，变成了"目"。

任明又感觉很奇怪："这个明字怎么这么写呢？"

元平一听又卖弄开了："这个又不懂了吧？这'大明湖'的'明'字多了一点，一会儿，你到趵突泉看看，趵突泉那个石碑的'突'字，就少了上面那一点，这是被吕洞宾用拂尘轻轻一甩，那趵突泉一泓清水就落到大明湖来了。"

任明再也不上当了，莞尔一笑道："你这是传说，蒙人的。你看这石碑上的小字，这'大明湖'三个字是清朝嘉庆年间于书佃所写，清朝的人忌讳'大明'，尤其不能见这个'明'，所以这个'日'旁就要加一点。"

大明湖南门正对着百花洲和曲水亭街，清代刘鹗所著《老残游记》里描写的黑妞、白妞说书的明湖居就在鹊华桥南边。

鹊华桥下流淌着从珍珠泉和王府池子涌出来的泉水，水下翠绿的水草随着清澈的水流浮动着，赏心悦目，岸边的人家，有的在这里浣衣，有的洗菜，确实"比那江南风景，觉得更别有风韵"。

大明湖西南门的西南，斜对着五龙潭公园的北门，公园内到处都有泉水，有喷涌水位最高的月牙泉，还有著名的"清泉石上流"的景观。相传这里是唐朝开国大将秦琼的府第。秦琼就是济南南部山区人，那里还有他的练兵场，著名的九顶塔就是为纪念他而兴建的。

出五龙潭公园南门，就是趵突泉公园的北门。趵突泉水从东侧汇入护城河，流向大明湖。

趵突泉公园有济南名人李清照的故居，门前有长方形的漱玉泉池，从不干涸。迎门是郭沫若题写的"一代词人"的屏风首先映入眼帘，故居纪念堂门两侧的楹联也是郭沫若所题："大明湖畔趵突泉边故居在垂杨深处，漱玉集中金石录里文采有后主遗风。"

趵突泉是古泺水之源，位于泺源堂前，堂门两侧的楹联是元代大书画家赵孟頫的名句："云雾润蒸华不住，波涛声震大明湖。"赵孟頫在济南还留下了传世名画《鹊华秋色图》。

传说乾隆皇帝下江南时，沿途饮用随船携带的北京玉泉水，当到济南品尝了趵突泉水后，即改饮趵突泉水，并将趵突泉封为"天下第一泉"，题字勒刻立于泉畔。

泺源堂北侧院内有一块"双御碑"，正面刻着1684年康熙皇帝观赏趵突泉后题写的"激湍"两个大字，背面刻着1748年乾隆皇帝驻跸趵突泉时所写《再题趵突泉作》诗，可谓举世无双。

趵突泉池北边是观澜亭，亭侧立一石碑，刻着"趵突泉"三个大字，"突"字上面那一点果然飞走了。人们纷纷在这里摄影留念。亭前池内三股大水柱突突地往上冒水，有两尺多高。真是奇怪极了，这么近的距离，这三股大水柱为什么不能团结成一股呢？千百年来就是这样三足鼎立，不可思议。

趵突泉公园内名泉最多，著名的"七十二名泉"有不少在这里，其中就有《老残游记》里描写的金线泉，这个小泉池内有两股泉水，两股泉水在水面相交处，就形成了一道"金线"，在池中水面上浮动着。

趵突泉公园内还有一块巨大的竖立着的石头，称为龟灵石，是济南四大名石之一，玲珑剔透，十分罕见。

从趵突泉东门出来，沿护城河向东，就能到黑虎泉。护城河两岸特别是南岸有很多奇形怪状的泉，如鉴泉、一虎泉、金虎泉、豆芽泉、胤嗣泉、汇波泉、琵琶泉等，还有在河中央的五莲泉，真是目不暇接，游人们在这里流连忘返，特别是孩子们在这里和泉水玩起来没个完。

琵琶桥东边就是著名的黑虎泉，泉源是一个大洞，也不知道哪来这么多水，"咕噜咕噜"往外冒，从地下分流到泉池南侧的三个石刻老虎嘴里喷吐出来，甚是壮观。这里也是一个泉群，附近有玛瑙泉、白石泉、九女泉等名泉。

黑虎泉的对面是解放阁，这里是1948年秋济南战役时华东野战军首先突破坚固城墙的地方，解放后济南老城墙全部拆除，只留下东南这一个角，后来在上面建了一座解放阁，也成为济南的标志性建筑。"解放阁"三个大字由陈毅元帅题写。

从解放阁向北就是青龙桥，从青龙桥向西就是济南最著名的商业街——泉城路。路北有一处古色古香的大院，就是珍珠泉大院，是清代山东巡抚府衙、明代的德王府，现在是省人大常委会办公的地方。

大院西侧有一个很大的泉池，池内有一块石碑刻着"珍珠泉"三个大字，扶栏看池内，那泉水夹带着气泡一串一串地往上冒，就像一串串的珍珠。

这珍珠泉水，经泉池西侧的玉带河北流，经鹊华桥下注入大明湖。

泉池东边几米处，就是著名的溪亭泉，以自然石砌岸，南、北、西三面绕以石雕护栏，东面为山石叠成的假山，古朴自然，山石上镌清代墨仙王讷题写的"溪亭泉"三字。

李清照有一首最著名的《如梦令》就是写的这里。任明一看"溪亭泉"三个字，立刻朗声诵道："常记溪亭日暮，沉醉不知归路。兴尽晚回舟，误入藕花深处。争渡，争渡，惊起一滩鸥鹭。"

听着妙龄女郎迷人的声音和这迷人的词句，振华颇有感触地说："哎呀！这首词的意境真是好，就像一幅动态的画面。大概宋代的时候，这里还到处是荷花，可以行船，真是昨是而今非了。"

赵元平戏谑道："看来这李清照还是个大酒鬼，经常喝醉酒回不了家。"

任明毕竟是学文的，文学知识非常丰富。她说："看来李清照是喜欢喝酒，她的不少词都和酒有关，你们听听：'年年雪里，常插梅花醉。''座上客来，尊前酒满，歌声共、水流云断。''昨夜雨疏风骤，浓睡不消残酒。''故乡是何处，忘了除非醉。沉水卧时烧，香消酒未消。''新来瘦，非干病酒，不是悲秋。''忘了临行，酒盏深和浅。''酒意诗性谁与共，泪融残粉花钿重。''酒阑更喜团茶苦，梦断偏宜瑞脑香。''要来小酌便来休，未必明朝风不起。''不如随分尊前醉，莫负东篱菊蕊黄。''东篱把酒黄昏后，有暗香盈袖。莫道不消魂，帘卷西风，人比黄花瘦。''险韵诗成，扶头酒醒，别是闲滋味。''来相招、香车宝马，谢他酒朋诗侣。''随意杯盘虽草草，酒美梅酸，恰称人怀抱。醉里插花花莫笑，可怜春似人将老。''三杯两盏淡酒，怎敌他晚来风急。'从这些词句里看，李清照确实好喝酒，从早晨喝到晚上。古人晨起于卯时饮酒，称为'扶头卯酒'，这李清照从早晨'扶头卯酒'到'东篱把酒黄昏后'，真是个酒仙。"

振华感叹道："李太白斗酒诗百篇，李清照看来不喝酒也作不出这么多好词，要么有'险韵诗成，扶头酒醒'呢！"

元平插嘴道："好家伙，谁要娶这么个媳妇可够人受的，整天喝得烂醉，啥活也不干，看来这李清照啊，是个好词人，不是个好女人。"

听着任明张嘴就来，背了这么多李清照的"酒词"，振华佩服得五体投地："任明，你也太厉害了，对李清照的词怎么这么熟啊？"

任明笑道："哼哼，熟啥呀！这还不是现学现卖。前不久刚讲过李清照，老师要求我们背，就背吧。"

"不得了，就是背，我也背不这么熟。俺们这学工的，不接触古诗词，不过我倒挺喜欢，背了有一百来首诗吧，跟你们学中文的比，可就是小巫见大巫了。"振华赞叹道。

"那可真不错，学理工的人，读一点文学作品，能背一些古诗词，也很有好处，起码可以陶冶一下情操。我正好带来了一本《唐诗三百首》，送给你吧。"任明鼓励道。

"那可太感谢了，这回真是碰上老师了。"振华兴奋地说。

"哪里哪里，有什么问题一起探讨吧！"任明谦虚地说。

玩了一上午，没好意思端详一下这任明。这一下认了老师了，抽空多瞟了她几眼。细高条个子，一头披肩秀发，瓜子脸，眉清目秀，上着红色短袖衫，下穿黑色长裙，真个是芙蓉出水，不染不妖，一顾倾城，再顾倾国啊！炼铁专业的"四大美女"和人家一比，可就相形见绌了。

三人边走边聊，一会儿走到了济南名吃店——草包包子铺，赵元平请客，请客人吃草包包子。尽管称"草包"，但确实好吃，味道鲜美，可与沈阳老边饺子相媲美。很多人在这里排着队等着吃"草包"。

吃了一肚子"草包"，又踏上了登千佛山的征途。

千佛山历史悠久，唐朝以前称历山，相传舜耕于历山之下，古人又称舜山。

千佛山脚下有一棵古老的大槐树，旁边竖着一块石碑，由著名书法家舒同题写"唐槐"两个大字在上面，据说这是秦琼的拴马槐，旁边还建有一座"唐槐亭"，供游人休憩。

在唐槐亭休息了一会儿，振华买来三杯酸梅汤，也给任老师和元平解解渴，清爽一下。

从这里拾级而上，半山腰有一处牌坊，上书"齐烟九点"，也是济南八景之一。牌坊两侧立柱上刻着楹联："遥望齐州九点烟，一泓海水杯中泻。"这楹联出自唐朝大诗人李贺之手。

当泉城被云雾笼罩的时候，在这里能够看到鹊山、华山、卧牛山、凤凰山、药山、粟山等九个小山头突出于云雾之上，是为"齐烟九点"。

再向上就到了著名的兴国禅寺了，寺门匾额由赵朴初先生题写，寺门两旁的对联"晨钟暮鼓惊醒世间名利客，经声佛号唤回苦海梦迷人"在民间广为流传。

进入寺内，就是著名的千佛崖，隋开皇年间，随山势凿造了很多摩崖佛像，始称千佛山。"文革"中，这些佛像被红卫兵小将们斩首断臂的不少。院子里还有一个洞，里边还有泉水，称为龙泉洞。

洞对面建有一览亭，从这里向远处瞭望，泉城济南尽收眼底，大明湖像一颗璀璨的明珠镶嵌在古老的泉城北部，熠熠闪光。

仕明见这里甚好，且摆有茶座，就招呼元平和振华坐下，在这里品了半天茗，赏了一阵子景，真是乘兴而来，尽兴而去。

一路行来，任明的相机"咔嚓咔嚓"地照了不少相，把泉城美景、人文风情尽收入内，当然也互相照了不少照片。

叔叔、阿姨在家里忙活了一下午，做了一桌子好饭，招待远方来的客人。

吃着饭，振华说起暑假之后，要到南京实习的事，任明热情地留下了家里的住址，又把《唐诗三百首》从行囊里拿出来送给了振华，并邀请振华到她家里玩，陪着在南京看看。

吃完饭后，振华告别了叔叔、阿姨和弟弟、妹妹，元平和任明把振华送到了18路公交车站，就此别过。

罗曼青岛

振华乘93次特快，早晨就到了烟台，直奔汽车站，一个多小时就回到了昆嵛村。

和其他困难的同学相比，振华上这个大学还不算很拮据。姑妈和姨妈还是从物质上给予了不少帮助，哥哥、姐姐、妹妹们也都给振华寄过钱、全国通用粮票，再加上助学金，还有剩余，衣服都是大姐给做的，一年一套新衣服，所以上学期间经济上没有作过大难。

不过，这一次燕赵之行、齐鲁之游，把振华积攒的几十元钱花光了，接下来还要到青岛、上海这现代化的大都市观光，到苏州、无锡探吴越古韵之幽，这趟旅行无疑是令人神往的，但是没有人民币也是绝对玩不转的。

晚上和母亲商量怎么解决旅费问题，母亲说："你长贵叔该咱35块钱，你去要吧，他要能给30块钱也就算了，零的就不要了。"

借钱固然不易，向人讨债也是不容易的，对振华来说，这也像大姑娘坐花轿——头一回。这几年，长贵叔也盖了新房子，大姑娘已经出嫁了，嫁给村里的一个小木匠了。小木匠在农村也是很吃香的，农闲季节，走村串巷，给人家打家具，既有工钱，还吃香喝辣的。

晚上，振华打听着找到了长贵叔的新家，到大门口一看，院里电灯通明，宾客不少，也是刚吃完了饭，都坐在院落里乘凉喝大茶。

振华硬着头皮进了大门，尽管上了三年半的大学，可相貌毕竟没有多大变化。大儿子国福一看，赶紧招呼："哎呀！振华哥，稀客呀！来来来！坐坐坐！今天我定婚，先吃块喜糖。"

振华一听，暗道："哇！这咋整？这怎么能张开嘴要钱？"一边把糖放进嘴里，一边还要说着吉祥祝福的话，一边苦在心里。院子里还坐着这么多客人，根本不能提要钱的事。

坐了一阵子，振华就告辞要走，长贵叔毕竟是过来人，他一定明白，要是没事的话，振华是不会登门的。他就把振华送出大门外，问振华有什么事吗？

振华想，此时再不说，可就没有机会再说了，那可就悔之晚矣了。就壮了壮胆、狠了狠心，说："叔啊，你看今天俺弟兄定婚，大喜的日子，不该给你添麻烦。我这不上学嘛，马上就要到南京实习，实在打不开点了。俺妈说，那点钱哪，你能凑30块钱给我当路费，剩下点零头就不要了。"

长贵叔毕竟是跑江湖的人，他赶大队的马车去的地方多了，很讲义气。他说："行啊！大侄子，我再难，我也想办法，别耽误你上大学，这是大事，我凑齐了就送过去。"

"那好，叔，你回去照顾客人吧，我回去了。"

振华回家跟母亲做了汇报，心里琢磨，能不能还钱，恐怕在两可之间。如果不能还来，可就抓瞎了！不能还来，还能怎么着吗？心里就像十五个吊桶打水——七上八下的，这一宿也没睡好觉。

第二天，在家里待着闷得慌，就跟母亲说："妈，我上界石去看看俺大姐。"母亲和几个妇女一起在院子里绣花，不好都走了。

几年时间，大姐一家变化也挺大。大姐夫于忠民已经担任公社农技站站长，他也算"科班"出身吧，尽管是工农兵大学生，但也比土生土长的干部水平高不少，在推广农业新技术方面还是做出不少成绩，报纸上也有过宣传报道。大姐此时已经到了财政所工作，穿着制服、戴着大盖帽，到了各村也能唬老百姓一阵子。

听了弟弟的汇报，大姐说："就这么点事呀？把你愁成这个样。长贵叔说还，他肯定能还，他要不能再说。你就放心，大姐再赞助你10块钱，差不多够了吧？你这个傻瓜，到了南京，要是再有困难，找大哥呀！"

大姐这一番话，说得振华一怀愁绪烟消云散。

中午和大姐夫喝了几杯小酒，振华就骑车子回了昆嵛村

进得屋门，母亲就高兴地说："你长贵叔把钱送来了，刚走。"振华这才把悬着的心像一块石头一样落了地，同时又佩服大姐料事如神。

"手中有钱腰杆子硬"，这颠扑不破的真理，放之四海而皆准！筹够了旅行和实习的费用，笑容又写在振华的脸上。在家又待了一阵子，就起程赶赴青岛相亲去了。

1981年8月中旬，振华从烟台乘火车到了青岛。秀芬姐由于接到了电报，到火车站接了站。

秀芬姐工作的青岛市卫生防疫站，前面是一幢办公楼，后面就是职工宿舍，位置就在青岛火车站东北面的福州路42号，离火车站不远，附近就是那座有名的天主教堂。

这座天主教堂建在山坡上，是中国唯一的祝圣教堂，其主体长80米，堂内大厅可容千人，后方设有两个大祭台，配以上方穹顶的圣像壁画，很是庄严美观。两座对称的塔楼，红红的尖顶，上面树着两个高约5米的巨大的十字架，十分雄伟，从青岛的四面八方都能看到，当时就算是青岛最高的建筑了。

秀芬姐的住房也就是三楼的一大间，里边有一个小间，仅能放一张单人床。这里原来住着一个小保姆，帮着带孩子，振华来了，就暂住在这里，小保姆带着

孩子找地儿睡去了。姐夫在空军大连某部当兵。

　　既到了青岛，就到女方家里去看看吧。第二天上午，秀芬姐买了点水果什么的，振华提着，就奔太平山顶上的青岛电视塔下边去了，丁润华家就住在这个大铁塔下边的东北角。

　　大概是个星期天吧，丁润华的父母都在家，她上初中的妹妹也在家。

　　一个农村孩子，不远千里而来，到大城市相亲，心情很微妙，也很敏感。看她父母好像是知识分子，说话文绉绉的，不冷不热的，像是招待老家来的客人，而不像是招待可能的未来的姑爷。

　　吃了一顿中午饭，喝了几杯小酒，聊些家长里短的话题，振华感觉没什么戏。

　　看丁润华的态度也不温不火的，不像信里说的"很高兴"。一家人，只有那个即将上高中的情窦初开的小妹妹最可亲可爱，一双美丽的大眼睛，忽闪忽闪的，钦佩地看着这位大学生哥哥，探询地瞅着这位可能成为她姐夫的傻小伙。

　　饭后，秀芬姐和振华要告辞，丁润华送了出来。

　　秀芬姐说："我弟弟大老远的来一趟不容易，咱们陪他转一转吧！"

　　从丁姑娘家下山来，沿佛涛路向南，就到了处在汇泉角与太平角之间的沿海地带，这就是青岛著名的八大关景区。这里树木茂密，各种花草竞相开放，各具特色的别墅鳞次栉比，风景秀丽，环境优美，是避暑、疗养和游览的胜地。

　　丁润华介绍说："八大关这个地方，所有的路都是以国内有名的关隘的名字命名的。你看咱们这是从宁武关路向南，这条路的西边是韶关路，东边是紫荆关路，这是三条南北路；从北向南，这第一条东西路是武胜关路，向南依次是嘉峪关路、函谷关路、正阳关路、临淮关路、居庸关路，最南面临海的是山海关路，共有七条东西路。如此算起来，应该是十大关，不知为什么称为'八大关'。也可能最初有八条路，后来又修了两条。

　　"八大关街道绿地也很有特色，景区内每一条道路都有一个特殊的树种为代表，形成了四季有特色、路路花不同的景观特点。你看宁武关路主要是海棠花，韶关路主要是碧桃，紫荆关路是雪松，其他的路还有痒痒树，也就是紫薇，也叫百日红，还有五角枫叶、银杏树、龙柏、雪松、法桐等等。

　　"这里是著名的别墅区，被称为'万国建筑博览区'，有风格各异的建筑二百多幢，都是别墅或私人庭院式建筑。最有名的建筑就是公主楼和花石楼。"

　　位于居庸关路的公主楼，为欧洲哥特式建筑风格，是20世纪20年代末丹麦王子来青岛时，见此处景色迷人，命丹麦驻青领事在此建筑了楼房，准备请丹麦公主来青岛避暑休假，故称之为"公主楼"。该楼造型别致、美观，由一座尖塔和不规则斜顶房屋组成，绿色墙面。

　　花石楼就在紫荆关路的南头，是一座滨海的古堡式石砌楼房，是用花岗石和鹅卵石建成的，它的建筑风格是典型的欧洲古堡式，又融入了希腊和罗马式的建筑风格，也有哥特式建筑特点。据考证，这座楼是1931年一位流亡中国的白俄贵族格拉西莫夫所建，其内墙面多用滑石镶嵌，后谐音为"花石楼"。主体建筑共分五层，顶层为观海台，侧有铁尖顶，由圆形和多角形组合而成的建筑物正面造型，别致有序。蒋介石、宋美龄来青岛时就下榻此楼。

八大关这里游人如织，十分热闹，很多青年人在这里拍摄结婚照。

看着山海关路路南第二海水浴场的一些更衣室等临时设施，乱七八糟地散碎一地，丁润华介绍说："你来的可是时候，风平浪静。前几天这里刮台风，那可真是惊涛裂岸，海边的浪有几丈高，海边的路也全都封锁了，禁止人走车行。栈桥那里的大石条有不少都掀海里去了。"

秀芬姐一看玩得差不多了，就说："咱们回去吧，都上我那儿去，晚上在我那儿吃饭。"

坐了几站公交车，下车买了些海鲜，振华提溜着，就一起回家收拾去了。

这时候的青岛极度缺水，三层住家每层一个水龙头，每天供水一小时，各家排着队用各种容器接水，那水流还时断时续的，真是要命，这大热天的，冲个凉都十分奢侈。

吃完饭，就喝茶聊天。振华和润华通信期间，润华把在上海实习期间到照相馆拍的一张肖像寄给了振华。从照片看，人长得很甜美、大气，两个眼睛分外有神，还有两个迷人的小酒窝儿，确也喜煞个人。和照片相比，真人略显逊色。

大概聊得晚了，秀芬姐对润华一个人回家不放心，就说："这么晚了，你别走了，在这住一晚上，咱俩睡大床，明天早晨再走。"

这样振华睡在里边的单人床上，只床尾一个布帘相隔，振华躺在床上就不敢乱动，生怕翻身弄出声响影响大姐和小姐的休息。

第二天一早，因丁润华还要到学校，秀芬姐起得也早，准备好了早餐，招呼振华出来吃饭，振华这才迈出了"禁闭室"。

吃了早餐，丁润华要到学校，背起小包就走，秀芬姐推了一下振华："你去送送啊！"振华就跟着下了楼。

丁润华在前边走，振华在后边跟着，看着她娇小的背影，心想她也太瘦了。

走到公交车站，正好来了一辆车，润华就上了车。大概她也没发现振华在后边送她，连回身"再见"都没有。

振华愣愣地站在那里，看着公交车开走了，心里空落落的。

这时，一个驼背跛脚的中年人，向每一个候车的人伸着手要钱。

振华想，给他点钱，买个好运气吧！就摸出两毛钱给了他，这人感激得一个劲地道谢，还嘟囔着："老天保佑你，升官发财交好运。"

候车的人中，有一个妇女对振华说："给那么多钱干吗？给一毛钱就不少了。"

人家好意，振华也不好说什么，就说："没有零的了，给他点吧。"心里琢磨，这些大城市人也不过如此，我这个农村人还给这个残疾人两毛钱，你们可都是一毛不拔！

这一天，振华拿着速写本，到栈桥、鲁迅公园、中山公园玩了一天。

这台风刮得海边的建筑支离破碎，东倒西歪，那大石块横七竖八地堆在那里，栈桥有几处被冲坏，那回澜阁内一片狼藉，玻璃窗被冲得无影无踪。

倒是画了两幅速写留在了本子上。一幅是栈桥，一幅是远眺水族馆，也算到此一游吧！

坐在海边的礁石上，眺望着翻滚的波涛，振华琢磨，从种种迹象分析，此次相亲是没有被相中。

刚下火车，秀芬姐就说："可能你是坐火车累的，显得疲倦、老相。"再加上"钱紧"，谈不上什么着装打扮，青岛洋气的大嫚看不上土里土气的山村小伙子也在情理之中。

既如此，在此多待无益，走吧！

唉！罗曼青岛，青岛之行不罗曼！

晚饭后，秀芬姐把振华送到了青岛港客运码头。

振华登上了开往上海的客轮，起航出海，又去探索那未知的大世界了。

海上乐园与人间天堂

轮船开出港口不久，风越刮越大，轮船就抛锚不走了，停在海面上。

这艘轮船估计是专门的高档客轮，比烟台到大连的船设施好得多，晚上在餐厅里还能放电影。

振华也无心观看，跑到甲板上，扶栏远眺。山城青岛的灯光在夜空中就像银河一样，星光灿烂，也像一座仙山琼岛飘浮在半空中。回思几天来的遭遇，可谓心潮激荡，思绪万千。

在睡梦中，轮船悄无声息地起航了。

第二天傍晚，轮船驶进了黄浦江。

黄浦江上船来舟往，一派繁忙景象，还有不少军舰、潜水艇泊在江面上。客轮溯流而上，速度比在海里航行慢多了，终于到达了公平路码头——上海港。

振华背着铺盖下了船，按照郁琼瑶画的线路图，乘几路车，在哪儿倒车，终于找到了郁府。

大概这就是典型的上海民居吧！四面都是三层的楼，中间一个不大的天井，楼内、院内也没有厕所，楼外有一条河，每天清晨每家都在这条河里刷马桶。仅此一项，上海这个大都市也就大打折扣了。

郁琼瑶的爸爸、妈妈身体都很好，妈妈比较胖，爸爸比较瘦，是个"大烟鬼"，"飞马"牌香烟不离嘴。郁琼瑶的姐夫也来了，正在读研究生。

上海人对饮食很讲究，不但东北人比不了，山东人也比不了，做的菜又精细、又可口。

第二天早晨，郁琼瑶把振华叫醒了，起来一看，郁妈妈早就买菜回来了，除了极新鲜的青菜，还买了一个猪肘子回来。

郁琼瑶陪着，在上海玩了一天。

先到了豫园，这也是中国南方著名的园林之一，有四百多年的历史，中国历史上著名的上海小刀会起义军的城北指挥所就设在这里，陈列着许多关于这次起义的历史文物。

黄浦公园虽然很小，却很有名。

郁琼瑶说："殖民地时期，就是这个公园门口挂着个牌子，上面写着'华人与狗不得入内'。"

公园向南就是有名的外滩，郁琼瑶笑着说："这里一到晚上可就了不得了，你想靠江边找一个地儿站着都找不着，全是谈恋爱的，搂搂抱抱，谁也不管谁。"

他又指着江对岸说："江那边就是浦东。上海有句话叫着'宁要浦西一张床，不要浦东一间房'，没有人愿意到那边去住。"

外滩的建筑群在中国是独一无二的，那叫一个气派呀！

从和平饭店向西，就是"好八连"所在的南京路，非常繁华，各种商店的牌匾琳琅满目，大门金碧辉煌，令人大开眼界。

又到大世界玩了一把，这里也是一个热闹的所在，玩什么的都有。

在这里和郁琼瑶打了几盘乒乓球，尽管振华曾是初中校队，可能长时间没打而手生，也没有打过郁琼瑶，还被他涮了一把："你这个技术不行！"

晚饭特别丰盛，郁妈妈做的炖肘子可谓肥而不腻，再佐以各种青翠的小菜，令人垂涎欲滴。

次日晨，告别了郁伯伯、郁妈妈，郁琼瑶把振华送到了上海站，办理了行李托运手续，就登上了西去"天堂"的列车。

人们常把江南视为中华大地的锦绣之区，苏州无疑是这片锦绣大地上的一颗璀璨的明珠。"上有天堂，下有苏杭"，能到"人间天堂"来游览一番，亦不负平生。

一下火车，先买游览图。研究一番，先到拙政园，再游北寺塔，然后去虎丘。

拙政园建于明代，淡泊自然是其特色，全园以水为主，建筑大都临水而构，或曲桥流水，或长廊倚虹，远香堂、荷风四面亭、小飞虹、香洲等均为佳构之精华。

北寺塔为江南第一名塔，又称报恩寺塔，为砖木结构的楼阁式佛塔，高76米。为九层八面，重檐复宇，栏廊环绕，气势宏伟。依栏可俯瞰古城秀色，"画桥三百映江城，江南园林甲天下"。远眺水乡风光，耳闻风铃叮当，令人心旷神怡，飘飘似仙。

虎丘在城西北，因"丘如蹲虎"而得名，又说吴王阖闾葬于此，三月后有白虎踞其上，故名虎丘。这里有"虎丘剑池"，据说为大书法家颜真卿所写。又有"真虎丘，假剑池"之说，说是"剑池"两字曾被毁坏，由后人补写而成。

传说吴王阖闾就葬在"剑池"下，上面是池水，令所有想盗墓的人望而生畏，知难而退。

在城里到虎丘的路上，有一处地名叫半塘，再走就又有一个地名叫山塘。这使振华想起看过的一本书上，有人出过一个上联："七里山塘，行至半塘三里半。"求对下联，居然没人能对得贴切。

到无锡下火车已经是华灯初上了。

这无锡素有"小上海"之称，确也繁华热闹。在火车站附近的工农兵广场，满街都是小吃摊，吃了不少小吃，找个便宜小店住下吧。

躺在床上，研究起导游图。

据介绍，无锡，就是没有锡的意思。据史书记载，二千多年前西郊的锡山，曾有锡矿开采，锡是制作兵器不可或缺的金属材料，因此曾叫过"有锡"，后来锡矿采尽，便改称"无锡"。

据说阎锡山曾到无锡考察，有文人作一对联，上联云："阎锡山，到无锡，登锡山，锡山无锡。"而下联怎么也对不出来，后登报求对下联，也多不自然对仗。

离住处不远，就是锡惠公园，这里有锡山、惠山，故得此名。

惠山高329米，山形九曲，如巨龙卧地，号称"江南第一山"。

锡山位于惠山之东南端，高75米，似坐地的半球形，是无锡的象征。人们把惠山看作巨龙，锡山是明珠，惠山、锡山宛如巨龙戏珠。

惠山多清泉，素有"九龙十三泉"之说，以"天下第二泉"最负盛名。此泉开凿于唐代大历末年（公元779年），原名惠山泉，后经唐代有茶神之誉的陆羽品评为天下第二泉。该泉水含有多种矿物质，对人体有益，是泡茶、酿酒的上等原料。二泉分上、中、下三池，中池北墙上有清朝进士王澍所书"天下第二泉"五个大字，池上方有宋代漪澜堂，在此品茗、观鱼，不亦快哉！

从工农兵广场乘1路公交车，可直达太湖景区精华所在鼋头渚。

鼋头渚位于太湖之滨，坐南犊山西端，是伸入太湖中的半岛，形似鼋（海龟）头，故称鼋头渚。

这里上至后山，下至湖滨，古迹名胜，比比皆是。后山有在南朝广福庵旧址上建造的广福寺，为纪念范蠡和西施而建造的陶朱阁；半山上的澄澜堂，居高临下，建筑别致、豁达，是品茗小憩、观赏太湖风光的佳境；湖滨岩石上有清代廖伦所书"包孕吴越"、明代王促山所书"劈下华山"等著名题刻，为鼋头渚风景增添了无限的诗情画意。

诗人郭沫若曾写诗赞美说："太湖绝佳处，毕竟在鼋头。"

此次游苏州、无锡，在苏州买了一方陶砚和一小盆文竹，在无锡买了一个少女读书的石膏肖像，还留下了拙政园、天下第二泉、鼋头渚等几幅速写，当然在景点摄影师的相机里也留下了几个感过光的胶片。

金陵桂花香

纵观全国铁路，大概京沪线上上海至南京段是最为繁忙的，不管是客运还是货运列车最多。

这一带是中国经济的核心地带，在"文革"中上海生产的"上海"牌手表、"永久""凤凰"牌自行车、"蜜蜂"牌缝纫机等名牌产品，都是凭票供应，上海的服装在全国也是独领风骚。振华此次途经上海，大河的姐姐还托他在上海给买了一件上衣。

只要想买票，随时都有，就跟公共汽车似的，一会儿就有火车进站。

从无锡到南京，没几个小时就到了。

一出南京站，迎面就是美丽的玄武湖。

按照大哥信中画的线路图，从火车站乘17路公交车到太平路下车，找到了白苑7号院，这里是东南工学院（后改为东南大学）教师宿舍区，一问都知道。

进了院，路两旁全是高大的法国梧桐，院落内花草茂盛，多是三层小楼。看着楼号，找到了2幢，24号就在三楼。

大哥、大嫂已从江西临川调回南京，大嫂在南京市园林局搞设计，大哥在南京海运学校当老师，就住在岳父李剑晨教授这里。

一按门铃，大哥振源大概有预感，估计是小弟来了，立即来把门打开了。

东南工学院的教授楼不比东北工学院的教授楼差，一个30平方米左右的大门厅，大厅靠南面阳台处放着一个大画案子，另有五室，靠大门厨房一侧一小间是阿姨室，阿姨负责买菜、做饭、洗衣服等家务活。

李教授已80多岁了，满面慈祥，倒了一杯水给振华说："你吃水。"

振华一听，这教授说话都与众不同，人家不叫"喝水"，而叫"吃水"，有学问。

阿姨在厨房里把菜做好了，四菜一汤，盘子不小，菜量挺大。大哥还拿出一瓶"状元红"酒来，也不知是谁送给老先生的，老先生不抽烟、不喝酒，他就拿来招待老弟了。

大嫂李馨的弟弟，正好新婚旅游去了。

吃饭的只有六个人，伯伯、伯母、大哥、大嫂、振华及侄女萌萌。

阿姨弄点菜，自己到屋里吃去了。

正吃着饭，电话铃响了。

大哥拿起电话一听，是振华托运的行李到了。

吃完饭后，大哥还要备课。振华就一人去火车站把行李取了回来。

五室都有人住。伯伯、伯母住最大的向阳的一间，大哥、大嫂住一间，新婚夫妇住一间，萌萌正上着小学，住较小的一间。

振华拿回行李一看，大嫂弄了一张单人竹床放在客厅一侧。振华就把行李卷解开，把褥子、床单等铺设好。

大哥一看很满意，说："很体面嘛！"

这一次到梅山9424炼铁厂毕业实习，时间最长，要一个多月，到十月份就需要盖被子了。厂方只提供床，而不提供铺盖，故学校要求学生自带被褥。

在客厅里睡，自然不好睡懒觉。阿姨起来做饭，振华也就起来了。

盥洗完毕，就欣赏起墙上挂着的书画来。

一进大门的左手墙壁上，悬挂着李剑晨先生创作的大幅油画《浓夏》，这幅画约一米半见方，作于1974年。经过"文革"蹲牛棚、扫厕所之后，于1974年获得"解放"，可以投入教学和创作之后所作。

画面上蓝天白云，青山绿水，一只小船泊于水湾，参天的白杨树下，牧童在放牧着羊群，稍远处则是傍山人家。整个画面宁静淡泊，一派世外桃源郁郁葱葱的山林景色。

李教授曾在这幅画的照片背面题写了这样的词句："风光依旧，色彩改新，30余年已过，依然留恋昔日山林。"表达了画家对十年动乱的憎恶，渴求安定、平静的生活与创作的思想情感。

客厅沙发正中间的墙上，挂着一轴著名书法家武中奇先生书写的李白《下江陵》诗。

北面墙上挂着李教授创作的中国画《案头清供》。画面上一个古色古香的花瓶里插着几枝青竹，旁边是一盒线装锦盒古书和佛手，画面正中横着一个篆书拓片："人贵有自知之明。"既给人一种清心寡欲之感，而又令人得到启迪、深思，大家手笔，确是不同凡响。

一会儿，大家都起来了，忙乱了一阵子，就开始吃早餐

早餐后，大家各奔东西，振华急不可待地到北京西路去找他的任明老师去了。

山东是礼仪之邦。尽管振华是个穷学生，但感觉第一次到人家家里去拜访，空着手也不好看。在青岛的时候，看到市场上卖的虾皮很好，就买了两袋，到上海时送郁琼瑶家一袋，这一袋送给任明家吧。

北京西路是一条东西大马路，是南京主要交通干道之一。任明家就在路北，很好找。任明一看，山东朋友来了，满面笑容，热情招待。

喝了一杯水，任明说："你来得正好，明天学校里就有事了，今天能陪你玩一天。"

出了门，任明说："咱们先到远地方，去中山陵，然后回市区吃中饭，再看看瞻园和莫愁湖吧！"

在新街口，坐上了9路车，由于是始发车，还有并排座位坐。

一路上，任明向振华介绍了南京概况："南京这个城市，古代叫作建业，南唐时称为金陵，位于长江下游，长江波涛滚滚横卧城北，紫金山，也叫钟山，高耸于东郊，那里有世界闻名的紫金山天文台，南麓就是中山陵；石头城屹立西部，丘陵起伏，山环水绕，古人曾以'钟山龙蟠，石城虎踞'形容其地势之险要。所以毛主席《人民解放军占领南京》的七律中，有'钟山风雨起苍黄''虎踞龙盘今胜昔'这样的句子。

"南京也是一座历史名城，自公元3世纪以来，先后有东吴、东晋、宋、齐、梁、陈以及南唐、明、太平天国、中华民国等十个朝代在此建都立国，留下了璀璨的民族文化遗产。

"南京的名胜古迹很多，主要有中山陵、雨花台、"总统"府、梅园新村、玄武湖、莫愁湖、瞻园、灵谷寺、明孝陵、朝天宫、夫子庙、天王府、中华门等等。《红楼梦》里的江宁织造府，也就是康熙下江南时的行宫，也在南京，当然，金陵十二钗估计是见不着了。反正没个三五天是玩不过来的。咱们今天先领略一下金陵精华，你不是要在这实习一个来月吗？有时间你自己再转转，我有空就陪你。"

一席话，振华听得云山雾罩，只感觉这位任老师学问大了去了，望尘莫及呀！又听她说有空还能陪着游览，心里热乎乎的，又增添了几分期盼。

来到中山陵，陵墓前方宽阔的广场上，矗立着孙中山全身铜像，墓座中间有一块铜牌，上面写着：孙中山先生，1866—1925。

从广场通过高大的石坊上达祭堂，石坊中间上部镶嵌着一块匾额，是孙先生手书"博爱"的刻石。

从这里到达祭堂有392级台阶，使人感觉庄严、肃穆、崇高、伟大。

中山陵的平面布置呈一钟形，取"使天下皆达道"之义。

任明身着黄色上衣、红长裙，在绿树的映衬下，有如万绿丛中一点红，格外引人注目，回头率奇高。

振华手持速写本，拾级而上。

任明介绍道："孙中山先生之所以安葬在这里，是他自己生前的选择。1912年3月，孙先生在紫金山上考察，看上了这块风水宝地。西边明孝陵雄伟壮观，东边灵谷寺塔古朴优美，他对随行人员说：'待我他日辞世后，愿向国民乞一抔土，以安置躯壳尔。'1924年10月，冯玉祥发动北京政变，迫使贿选总统曹锟辞职，把末代皇帝溥仪也赶出了皇宫，电请孙中山北上主持政局。11月初，孙中山发表《北上宣言》，由广州到香港，乘轮船到上海，从上海乘船取道日本，于11月底到达天津。由于过度劳累，到天津忙了几天就病倒了，于12月底抱病入京，留下了'革命尚未成功，同志仍须努力'的遗言，于1925年3月12日去世，享年59岁。

"孙中山逝世后，灵柩于4月初由中山公园移往西山碧云寺。1925年4月，国民党'总理葬事筹备委员会'根据中山先生生前愿望，决定将陵墓建筑在这里。陵园设计方案采取征选方式确定。从中外建筑师应征的30多份图案中，选中了你们山东青年建筑师吕彦直的设计方案，先后施工六年，到1931年10月才全部竣工。"

从石牌坊拾级而上，是花岗石砌成的蓝琉璃单檐歇山顶墓门，正中拱门楣上刻着中山先生手书"天下为公"四个金光大字。

墓门之后即是碑亭，亭内在龟趺上立一石碑，上刻"中国国民党葬总理孙先生于此，中华民国十八年六月一日"。碑亭之后有两株大桂花树，此时正绽蕾初放，香气四溢。

几年来，振华出于对花的喜爱，收集了很多花的标本，夹在几个本子里。

这是他第一次见到桂花，很想摘下几朵小花收藏。遂征询任明的意见，任明说："你别摘了，这里有陵园守护人员，让人家看见不好。南京桂花很多，等有机会我给你弄几朵。"

碑亭向上有290级宽大的石阶，石阶之上是大平台。中山灵祭堂与墓堂相连，重檐歇山顶，檐下各筑石拱斗飞檐二层，正面有三拱门，门框上方大额枋上，各刻有两个篆字。

振华请教道："任老师，这几个篆字怎么读啊？"

"你不用这么客气，叫我小任就行。这几个篆字啊，就是孙中山创立的三民主义，从右至左，分别是民族、民权、民生。"

进入祭堂，是孙先生白色大理石像，端坐平视，神态安详。

进入墓门，就是墓室，圆顶为穹隆状，地面中部为大理石塘，正中筑长方形墓穴，墓穴上安放着孙中山大理石卧像。围有环形石栏，人们围着石栏凭吊。

倚着石栏，任明介绍道："1929年1月，南京政府成立'总理奉安委员会'，5月26日，灵柩由北京西山碧云寺向前门车站启运，6月1日晨，孙夫人宋庆龄亲自护灵到这里，沿途十几万人肃立瞻谒，中午12时，奉安典礼落成。灵柩就安放在卧像下面几米深的地穴中。"

凭吊结束后，来到室外，环形围墙内，铺着草地，植有玉兰、梅花等花木。

环视着周围的景象，任明又打开了话匣子："这孙中山先生去世后，可谓败也山东人，成也山东人。你们山东有个'三不知'将军，叫张宗昌，是山东掖县人，这个人大大咧咧，不愿费脑子，甚至懒得细究军队、钱财、妻妾有多少，被人戏称为'三不知'将军。1926年，在北伐中，他被国民革命军打败，逃到北京，在香山碧云寺见到了孙中山的灵柩，破口大骂：'不是你孙文搞革命，我张宗昌就不致有今日之败！我生前不曾和你打过仗，你死了，我今日就要毁灭你的尸体，以泄我之愤恨！'他强令附近的乡民搬来柴草，要火烧孙中山的灵柩。在北京城内的张学良听说后，立即派骑兵予以制止，可是灵柩玻璃盖四周已经毁坏，因空气侵入，遗容变色，遗体已无法保存。

"你刚才看这个墓穴很深，按设计是把遗体放入水晶棺，可上下升降，供人瞻仰，遗体损坏后，才改为土葬的。"

振华插嘴道："是啊，我前些日子到了香山，在碧云寺看过孙中山纪念堂，里边还有一具从外国买来的水晶棺，没有用上。在碧云寺金刚宝塔座中，安葬着他初殓时的西式礼服，以石碑密封，碑上镌着'孙中山先生衣冠冢'。"

任明接着道："你到过碧云寺，那挺好，我还没去过呢！这是孙中山遗体在碧云寺让山东人给败坏了。成呢，就是这座宏伟的中山陵从设计到施工，不管是绘制建筑样图、选用建筑材料，还是监工及工程验收等事务，都是山东东平县人吕彦直负责。不但如此，祭堂和墓室的主要石材，均产自山东青岛浮山。但是吕彦直本人由于连年操劳过度，罹患重病，在工程全部竣工准备验收之时，他因肠癌晚期，于1929年3月病逝，年仅35岁。令人惋惜殊深啊！不过，就在那边不远，建有一座吕彦直纪念碑，石碑上半部其半身雕像，就出自孙中山大理石卧像作者、捷克著名雕塑家高琪之手，也算是对英年早逝的吕彦直的最大安慰吧！"

夫子庙南临秦淮河，是南京最热闹的一个所在，游人如织，卖什么的都有，各种小吃摊点、饭店比比皆是。

在这里吃过几种小吃后，就沿瞻园路信步而去。

任明指着一个石刻说："你看，这就是瞻园，这两个字还是乾隆南巡时在这里的题字，还题写了'瞻望玉堂'。这里也是南京著名园林，已有六百多年历史。这里曾做过明太祖朱元璋称帝前的吴王府，后为明中山王徐达的府邸花园。旁边的太平天国历史博物馆，原来也是瞻园的一部分。清代这里成为藩台衙门的花园。1853年太平天国定都南京后，这里是东王杨秀清的王府。"

瞻园在很小的平面上，设计成为布局谨严、兼有南北园林艺术特点的庭院，玉兰院、海棠院、桂花院以及假山、瀑布、小桥流水等，一步一景，别有情趣。

出得瞻园，即乘车到水西门的莫愁湖公园。

莫愁湖公园澄碧如镜，湖畔古代建筑错列，林木郁葱，花径迂曲，宋代就有"金陵第一名胜"之誉。

来到湖畔的胜棋楼前，任明介绍道："朱元璋有两员开国大将，徐达和常遇春，同称才勇。朱元璋喜欢下围棋，就经常找徐达下棋，但棋艺比不过徐达。跟皇上下棋，那很费心思，要赢了皇上那还了得，皇上一生气，说不定脑袋就要搬家。但让得太过，皇帝也不高兴，自己也太窝囊。所以每次下棋，朱元璋都赢，但徐达也仅输几子。

"这一次，朱元璋和徐达来这座楼上下棋，朱元璋下了命令，这一次不能再让棋，必须把全部本事拿出来。双方就对弈起来，到了收官阶段，徐达说：'请圣上细观棋局。'朱元璋仔细一看，哇！了不得，徐达在棋枰上摆出了'萬歲'两个字，朱元璋彻底服了，遂把这座楼赐给了徐达，并赐匾额'胜棋楼'。"

在四方亭环廊的池水中央，有一座娉婷玉立的女子石雕像，这就是名闻遐迩的莫愁女。

任明说："相传在1400多年前，南齐有洛阳少女莫愁。有一年，旱荒严重，度日艰难，其父病逝，莫愁无奈，只好卖身葬父。当时建业一位卢员外游历洛阳，遇到莫愁卖身，买为儿媳。此后，她别离亲人故土，南下远嫁，成为卢莫愁。婚后一年，生下一子。不久，边关告急，莫愁支持丈夫应征保国，留下母子二人相依为命。她身在宦家，但不贪图荣华富贵，花费自己积攒的钱财为乡邻做好事，深受群众的爱戴，由此也遭到贪财如命的公公的反对和诬陷，以至被逼投河而亡。人们为了思念这位聪明、美丽、勤劳、善良的贫家女儿，将卢家花园与石城湖改名为莫愁湖。正如杭州西子湖以西施的名字命名一样。这个民间传说在南朝梁武帝为莫愁女写的诗碑中得到了证实：'河中之水向东流，洛阳女子名莫愁。莫愁十三能织绮，十四采桑南阳头。十五嫁为卢家妇，十六生儿字阿侯……'

"关于莫愁女的传说还有很多，大都把她说成是一个不幸的少女。你看这个雕像，刻画的就是莫愁女在撒桑叶饲蚕。后来，拍了一部电影《莫愁》，也是编剧的艺术创作，把莫愁演绎得命运悲苦，但主题曲却非常动听感人，风靡大江南北。"

一路上，听任明侃侃而谈，事件、年代、诗句、姓名张口就来，振华很是疑惑，就忍不住问道："你这个记忆力怎么这么好？在济南的时候，我听你背那李清照的词滚瓜烂熟，这来南京就更厉害了，是怎么回事啊？有什么诀窍吗？"

"也没有什么秘诀，大概人的记忆有不同的类型，有的人形象记忆好；有的人抽象思维好，有的人记忆数字什么的好，那电话号码你说一遍，他就能记住；还有的人能够过目不忘，这种记忆方式大概就跟照相似的，所以有的人背书能够倒背如流，也就是这种记忆方式。我大概就属于照相式的记忆，看一遍就能记住。要说诀窍，那就是要多看，有意识地看，有意识地记，这才能记住。"

听了任明这一番解释，振华像听天方夜谭似的，有点不可思议。

不知不觉间，太阳已偏西。振华这一天过得可谓快乐充实，只是苦了这位学妹任老师。振华想请任老师吃晚饭，她一看天色尚早，就说："我回去还要准备一下明天的事，等有机会再说吧。"

二人在鼓楼广场下了车，一个向北京西路走，一个向北京东路走。

任明把手伸了过来："嗯，你要的东西。"

振华一看，她手心里居然托着几朵很小的桂花，也不知道她啥时候从哪里摘的。

振华很小心地捧着桂花，看着她像九天仙女似的飘然而去。

一路上，振华看着这黄色的小花朵，闻着桂花香，陷入沉思。南京这个地方，虎踞龙盘，山清水秀，孕育才女，那金陵十二钗，个个相貌俊美，才华横溢。这一位任姑娘，也大有黛玉遗风，只不知她将来会寻一个什么样的白马王子，什么样的青年才俊才能配得上她？有幸她陪着游览了一天，但与她在一起，颇有自惭形秽之感。振华自觉才识远不如人，着装打扮更是阳春白雪对下里巴人。

唉！也好，知耻者近乎勇，尽管自己是学炼铁的，这次游览也很是激发了自己多学一点文学与历史知识的兴趣。

从鞍山到梅山

所谓大学，大概就是什么都要学，不但学工，也要学农，还要学军。

一般学校，新生入学后，首先就要学军——军训。但由于七七级学生入学时间很特殊，原定的军训就取消了，还是抓紧学习吧！

学军虽取消了，但学农还是要学的。

入学后，学习了两个来月，学校就组织学生到盘锦沟帮子的东工农场去学农，七七级钢冶系的同学们，全乘着火车到沟帮子来了。

这沟帮子，有两人特产，非常有名。一个是沟帮子烧鸡，一个是沟帮子大米。

这东北大平原，真是名不虚传，实在是平啊！一望无际，不是稻田，就是芦苇荡。这稻田也看不到边，比昆嵛村北泊里的地可长多了。

振华干够了庄稼活，才拼命考上了大学，没想到现在又下地了。

吃了早饭，同学们就沿着田间小路去上工，说说笑笑，倒也热闹。

到了稻田边上，同学们沿地头排成一排，跟日本鬼子拉网扫荡似的往前走，拔水稻田里的稗子。

这稗子和稻子长相差不多，高矮也差不多，叶子像稻，都一样的翠绿色，是稻田害草，必欲拔去而后快。

振华一眼就能看出来哪是稻哪是稗，而城里来的一些少爷、小姐们，连韭菜、小麦都分不出来，还能认识稻子和稗子吗?! 有的就是下过几天乡，也不一定就是到水稻之乡。

不管认得出认不出，也滥竽充数，人五人六地跟着往前走，也没人管你拔出的是稻子还是稗子，你就是什么也不拔也没人管你，因为这里没有像队长一样的人管着，就是班长自己能不能认识还两说呢。

走了半天，到地头了就休息。这芦苇荡里有很多野鸭，有那胆大的同学就下到芦苇荡里，掏了不少野鸭蛋出来。

再走一趟回来，这半天的活就干完了。

就是什么也不拔，走这一个来回也不容易。走着走着，就听那女同学惊天动地得喊叫，一屁股蹾在水田里，很多同学围上来看，怎么回事？

一看，一条大蚂蟥钻在这位女同学的腿肚子上吸血呢？城里小姐哪见过这个阵势，不吓晕了才怪了。有见识的男同学上去，"啪"一巴掌，就把蚂蟥拍出来了，同时也在姑娘雪白的腿肚子上留下了五个红指印。

这一惊一乍的，已经把这位女同学吓得不能动了，继续万里长征是不可能了，只能派一名男同学护送着回"军营"休息了。

"军营"就是在荒野上盖的土坯房，非常潮湿，苍蝇不小，蚊子很大，也真是够人受的。就是有一个好处，不用学习了。

到了晚上，各个土屋里都是扑克、象棋的战场。累了就躺在床上胡吹海嗙。

此前来的工农兵学员们，也有不少七步八斗之才，满墙都是赛杜甫压李白的名诗佳句，读来令人忍俊不禁。

好不容易学完了农，还要学工。

先到东工机械厂见习。先看车床、铣床是怎么工作的，师傅们讲解之后，给你一块钢铁坯料，用卡具卡住，操纵刀具，车一个圆的榔头，或者车一个球。再看翻砂铸造是怎么回事？当然了，这是小儿科，和专业还没有什么大关系，开开眼界而已。

大学四年，真正的实习有三次。第一次是认识实习，第二次是生产实习，第三次是毕业实习。一次比一次时间长，一次比一次深入。

认识实习是到鞍山钢铁公司，这是我国最著名的钢铁联合企业。此时还没有学专业课，就是到钢铁生产的有关企业去看看，增加一点感性认识，实习时间也就是一个星期左右。

第一个参观的是大孤山露天铁矿，矿层经爆破后，由大型汽车拉到选矿厂，经巨型颚式破碎机或锥形破碎机破碎，再由选矿厂精选，选出来的精矿粉，在烧结厂配料后进行烧结，烧结矿就可以和焦炭一起按配比装入高炉冶炼了。

在认识实习中，还参观了焦化厂、炼铁厂、炼钢厂、轧钢厂，走了一圈，基本上就了解了钢铁企业的生产流程，了解了钢铁冶金是怎么回事。

在鞍钢第三炼钢厂的荣誉室里，到处都是荣誉，毛主席、周总理的大照片，著名劳动模范孟泰的事迹，让人大开眼界。

绝大部分同学是第一次到炼铁厂，什么也不懂。

有的同学家是钢铁厂的，对炼铁设备略知一二，就向同学们介绍："看！这是重力除尘器，这是文氏管。"说得同学们一愣一愣的，感觉这家伙这么厉害，什么都懂。

那时候，国内最大的高炉是鞍钢炼铁厂的七号高炉，有1700立方米。同学们在陪同实习的工人师傅的带领下，扶着弯弯曲曲的铁栏杆爬到了高炉的炉顶平台，这个高炉差不多有百米高，从炉顶平台到热风炉顶之间有一道焊接的天桥，脚底下也就是一根一根的钢筋焊起来的，扶手也就一米二高，人走在上面感觉来回晃荡，脚下面也是空的，这么高，挺吓人，站立不稳，很多同学不敢直着腰走，双腿打颤，好不容易过了这道十几米长的"鬼门关"，到了热风炉顶上才放下了心。

据老师介绍，工农兵大学生中有一位女同学，从热风炉上爬下来后，一腚蹾在地上就起不来了，吓坏了！

生产实习，就是在专业课学了一半的时候，安排的实习。这次实习是在1980年12月下旬，实习时间约两个星期。

鞍钢炼铁厂有11座高炉，把同学们分散在这些高炉上，跟工人们上班差不多，只不过工人们是三班倒，实习的学生只跟着上白班。

振华分在10号高炉，这座高炉刚刚大修过，1100立方米，是一座现代化的大型炼铁高炉。

高炉底部有出铁口、渣口，约两个小时出一次铁，当然中间也要放渣。

出铁的时候，先用钻机往铁口里钻，快钻到炉膛了，再由炉前工抢大锤打钢钎往里钻，打透了，铁水就流出来了，顺着铁水沟流到铁水罐车里，火花四溅，非常壮观。

至于那些记者先生、小姐们，他们也不懂钢铁是怎样炼成的，到炼铁厂参观，写出来的文章就是"钢花飞溅"。实际上，是"铁水花飞溅"，因钢水含碳量很低，是没有什么"花"可飞溅的。

铁水快要流完时，通常还要把铁口吹一吹，由于炉内压力很高，就会喷出一道彗星，比放焰火还好看。

生产实习结束后，实习指导袁老师要对每位同学进行口头测试，以确定实习成绩。

问振华的问题是：怎样换风口？

正好在实习过程中，振华看到过一次换风口的操作。

风口就是把热风炉送过来的热风吹到高炉内的设备。在炉缸附近，有十几个风口，有一根环形的通风管道连接着它们，风口内有循环水冷却，一旦烧漏了，必须尽快更换，若不然，漏水口越来越大，把水漏到高炉里引起爆炸可不得了。

那一次，振华在旁边看着工人们换风口。换风口的时候，首先要休风，就是停止向高炉内送风，停止炉内冶炼，以降低炉内压力，防止炉料喷出炉外。看着炉前工们用气割枪把固定螺栓割断，把送风直管取下来，再把烧坏的风口捜出来，换上一个新风口，接通循环水，再按程序把送风直管安装固定好。

振华把看到的程序叙述一遍，袁老师认为不对，因为是亲眼所见，振华就据理力争。

袁老师没办法，就问在同一座高炉上实习的同学，是不是这样？反正只给了个"及格"的实习成绩，把振华委屈得背后抹了几滴眼泪。

毕业后，振华在炼铁高炉上工作两年多，换风口是家常便饭。一般是用扳手把十几个固定螺栓拧下来，而不是用气割枪割断。不知道那一次换风口为什么要用气割枪把螺栓割断，既费时，又浪费材料。估计是使用时间长了，螺栓锈死了拧不下来了，才采取这一不得已而为之的笨方法。

到毕业实习时，所有课程包括专业课都学完了，经过实习，进行毕业设计、作毕业论文。

毕业实习时，是把同学们分到各个钢铁厂去。鞍钢、本钢、武钢、马钢、南京梅山铁厂都有。

振华一看，有南京梅山，就跟李永镇教授提出请求，说大哥在南京，多少年不见了，看能不能安排到南京实习？这也不是毕业分配，好办！李教授爽快地答应了。

实习的地方在南京市西南方的梅山铁厂。地方虽在南京，企业却是上海的，主要是炼铁，是为上海的炼钢厂提供炼钢用生铁的，这也是一种备战的考虑。

这座炼铁厂于1969年4月24日建成投产，这一天正是"中共九大"闭幕的日子，喜讯传来，就把这座炼铁厂命名了一个"九四二四"的代号。这座炼铁厂就建在长江南岸，有一个专用码头，用以运输铁矿石、焦炭等原料以及成品的外运。

从雨花台乘公交车到梅山，路上还经过一个南京西善桥钢铁厂，这个厂规模不大。

到了梅山，同学们都住在招待所的大通间里，十几个同学也陆续到了。带队的是副班长王瑞朋，同学有山东戴日昌、张育德，上海郁琼瑶、大老郭，还有铁二班的两个女同学。

梅山有两座高炉，都在 1000 立方米以上。同学们就分配在这两座炉子上实习，每座炉子又分两个组，有的在原料组，有的在高炉组。实习一段时间后，再行调换。

九四二四的资料室资料不少，同学们也经常来查阅资料。那个年轻漂亮的女资料管理员正在复习，准备考研究生，她复习高等数学时，有很多不明白的问题，就请教这伙实习学生。戴日昌个头不高，脑袋不小，又大又亮，聪明绝顶。凡这个女资料员不会的问题，他没有不会的，令这位年轻女士佩服得五体投地。可惜实习时间短了一点，要不然非摩擦出点什么火花不可。

住在厂招待所的还有几个唱苏州评弹的文艺工作者，晚上在厂俱乐部演唱。

开开眼界吧，振华买票去听了一晚上，台上那位女演员，坐那儿弹着琴唱。振华听了一晚上，咿咿呀呀的，也没有听懂一句，只觉得挺好听，再加上人好看，就一直捧场到演出结束，只听懂了两个字：将军。

星期天到了，同学们一早就乘车到了雨花台，三三两两的，到各处玩去了。

振华就和郁琼瑶到了白苑，中午在大哥这里吃了一顿饭，也算答谢一下人家吧。

下午郁琼瑶先走了，振华就在这里看李伯伯作中国画。晚上又到五台山体育馆观看了著名芭蕾舞剧《天鹅湖》，是由我国著名芭蕾舞演员白淑湘主演的。剧中的四只小天鹅舞，飘然若仙。真是高雅艺术，美的享受。

九四二四也有东工毕业生在这里工作，厂领导知道我国炼铁界著名专家李永镇教授来了，就请他给工程技术人员作了一场《世界炼铁技术的新发展》的专题讲座。

南京离马鞍山很近，就在离梅山几十公里的长江边上。李教授还带领同学们到马鞍山钢铁公司进行了参观。

马钢炼铁厂的高炉较小，大概 300 立方米的炉子有几座。但那轧钢厂很有特色，看轧制钢轨、蒸汽机车的大轮子，很好看。红彤彤的钢锭，在轧机上轧来轧去，越轧越细，越轧越长，像一条火龙，窜来窜去。

同学们住在大通间里，上下铺，厕所离住处老远，晚上极不方便。

这一天晚上，张育德不知吃了什么好东西，大概把肚子吃坏了，憋不住了，要解大手。也不知道是害怕，还是嫌出去太远，就把痰盂搬过来坐下了。

大老郭可能没睡熟，怎么闻着屋里臭气熏天，起来一看，张育德正在那方便呢！

大老郭一看就恼了，骂道："你妈那个×的，有你这样的吗?! 在屋里拉屎!"

张育德虽个头不高，但也长得敦敦实实，大概也因为是干部家庭出身吧，也有股子牛气，也不怕身高近两米的大老郭，就回敬道："你妈那个×! 我在屋里拉屎关你屁事?!"

"妈的，不关我的事?!"大老郭翻身起床，拽起张育德就向门外拖去，张育德脚下一拌蒜，就把痰盂弄翻了，稀汤寡水的洒了一地，臭气分子迅速扩散，钻进了每一个人的鼻孔里，把人都熏醒了。

那张育德也是山东好汉之一，哪里吃过这样的亏，破口大骂道："我操你妈，你放开手!"

那大老郭乃上海知青，什么世面没见过? 据说还是黑龙江生产建设兵团的武林高手，一听这小子如此无礼，一手把张育德按在地上，另一只手就像武松景阳岗上打虎似的，拳头似雨点般砸在张育德身上。

虽然大家嗅着臭气都不舒服，都有点恼火，但毕竟同学一场，大家一看不好，这家伙要出人命啊! 山东另一条好汉王瑞朋，关键时刻，见义勇为，他挺身而出，跳下床一把抓住了大老郭挥拳的手臂，吼道："大老郭! 你要打死他呀?!"

大老郭也愣住了，一看张育德趴在地上，不动弹了!

"我操你妈了! 还会装死，你给我滚起来!"大老郭又用脚踢了踢张育德，像踢在一只死虎身上，没有任何反应。

大老郭也扎煞手了，这要把人打死了，是要偿命的呀! 就是打伤了，也很难办哪!

毕竟同学几年，有福同享，有难同当。有的忍着臭气，清理地面，有的蹲在张育德身边，嘘寒问暖，好半天，张育德缓过气来了，但起不来。

这怎么办? 难坏了领队王瑞朋。上医院吧!

王班长说："大老郭，你把人打了，咱们一块把他送厂医院检查检查吧!"

大老郭倔脾气，杀死不去，虽然心里发虚，嘴上却挺硬："妈那个×的，他自己找的，打死活该!"

王领队一看没法了，就叫振华和他一起，搀扶起张育德，到不远处的厂医院检查。

这值班医生一看，怎么回事? 这位患者身上又是屎又是尿的，臭不可闻。

经过一番清洗，把秽物弄干净了，这才开始检查。

检查了半天，并无大碍，只是屁股大了不少，不敢坐下。这真是侥幸，好在大老郭是一只手按着头，另一只手就捶打屁股，就是打在背部几拳，那张育德长得敦实厚重，骨头、筋都没事。

既然没大事，吃点消炎药就行，连"二百二"都不用涂。

王班长说："既然没伤着骨头、筋的，咱就回去吧?"

张育德不干了，坚决表示："妈那个×的，你们回去吧，我是不回去了，我要住院!"

瑞朋一看，他不回去，心想他现在回去也麻烦，闹得大家都没法休息，住这里先缓和一下矛盾也好。就顺水推舟地说："行，你先住下，休息休息，明天我们再来看你。"

就和医生商量，安排张育德在一张病床上安歇了下来。

第二天大清早，王班长就向李教授做了汇报。

李教授也头疼啊！虽说在炼铁界他是权威，但处理这"武松打虎"事件，他也是大姑娘上轿头一回呀！

李教授思考了一会儿，让王班长把大老郭叫来。

大老郭近两米的个头，此时弯着腰，耷拉着头，看样也就一米五高一点，他无精打采地跟在班长后边，进了教授临时办公室。

李教授客气地让大家都坐下了，对大老郭说："建光同学，不管张育德怎么不对，但也不能动拳头啊！动不动就开打，这还行吗？凡事要讲道理，是吧？就是家庭过日子，也不能动不动就挥拳头，何况咱们这是大学，是国家最高学府，说出去让社会上笑话，什么大学生，还不如工人呢！有损咱学校的声誉。不管怎么说，打人是不对的。虽然没打出大毛病来，但屁股肿得也不能坐，现在张育德住在医院里不出来，你看怎么办？"

大老郭个头高，排球打得不错，系里组织的班级排球比赛，他是铁一班的主力队员，在排球场上，他一个顶俩。但现在，他低着头，想着教授说的话，半天也说不出一句话来。

李教授一看他不吱声，就接着说："建光同学，你看这么办行吧？我和你、王瑞朋同学，一起去医院看看张育德同学，你最好买点水果什么的，向他道个歉，我们也做做工作，把他接回来，要不然他住在医院里不出来，一是影响不好，二是这住院费可得你出啊！"

教授毕竟是教授，水平就是高，实在是高，动之以情，晓之以理，还有经济制约，说得桀骜不驯的大老郭，连连点头："好好好！"真是"世事洞明皆学问，人情练达即文章"。

大概大老郭昨晚上也没能睡好觉，琢磨要是真把张育德打出毛病来，自己那20来块钱的工资估计也不够给他看病的，要是打断了骨头，那可就毁了，这小子要是再到法院告一状，告我个"故意伤害罪"，闹不好我这学可就上不成了，说不定还要到笆篱子蹲两天，那我这一辈子可就完了！但愿老天保佑，这小子别出大事，我就烧高香了！

经李教授这一番开导，大老郭恨不得大事化小、小事化了。

到了医院，大老郭只得低下头来，把买来的一袋水果放在病床旁边的小柜子上，向躺在床上的张育德道歉，那张育德侧身向里躺着，也不搭理。

大老郭道完了歉，见对方无动于衷，没办法了，就扯扯瑞朋的衣服，瑞朋说："行，大老郭，你也道歉了，你先回去吧。"大老郭垂头丧气地走了。

大老郭走了，张育德也就翻过身，坐了起来，经过一晚上休息和消炎药的作用，屁股又缩小到了原来的大小，也就是还有点疼。一看李教授都亲自来了，行啊！面子也挣足了，大老郭也亲自道歉了，自己在同学们面前也能抬起头了，得饶人处且饶人吧！

要过国庆节了，振华又到白苑看李伯伯作画。

据振源兄介绍，李伯伯早年毕业于北京国立艺专，后留学英、法，于抗战期间回国，曾任重庆国立艺专教务长兼西画系主任，后到中央大学任二级教授，和张大千、徐悲鸿、傅抱石、黄君璧等名画家同校任教，只是他们在师范学院美术系，李教授在工学院建筑系，建筑系的学生要求有很深厚的美术基础，特别是要画好水彩画。新中国成立后，国民党的中央大学被拆解为多所高校，南京有名的学校多是该校分出来的，如南京大学、东南工学院等，李教授一直在工学院建筑系任教。

李教授是我国最著名的水彩画家，著有《水彩画技法》等书，在国内外影响都很大。他的中国画也具有强烈的个人风格。

晚饭后，振华跟大哥商量，能不能看看伯伯的画。

大哥就跟岳父汇报："爸爸，振华想看看您的画。"

"看看中国画吧。"伯伯说着，就把他创作的一卷没有装裱的中国画拿了出来。

大嫂接了过来，就放在画案上，和大哥、振华一张一张地翻着看、议论着，赞叹不已。

伯伯坐在沙发上，看着这些晚辈欣赏他创作的美术作品，心里美滋滋的。

这些画里面，有人物，有飞禽走兽，更多的是花鸟画，画面色彩鲜艳，构图新颖，形象有血有肉，极具美感和震撼力。

看完了画，伯伯从里面抽出一张小画，说："这张画送给振华吧！"

伯伯把这张画放在案子上，拿起一支毛笔，在画面右上角题写了两行小字：一九八一年秋十月为振华作画剑晨手笔。并在字下面盖了个"剑晨"的名章，又在画面左下角盖了一个闲章。

大哥介绍说："这个章是'世纪同龄人'。"李伯伯81岁，恰公元1981年，与本世纪同龄。

盖好了印章，伯伯接着说："我很喜欢这张画。这是在玄武湖边上看到的一种植物，宽宽的叶子，紫色的小花，很美。回来就把它画下来了。"

振华仔细端详这幅画，感觉画的是水公紫。

在昆嵛村的池塘边上，就生长着很多水公紫，确实很漂亮。不过，把水公紫入画，这还是第一次看到。

过完国庆节，实习也快结束了。

振华趁星期天特意到北京西路任明家里去告别一下，不巧她不在家，大概和同学们玩去了吧。

实习结束后，大家乘火车从南京返回沈阳。

上车时，南京还有不少人穿着短袖衫，在火车上越往北走越感觉冷。到了早晨在沈阳站下车，广场上则有不少人已穿上了军大衣。

设计未来

回到学校后，李教授就向同学们布置了毕业设计任务和毕业论文题目。

振华领到的设计任务是，设计一座年产200万吨的炼铁厂，论文题目是《低硅低硫生铁的冶炼》。

李教授分派完任务，同学们就把他围了起来，请教作论文需要看哪些参考资料。

教授也确实厉害，也没有记录，就挨个地给每个问他的同学作出回答。振华也把教授说的参考资料名称、专业期刊都记在小本子上。

根据年产量，算出日产量，日产量除以高炉利用系数（高炉每立方米日产铁量），算出需设计两座1100立方米的高炉。这样容积的高炉，和振华在鞍钢生产实习时的10号高炉差不多。

根据设计要求，需要进行高炉冶炼工艺计算，画三张零号图纸的大图。一张是厂区平面布置图，一张是高炉剖面图，一张是热风炉剖面和平面布置图。

毕业设计的地点在校园西部的一座宿舍楼里，还有不少中青年教师也住在这里，一家也只有一间房，做饭在走廊里，走廊边上堆满了蜂窝煤、炉子等日用杂品。

五六个同学一个设计室，振华、吴文江、陈兴国、王力波等几个同学在一个设计室，每个人一个零号绘图板和桌子。

每天吃了早饭，就到这里来画图。

这是上大学期间最自由，心情也极为舒畅的日子。经过近四年艰苦的学习，做完毕业设计和论文，通过答辩后就毕业了，就要踏上工作岗位了。

这时候，在谈恋爱的同学都是成双成对地来往于宿舍和设计室之间的林间小道上。

有一次，振华和吴文江结伴往设计室走，正巧碰上炼钢专业的一对往回走。

这两个人都不高，男的一米六左右，女的一米五左右，男的像个小老头，女的像个丑丫头。

吴文江瞅了他们一眼，跟振华说："你看这两个人，王八看绿豆，对眼了。"

振华笑道："你这个家伙，是不是嫉妒啊？"

"我嫉妒？就那熊样，给我都不要！"吴文江不屑地说。

"那你要啥样的呀？"

"我呀，到时候你看吧。呃，你不是和青岛一个姑娘在通信吗？现在怎么样了？"吴文江反戈一击地问道。

"唉！黄了！"振华叹了口气说。

"怎么回事？"文江关心地问。

"主要是分不到青岛，青岛钢厂也没有炼铁。"

原来，自夏天离开青岛到南京实习以及返校后，也通过几次信，这大姑娘的脸，六月的天，说变就变，其心思实在难以琢磨。

去青岛之前，秀芬姐还来信说："我前些天见到小丁了，她见你要来青很高兴，说你准备在这住三天，这是否少一点呢？大概小丁的假期是到8月25日前后，如果有可能的话，早来几天岂不更好？你们好好玩儿天。我和小丁都有这个意思，但不知你的情况如何？"

似乎已经寻找到了人生的知音，振华怀揣着一颗火热的心，赶赴青岛相会。可以说，热脸蛋碰着了冷屁股，其父母不冷不热，她本人不温不火，不知何故也没半点热情。按道理说，就是同学、朋友到了青岛，也应尽一下地主之谊，陪着游览一番吧？可丁姑娘自从第二天早晨离开秀芬姐家后，就杳如黄鹤，一去不复返了！若稍有意思，也应该送离青岛吧？

后来听说，她当晚要去港口送送，有同事说，你不用去，今天又要刮台风，肯定不开船，所以她就没来，这也是缘分不到吧！

大概振华一肚子怨气，憋在心里难受，就又给丁姑娘去了一封信，一吐胸中块垒。

这丁姑娘毕竟是大城市人物，见多识广，大姑娘不计小伙子过，回了一封信，称："振华弟，你好！在秀芬姐家一别，没想到真成了再见。现在每每想起，总感觉到内疚。这种事再解释也是枉然，我想你是不会原谅我的。特别是看了你的来信，更加强了我的这个念头。我甚至想，只有你再来青岛，才可能有机会挽回这失去的一切。对这次青岛之行有什么感想吗？或许高兴了来首诗什么的，阁下若肯赐教于在下，则感激不尽。"

丁姑娘是个文艺爱好者，想必知道京剧《诗文会》。车静芳小姐有一段千古绝唱："喜盈盈，进画堂，亲任主考选才郎，欲前又踟蹰，踟蹰复彷徨。大事难托恐虚妄，兄长他纨绔忒荒唐。纵有双亲在，婚事也须自主张。观诗心窃慕，无端动柔肠，愿今日得遇知心画眉郎。锦心绣腹，怀壮志，性温良；吟妙句，成佳章。凭我这一点，胜过那隔墙频奏凤求凰，啊，凤求凰。"

丁姑娘让振华作诗，一个学钢铁冶金的人能作出什么诗？但五尺男儿也不能让人瞧扁了，遂勉为其难，胡诌八扯一通，不是已经背了不少诗词吗？东拿一句，西取一句，或改头换面，或掐头去尾，"熟读唐诗三百首，不会吟诗也会溜"，凑成了一首所谓的诗，寄给丁姑娘斧正：

游青岛有感

毕竟青岛七月中，风光不与四时同。
三面碧水一面山，满城翠色映红楼。
栈桥涛声震天响，鼓舞我辈永向前。
夏夜灯火印心间，相思人儿意绵绵。
怎奈人生意欲笺，满腹话儿不敢言。
野径俱黑时间短，垂柳悄然来窥探。
苦辣酸甜百味有，无家人心甚凄然。
穷若有志胜金玉，富贵不仁亦枉然。
自小受尽人间苦，幼小心灵愤恨添。
王侯将相本无种，七分辛劳三分天。
天若不负苦心人，吾之愿望终实现。
不屈目光观世界，小人济济视等闲。
天生我材必有用，无为不立于人间。
卧薪尝胆雄心在，创造业绩在明天。
他人负我自素然，一片丹心对青天。
零落成泥碾作尘，芬芳香气留人间。

不知丁姑娘看了这首古今无双的歪诗，作何感想？回信没有论及。但信中表达了她的心声："你来青岛工作是我们共同的愿望，你能来青岛是我梦寐以求的事情。"看来丁姑娘是个深沉、含蓄、蕴藉又很现实的姑娘，轻易不表露感情，这是通信半年12封来信中唯一含有感情色彩的语句。但她在几封信中仍然对分配问题耿耿于心：

"七七级的分配，现在看来确实是一个费心劳神的问题。我的一些老同学，他们也都面临着这个问题。在吉林大学有我一个很要好的同学，也是七七级学生，她想回到父母身边，但这是根本不可能的，因为已明确宣布山东一个名额也没有。她爱人在北京，可北京的名额相当有限，排队也轮不到她头上。因此，她的情绪很不好，来信中充满了伤感的情调。他们要在元旦前后离校。看完了她的来信，不禁想起了你们，我想你们倒不至于山东没有名额吧？近来有新消息没有？退一步讲，来不了青岛，其他地方考虑了没有？

"对于你的分配去向，我很难想象究竟会怎样？说实话，我有些信心不足，不敢乐观从事，或许你倒有些办法，也未可知！你能否来青岛，这个谜底现在还不能揭，实在令人烦恼。从我们整个事业来看，表面上似乎人员短缺，对于工程技术人才乃众星捧月般的珍爱，然而不能不看到，人浮于事还是广泛存在的，调整的结果还是人员过剩，省里的几个研究单位的过剩人员只好组织起来学习。你们毕业前面临的就是这样一种局面，这同四年前招生计划很不吻合。目前看，边远地区、中小企业的需人量远远超过一些科研单位及大企业（他们的部分科研项目及合同已被迫下马）。另外，据我所知，今年省内好多单位都不要人。这一切，就是我不敢抱乐观态度的症结所在。

"也许你要说我是在泼冷水，并不是这样。一方面我实事求是地说实话，另外随着年龄的增长，我大概已跟天真烂漫的幻想绝了缘，虽不属暮气沉沉，但心底潜在的惰气却日益上升，使我奈何不得它！

"总之，我只不过不想在我们之间尽画一些美好而不实际的图画，若这样，于你、于我皆无益处，你以为如何？"

既然分配问题已经成为当务之急，使丁姑娘如此烦恼，振华就去了一趟系里熟悉的刘老师家，了解有关分配情况。

自从入学报到第一天，在系党总支工作的刘洁老师帮着振华提行李，并把他领进寝室安排好，振华和刘老师关系一直就不错，振华放假回家返校时，有时也带点土特产看望刘老师，刘老师对振华的学习和生活情况也很是关心。

据刘老师介绍："山东钢铁企业主要有济南钢铁厂、济南第二钢铁厂、济南铁厂、莱芜钢铁厂、张店钢铁厂，青岛钢厂只有炼钢、轧钢，没有炼铁，山东冶金工业学院也没有炼铁专业。据一些毕业生需求信息看，你回山东的可能性比较大，但去青岛几乎不可能。"

大概情况是了解了，不可能去青岛，而丁姑娘的意思，去青岛才是成功的前提。既如此，就忍痛割爱吧，长痛不如短痛，也别再耽误丁姑娘的宝贵青春了。振华就给丁姑娘去了一封"再见"信，祝福她早日觅得白马王子，共创幸福美好的未来。

好说好散，丁润华友好地回了一封信。信中说："我们在书信的往来中相识，了解了，也可能是片面的。但我仍然认为您是一个有抱负、有理想的现代青年，这在年轻人中是难能可贵的。由于命运的安排（不得不这样讲），使我们不得不冷静地对待现实，即：任何的奢望都只能是自寻烦恼……我不愿再说下去了。说真的，振华弟，你们'首批'毕业的大学生，是被社会公认的'命运之骄子'，受到各方面的重视，只要努力（这一点是无疑的），您的面前会是铺满鲜花的光明路，我衷心地祝您幸福！"

吴文江了解了大致情况后，感叹道："唉，你们两个没有很深的感情基础，各有所需，一旦所需不能满足，拜拜了也是很正常的事。不要紧，你太年轻了，分配到哪儿，在哪儿找最好，省得麻烦。你那个未来的嫂子，正在北京医学院读书，比咱们矮一级，我们算是同甘共苦吧，估计她留北京问题不大，我要分回北京难度可就大了。正在做工作，不知结果会怎么样？也够烦人的，听天由命吧！”

有一次，振华和王力波吃完早饭后，一起去设计室。在小树林的小道上，看到二班的王春平满面憔悴地往回走，见了同学也不打招呼，匆匆擦肩而过。

振华感觉很奇怪，就问王力波："这王春平怎么回事？在那儿画了一晚上图吗？"

王力波诡秘地笑了笑，说："你这个老外，啥也不知道。听二班的同学说呀，这王春平没有和咱们一起坐火车回来，而是从上海乘轮船到大连，在船上认识了一个男的，这个男的就追到学校来了。据和她一个设计室的同学说呀，早晨一进去，就闻到一股特别怪的味道。这两个×养的，也不知道晚上在里面干什么。"

"噢！这两个熊东西在设计室里干好事啊！"振华恍然大悟道。

后来，同学们对此事反响强烈，都闹到系里去了。根据系党总支的意见，炼铁专业党支部开会，让王春平作检讨，还给了她一个警告处分。

一开始设计时，振华图省事，采用的都是一些传统工艺，如料车上料、双料钟、水冲渣池等。

李教授看了设计方案后，指出："这个设计啊，要尽量采用新的工艺、新技术。"

根据李教授的意见，振华把料车上料改为皮带上料，炉顶的大小料钟也改为自动布料器，又从专业期刊上查到一种新式的水冲渣系统，占地面积小，效果好，也给画上了；热风炉也由传统的三座直排式布置改为四座方形排列。

这一改，李教授很满意。

高炉冶炼工艺计算，是很复杂的。这时候，虽然已经有了小型计算器，但这么多、这么复杂的计算难免有错。

有一次，李教授把大家召集起来，说："毕业设计说明和论文，写得怎么样，是个水平问题；至于计算错误，则是个态度问题，希望大家注意，不要再出计算错误。"

这王力波年纪小，脑子灵，大概他抽象思维比较好，高等数学学起来不费劲，但画设计图可就难住他了。

他看振华画得又好，进度又快，就请求援助。

这振华也不是省油的灯，搬出政治经济学理论来，说："各尽所能，按劳分配，这是社会主义分配原则。我帮你画图，这没问题，可是你怎么答谢我啊？"

王力波想了想，说："这么着吧，你帮我画好了，我请你吃饺子。"

振华大概形象思维比较好，平时画速写，看那南京长江大桥，一会儿也能画下来。大嫂看了还说画得不错，应该学建筑。画图和画画也是相通的，这画设计图，在振华就跟玩似的，可谓各有所长。

振华就抽空帮王力波画图，好不容易帮他画完了，他又要赖，说等着通过毕业答辩了再请。

画图画累了，振华就去查阅资料。

建筑馆内，有中文图书馆和外文图书馆。这外文图书馆主要是供教师们用的，除了毕业班，学生来的不多。这里设施也很好，在这里查资料、做笔记、写论文，感觉身份都提高了似的。

振华虽然数学方面缺乏天赋，可在中文方面，水平可就高于一般同学。在查阅了大量文献资料的前提下，经过综合分析，归纳整理，精心构思论文结构，两个月后，一万多字的论文《低硅低硫生铁的冶炼》也就瓜熟蒂落了。

这一天早晨，李教授很高兴地来到了设计室，又把大家召集起来，说："同学们，我们的毕业设计和毕业论文，已经接近尾声。从大部分同学交上来的设计说明和论文情况看，王振华同学的论文写得很好，李奇同学的设计说明写得也很好，大家可以传阅一下，参考一下。"

同学们散去之后，李教授又跟二班一个准备考研究生的同学说："你看看，这个日文资料，人家王振华同学就用上了，你就没有用。"

也可能振华的论文题目和那个同学的类同，因那个同学要复习考研，就没有把毕业论文当回事，想糊弄一下通过答辩算了。

不管怎么说，受到李教授在好多同学面前的表扬，也是意外的惊喜，高兴得振华心花怒放，走起路来也觉得轻飘飘的，积存在胸中的些微郁闷也烟消云散了。

回到宿舍后，大家都在议论今天的事。许思贤看到振华受到教授的表扬，而且只表扬了两个人，就预测道："看来小王的毕业答辩成绩得个优秀没问题。"

这许思贤也是要考研的。这家伙简直是天才，他也就是初中毕业，从北京到黑龙江生产建设兵团差不多八年，恢复高考之际，他学习了一阵子，就考上东工了。他一边复习考研，一边还不耽误和同学们打扑克下象棋。有一次，另一位考研的同学，拿一道高等数学题向他请教，他琢磨了半天，说："这道题呀，少一个条件。"这位同学也不大相信，就又去问老师，老师看了也认为是题出的有问题。

振华一看，这家伙也太牛了，居然能看出题出错了！

这一天，振华从设计室回到宿舍，同屋的同学说有一位女老师来找你，留下一个纸条。

振华一看，是张嘉明老师，她已离开了东工邮局，又到沈阳邮政学校当语文老师去了，她让振华晚上到她家去吃晚饭。

到了吴老师家，吴老师正在忙活着做菜。原来是大茉莉在长春工作的舅舅来了，吴静中老师正陪着舅子哥说话呢！

这位舅舅是到广州去推销一种清洗汽车的刷子，刷子的手柄可长可短，下面套上塑料水管，就可以随意地清洗汽车了，非常方便。

这位舅舅很有意思，他从温暖如春的南国带了一只小蝈蝈到冰天雪地的北国来，还"吱吱"地乱叫唤，给人们带来惊奇和惊喜。

他还带来两本书，是慈禧太后的侄女德龄写的。这位德龄姑娘曾在外国留过学，不知通过什么关系被慈禧看上了，非常喜欢她，就经常让她进宫，陪着慈禧玩。书中介绍了许多当时不为世人所知的慈禧太后生活的秘闻，如她怎么化妆啊，怎么洗澡啊，怎么美容啊，当时这类书籍还非常罕见。

吃完饭就胡拉八拉。有一本《辽宁青年》杂志的封底，印着一幅油画《克里斯蒂娜的世界》，画面右上角是几间破草房，左下角斜卧着一个极其瘦弱的女人，一只手撑着上半身，一只手伸向那座破草房。

振华仔细地欣赏了这幅画，发表拙见说："你看这幅画，这个人骨瘦如柴，而且爬不起来了，一只手伸向那个破草房，估计那座房子有她的童年，她在外面闯荡多年，受尽了折磨，费尽千辛万苦回到了家乡，已经耗尽了体力，走不动了，渴望着爬到那座房子前，也许里边还有她的爸爸、妈妈呢，或许有她的初恋?"

后来，张老师说她看到一篇文章，就是介绍这幅画的，其内涵和振华所说基本相同。

振华的毕业设计和论文交得都比较早，再就是等着毕业答辩了，这期间什么事也没有，是四年大学生涯当中最轻松愉快的时光了。

星期天，就应邀到张老师家里玩，陪大茉莉看过几场文艺演出，有辽宁歌舞剧院演出的歌剧《第二次握手》，辽宁话剧团李默然主演的《报春花》，还有中央乐团的音乐会，欣赏了我国著名歌唱家刘秉义的《我为祖国献石油》，女高音歌唱家李谷一的《为什么我露出幸福的微笑》《乡恋》《我心中的玫瑰》，还有琵琶演奏家刘德海的《十面埋伏》等优秀节目。

这一次，大茉莉又弄来两张音乐会的票，是中央歌舞团在东北剧场演出。

一看节目单，介绍中央歌舞团组建于1952年，是建国后组建的第一个国家歌舞团，是在毛主席、周总理亲切关怀下建立起来的，曾满载着中国人民的深情厚谊，访问过五十多个国家。再看演出阵容，大都是享有盛誉的名演员，如戴爱莲的舞蹈《飞天》、获第三届世界青年联欢节舞蹈比赛一等奖的《红绸舞》，男高音吴国松，女高音任雁，田鸣、张西珍的女声二重唱，以及器乐演奏，能够欣赏这样国家最高文艺团体的演出，真是一大幸事。感觉自己经过这样高水平的艺术熏陶，心灵也得到了净化，人的精神境界也提高了一个档次，走在路上，胸脯也格外挺得高。

演出结束后，出了剧场，一轮明月斜挂在南天，照得近旁的中山公园一派朦胧。

大茉莉提议道："咱从公园穿过去吧!"

寂静的中山公园，月光如水，树影婆娑，只有大树下的长凳上依偎在一起的一对对情侣在窃窃私语。

走了一会儿，大茉莉忽然蹲在了雪地上，振华纳闷地问："你怎么了?"

"我不舒服。"大茉莉低声说。

"哪里不舒服啊?"振华担心地问。

"唉,也没什么大事,你拉我起来吧!"大茉莉伸出了一只手。

振华用手拉着她的手,把大茉莉慢慢地拉了起来,她就斜倚在振华身上,又用两臂抱住了振华的脖颈,浑身有点颤抖。

这怎么办?抱着她的腰吧,别再倒下去。

人生二十余年,第一次抱着这样一位年轻漂亮的城里姑娘,真是心旌摇曳,心跳加速,血压升高,神魂飘荡,能感觉到姑娘两个饱满温柔的乳房贴在自己的胸前,就像电流一样迅速传遍全身,使人麻酥酥的。

那大茉莉又把头扬了起来,嘟噜着小嘴让振华亲她,一不做二不休,抱都抱了,亲就亲吧!那外国人一见面不是拥抱就是接吻,也没什么大不了的。

这一抱一吻,倒使振华考虑起和大茉莉的关系来,要这样发展下去怎么办?自己能留在沈阳吗?

其实,吴老师和张老师也十分关注振华的分配问题。

振华根据了解到的一些情况和自己的想法,开诚布公地对两位老师和大茉莉说:"我留在沈阳的可能性很小,辽宁和沈阳那么多同学,哪个不想留在沈阳?沈阳东边的抚顺倒是有一个新抚钢,离沈阳也不近,不大可能通勤。看来我回山东的可能性比较大。如果要求到边远地区,比如四川攀枝花钢铁厂,解决两地分居问题可能比较容易。"两位老师和大茉莉听了这番话,皆默默地无言以对。父母膝下只此一千金,谁舍得让她去远方?

这期间,毕业分配方案也正在酝酿中。振华又来到刘老师家,看看情况怎么样。

就要毕业分配了,每个同学都面临着这一可能决定毕生命运的关口,何去何从,到哪里去?是每一个同学都在思考和关注的大问题。

听了振华的叙述和担忧,刘老师和蔼地说:"没有事,你回山东没问题。"

振华又恳切地说:"听同学说,济南有三个钢铁厂,要是能到济南工作就好了。我爸爸原来就在省棉麻公司工作,1964年因病去世了。"因郁琼瑶的论文是有关球团矿的,他到济南钢铁厂考察竖炉生产球团矿的情况,对济南钢铁企业的情况有所了解。

刘老师表示:"行,我看看名额分配情况,尽力争取吧!"

有了刘老师这一句话,振华就像吃了一颗定心丸,一直悬着的心也算放了下来。

毕业答辩时,在冶金馆的一个会议室里,按抽签顺序进行。

轮到振华时,他拿着一卷图纸进入了答辩室,先把三张零号图纸用图钉钉在黑板上,用一根教鞭指点着,介绍着,也有点工程技术人员的派头。

三张大图画得干净漂亮,采用的技术也大多是当时国内先进水平。

杜鹤桂、李殷泰、李永镇等炼铁专业的七八位教授和讲师,坐成一排,听了设计简介和论文说明。

教授们提问了几个问题，振华都对答如流，顺利地通过了毕业设计和论文答辩，并最终获得了"优秀"的成绩。一个班获"优秀"成绩的同学也只有六七人。

1982年1月18日，学院在东工俱乐部举行了毕业典礼，院党委书记发表了热情洋溢的讲话，鼓励同学们到工作岗位上努力工作，为实现四个现代化贡献青春和力量。也有毕业生代表发了言。院领导们为毕业生代表颁发了毕业证书和学位证书。

毕业分配方案也公布了。七七级炼铁专业69名毕业生中，有7人考上了研究生，除陈文远考取北京钢铁学院外，许思贤、沈丰盛等6人都是本院研究生；留校的有5人；沈阳市仅3人；鞍钢7人，包括陈兴国、孙武；本溪市6人；内蒙古8人，其中包钢5人，呼和浩特3人，吴文江分配在包头钢铁公司研究所；河北省6人，其中张育德、赵红霞分配在邯郸钢铁厂；南京梅山炼铁厂4人，包括赵丽生；上海宝山钢铁公司2人，郁琼瑶、郭建光得其所哉；吉林省2人；黑龙江省4人；抚顺1人；凌源钢铁厂1人；锦州1人；大连炼铁厂1人；北京钢铁研究总院1人；山东省10人。

分配到山东的10人中，王振华、王力波在济南铁厂；戴日昌、史牧义在济南钢铁厂；王瑞朋、赵元平在济南第二钢铁厂；郭立功等2人在莱芜钢铁厂；还有2人在张店钢铁厂。

只有吴文江最郁闷，他作为知青到内蒙古，从包头考来的，费了很大的劲，从北京钢铁研究总院要了一个名额，结果被二班一个同学通过院领导的关系把这个名额挪到了自己名下。吴文江还是从哪里来回哪里去，分到了包钢。

毕业证也发了，工作派遣书也拿到手了，同学们陆续地离校了。

沈阳火车站到学校设点，为毕业生托运行李。

振华把行李、书籍装了几个纸箱子，捆起来托运走了。又到小姑妈家、大河家告了别，大河在大连当兵还没有回来。

这期间，在沈阳师范学院读书的侄子承志，领着女朋友来东工看望了小叔。两个人个头挺般配，叔侄个头差不多，姑娘约有一米七，其父是锦州市教育局的领导，在工作分配上，估计没问题。

师恩难忘。临行前夕，振华又专门买了一个精致的本子，到杜鹤桂、李永镇教授、刘洁老师家里去拜访了一次，也算告别吧，同时请二位恩师题词，以作留念。

杜鹤桂教授题的是："王振华同学毕业留念！为祖国建设四化，为发展钢铁工业共同努力！"

李教授题的内容是："王振华同学：马克思曾说过：'科学绝不是一种自私自利的享乐。有幸能够致力于科学研究的人，首先应拿自己的学识为人类服务。'

故以此共勉！并希望你能够将勇于创新的精神保持下去，为建设四化做出贡献！"

刘老师对振华的分配去向也是尽了心的，知道他分配到了济南铁厂，也很高兴。

她语重心长地对振华说："大学虽然毕业了，可是工作才刚刚开始。学校里学这些理论知识，在工作中一个是不一定能全用上，再一个也肯定不够用，需要在工作中继续学习，养成终身学习的好习惯。你看咱们学校有成就的教授，都是活到老、学到老、研究到老，没有停下来的时候。所以，毕业后的继续学习，在人的一生中是极其重要的。"

刘老师还送了一本相册给振华，以作纪念。

火车票买好了，是沈阳到上海的98次直快列车，23:30从沈阳站发车，次日15:30到济南站。

到张老师家里去告别一下吧！大茉莉送给振华一支毛笔和一张照片，张老师也把一张全家福送振华作纪念。

张嘉明、吴静中夫妇是这个世界上非常好的人。夫妻都是老师，培养了一个掌上明珠，也非常漂亮可爱，本想为掌珠找一个理想的对象，可由于这毕业分配也没有办法，没有过硬的关系想留校是不可能的。想留沈阳的同学又太多，留校的或分配在沈阳的，不是班干部就是有关系的，争不过人家。振华分配到济南，他们夫妇也舍不得让唯一的千金去往千里之外，而老失所依。

大家一起动手，又包起了"上马饺子"。

吃完了晚饭，一家人把振华送到了火车上。

大茉莉神情焦虑地看着振华，希望他能表个态。

这个态怎么表？振华只能顾左右而言他。

言他了一阵子，振华说："张老师、吴老师，大茉莉，谢谢你们来送我，时候也不早了，也很冷，你们早点回去休息吧！以后有机会到济南玩。"

把他们一家人送下了火车，振华一个人在座位上陷入了沉思。

一会儿，张老师又上车来到了振华身边，忧郁地说："唉！这个大茉莉呀，对你有感情了，在下面哭，要她的照片。"

"唉，你好好劝劝她吧，你和张老师就她这么个宝贝，怎么也舍不得让她离开沈阳，她若是调到济南，你们两个老人怎么办？如果两地分居，也不是个长久之计。我到单位后，再给她写信说说。"

张老师点点头，满怀惆怅地又下了车。

列车在夜色中缓缓地启动了，载着这位经过四年苦读怀揣大学毕业证书的年轻学子奔向远方。

再见了，母校！

再见了，敬爱的老师！

再见了，大茉莉！

昆仑儿女

第二部

王振宇 著

作家出版社

第五章 钢铁是怎样炼成的

四年苦读，完成学业，振华终于由一个地球修理工作者，蜕变为一名钢铁冶金工程技术人员。未知的工厂、险恶的社会以及爱情与婚姻，他将如何面对？他的命运将如何呢？

人生的思索

列车在隆隆地奔驰着，一颗年轻的心也在怦怦地跳动着。

坐在硬座上，闭着眼睛，大学四年的生活像放电影似的一幕一幕在脑海中闪过。

蓦地，银幕上闪现了几组特写镜头：

镜头一：自己站在通往烟台广仁路46号院的小胡同里，忐忑不安地等待着大伯到三姑妈家里去，看三姑妈欢迎自己来吧？一会儿，三姑妈的笑脸出现在胡同口，这才又高兴、又不好意思地迎了上去。这是由于把三姑妈托自己捎给沈阳小姑妈的一小袋花生，到大连时擅自送给了常给自己买票的大姐夫的姐姐。三姑妈来信，谴责自己做出无理之事，并声称断绝关系。自己无地自容，难受了很长一段时间。放假回来，经过大伯从中斡旋，三姑妈才原谅了这个不肖侄子，也去了自己一块心病。

镜头二：在学校一舍食堂打饭，由于水磨石地面有水，非常滑，一外系女同学在自己面前不慎滑倒，饭盒、小勺摔出老远，自己不但没有主动把人家扶起来，反而站在那里哈哈大笑，引得同学们纷纷行"注目礼"，好在这女同学只是摔了一跤，把衣服弄脏了，爬起来捡起饭盒、勺子就走了。自己一看，惹来众怒，也赶紧溜之大吉。事后每想起此事，就感觉脸红心跳，这算什么大学生，还有一点同情心吗？还有一点绅士风度、君子之风吗？

镜头三：某日午饭后，到主楼画图，把主楼五层西侧可通往楼顶平台的窗户打开，到平台上观光了一会儿。这时又上来五六个男女同学；自己看够了，就经窗户跳进了主楼内，也不知什么坏心眼突生脑际，顺手把开窗户的扳手向下扳死了，心想让他们在楼顶凉快凉快吧！

下到制图室画了一阵子图，心想不好，把这些同学关在楼外，回不来，再闹出什么事来就麻烦了，遂装着游玩上去看看。上去一看，窗户前没有人，赶紧把扳手又打开了，溜之乎也，心还在怦怦地跳。

想着大学四年这几件惭愧、遗憾的事，仍是心潮难平，面红耳热。

现在，大学毕业了，这才是踏上社会的第一步，是人生崭新的起点，正所谓路漫漫其修远兮！

列车在不知疲倦地奔驰，驶过山海关，又把唐山甩在后面，东方的地平线上，升起了一轮朝日，把朝晖普洒在大地和列车上。

看着冉冉升起的朝日，想着即将报到的工作单位，振华心潮澎湃，思绪翻滚，一股诗情在胸中悠然而生：

为了美好的明天

有人认为外国什么都好，
资本主义社会酒地花天。
然而，粉碎"四人帮"后的首届大学生，
有着民族的尊严和超过他们的坚强信念。
虽然我们的祖国现在还较贫穷，
但是，儿不嫌母丑啊，女不嫌家贫，
我们要努力把祖国母亲打扮。
我们有智慧的人民，勤劳的双手，
一定能使中华腾飞，
屹立于世界强国之巅。
我们刚从学校毕业，
生活中等待我们的将是很多的困难。
谁不憧憬美好的生活，
谁不渴望爱情比蜜更甜。
为了学业和理想，
我们把个人问题一再拖延。
等到那一天，"四化"已实现，
同学们在校友会上相聚交谈，
举杯赞英雄啊，
光荣属于八十年代的新一辈青年！

把这首诗歌写到本子上，振华又陷入了沉思。

凡事预则立，不预则废。

孔子曰："人无远虑，必有近忧。"

"工欲善其事，必先利其器。"

在学校里，同学之间的人际关系比较简单。大学四年，自己基本上是"一心只读圣贤书，两耳不闻窗外事"，把学习搞好了，顺利毕业，毕业后也就天南海北了，再见面也不容易。由于山东地处礼仪之邦、圣人之乡，从小受齐鲁文化的熏陶，自有一种忠厚老实的秉性，和同学们相处也是比较融洽的，尤其和本寝室的同学，也都成了很要好的朋友。

但是毕业后就不同了，进入工作岗位，很可能就要在这个单位工作一辈子，这关系就很复杂了。若处理不好，必然会影响自己的发展，这是需要认真思索的大问题，探讨一些面对社会的人生处世之道，以为行动的指南，是十分必要的。

想到这里，他又翻起了手里的小本子，这本子里记着他近期一直琢磨的走向社会、直面人生的一些思索。思考中，有了点滴心得体会，就记到了这个小本子上：

做人总则：做一个文静的、稳重的、从容的、言辞谨慎的、助人为乐、知足常乐的人，谦虚谨慎，不恃才放旷，不背后议论人，知错改错，礼貌待人，努力做一个不谋私利的、脱离了低级趣味的正直的、有修养的人。

一是要尊重领导。自己在农村生活多年，农村中流行的顺口溜："得罪会计笔头错，得罪队长没好活，得罪书记没法活，得罪挑大粪的两勺顶一勺。"体会是十分深刻的。人都是有私心的，干部的私心可能更重。这次毕业分配，留校的五人中，有三人是班干部，留沈阳的三人中，有两人是班干部。农村的大队、小队干部文化水平低，水平不高，不知工厂的工段、车间、厂级领导水平怎么样？要是天下乌鸦一般黑，那也够喝一壶的。不管怎么说，新到一个单位工作，尊重领导，和领导搞好关系是第一位的。也可能直接领导，如工段长、车间主任缺点不少，不是很称职，即使如此，你亦不应看不起他们，更不能有瞧不起的表示。若如此，他们必恨你、打击你，向上反映你不好，这样反误了你的前程，故务必谨慎。要尊重领导，就要多看人家的长处，若一无是处，怎么又能当上领导呢？即使领导批评错了，当面也不要顶撞。要能忍耐，适当时候阐明自己的观点即可。与人方便，自己方便。当然，在技术问题上，还是应当坚持原则。领导有缺点，一般是不能提意见的。因宽宏大量能接受意见、以党和人民的利益为重者甚少，而胸襟狭隘、打击报复者甚众，故而不能提。若不慎之，或给小鞋穿，甚至加害于你，可就得不偿失了。因小失大，非君子所为。即使有意见要表达，亦要看人，注意方式方法，若领导不听，决不强求，若争执起来，恐怕是引火烧身，自寻倒霉。总之，领导是要尊重的，是得罪不起的。

二是要搞好和同事之间的关系。人与人之间的关系是复杂的，但应当是平等的。虽然岗位不同，但都是人嘛！显然，在社会上是被人为的分成了若干等级，但是，国家主席和淘粪工尚如此，你一个普通的大学毕业生更没有什么了不起，切不可凌驾于群众之上。离人千里恐怕是不行的，红花尚需绿叶配，如果你是一个工程师，设计的东西，工人们不给你好好干，你也不会获得成功。在人面前切记不要摆架子。杜鹤桂教授曾对同学们说："虽然我是个教授，但一摆架子，人家就不买账，你教授有什么了不起！"因此，要平等的对待同事，一视同仁，不要趾高气扬。见了面，即使不愿意多说话，也要打个招呼，点点头问个好吧，不过分亲密，不搞宗派，也不冷淡，君子之交淡如水，要长远，不要忽冷忽热。"水至清则无鱼，人至察则无徒"，要和同事维持和谐的关系，无论是对上级、同级、下级，都要互相尊重，不要给人家过不去。

"挫其锐，解其纷，和其光，同其尘。"要与人为善，关心人者，人亦关心；尊敬人者，人亦尊敬。将论人长短，先思自己如何，不背后议论人。

三是广交朋友。"嘤其鸣矣，求其友声。"鸟儿尚且追求朋友，人更是需要交朋友的。"在家靠父母，出门靠朋友。"人在社会上或工作单位总是要有几个好朋友的。一个人在顺利中生活，可能不会觉得什么，而当一个人在困难和痛苦中生活，则是需要温暖和鼓励的。若没有几个好朋友，无论在生活上、工作上，不遇到困难尚可支持，一遇到困难挫折，就不会得到别人的帮助。晋职称、长工资也是这样，这都是关系到切身利益的事。吃亏是福，与朋友相处，不要想着要占人家的便宜。占一次行，占两次勉强，占三次人家就离你老远，宁可吃点亏，装点糊涂。

在与人打交道时，虽然可能对方毛病很多，但是一个人总是有这样或那样的优点的，"三人行必有我师"，要善于发现和学习别人的优点。对于有困难的人，要热情帮助，雪中送炭真君子，锦上添花是小人。

恩德相结者，谓之知己；腹心相照者，谓之知心；声气相求者，谓之知音。在广泛的社会交往中，人们都希望遇到一些知己、知心、知音的人，建立起友谊。茫茫人海，何处觅知音？就在周围的现实生活中觅知音！立足现实，而不要立足于虚幻，正视现实，改造现实，而没有必要诅咒现实、厌恶现实。春兰秋菊，各有芬芳。鲁迅先生也说："倘要完人，世界上配活着的人怕就有限。"能够发现、尊重和学习周围的人的优点，与学习刻苦的人结为学习上的朋友，与工作认真的人结为工作上的朋友，与善于生活的人结为生活上的朋友，和方方面面的优秀人才结成内容广泛的友谊。

两眼朝天，目空一切，抱着"世人皆醉我独醒，世人皆浊我独清"的傲慢态度，是要不得的。你拒人于千里之外，别人也决不会向你投怀送抱，你把别人都看成豆腐渣，别人也决不会认为你是一枝花。

四是要能忍耐。退一步海阔天空，忍一时当下心安。有的青年人，疾恶如仇，眼睛里容不得半点沙子，稍有不满，便感情用事，剑拔弩张，甚至不分青红皂白，张嘴就骂，伸手就打，这种做法不合乎辩证法，其结果往往不是矛盾的解决，而是矛盾的激化，关系搞得很紧张，亲人如仇敌，朋友变冤家。朋友之间的矛盾，有原则性的，有非原则性的。原则性的问题，应当互相批评、规劝、督促。然而，原则性要与灵活性相结合，"忠告而善道之，不可则止，毋自辱焉。"至于朋友之间一些非原则性的小事，则必须多加谅解、妥协和忍让，有的还可以求同存异。没有必要对一些小节吹毛求疵，对一些鸡毛蒜皮眦睚必报。海纳百川，有容乃大。大哥说过："大家都是人，都要吃饭。"一般要给人过得去，得理也让人。

在受到委屈和遭到别人的诽谤时，要冷静分析，反躬自问，讲明事实，澄清是非，坚持原则，据理力争，心胸开阔，善于忍耐。忍者，众妙之门，小忍小益，大忍大益，暂忍暂益，忍得一时之气，免得百日之忧，小不忍则乱大谋。昔日韩信若不能忍胯下之辱，恐怕小命早就没了，还成就什么将来的伟业！泰然处之，自强不息，在认为正确时，走自己的路，任凭人家去说吧！

五是要修身养性。社会是极其复杂的，有黑暗也有光明，但在当今之社会，也只有洁身自好了。对于社会上的不正之风和不道德行为，自己看不惯的不做即可，没有必要去管，你也管不了。否则，以卵击石，自寻倒霉，但在国家和人民的利益将要遭到严重损失或威胁时，还是要机智地挺身而出，主要看有没有价值。因为一点小事，就路见不平，拔刀而起，乃愚夫所为。

假如我当了官，一定要主持正义，不受他人之礼，我想我也不去送礼，而为自己谋私利。一个人只要不谋私利，心底无私天地宽，壁立千仞，无欲则刚。生活作风专一，言词谨慎，与人为善，他的一生就不会有大的问题。

一个比较伟大的人物，好像都是虚怀若谷、平易近人的，而没有拿架子的。当然，我就是这么个性格，不愿意和那么多人接近，喜欢清静，也无可厚非。但与同事起码要保持良好的关系，使人家不对你产生不好的感觉。当然，助人为乐、解人危难，还是义不容辞的。

一个人有着内心的美，神情蕴藉、内敛，文静含蓄，比喜怒哀乐形之于色的人要讨人喜欢，"孔门儿女不知骂，曾门子孙不知怒"，闻过则改，即为圣贤。知错不改，就很危险了。如果一个人不能克服自己也知道的坏毛病，那么他能有什么大的作为呢？作一个文静的含蓄的人，就需要不要像以前那样经常地放荡地大笑。尽管说笑一笑十年少，但这样的大笑，让人感觉莫名其妙，或者尴尬。即使你喜欢唱歌、唱京戏、朗诵诗词，也不要在人面前，最好一个人在僻静处。不骂人，不发怒，不要摆出一副目空一切的神气，要保持一幅安详的、不要让人看出你在想什么的神态，不要轻易向人吐露心事，个人的事少向人说，对谁都以礼相待，少说话，沉默是金。平时不抽烟，在很烦闷时、旅游、过节时可少抽。

一个人的修养，不是一天两天、一年两年就能达到较高水平的。要培养良好的习惯，努力学习，"腹有诗书气自华"，心平气和，这是需要长久的磨炼和培养的。

如果一个人的内心世界充实美好，内心生活丰富多彩，他就会感觉生活是多么美好，感悟到生命的真谛和意义。

六是要搞好工作和学习。"业精于勤，荒于嬉；行成于思，毁于随。""成人不自在，自在不成人。""什么天才，我是把别人喝咖啡的时间全用在工作上的。"真正的天才总是谦虚的。一个人的聪明，就在于他能从平凡的事物中，理解出不平凡的东西。人的一生，难免有顺境，也有逆境。

要记住二哥的话："人在顺境时不要得意忘形、目空一切，人在逆境时，不要自卑自馁，要自己看得起自己。"

七是要处理好爱情与婚姻。姨妈来信说："个人问题处理得好，是一生的幸福，否则会造成一生的痛苦。"我也认为爱情是忠贞不渝的信任和给予，纯真的爱情有着不可比拟的价值和力量。如果能够找到一个满意的对象，我决心像父母一样，不对自己的爱人发火，不要吵架，谅解是重要的，不管是在恋爱时还是结婚后。

这就是一个大学刚刚毕业、即将踏入社会的青年学子对人生的思索，幼稚乎？成熟乎？

一声汽笛，将振华从沉思中惊醒过来，列车已抵达济南站。

由于研究过到济南铁厂的路线，出站后乘公交车到了解放桥，已经下午四点多了，再乘8路公交车到厂里，估计也就下班了。就在附近住一晚上吧，第二天上午到厂里报到。

一抬眼，一幢熟悉的建筑映入眼帘，在解放桥大转盘的东北角，半圆形的四层楼房上边的大字写着"历山旅社"，这不正是第一次和母亲到济南时住的旅社么？就住这儿了。

炼铁者

朋友们侃大山逗乐，说他到新华书店买书，问营业员，有没有炼钢炼铁的书，这位营业员说有，顺手就从书架上抽出一本《钢铁是怎样炼成的》扔给了他，他一看，笑得岔了气。

奥斯特洛夫斯基所著《钢铁是怎样炼成的》，可以说影响了几代中国人。在解放战争中，部队中都有油印的《钢铁是怎样炼成的》，把它们分开，一部分一部分地让战士们轮流阅读，激励战士们的斗志。解放后，这本书在新中国的发行量就更大了，主人公保尔·柯察金成为年轻一代学习的榜样。

但是，如果有人较真地问：钢铁究竟是怎样炼成的？

若不是在钢铁厂工作过，恐怕还真不好回答。

由于笔者是专门学钢铁冶金的，所以在这里略费笔墨，解释一下钢铁是怎样炼成的，也许可以解很多读者对这个问题的疑惑。

毛主席说："一个粮食，一个钢铁，有了这两个东西，就什么都好办了。"可见钢铁在国家中的重要地位，所以，才有了1958年"全民大办钢铁"的运动，那时候，学钢铁冶金的人是最光荣的了。

钢是由铁再炼而成，所谓"炼铁成钢"也。

炼铁，就是将铁矿石（烧结矿）、焦炭等主要原料分层装入炼铁高炉，从下部吹入高温空气或富氧空气，使焦炭在炉内不完全燃烧，生成一氧化碳，在高温条件下与铁矿石中的三氧化二铁或四氧化三铁发生氧化还原反应，还原出铁矿石中的铁。

炼铁高炉从十几立方米的小高炉，到现在5000多立方米的大型高炉，还在不断发展中。

在大型钢铁企业中，有烧结厂、焦化厂、炼铁厂、炼钢厂、轧钢厂等。

从炼铁高炉流出来的铁水，由铁水罐车运输到炼钢厂炼钢，现代炼钢设备主要有转炉和电炉。

转炉炼钢，就是把铁水倒入转炉中，转炉有50吨到几百吨的不同容量，采用纯氧顶吹的办法，把一根水冷的氧枪插入铁水中，直接吹氧，使氧气和铁水中的碳、硫、磷、氢、氮等杂质进行氧化反应，以达到四脱（脱碳、脱磷、脱硫、脱氧）、二去（去有害气体、去杂质）的目的。

如果是炼合金钢，还要加入一些合金元素，如加入适量的铬，炼出来的就是不锈钢。

铁和钢的主要区别在于含碳量不同，生铁的含碳量在4%左右，而钢的含碳量在0.15%左右，钢的硫、磷含量也很低。所以生铁脆，而钢有韧性，抗拉强度也高，具有广泛的用途。

钢炼好后，经过连铸，形成钢锭。再经过加热，由轧钢机轧制成线材、棒材、角钢、型钢、带钢、板材等各种型号的钢材，用于建筑、机械制造等各种用途。

由以上钢铁是怎样炼成的可知，炼铁只是整个钢铁生产过程中的一个中间环节，铸铁的用途很有限，主要的是用铁水炼钢或铸铁再熔化而炼钢。

分配到济南的六个同学中，戴日昌、史牧义分配在济南钢铁厂，有焦化、烧结、炼铁、炼钢、轧钢。戴日昌在济钢职工大学当老师，史牧义通过关系没有报到，直接回了烟台老家烟台小型钢铁联合企业，简称烟台小钢联。王瑞朋、赵元平分配在济南第二钢铁厂，这里也有炼铁、炼钢、轧钢。一开始，他们都在高炉上担任值班工长。

振华和王力波分配在济南铁厂，二人分别在1号、2号高炉上担任值班工长。此前有一位中专毕业的学生陈昭明在四号高炉上担任值班工长，半年后又有马鞍山钢铁学院毕业来的赵文治在三号高炉上担任值班工长。

济南铁厂是山东省最早的钢铁生产企业，1958年，山东的第一炉铁水就是由这里出炉的。而且多年来，生铁质量一直很好，是国家的银牌产品，并出口多个国家。

济南铁厂主要就是炼铁，有烧结车间、高炉车间、铸铁车间，以及其他一些附属车间。高炉车间在济南东郊历城火车站西胶济线路北，一字排开四座100立方米高炉，从东向西排号为1、2、3、4号高炉，每座高炉为一个工段。

保证高炉生产的主要有三个班组。一个原料班，负责按工长的变料单，把铁矿石、焦炭称量好后，用料车分批向高炉内输送；一个热风炉班，负责按工长的要求，控制向炉内送风的温度和压力；一个炉前班，负责两个小时出一次铁，放一次炉渣，并负责维护铁水沟、渣沟等工作。

各高炉有炉长一人，党支部书记一人，技师一人，这三人是上长白班的，若是高炉发生生产事故，他们随时可到现场。

每座高炉有值班工长三四人，三班倒。白班早7:30到下午15:30，中班（小夜班）下午15:30到晚上23:30，大夜班是从23:30到早晨7:30，每个星期一换班。

振华和王力波先后到济南铁厂组织科报了到，红缎面的东北工学院毕业证书此时派上了唯一的一次用场，请组织科长过了过目。

科长不仅赞叹道："这个证书做得真漂亮！"从此"刀枪入库"，再也没见过世面。

振华和力波分配在一间宿舍，在铁厂大门内招待所下面的二楼，同楼层住着不少职工及其家属，双职工也有几家，大多每家一间屋，做饭在走廊上。

每人到行政科领了一副床板，一个中学生用的小桌子，这就是全部家当了。

从火车站托运的行李也到了，又领了翻毛牛皮鞋、蓝帆布工作服、帽子、手套、手巾、雨衣等劳动防护用品，就到高炉上班了。

济南铁厂有三个东工老校友，有两位是50年代毕业的，总工程师张德传，高炉车间主任王天佑，一名60年代毕业的华庆富，时任4号高炉炉长。

果然不出所料，一号高炉的炉长和书记都没有什么学历，都是工人出身。炉长也是一名技师，对高炉操作很在行。炉前技师张传芳，是一位老师傅，在工人中威信很高，还被评为济南市劳动模范。

"有备而无患"，因为经过一番人生的思考，振华也就能较低调得体地应对各种人际关系。

身穿蓝帆布工作服，足蹬翻毛牛皮鞋，戴着单帽，围着毛巾，戴着白帆布手套，手持一根长钢管为把的铸铁勺，从铁水沟里掏一勺铁水出来，倒在小砂坑里，再仔细地观察铁水的成分，这位看样挺在行的炼铁工作者，就是刚走出校门不久的大学毕业生。

刚上班，振华跟着一位重庆大学毕业的刘福隆工长实习，这位刘工长和蔼可亲，不吝赐教，他和工人们的关系也很融洽，而且高炉操作技术也很有一套。

跟刘工长实习了三个多月之后，振华就能独立值班了。

值班工长这个工作，倒也不累，没有什么体力活，比庄稼地里撅腚拉胯地卖力气轻松多了，所以振华也很满足，心情也很愉快。

高炉南边是一长排高架料仓，有的仓盛烧结矿，有的仓盛焦炭，料仓上边有皮带运输机，往料仓里卸料。每次卸料都有一张化学分析单，如烧结矿的含铁量、焦炭的水分、灰分含量等，据此进行配料。如ppkk，就是两车矿石、两车焦炭，从料仓下边的皮带称量后，装入料车，用卷扬机把料车经上料斜桥拖到炉顶，经大小料钟倾入高炉之内。

每当一个仓的矿石或焦炭用完之后，必须根据新的化学成分，向原料组下一张变料单，这一张变料单也就能看出工长的水平了。

冶炼出的生铁，有的是供炼钢用的，有的是供铸造用的。铸造生铁含硅量高，一般在 $1.75\% \sim 3.75\%$，焦比（冶炼一吨生铁所消耗的焦炭公斤数）也高一些，炼钢生铁含硅量一般低于 1.75%。

高炉值班室有各种仪表，如高炉炉顶煤气压力表、上料表、热风温度表、压力表、冷却水压力表等。

仪表是工程技术人员的眼睛，根据仪表反映的数据，分析炉况，调节各种参数，使高炉正常冶炼。

两个小时出一次铁，每出一次铁，大概要十几分钟。

用钻机把铁口钻开，炉内铁水就流出来了，流到最后，就从铁口里喷出燃烧着的焦炭来了，就像一颗彗星，拖着长长的尾巴，星花飞溅，非常壮观。

然后开动泥炮，往铁口里注入耐火泥，把铁口堵死。

每当出铁时，振华就要用长柄铁勺在铁水沟里淘一勺铁水，倒在砂坑里，仔细观察化学成分，并把观察判断出的化学成分，记在口袋里揣着的小本子上。然后把这个化验样品送到化验室进行化验，一般半个小时后才能出化验单。再根据化验出的化学成分和自己判断的成分进行比较，看能差多少。天长日久，熟能生巧，两者也就所差无几了。

有一次，振华判断的记在小本子上的硫的含量，居然与化验单上的数字完全一样。

炉前工们看了都竖起了大拇指，说："王工长了不得，不愧是名牌大学毕业的，水平就是高！"

出完铁后，也就没什么事了，炉前工用耐火材料维护一下铁水沟，就在炉前休息室里休息，也有的到高炉值班室来喝茶聊天。

振华也经常到原料班坐坐，或者到隔壁的热风炉班看看。

济南铁厂的高炉一直比较顺行，不像二钢的高炉经常结瘤，这主要是因为原料不好。

高炉内一旦结瘤，通过炉内煤气分布不均的情况能够判断出来。就要等炉料下降到能看到瘤体时，休风停止冶炼，把这个瘤用适量的炸药炸掉。

王瑞朋由于经常炸瘤，已经成了一位炸瘤专家，手到瘤除。

在钢铁厂工作，有一个好处，由于钢铁厂是连续生产，三班倒，节假日也不能停，所以到食堂吃饭，到浴室洗澡那是最方便不过了。

第一个月的工资发下来了，因为还在见习期，只领了50多元钱，振华留了20元钱吃饭，把余下的钱都寄给了母亲，结果连买个热水瓶的钱都没有了。

在高炉上值班，有夜班费、高温补助费、保健费等，比在厂内科室工作的人收入高不少。所以，有的人宁愿不怕苦、不怕累，到高炉来受罪，也不愿干轻松的收入少的科室工作。

和王力波一个寝室，由于毕业设计时，王力波请振华帮他画过图，说要请振华吃饺子。山东人说话算数，在学校时太忙，没能兑现。现在不忙了，趁休息日，在小饭馆里吃了饺子，喝了两瓶啤酒。

吃饱了，喝足了，再干啥呢？走！到济钢工大看看老戴去。

从厂门口花两毛钱买了两包葵花子，一人一包，吃着就上了胶济铁路。

过历城站，向东顺着铁轨走，估计也就三四里路，就走到了济钢。

铁路北边是济钢厂区，路南是医院、宿舍区，济钢工大也在路南。

有客自远方来，不亦乐乎！这顿晚饭是把老戴讹定了。

后来，两人又一起到二钢看望了王瑞朋、赵元平，二人也都在高炉上值班。

王瑞朋属蛇的，比振华大四岁，已近而立之年，很快就把媳妇娶回来了。

别看王瑞朋长相忠厚，貌似老实，搞对象可是有一套。东北工学院团委书记有一个亲戚的姑娘萧淑贤，在王瑞朋的老家山东菏泽的一个地质队工作，大概团委书记也经常和学生干部打交道，都熟悉，就把萧姑娘介绍给了一班副班长，二人遂书信来往，暗度陈仓，大概王瑞朋放假回家也见过几次面，双方满意，工作不久，就成家立业了。

王瑞朋娶媳妇，同学们少不得要吃一顿喜酒，茶杯、脸盆、热水瓶的送点贺礼，以庆贺老同学新婚之喜。

王瑞朋、萧淑贤的新房是一间简易楼的旧房子，粉刷一新，有一个可容一人操作的大厨房。

也没有条件到大饭店，王班副在大厨房里整了几个炒虾仁、炸花生米，一瓶老白干，就把这些同窗四载，结下深情厚谊的老同学们都打发了。

新娘子又年轻，又漂亮，还淑贤，配王瑞朋这个黑脸山东大汉绰绰有余。

这几个小兄弟，真是羡慕得很，左一个嫂子，右一个嫂子，把新娘子整得两颊飘彩霞，心里甜滋滋。

月老牵线

看着瑞朋娶了新媳妇，和这几个小兄弟就拉开了距离，小兄弟们也都像热锅上的蚂蚁，急得不得了，只是不知道那半拉在哪里。

老戴属羊，比振华大两岁，下手也很快。

作为济钢工大的青年教师，也被济钢的大姑娘们瞄上了，经过一轮轮竞争，结果由济钢小学的一位年轻女教师拔得头筹，也可谓门当户对，不久之后也进了洞房。

赵元平和振华同庚，生日小一点，人家是坐地户，自然是天时地利人和，也拉上了一个在街道办事处工作的大高个姑娘。

早来铁厂一年多的中专毕业生陈昭明，也捷足先登，把附近的一个漂亮姑娘搞到了手。下班后，经常在宿舍区南边的庄稼地里溜达来溜达去，看得人眼热。

铁厂两条光棍，王力波虽是比振华小三岁，但这小子也是人小鬼大，愣贼。

上大学期间，从大连来回走，就和他姑妈家一个亲戚的姑娘龚晓梅眉来眼去，暗送秋波。龚姑娘在辽宁师范学院读书，毕业后，在大连二中当物理教师，两人鸿雁传书，两厢情愿，也在向纵深发展。

剩下振华这条光棍，怎么办呢？也25周岁了，还是先立业后成家吧！刚到厂里工作，就谈对象，要是厂内熟人介绍的，谈不成的话，影响也不好。

虽然想渗一渗，但随着时间的推移，人际关系的熟悉，铁厂三千多职工中的适龄女郎也慢慢映入眼帘。厂部一个小庞姑娘，芳龄28岁，高不成低不就，拖延至今；建筑队一位小阎姑娘，山东冶金学校毕业，身材异常苗条，身上没有二两肉，很有骨感美；仪表室一位宋姑娘，大高个，像薛宝钗似的圆脸盘，正在上电大，不知有对象没有；厂办公室打字员小彭姑娘，身高身材适中，白净漂亮，她爸爸老彭在厂门内传达室工作。

在党办工作的一位女同志，给振华介绍她妹妹，这位妹妹在铁厂东南方向的济南炼油厂工作，是仪表工。济南炼油厂是国内著名的好企业，效益非常好，待遇非常高，职工结婚不但有房，还供应煤气，这在大部分城市居民烧蜂窝煤做饭取暖的年代，是尤为可贵的。所以，铁厂的小伙子们有的说："妈的，就是找个炼油厂瘸腿的，也干！"

由于有这"渗一渗"的想法，振华就对党办这位大姐说："先工作一段时间吧，熟悉熟悉，适应适应，不着急。"而没有见面。

正在这里举棋不定，烟台的三姑妈王常晔于2月18日来信，说她的女儿任晓红的一个同班同学，家是蓬莱县城的，现在都在郑州解放军测绘学院上学，今年夏天毕业，因为当了兵，原来的男朋友家里不愿意，就算了，托她介绍对象。姑妈的意思，让振华考虑一下，若认为可以考虑，不妨先通通信，了解了解。

振华琢磨，既是大学生，毕业后就是部队干部，将来也是能够转业的，认为可先通信了解一下，就给回了信。

姑妈又来信说："她的名字叫徐静，她这次来信说，如果你以后写信给她的话，写她原来工作单位的地址，因为担心这事让同学们知道影响不好。她的原单位地址是：蓬莱汽车制造厂。

"今天我把徐静的第一封信寄给你看看，以便你了解她的情况，你好恰当地处理你们之间的关系。我希望你对徐静干就干，不同意就不同意，明确关系后，要诚恳待人，忠厚老实，不管在恋爱期间，还是结婚以后，这都是最重要的，而且一定要专一。

"我最近为你们这事动了不少脑筋，我想写信你是不成问题的，想你已是大学毕业生了，有了那么多学识，情书更能写好。谈恋爱，要忠诚专一，还要富有诗情画意，好听的衷情话，你们大学生有的是。不过，第一封信不大好写，我想你会写好的。

"桥已搭上，以后看你自己如何与她相处。我可告诉你一条，只要女孩子表示同意之后，男方一直坚定不移地追下去，心胸宽广，再骄傲的女孩子，也会忠实于爱情的。有时女孩子为了考验男方，办法很多，但只要男方百折不挠，就一定能得到幸福的爱情之花。

"女孩子的特点是，男方要从各方面关心她，帮助她，体谅她，尊重她。而男方本身要有男子汉的风度，搞好工作与学习，处理好各方面的关系，政治上不断要求进步。男才女貌，不是吗？所以，爱情婚姻问题处理好了，可以促进自己更好地成长，更好地发挥自己的才能，为社会做出更大的贡献。"

在三姑妈把振华的照片寄给徐静不久，三姑妈又来了一封信："告诉你，徐静最近来了一封信，她看了你的照片及你写的那首诗歌后，已把你的照片寄给了她爸爸，可能是征求她爸爸的意见。据徐静讲的意思，她爸爸会同意她的意见。看来，徐静已同意与你相处，她表示等最近的照片洗印好后，与诗歌一同寄给你。

"我看你现在可以直接先给徐静写封信，因她已表示同意相处，她父亲会同意她的选择，你主动些为好。你们俩联系上以后，我就不再像现在这样去管了，对吧？祝你成功！"

第一书

遵照姑妈的指示，振华又认真研究了徐静给姑妈信中提出的想找一个"风流潇洒、才华横溢、勤勤恳恳、忠厚老实、气质相投的人，希望对方心胸坦荡、通情达理、待人宽厚，但这一切条件对比人的忠诚可靠、谦逊质朴，都是微不足道的。"遂绞尽脑汁，煞费苦心，谈古论今，发挥了他这个学钢铁冶金的大学生所能发挥的最高的文史哲水平，草拟了第一封信，修改补充了数遍之后，又到商店买了一种非常漂亮的信笺，用秀气的魏碑体字誊写一遍，挑选了一种左下角印有美丽风景图片的信封，写上"郑州解放军测绘学院205信箱徐静收"，到历城邮局寄了出去。

大概读者对这封被吹得神乎其神的信有点兴趣，那么，就恭录如下，奇文共赏析吧：

徐静同学：

您好！近来学习任务很重吧？谁不想突破在校的最后一道关，而以优异的成绩毕业呢？望您以学习为重，别的事尽可能少分散精力，努力搞好毕业论文。我知道我在进行毕业设计和撰写毕业论文期间，是比较紧张的，有许多信都没有时间写。

为了我们的相互了解，姑妈把您的第一封信寄给了我，我认真地读了，觉得您是一个很诚实且较成熟的人，具有高尚的道德和较高的修养水平，既心胸宽阔，又有着姑娘特有的细心。

从您的字里行间，可以看出您是有一定的精神负担的。我觉得，现在您首先要放下包袱，轻装上阵，既搞好毕业论文，又处理好个人问题。

下面，我对您信里提出的三方面问题，谈一下我的看法。

一是关于择偶标准和您的毕业去向及将来生活问题。每个年轻人可能都有着自己理想爱人的模型吧，而像咱们这些稍微有点知识的人，标准可能就要高一些。我也像您一样，希望自己的爱人既漂亮又文雅，且与自己的世界观基本一致，并有一定的修养水平和各方面的知识，有着共同的爱好、共同的语言、共同的追求，而达到这些条件不是那么容易的，主要的达到了也就很不错了。一般要找个漂亮姑娘并不难，而下面那些条件则是很多姑娘难以达到的。

为什么要有这些条件呢？如在工作之余，和爱人探讨一下国际大事，而对方还不知道科威特、伊朗是什么，在哪里？要谈论一下诗词，对方又不知道苏东坡、李清照是谁；想探讨一下文学，又没见过曹雪芹、高尔基，那将会使您感到很苦恼的。有多少大学生因受环境所限，到了30多岁还没结婚，而他们宁可独自生活，也不愿意随便找一个不理想的人。

我觉得，在茫茫人海中，要找到一个符合自己条件的爱人，是很不容易的。我觉得咱们都有一些为找不到理想的爱人而苦恼。

通过姑妈的介绍和您的自述，使我对您很倾慕。姑妈说您哪一方面都比我强，使我觉得能找这样一个爱人，既可帮助自己进步，又可互相学习，互相照顾，同舟共济，那就是我一生的幸运大事。我是相信姑妈的话的，如果介绍人是别人，那就另当别论，我就绝不会做出这样您可能认为有些轻浮的举动的。

关于以后的生活问题，我是这样想的：有追求必有失去。如果追求的是小家庭安逸的生活，那就在本地找一个家庭条件好的姑娘。而我在个人生活方面，追求的是高尚的精神生活，如果追求的理想伴侣已经找到，那么有所失去也是值得的。况且，现在国家对两地生活的夫妇，尽可能给予照顾，每年都有探亲假，尽可能调往一处。且在毕业分配时，可向好的方面争取。当然，军人还是以服从命令为天职的，如果你能分配到淄博测绘大队，那就很理想了。当然，这仅是从个人生活方面考虑，如从事业发展来讲，就不一定一致。从济南到淄博，我看地图也就是一百公里左右，一个来小时就到了，这样就方便多了。而且我调查了一下，淄博测绘大队和张店钢铁厂是挨着的，步行不到三分钟。如果您能分配到淄博，我就有可能调到张店钢铁厂。因为我所在的济南铁厂和张店钢铁厂同属山东省冶金厅领导，对换的人也较多。即使分不到淄博，也没有什么大不了的，"人有悲欢离合，月有阴晴圆缺，此事古难全。但愿人长久，千里共婵娟"，"两情若是久长时，又岂在朝朝暮暮"。

我的上述看法，也绝不是出自一时的冲动的。

二是关于您说的有许多缺点的问题。金无足赤，人无完人。鲁迅先生也曾说过："倘要完人，怕世界上配活着的人就没有几个了。"就是说，谁都有缺点，而选择配偶时，就要看对方的优点是否对您产生了很大的吸引力，而缺点能为您所容忍。如果这一条能够达到，那就可以了。我也是有许多缺点的，不过，我一旦发现或经别人指出，我认为确是不好的地方，便努力改正之。有些缺点不是那么容易克服的。您说您"骄娇"，我认为这不是什么大的缺点。我大哥曾对我说："女方家中复杂一些，娇一点，这不算什么，也许这些人更有修养一些。"况且作为一个姑娘，外貌的美也是不可忽视的。我不隐瞒自己的观点，我不愿找一个外貌难看的对象，整天看着不舒服，这样可能也不会生活得好。

三是关于您的失恋的事，我认为这根本就不需要别人的原谅。我对您在已有相当感情的情况下，当发现对方有着不可原谅的缺点时，便强忍悲痛，果断地与其分手的做法，是很钦佩的。如果不能果断地这样做，那可能将造成以后更大的痛苦和悲痛。亦证明了您追求的不是低俗的爱情，而是在志同道合基础上的高尚的爱情。人的心胸应当比大地、海洋还要宽阔，只要小伙子真正爱您，他就不会在乎这些。另外，从一些资料看，第一次谈恋爱成功的概率是很低的，这可能是因为年轻幼稚，还没有形成成熟的世界观之故吧！

我对您信中的一些问题，谈一点拙见，不一定正确，望共同探讨。

您说："三年不能了解一个人，这使我感到过绝望。"我认为三年不能了解一个人，30年也不一定就能彻底地了解到一个人的本质。只有在关键时刻，才能显示出一个人的本质，而这种时刻不是很多的。我们通过教训，会使自己识别人的眼睛锐利起来的，这样就可以从对方平时的一言一行，一件小事，而窥探到对方的内心世界，这是很重要的。如果有了这样锐利的眼睛，起码地了解一个人还是可能的。林彪跟随毛主席多少年了，毛主席可以说了解他了吧？选他做接班人，可最后他还要谋害毛主席。况且，有的人在谈对象时，很会掩盖自己的缺点，以取得对方的好感和信任，这些都不足为怪。关键是自己不要绝望，而应在绝望中崛起。应当正确地认识这些问题，正确地处理之。就像我们生活在当今之社会一样，社会上存在着黑暗面，如果不能正确地认识这个社会，就不能正确对待，不能正确对待，就不能很好地生活下去。有的人因此而轻生，当然是不值得的。我们应当培养自己的沉着稳重地对待各种复杂局面的本领，而不至于一碰到困难和挫折，就束手无策。我们应善于把握自己的命运，而不被命运所捉弄。

我觉得您想找一个飞行员做爱人的想法是有道理的，的确不是一时的冲动。但不一定只有军人才能了解您内心深处的真实情感。因为在现在的社会中，每个人所从事的工作，往往不能由个人选择，而个人的学识、修养、道德品质等又往往不是由做什么工作来决定的。您说军人流动性大，不希望牵连别人，亦可看出您高尚的风格。我不认为整天在一起就是幸福，我就看到有不少人，甚至年轻的夫妇，生活在一起也是常常吵架。而真正的幸福是能够爱他所爱的人。当然，能生活在一起更好。

我觉得您为了安慰父母，而想在毕业前夕尽快考虑个人问题，是可以理解的，但不能简单处理，更不能随便挑一个。革命先烈方志敏好像这样说过："选择爱人不能饥不择食。"我不希望您由于碍着介绍人的面子，而违心地同意某件事。但我愿意咱们开诚布公，互相了解对方的内心世界，达到双方满意。有一位名人说过："只有灵魂的相互倾慕和感情的融洽的统一，才能酿成爱情的美酒，二者缺一不可。"我认为这论述是很有道理的。我看两个人的世界观，即主要是对人生的各种看法和处世哲学是否基本一致，或无原则分歧，这才是最重要的。您和您那个同学的分手，不正是灵魂的不倾慕造成的吗？不正是世界观的不同造成的吗？所以，我想在以后的通信中，谈一下我的详细情况，再阐述一下我的人生观，并且倾听您的意见，取长补短，不知您意下如何？

还有一点，就是您认为：同龄人中能够理解您内心深处真实情感的人不多，使您很苦闷。我也有同感，但理解的人不一定没有，正所谓"天涯何处无芳草"，就看能不能碰上，这是与所接触的人的范围和环境及其他因素有关的，这也就是所谓"缘分"吧！

这是第一封信，写得较乱，可能还有很多不正确的地方，望批评指正。

暂谈至此

祝学习进步，一切如意！

王振华

1982年3月10日

第一封信于3月10日寄出之后，很快就收到了徐静于3月14日的第一封回信，主要内容如下：

阿姨已把你的详细情况都告诉了我，晓红也作了不少补充。尽管如此，你的影子依然是遥远的、模糊不清的。看了你的信后，这个遥远的距离一下子缩短了许多，你是清晰的、坦然的。

你的信、你的诗歌，都明白地告诉我，你很热爱生活，是生活中的强者，在弹拨着生活的强音。这种热情也深深地感染了我，激励了我，激励了一个消沉、颓废的人的心。为此，我感谢你，衷心地。

你可以随时给我来信，告诉我你的工作生活情况。我相信，能够从你那里吸取很多的力量，帮助我进步。你是站在坚实的大地上，努力拼搏，追求美好的未来，追求高尚的精神生活，既实际，又脱俗，你也一定会是我坚强的后盾力量的。

收到徐静的第一封信后，振华刚写完回信，还没有发走，又收到了徐静3月16日的第二封来信：

说实话，我感到你是一个很好的人，是在我以前生活的小圈子中从没遇见过的一种新型的人。你思想深刻，哲理性很强，感情也较细腻丰富，心胸也坦荡。这些都促使我很愿意跟你交朋友，只有一点遗憾，就是不能见到你本人。

"很欣喜"

一只鸿雁从济南飞往郑州，引来一双飞雁。振华自然高兴得心花怒放，又费尽心思写了一封长信：

徐静你好：

终于盼到了你的来信，高兴的心情使我驱散了余下的烦闷。

我是先看的你的修改稿的，真为你的文学修养所佩服。关于"您"、"你"的用法，我的习惯是，对于长辈和我尊重的人用"您"，对于平辈、晚辈就用"你"，我给晓红写信就用的"你"字，"你"字的另一种用法，可能是表示同伴之间的平等、亲密和互无隔阂吧，我尊重你的意见。

的确像你信中所说的那样，"看了你的信，这个遥远的距离一下子缩短了许多"。我现在有些理解"一见如故"的真实意思了。可以看出，你是一个很谦虚的人，相形之下，我就显得有些自大了。你说不是自愿到测绘学院的，而我也不是自愿学钢铁冶金的，这就应了"干什么工作往往不能由个人选择"这句话了。但我们既然学上了各自的专业，就只有一条，一定要学好。任何不满意、抱怨的心理或表现都是无益的。况且，对一个专业，学习到一定程度，对专业也就有了感情，也就喜欢自己的专业了。我就是这样的，我想你也是。

我的确是很热爱生活的，生活中美好的东西我都喜欢。我曾想：如果我一个人生活在沙漠中，也不会闷死，因为我的内心世界是很丰富的。

过去的事情，就让它过去吧！让我们把过去的一切不愉快及烦恼的事情都抛到爪哇国里去，而憧憬美好的未来。

我喜欢古诗词，但谈不上研究，只是喜欢背罢了。古代那些作者真是了不起，那些诗词太脍炙人口了。诗词背的多了，遇到什么就能背出一首，也很有意思。我很喜欢陆游的《卜算子·咏梅》："驿外断桥边，寂寞开无主。已是黄昏独自愁，更著风和雨。无意苦争春，一任群芳妒。零落成泥碾作尘，只有香如故。"你曾考过文科，文史方面的知识一定很丰富，咱们互相学习。

我给你介绍一下咱们家的情况。我爸爸原在山东省供销合作社工作，1964年不幸病故。当时，我七岁，妹妹两岁。我兄弟姊妹七人，大哥刚高中毕业，母亲才41岁啊！我最敬爱的母亲带着七个孩子，在生活的道路上挣扎，是多么艰难啊！如果没有父亲的抚恤金，那是不堪设想的。当时，省供销社的领导说，如果我大哥不考大学，则可以安排工作，如果坚持要考大学，即使考不上也不安排工作了。我大哥毅然决然地报考了大学，考上了东南工学院，确也难能可贵。

妈妈曾在工厂工作了10年，后因家里老人需要照顾以及孩子众多，就辞职回家。妈妈心胸宽阔，很有见识，也很有修养，没见她发过火，也从不打骂子女。我的姥姥和奶奶都是母亲给伺候老了。妈妈说，她从来没跟爸爸吵过嘴打过架。母亲赢得了我们兄弟姊妹七人的共同爱戴和村里人的尊敬。在那种困难的情况下，母亲还经常送一些毛巾、肥皂之类的东西，给一个比我们家更困难的一个瞎了一只眼、瘸腿的领着三个孩子苦度日月的寡妇。

爸爸我没怎么见过，或者见的时候我还不怎么记事，我记得我一次也没有喊过"爸爸"。听别人喊"爸爸"，我总有些异样的感觉。但听村里一些老人说，我爸爸待人可好啦，有个老婆婆对我说，当时她一个人卖木炭，我爸爸在家乡供销合作社工作，她卖木炭的钱都交给我爸爸管着，要买什么，我爸爸给她买好了送去。后来省供销社几次调他去工作，可能他考虑照顾家庭，他都不愿去，后来在如不去就要犯错误的情况下，才去了济南，在省供销社工作了几年，就提拔为科长。我爸爸的算盘是很有名的，可以左右开弓，在省供销社系统的算盘比赛中，常拿第一。

我觉得二哥也是一个了不起的人，可惜生不逢时，没赶上机会。由于当时大哥在县城读高中，家里没人干活，爸爸就硬把二哥哥拉下来了，不让再上学了，辍学三个月后又上学，还考了个第二名。但小学毕业后，还是辍学在家干农活了。这确是二哥的终身憾事。有一次二哥不知在哪里买了一支新钢笔，在60年代，钢笔还是很宝贵的，一般人都没见过。我当时很小，不知道是什么东西，就拿出去用石头砸碎了，想看看里边究竟是什么？二哥知道了，也没有打我，使我永远不能忘记。二哥的毅力也是令人佩服的，他在家里时，在青年当中也算是佼佼者，晚上经常参加青年的活动，又拜我们村西面山庵上一个老者为师傅学武术，即使晚上开完会下雨、下雪，也挡不住他去学艺，回家当然就深夜了。二哥对任何人都一视同仁，他前年还对我说："人在得意的时候不要目空一切，在倒霉的时候不要自己看不起自己。"

我大哥也是挺厉害的，他的字写得很好，美术也有相当功底，他和我大嫂就是在大学一起画画认识的。由于当时我爸爸刚去世，几个月没好好复习功课，可高考成绩在他们热工专业，数学第一名，俄语第二名。我大哥很傲（我也是挺傲，这可能是由气质所决定的，尽管我努力注意这些，但总免不了给人一个傲的印象，真没办法。你从我的信中也能感觉出我是挺傲的吧，我一定向你学习，谦虚谨慎），在大学里，对女同学带理不理的，目不斜视，真有一副自大的派头，可他还是赢得了我大嫂的真挚的爱情。

1981年夏天，我到南京进行毕业实习，大哥对我说："我跟你大嫂处对象时，她爸爸正倒霉呢，真在扫走廊、刷厕所啊，现在她们家好了，那是我老王有福气。"我大嫂她爸爸是我国著名画家，东南工学院教授，我去的时候，他看我也喜欢美术，还为我作了一幅画呢！等有机会，请你欣赏。

我们姊妹的共同特点是，待人诚恳，忠厚老实，心地善良，有几个姊妹好像不会骂人打架，都孝顺老人。我和小妹妹生活在一起的时间较长，感情也最好。

现在我爸爸单位每月给母亲12元生活补助。我妈妈说，大哥每月邮10元，小哥6元，二哥生活困难，不用邮钱。但二哥逢年过节也邮点钱给母亲。我到单位后，第一个月发了55元，厂里扣了10元钱存贮，除了生活费，我把剩下的钱都邮给母亲了。以后我每个月邮10元钱给母亲。我早就想过，如果我找个对象连这点钱都不让我给母亲，我决不会和她生活在一起。当然，只要稍微通情达理的人，都不会这样的。我大哥大嫂第一次发工资，二人一起邮了40元钱给母亲。他们很有意思，每次邮钱，都是嫂子去办理。

下面，说一下我的情况。我是1975年高中毕业的，回乡干了两年半农活，受了不少折磨，碰了不少钉子，生了不少气，农村真是没办法，那些大队、小队干部真能气死人。他们看咱们家好过（因咱们家大部分亲戚都在外边工作，经济也可以，不算很困难），嫉妒你，学校点名要我去教学，他们死不让去，大队办阶级教育展览室，办了一大半，他们又不让我参加了，甚至由于公社领导要到村里来，团支部书记让我把黑板报换一下，早晨没换完，我想吃完饭后再搞完，他们硬不让我把剩下的部分搞好，逼我去干活。由于锄地没注意，割了一些地瓜苗，那个坏队长，就想开会批判我。在这种情况下，一个刚刚走上社会的青年，会产生些什么想法呢？苦恨人间路不平，人心险恶啊！在这种境况下，我没有屈服，我抓紧时间学习，我早就想，毕业后两年要考大学，当时改革高考制度还一点消息没有，真是自助者天助也，结果命该如此，恰好两年半后，恢复了高考，一举考上了东北工学院，真是大快人心、扬眉吐气啊！写到这里，你也为我高兴吧！

妈妈含着热泪送我上了大学。妈妈送任何一个儿子走，也没有流过眼泪，而这是送最后一个在她身边的最小的儿子啊！舍不得啊！但母亲是很通情达理的，鼓励我要好好学习，要争气。上学前，就我和妈妈在一起生活，小妹妹已考上文登京剧团几年了，我和妈妈在一起生活得很好，我对妈妈很尊敬，妈妈做的饭菜，我向来不说不好吃。我上学后，妈妈有时就到姐姐那里住。

在大学，我和其他优秀的同学比，不是很聪明，可能是基础较差，开始学习有些吃力，特别是数学不行，理化还可以。我就拼命地学，经过一年多的努力，学习搞上来了，考试成绩也是较好的，使一些人服了。因开始咱们从农村上大学，再加上学习吃力，有些人是瞧不起的，甚至讽刺挖苦。有一件使我得意的事是，有一个讽刺过我的同学，在我学习搞上来后的一次《传热学》考试中，他坐在我旁边，他可能有一题不会，想看我的。我一看，好，给你看，我就把卷子往他那边一挪，我看到他惭愧得脸红了，而我的心里得意极了（你不要见笑我啊），通过一系列的事实，我看到了奋斗的威力。有些脑子聪明的同学，由于不太用功，成绩总是拉在我的后边。

大学四年，由于我们寝室有两个北京同学，很有水平，修养很好，我跟他们学好了不少。由于在农村长大，思想、意识、修养、言谈举止，都是有待提高的。我在毕业的自我鉴定中写上了"在大学期间，我在政治思想及个人修养等方面的进步，不亚于在学业方面的进步"。我跟你一样，上大学后发现自己的知识贫乏得可怜，而有的同学则知识很丰富，所以，自己也抓紧时间学一点其他知识。

我在学校，体会最深的是跑步。我想在毕业前夕写一篇稿子投东工院刊，可惜时间太紧，没写成，现在也不想写了。我几乎每天晚上在9点至9点45分左右坚持跑5000米。因这个时段，同学们刚自习完，都回到宿舍闲谈，而我去跑步。第二天早晨他们出早操时，我就可以背日语单词了。跑完步后，回宿舍用手巾擦一擦身，10时睡觉，躺下一会儿就睡着了。而有的同学由于平时不注意锻炼身体导致经常失眠。我不愿意到浴室洗澡，我老是用凉水洗澡，即使在东北寒冷的冬天亦然。有意思的是，别的班有个同学问我班的同学，你们班那个谁是不是有神经病？所以我的身体是健壮的，四年没看过病，身高1.78米，体重64公斤。

我是一个清高的人，不喜欢很多人在一起玩，也不喜欢那么多人在一起乱七八糟地闲聊，但我喜欢听别人谈论事情。在学校时，到公园或到别的地方玩，一般老是我一个人去，这样就觉得自由、舒畅。星期天早晨，当同学们还在睡懒觉时，我就爬起来出去了。到学校北边的南湖公园，或到学校南边约二里路远的浑河岸边的大树林里玩，一面走，一面背单词。有一次冬天早晨，我一看表6点了，我就起来了，到了浑河岸边，可怎么天还不亮啊！再一看表，才5点多，我想不回去了，就踏着皑皑白雪，高唱"穿林海，跨雪原，气冲霄汉"，太有意思了，我回去跟同学们一说，把他们都逗乐了。

我喜欢写钢笔字、毛笔字，喜欢邮票，喜欢诗词，喜欢听音乐、歌曲，喜欢唱歌，尽管我唱得很不好。在学校时，我还曾采集过一年四季的百花标本，现在还收藏着许多全国各地的糖纸呢！

我是个感情脆弱又有着坚忍不拔毅力的人，听李谷一唱"妈妈看看我吧"，我会掉下眼泪。有些同学看我坚持跑步，整天精力充沛，中午不睡觉也不困，想跟我一起跑步，但跑不了几天，就都坚持不了了。我希望你在艰苦的毕业设计的同时，要坚持体育锻炼，别把身体搞垮了。我和大哥都有这样的感觉，当身体锻炼的好时，睡觉少一些也不困，精力充沛，而不锻炼身体时，睡觉再多也没精神，感觉疲倦，脑子也不清醒。

我在个人问题上，也有一些小插曲。在家干活时，有那么多人给介绍对象，或村里姑娘自己找我，但我有主意，不到23岁不找对象。而母亲好就好在她对儿女的事从不干涉，我们兄弟姊妹数人大都是自己找的对象，母亲没管过一个。还好，21岁考上了大学。上大学后，我又打定主意，不毕业不找对象。在大三时，我系炼钢专业的一个山西女同学，托我班女同学跟我说，想跟我处对象。我说，你告诉她，我有对象算了。她说："这是个大事，你好好考虑一下再回答，给你一个星期时间。"这个山西女同学，以前是个中学老师，模样一般，没啥爱好，个头也不高，反正是不怎么理想。一星期后，我还是告诉我班女同学，说算了吧。后来，那个山西女同学又亲自约我见面。我跟她说："在学校不想处对象。"她说："现在把事说下，等毕业后再说也行。"接着她还说："如果毕业分配到一块，你愿意不？"我反正是不太喜欢这个人，就狠了狠心说："再说吧！"她难过得低下头哭了。她还说，有不少人追求她，但是追求她的人，她都看不起他们，觉得他们太贱了，她要自己找。后来，她病了五天，住了三天院，经常失眠。她住院期间，我跟北京那个同学商量，要不要去看看她。那个同学说："你要去看她，就看上了，你要不愿意相处，就不要去。"还不错，后来她的病好了，我也就放心了。如果她因此而不能上学了，那我就不知道要做出什么决定了。这件事，使我很难忘记。再就是快毕业的前一年，学校发登记表，有对象一栏，我看人家都填，就请我姐的同学在青岛介绍了一个，女方家里的意思是，分配到青岛就成，分不到就算。经了解，青岛没有名额，也就算了。我们之间好像谈不到爱，到南京毕业实习时，经青岛见过一面，连手都没碰过。毕业前夕，学校一名教工，对我很好，她就一个宝贝女儿，我考虑不可能留校或留在沈阳，所以，也没有答应。

我们系女同学很少，我们炼铁专业70个人，仅有4个女同学，除了本班的女同学见面打打招呼，其他班的女同学见面时，我也是带搭不理的，从她们面前傲然走过。山西那个女同学，在这事之前，我都不知道她的名字，和她一句话没说过。后来，有一个同学问我，我说，我以前和她一句话也没说过，他还不相信。我们系里七七级那几个女同学，至今还有几个我不知道名字。我大哥对其他女同学傲慢，但对我大嫂一点也不傲慢，他们互敬互爱，生活得很好。

来工作单位后，有那么多人给介绍对象，我考虑工作局面还没有打开，就忙着找对象不太好，更重要的是，介绍人或被介绍人的父母，大都是本单位干部，要看好了好，看不好就麻烦得很。社会上有些小人，唯恐天下不乱，好给你造舆论，给你造成不良影响。所以，我就对他们说："工作一段时间再说，现在不想处对象。"以后，谁要再给我介绍对象，我就对他们说，我有对象了，你不反对吧？

总之，在给你写信之前，我没有主动追求过任何一个姑娘，这还是第一次，但愿成功。

我给人的印象是，深沉老练，这是很多人的看法。但我在一个人玩的时候，会又说又唱，又跑又跳，好像是一个小孩。所以，我喜欢一个人玩。我之所以能逐渐走上成熟的道路，主要的是由于在农村的不幸遭遇，上大学后在两位北京同学的帮助和熏陶下，再加上我觉得，如果不研究人生，没有一个行动的纲领和指南，就不能很好地工作和生活。所以在1981年下半年，我系统地研究了处世之道，其结果我以后寄给你看看，或许对你也有些可借鉴之处，也期待着你的指正。我觉得一个人不碰碰钉子，不受点折磨，是不会真正成熟的；一个有深度的灵魂，也必须经过对人生的思考，经历过人生的磨砺。

　　我现在，无论说话办事，都要经过考虑，任何一件小事，我都不愿意受到别人的指责和非议。

　　我很喜欢你最近这照片，朴素大方，耐人寻味，让人觉得你较成熟了，敢于正视人生，那神情，是在沉思，在觉醒，在崛起。我想这照片很可能会象征着你在人生路上的重大转折，是一个历史时期的写照。你以后一看到这张照片，就不难回忆起你当时的思想境况。我给你介绍我照相的经验，为了照好毕业证上的照片，我同时在三个照相馆照了三次相，总会有一张较好的，贴在毕业证上，也就是给你寄去的那张二寸的。照一次相，要照得满意，也是很不易的。

　　谈对象不分散精力那是骗人，但你时间很紧，你正确处理吧。我可以随时给你写信，但你回信，则可在你稍有闲暇和心情松弛一点的时候，我是理解的。

　　写完该信，就收到了你的第二封信，如果从咱俩生活的角度考虑，能分配到淄博来最好，我觉得咱们很合得来。当然，你想到哪儿，我都尊重你的意见。征求意见时，你可以明确说，咱们是情投意合的对象关系。

　　为了节省时间，以后写信，字写得你能认出来就可以了吧，我想你能谅解。

　　祝一切如意！

振华
1982年3月18日

徐静收到18日的信后，于3月25日回了一封激情澎湃的信：

　　你的信简直把我带进了童话世界。你的母亲、家庭以及你个人的奋斗史，都深深地吸引着我，使人感到新奇也感到快慰。尤其是你把自己的一切毫无保留地告诉我，这样坦率、真诚，这样信任我，我心里真高兴。对于你的这份对人生的思索，待我细细看过之后才有发言权。许多事情。我也这样想过，只是没有这样系统，其中有的话，就像是我自己常说的一样，可你以前并不认识我，真是奇怪得很。

　　看了你的信，应该用什么词句来形容心情呢？对，该用"很欣喜"三个字。尤其是得知你的性格时，我很欣喜，这与我虽不相同，却也有相近之处。

　　学钢铁的人，也不能就说他们像钢铁一样冷酷，他们的心很可能像铁水钢花一样炽热，对吗？

　　对事业的追求固然是重要的，但是，若把事业的成功凌驾于他人的生命和幸福之上，那么这种事业和追求事业的人，都不是可爱的。

　　有人说，感情、感情，先感激，后生情，我就不承认。感谢是有债务性质的，怎么能与爱情相提并论？爱情的建立，最坚实的基础是情投意合，志同道合太空洞了。

我的心胸虽不很宽阔，也不很狭窄，最起码我不狭隘。我有缺点，也愿意别人批评，有我认识到是错的东西，也尽量克服改正。一个人难能可贵的，不就是知错改错吗？

我有时也很天真，会像个小孩子一样，想些荒诞不经的事。在别人面前，是个稳重的、文静的人，可熟悉我的人（这指相当熟悉）就知道我的内心不很沉稳，有时像个野孩子。

知音的遗憾

以后的通信，振华经常变换寄信人的地址，如山东烟台广仁路46号、山东省文登京剧团、山东省文登县界石公社管委，并在信内说明这是谁的地址。信封也有不少是用废图纸做成的，并在左下角画上了钢笔画，可谓"诗情画意"了吧？

第三封信则是于3月26日用毛笔小楷竖行书写而成，一看就显得有点学问，像个老学究。

徐静你好：

上两封信想已收到了吧？关于我现在的情况，我想以后咱们慢慢聊吧，万事开头难啊！我刚到工作岗位，真可谓困难重重，但总是有办法克服和忍耐的。现在，工作局面及干群关系已初步打开，望你放心。

你说的很对，我们的思想、人生观等，都表现在平时的一言一行之中的，但把它上升到理性概括，这样似乎更有价值。提高到理性认识之后，就可用它来指导我们的一言一行，你说对吗？

关于你的毕业分配去向问题，你认为到什么地方好，就可争取到什么地方，我尊重你的意见。因为在决定和你相处时，就做好了各种思想准备，当然能在一起更好。

我有个朋友，在济南军区司令部工作，他说司令部的作战部有测绘科，情报部也有搞测绘的。他还说，这两个单位经常向淄博测绘人队借人用，有的也就留下了。不管你分到济南、淄博、大连及其他任何地方，都无损于我们在心灵倾慕基础上建立的感情。

我也很想见你，我要是把几个星期天积攒起来，或五一劳动节，倒是可以到你那去。不过，遗憾的是，我担心去了会影响你的设计，或许还会引起同学们的议论。我想这样，我尽量让你能从各方面了解我，就好像看到了我一样。我的内心你已经了解了吧？另外，我从我的照片中挑出了几张可以的，以后一封信邮一张给你。你如果想听到我的声音，我可以想办法让你听到。

我想你们快毕业了吧？回家的时候，一定能途经济南，那时候，和晓红一起到我这里，体验一下钢铁工人的工作和生活，你还有什么想法和好办法吗？

你的信写得那么含蓄文雅，而我的信有些话至今想起来，还有些脸红。你是那么谦逊质朴，而我有时候则显得有些自大，这是我的主要缺点。我一定好好向你学习，取长补短，更加努力克服。

我认为咱们之间的事，你可以真实地同老师讲，取得老师的同情，如果老师是个正直的人的话，我想是不会故意跟学生过不去的。当然，有些情况我不清楚，不便的话，那就别说。

如果可以的话，请代问全家人好！祝二位老人身体健康、生活愉快！

祝精神愉快，一切顺利！

振华
1982年3月26日

知音徐静：你好！

在烦闷与期待中，盼到了你的信。这封信让我等得好苦啊！你25日的信，本来28日即可收到，可邮局把这封信给送到济南钢铁厂去了。这样几经辗转，今日才收到这封珍贵的信。我虽说过，你可在时间充裕有闲暇时回信，可从我的那封长信到现在恐怕有两个星期了，我想你不会拖这长时间才回信的。好啦，从现在起，你不管隔多长时间给我写信都行，因为我们是心心相印的。

近来设计一定忙得不可开交吧？我这样频繁地给你去信，可能会分散你不少精力。我虽感到内疚，但又抑制不住对你的一片倾慕之情。你看我需不需要强抑感情，而有节制地给你去信呢？

这几天，和我一起分配来的那个同班同学王力波，老想拉我和他一起到大明湖去玩。他说："大明湖的春光可是诱人的啊！"我又何尝不想去玩呢！我是很喜欢玩的人，但我考虑你正在艰苦的毕业设计中，我怎能一个人贪图享乐呢？我对他说："半年内，我既不到公园，也不看电影。"

我到铁厂已近两月，一次电影也没看过。自从姑妈给我们作介绍的时候起，我就有这个想法：在你和晓红没毕业到济南之前，我是不看电影，也不到公园玩的。抓紧时间，突击业务，迅速提高高炉操作水平，在工作上打开局面。等你们毕业到济南后，咱们就痛痛快快地玩一玩了。到那时，你可别说我就知道贪玩啊！

收到你这封信，我觉得世界上没有恰当的语言，能形容我兴奋的心情，你自己去想吧！可能你也有过同样的感觉。

有很多话要说，今天不想多说了，给你说个有趣的事吧。

1981年下半年，到南京毕业实习时，星期天我就到大哥家里去玩，大哥和他岳父住在一起。大哥在南京十多年，想到总统府去看看，始终没进得去。因为那大门两侧都有解放军战士站岗，现在是江苏省人民政府所在地。

前几天，我们一起实习的一个女同学，跟那站岗的战士软磨硬泡地恳求："让我进去看看吧！"那战士不为所动："不行不行！"而我呢？当时着中山装、皮鞋，也有一番干部派头，到了总统府大门前，两只手一背，昂首挺胸，旁若无人地踱着四方步，对那些站岗的和传达室人员看都不看，直接就走进去了，而他们也没有问我。

进去后，刚好碰到在里面工作的一个干部，领着他的妻子和儿女要游览一下总统府。因此，我就跟在他们后面，也不说话，他们走到哪，我就跟到哪。那里边的工作人员还以为我是他家里的人呢！结果，把总统府完完整整地游览了一遍。最后，又跟他们出来了，我跟他们打了个招呼："再见啦！"他们相互看看，都笑了。当时，他们看我戴着大学校徽，估计不是坏人，也就没说什么，让我得以浑水摸鱼。

我大哥的岳父李剑晨教授，是我国著名画家，有个星期天我到那里，正好赶上李伯伯在那里作画，大哥对我说："振华过来，跟伯伯学一学作画。"我就过去看，伯伯正在给一个结婚的人作画。晚上，我和大哥、嫂子一起欣赏了伯伯创作的中国画，伯伯高兴地说："送振华一张画吧！"我大嫂在南京园林设计研究所工作，她一看机会来了，就说："我们单位的所长，早就跟我说，要跟您求一张画，我还没敢跟您说呢！"伯伯大度地说："行啊，反正都是喜欢嘛！"

我到南京途经上海时，买了一把扇子，在大嫂家，我用伯伯的一些颜料，在扇子上画了一幅画，写了一首诗在上面。我画完写好之后，伯伯拿去看了看，所以他说我喜欢。伯伯的画是不轻易送人的。给我作的画是一张国画，画面是一棵花和一只蝴蝶。伯伯给我的画，我像珍惜生命一样珍惜它。嫂子还表示要给我作一张画呢！嫂子的绘画水平也很高，作品还出版过呢！

通过在南京短期内的这两件事，我大哥说我有福。毕业分配时，我大哥写信给我说："你放心，你有福，一定能分到个好地方！"还不错，分到山东省省会济南，这也是很不容易的。我们专业69个毕业生，山东20多名同学，济南就6个名额，其他山东同学有到河北邢台、邯郸、承德、唐山，山东淄博、莱芜等地的，当然有少数几个北京、上海名额，也多是考虑当地人的，咱比上不足，比下有余矣。

到单位后，厂里有四座高炉，最东面这两座最好，设备先进，除尘也搞得好，工作环境也好，越往西越接近原料车间，也就越脏。分配工作时，车间主任领着我和王力波，到了1号高炉，车间主任说："你在这个炉子上。"把王力波领到2号高炉上去了。

有一天，王力波向厂里要来两张学校的课桌，放宿舍里，我们好学习。刚用拖车拉来，放在走廊里，上面一层灰尘，要擦一下。我从外面回来了，他可能当时想把两个都擦好，再搬到宿舍里。我看他在擦一个，我就去擦另一个。当然，谁擦哪个，谁就用哪个。而我当时根本就没注意哪个好哪个坏。擦好后，搬进宿舍，结果我这个桌子，桌面又好，又结实，而他那个，桌面不平，还要塌的样子。修了半天，才勉强可以用。有意思不？

我真没想到，在恋爱婚姻问题上，也会这样"有福"，能与你认识，这堪称命里注定的吧？而且时间又这样巧。多年来，厂里基本没有大学生来，所以，七七级首届毕业的大学生，不管到哪个单位，都成了香饽饽，成了姑娘们追求的对象。来厂后，有那么多人给介绍对象，我一概没看。而我爸爸在省供销社的一个老同事，要给我介绍一个人，山东医学院毕业的，我一听条件基本可以，就答应要见一见面。就在要去见面的前几天，收到了烟台姑妈的来信，通过姑妈的介绍，我果断决定，不去看了，而想和你处处看。我就对那个阿姨说明了情况，她也理解。结果咱们竟是那样情投意合。如果姑妈的信再晚几天来，事情可能就麻烦多了，你说有意思不？

听晓红说，你才有福呢！

另外，我本来想，和你通信的所有信封，都自己制作，自己画图，做得像个工艺品一样。但考虑一些具体情况，似乎这样做也不妥，因为你的那些同学若看到，不免要怀疑，是谁给你来这么多信？信封还用这么多精神？所以，我就用不同的信封，而且各信封上用不同的字体，地址亦不同，让你的那些同学看不出是一个人给你去的信。但如果其中那个同学细心的话，看一下每封信的邮戳，就会看出其中的奥秘。我到过的好地方，都在本子上画有速写，也很有意思，等你到济南时，给你讲，给你看。

暂谈至此，顺寄照片一张。

祝一切顺利！

振华

1982年4月3日

徐静收到这些信后，于4月6日回信一封，颇富感情色彩：

振华你好！你真好！我喜欢看你的信，也盼望你来信，难道给我写信还要有什么顾虑吗？实习、设计虽然紧张，但也不至于连读你的信的精力都没有。记得第一封信就说过，你可以随时给我写信，收不到你的信，我会感到很茫然的。

振华，你要相信我！虽然我们没见过面，却正如你说的那样，"一见如故"，我的心也是赤诚的，感情也是纯洁无私的，是真实的，你相信我吗？

不能为我一个人而使得你过苦行僧样的生活，你应该有更多的欢乐才好。假如我不能给你带来愉快和幸福，那我就不配认识你了。

去大明湖吧！去领略一下它的春光，也代我而去，春天是爱的季节，绿色可以为你增加更多的柔情和蜜意。而且，这样等我到济南时，你才可以做一个名副其实的东道主，好为我导游呀！

远方的徐静：你好！

4月6日的来信已收到，我看了你信的开头几个字，我老在笑，太有意思了。你给我个好邮票，我不谢你，让你生气去。

这封信，连你上封信的一些问题一起说。

你真了不起，既能唱歌，还能打排球，我可没你那唱歌的本领，唱好多遍也唱不好，是个大笨蛋。不过，我还喜欢游泳和打乒乓球。我游泳可以游三千米左右吧，待有机会，咱们一起遨游大海吧！

说起打乒乓球，还有一段趣事呢。我在小学和初中时，就会打乒乓球，不过是学校乒乓球队里打得最差的一个，水平很低。去年夏天，到南京实习途经上海时，到上海那个同学家里去，和他一起到上海大世界去，那里有很多好玩的地方，演戏、耍杂技的都有。我看到那边一个大乒乓球室，就说："走，咱们玩球去。"他说："哎呀！你就在上海待这么一天，还玩球啊？"我说："这有意义啊！"就用两个学生证，换了拍子，买了球，练了一会儿，我说："来，打三盘，开路。"

三盘打下来，我每盘也就是赢十个球左右，他还笑话我："你的球技太差。"

我们在南京梅山铁厂实习，有条件打乒乓球，我几乎天天下班后去打，到最后要走的时候，他不是我的对手了，我以四比一赢了他，他又服了。还有一个同学是烟台人，刚开始和他打时，也是他赢几个球，到最后也是四比一赢他。在实习的二十几个同学中，最后没有是我对手的。春节回家，我们村东面的中学有乒乓球台子，我就去打球。在初中时的乒乓球队主力，他当时打得最好，全公社第一呢，我在初中时，根本就不是他的对手。开始我和他打，也有时候输给他，水平差不多。以后几天，我要是不让他，他一盘也赢不了。来铁厂后，也可以打乒乓球，有两个人挺厉害，但还是被我杀败了。总之，从南京以降，乒乓球没输过。有意思不？你来济南，咱们玩球去，我可能要输给你和晓红的。

我最喜欢看歌舞和听音乐会，我欣赏过中央乐团、中央歌舞团、中央芭蕾舞团、辽宁歌舞团、辽宁歌舞剧院、沈阳歌舞团、旅大歌舞团等单位的演出，亲耳听到了胡松华、李谷一、罗天婵、刘秉义、田鸣、张西珍等歌唱家的演唱，刘诗昆的钢琴独奏，刘德海的琵琶独奏，中央芭蕾舞团的《天鹅湖》等优秀节目。可你为了录一次音乐会，能守上两天，可比我痴情多了。可惜我现在还没有录音机，以后有条件一定买一个收录两用机。可我在沈阳时，曾买了四个原声带，到济南后，又买了一个原声带，不告诉你都是谁的，等你到济南后再欣赏吧。你如果实在想听，我可邮寄给你，反正我现在没有录音机，也听不成。

我虽然喜欢写字，但在大学里是没有时间练的。我在大学就想，毕业后好好练练毛笔字。所以去南京途经苏州时，在那买了个砚台，苏州砚台是很有名的。你现在没时间，就别练了，等我们以后一起练，那时会饶有趣味的。

现在，摆在我们面前的一个重要问题，是你的专业问题。是的，你由一个讲求人道、救死扶伤的白衣天使，一下变为一个可能要相互杀戮、残害生灵的军人，这是个多么大的变化啊，可谓天壤之别，难以转过弯来，这是可以理解的。这个问题短时间内可能说不清，等以后我们慢慢讨论吧。

其实啊，我不看电影，不到公园玩，也生活得很愉快。我接受你的建议，有时间看看电影，看完后，尽可能写个看后感想，请你指教。待休息的时候，到大明湖去领略春光。去年夏天我去过大明湖，因为我还代表着你去呢。我去了之后，为你画几幅写生画，若可能，为你胡诌几首诗，寄给你，让你有身临其境之感。

我在人生的思索中就说了，平时不抽烟，在很烦闷时，或在旅游、过节、来客人时可少抽。给你写那封信时，我很焦躁，因为差不多半个月没有收到你的信，所以是抽着烟，给你写的信，现在当然不抽了。

顺寄照片一张，紧握你的手。

振华

1982年4月8日

通信至此，可谓进展顺利，双方都有遇到知音之感，都有相见恨晚之意，振华遂写信向姑妈和晓红作了汇报。姑妈和晓红很快就回了信，大加赞赏。

姑妈在信中说："关于你和徐静已经谈上了，而且谈得还挺好，这我就放心了。前几封信，我谈的一些看法，看来是不必要的。经过实践证明，你的做法全都是对的，正是徐静所希望的。因此，她对你产生了较好的看法。徐静给我也来了信，表示对我、你姑夫及晓霞的感谢。并说你是个诚挚坦率比她强的人。因此，她表示对你也来不得半点虚假。我正希望你们两人都这样坦诚。恋爱，只有建立在互相信任、互相谅解、诚恳坦率、互相尊重、相互交心的基础上，再加之相互的关心爱护和体谅，互相帮助，互相鼓励，取长补短，那才会越处越好。

"上次去信，好像提过你和徐静不在一起，所以了解比较困难，只能用通信的办法。所以，你就按徐静对你的要求，把你的工作、思想、学习及生活情况，都详细地和她谈，哪方面顺利，遇到了什么事，哪方面不顺，怎么处理解决的，自己的情绪、想法、吃饭、睡觉等，一切都可以谈，因为人生总离不开这些，而这是谈之不尽的。通过这些活动，不了解可以变为了解，可以看出一个人的思想和行为及事业心，也就是品德和才干来，你说对吧？

"总之，上封信我说你不呆，这封信我要说你还是个比较聪明的人，胜利是属于你的。

"我和你姑夫，一切照常。晓霞学习近来有进步，看来对各科有把握，信心十足。晓红在准备考研究生，还是很刻苦的，4月4日考。

"希望你在工作和学习上不断总结提高，政治上不断要求进步，早日加入共产党。不知是否打算考研究生。"

晓红的回信也很有意思，可使读者了解另一个女孩子的个性特点，也反映了部队院校毕业前夕的实况，故照录如下：

振华哥：您好！

在收到了您三封信后，才写这封回信，我自己也知道，这实在是太不像话。我想我这个人，可能是太自私，就知道干自己那点事。就因为这，我干了不少不对劲的事，想起来就后悔。可是一事当前，又先想到自己那点事，其他的事就放一放，今拖明，明拖后，照此下去，我大概要成孤家寡人了。我现在倒是很愿意孤一点，独自去干自己的事。

这学期，我们女生班轮到我当班长，如果军队里也允许辞职的话，我就要写辞职报告了。我时时感到，书本以外的东西我是这样地无能为力，作为班长，我带不好同志，处理不好问题。我有时骂自己这样无能，可我又不愿培养自己这方面的能力。记得有一次在家里，曾听你说过：应该把社会科学和自然科学有机地结合起来。可我觉得，我大概永远也结合不好，我大概纯属狭隘的个人奋斗者。

这一学期真是太紧张。开始忙于考研究生的复习。考完后，就是毕业实习。因为复习加考试，整整耽误了八天实习时间，一下子拉下了任务，又是加班加点地干。五一前，实习结束了，接着是二十天的战术，白天摸爬滚打，晚上毕业设计，能把人折腾疯了。

考研究生的成绩虽还没公布，但也传了个八九不离十，看来这回是够呛。这回虽没考好，但给我树立了信心。考研究生并不像我以前想象的那样高不可攀，只要你愿意去攀，是可以攀上去的。

关于你和徐静的事，我打心眼里替你们彼此找到了知己而感到由衷的高兴。用徐静的话说就是，她看到了生活的希望！她似乎有一种开始了新的生活的感觉。我想你们彼此还要进一步了解，互相帮助。

毕业后，回家途经济南，一定到你那去，如果我和徐静的探亲假能碰到一起，那就太好了，我们尽量争取这样。

先写到这里，未能及时回信，请您多多原谅。

妹　晓红

5月6日

"你真是太好了"

前途是光明的，道路是曲折的。任何事情的发展都不会是一帆风顺的。4月10日，徐静寄来一封信，因为分配不到山东，情绪有些波动，言词有些古怪，真应了她信中说的"内心不是很沉稳"："振华，你想过吗？你完全可以有一个幸福美满的家庭的，可我不能给予你这些，我给你带来的只有孤独、凄凉、不幸，你真的认真想过，将来不会后悔、不会怪我吗？"

看了这封信，振华又认真地思考了一番，分析了一番，写了一封感情真挚的信。

心爱的徐静：你好！

10日的来信已收到，内情尽知，勿念。为了使这个有纪念意义的10日继续下去，我建议把每月的10日，作为咱们的通信日吧！你看怎么样？不管怎样忙，这一天，咱俩都要互相写信，可以吗？当然，平时也可以随时写信。

静，你现在很有眼力，你这次没有认错人，他不会辜负你对他的殷切期望的，他绝不会在你已受过创伤的心灵上再留下创伤。我们的结合，一定会是甜蜜的、幸福的。我们是能经得住任何考验的，这绝不是那些轻薄儿所能比拟的。我们的关系，不是由你分配到什么地方来决定的，也绝不会由于你分配的地方不理想而受到丝毫影响，而是在我们纯真的爱情没有任何附加条件的情况下，力争分配到较理想的地方。

关于分配的问题，你可以先拟订一个方案，送我"审批"。你可通过杨教员，询问一下，总参测绘局是否在北京市里，南京军区有关测绘部门是否在南京市里，这些也是很重要的。如有些单位，虽在某市，但离市区很遥远。

静，你不要再说牵连我的话，我们之间不存在这个问题。为了我们的幸福，你不也做出了巨大的牺牲吗？如果这个牺牲有地球那么大，那么，我们得到的比太阳还大。因为我们得到了心爱的理想的爱人的爱。我觉得，品质高尚，谦逊质朴，漂亮文雅，多才多艺，集中体现在一个姑娘身上，是多么难得啊！而有福气能碰上这样的好姑娘作为生活的伴侣的小伙子，该是多么幸运，多么幸福啊！

静，我们内心真挚相爱，你给我带来的只有愉快和幸福，绝不是孤独、凄凉、不幸，即使我们暂时分居两地，但我们的心是连在一起的。我们虽然可能要两地生活一些年，即使这样，我们也是幸福的，因为最起码一年中我们可以有一个多月的时间是在一起的。我们有相逢的甜蜜，也有难舍的短暂分离，更有那期待重聚的喜悦和幸福。我们现在虽不在一起，但我们的心已经在一起跳动，我空闲时就看你给我写的那些信，心里总感到甜滋滋的，你说咱们现在不幸福吗？况且，我们双方都将为之努力，尽量缩短两地生活的时间。

看了你的信，我的心情也有些沉重。我说你有福嘛，要是学校里一个人也没有，那就一点主动权也没有，只有听天由命了。而咱们还是有很多有利条件的，不至于心里很乱，一点谱也没有。就是分不到济南、淄博、大连，其他地方我们还是有选择的主动权的。

静，你放宽心搞毕业设计吧，也许到时候分配方案还变了呢，我们的分配方案，在公布了之后，还改过呢。

我今天开始戒烟，不管平时、烦闷、旅游、来客人，或到别人家里玩、节日，都不抽烟了。我还说过我是个有坚强毅力的人呢，烟台姑夫抽了很多年的烟，一天一盒还不够，现在都戒了。但是否在以后的很特殊的情况下，一辈子再一棵烟不吸，我还没考虑成熟。

以后信纸上再有烟味，你丝毫也不用怀疑是我抽的烟。因为总得有盒烟放着，来个客人什么的抽啊。我如果以后抽了烟，一定向你报告，你放心好了，我以后无特别特别的情况是不抽烟了。

静，你在知道几乎不能分配到济南、淄博的情况下，还大胆地"命令"我戒烟，这是对我多么大的信任啊！我欣慰极了。对于两地生活的夫妻，莫过于爱人对自己忠贞不渝的信任和始终如一的爱而自豪和幸福啦，你说对吗？

我乐意接受你这些正确的"命令"，两个人要在一起生活得好，就必须努力克服一些对方所看不惯或不喜欢的地方，当然有些地方也需要理解、忍让。

心爱的静，我们的父母给我们树立了光辉的榜样，他们的子女，也一定能像他们那样，永恒相爱。

静，我多么渴望能听到你动我心弦的歌声，欣赏你在体育场上矫健的身姿啊！

我还可以吹笛子和口琴，尽管水平不高，只是为了增添我们的生活乐趣而已。你来济时，我为你伴奏好吗？

你以后不管隔多长时间写信都行，但我希望在咱俩的通信日，最好要写，我还要写较多的信去"打扰"你。

关于人生观，"不在人前唱歌"，我也没做到，"不轻易向人吐露心事"，当然因人而异啦，难道把心都交给了她的人，还有不向心里的她吐露心事的道理吗？关于人生，我还有许多感想，以后再慢慢向你介绍。

本来有许多问题，想和你探讨，但基于你时间很紧，就等咱们见面后再讨论吧。我在紧张的毕业设计中，也经常玩和看过一些电影，这些都是有计划的。譬如，自己决定在完成了某项任务后，就犒赏自己玩一玩，或看一场电影，休息一下，再完成下一个任务，有劳有逸。文武之道，有张有弛嘛。

妈妈来信说了，关于对象选择问题，只要我喜欢的人，她就喜欢。母亲是信任儿子的眼力的，我也自信我的眼力。你放心好了，母亲一定喜欢你，你本来就是个讨人喜欢的姑娘嘛。至于姐妹们，那不用说，我爱的人，她们更喜欢了。

为了让你认识一下家里的人，这一次给你寄的照片上，有母亲、大姐、大姐夫，和抱着的他们的小宝宝，小姐和小妹的照片。你看她们的照片都挺有意思的。你看小姐那个样，多逗人，她原来也很娇气，大姐做衣服很好，她原来在公社缝纫组工作了四年，现在公社财务组工作，还没有转正。姐夫是莱阳农学院的工农兵学员，曾担任公社的农技站长，现在已是公社党委副书记了。小妹妹今年20岁，漂亮文雅，特别是心地善良的有些过分，她的表演才华在剧团青年演员中也是很突出的。正因为如此，有些小青年老给她找麻烦，而她很多问题，都要请教我。

有全家照片吗？请寄一张给我看看，好吗？

我知道，毕业前夕是花钱较多的，由于我现已工作，这个月工资发了68元。我们刚到厂，头三个月没有奖金，下个月应有奖金了，就能发80元钱了。现在基本工资是45元，待一年转正定级后就55元了。除了隔一个月给母亲寄10元外，我的伙食费要20元多一点，再就是买点生活必需品，剩下的就可以积起来了，这也都是为了咱们幸福的明天。你如需要，尽可不必向家里要，需要多少，给我来信，保证供应。你不要不好意思，因为我们的两颗赤诚的心，已经跳动在一起了，就像一个人一样。但你不要告诉别人，否则，不了解咱们的人，就要说闲话了：你们只通了几封信，小伙子就寄钱给你，这是腐蚀拉拢你，来堵你的嘴。

关于我的生活和厂里的情况，下封信介绍。

把我写的诗歌《走向铺满鲜花的光明路，走向明天》寄给你。

紧握你的手！祝设计顺利，心情愉快！

振华

1982年4月15日夜

走向铺满鲜花的光明路，走向明天

在纯洁天真的少年时代，
遐想、憧憬、缤纷五彩。
你想做一名白衣天使为民解除病痛，
他要驾驶航船遨游五湖四海。

她想做工程师，他要当飞行员……
啊，天空这般蔚蓝，
谁不愿展开理想的翅膀，
飞向那如花似锦的明天。
我也有理想，
我的理想是上大学，
为中华崛起无畏登攀。
然而，坎坷人生路漫漫，
十年浩劫，"英雄白卷"。
使理想的火种趋于泯灭，
愚昧威胁着一代青年。
那是十月的春雷，驱散了乌云，扫清了阴霾，
那是东北工学院、解放军测绘学院在向我们召唤，
啊！我们把大红入学通知书紧贴胸前。

徐静看了这封信，心灵受到了强烈的震撼，于4月19日，回了一封充满真挚情感的信：

振华：你好！

我不知道该用什么语言来表达内心的感情！你真好，真是太好了！看过你的信，我哭了，真的。这也不知道为什么？我承认自己的脆弱，但也不是轻易流泪的。你的信，不！是你的心、你的感情、你的热恋，这样强烈地震撼着我！我怎能不为之感动呢？想说的话太多了，一时不知从哪里说起，只想告诉你，你是我可以依赖和依靠的亲人！

在这茫茫的人海中，心在寻找着心，上帝终于仁慈起来，把幸福爱情和你一起送给了我，我真是陶醉了，我你在一起，一定会是幸福的。当爱情是纯洁无瑕的、不掺杂任何杂质的时候，它才是甜蜜的，而它又只有你才能够给我。

静：你好！

上信收到了吧？

今天上大夜班，即23:30至7:30的班。和我一起值班的那个重庆大学的那个值班工长正在睡觉呢。这样，我正好给你写信。你不要为高温、灰尘所吓倒，其实我们在值班室里，条件还是可以的。不过，夜班费、高温费、保健费等，都是和炉前工人一样多。虽然暂时在生产现场，以后怎么样，还有待于"奋斗"。

钢铁工人就是洗澡方便，如果高兴，可以天天下班后都去洗。我不愿意到浴池洗澡，那么多人，我讨厌。但每个星期又不得不去洗两次。但每天下班在宿舍里都要洗一洗的，我还是个很爱干净的人。

上个星期天（18日），本来想和你一起去游大明湖的，但由于办一些事，时间来不及了，只得改日咱们再去吧。

到市里理了一下发，把配的眼镜取回来了。眼镜很好，我一戴上，就像长了千里眼一样。还买了一个花盆，回来后在花盆里移栽了一株兰草。这是跟邻居要的，我已经在碗里栽了一个多月了，这次把它移到了花盆里，非常漂亮。

这次还买了一支竹笛，是北京乐器总厂的产品，还不错。还买了四个景德镇出品的小瓷碗，等你来了，咱们总得要吃饭啊，以后咱们还要用呢，以后再买几个景德镇制造的瓷盘子和小碟什么的。

这次办了一件得意的事，就是我已经到济南一个有名的雕刻店，为咱俩各刻了一个石料的图章。"振华"、"徐静"，两个图章一般大，一般高，一个阳字，一个阴字，阴阳互补，相映生辉。下个星期就能取回来了。这两个名章，可以作为咱俩的专用章。等你到济南后，再送你吧。不知你高兴不高兴？因我还没有得到你对刻章请示的答复呢。我们办事，哪怕一件小事，都尽量要办得咱们都满意高兴才好，你说对吗？

办好刻章手续后，我的心情一下子就高兴起来了，把几天来关于你分配问题的沉闷给冲得无影无踪。

静，关于你的分配和咱们的打算，我已考虑了几个方案，等你把分配意见寄我看后，我再去信告诉你这几种方案，这都需要咱们的共同努力，幸福是不会自己从天上掉下来的，还记得我说过"奋斗是有威力的"吗？让咱们的奋斗结出丰硕的果实吧。咱们一定能够把握咱们的命运的。我现在对你的分配问题和以后的打算，起码不心情郁闷了，比较自信，因为不管在分配前还是分配后，都有我们的"奋斗"呢，你放宽心好了。

昨天接到济南第二钢铁厂王瑞朋的电话，说他和赵元平星期天（25日）来看我们，还要我们邀请济钢工大戴日昌一起来，他们要来，也没办法，济南就这五个同专业的同学了，还是要好好招待的。

在学校时，我和同寝室的北京两个同学最要好，一个许思贤，一个吴文江，他们都30多岁了。许思贤考上了研究生，吴文江分配到包头钢铁研究所。

今天收到了吴文江给我的来信，很受教益。你如想看，我就寄给你看看，咱们都会从中吸取一些力量的。他的女朋友还在北京上学，还要一年多才能毕业，他说他只有静心等候。他面临的可能也是两地生活。但他的"静心等候"体现了他们之间多么深的情感啊！他还说，他的面前是一条崎岖小路，不管多艰难，他也要走下去。认识一下咱们各自的好朋友，看来也是有必要的。

关于日常使用的物品，我是要尽量搞得使自己满意，看着舒服，但不一定是最高级的东西，这一点咱们肯定是一致的。所以，我要买东西，就要买比较满意的，如果暂时经济条件不许可，那我宁肯暂时不买。能买到自己喜欢的物品，心里总是高兴的。有一次从大连回家，看到有卖很漂亮的高脚玻璃杯，我想这种杯子不易碰到，就狠了狠心，买了一盒。你看，这回那几个同学来，酒杯就不用发愁了。

热爱生活的人，总会使自己的生活丰富多彩的。

我具体怎样生活，以后再慢慢聊吧。

你的名字前面有几个字，我没有写，你猜猜是哪几个美好的字？

祝心情愉快，学习顺利！

振华

4月21日凌晨3点30分书

静：你好！

寄来的照片已收到。在此之前，我有空时就喜欢一个人在屋里，拿着你的照片和信来看，那是很幸福的。我还把你信中的精彩片段专门摘录在本子上，以便随时欣赏。

这一回，我更有了看的了，你的这张照片是那么天真烂漫、秀美可爱，我把你的彩色照片贴在我的脸颊上，顿时一股幸福的激流就涌遍了我的全身，使我完全陶醉在甜蜜爱情的海洋里了。

你和晓红合影的那张照片多逗人啊，晓红那神情，是很难捕捉的，像是她知道咱们的秘密，在笑咱们呢。

看你现在这些照片，都洋溢着内心的喜悦和幸福。

随这封信，把我的很得意的两张照片一起寄给你，照片暂时就寄到这啦！以后有好的，再给你寄。我想用硬纸做一些诗词卡片，等我写些诗在上面，背面再画上画，寄给你，请你赐教，你如有兴趣，可把这些卡片保存起来，会越来越多的。

刚看完电影《杜十娘》回来，有点感想。一是，以前曾说过的，要有识别人的锐利的眼睛，要知心、交心；二是，人要有自己的主见，对于别人的话，要有分析的听，只要自己认为是正确的，不管别人怎么说，都要坚决地走自己的路。

由于这个星期天同学们要来，星期六（早晨7:30下班）打算到市里看看，游一游大明湖，再看看有什么好吃的买点，虽然你吃不着，我要是买了，还是要先请你品尝。

静，关于分配问题，我考虑有下面几种方案，供你参考，或你将这几种方案寄给二位老人看看，征求一下他们的意见，因为我们毕竟年轻，见识也少。

方案一：尽最大努力回山东，我想济南军区是个大军区，不会只分配一个人来，你如能争取回山东，这是最理想的。

方案二：若来不了山东，可争取到北京。若你能分配到北京，我就要拼命一两年，争取考北京钢铁学院的研究生，如果这两个目标都能实现，那这就是我们通过拼搏而得来的最大的幸福！关于考研的问题，我在信末详细说明一下。

方案三：到大连。你如能分配到大连，我也有可能往大连调。大连也有个炼铁厂，我们专业这次还分去了一个同学。

方案四：你分配到武汉。武汉钢铁公司也是全国有名的大型企业，我也可以考虑调往武汉。

方案五：以济南为根据地，不管你分配到什么地方，都尽力争取调到济南或淄博，或以后转业到济南。

若第一方案能够实现，那是最理想的了，其他方案莫不是要我们付出巨大的代价和拼搏的。

关于考研究生，我在学校就有过打算，若分配单位不错就算了，若单位不好，就拼几年考研究生。我分配到济南铁厂，应该说还不错，可谓天时、地利、人和，所以就不想考了。不过，若第一方案不能实现，而第二方案实现时，即你分配到北京，则无论如何，为了咱们的共同幸福，我也要拼一拼，争取考北钢院的研究生。

我要说的是，我考研究生是没有把握的。我们炼铁专业考研，要考五门课程：高等数学、外语、物理化学、高炉炼铁学、政治。这五门课程中，外语和高炉炼铁学我是没问题的，物理化学和政治问题不大，我好像对你说过，我高等数学学得不是很好，似乎没有数学天赋，我是没有把握让高等数学通过研究生考试的。如果考不上，我不愿意受到讽刺挖苦，这你要有思想准备。

祝幸福甜蜜！

振华

4月23日

心爱的静妹妹：你好！

根据你的期望，4月24日，和你一起去大明湖玩了。虽然你不在济南。但你的灵魂和身影是在我的心里和在我身边的，你的照片就贴在我的胸前，使我觉得就是你羞涩地依偎在我宽阔的胸怀一样甜蜜。我在写这些话语的时候，心脏是在嘣嘣地跳动，脸颊也被沸腾的热血染红了，你可能要说我不害羞了吧？总是抑制不住心中的喜悦和激动，让咱们一起享受吧！

美哉啊，大明湖！和自己的心上人，一起在湖边漫步，那幸福甜蜜的心情是难以形容的。有那么多的恋人在一起，我才不羡慕他们呢，我的静要比她们都好！咱们的心灵要比他们充实多了，咱们有着丰富的想象和美好的憧憬，咱们的心是永远甜蜜的跳动在一起的。由于咱们是一起游湖的，我想咱们作诗吧。你作一首，我作一首，咱们合作一首。由于水平不高，但把你的名字也写上了，请你指教吧。

春梦游明湖

（1982年4月24日，与静同游大明湖，感想万千，作诗三首）

（一）徐静作

春来湖水碧于天，华静漫步明湖畔。
镜中双影凝一体，鸳鸯一双永相伴。

（二）振华作

大明春色美难绘，游湖情人心陶醉。
春风拂面人更美，湖中荡舟比翼飞。

（三）徐静振华作

携手缓行绿荫间，相偎悄悄蜜样甜。
隔叶黄鹂来窥探，红云四朵两颊间。

心爱的静妹妹，多想拥抱你！我真幸福，王力波到邻居家看电视去了，就我一个人在屋里，我把你的大照片放在眼前，一边给你写信，一边还可以和你说话呢。可能你就没有我这么好的条件了吧？信写到这里，我把你的照片贴在脸上，幸福地闭上了眼睛。

在情人眼里，心爱的人的一切，都是最可爱的，最美好的。况且，"人是因为可爱才美丽"，既然你这样可爱，那你在我心里就是最美的。所以，咱们相逢的那一天会是何等幸福啊！你根本用不着忧虑。

心爱的妹妹，"再见"这个词不好，咱们再不要用这个词了，你说好吗？咱们的心是永远幸福甜蜜地跳动在一起的，永远不分离，所以也就没有再见。你考虑一下，用什么词来代替这两个字。

华

4月25日20：30书

此前有两封信，我的名字前总是空格几个字，你太有意思了！是矜持？等待？还是对我不满了？

华，你的想象力太丰富了！这丰富的想象充实着你，过诗一般的生活，是很幸福的。但我却没有你这么多的想象，哦！我也没有这么多的精力，暂时没有。

4月26日

亲爱的静：你好！

生活得愉快幸福吗？你的照片给我带来的欢乐是无限的，就像是你在我身边一样。

昨天，我们一起分配到铁厂的北京钢铁学院那个同学的未婚妻来了，他的未婚妻是河北沧州的，我有些嫉妒他们。但我想咱们相会的那一天的幸福，会远远超过他们的。

昨天，厂里发电影票，看了电影《牧马人》，他的那些思想感情、修养水平，我在两年前就具备了。你不要认为我在吹牛，我说的是实话。他的爱国热情，我有；在生活最艰难的时候，我也没有丧失对生活的信念。

有一点体会，要对你说，就是我们要特别珍惜我们现在自由美好、幸福甜蜜的生活。也许，当你过着这样生活的时候，还没有感觉出它的价值，当你在艰难的痛苦中生活，或看到世界上现在还有多少人生活在水深火热之中，你就会思念和珍惜现在的美好生活了。幸福的生活得来是不容易的，而失去它却是很容易的，失而复得那就更难了，你说有道理吗？

还有一点体会是，在家庭中，夫妻之间的关系应当是平等的，不论你是部队中的什么级别的军官也好，你在我心里还是个需要我关怀照顾的小妹妹，也不管你转业当一名教员、医生也好，做一名工程师也好，你还是我可爱的妻子；同样，不论我的工作或地位有什么变化，在咱们夫妻的感情上是不会引起什么变化的，我照样是你的贴心的爱人，你说对吗？这些话，虽然有些不太含蓄，我脸红，你可能也会脸红的，是吧？不过，就咱们之间的感情来看，即使现在这样说，也不算太过分。

还有一点就是，花自己挣来的钱，心里舒服。这也不知是《牧马人》的编剧什么时候把我的话给偷去了。我在给你的杂谈中，有一个方面是"论金钱"，以后寄给你。我有那么多的事和感情，要和你交流，要是每天写一封信，恐怕差不多，但还是隔开一点吧。

电影《牧马人》，还是很感人的，我流了不少的泪，我怕旁边的人看到，就用手巧妙地捂着两颊，不让他们看到。当然，有些地方可以看出是虚构的，是不真实的，但总的看还可以。

　　静，我始终没舍得把你的照片寄给母亲看看，我想既然是寄给母亲的，那就不能再要回来了。若要不回来，我就没有看的了。真是个两难问题。这个矛盾只有你能解决，或是你再邮一张以前的照片给我，或是你再照一张肖像，寄两张来，给母亲一张，我还能留一张。要是太忙，我也没办法，那就只好把你寄给我的照片，邮一张给母亲了，而我多舍不得啊，你的每张照片，我都那么喜欢。

　　还有我在3月28日为你写了一幅书法作品，书写的内容就是苏轼的《水调歌头》，最后两句多好啊！"但愿人长久，千里共婵娟。"等这个星期天把图章取回来，把咱俩的章并排盖上，你看是邮寄给你好，还是等你到济南时送给你好？这点小事也请你回信时指示一下为盼。我的床边也挂着同样的一个横幅，是用隶书写成的。字写得不是很好，你不要见笑。

　　静，这封信可能正好在五一前后收到，愿你欢快地玩吧！祝你愉快甜蜜！

华

4月28日

梦中情

亲爱的静：你好！

　　你知道我的这封信是在哪里写的吗？是在我厂东面的一座小山上写的。

　　这个星期上小夜班（15：30～23：30），白天没事。昨天我就想，今天到附近的小山上玩去。今天清早起来，吃了饭，买了一包点心，带着你的所有的信和照片，还有口琴、笛子及一些歌片，还带着一个帆布雨衣。这个雨衣是我在农村干活时，由于夏天下大雨，经常要去防洪，妈妈花了近20元钱给我买的，所以我一直带着它。

　　今天，我别的什么也不想，心里只有你一个人。

　　走了约有半小时，来到了小山。快爬到山顶了，找了一个有树荫的地方，把雨衣铺在地上。先看你的照片，看了约一个多小时，你的照片我是看不够的。在你的大照片上，我轻轻地吻了你，你恨我吧。然后，就把你的信，我已经按接信的日期编上了号，一封一封地看，有意思极了。我把大照片放在信的旁边，一边读你的信，像是你跟我说话一样，有的时候，我还反问你呢："是吗？静。"

　　我把你的照片贴在脸上，陶醉得好像睡着了，梦见你已来到济南。

　　昨天晚上，我对你说："明天咱们到东边小山玩好吗？"

　　你说："你愿意到哪，我就跟你到哪。"

　　"那太好了！"

早上，咱们吃过饭，带上了一些东西就走了。

我们并肩走着，经过小镇的时候，碰到的人们都羡慕地发出了"啧啧"的赞叹声。

走出了村庄，来到了田野上。在一道小水渠旁边，都有树遮掩着，水渠里清清的水在流淌，你蹲下来说："你先走吧，我洗洗脸。"

其实，你已洗过了脸，可能是被这清清的流水所吸引吧。

我心里想，哼！还叫我先走呢，亏你舍得！在你洗脸时，我悄悄绕到你身后，想胳肢你，又怕吓你一跳，所以就忍住了。

周围阒无人迹，幽静着呢。在绿荫下，水渠旁，我们肩并着肩，手拉着手，一步当作两步地挪动着脚步。

来到了小山下，开始爬山了。

爬了一会儿，你又撒娇地说："哎呀，累死我了，我可爬不动了。"

我说："你这个娇小姐，还有我呢！"我挽着你的胳膊，慢慢向山上爬去。

小山不太高，不一会儿，爬了上来。我们在山顶上举目四望，极目皆绿，山下面工厂成片，村庄一个挨着一个，山风吹拂在我们的脸上，多么惬意啊！

在绿荫较浓的地方，我把雨衣拿出来铺在地上，"静，你坐啊。"你谦让道："你先坐。""哎呀，你也太客气了。"就拉着你的手，两个人同时跌坐在雨衣上。

啊！此刻我们要算最幸福的人了吧！好像世界上什么都不存在了，只有我们两个人。还有，一双小鸟躲在枝头上瞧我们呢！也不知是为我们的幸福歌唱，还是羡慕、嫉妒。

我们相偎在一起，我抚摸着你细嫩的手，吻了一下，你陶醉地倒在我怀里，我们都陶醉在甜蜜爱情的海洋里了……

"静，你愿喝橘子汁呢？还是愿喝汽水？"

静说："你爱喝什么呢？

我说："我愿喝橘子汁。"

静说："那我也愿喝。"

我说："好，你愿喝，就给你。"

我把一瓶橘子汁打开，塞到你手里。

我又狡黠地说："嗯，我以前喜欢喝橘子汁，现在不喜欢喝了，现在我喜欢喝汽水。"我就把剩下的一瓶汽水要打开喝。

你娇嗔地说："你这个大坏蛋，还骗我，你不喝橘子汁，我也不喝！"

我只得妥协道："你先喝，我再喝。"

你还是不肯，让我先喝，在我装着要生气的样子下，你才先喝了一口，就递给了我。你一口，我一口，我们甜蜜地喝着，这汁液，像蜜一样滋润着我们的心田。

你从皮包里悄悄拿出一块点心，塞到我嘴里，我还在喝橘子汁呢，一乐，差点把橘子汁和点心都喷出来。

　　"你这个坏小姐，哼！"我用指头在你额头上轻轻弹了一下。

　　哎呀！这可不得了了！你一下趴在我怀里不起来了。我抚摸着你的秀发，美极了，你不起来才好呢！

　　待了一会儿，我说："小姐，别生气啊，你打我还不行吗？"

　　你还不依不饶地说："我才不打呢，手疼，你自己打吧。"

　　我只好甜蜜地给你做了个戏剧打耳光的表演，把你给逗得笑岔了气。

　　"静，吃点心吧。"我把一块点心送到了你唇边。

　　"静，咱们唱歌吧。"

　　"我唱得不好，你不要见笑。"

　　"好妹妹，你太谦虚了，这也不是唱给别人听的，怕什么。我给你伴奏。"

　　"唱什么呢？"

　　"来个《太阳岛上》吧。"

　　"好。"

　　口琴声响起来了，明快优美的旋律伴随着你悦耳的歌声，回荡在绿色的田野上：

　　明媚的夏日里，天空多么晴朗，
　　美丽的太阳岛，多么令人神往。
　　带着垂钓的鱼竿，带着露营的篷帐，
　　我们来到了太阳岛上……
　　幸福的热望，在青年心头燃烧，
　　甜蜜的喜悦，挂在姑娘眉梢。
　　带着真挚的爱情，带着美好的理想，
　　我们来到了太阳岛上。
　　幸福的生活靠劳动创造，
　　幸福的花儿靠汗水浇。
　　朋友们，献出你智慧和力量，
　　明天会更美好。

　　"哎呀！唱得太好了！你也太谦虚了，欢迎再来一个。"

　　"你唱一个我再唱。"静娇嗔道。

　　我没得法子，只好唱了起来：

　　为什么我露出幸福的笑容，

因为你给了我甜蜜的爱情。
为了它我曾经默默地祈祷，
期待着有一天和你相逢。
让我们去创造美好的生活，
让我们奔向那理想的前程。

你又唱道：

你的身影，你的歌声，
永远留在我的心中……
我的情爱，我的美梦，
永远留在你的怀中……

我们唱了很多很多的歌。
"哎呀！"好像是一个蚂蚁爬到我眼睫毛上来咬我，把我的美梦给"惊醒"了。唉，这个讨厌的蚂蚁，真可恨！
虽然这封信写得很简单，没有什么修饰，但我看不够。我真想留着每天看，不寄给你了，这个"梦"多甜蜜啊！
由于是个"梦"，所以，你说的话和动作，都是我"梦见"的，请你不要生气。如果你不高兴，那就请多多原谅。
我好像说过，幸福是在于能够爱他（她）所爱的人，你能够接受我梦中的爱吗？能够给予我梦中的爱吗？
已经两点了，我要回去准备上班了。
祝一切如意，生活甜蜜！

振华
1982 年 4 月 29 日

亲爱的静：
能在五一节收到你的信，我是多么欣慰啊！心爱的静妹妹，我从来没有像昨天那样，强烈地思念亲人。而你的充满着真挚的爱的信，给我带来了亲人的温暖和安慰。
昨天到市里把印章取回来了，今天设计的诗词卡片的封面上并排盖上了咱们的宝章。这两枚名章刻得还是很好的，这个人的篆刻在济南还是颇负盛名的。封面设计的不是很好，但这两个红红的图章增色不少。

顺便把《佳节思亲》诗二首寄给你，那幅画是我想象着画的，你知道那地图上的十个点都是谁吗？

佳节思亲（一）

一年一度五一节，身在异地思亲切。

慈母姊妹心上人，热泪滚滚可知觉。

佳节思亲（二）

南风拂面情无限，痴情佳人共婵娟。

毕竟青山挡不住，彩虹飞架碧泉间。

心爱的静妹妹，我之所以在你的名字前留几个空格，主要是让你去想，还有哪些甜蜜的称呼，妹妹能有什么使哥哥不满意的呢？不用说没有，就是有的地方做得不够好，哥哥也是会迁就原谅的。当然，对大事情还是要按正确的去做，你说对吗？哥哥尽量不会使得妹妹受委屈的。

静，设计那么紧张，我真担心你会累着，你自己想办法安排好自己的作习时间，并要有一定的锻炼身体的时间安排。

我还是按你对我的要求，把伙食费提高了一些，要23元左右，够高了吧？

你也要注意营养啊，考试成绩95分，这凝聚了你多少辛勤的汗水啊！

你知道诗里"碧泉"是指哪里吗？

愿明月带来你的微笑！

华

5月2日

亲爱的振华：

新生活的开始，你的爱情，给了我许多力量，这不是语言可以表达的。每当我又自寻烦恼的时候，想到你，心情就会自然开朗了。

"为什么我唱出欢乐的歌声，因为你给了我真挚的爱情。为了它，我曾经默默地祝福，期待着有一天和你相逢。"这是第二段歌词，应该由我来唱。

振华，信刚发走，我就后悔了，不知为什么，心里很难过，真想把它追回来，可是已经来不及了。你要恨我的，一定会恨我的。我太任性了，要是你在这儿就好了，在这儿就好了。我真想哭，真想！愿你不生气。

你的静

5月3日

我亲爱的静：

你好！青年节过得愉快吗？

你这个小姐真"自私"，为什么只让明月带给你我的微笑，而不让明月送给我你的爱呢？

静，我来铁厂后，交了个朋友，技术科的刘科长，我和他们夫妻都挺合得来，有些事我也愿意和他商量。最近，技术科调走了一个老工程师，刘科长很想让我到技术科。但高炉车间的意见是让王力波去。因他高度近视，上夜班看不清楚，很危险。究竟谁能去，暂时还没有最后定。反正要是去年轻人，就是他去，去个年纪大点的，我和王力波都去不了。

到技术科上班干净些，不用三班倒，但收入比在高炉上少20元左右，在高炉上有高温费、保健费、夜班费等。当然，要是能到技术科，也就不用在乎这几个钱的，你说对吗？

从另一方面讲，"塞翁失马，焉知非福"。究竟以后怎么样，也不是现在可以预料的，咱们要把眼光放长远些。如果让我去，那王力波心里是不会好受的。他上夜班确实有困难，让他去，我没意见。

静，你不要为我的安全担心。我看得清楚，只要注意是没有危险的，我们炉子上几年也没出人身事故，你放心好了。即使不为我自己，还要为我心爱的小妹妹着想呢！

静，刚才看了一场振奋人心的篮球比赛。中国女篮在亚洲女篮锦标赛中，以68:56战胜了日本队，打出了中国的威风，像女排一样。提起女排，你也感到光荣吧，因你也是女排队员啊！不知以后有没有机会，能看到你在排球赛中矫健的身姿。我厂工会刚买一台24英寸的彩色电视机，晚上就在外面放，可随时观看。

亲爱的，恋爱中的人是多么幸福啊！我爱我的静妹妹。我的静是那样文雅清高、聪明含蓄、谦逊质朴、多才多艺。

我的静给我带来了无限的幸福和欢乐，使我的精神有了寄托。

我把我积攒了多少年的对姑娘的爱，全部倾注给你，我亲爱的静。

我觉得，对姑娘的爱，是可分为两种的。

一种是低级的爱。也就是为了满足某种欲望，对姑娘肉体的爱，或者是伴随有金钱及地位在内的有条件的爱，这种爱的基础往往是不牢固的。随着欲望的满足，人的衰老，或意外事件的发生，或金钱地位的变化，这种爱也就消失了。而只有这种低级的爱的人，当又遇到漂亮姑娘时，他也会背叛对前一个姑娘的爱。这样的爱，可能就是有人说的"结婚是爱情的坟墓"，就是说他们的欲望得到了满足，爱也就没有了。

另一种爱是高尚的爱。也就是在双方灵魂相互倾慕基础上建立的爱。这种对心灵的爱是崇高的，是永恒的，是经得起考验的。这样的相互倾慕着的两颗相爱的心，结合在一起，是会永远充满着爱情的甜蜜和青春的活力的。

只有我的静，能够获得我内心深处的无限的爱。

静，我不需要一个爱我的大姐姐的照顾，而我渴望能关怀和照顾一个我心爱的小妹妹。

静，以前我曾想，如果碰到一个漂亮温柔的而且又爱我的姑娘，而她没有你那么多优点，如果和她生活在一起，会不会幸福？我想即使有幸福，也可能是暂时的、表面的。因她的心灵不值得我倾慕。也就是说，我内心深处是不爱她的。这样，能有永恒的爱情吗？

我和我的静，是多么幸福啊！上帝把你送到了我的怀抱，谁都休想从我这里夺走我对你无限爱的分毫，因为我的心里只有你。

啊，亲爱的静，多想拥抱你啊！

你的华
5月4日

亲爱的静：你好！

两封信都收到了，这几天心里不好受吗？

静，不要难过了，你的信没有损伤你心上人的自尊心，也没有丝毫削弱他对你无限的爱。他在内心更爱你了，根本就不存在生你的气和恨你的概念。虽然他内心掠过一丝委屈的怅惘，但他一会儿就知道他做的，怎么说呢？太不含蓄了吧！但他是把心身及一切都给了你的，你给了他精神上的寄托，你体谅他吧，啊，静。

他的心你知道，你的心他知道。他将接受你的启示，把热烈的爱转化为较含蓄深沉的爱，像你那样。他将努力按他在人生观里摘录的卡尔的话那样去做："过分亲密很不合适，在我看来，真正的爱情是表现在爱人对他的偶像采取含蓄谦恭，甚至羞涩的态度，而绝不是表现在随意流露热情和过早的亲昵。"

卡尔和燕妮的爱情是很感人的，在他们穷困潦倒连饭都差点吃不上的艰难时刻，燕妮这个贵族小姐和马克思同舟共济，脸上常常挂着笑容，对马克思的工作以支持和给予他深沉的爱，而在马克思的稿费邮来后，燕妮却哭了。

静，看了你信的后半部分，我更了解你了，深为你的深刻见解和不平凡的思想所钦佩，你确实不是个普通的姑娘。

那个小伙子，他是爱你的，可他却失去了你的爱。

为什么呢？我觉得，一方面，他不懂得尊重自己所爱的人，他要把所爱的人当成自己的附属物、玩物，对于没有深刻思想和没有高尚追求的庸俗的姑娘，他可能会成功的。不知道他看过《玩偶之家》没有，如果他看过，而且能够从中吸取些教训的话，恐怕他就不会那样对待和要求你了。

爱情表现为相互的尊重和信任，不尊重自己所爱的人，也就是不尊重他自己。

另一方面，他的思想是有问题的，起码说不是高尚的。有着敏锐观察力、深沉的思想和高尚的情操的姑娘，在认识了这样的人的本质之后，是不会还爱这样的人的，而这样的姑娘才是最值得爱的。

当然，这个小伙子漂亮的外貌和聪明也是难得的，况且，他对你也是真心实意的爱（当然，他的爱是否能经受得住最严峻的考验，像你说的那样，我怀疑），而且给过你不可磨灭的帮助，你爱过他并没有错，不应当受到指责。

静，你用不着惭愧和难过，即使我们和他保持好朋友的关系都是可以的，如果我们到了蓬莱，在大街上遇到了他，我希望你和他打打招呼，介绍我们认识一下也没关系，因为人的心胸应当比大地、海洋、天空还要广阔。

静，有那么多姑娘曾经喜欢过我，但她们却没有一个获得我内心的爱。但我知道，一个姑娘不能爱自己所爱的人，内心是很痛苦的。所以，我做的都是很婉转的，尽量减少人家的痛苦。如我跟你说过的那个炼钢专业的女同学，虽然她那样想跟我交朋友，却没有获得我的爱。虽然在那之前我连她的名字都不知道，但从那以后，见了面，我主动同她打招呼，有时候走路碰到一起了，就谈一谈各自的情况，有时候她求我帮点忙，我也是很热情地帮她，使那些想看她笑话的人无隙可乘，也许能给她受伤的心灵一点安慰。

静，我曾想过，如果我碰到了一个值得爱的理想的姑娘，即使由于某些原因，而失去了姑娘最宝贵的东西，我都会照样爱她。因我重视的毕竟是美好的心灵。如果一个姑娘有着倾城的美色，而她的心灵是丑恶的，我决不会爱她。

静，关于我的恋爱的事，我曾简单地告诉过你，我觉得我没有真正的恋爱过，你肯定就是我的初恋，如果你相信我的现在和未来，那就让我们共同创造美好的生活吧！

静，我要提醒你的是，我的外貌很普通，我给你的照片都是经过挑选的，你要有思想准备，也许，炼了半年铁，把我的脸也烤黑了。

静，我们的高炉生产是连续的，所以，五一也是照常上班的。不过，那天我上小夜班，白天到市里一趟，走得累了，到电影院里休息了一会儿，看了一个极没水平的电影《奇异的婚配》。

静，你们上战术课挺有意思的，受些苦是有好处的。咱们家以前生活的艰难和受过的苦难，肯定是你所不能想象的，如果你有兴趣，以后我详细地讲给你听。

人是要能遭罪的，有人说，苦难是人生的宝贵财富。一个人只会享福，不能受罪，那是不行的，因为人的一生不会总是一帆风顺的。

你们上战术课还搞设计吗？但愿别把你"累死、晒死"。在紧张的设计中，安排一段战术课，是很有好处的，望你注意安全。

我写的那个诗歌《为了美好的明天》，在东工院刊上发表了，我非常高兴，因为这是我第一次正经地写点诗歌，而且变成了铅字，这将激励我们向前。

静，盼望着你的照片，母亲还没看到你呢。

我觉得你的照片中，正面照效果挺好，你不妨试试。

愿明月带来你的微笑，送给你我的爱。

你的华

1982年5月7日23:00

亲爱的振华：

你好吗？明天是10号，是我们的通信日。

可是今天晚上怎么也抑制不住这急切的心情，要给你写信。今天一天我都在盼望你的来信，从来没有这样焦急过。

你生气了吗？如果真是这样，那我愿意立刻到你身边，去向你忏悔。

你知道我今天是怎么过来的？就像一个小学生犯了错误，在等待着先生的训斥；就像一个罪犯，在等待着法官的判决一样，等待着你的信。

振华，你总称我小妹妹，一是对我的溺爱，另外就是你一定感到我很幼稚，是吗？是的，我有时想问题，天真的就像小孩子一样，不免引人发笑。这次就算是小妹妹犯了一次错误，你总会原谅她的吧！（5月9日夜）

振华，我想等你真正了解了我，就不会责怪我了，而这种真正的了解，只有在我们见面之后才会有的。我对你的爱情是深沉的、执着的、真挚的，我把你当作我唯一可以依赖的、能够帮助我、陪伴我走完人生旅途的亲人、知己，这是感情上、心灵上的寄托和希望。你明白我吗？明白我的心吗？

在生活的道路上，能找到一个情投意合的伴侣，的确是一件值得庆幸的事。自从认识了你，我常常这样暗自庆幸自己，这种得意的心情，我不时常表达，而把它埋藏在心里，这样不是更甜蜜更幸福吗？

当然，我们会有达到"梦"中情景的那一天，并且不会太遥远的。

你关于"爱"的高论，我也看了又看，写的还不错，只是把我说得太好了。

你说，只有我才能获得你心灵深处的爱，我真是太幸福了。

今天的月亮真圆呀！到了十五了吗？可它为什么不对我微笑呢？唉！连慈爱的月亮老人也生我的气了。

怎么办呢？但我还是要托它把我的爱情送给华，送去我的一片温暖吧，谢谢了，月亮老人。

爱你的静

5月10日晨

"生命的支柱"

亲爱的静：你好！

从四号后，我可能给你写过三封信了吧？证明了"这一切都是我多心、多疑，胡乱编造的"。

静，你高兴，解脱了，可以愉快地生活了，我们都高兴。

我把在大学四年的几张照片寄给你，以支持你的影集工作。

你可以看出，1978年这一张照片，像个小孩，但也较深沉。随着年代的推移，我就变老了，但逐渐成熟了。你看1981年这一张，就像个大人样了，但由于紧张的毕业设计和写论文，累得人很瘦，我现在也不胖。

虽然这些照片照得不怎么样，但我本人还不如这些照片呢！

终于盼来了明月带来的你的爱，我真是太高兴了，太兴奋了，太甜蜜了，太幸福了！

最近，又把《钢铁是怎样炼成的》翻了一遍，保尔对生命的思考也引起了我的进一步深思。"人最宝贵的是生命。生命对人来说只有一次。人的一生应当这样度过：当回忆往事的时候，他不会因虚度年华而悔恨，也不会因为碌碌无为而羞愧。"这一段名言，你肯定是耳熟能详吧！我又想，生命是由时间组成的，生命包含在时间里，可以用时间来度量。

一个人的生命是有限的，但一个人要做的事情却是无限的。

怎样处理好这个有限和无限的关系呢？

有的人只知道珍惜自己的生命，而他们却不知道时间的宝贵，这种人是没有思想的。真正珍惜生命的人，是从珍惜时间开始的。一个人一生的时间过去了，他的生命也就结束了。

时间是不能返回的，生命也是不能返回的。珍惜时间的人，他们珍惜每一分钟，珍惜每一秒钟。这样的人的生命，实质上就会比不珍惜时间的人长几倍，他们做的事情肯定会多一些，他的一生取得成功的希望也就更大一些。

有人说，一个人一生只要做一件大事，也就很不容易了。这是有道理的。有的人毕其一生，写了一部书，如曹雪芹著《红楼梦》；有的人一生研究一个东西，如居里夫人发现了镭，达尔文发现了进化论。这样的人生都是可歌可泣的。

我以后要以分来计算时间，尽可能地不浪费时间。

当然，文武之道，一张一弛，适当的玩乐并不算是浪费时间，只要不过度。你说对吗？

生命，对于人只有一次，所以是最珍贵的。有的人能让自己的一生放射出光华，永垂青史；有的人却默默无闻，甚至遗臭万年。

但是，一个人的生命终究是要结束的，只要他在生命即将结束之际，不对他的一生感到后悔、遗憾，那他就算完成了生命的使命。尽管有的人奋斗了一生，可能也没有取得成功，也可能这就是芸芸众生的命运。即使这样，他也会觉得问心无愧，因为他的一生是奋斗过的，而没有虚度。

人总有一死，可悲的是死而无补。

我珍惜自己的生命，珍惜包含生命的时间。要用有限的时间，去努力实现自己的人生目标。祝愉快！

你的华
1982 年 5 月 15 日

亲爱的静：

你现在一定愉快、幸福、甜蜜极了，因为那两封信你都收到了吧？

过去的事情就让它过去吧！我知道你一定是相信我的现在和未来的，所以我心里也很坦然了。对于那些不愉快的事情，以后我们尽量少提及或不提及，因为我们有美好的未来。

静，本来我想明天才能收到咱们通信日的信，但我又不甘心，所以上午 11点还是去了一趟收发室，结果在 1 号炉的信箱里有两封信，一封是你的，一封是大姐的。我高兴极了，我把你的信紧紧地贴在胸前，脸上荡漾着甜蜜的笑容，步履轻盈地走回了宿舍。

我差不多每天十点半到收发室去一趟，因为此时，邮局把信和报纸等拿来刚一会儿，而再晚一点，高炉上值班的人就会把信拿到高炉上去了。

我曾想，如果你忘了这个通信日（因为可能由于设计太紧张和战术课累的），我就将连写两封充满了爱的信去"惩罚"你。不过，你没有忘记，而且记得这样清晰，那我怎么办呢？

静，你真好，好极了！你给我寄来了你的玉照和这么多的邮票。

静，你要知道，你的照片给我带来的欢乐是无限的。关于邮票嘛，说实话，我本来想写信告诉你保存好，但又觉得这样不太好。我集的邮票不多，只是为了增加生活的乐趣而以，当然这是咱们的共同财富。

5 月 10 日那天，我上大夜班，是阴历十五左右，月亮挺亮的。

我值班时，总喜欢抽空爬到高高的矿槽上，向心爱的人所在的方向瞭望。

寂静的夜色下，我心上的人在干什么呢？我望着圆圆的月亮，在享受着月亮老人给我带来的你的微笑和爱情。而《晓望》这首诗，也就是在这时候吟出来的。还在这时候琢磨出了《长相思》这首词，上大夜班到了早晨，我喜欢到矿槽上看日出，也就写出了《清晨》这首诗歌。

晓 望

举头望西南，可恨无数山。
奈何相思切，秋眼望山穿。
看吾心上人，独坐轩窗畔。
挥笔描蓝图，科技巧攻关。

长相思

泰山青，嵩山青，
两岳并立常痴情，
罗带结心成。
河上水，河下流，
河上河下思悠悠，
月明人倚楼。

清 晨

在人们酣睡的深夜，
我们却在多出铁流大汗。
伴随着滚滚的铁流，
又迎来了光辉灿烂的黎明。
我站在高高的矿槽上，
遥望着东方喷薄欲出的红日。
啊！多美的朝霞，
映红了我的脸膛，
驱散了我的疲劳，
给我带来了美好的憧憬，
带来了寄托和希望。

《长相思》这首词是仿古人的词写的，而且与词原来的格律不太相符。

静，我也不知道，最近这两个多月，怎么会涌现出这么多的诗篇，这是我以前不曾想到的，尽管水平不高，但这却是咱们爱情的结晶啊，是你的爱给了我智慧吧？

静，你的这封信，把我那一丝委屈和怅茫都给冲没了，我很快慰舒畅。

静，我觉得，我们现在已经是在内心深处真正地了解了，我们的相逢只会给我们带来无限的欢乐和幸福。

你试想，如果我不从内心深处真正地了解你和绝对地信任你，我这个自称"较成熟"的青年人，敢那样纵情地去爱你吗？如果我还有一点点等见面后再"定"，或什么什么的，那我也不会那样纵情忘我。

静，我了解你，理解你，体谅你，你这个我敬爱的娇小姐，也许敬爱这个词不太恰当，但我内心确实对你的心灵很敬仰。

静，如果你说你星期天照的相，由于心里难过，神情不太好，那么你现在去照，脸上一定会洋溢着甜蜜的微笑的。

关于那句"彩虹飞架碧泉间"，是我反复琢磨出来的。开始有"济南郑州彩虹连"和"彩虹飞架郑济间"，但我觉得不太含蓄，还是找两个字代替这代表我们的两个地名吧。

为了找一个恰当的字代表郑州，我翻开了中国地图册河南省地图的郑州略图，看到在中原路和建设路之间有个碧沙岗公园，因此就选定了这个"碧"字。由于地图册很老，也可能碧沙岗公园改名了，你的想象也是很正确的。

那幅画的创作，我是很得意的。奥秘所在不仅是彩虹把我们连了起来，而且彩虹倒影在水中成了圆形，象征着我们永远团圆。

静，由于当时还不知道弟弟在威海，现在我们可是太圆满了，爸爸、妈妈、哥哥、姐姐、妹妹、弟弟，都全了，这是很难得的。我以前就爱在兄弟姊妹少的人面前说着玩："我有哥哥、姐姐、妹妹，你有吗？"现在你又给我送来了弟弟。

静，我向你检讨。知道你在十一点一刻写完信，等到0点签名，我真惭愧。我怕忘了通信日，就提前一个星期在一张纸上写上了"星期一，10号"，放在桌子上，用以提醒别忘了。可那天我上大夜班，是星期天晚上23:30上班，星期一7:30下班，通常是下班洗一洗就睡觉，所以我怕忘了，又怕睡觉起来就14点多了，正好我们厂的信箱是14点多开箱，那样信当天就发不走了，就又让你多盼望一天。所以，我是9号写的信，而签了10号的日子并发出去的。我弄虚作假，你批评我吧，静。

静，我在憧憬未来时，曾有个打算，如果咱们到了老家，可能的话，到威海去玩一次，我还没去过呢。这一回可好了，有弟弟在那里，我原来以为弟弟在蓬莱呢。

静，我昨天可是真的做了个梦。梦中好像是你、晓红和我已经在一起，但在什么地方却不知道。住在一层楼上，又好像你不在。我和晓红在屋里，忽听有人喊，有我的信。我从窗外探出头，有一个姑娘，好像是你的同学，把一封信给了我，她就去了。我一看，就知道是你来的信。一打开，有很多照片，好像原来都较小，一拿起来，就变大了。这些照片很奇怪，有淡淡的绿色，而身体的轮廓线好像是用钢印打出来的，凸起来一点点。我先看你的照片，可只看了两张，和你今天寄来的这两张有一张相似。一张是很娇的穿着漂亮的衣服，但这一张好像只看到了一眼。另一张是你一只手捧着排球，在排球网边上照的，穿着运动短衫、短裤，这张照片健美极了。这一张照片我看得很清楚，在我看到的所有有关形体的照片中没有比这张照片还健美的，不知怎么，梦就醒了。

不知你照过这样的照片没有，但这个梦还是灵验的，今天就收到了你的信和照片。

告诉你一个好消息，南京大嫂给咱们作的画已画好，等寄来或托人带来。

静，这幅画的奥妙，暂时保密，等你到济南时，看你能看出来吗。

我这封信是想到哪儿写到哪儿，你别生气。

慈祥的月亮老人啊，你多给我和静几个甜甜的梦吧！

你的华
1982年5月13日

振华：

亲爱的，你好！

来信和照片都收到了。你看了我的前一封信，没有笑话我吗？

收到了你5月7日的信，我忽然感觉自己很可笑，我常常自寻烦恼。如果生活里没有这些烦恼伴随我，那就很空洞了。看到这儿，你也会感到可笑吧？

我喜欢美好的东西、美好的事物、美好的心灵以及美好的外形，但不是苛求。

平时，我比较注意衣物整洁、美观大方。在军队院校这众多的"土八路"中，算比较"洋气"一点的了。

你也应该注意一下自己的修饰。如你在中山陵照的那张像中，发型、衣着都不错，虽不十分入时，看上去也令人赏心悦目，显得很精干、很帅气，我就很喜欢。

人应该爱美，爱美的人才热爱生活，而热爱生活的人本身就很美。

容貌美不是自己可以选择的，但是自然的外形与人工的修饰一结合，往往会遮盖许多缺点，使人显得自然大方，给予人以美感。

你放心，我没有把你想得王子般俊美，我是比较实际的、客观的估计你的情况的。我认识你，主要的还是心灵，我追求的，等待了多年的，也是一颗美的心灵，这就不要马虎了吧？

让我们开始新的生活吧！新的生活是崭新的美好的，让我们一起"走向铺满鲜花的光明路，走向明天"。

诗歌刊登了，我真替你高兴，这将化作新的精神力量，激励你前进。

我也替我自己高兴。怎么说呢？这诗歌不是普通的诗歌，它像定情物一样，是爱情的见证人，一个生动的见证人。

振华，以后不要再对我提"难为情"三个字了，别再提了，不好吗？

你不知道，我有时脾气怪得人们都不能理解，说话办事很绝对，那是很气人的。你要多原谅我才好，你要太认真，以后时间久了，小事多了，还认真不过来了呢！所以，你发现我任性、使性子的时候，不予理睬，我自己就好了。因为事情过后，我总是非常后悔。我就是这样一个人，一面忏悔，一面继续犯错误。

振华，能把你心头那一丝委屈和怅茫冲掉，我真是由衷的高兴，我还以为你要记恨我了呢！

你错了，振华，你不应该这样想我。对于我来说，哪儿都一样。我喜欢清静，假如有一个小山村，我们能住在那儿，过世外桃源样的生活，不也是很浪漫、很美好吗？

你以为我是个"只会享福、不能遭罪"的人吗？为了它，以后不在你面前叫苦就是了，免得你又要教训人：受些苦是有好处的。

你的静

5月15日

静：

心爱的！像电子计算机计算的一样准确，如期到收发室就取到了你的信。我就是时间紧一点，要不然可以编一道BASIC程序，你拿到计算机上计算一下，收到你的信的时间是多少？

静，我从你此前的信里就发现了，像你信里说的那样，你的内心是不太稳的，像正弦曲线一样，有时我也感到纳闷，可你这封信使我了解了，虽然你脾气有些怪、任性，怎么说呢？譬如，我的心胸像个大草原，你就像一匹在草原上奔驰的任性的骏马，马儿再任性，也跑不出大草原啊，大草原如此之大，还会让马儿受到委屈吗？

美哉啊，静姑娘！你的那张穿着毛衣的照片可真够优美的。咱们的清新的诱人的新生活从什么时候开始算起呢？

你可能从我的照片里已经看到了，我的衣服清一色的中山装。我喜欢穿中山装，穿着它使人感到庄重、大方。

我觉得，有了对象后，穿着打扮都应当尽量依着对象的审美观点去做。以后再做衣服什么的，你当参谋长还不行吗？

静，关于分配，你说得对，应当以济南为根据地。分配地点不是我们所能说了算的，尽管我们有些有利条件。我就是不清楚你们转业有什么规定没有？我觉得既然部队院校培养了几年，不会谁想转业就让转业，因为那样部队上还会有人干吗？不知道部队上有没有这个说法，地方上是有的，就是大城市和大城市之间调动，比较容易，而小城市往大城市调动比较困难。只要咱们能在一起，不管在什么地方，都是会很幸福的，这是毫无疑问的。

如果能转业的话，那就好办多了。如果能按咱们的理想分到山东，那就不会有那么多的麻烦了。分配到任何地方，对咱们来说问题都不大。能分到山东该有多好啊，上帝保佑吧！

你的专业成绩都是优秀，是很不容易的。衷心地祝福你，愿你顺利通过答辩。你们什么时候毕业？有消息没有？多渴望早点见到你啊！

这个星期上小夜班，已经开始跑步了，沿着铁路线往东跑，跑到作"梦"的那座小山顶上，俯瞰一下山川，就又跑回来，来回需要45分钟，约有5000米。

由于好久没跑了，腿真疼啊！我怀疑是不是你偷偷地让月亮老人把你的疲劳悄悄地转移到了我的身上，你这个"自私"的小姐，哼！要是真能够那样的话，我倒是很乐意的，但又"恨"你。

你的战术练得怎么样啊？好好练吧！看将来咱俩"打仗"，谁打得过谁？

静，有苦还是在我面前诉吧，因为我总可以给你一些安慰啊。

这些天简直是以考研究生的姿态在学习的。如果不考研究生（等你毕业分配后再定），那我还将学习一下英语呢，英语是我的第二外语，我学了半年多，现在可以自学。

王力波到技术科去了，我也有可能到炼铁研究室去，这是听炉长对另一个值班工长说的，去也好，不去我也没意见。我在本人对毕业分配意见栏里是这样填写的："本人愿意先到工厂工作几年，掌握炼铁生产操作技术，再为发展祖国钢铁工业进行研究工作。"

我现在才干了三个月，虽然可以独立操作了，但还是不过硬。我想不会在高炉值班室里干太久。现在有个有利条件，我厂自己培养了一批值班工长，共有六个人，已经结业，昨天已经上班了，我们炉子上来了三个人，原来五个工长，我和一个工长一个班，另两个班都是一个值班工长。现在我们这个班就三个人了，其他两个班也两个人一个班了。

这样，我就有可能调出去了。因为，炼铁研究室的人年龄都偏大，需要年轻人。看情况吧，去不去都可，我不在乎。

亲爱的，我们在日常生活和工作中，总是要与人打交道的，最近我又在思考怎样与人相处才好，我感觉以"待人宽，责己严"这样的态度是适宜的。

有位老师曾对我说过："从某种意义讲，工作就是处理人际关系。"

对此，我深有体会，因为工作都是人干的，我们的工作需要跟很多人配合，如果关系搞得僵，他们不给你很好地配合，你也工作不好。

待人宽，责己严，也就是古人说的："君子不与小人一般见识。"我觉得是很有道理的。我们是有一定的修养水平和学识的，而有些人修养水平和学识较低，说话什么的很随便，也不太注意，有时不自觉地连你都骂了，怎么办呢？也只能不当回事，装作没听见，你想能与他们计较吗？当然，对自己的要求还是要严格一些的，不能因为同事们修养水平低，就降低自己的修养水平。

我知道我的心是很敏感的，是很细的，肯定不亚于女性的细心劲。所以，谁的一举一动、一言一行，都逃不过我的眼睛、耳朵。因此，也就常常和你一样，爱自寻烦恼。如有的时候，人家说一句不太客气或不太尊重自己的话，我就很不高兴。要如老子说的"和其光，同其尘"才好，我从早些时候就不把这些鸡毛蒜皮的小事放在心上了，我知道别人有时有些失礼，但也不能太在乎了，如果老让这些鸡毛蒜皮的琐事，缠绕在你的心头，你还能生活和工作的好吗？

我看《居里夫人传》，居里夫人的心也是极细腻的，任何小事都会在她心里引起反响，她后来也是不在乎小事的了。

"君子坦荡荡，小人长戚戚"，"宰相肚里能撑船"，也都是指对别人的缺点、做错的事，要能包容，有海量，不怪罪。

以我们的修养水平去要求别人，那是行不通的，是必然要碰壁的。

譬如到了农村，农民们对你说话，尽管他们可能已经很注意了，但一些难听的话、脏话，也会不自觉地说出来，因为这是他们多年来形成的习惯，而且也不以为这是骂人。胶东一些地方就是这样，不骂人不说话，怎么办呢，你能生气吗？只能当作耳旁风。

当然，有很多人修养水平要比我们高，这就需要我们虚心地向人家学习。如我的两个北京同学，就是我学习的榜样，现在我又有了一个榜样，那就是我心爱的静姑娘。

我们都是清高自傲的人，不喜欢和那些没修养、水平低的人打交道。

但在生活和工作中，又必须和人们打交道，这就需要待人宽，责己严，你说对吗？

静，咱们的家乡是在一个小山村里，村南有一条清清的小河，河水清澈见底，地处昆嵛山东麓山脚下。

你听说过昆嵛山吧？冯德英的小说《山菊花》《苦菜花》《迎春花》都是描写昆嵛山区人民的生活和斗争的，山上还有革命先烈们办训练班的山洞呢！山上青松翠柏，鸟语花香，泉水叮咚，风景宜人哪！

这次你来济南，如果你有假期，那最好咱们能一起回老家去，爸爸、妈妈也想看看咱们吧。咱们也可以好好地玩一玩。蓬莱阁我还没有去过呢，也请你游览一下昆嵛风光。昆嵛山西北还有著名的九龙池，世上绝没有第二个。9个大水池全在石头上被水冲出来的，有的深不见底，在一个小山沟里排闼而下，真乃明珠暗投也，如果是在名山大川，那早就名扬四海了。

待回到了咱们的小山村，完全可以像你渴望的那样，过一段世外桃源的生活。
幸福愉快！

你的华
1982年5月19日

振华，你好！

前些天，爸爸来信还问到了你，希望你能去蓬莱。虽然没收到你的这封信，我还是告诉他们：我们一定会一块儿回去的，请他们放心。

通过我的介绍，爸爸很喜欢你，他说你是一个品德高尚、心灵纯洁的人，很想见见你呢！当然，我也要跟你一同去看望母亲。不过，我有些怕呢！怕什么？说不清楚。虽然你已经说过，家里的姐妹都很和睦，可我还是担心她们会看我不顺眼，你说会不会呀？

至于衣服、修饰，我是想过按照自己的意愿，为你设计一下的。

我自己是个当兵的，顾不了那许多。但是你就不同了，我一定为你好好设计一下，按照我的设想和意愿，你高兴吗？不会说我太尖刻了吧？

你的静
5月21日

静：

我亲爱的，你好啊！这些天，非洲姑娘累得够呛吧，我向你表示亲切的慰问！

这几天，我核计分配的事，我想我们的最终目的是能够在一起幸福的生活，而地方是次要的。比如说有两种情况：一是我们各自在一个大城市，一是我们两个人在一起，生活在一个"穷乡僻壤"。如果可以由我们选择的话，那么，我们肯定会不谋而合的选择后者。

我对你说的几种方案，考虑的出发点是不同的，大都是以你为核心的，这是我考虑得不很妥当的地方，这是由于我当时没有考虑到你转业的问题，而应该像你说的那样，以济南为根据地，不论何种情况。

这样，就只剩下了两个方案。

第一，力求到山东，如分到济南最好，分到淄博也不错。静，若能分配到这两个地方，就是你不能转业也是很好的。当然，你不喜欢这个专业，能转业的话还应争取。我祈求上帝，能如我们的愿。

第二，以济南为根据地，争取分到离济南较近的地方。我想有杨教员帮忙，这两个方案肯定可以实现一个，根本用不着考虑分配到边疆的问题。当然，亲爱的，即使分配到新疆去，戈壁的风沙、天山的风雪，能挡得住我们建筑在坚实雄厚基础上的纯洁无瑕的美好爱情吗？

我对你说过："只有你才能获得我内心深处无限的爱。"这是我经过深思熟虑的心声。在我心里，你是最可爱的姑娘。是不是有比你还好的姑娘，实事求是地说，可能是有的，即使我再碰上这样的姑娘，或这样的姑娘追求我，我也丝毫不会改变对你的爱。虽然我的爱是无限的，但我的心只有一颗，它只能给一个人，就是心爱的静；这颗心也只能容得下一个人，她就是我的静。

最近，还有人在劝说我，最好在济南找对象。有个人还给我介绍一个什么处长的女儿，电视大学的，今夏毕业，被我婉言谢绝。他们愿意怎么说就怎么说吧。我记得在我的人生观里有一句名言：走自己的路，让人家去说吧！

我在《杜十娘》的观后感里补充了一条，你还记得吧：人要有主见，自己看准了的东西，就不要听别人的。

上个星期天，到市里去了一趟，买了两双筷子，是人造象骨的，黄绿色的，很漂亮，一双是"百年好合"，一双是"龙凤呈祥"。待你来济时，咱们一起用，你没来之前，我绝对不动。

还买了一个笛子穗，漂亮极了。本来紫竹笛子就很漂亮，再配上这样一个绿色的缨子，像个工艺品一样。

又到我爸的老同事那里去拜访了一下。她们单位发的电影票，让我去看，是《少林寺》，我多想看哪，一方面想看看电影的内容，还有在嵩山下面住着我心上的姑娘呢！看到了嵩山，也就想到了我的静。心爱的小姐，你没有这种感觉吗？当自己的心上人在什么地方，什么地方就能引起他的关注。如在报上看到关于郑州的新闻或杂志上介绍蓬莱什么的，我都会仔细地看一看。

我本来不怎么到市里去，可这个星期六下了雨，不知郑州下了没？所以我就打算第二天到千佛山看看。我喜欢雨后或雪后玩，因为那时候空气很清新，令人心情愉快。

千佛山很幽静，我选择了一条僻静的上山路。因为咱们是两人在一起，总不愿意和那么多人在一块走吧？我喜欢一个人时，背诵你信里那些精彩的句子和段落，那不就是你在和我说话吗？

千佛山确为谈情说爱的好地方，树木茂密，且人不多。

在半山腰的兴国禅寺里的一览亭上，是个喝茶的好地方。我想你到济南之后，我一定请你来这里喝上一杯清茶。

又买了一个铁壳的热水瓶，是上海生产的。上面印制的图案也非常漂亮：月光下一对栖息枝头的鸟在悄悄细语，很幽雅。这符合咱们的性格吧？为了买热水瓶，我跑了几个大商店，才选中了这个比较中意的。

静，给你信封上画的那盆兰草，就是我们精心培育的兰花，郁郁葱葱，招人喜爱。我在桌子前写信，看着把它搬到了信封上，让你也欣赏一下。

前些时候，我买了一件衬衣，苏州做的，小蓝格的，既漂亮又耐脏。隔了不多天，大姐又给我邮来一件衬衣，是小妹妹扯布，大姐做的。这样，衬衣就足够了。

但我目前却没有一条像样的裤子。在中山陵照相穿的是一条涤纶裤子，去年春节在沈阳摔了一跤，给摔破了。还有一条的确良的，还可以穿。本来，我想在咱们回家前就不买裤子了，因为咱们夏天一起回家的话，经济就紧一点。但现在考虑，如果咱们到了家里，穿得太不像样，弟弟这个时髦人物，可能会笑话我的，再加上你还有"虚荣心"呢。若让你的朋友们看到我穿得太寒酸，也会使你感到不愉快。所以，我想还是买一条裤子为好，你说呢？亲爱的静。

静，你那张在水池边的穿着毛衣的照片太漂亮了，底片还能找到吧？如果能找到，那我"命令"你寄给我，可以吗？亲爱的。

愉快幸福！

爱你的振华
1982 年 5 月 24 日

我亲爱的静：

又如期收到了你的来信，又怨你，又高兴。

怨你的是，都夜里 12 点了，你还不注意身体在给我写信。

高兴的是，如果今天收不到你的来信，我又将焦急地等待一天了。

我是这个星期三，又盼那个星期三的。

照片都收到了。静，你的照片是那么天真可爱，而且显得有些幼稚。可谁能想到，这样的一个天真幼稚的娇小姐，却有着那么深刻的思想、锐敏的见解和高尚的情操呢！

我用你的底片印两张照片给小妹妹，再放大两张放在影集里，她收到照片能高兴死，她还没看到"姐姐"呢！

咱们回家时，如果她调皮地在你身边弯着头轻声地叫你"嫂子"，你怎么办呢？

我也有个影集，有 16 开那么大吧，是毕业时，学校里和我关系不错的那个老师送给我的。我也是最近才把你的一些照片放了上去，这样又方便看，又不会损坏照片。

亲爱的静，听你的，以后不讲"难为情"了，还不行吗？如果上封信里的"难为情"又让你难过了，那就请你饶恕我吧，你打我两下吧！我才是个调皮蛋呢，当然，这只是咱俩在一起的时候，和别人在一起时，我还是很稳重的。

静，我不知道你心里现在还记着"难为情"时的难过，我只是想增添一下咱们欢乐的气氛。譬如说，咱们在一起很幸福时，我开玩笑地说一句"难为情"，不挺有意思的吗？其实，那时候还有什么难为情？它就成为我们美好爱情生活的回忆了，它标志着我们幸福爱情生活的一个历史阶段呢。

好啦，亲爱的静，既然你不高兴，那就不说了。可能你在那封信里没完全理解我的意思，我那里忍心真正气你呢？疼还疼不过来呢！我心爱的小妹妹，让你受到一点委屈，我都会感到难过死的。

关于分配的事，我只是想让你安下心来，不要再过多地去想它。过多地去想它，会分散你的精力的，而与毕业设计不利。我已经说过，分到什么地方都没关系。分配的事，过多地去想它是没用的，只是会增添自己的烦恼。你不理睬它，不管分到什么地方都行，不背包袱就好了，但这又几乎是不可能的。反正咱们有些人际关系，就比没有的要好一些。你也不必多虑，听天由命吧，我相信苍天是有眼的。

回家给老人带点东西，我是喜欢有纪念意义的东西，这就要有尊重老人、孝敬老人的意思，说明你心里有老人，有弟妹。就是很微小的东西，他们都会很高兴的。等你到济南时，再一起研究。

静，最近发现了一个可以游泳的水池子，比游泳池小一些，是铁厂循环水用的，水比较清，游泳还是很好的。所以，我想夏天就去游泳，上白班或上大夜班时，吃完晚饭，就去游泳，上小夜班时，可以吃完中午饭去游。

我在上高中时，从劳动节到国庆节，几乎每天都到学校后面几里路远的一个大水池子里游泳，一游就是一个多小时，我游泳的耐力就是从那时练出来的。我只是为了锻炼身体，我从不跳水，也不潜泳，因为我觉得那样不安全。

这几天，下过雨，天气很好，不冷也不热，地里还有没割完的麦子，只想出去玩。

亲爱的静，想到再有一个多月，咱们就可以幸福地相会了，心里多甜啊！唉！漫长的一刹那。

今天，《中国青年报》就来了，又增加了一些生活内容。

我在沈阳上学时，买了一个小收音机，由于穷学生经济紧张，所以质量不太好，现在都碰碎了，不过还可以听，它也增添了不少乐趣呢。

我跑了一周步，又游了泳，现在已经精力充沛了，你放心。

最近，抄录了一些歌曲，等你到济时，咱们游仙阁蓬莱、足登昆嵛、遨游大海时，一起唱。这些歌，都是老歌，估计你都会唱，我练着用口琴和笛子把这些歌吹熟。

亲爱的，又快到十五了。咱们商定一个时间，在每个月的阴历十五，共同观月，好吗？在同一时刻，咱们向月亮老人倾诉衷肠，请他把咱们的心里话互相传送。

　　你定一下观月时间，好吗？

　　你两个大眼睛正在看我呢！

　　愿你身体好，设计顺利！

　　愿明月带来你的微笑，送给你我的爱！

你的华

1982 年 5 月 30 日

振华：

　　我亲爱的！你好吗？

　　……

　　现在，我又遇到了你，具体我也说不清你是什么地方这样吸引我。可自从认识你以后，我感到心里很踏实，无论遇到什么样的事，想到你就有力量了。

　　我这样假设过，如果你现在离我而去，那我将会十分抑郁的，会像失去了生命的支柱一样，真的。

　　十五共同观月，倒是很浪漫，那就 22:00 开始，20 分钟怎么样？你仔细听，看能听到我说的话吧？

爱你的静

6 月 2 日

静：

　　我亲爱的，你猜错了，信在送到高炉之前就被我取回来了。

　　今天早晨 7:30 多钟下大夜班，工厂里这叫倒松班。也就是星期六早晨下大夜班，星期六休一天、星期天休一天，星期一下午 15:30 再上小夜班。这就有两天半的时间，有什么事就可以办一办了。

　　洗完澡回来，本来想睡一觉，可一照镜子，蛮精神的。王力波上班走了，就我一个人在屋里。干脆为你去照个相吧，顺便把你的那两张底片印几张，还有我自己以前的底片，也印几张，好寄给你。

　　到了王舍人庄照相馆，那个照相的那个没水平啊！就像个死人一样。我本来想照个"为什么我露出幸福的笑容？因为你给了我甜蜜的爱情"的照片寄给你，结果肯定照得很糟。我照了个一寸的，好的话，就放大一下寄给你，若不怎么样，就寄一张一寸的给你看看吧。因为我给你的照片，大都是 1981 年以前的，今年还没有照过相呢。

照完相回来，9:30左右，往常收发室取报的人差不多就回来了。所以我就去了。一看，刚取回来，信件还没有分呢。我和他们都挺熟，他就把所有信件都拿给我，让我找。一看有你的信，甭提我有多高兴啦！因我根本就没想到你今天会来信，但我又有点慌，像揣个小兔一样，心里怦怦跳，琢磨你那里发生了什么事情了吗？还有《中国青年报》也来了。急急忙忙回到宿舍，打开信一看，悬着的一颗心才放来了。

哎呀！你真坏，又真好！我既希望你打乱计划给我多写信，又不愿意分散你的精力。因为现在这样忙，真能把你累垮了的。

我们毕业设计时，有的同学连轴转，可能有的同学一天只能睡两个小时，有的凌晨三点多钟回到宿舍，衣服都不脱，趴到床上，被子也不盖，就睡着了。早晨洗洗脸，吃点饭，就又到设计室去了。由于我平时抓得紧，所以每天晚上9:30照常去跑步，早晨、中午、晚上吃完饭就到设计室，我没有像他们那样紧迫。

你上次晚上12点写那封信，太辛苦了。我想了个折中的办法，你按计划写信是对的，但那种情况下，写上一两句温暖的话就行了，我就知道你很好，就放心了。以后，你如果太紧张，太累了，就按这个方法办。写几句甜蜜的话，我就很高兴了，因你太忙了，啊，静。

好在紧张不了多久了，"大学毕业日啊，是所有大学生翘首盼望的一天"。

亲爱的静，这一天就快来到了。而且你比我大学毕业时更高兴、更幸福。因为我那时候，只有大学毕业的高兴，有回老家和亲人团聚过春节的喜悦。而你呢？除了这些之外，还有幸福甜蜜的爱情向你张开了双臂，咱们多幸福啊！

静，在我稍闲时，我就看你以前的来信，那是很有意思的。

你的青少年生活，我是羡慕的，又是嫉妒的。

你从这个农村小伙子的目光中，就可以看出，他对这个世界是蔑视的，甚至充斥着一些怨恨，他恨那些有权势人家走后门，恨那些人世间的坏人。

回忆起我的少年时代的生活，那是非常艰苦的，也是令人难忘的。想起那些最艰苦的时刻，我就心酸，就流泪，我们有什么理由不珍惜今天的幸福生活呢？

亲爱的，刚才和王力波聊起在学校时的趣事，我说起入学不久到志愿军陵园扫墓，同学们中午要在小饭店聚餐，我和郭立功怕花钱，而不想参加的事。王力波叹息一声道："他妈的，我毕业时还借了许思贤20元钱呢，上个月才寄还了他，现在是无债一身轻啊！这个月发了工资，咱爷们可就是手中有钱腰杆子硬啦！"

钱这个东西真是奇怪得很，没钱不行，钱多了也不行。在现实生活中，要想按自己喜欢的方式生活，是需要金钱的，但又决不能被金钱所左右。眼睛只看到金钱的人是没有出息的，非倒大霉不可。

从某种意义来说，没有金钱，生活将是困难的。

马克思和燕妮由于某时期没有钱，不是连饭都差点吃不上吗？记得是莫扎特吧，冬天没钱买煤，就只能和他妻子拼命跳舞以取暖。如果咱们家以前有些钱的话，也就不用吃糠咽菜了。要是有了金钱，他们和我们就不会受这些苦难了吧？当然，如果不受这些苦难，可能他们也不会对人类做出那么大的贡献呢！

他们都没有被金钱所左右，他们为了伟大的事业而奋斗，在为人类做出了贡献的同时，也获得了金钱，但他们绝不是仅仅为了金钱而去献身的。

在我们为社会做出贡献的同时，我们会得到自己应有的报酬。花自己挣来的钱，心里才舒服，才心安理得。就是花父母、兄妹寄的钱，心里也是不安的，总有点欠账的感觉。花不义之财，那必将造成终生的悔恨，或者得到报应。

李白名句："天生我材必有用，千金散尽还复来。"所以，我们用自己辛勤劳动挣来的钱，我们就有权利享受。虽然我们刚刚工作，经济还比较紧张，但以后用不了多长时间，经济状况就会好转的。因为我们是有"经济基础"的，明年我一定级，乱七八糟的加起来，每月能有90元左右的收入，估计你也有60多元吧，这对于两个刚走上工作岗位的青年人，是相当可观了。我们在经济方面，以后不会很困难的，只要我们知足。

金钱在当今社会的种种作用和神通，是我们所不能完全想象的。但有了金钱，却不一定能有幸福的生活，国内外都有很多这样的例子。

如果两个人情投意合，同舟共济，即使有些困难，生活也会觉得幸福和甜蜜的。对吗？静，因为他们的精神是充实的。

从另一个角度讲，金钱太多了，就不再属于个人，而属于社会。如世界上不少大富豪，他们的钱根本花不了，也多是做社会公益事业。再者，财多遭祸啊！这样的事例是很多的。

没有金钱是万万不行的，但金钱不是万能的。它买不来健康的身体，买不来高尚的精神生活，更买不来纯洁无瑕的爱情！

祝我的静身体好、精神好，设计顺利，论文优秀！

你的华
6月4日

十五观月

亲爱的静：

阴历十五，是我和静的观月节。

从十五的前些天，我就开始盼啊，盼，盼着月亮一天天圆起来，我们也将团聚了。

十五这天，心情格外好。因为我和静将在同一时刻举头望明月，多优美啊！

整个世界都是属于咱们的，时间也是属于咱们的。在这静悄悄的夜晚，我可以听到静那颗热恋的赤诚的心在激烈地跳动。

到了十五的晚上，月亮老人竟躲藏起来了。唉，也罢，可能是月亮老人用红线拴住了我们的两颗心之后，想给咱们提供方便，让咱们在这静谧的夜晚多说些知心话吧。好啊，谢谢了，无私的月亮老人。

我在九点半左右走出了宿舍，来到了厂区东面的田野，在玉米地旁边的田埂上，向着亲爱的静所在的方向站立着。

十点到了，我和静抬起了头，向月亮老人藏匿的地方寻觅着，你那里能看到月亮老人吗？我向着心爱的人所在的地方眺望着，幸福的心啊，在激烈地跳动，我激动地呼唤着："静，亲爱的，我亲爱的静……"不知还说了些什么话。时而闭上了眼睛，憧憬着你在我身边的幸福情景，时而向你开了双臂，亲爱的，快来吧！啊，多美啊，纯洁的爱情使我们完全陶醉了。

我轻轻地唱着："十五的月亮，升上了天空，为什么旁边没有云彩，我等待着美丽的姑娘哟，你为什么还不到来哟。"

我似乎也听到了你的对唱，你的歌声通过像通信卫星一样的月亮老人，传到了我的耳旁："如果没有天上的雨水哟，海棠花儿不会自己开，只要哥哥你耐心地等待哟，你心上的人儿，就会跑过来哟嗬。"

我又唱道："我的情爱，我的美梦，永远留在你的怀中……"

你又唱道："透过那轻纱似的晨雾，迎来那宝石般的朝晖，在这弯弯的小路上，我们走过多少回。憧憬未来心相印，青春闪光比翼飞。弯弯的小路，你像一条彩绸，装扮着爱情的花蕾。"

一会儿，10:20到了。我轻声对你说："亲爱的静，好好休息吧，愿我们在梦中相会。"

作《十五观月》一首，以弥补没有看到月亮老人之憾。

十五观月

（1982年农历闰四月十五，公历6月6日）

明月当空，
银光普洒。
有情人站月光下，
观月楼高心无瑕。
同时举头望明月，
多谢玉兔把话传。
难得明镜看得见，
知心话儿说不完。

亲爱的静：

又收到了你的来信，知道你那里十五月色很好，心情又舒畅，很为你高兴。在紧张的毕业设计中，偶尔调剂一下生活，增加点生活的乐趣，也是很有意思的。

我也早就想过，以后咱们有了收录机，就可以用磁带传信了，那才好呢。而且在闲暇时，就可以听你说话了。那不就是咱们永远在一起吗？多好啊。"现代化"给咱们的爱情生活也增添了不少趣味呢。

济南铁厂职工很多。静，你可能不知道，一个炼铁厂有不少附属单位呢，主要是高炉车间，还有原料车间、机修车间、喷煤组、仪表组、化验室、建筑材料厂、家属工厂、医院、粮店、商店、铁厂中学、托儿所、食堂，还有一些科室，行政科、财务科、计划科、供销科、组织科、技术科、设计科、厂部办公室、党委办公室。只是高炉车间女工少。其他地方有很多女工。也有几个年轻姑娘还不错，在认识你之前，我曾想是否认识一下，选一个对象。因为当时，我想既到了铁厂，十有八九要在铁厂成家立业了。

我总是尽量保持文质彬彬，不管上班还是下班，说话办事都很注意。

在大学的最后两年，我尽力克服说话经常带脏字的坏毛病，现在说话好多了。现在上班一般不多说话，但有时也同工友们开一开玩笑，但都是比较文雅一点的。有时个别人特别是年轻人，跟我说话不堪入耳，我就不愿听。

有一次，《大众电影》的封面上刊登的是电影《红牡丹》女主角姜黎黎的照片。

我说："这个姜黎黎是我们学校旁边一所中学的学生。"那个年轻的捣蛋鬼就问："工长，你见过吗？"我说："我倒没见过。"他又说："你没写信向她求爱吗？"我说："人家怎么会爱一个学钢铁的人呢？"他又道："工长，你有情，她有意，你俩结夫妻。"我一听，说了句："你这个家伙，别的好像就没的说了。"就走开了。

那些工人们，有时工程师们也一样，夏天到了高炉值班室，都把上衣脱了，光着膀子在值班室里坐着。

而我呢，不管天气多热，我都穿着两件衣服，里边是衬衣、衬裤，外边罩上工作服，脖子上围一条毛巾，头上戴着单帽，脚上穿着翻毛牛皮鞋，可谓捂得严实。

值班室里有电风扇，虽然热点，但身上干净。下班后一般不用到浴池洗澡，打盆水在宿舍里洗一下就行了。

我也和工人们聊一聊天，了解一下工人们家里的情况。即使没有和工人们打成一片，起码他们不讨厌我，我也没有什么地方让他们讨厌的。

那些工人们对我都很佩服，特别是有一次我判断的铁水成分，居然和半小时后化验室送来的化验单上的数据完全一致。

你可别小看那些工人，他们自己没啥倒也罢了，可能挑你的字眼呢，有时让你哭笑不得。我有时也到工人家里串串门，总之，关系还可以。

我不愿意和工人们搞得太熟，太熟了就又打又闹，吃饭你一口我一口的，他们对你也就缺乏尊重，我看不惯。

这一方面，王力波和我不同。他在值班室里，热了也脱上衣光膀子，说话满嘴脏字，和工人们搞得挺熟。但我不愿意这样，这可能是人的个性不同吧。

今天，正好是我来铁厂四个月整，谁也没有敢动我一下的。而那些值班工长、甚至炉长，就经常被工人们开玩笑揍打。

那些老师傅还说："小王挺老实的，没有大学生架子。"

我是想好好工作，争取入党。你与世无争，不想入党，我也赞成。

我喜欢的陆游的词"无意苦争春，一任群芳妒"不就是有"与世无争"的含义吗？想入党，就要干一些自己不愿意干的事情，就要有"进步"的表现，如你所说"那一套虚假的东西真讨厌"。如我现在在值班室里，还经常换一下黑板报什么的，要是我不想入党的话，也就用不着干这些浪费时间的事了。

有一次，工人们在值班室里议论我。

一个工人说："哪个大闺女能找他作对象算有福了，不抽烟，又不喝酒。"

另一个接着说："还有一副好脾气。"

我听了直想笑，但抑制着没笑出来。

他们哪里知道，我烟也能抽，酒也能喝。只是我到铁厂后，抽烟只在自己屋里抽，在值班室不抽烟。从戒烟开始，到现在一棵烟也没抽。

戒烟那次才有意思呢，第二天要开始戒烟吧，头天晚上买了一盒"牡丹"牌香烟，我对王力波说："哎，跟我沾个光吧，抽几棵好烟，明天我就戒烟了，你就抽不着了。"

我一连抽了六七支，抽得头都发晕，一点不想抽了，我就把烟放起来了，戒烟开始了。我对王力波说："从明天开始，如果你发现我再抽烟，不用问，你就给我一巴掌。"

可惜他到现在也没打着，遗憾的他了不得。

作《卜算子·思念》，请你指正。

卜算子·思念
君住黄河头，
我住黄河尾。
日日思君不见君，
共饮黄河水。

情长水悠悠，

不尽滚滚流。

风鹏正举静乘着，

喜相聚昀突。

你的华

1982年6月10日

"你呀，你"的梦

　　振华和徐静从3月10日开始通信，至此已整三个月，两人的互相了解在不断加深，感情也在不断地升温。而且两个家庭的亲人也都看了照片，都很满意。离徐静大学毕业的日子也越来越近了，都憧憬着见面的那一天。

我亲爱的静：

　　你好！来信如期收到，总是很高兴。

　　心爱的静，多想你呀！再过一个通信日，咱们就要相见了。那时在火车站将是怎样一幅动人的画面呢？可惜咱们没有录像机，要不然，录下像来，就成了珍贵的历史镜头了呢。

　　你不说我还真没注意，我仔细研究了一下你和妹妹的照片，是有些像。又重又浓的两道弯眼眉，大眼睛，高鼻梁，挺好看的嘴唇，还有脸形，也有些像。

　　我写信给妹妹时，代你向她问好。

　　妹妹是很讨人喜欢的，每次回家，都帮妈妈干好多活。她还学着写诗呢。她还想把平凡而伟大的母亲形象写出来，我很早也有这个想法，以后咱们一起努力，啊，静，你看好吗？

　　我给你摘抄一首妹妹写的诗，我和妹妹订有"协议"，互相交流写的诗，互相学习，互相促进。

小柳树

在乡下一座普通小屋前，

有一棵小柳树，

细枝嫩叶，春意盎然。

她使人感到非常可爱，

可以解除我心中的烦忧。

清晨我睁开双眼，

她就映入我的眸帘。

艳丽的朝霞给她披上彩衣，
蔚蓝的晴空为她衬托着美丽的图案。
夜晚冰轮刚刚露出笑脸，
皎洁的月色洒在弯弯的树干。
她温顺柔情地俯首帖耳，
享受着大自然给她的甜蜜露甘。
风吹来，她舒展那悠长的枝条，
似嫦娥翩翩起舞。
雨打来，她似害羞默默把头点。
任凭风吹雨打，
丝毫不减那秀丽的姿颜。
看到她，会给我舒心坦腹的慰安，
看到她，更坚定我做人的信念。
啊，可爱的小柳树，
愿你春常在，永远，永远。

　　你看，妹妹可爱吗？咱们回老家的趣事之一，就是有可能到文登县城去观看妹妹的京剧演出。她在生活的道路上，也是碰到过很多挫折的。尽管她有艺术才华，但现在不一定被重用。我让她写封信给未来的嫂子吧，你给她心灵上一些安慰，好吗？
　　妹妹就是听我的话，有什么都跟我说。当然，也听你的话，也跟你说的。
　　信封上画的是妹妹送我的白瓷笔筒，我在桌子上移动了一下位置画下来的。
　　愿明月带来你的微笑，
　　明月啊，带给我的静一片温暖吧！
　　愿我的静生活愉快，心情舒畅。

你的振华
6月13日

我亲爱的静：

　　还有40天，你就要毕业了，那时的心情该有多么欢畅啊，愿你一切顺利！
　　最近照那张相不好，不知是个啥表情，都是那个该死的糟糕的照相的人给弄的，不管怎么样，还是寄一张给你看看吧。
　　大姐的信你看到了吧？妈妈和姐姐可喜欢你呢，"妈妈更是高兴，说了个'好媳妇'"。农村叫"媳妇"，你可能很不习惯这个称呼。

　　二姐今天来信还说呢，"妈妈和我们看了照片，都感到很高兴，你能找到一个这样的本人样样都好、家庭也好的好姑娘，又怎能不感到自豪呢！我们都希望你们暑假能一起回老家看看。妈妈看了姑娘的照片，看了又看，我们都很佩服你的眼力。"

　　我亲爱的静，怎么样？后顾之忧解除了吧？可我还有点呢，在爸爸、妈妈面前，我会不会贻笑大方啊？

　　妈妈说，咱们回家后，要给你点见面礼，这是家里的习惯。

　　大嫂第一次回家，也是这样，妈妈要给大嫂衣服，大嫂说："要是家里有现成的，给我就拿着，要是没现成的，就不要去买了。"

　　大姐说的还是对的，看你的爱好而定，这是母亲对儿媳的心意。

　　亲爱的，前天晚上做梦，梦见了一位解放军女战士，英姿飒爽，是不是你，我说不准。好像是咱们村一个当兵的小女孩，但又不太像。是不是你呢？我老在想，那女兵的模样我还能记得，还是有些像你的。

　　静，我喜欢女兵，真的。女兵本来就少，在大街上行走，回头率是很高的。

　　现在，就更喜欢女兵了，因为我的静就是女兵啊！

　　慈爱的月亮老人啊，让我和亲爱的静早点在梦里相见吧！

　　附：《梅花与蜜蜂》

梅花与蜜蜂

（1982年6月14日）

你是凌寒傲雪的红梅，
开在崇山峻岭之巅。
你是那样脱俗清傲高雅，
你暗香四溢飘万里啊，
海角天涯有知己。
蜜蜂生来就爱鲜花啊，
为了鲜花不畏艰难险阻。
蜜蜂鲜花情谊深啊，
永远相伴不分离。

我亲爱的静：

　　多想你呀！还有一个月零八天，你就要毕业了。越是快要见面了，越觉得时间长。

　　从咱们开始通信到现在，几个月的时间，在幸福中一晃就过去了。可这一个多月就好像特别长了，但一天天总会盼过去的，特别是你还在紧张的毕业设计中，那总是觉得时间是不够用的。

在学校不能定级也没什么，到部队上定级也不需要什么特别表现。只要在一年的实习期内，不出大的问题，谁都能定级。估计也用不着什么考试。

据了解，铁厂就不考试，一年期满，只要你工作中不出事故，自然就定级了。所以，你放心好了。

静，咱们在一起，肯定是会很幸福的。作了《你呀，你!》，请你斧正，这就是我对未来美好生活的向往。

有些人之所以婚后因一些生活琐事，就唇枪舌剑、战天斗地的，那是因为他们根本就没有什么灵魂的相互爱慕，他们只是为了组建一个家庭过日子，或者只是满足性的欲望，当这种欲望一旦获得了满足，他们也就没有什么感情和幸福可言了。

咱们是在心灵相互倾慕的牢固基础上建立的纯洁的爱情，已经看得出来，咱们是很相似的。即使有一些小地方的不同，也会相互忍让和互相满足对方的，你说对吗？

亲爱的，最近收到许思贤的一封信，他在信中说：

"看了你的来信，我很高兴，你是到生产单位现场中工作的唯一情绪很好的同学。

"接你信后不几天，咱校的校刊还登了你写的诗，对于你的做法，我很欣慰。当然，大学毕业生到生产第一线，工作条件是艰苦一些，但是并没有什么了不起的。只要自己努力，将来是完全可以做出成就来的。即使由于条件所限，做不出什么突出成绩，但只要对生活、工作、事业充满信心，有一个奋斗的方向，就会生活、工作得愉快的。知足常乐，在生活上，应该知足。咱们班多数同学到第一线后，情绪比较低沉，对生活、工作、环境较差不满意，这主要是原先的思想准备不够。所以，凡事都应做最坏的准备，争取好的结果。这样才容易知足，也才能较好地适应环境。看到你信中充满了信心，这很好。但是，也要有遇到挫折的思想准备，这样才能始终保持充分的信心。

"看了你的信，得知你交了个女朋友，很满意，我很为你高兴。希望你们进一步加深了解，透过现象看本质，找一个本质好的人。只有把爱情建立在共同的感情基础上，才能保证爱情之花常春。

"请你继续保持对生活、工作的热情，去生活、工作吧!"

许思贤、吴文江的来信，我都能从中吸取一些有益的东西。

你可能不知道，东北工学院在全国最有名的专业是炼铁，一听说是东工炼铁毕业的，都竖大拇指。但却没有多少人愿意学这个专业，因为太艰苦，我当时也没有报这个专业。不过，我们老师说："你学到一定程度，也就喜欢自己的专业了。"我还是愿意好好干的。因为钢铁工业毕竟是国民经济的支柱产业，而且世界上常以一个国家钢铁年消耗量来衡量它的文明发达程度，人类也是随着铁器的使用而进入文明时代的。

我们的毕业分配，大部分同学都到基层了。到鞍钢近20个同学，几乎全到炼铁厂去了，只有一人到了设计院。到山东的10个同学，也是都到了钢铁厂。

至于以后的发展，这就要看干得如何了。估计毕业20年后，若同学们再相会，同学间的差距肯定会是很大的。

看报纸，今年有30多万大学毕业生，也是面向基层的。说不定铁厂还能来几个呢！来得越多越好，我们这首届毕业生就成了元老了。

静，我今天称了一下体重，有130斤，是穿着工作服称的，起码可以证明我是没瘦的，你放心了吧。可我总是担心你的身体，你自己多保重吧！

你呀，你！

（作于1982年6月16日）

你呀，你！
你是我心中的玫瑰，
永远开在我心里。
我用生命的泉水把你灌溉培育，
你青春永葆花香四溢。

你呀，你！
在我入睡前，总是把你放在枕边，
轻轻地吻你，再陶醉地睡去，
梦中我们在一起。
当我醒来第一眼看到的，是你，
你在向我微笑，
啊，多甜蜜！

你呀，你！
当我换好了工作服要上班去，
总要对你说：
"等着我，亲爱的，一会儿就回来，不要着急。"
当我下班的脚步声传到屋里，
你打开门：
"回来啦，我亲爱的！"

你呀，你！
虽然我工作的环境比较艰苦，
但一想到你，
心里就充满了幸福和甜蜜。
吃点苦能磨炼人，
我们内心很充实。

你呀，你！
两张对着的写字台前坐着我和你，
灯光下我们遨游在知识的海洋里。
时而你抬起了头，
四只眼睛碰在了一起，
两颊荡着幸福会心的笑意。

你呀，你！
在那潺潺流水旁的密林里，
我们拥抱着相偎在一起，
我和你陶醉在幸福爱情里。
啊，抬望眼，
百灵一双展翅直向青云里。

你呀，你！
你拉着我的手，
一起扑向蔚蓝的大海里。
鱼儿离不开水呀，
我们尽情遨游，
心旷神怡。

你呀，你！
在田间的小路上，
我陪伴着你。
我们憧憬向往悄悄细语，
啊！那是美好的明天在向我们召唤，
我们臂挽着臂，心贴着心，
一起向远方走去。

我亲爱的静：

今天终于收到了你的信，才使这颗悬着的心放了下来，如你信中所说的那样，我就不说了。

亲爱的静，一大早我就断定今天能收到你的信。因为我昨晚上做了个梦。我如实地说给你听，你别生气，并没有别的意思。

梦中，我有那么多的乒乓球，正在玩，可是来了一个姑娘，把我的球抢去了七八个，还用刀子割我。我气得就拖住这个姑娘不让她走，等她妈妈来了讲理，还有那么多人在旁边看热闹呢。一会儿，她妈妈领着一个男孩来了，她看我拖着她女儿，看也不看，领着小男孩照直往前走。我急了，就上前对她说："你闺女拿刀子伤人，你管不管？"她白了闺女一眼，对我说："我管不了，你找她爸爸去吧！"然后是在她父亲的办公室里，那办公室可大了，我毫不畏惧，据理力争，控诉她女儿的罪行。我说："你女儿抢人家的东西，还用刀子把人割伤，要判刑的！"我又说："养不教，父之过也！"把她父亲说得也没办法。最后，她父亲要赔我钱，那姑娘就在一张小纸条上写了："付参谋长伙食费10元。"写完后就把小纸条给我了。我说："这到哪儿领款呢？"姑娘说："你一问就知道。"又不知过去了多长时间，姑娘的父亲到咱们那，不知干什么，我遇到了。一想，还认识，就邀请他到咱们家坐了一会儿。以后的梦就记不住了。

静，你别太过敏，我真没别的意思，只是告诉你，我真的做了这么个梦。我知道，爸爸、妈妈一定会对我很好，因为他们疼自己的宝贝女儿，就必定会对女儿喜欢的人好。

亲爱的静，所以早晨一醒，我就断定，今天能收到你的来信。快到十点了，我就去了收发室。第一眼就看到了你的信，插在1号炉的信报箱里，同时还有大哥寄来的大嫂为咱们画的画。高兴的心情没法形容，但又夹带着些许的不安，急不可待地找了个隐蔽的地方看你的信，悬着的心才放了下来。

嫂子画了一个古装小姐在喂鸟，挺素雅的。题字是：振华徐静留念 一九八二年六月李馨于南京。我已经跟你说过，这张画是有奥妙的，就在那个小姐身上，等你来了再看吧。

亲爱的静，大哥夸你："看了信，知道这个小姑娘是个聪明、能干、性格开朗的人。我的意见，你们俩满意，我满意，无什么可说。只是要有个两地生活一些时候的思想准备就可以了。"大哥大嫂也两地生活了一些年，一个在南京，一个在江西临川，现在调在一起了。

我给大姐的信中说你有点娇，大姐回信说："至于说徐静有点娇气，我看也没什么。娇气是在一定的生活环境下产生的，由于她出身于干部家庭，家中兄妹又较少，有点娇气是难免的。"大姐还说："从你的介绍中，得知徐静是一个通情达理的女孩子，我们家就喜欢这样的人。能摊上这样一个好弟媳，我不仅为弟弟

昆崙儿女

第三六四页

高兴，也为妈妈高兴，这是全家人的大喜事。"

亲爱的静，你看，妈妈和姐妹们还没见到你，就这样喜欢你，你已经给母亲、给大家带来了欢乐和幸福，你给我带来的有多少，我就不说了，亲爱的。

这几天，济南老下雨。前天吧，暴风雨，狂风加大雨，真壮观啊！树枝折断了不少。这些天不怎么热。

初步了解，郑州来的列车没有在历城车站停的，我到济南车站迎接你好了。

亲爱的静，我对你说过，我喜欢解放军女战士。所以，再过一个月，在济南车站，我希望站在我面前的是一位英姿飒爽的女战士。回家后，穿什么衣服随你便。

亲爱的静，你收到这封信时，还有28天毕业。

28天，多么漫长，但又多么短暂啊！亲爱的，那时候我们就是世界上最幸福的人了。我曾这样想过，咱们暂时两地生活，只要咱们在一起的时候，就把学习业务的事放一放，舒心地玩，你看好吗？

你现在瘦了，不要紧，这一段最艰难的时刻就要熬过去了。等你来济南和咱们一起回家的时候，你就没有压力了，咱们就可以心情舒畅地痛痛快快地玩了，伙食也好点，觉也睡得好了，你就会胖起来的。当然，可别太胖了，世界上不正在兴起什么"减肥"运动吗？我想咱俩永远也用不着减什么肥吧？我不喜欢太胖的人，母亲和大姐可能夏天也就100斤吧。

第一次十五观月，你在郑州，我在济南，咱们在同一时刻观月，对月亮老人倾诉衷肠。亲爱的静，到第三次观月，咱们就能够心贴心地在一起观月，说悄悄话了。

关于火车车次，我明天看一下，下次写信告诉你。看都有多少次车，你看乘哪一次合适，买票就买到济南，回家时咱们再买。

单位去人领你们，如果交涉成功，能先回家最好，实在不行也没办法，是吧？静，还得服从命令呢！晓红妹说，尽量争取能和你一起回来，途经济南，一定来看望我这个工人哥哥，你们商量着办吧。尽量能一起来，很困难就算了。反正咱们回家还是能见面的。

亲爱的静，愿我们在梦中幸福的相会，送给你我的深情和热恋！

你的华

1982年6月22日晚10时

我亲爱的静：

今天是端午节，吃啥好吃的了，吃鸡蛋了吗？

以前在家里过端午节可有意思了。咱们姐妹们早晨还在炕上躺着呢，母亲就起来煮鸡蛋、鸭蛋、鹅蛋什么的，煮熟了，放凉水里淬一下，就给咱们分配。由于那时孩子多，每个人能分到四五个就不算少了。也不起来，就趴在炕上吃，还舍不得一次全吃了呢。

待到哥哥、姐姐们都出去了，只有我和母亲、妹妹在昆嵛村生活时，家里条件已经好多了，煮那么多鸡蛋，随便吃。那时候，也挺有意思的，还不让着妹妹呢！

上大学时过端午节，早晨也吃鸡蛋。真奇怪，不知学校食堂从哪里买了那么多的"鸟蛋"（那鸡蛋小的跟鸟蛋差不多大），每人发几个。

可今天过端午节，我连鸡蛋都没吃上，只吃了几个粽子，你在吃鸡蛋时没把我给忘了吧？

昨天才有意思呢。王力波硬要和我买一个大西瓜吃。到厂门口卖西瓜那儿一看，就剩一个大西瓜了。我用小刀割开一看，还可以，就决定要买。可旁边一个妇女，领个小孩，又想买，又嫌太大而且太贵。

我们称好了要交钱时，那个孩子突然嚎啕大哭："要西瓜！要西瓜！"我们一看，没法子了："给小朋友吧！""忍痛割爱"地走了。

今天王力波又要我去买西瓜。开完会，我去打水，看到又一汽车西瓜在卖，我就去挑了一个大的。我捧着大西瓜，走过技术科窗口，"喂喂！"拍了拍大西瓜，告诉王力波买着了，把旁边的人都逗笑了。

王力波下班回来了，马上开始了吃西瓜的战斗。把大西瓜一切开，就狼吞虎咽起来，吃到后来，肚子都凸起来了，再也不能吃了。

王力波还逗呢，说："咱们在农场劳动时，大米饭随便吃，有的同学吃饱了饭，又在地上跳，再吃。"边说着，他也跳了起来，给我逗得把嘴里的西瓜都喷了出来。

今天一天很愉快，你那里好吗？天涯共此时，千里共婵娟。

明天是星期六，倒松班，有两天半的时间属于自己。如果你分配到淄博，我轻骑一跨，就飞到你身边了。亲爱的，咱俩就是这么一致的，这个想法很早我就有。关于咱们小的地方的不同，正好互相学习，互相促进，会更增添生活的乐趣呢。

我查了一下车次，有郑州到济南的直达列车448次，这个车次很好，你在郑州下午两点乘车，第二天上午10点到济南。你打电报给我，我到济南站接你。

亲爱的静，你收到这封信时，离毕业还有25天。

静，我们学校有个顺口溜："一年买蜡烛，两年买眼镜，三年买痰桶，四年买棺材。"我确是二年买眼镜的。戴上了也就摘不下来了，但是视力保住了。

现在不戴镜子能有0.6左右。我戴上眼镜，显得文雅，有派头。如果姑娘的眼睛长得好看，能不戴还是不戴为好，有这样的姑娘。当然，也没有必要为了好看点，而让眼前一片模糊，那是很不舒服的。你戴眼镜也很好看的。

静，我说的"不畏险路重重"，是指任何事情都不会一帆风顺的。咱们之间无论发生了什么事情，我对你都是坚贞不渝的信任和始终如一的爱。周围压力倒没有，只是有那么多的好心人，还在劝我，要我在济南找对象，这也难怪，他们不理解咱们。

"黄金万两容易得，人间知己最难求。"这是越剧电影《红楼梦》里林黛玉唱的，不是吗？能找到知己是多么不容易啊！我们现在找到了，还有什么比这更庆幸的呢？

我真喜欢看越剧《红楼梦》这部电影，在家的时候，可能看过四五场。有一次放假回家，我到潘格庄舅舅家去，昆嵛村离潘格庄有十几里路，中间有一个很险峻的隘口，以前曾是强盗出没之地。我从舅舅那回家，天已经黑了，可在山口北边的一个小山村卧龙堡，正准备放电影，我一问，是《红楼梦》，就舍不得走了。看完了电影回家都已深夜了。姐姐说我胆子大，我说："我什么也不怕，我在学校晚上一个人到处跑步，所以胆子大。"

《红楼梦》小说我看过一遍，那是1978年暑假，我做了个"宏伟"的计划，要在假期中把《红楼梦》读一遍。在老家，我带着书，到村南边小河畔的树荫下看书，也是很有趣味的。以后有时间再读几遍，据说不看五遍都没有发言权。

愿明月带来你的思念，送给你我的思念和热恋！

你的华

1982年6月24日

我亲爱的静：

你好啊！又如期收到了你的信，真高兴！

亲爱的，你收到这封信时，还有20天就毕业了，幸福的相会就要来到了。在济南车站将会是一幅什么情景，恐怕提前想好要说的话，一句也说不出来了呢！

十五那天我上白班，太好了。我要找一个环境优美的地方，向月亮老人倾诉对你的深情，为你歌唱。我们在同一时刻，看着月亮，两颗相爱的心在一起跳动，皎洁的月光洒在我们身上，多么幽静，多么优美，多么甜蜜幸福啊！

妹妹称你"静姐"、"嫂子"，我才不管呢！那是你们姐妹的事。你回来穿什么衣服，随你便吧。不过起码要带一套军装回来，我还没看到你穿军装的英姿呢。我对你说过，我羡慕女兵，很多人都羡慕吧。星期天上街在公共汽车上看到一个女兵，感到挺亲切的。

静，你的照片都印到我心里去了，怎么会认不出你呢？

我的眼睛很厉害的，给你说个趣事吧。1979年到鞍钢实习，到我们同寝室陈兴国同学家里去玩，他女朋友也在。几天以后，我和吴文江乘电车到厂里实习，我们从后边的车门下来，上班高峰，人可多了，下车后都向前走。我看从前门下来的一个高个儿的女子，只看到背影。就对吴文江说："前边那个人是陈兴国的对象，你信不信？"他不信。我说："不信哪，不信咱们到前边看看。"我们就加快脚步，窜到前边去了，回头一看，果然是她。后来，这位姑娘告诉陈兴国，说我们看她，给她逗得要命。

你看我认人还可以吧？你的眼睛、鼻子、嘴唇、面庞、发型及身高什么的，都铭刻在我的脑海里，就是在万人丛中也会找出卓尔不群的你来。

向你报告一个好消息。前些日子，我把我的毕业论文《低硅低硫生铁的冶炼》寄到了《山东冶金》编辑部。这篇论文是毕业生中唯一受到指导老师李永镇教授赞扬的论文，李教授对同学们说："王振华的论文写得很好，大家可以看看。"这篇论文从观点、图表等方面来看，都是新颖的。我考虑投去试试，若能够刊登，那在铁厂就会名声大振。

人是应该有一些功名思想的。许思贤说，他的功名思想大于别的。前几天，编辑部把论文稿寄还给我，并写了一封信，要求将论文字数由万余字压缩到6000字以内，还有一些很细的要求，看来他们很想用这篇稿子。

我昨天已经开始修改，删去了一些常识性的内容和一些别人已经了解的东西，留下的多是自己的见解、看法和新的图表。总之，我认为比原论文水平更高了。

星期天到市里山东美术公司裱大嫂画的那张画，一问近20元，这可是够贵的。但又一想，这是大嫂为咱俩画的，为了你来时能看到这幅佳作，就交付装裱了。美术界有句话叫作"三分画七分裱"，中国画裱好了才漂亮。

再一看，北洋大剧院当晚有沈阳话剧团演出世界名剧《茶花女》，这是他们剧团的保留剧目，在沈阳没看成，我就很遗憾，这次可不能再错过了，就买了晚上的票。

时间还早，就溜达溜达吧。信步向北走去，没想到竟走到了济南火车站，看着"济南站"这三个舒同体的大金字，不禁心潮澎湃，思绪翻滚，再过几天，我又要来到这里了，来迎接远方的心爱的姑娘。

画要十天左右才能取，隔一个星期再去吧。嫂子的画很符合咱们的心意，我已写了一篇"画评"，寄给了嫂子，看是否为其创作立意。伯伯为我作的画，在沈阳就裱好了，你来看到的将是两幅非常美的艺术作品了。那时候，请你先评论一番，再让你看我写的画评，看是否一致，同时对作品的理解与欣赏也会加深的。

还买了一个花盆，和栽兰花的那个花盆是一样的，都挺漂亮。有趣的是，一个花盆上刻着一枝竹子，刻的字是"竹清"，另一个花盆刻的是一枝梅花，刻的字是"梅香"。

"竹清梅香"或"梅竹清香"，有意思不？你已经做了红梅，我就做青竹吧。我非常喜欢竹子，"未出土时便有节，至凌云处还虚心"。在我的速写本里，还夹着从太湖畔折的一小枝毛竹叶子呢！

还买了四个大盘，四个小盘，都是景德镇的瓷器，非常美观。

回来后，我一核计，咱们吃饭的餐具差不多全了。你看，有两个大碗、四个小碗、四个大盘、四个小盘，漂亮的玻璃酒杯和仿象骨筷子。

我想举办个展览吧，就把这些宝贝都搬了出来，摆在桌子上，可谓琳琅满目、美不胜收矣。

亲爱的静，咱俩的精神财富堪称百万富翁了吧？你的这张近照，可真够威风的啊，像个女将军似的，是不是在指挥千军万马啊？

下个通信日，恰好是星期六，愿你一切顺利！

爱你的振华
1982年6月30日

通信日

静：

我亲爱的静，每次给你写信，都压抑不住内心的喜悦、甜蜜、激动。

下一个星期六，你就可以告诉我你的工作地点了。静，那时候，我们就可以自由自在地生活了，你紧张了半年的神经也可以放松一下了，还有咱们就要相聚了，一切都是那么美好，那么诱人。

静，不管分到什么地方，对咱们来说都是幸福的。分不到山东，分到南京、武汉或山西也不错，就是分到兰州、新疆也没什么了不起。

我说过，不就是多坐几个小时火车吗？车到山前必有路。现在别考虑那么多了，省得费神。总之，不管分到哪儿，你都要高兴。

静，贫血的感觉是不是蹲得时间久了，一站起来，眼前冒金星、头发晕？我有时也有这种感觉。在黑龙江建设兵团当过医生的许思贤告诉我，以后蹲得时间久了，不要一下子起来，要慢慢地试探着起来。不然，很可能血液循环不及，就摔倒了。上厕所蹲下起来的时候也要注意，慢慢的。贫血是否与营养不良有关？你先辛苦几天吧，你毕业了就好了，因为那时候咱们的生活条件就改善了。

静，你说你想立刻见到我，哼，我才不想立刻见到你呢！我只想24号，不！22号，21号，能收到你的电报；25号，不！24号，23号，能到济南车站接你。亲爱的，还有10天就毕业了，多好啊！

昨天，又一个一起分来的山东工学院毕业生的对象来了，那个姑娘是他们一个学校的，分到了淄博。我们一起分来了四个，现在就最小的王力波的对象和你还没有来，不过你也快来了。

静，咱们对门，住着一家人，她爱人在北京当兵，她最近到北京探亲去了，家里没人，钥匙给邻居拿着。你要是来了，住她那就可以。你要是觉得不妥，就住招待所。咱们在二楼，招待所在四楼。

我听那个拿钥匙的人说，那个人探亲假一个月，又请了一个月事假，这样就有两个月。静，以后咱们除了国家规定的探亲假之外，也可以请事假呢。才不管那几个钱呢，咱们的钱够用了。这样虽说两地，一年咱们总可以团聚两三次。

"一相聚，便胜却他们无数"。虽然咱们近几年不能像普通人那样整日厮守在一起，但咱们每年相聚的几个月，就胜过他们一年。而且咱们心心相印，内心充实，加上咱们还可以录信，可以录上平日的话，一下班、吃饭时、睡觉前，都可以听到你、听到我亲切的话语，就像咱们在一起一样的，对吗？

静，咱们回老家，你说是先到蓬莱，还是先到文登？爸爸、妈妈、姐姐、妹妹都在盼咱们呢！

亲爱的，你说有意思不？我想在《通信日》这首诗的卡片背面画一只鸽子，正愁找不着鸽子的形象。可昨天吃完饭，我拿着《唐宋词一百首》，信步来到了历城车站，在大门旁的一个宣传栏里，陈列着一些画作，恰好有一张鸽子的图案。所以今天下了班，就去把它画在了这张卡片上了。这首诗写得太不像回事，不过是想在这个相聚前的通信日留个纪念。

美好的未来在向我们招手！

你的华

1982年7月10日20:30

通信日

（1982年7月10日）

每月十日是我们的通信日，
第一个通信日是从月下老人介绍开始的。
现在是第六个通信日，
这个通信日过后我们就要幸福相聚。
美好时刻就要到来，
怎不令人心往神驰。
通信日啊，你使两颗心连结在一起，
你记载着我们甜蜜纯洁的爱情。
你给我们带来了希望、寄托，
给我们带来了幸福、憧憬……

静：

　　亲爱的，通信日的信昨日收到，非常高兴。

　　能分到南京军区就很理想了。我立刻就找到了六安的地理位置。

　　静，我早就说，不必为毕业分配过多操心，只要学校有熟悉的人，总是有些主动权的。当然，这与你的努力是分不开的。

　　南京军区和济南军区要合并，真是太好了，是不是"上帝"被我们纯洁的爱情所感动。

　　静，你说你愿意在部队好好干，我很高兴，也很支持。

　　说实话，我原来就希望你在部队干的，只要我们以后能在一起或不太远。如我原来想，你若分到济南或淄博，就没有转业的必要。现在你到了六安，而且合肥也有钢铁部门，我能到合肥也很好。反正我们的最终目的，就是要在一起或不远，你说对吗？

　　静，两个军区合并后，估计测绘大队所迁的地方，也都有钢铁企业。总之，一切都是向着有利于咱们的方向转化。我坚信咱们两地生活不会太久的。当然，即使两地生活，我们也是比别人幸福的。因为我们可以把我们的生活安排的比别人在一起的还要好，生活得还要有意思，对吗？心爱的静。

　　大哥毕业分配，原是分到青岛纺织机械厂的，可他还是和嫂子一起到了江西临川，现在又先后调回了南京。

　　亲爱的，好事多磨呀，对美好的未来要充满信心。根据测绘大队所迁的地方，你不能到山东，我就调到你那里去。

　　静，你可以看得出来，我原来给你写信关于你的分配地方的选择，都是作了"进攻不成则撤退"的两手准备的。因为我想，从部队院校毕业的人，绝不是自己想转业就能让你转业的。据说，从部队院校毕业的学生，转业要经军区批准才行。所以，我们做好"你不能到我这，我就到你那"的思想准备，是很有道理的，是吗？

　　亲爱的静，我们就要幸福相会了。想到甜蜜时刻就要到来，心里充满了幻想。

　　你这次有多长假期，我就请多长时间的假。我已跟炉长和车间主任说了，他们当然同意啦。车间主任是咱们东工老校友，向着咱们呢。他说，我可以星期天加几个班，回来后再补几个班，这样如果要请一个月的假，只向组织科请20天假即可。他还提醒说，这可能要影响年终奖金的。

　　我想，你来之前的这两个星期天我就加班，回来后再加几个班。反正也不累，就是在值班室坐着罢了，不信你来看看。静，这点小事你就随着我吧，啊，亲爱的。

　　这次不到大哥那儿也好，以后咱们一起去。总之，对咱们来说，一切都是美好的。

　　静，这信是在值班室写的。这个星期上大夜班，值班室就我一个人，正好写信。亲爱的，我想这是你来我身边之前的最后一次夜班了，七月底估计应能见面了吧？最迟八月初，对吗？

　　静，昨天到市里，我骑自行车去的，也只用半小时多点。

　　裱好的画已取回来了。哎呀，那真是美极了。我先欣赏了一番，等你来了，再一起欣赏，还要带回去给爸爸、妈妈、姐妹、弟弟们看看呢。

　　云竹也买了，栽在花盆里，还有一大块彩色萤石放在花盆里，相互衬映，相映生辉。

　　我亲爱的静，一定告诉我，你喜欢吃什么，以便我做好充分准备迎接你呀。你要是不告诉我，我就要生气了。还有你能喝什么酒？白酒？葡萄酒？樱桃酒？还是啤酒？一定要告诉我，啊，亲爱的。

　　不管什么酒，第一次见面总要喝点啊，"酒逢知己千杯少"，在这样最幸福的时刻，我还想喝点呢，跟你沾个光吧。

　　静，看来这一次不能和晓红妹一起来了，那也不要紧，总可以在烟台见面的。静，到南京后，要争取早点到济南。

　　静，你真坏，又该罚你了。咱们这么渴望早点见面，而你却说，见到你要把我吓跑了，真坏，真坏！再这样说，我要恨你了。

　　静，记着啊，该罚你两次了，哼，看我怎么罚你。哎，咱们商定好，被罚者一定要听罚，好吗？你罚我时，我也一定听罚。

　　静，祝贺你的论文取得成功。我知道，作为示范答辩的，那肯定是老师们经过讨论，选定的优秀论文，你一定能取得好的成绩的。

　　静，答辩结束，就可以轻松一下了吧？不过，你还要补充试验，可别把我的静累着。

　　亲爱的，为了祝贺你大学毕业，我也要慰劳你，怎么慰劳，由你提出，我无条件执行，好吗？

　　盼望着相会的那一天！

你的华

1982年7月12日凌晨3点

相见恨晚

亲爱的静：

　　你真狠心，这么多长时间不给我写信，非要星期六吗？不过，这一次就不罚你了。

论文已经改好了吧？你的聪明才智足以胜任这一切的。

静，我指出你一个用词不当的地方：

接风：指宴请远道来的客人。

洗尘：也叫接风，指宴请远道来的人。

你用"接风"这个词，就属用词不当，应当用"洗尘"。就是说，宴请远道来的亲人。对吗？

静，前两天，我到组织科了解了一下关于职工探亲假的有关规定。

第七条是："职工配偶是军队干部的，军队干部利用年休假与其团聚过，职工又因有特殊情况，需要再到部队探望时，经所在单位领导批准，可酌情给予探亲假，假期最多不超过30天，计时标准工资照发，往返路费本人自理。军队干部因工作需要不能利用年休假期到职工所在地团聚时，职工可按《探亲规定》，享受探望配偶待遇，而军队干部又利用年休假回来与其团聚时，职工已领路费应该退回。"

亲爱的静，你看多好啊。咱们结婚后，你每年有年休假一次，可以到我这儿；而我呢，每年还有一次假期，可以到你那儿。也就是说，咱们一年最起码有两个月的团聚时间，再加上我星期天加一些班，团聚的日子还多呢！再说，等军区合并后，能到山东更好，就是到了南方，也都有钢铁企业，我可以调到你那儿。静，不管怎么说，未来都是美好的。

静，你决定要在部队干些年，我就可以考虑往你那边调动。如果不论何种情况，都以济南为根据地，就只有等你转业这一条路了，而且转业不容易，不能确定多长时间才能转业。而现在，我可以往你那儿调，就有两条路了，就灵活多了。我原来为什么同意你的观点呢？主要是考虑你不喜欢在部队工作，尽管我希望你在部队（只要咱们能在一起或不远）工作，但我决不会强加于你、委屈你的。而现在你愿意在部队干些年，我是很高兴的。

关于转业，我估计不是近几年所能办得到的，以后慢慢来吧。如能在一起，不转业也可以，现在先不要远虑了，到时候再说吧。

静，我的一切都好，只盼望着你早日到来！

祝一切顺利，用我的爱保佑你，亲爱的。

你的华

1982年7月18日晚

亲爱的静：

你真好！这些天把你累得够呛，向你表示最亲切的慰问！

当你乘上火车，去往工作岗位时，心情会很激动的。

16日来信今日收到，在咱们见面之前我只能写这一封信了吧？而你要尽可能多汇报情况啊。

亲爱的静，这么多天将不能收到我的信，怎么办呢？看照片和看以前的信吧。

静，你放心得到六安，安排好再休假也好，看一看单位是什么样子，安置好了，心里踏实，我耐心等待就是了，反正时间不会太长了，是吧？亲爱的。

你说你愿意吃肉，我也愿意吃肉，那你来咱们就多吃肉吧。梨酒在济南总可以买得到吧，松花蛋当然好吃啦，咱们俩抢着吃，看谁吃得多。

你问我愿意吃什么？我只能说，你愿意吃的，我都愿意吃，这是真的。

在家里时，母亲不管做什么菜，我都觉得好吃。有时母亲问我咸啊淡啊，我就说："不咸不淡，正好。"再加上学校四年，能吃饱就不错了，那还顾得了咸淡。所以现在吃菜，咸淡味都吃不出来了，不管咸淡都能吃，你放心好了。你学做的菜，我肯定都愿意吃。

这次你来，我做几个"拿手"菜，你吃吃看。不管好吃不好吃，咱们一起吃起来也会格外香甜的。

静，我可能穿裤子要105厘米长吧，其实我也不知道，这是刚才把一条穿着还合适的旧裤子的全长，用线量了一下，再用三角尺量出来的数值。你要买，可要注意这个尺寸是否是商品裤子上标明的裤长，或者你就量一下裤子的全长。至于肥啊瘦啊，别买太肥的。

我已准备好了买裤子的钱，夹在信里寄给你，你可千万别生气。亲爱的，因你现在刚毕业，到处跑，花钱多，万一在路上钱不够了呢？如果你要生气，那就罚我一回吧，亲爱的。

你喜欢什么呢？也请告诉我。我现在想，你给我买个闹表，三班倒是很需要的，就像是你的心在我身边跳动一样，还想几支毛笔、两个镇纸。不过，这些玩意儿你现在可千万别买。等你到济南后，咱们商量一下，看经济情况再决定。

我上半年并没有积下多少钱，现在还有85元，所以这次回家钱是不够的，但既然回家，就不能太寒酸，因咱们都挣钱了。所以我想从厂里预领三个月的工资，准备200多元，回家就说得过去了，这个事你也随着我吧，亲爱的。反正到元旦我都可以还上，你放心好了。预支的是基本工资，高温费、保健费、夜班费、奖金等每月近40元，所以回厂后生活还是有保障的。

从明年起，我就定级了，就可以多积点钱，准备咱们的喜事了。

静，我今年没有探亲假，明年才有，不过这次请假不扣工资，这是国家规定的，见习生请事假不扣工资。

静，济南的大西瓜可真好，还真便宜。现在铁厂门口卖的是八分钱一斤，厂里自己用车拉来的是五分钱一斤，不知郑州怎样？沈阳的西瓜大概要三毛钱一斤。这些天我和王力波可吃了不少，等你来了，我买个最大的西瓜慰劳你，好吗？

静，对于咱们，照相机和录音机是重要的，以后咱们买个照相机和录音机。不过这一次回家，可以借用一下，我还可以跟你学学摄影技术，你可别保守啊，我只是会乱照。

好吧，写到这里，我等着你的好消息。

用我的爱保佑你一切顺利！

你的华
1982年7月19日

亲爱的振华：

你好！昨天晚上才把托运的事情办完，今天一天就没事了。

我是25号下午两点多的168次火车去南京。毕业了，火车票给办卧铺了，这倒是挺好的，我最怕坐火车了。

振华，你18、19号的信都收到了，可是你为什么要寄钱呢？这的确应该罚你了。

我尽可能争取早点休探亲假，我也很渴望立刻见到你！

到济南时，我着部队女兵裙装，绿上衣、蓝裙子，你可看好了，别找不着，把我丢了。

这一天就要到来了，耐心等着吧，不要太着急！

你的静
1982年7月22日

徐静在南京待了四天，就到安徽省六安地区的工作单位报到了，六安离合肥不远，约一小时车程。这期间，振华无以排遣，就写了几封没法发出的信，他的心就随着心上人一路而去，他想等见面后把这些信让徐静看看。同时，他也为接待徐静以及回胶东做了些准备。"八一"建军节刚过，他就收到了徐静从六安寄来的信。

我亲爱的静：

今天终于收到了你的来信，激动的心情没法形容，心怦怦直跳，手都有些拿不住毛笔了，你看那字写得弯弯扭扭的。我生怕把地址写错了，所以对着你的信和信封，校对了好几次。

搞电算对咱们来说是最好了。这一方面是咱们俩有福气，我早就说过。另一方面可能是"上帝"被我们纯洁的炽热的爱情所感动吧。

静，到了新的单位，除了工作要搞好外，也要特别注意和同志们搞好关系，不要脾气一上来，就给人下不来台。

　　静，我觉得，我们目前的任务，就是熟悉业务，提高工作水平。就你来说，业务精通了，受到单位领导的重视，假如说，军区合并后在南方，对于我的调动，部队领导是会帮忙的。对于我来说，济南铁厂是全国炼铁红旗单位，的确有很多东西是有学习价值的。可以这样设想，任何一个钢铁厂，一听说是东北工学院炼铁专业毕业生，而且是济南铁厂高炉工长，都会争着接收的。

　　静，你还说这些天没给你写信把我闷坏了呢，你知道吗？我这些天给你写了好几封信，只是没有寄出去罢了，等你来的时候再看吧。

　　静，争取早点来呀！这些天我好像都有点瘦了，我想这与思念你肯定有些关系。如你休假实在太晚，那我就先到你那去。不过这一次，尽可能还是你先到济南，咱们一起回家是最好的。

　　亲爱的静，但愿像你说的那样，还未收到你的照片，就收到了你来济的电报。

　　静，你来济后，为你"洗尘"的第一餐，我都准备好了，就等你来了。

　　昨天我还到火车站去看了一下，觉得很亲切。我早就想，咱们首次相会济南站，出了站一定要留个影。可昨天，在车站我到处找，也没有看到有照相的。看情况吧，去接你时，看能否借个照相机，拍摄下这具有美好回忆和历史意义的珍贵镜头。

　　你看情况，不管哪一次车，一定要提前打电报给我，告诉我车次及到济南的时间，我想只要天上不下刀子，我都会到车站接你的。

　　亲爱的，下车后不要出站，我到站台接你。不见到我，你就别出站。

　　从火车站乘公共汽车到济南铁厂的线路是：在火车站乘18路公共汽车，到山东师范学院，换乘2路车（有汽车和电车两路都可）到解放桥（两站），再从解放桥乘8路公共汽车，到济南铁厂站下（约半小时），下车后，顺着路向南走（约走10分钟），到铁厂后，问招待所在哪个楼，招待所在四楼，我们在二楼。上二楼后向北拐，东面第三个门。王力波在技术科，要是我不在，找他开门。

　　这是一种不合理的假设，我一定会到站内接你的。

　　不过我担心电报弄错了，或者电报投晚了。所以，一定要准确、详细点，尽可能提前拍电报。

　　来济南后，听我的安排好吗？

　　高兴得不知写了些啥。

　　静，明天是阴历六月十五，是咱们的观月节。愿明月带给你我的深情和热恋，送来你的微笑！

　　愿一切顺利！早日相聚！

永远爱你的华

1982年8月3日13:00

我的静：

今天观月了吗？你们军营的"山城"风景一定很美吧？

静，今天观月很有意思。我还是怕忘了，一边看着书，一边用一张纸条写上：10点观月，放在书前面你的照片旁。因为这样，一看到照片，就看到了纸条，而我是看一会儿书，累了就看一会儿照片的。

到9点钟，我到外边看了一下天气，还不错，挺晴朗的。

我想，今天我和静都能看到圆圆的月亮了。

9点45分，我穿上衣服，向上次观月点走去。

出厂门时，看看月亮还是挺亮的，可快到观月点时，忽然飘来一块黑云彩把月亮遮住了。我想，真糟糕，可不一会儿，黑云彩又飘走了，月亮从云彩后面悄悄探出了头，继而把整个脸都露了出来，我就瞪大了眼睛，和静一起看，今天的月亮可真圆啊，可真亮啊！可看了一分多钟，又来了一大片黑云把月亮遮住了。我想，这一下在10点20分以前是看不到月亮了，就拿出你的大照片，吻了你，轻轻为你唱起了歌："月亮照着你，月亮照着我……知心的话儿说不完啊，说呀说不完。"

在快到10点20分时，大黑云彩快过去了。我祈祷着，在10点20分以前月亮一定要出来。果然，在10点19分，月亮出来了，而且达到了最亮的程度，因为它的旁边一点云彩也没有了。我用劲地看着，似乎你的脸庞就映照在月亮上。

这月亮真好啊！亲爱的，你知道吗？有个民间故事说，月亮姐姐和太阳妹妹，太阳妹妹害羞，那么多人看她，就跟月亮姐姐诉苦。月亮姐姐就给了太阳妹妹一大把针，对她说："谁要是再看你，你就拿针扎他的眼睛。"这样，就没人敢看太阳妹妹了。你敢看吗？那太阳妹妹非拿针扎你不可，可别看啊！

静，这些天把你累得要命，好好休息一下吧，做个好梦。

我回到了宿舍，就到食堂打饭去了，吃完饭，换上工作服，就直接上班去了，这个星期上大夜班，这是在值班室给你写的信。就我一个人值班，我有时出去看看月亮，想象着你在皎洁的月光下，甜甜入睡的情景。

静，那一次才有意思呢！可能是星期一吧，我晚上10:30去打饭，一出宿舍门，仰头一看，哎呀！月亮怎么这么圆，难道今天是十五了吗？

我想，要是这样那可就糟了。因为要是静一个人在观月，而还以为我也在和你一起观月，那我心里怎么也是很难过的呀。要是这样，那你就应该加倍地罚我了。可打完饭回去一看，原来星期三才是十五呢。我倒不是怕罚，要是静一个人观月，而我忘了的话，那我的良心将永远要受到谴责的。

亲爱的静，也许明天就能收到你的信了。我知道这封信可能就能知道你什么时候能来济南了。我祈祷着你能先来济南，这样一切都好办了。

这个《六月十五观月记》已经写好三天了，可我怕给你寄去，你已经回济了。所以想等你回信后，再给你寄去。现在可真有些度日如年之感了，就按你之嘱咐，再耐耐心吧。不过我又担心这样耐心下去，恐怕就"人比黄花瘦"了。

合肥到济南的火车有两次：合肥—北京直快，19:25从合肥始发，次日5:58到济南；合肥到济南的130/131次，6:30从合肥发车，可能要在徐州换车，而且等的时间比较长，那还不把我的静给急出病来了。还是乘合—京直快好。

关于写信的时间，以后就每星期一封吧，不过这个"以后"是指从咱们相会开始的，好吗？具体时间到时候再说吧，我还没考虑好，你看什么时候好？

愿明月带来你的微笑，送给你我的无限深情和思念！

你的华

1982年阴历6月15日（阳历8月4日）

顺耳与忠言

振华和徐静通了半年信，彼此都感觉找到了知己，大有相见恨晚之意，都渴望着即将到来的相聚。

振华把这些情况向烟台的姑妈和南京的大哥都写信进行了汇报，也都收到了回信。但信的内容却大相径庭。

振华侄：

你好，来信收到了。

我们都看了信，都为你们两人高兴。的确，从现在来看，你还是有办法的。当然，主要的还是你们之间有着良好的基础，可以说，你们真是天生的一双了。但我还是要看你们见面之后的情况，你们能相互怎样来培育和浇灌这朵美丽的爱情之花，使它永不凋谢。

我希望你在见面后，应表现的落落大方，关心和体贴女方，细心照顾，但不能鲁莽和过早的亲昵。否则，会吓坏女方的。一定要处处主动热情，但又要稳重和机智，就是遇上女方不满意自己，也要一直真心实意地追下去，毫不动摇自己对女方的衷情。准备几经周折，最后胜利一定会是你的，我相信你的聪明才智。

另外，我向你提出要注意的问题，你一定要努力地想办法把工作搞得更好，工作要主动，不怕苦和累，提高工作质量和效率，要不断总结经验，不断提高工作能力，这不但对国家有益，而且对个人的发展也能带来绝大的好处。

晓霞在努力复习，今年希望大些。晓红考研究生的成绩还不错，但不一定能被录取，现在搞毕业论文，忙得很。

晓红说，她在复习、准备考研究生时，徐静当后勤部长，帮她们买东西，做好吃的。所以使晓红有精力，也有个好体格，打了个硬仗。

徐静这人是很可爱的，你和她结了婚过一辈子，那你这一辈子一定会过得很好。

我是要看看你的本事：一个看你对事业的贡献，一个看你能否和徐静结合；我想这两件大事，你都会搞得很出色。但现在都是开始，我想一定会有硕果的，一定会取得成功的。

你姑夫现在仍然很忙，一个星期能从莱山机场回来一趟。前些日子，振雁来住了一些天，来后挺喜欢干活，小嘴很甜，很讨人喜欢。还和晓霞到蓬莱游玩了一趟，照了些照片，也到照相馆照了相，寄两张给你看看。

我们一切都好，勿念。

我在烟台等着你们，祝你们一切顺利。

姑 常晔

6月8日

振华弟：

两封来信均收到。

知近来的情况及打算。当然，做哥哥的应尽力帮忙。你们至今尚没见过面，虽书信上有往来，但我觉得了解还是很不充分的。你们应该有一段时间的接触才好，关系更不应过早地确定。先通信，再见面，见了面再考察一段时间，再根据直接、间接的情况，然后确定关系，这才是比较稳妥的。直到现在，我仍然坚持这种看法，也可能会作为你们的笑料而载入史册。

生活总是生活，不是幻想。生活就是要吃饭，要穿衣，要住房，要生儿育女。所以望你们理智一点，理想不能代替现实，空想更不等于现实。工作几年之后，有点经济自理的能力，再结婚是现实的。我们分居多年，虽然工资比较起来还可以，但分居跑掉所剩无几。十多年来，我们三人想回一次老家，都没有实现。

你刚工作几个月，基本建设根本谈不上，请假恐怕还要扣工资。

我建议，刚到单位，还是不请假的好。徐静到济南，可在济南玩玩，从蓬莱回来，再到济南玩一下，再返回她的工作单位。另外，这样回家，有很多的不方便，主要是工作时间太短，不宜请假，也无必要。哪儿有上了几天班就请假的道理。裱张画近20元，这也太不值了，这样的花钱我是从来没有过的。

我在农村锻炼的一年三个月中，记忆中每个月要寄30元回家，我这里什么东西都是自力更生、勤俭持家搞起来的。我记得我们是27岁、26岁结的婚。所以，你们特别要有足够的、现实的两地分居的思想准备。你们的事情我不甚了解，只谈个人看法：太草率了！

关于个人问题，自己满意，对将来遇到的实际问题，有充分的思想准备，现在满意，将来满意，情投意合就可以了。但青年毕竟是青年，不恰当地肯定和不适时的否定，都是有害无益的。请记住古训："纸上得来终觉浅，绝知此事要躬行。"

本来今年先进教师可以到连云港休假，我也是其中之一，但考虑到经济问题，我便谢绝了。

30元钱按你的要求寄给你，注意合理安排，此次最好不回家。

现在你虽已工作了，但实在说是身无分文，更不准向别人借钱，就在济南谈谈可以。

你自己想想，刚到一个单位没几天，就借钱谈恋爱，成什么样子？还注意影响不？咱们家的人恐怕没有这样的习惯吧?!

祝好！

愚兄　振源

8月8日

看了这两封来信，振华心里打开了小鼓。

姑妈的信，顺耳。"真心实意追下去，毫不动摇"，"最后胜利一定会是你的"。

大哥的信，则是立足于现实，认为对一个人的认识，不是短期内就能了解清的，就此确定关系更是"太草率了"。尽管在经济不宽裕的情况下，还是寄来了30元钱，但又在汇款人简短附言里写下了六个大字："请勿请假回家!"

常言道："良药苦口益于病，忠言逆耳利于行。"面对如许忠言，对处于热恋中的人来说，的确是逆耳的，也是听不进去的，或许还认为这是亵渎了他们纯洁的爱情呢！

第六章　红楼梦

爱情和婚姻，无论对伟人还是平民，都是大事。

振华和徐静两个年轻人，经过近半年的通信，都认为找到了人生的知己。徐静感觉开始了新的生活，从失恋的阴影中走了出来。"我把你当作我唯一可以依赖的、能够帮助我、陪伴我走完人生旅途的亲人、知己，这是感情上、心灵上的寄托和希望。"两人"相见恨晚"，到8月，徐静大学毕业，分配了工作，终于盼到了见面的一天。

相聚泉城

徐静从郑州解放军测绘学院毕业后，先到南京军区报到，然后到工作单位安徽省六安83406部队35分队报到，报到并安置好后，才能考虑休假之事。

振华在济南铁厂一边上班，一边度日如年地焦急地等待着徐静来济的电报。

1982年8月19日上午，分配到济南钢铁厂而没有报到，直接去了烟台小钢联的同班同学史牧义，来济南铁厂出差。

三个老同学正在屋里聊得热火朝天，忽然听到有人敲门。

王力波打开门一看，门外站着一位英姿飒爽的解放军女兵。

王力波一愣，旋即明白了过来："请进！请进！"

振华一看，这不是徐静来了吗？！赶紧接过她的手提包："请坐！请坐！"

王力波和史牧义对看了一眼，赶紧撤吧！别在这碍人家的好事了。就又聊了几句，说我们到技术科看看技术文件，就都溜出去了。

徐静已参加工作，这次休假可以乘坐卧铺车。她说是要给振华一个惊喜，所以没有提前拍电报，而是按振华信中所提供的路线图，按图索骥直接找来了。

这可真是喜出望外、喜从天降，多少天来心中的焦虑一扫而光，立刻被喜悦所充满，高兴得嘴也合不拢，不知说什么话好了。

考虑徐静一路风尘，一路劳累，振华先打了一盆温水，请徐静洗洗脸，梳理了一下头发。这才坐了下来，嘘寒问暖，埋怨她怎么不拍电报来，好去车站接她。

因估计到徐静最近可能来，振华也做好了招待的准备。买了一些餐具、筷子、酒杯，以及徐静提到的酒水、松花蛋、肉类制品，还买了紫菜、海米、鸡蛋，准备用电炉子做个汤。

忙活了半天，振华又到食堂打了个青菜和米饭。万事俱备，振华把梨酒打开了，把晶莹的金黄色美酒斟满了两只高脚玻璃杯。

然后，对徐静说："多少天盼你来，今天终于盼来了。我早就想，见面后要亲吻你一下。"由于在通信中，振华就描述过想象力极丰富的梦中情，徐静也曾表示"我们会有达到梦中情景的那一天，并且不会太遥远的"。所以，振华就大胆地提出了渴望已久的要求。

他认为两个人早已互相引为知己，心心相印，相见恨晚，决不会有其他变化。

徐静犹豫了一下，脸泛红晕，低着头说："你亲亲我吧。"

积聚了半年多的情感，压抑了多年的对女性的倾慕与爱情，终于可以表达了。

得到了心中女皇的圣旨，振华拥抱着徐静，在她红晕的脸颊上轻轻地亲吻着……

下午，振华陪着徐静，步出厂区，来到了广阔的田野。

徐静说："到你写信的那座小山上看看吧！"

"好啊！"就和徐静肩并着肩，信步向东而去。

济南铁厂紧挨着胶济铁路，厂址选在这里，大概也是考虑了铁路运输的方便。向东不远，就是历城火车站。

振华介绍着："这条铁路就是胶济铁路，向东在蓝村站分岔。向东南到青岛，向东北到烟台。过两天咱们坐火车回家，也要经过这里。"

二人顺着铁路向东走去，看着两条永远也不可能相交的铁轨，在远处的鲍山脚下似乎相交了。

到了济钢南边的鲍山脚下，振华介绍道："这座山叫鲍山，春秋时著名的'管鲍之交'中的鲍叔，就埋葬在这座山的东边。"

顺着小路向山上登去，快到山顶时，有一片茂密的小树林，振华拉着徐静的手，把她领了过去。说："你看看，就是这个地方，我拿个雨衣在这躺着，看你的照片，和你说话，后来就迷迷糊糊睡着了，在梦里和你相会。"

这里地势高，周围也没有人，还有小树林作屏障，确是个谈情说爱的好地方……

亲热了一阵子，振华拉徐静坐在一块大石头上，说："你看这么安排行吧？我斜对门那一家人，也是刚结婚时间不长，有一间空屋，就在水房旁边，和我们那屋中间隔一间，里面也有一张床。我和他们说好了，你就住那行吧？床单、枕巾我都有新的，给你铺上。你看怎么样？你要嫌不好，就住四楼招待所。"

"行啊，当兵的人，哪儿都能睡，比你还能吃苦呢，没问题。"徐静答道。

"那好，也就对付一晚上吧。我想，明天咱们把行李拿到市里，放在我爸爸一个老同事家里。白天咱们到大明湖、趵突泉看看，晚上在省体育馆有一场音乐会，档次很高。我看介绍，有殷秀梅、陈蓉蓉、程志等的独唱，还有独奏音乐等。看完节目后，咱们就在阿姨家住一晚上。第二天，上千佛山看看，晚上咱就坐火车回家吧。你看这样安排行不行？"

徐静沉吟了一会儿，高兴地说："好啊，我从济南走了多少次，也没能好好游览一下济南的三大名胜，这一次在导游的陪同下，好好看看，还能欣赏一场高水平的音乐会，也算很幸运了。"

安排计划已获"女皇"审核通过，振华心里的一块石头也落了地。到山顶欣赏一下极顶风光吧！

山顶上有一座亭子。

站在亭子里，振华指点着，向徐静介绍："你看这北边就是济南钢铁总厂，有焦化厂、烧结厂、炼铁厂、炼钢厂、轧钢厂，我们同学老戴就在济钢工大当老师；济钢西边就是市立三院和济南化肥厂；下边这个镇叫王舍人镇，济南洗衣机厂也在这个镇上；你看这西南那一片化工厂，就是济南炼油厂，那里的工人收入高，待遇也好；再向西就是济南第二钢铁厂，我们有两个同学在那。这里是两条路的交叉点，向西的一条是工业北路，向西南的一条是工业南路。济南的重要工业企业大多集中在这两条路周围。"

这么多工厂，集中在济南东郊，看得徐静眼花缭乱。

振华又指着炼油厂对面的一座小山说："你看那座小山，叫烈士山，山顶上有一座纪念碑，那里埋着不少济南战役牺牲的烈士。咱们下去吧，从田间小路穿过去，烈士山西北面就是我们厂的宿舍区，我们去看看。"

下了山，走进了青纱帐，高粱、玉米都长得郁郁葱葱，有一人来高，微风吹拂着它们长长的叶子，发出"哗啦哗啦"的响声，也送来阵阵凉爽。

振华摘下路边一朵白色的野菊花，双手献给了他心仪已久的姑娘，像献上了自己一颗赤诚的心。

徐静接过这朵洁白的小花，欣赏了许久，又把它别在发际间。

振华说："我给你唱个歌吧，《摘一束玫瑰送与你》。"

> 摘一束玫瑰送与你，
> 象征着爱的甜蜜。
> 她在你意中，
> 啊，你在她心里。
> 雪白的玫瑰多香艳，
> 纯洁的爱情更美丽。
> 哎，忠诚的心儿永相依……

这深情的演唱，极富感染力。徐静听了，颇为吃惊地说："没想到，你歌唱得还这么好。"

"我这还算一般，我大姐、妹妹那才唱得好，我二哥喜欢京剧，杨子荣、王大春、刁得一都演过。我再给你唱那段《为什么我露出幸福的笑容》，你在信里说了，你唱第二段，最后几句是合唱。"

> 为什么我露出幸福的笑容？
> 因为你给了我甜蜜的爱情。
> 为了它我曾经默默地祈祷，
> 期待着有一天和你相逢。

振华情真意切地唱完了第一段，等着徐静唱第二段。可是徐静扭扭捏捏地不肯开口，不知是不好意思，还是唱得不好。

振华一看，不采取点革命措施是不行了，就胳肢她。她痒得受不了，一边笑，一边蹲在地上讨饶，一边说："好好好！我唱我唱！"

振华就双手把她拉了起来，并肩向前走去，徐静小声地吟唱了起来：

> 为什么我唱出欢乐的歌声，
> 因为你给了我纯洁的爱情。
> 为了它我曾经默默地祝福，
> 期待着有一天和你相逢。

这一段唱完，就是合唱，振华高声随着唱了起来：

> 唻唻唻唻唻唻唻唻，
> 唻唻唻唻唻唻唻唻，
> 让我们去创造美好的生活，
> 让我们奔向那美好的前程。

这清脆嘹亮的歌声，响彻在绿色原野的上空，一群群小鸟也从庄稼地里飞起，"喳喳喳"地似乎在伴奏。

到了烈士山北侧山脚下，振华问："还爬上去看看吗？"

徐静说："别爬了，我也累了。咱不进去看了，我不喜欢看陵园，给人一种压抑感。"

迎着夕阳，顺着小路，向厂宿舍区走去。

振华介绍道："这两幢新楼房，是刚盖起来的，还没有分，也就是领导干部、工程师这样的人才能分到。还有几幢简易楼，住着中层干部和老职工，更多的是平房，住着年轻的职工及其家属。"

振华看着这些住宅说："现在厂里年轻人结婚，给一间房没问题。要想住到新楼里，那要当上车间主任或晋升为工程师才有可能。"

徐静看着这些简易楼和平房，没有吱声。

出了宿舍区北大门，路边有卖西瓜的。走了这一路，大概也把娇小姐渴坏了，就蹲下来挑选西瓜。

挑了一个大西瓜8斤，每斤6分钱。

徐静随口念道："六八三十二。"

卖瓜的老大爷一听乐了，纠正道："六八四十八。"

振华也乐了，解嘲道："看看，念书念多了不是?"逗得徐静也笑了起来。

振华抱着大西瓜回到厂区宿舍，王力波也下班回来了。

"你小子就是有口福，出点力吧，无功不受禄啊!"振华把西瓜往王力波的小桌上一放，吩咐道。

力波拿着西瓜，到水房里冲洗干净了，拿把刀子，晃了两晃，一刀下去，红沙瓤的，细甜细甜的。

吃了一阵子西瓜，振华向力波说了安排。

力波提醒道："你可别忘了请假呀!"

"那还能忘了。吃完饭后，我就去向炉长请假。"振华应道。

力波拿起饭盒说："我就不管你俩了，我到办公室吃饭。要不晚上我就在办公室睡一晚上，没问题。"

振华道："你这个小子满嘴都是象牙，徐静就在隔壁那个房间休息，我和对门说好了，你10点回来就行。"

力波走后，徐静打开手提包，取出一套为振华买的夏装，一件浅灰色的涤纶裤子，一件T恤衫。

振华比划了一下，基本合适，高兴地说："这一下咱也鸟枪换炮了，明天穿上到市里，精神精神。"

晚饭之后，安排徐静到厂浴室洗了澡。

振华又到炉长家请好了假，回来后把徐静的床也铺好了，让她好好地休息吧。

振华信步走到了技术科，看到王力波正和一个伙伴在打"克郎"棋，看着他们打完了这一局，就拉着力波返回了宿舍。

振华问："你看怎么样?"

力波"咝咝"地抽着冷气，沉吟道："我感觉徐静好像不高兴。你看看，她大老远来相亲，咱这个破工厂，到处都是烟尘，灰头土脸的；她进门的时候，你拖拉着个破拖鞋，穿着个破背心，我看她那脸立马就耷拉下来了，连个笑都没有，你小心点吧！"

振华一琢磨，力波这小子还真是人小鬼大，说的也不无道理。但一想到徐静信中那些信誓旦旦的话，又感觉不会节外生枝。

第二天早晨，振华穿上了徐静为他买的衣服。

王力波看了看，赞叹道："哎哟，还真是，人是衣裳马是鞍，徐静把你这一打扮，也人五人六的，唬人一阵子。"

徐静和振华早早地吃了点饭，提着准备好的行李，乘坐厂里下大夜班的班车，去了市里。先到王秀丽阿姨家，说明了来意。王阿姨的大姑娘已出嫁，正好有一张空床，振华在沙发上也能睡一觉。这样晚上的住宿有了着落，振华也就放心了。

1975年，振华和母亲第一次到济南时，曾到王阿姨和毕处长家吃过饭，他们两家都有一个姑娘和振华年龄相仿。振华大学毕业分配到济南后，又专程去这两个家庭拜访了一次，以告知父亲的老同事们，他的儿子分配到了济南；另一方面，也心存一念，就是想看一下他们两家的姑娘怎么样，有没有意思？或者她们的父母有没有意思？或者说即使都没有意思，有没有可能帮忙介绍一个有意思的对象。失望而归之后，没有特别的事，也就不好再登门了。当然，这曾经的"私字一闪念"，是不能跟徐静说的。

先到大明湖吧！从西南门进园不远，就是鸳鸯亭。

振华指着鸳鸯亭说："你看，这就是鸳鸯亭。我给你寄的卡片上还画过呢！还为你作过一首诗，还记得吧？"

"记得有这么回事，好像你做了三首诗，我脑子不好使，记不住了。"

二人进到亭子里，在邻近湖边的栏杆上坐了下来，眺望着湖光山色。

振华低声道："那首诗是这样写的：春来湖水碧于天，华静漫步明湖畔。镜中双影凝一体，鸳鸯一双永相伴。第三句是什么意思呢？你低下头看看。"

振华把手搭在徐静肩上，同时低下头向湖面一看，平静的湖面上，恰似梁山伯与祝英台在井中的倒影。

前边又到了铁公祠，徐静少不得又把铁公祠月亮门两旁的对联念叨了几遍，又在沧浪亭前观赏了"佛山倒影"。

这佛山倒影一般人看不着，必须空气透明度非常高，又没有风，因而在水面平滑如镜的条件下，才能看到。

看着铁公祠内的铜像，徐静问道："这铁公是个什么人哪？"

由于有任明这位老师的指教，这一回算没有丢丑。

振华一看，显摆学问的机会来了，就把铁铉如何坚守济南，抵抗了造反的燕王朱棣三个月进攻的事迹娓娓道来："燕王朱棣久攻不下，就放黄河水淹城，铁铉派兵诈降，引诱朱棣进城，差点把他砸死；后来朱棣又调来不少大炮，要炮轰城墙，铁铉又在城墙上树起十多个大木牌子，上面写着：大明太祖高皇帝神牌，也就是朱元璋的牌位，就像防弹衣一样，朱棣不敢下令开炮，只得撤兵。铁铉又率军追击，打得朱棣大败，落花流水逃回北京。后来乾隆皇帝下江南，来到济南，认为铁铉忠君报国，命建铁公祠，以纪念他。"

在北极阁的游船码头，租了一艘脚踏船，像一只大天鹅在水面上游动，两个人一边坐一个，像踏自行车似的，向历下亭驶去。

到了历下亭，振华先上了岸，把缆绳系好，扶着徐静下了船。

"你看，这副楹联非常有名：海右此亭古，济南名士多。这是杜甫在这亭子里喝酒时写的。"

进了南门，振华邀徐静在历下亭内的石凳上坐下，环顾四周，湖光山色，一片大明，真是赏心悦目。

振华指着小岛西南角的亭榭说："你看，那是蔚蓝榭，乾隆皇帝就在这里边住过。这大明湖有二怪：蛇不见，蛙不鸣。"

"真的吗？这怎么回事呢？"徐静不解地问道。

"据说，乾隆皇帝住在这里边，那大明湖里蛙声一片，吵得他睡不着，湖里还有不少水蛇在游动，似乎不安全。就下了一道圣旨：'蛇入洞，蛙不许叫。'蛇都吓得入了洞，蛙也不敢叫唤了。可是他走的时候，忘了把这道圣旨撤销，从此大明湖里也就没有蛇了，蛙也不会叫了。有好事者，从别处捉来青蛙，放在大明湖里，这蛙也就不会叫了。若是把这蛙再放回原处，隔两天它又会叫了。这就成为大明湖里的两怪。"

"这是真的吗？"徐静奇怪地问。

"这都多少年的事了，这还有假！"振华神乎其神地说。

"咋回事呢？"徐静好奇地探问道。

振华端起一副学者派头，大模大样地当起了教授："这个事啊，说起来话长。这大明湖的水，南边是珍珠泉、王府池子的泉水流到这里，西边有趵突泉的水也流到这里。这泉水的水温比较恒定，在摄氏22度以下。据研究，青蛙要在25度以上的温水中，才能鸣叫求偶繁殖。因此，在这样低的水温中，它就不叫了。第二个呢，据探测，这大明湖底呀，全是火成岩，这水也渗不下去，而且从不干涸，蛇也没地方打洞。所以这里也就不适合蛇的生长繁殖，所以大明湖里也就没有蛇了。明白了吧？"

徐静听了模棱两可，似乎明白又不明白，半信半疑吧。也可能觉得，这人即使知识比较丰富，也是有点"赛吹"。

休息了一会儿，喝了点饮料，又看了看名士轩里的诸名士，就又上了船。向南岸蹬去。

振华看徐静也许是连日劳累的，也许没有休息好，脸色有些凝重，有时看着前方，脚却机械地随着踏板在动着，似乎出了神。

振华拍了拍她的手说："你来这两天，招待多有不周，因为条件所限，还请谅解。不过倒也节省下了两天的住宿费，咱们中午改善改善生活，去吃一顿济南名吃。"

"别乱花钱啦，悠着点吧。"

"这个名吃花钱倒也不多，就是'草包'包子，大概可与天津的'狗不理'包子相媲美，离这里也不远，走着去就行。"

把船驶到南岸码头，交了船，从南门出了大明湖。

刚巧碰到史牧义也在这里，正在研究石碑上的"大明湖"三个大字。

振华问："怎么样，研究明白了没有？"

史牧义道："不大明白。这三个大字是清代于书佃写的，可怎么这个'明'字的日字旁多了一点呢？"

振华又卖开了关子："这个不懂了吧？清朝的人写字，忌讳这个'明'字，就多写一点。你看了趵突泉了没有？"

"我去了。"史牧义也不知道振华葫芦里卖的是什么药。

"去啦，那好。你没看到趵突泉的'突'字，上边少了一点吗？"

"呃，还真是，那个'突'上边是少了一点。"

"嗯，看到了就好，这个明字多这一点啊，就是趵突泉那边飞过来的。明白了吧？"

"你就满嘴跑旱船吧。"史牧义笑道。

"唉，这东西，都是导游编出来逗游客穷开心的。我们还要去看看趵突泉，你这刚到大明湖吗？"振华问道。

"嗯，你们玩儿去吧。我再到南边鹊华桥、曲水亭街看看。"史牧义说。

"行，你好好玩儿吧，我们走啦，再见！"

大家挥了挥手，就各奔西南了。

振华陪着徐静一边向西走去，一边介绍道："史牧义这个家伙才逗呢，他要看到漂亮姑娘，那就两只眼直勾勾地瞪着人家看。有一回，史牧义和他对象在烟台轧马路，史牧义看到街边上一个很漂亮的姑娘在打毛衣，就一个劲地看人家。他对象拖着他走，他还回头看人家，还赞叹地说：'哎呀这个×养的，这个俊哪！'把他对象气得要命，也可能是他故意气女朋友吧？我看人，也只是瞄一眼罢了，不会多看的。亲爱的，我现在也注意观察一下人们的衣着，看谁美，谁的打扮得体。"

到了护城河边，穿过五龙潭公园，向西拐不远就到了草包包子铺。店门外挂了好几个牌子，什么"百年名吃"、"老字号"，也挺唬人的。

点了两笼灌汤包，一个炒虾仁，一个鸡蛋紫菜汤，一瓶啤酒，也算美餐一顿吧。

下午游览了趵突泉、万竹园、黑虎泉等景点，就乘车到了经十路的省体育馆。

振华指着这座方形的体育馆说："为建这个体育馆，每个职工都捐款2元，所以这里边还有我的功劳呢。"

终于，音乐会开始了。由著名电影演员程晓英主持，其优雅的气质、迷人的风度，令人眼前一亮。

这场音乐会的演员们不是来自一个音乐团体，大概都是"走穴"吧，但水平还是相当高的。中央音乐学院孙维熙的琵琶独奏《十面埋伏》《天山的春天》；青年二胡演奏家姜建华演奏了《二泉映月》《江河水》；中央音乐学院青年扬琴教师黄河演奏了《红河的春天》《草原之夜》。声乐部分，最著名的要算殷秀梅和程志了。

殷秀梅是中央广播乐团女高音独唱演员，她虽然形体不是很高大，但站在体育馆中央临时搭建的舞台上，可谓四面生辉，舞台风度很大气。音色独特，有浑厚之美。她演唱了《心中的玫瑰》《雪莲花》，在观众经久不息的掌声中，又为观众们演唱了《金梭银梭》。

程志是中国人民解放军总政歌舞团男高音独唱演员，他演唱了意大利歌曲《我的太阳》以及电影《戴手铐的旅客》插曲《驼铃》。

主持人程晓英也为大家演唱了电影《红日》插曲《谁不说俺家乡好》、电影《少林寺》插曲《牧羊曲》。

这样高水平的音乐会，在中小城市恐怕很难欣赏到，县城那就更不可能了。

音乐会结束已是九点多钟了，公交车已下班了，更没有出租车，只能开步走了。

从体育馆到山师东路建工学院门外的王阿姨家，大概要走半个多小时。

徐静今天换了一双新的高跟凉鞋，白天已经走了不少路，新鞋磨脚，走了一阵子，她疼得受不了了，说："我恨不得把这破鞋扔了！"

振华一看，心疼得泪水在眼眶里打转，又不能背着她，只好搀着她，慢慢走吧。

大概也是疼得徐静咬牙切齿的，她心一横说："我跟你说啊，咱们之间的事啊，我看是你姑妈犯了一个错误！我看咱们是不合适的！我感觉你和照片和你写的信差距太大，判若两人，对照不起来，我看不惯你的举止言行！你要重新考虑这个关系！"

振华一听，眼眶里的泪水直接就滚落了下来，沉默半天，才哽咽道："我从来没想过要重新考虑咱们的关系。"

徐静斜了一眼，把搀扶她的手一甩，斥责道："你看看你，还有点男子汉的气质风度吧？！你好好想想吧，我可不是开玩笑！"

振华无言以对，默默地、机械地迈动着脚步，向着未卜的未来走去……

睡了一觉，徐静大概休息好了，脚也不痛了，昨晚的火气也消了不少，也随和多了。

在王阿姨家吃了点早饭，就换上了来时穿的平底军凉鞋，到千佛山去看看吧。

临出门时，阿姨嘱咐道："下午早点回来，咱们包饺子吃。"

从山师东路向南，振华在路边又买了一个西瓜提着，直接向南走，就到了千佛山的东麓，这里也有小路可以上山，看看山景，倒也不错。

走了一阵子，看到一座辛亥革命纪念碑，环境很幽静，在这里歇歇吧。提着个大西瓜爬山，似乎有点傻。

在这里吃着西瓜，看着纪念碑的碑文，也算寓教于乐吧！

顺着小路向西走，就到了千佛山脚下。

在唐槐亭下坐了坐，振华又讲了一通山东好汉秦琼如何如何，又指着那棵唐槐说："据说秦叔宝的家就在济南南部山区的九顶塔，昨天咱们走过的五龙潭公园里，就是秦琼的府第，他非常孝顺，经常回家看望他的母亲，就在这棵唐槐上拴马休息。"

振华拉起山东好汉秦琼，意气飞扬，大概是想让秦琼为自己壮壮胆吧！

唉！也真是奇怪得很。徐静在信里谦虚地说："一切都要你来教我"，"我对你的爱是深沉的、执着的、真挚的，我把你当作我唯一可以依赖的、能够帮助我、陪伴我走完人生旅途的亲人、知己"，"如果你现在离我而去，那我将会十分抑郁的，会像失去了生命的支柱一样，真的"。"你放心，我没有把你想象得王子般的俊美。我认识你，主要的还是心灵，我追求的等待了多年的也是一颗美的心灵"，"让我们开始新的生活吧！新生活是崭新的美好的，让我们一起走向铺满鲜花的光明路，走向明天。"这些情真意切的言词，振华读过多少遍，已经深深地铭刻在脑海里。想不到才见面一天多，她就要重新考虑关系，面对的这个人和写这些话的人，是一个人吗？不也是判若两人吗？这人说过的话，白纸黑字，就这么不可信吗？！

唉！好事多磨呀！姑妈不是在信中说："一定要处处主动热情，但要稳重机智，就是遇上女方不满意自己，也要真心实意地追下去，毫不动摇自己对女方的衷情，准备几经周折，最后胜利一定会是你的。"

行啊！姑妈什么都预见到了，就按姑妈的指示办：毫不动摇！

想到此，振华的精神状态立刻阴转晴，可谓茅塞顿开，豁然开朗，信心倍增。

走吧，到一览亭一览泉城风光吧！

过了半山的"齐烟九点"坊，再往上就是兴国禅寺山门。

振华指着山门两侧的楹联道："你看这楹联怎么样？"

徐静脱口念道："暮鼓晨钟惊醒世间名利客，经声佛号唤回苦海梦迷人。"

振华又道："这暮鼓晨钟是把我这个名利客惊醒了，不知这经声佛号是否能唤回你这个苦海梦迷人？"

徐静不以为然道："什么经声佛号、苦海梦迷，我又不信佛。我是彻底的唯物主义者。"

"好好好！唯物主义大师！咱们进去看看吧！"

进得山门，振华又介绍道："这座寺内的天王殿，供奉着弥勒佛，这门两侧的楹联也很有意思：大肚能容容天下难容之事，开口常笑笑世间可笑之人。"

山门之内，整个南部山崖上，就是隋代千佛崖造像群。

"你看这龙泉洞最有意思。当山风从洞口吹过时，能发出犹如龙吼的声音。洞中的泉水，是山上的渗水经石缝过滤后滴下来的。此洞水深数米，清澈见底，每当夜深人静时，这'叮咚'的滴水清音，犹如珠落玉盘，更衬托了寺院的幽静。'洞中多法水，为客洗烦愁。'僧人就吃这'神水'，游人至此也总想喝上一口，来清心消愁。我给你弄点水喝喝，再洗洗脸，把你的愁烦都洗去，怎么样？"

徐静道："得得得！你不是请我来喝茶的吗？"

"好好好！那就是一览亭，走！"

在一览亭找了个茶座，要了一壶灵岩清茶，又买了一些点心，权当中餐了吧。

这里视野非常好，泉城济南一览无遗，尽收眼底。

吃着点心，喝着清茶，徐静又来了精神，旧话重提："让你重新考虑咱们的关系，你考虑得怎么样了？"

由于有了好汉秦叔宝撑腰，又有了姑妈的最高指示，振华坚定地说："没什么可重新考虑的。我说过，我决不会在你已受创伤的心灵上再添新伤痕！我有什么你看不惯的，你提出来，我尽力改就是了。你不是说过吗？一个人难能可贵的，不就是知错改错吗？"

徐静听到这坚定的毋庸置疑的回答，一时也不知说什么好。

振华一看，姑妈的指示确实高明、管事。一定要毫不含糊、坚定不移！

先救谁

8月22日晨，在黑暗中奔驰了一晚上的列车，终于迎来了黎明，也到达了终点站——烟台。

按商定好的行程安排，先到广仁路去看望姑妈，下午到蓬莱，然后到文登。

也没有提前拍电报，姑妈一看，侄子领着女朋友来了，她这大媒做得基本成功了，高兴得嘴都合不拢了，忙里忙外地招待个不停。

姑夫和晓霞也在家，大家都很兴奋，只有晓红还没有回来，来信说先到武昌部队报到，安顿好后就回来探亲，估计也就是这几天。

喝着龙井茶，吃着茶点，还有从屋门前一棵大无花果树上摘下来的无花果，又切了一个大西瓜，大有招待"贵宾"之慨，令振华有受宠若惊之感。

大家聊着天，姑妈又问行程如何安排，了解之后，也很满意。

姑妈又张罗着要去买菜，晓霞提议到海边吹吹风吧。

姑妈的住房后边就是大海，但没有通道。出了大门向西走不远，向北一拐就到海边了。

看着辽阔的大海，总是令人心旷神怡的。

晓霞考上了兰州大学生物专业，也很不错，暑假之后就要报到了。看着两个已大学毕业了的哥哥、姐姐，再也不用受苦学的煎熬，自然很是羡慕，也非常高兴，拉着徐静的手，说个不停。

沿着海岸，向西漫步而去，又到烟台山上转了一圈。

振华仰望着山顶上洁白的灯塔，似乎心里也有了明确的方向，看到了希望的曙光。

姑妈心里高兴，不知怎么招待好了。桌子上都快摆满了，螃蟹、爬虾、蛏子、海红、韭菜炒海肠、芹菜炒肉，又端上来一条红烧黄花鱼。

徐静一看，直说："阿姨，别再忙了，吃不了这么多。"

姑妈一摆手，说："你们先吃着！老任，开酒啊！"

振华和姑夫喝"泸州老窖"，晓霞又打开一瓶烟台张裕酿酒公司出产的干红葡萄酒，姑妈的拿手好菜"熘肉片"也端上来了。

这"熘肉片"做得真是一绝，非常鲜嫩可口，一般厨师做不出来。

一边吃着大螃蟹，一边还频频举杯。

姑妈端起杯来，红光满面地说："祝你们心想事成，花好月圆！来，老任、晓霞，陪着喝一杯！"和徐静、振华碰了一下杯，一饮而尽。

晓霞也跟着起哄："来来来！喝喝喝！"和徐静碰了一下杯，也一口喝了。振华和姑夫碰了一下杯，也一仰脖干了。

徐静喝了一点，歉意地说："阿姨，我实在不能喝酒，我多吃点菜吧！"就把杯子又放在了桌子上。

振华虚度25周岁，从来就没有吃过这么好的酒席。在农村，就是过年，也无非是包一顿饺子吃吧；大学四年，白菜、萝卜汤加高粱米、窝窝头，馒头也不是随便能吃饱的；到了工厂，也是吃食堂，那更是"马尾巴提豆腐——提不起来"。

振华也明白，姑妈费这么大心思，也主要是为了招待好徐静，自己跟着沾光吧。管它了，今朝有酒今朝醉，明日愁来明日愁。就端起了杯，感谢大媒："姑啊，姑夫，为我们这事，你们可费了心了！来，我敬你们一杯！"碰杯之后，一饮而尽。

徐静一看，怎么也得表示一下吧，也端起了杯，说："这来，给阿姨添这么多麻烦，真不好意思，谢谢阿姨！"碰了一下杯，又喝了一点。

酒足饭饱之后，徐静帮着晓霞把桌子收拾干净。

晓霞又沏上了一壶茶，喝了一会儿茶，振华站起来说："姑啊，你们休息吧，我和徐静到汽车站，下午去蓬莱。那边叔叔、阿姨也知道，说不定正在家里盼着呢！"

说着把带来的几包高粱饴、周村煎饼从包里拿出来，说："姑啊，给你带了点土特产，不知你喜欢吧？"

姑妈一看，说："你这个大老华子，上我这来，还这么客气？以后什么也不用带，你们来了，我就高兴。从蓬莱回来的时候再过来，估计晓红这几天也该回来了，你们见见面。"

送出大门口，姑妈又嘱咐："晓霞，去送送你哥和徐静，你们回来可来呀！"

在汽车站，乘上了去往蓬莱的长途客车，和晓霞挥手作别，汽车一会儿就开动了。

车一开，徐静脸上挂了大半天的笑容又不知跑哪去了，似乎陷入了深思之中。

客车开出烟台市区后，她提出一个十分古怪的问题："哎！我问你个问题，如果我和你妈同时掉水里了，你先救谁？"

我的天！还有这么考验人的吗？这还真是个"两难"的选择。

思忖半天，振华无奈地答道："我看哪，还是应该先救母亲。母亲不会游泳，又不抗折腾，把母亲救起来后，马上救你。你年轻，又是海边长大的，肯定游泳不错，在水里待一会儿没事吧？"

徐静一听，满脸不高兴，不满地说："嘚嘚嘚！先救你妈，你妈重要，我不重要；你妈第一，我第二。"说着把脸转向车窗外，看着窗外的景色。

她独自生了一阵子气，把脸转了回来，又问道："我说让你重新考虑咱们之间的关系，如果算了，你怎么办？"

振华又思忖半天，回答道："我不会死，但我决不会再找一个人。人生的意义远不止如此，我也没有权利死。母亲好不容易把我拉扯大了，全家人供我上大学，苦读四年，大学毕业了，也是回报母亲养育之恩的时候了。"

徐静听了默不作声。

振华琢磨，徐静对自己不太满意是真的，但也不是很不满意，看来主要是对自己的言谈举止看不惯。但对人的本质、心灵、脾气以及对爱情的忠贞，她还是坚信的。若不然，也就不会同赴烟台，再赴蓬莱了。

想到此，振华又诚心诚意地对她说："你仔细考虑一下，我这个人究竟有哪些方面你看不惯，你都写出来，我都可以努力改正，或者有计划地分期改正，有些可能一下子改不了，但只要努力，一定能够改掉！"

徐静听后，心略有所动，但还是轻轻摇了摇头："江山易改，本性难移啊！"

汽车到了八角汽车站，上下了一批人，就直接开到了蓬莱。

在汽车上，就能看到西北的蓬莱阁，高高地矗立在山崖之上，颇为奇特而壮观。

人间仙境

从蓬莱汽车站出来后，直接向南走，徐静介绍说："别看蓬莱县城不大，可每次回来变化都不小，特别是旅游业，这几年发展很快。"

一会儿，就到了著名的牌坊街。街东头一个"母子节孝"石牌坊，街西头一个"父子总督"石牌坊。

据徐静介绍，这都是为明代抗倭名将戚继光家族而建立的，还经常有人来画这两个石牌坊，戚继光的府第就在这条街上，不过已经看不到原来的模样了。

过了"父子总督"坊，向南走不远，路西有一排坐北朝南的两层砖混楼房，楼房前面间隔着一个一个小庭院，从东向西第二个院落就是徐静的家。

在院门口，徐静让振华先等一下，说："我妈有心脏病，不能太激动，我先进去，再出来叫你。"

一会儿，徐静和她爸爸、妈妈都到了院子里，徐静出来向振华招了招手，振华才进了院。院里一条大黄狗，亲热地围着新来的客人转来转去。

大概徐静给她爸爸的信中，已经介绍了振华的一些基本情况，所以徐静给振华的信中曾提道："爸爸很喜欢你，他说你是一个品德高尚、心灵纯洁的人，很想见见你呢！"

尽管老人心里很高兴，忙活着买菜做饭，招待女儿的男朋友。可徐静心里的气看来还没有顺过来，对振华横挑鼻子竖挑眼的。

好歹振华已有"坚定不移、毫不动摇"的心理准备，逆来顺受，也不以为意，反而是徐静受到了父母的责备。

大概这一栋楼都是为部队伤残干部或离退休干部而盖的，每家一个小院，四间房，楼上两间，楼下两间。

这里是城乡接合部的县城，室内建筑也体现了胶东地方特色。一进屋是灶房兼餐厅，有一个大锅灶，东边屋里是一盘土炕。这土炕有一个很大的好处，冬天做饭时，能把炕烧热了，很暖和。但夏天可就热了。所以，徐静的爸爸在院子里做了一个临时的炉灶。

徐静和振华都住在楼上。灶房西北角有楼梯上二楼，一上去的一间是通的，没有房门，里面的一间有一个门。徐静住外间，这是她上学前的住处，振华住里间她弟弟的房间。她弟弟正在威海实习，没有回来。

由于徐静心里气不平，振华也不敢表达感情，更不敢表示亲热，再加上乘车劳累，早早地就进入了梦乡。

第二天早饭后，父亲让徐静领着振华逛逛蓬莱阁。由于有这方面的思想准备，振华也搜集了不少有关蓬莱阁的介绍和传说。

蓬莱，古称登州，素有"人间仙境"的美誉。

蓬莱作为山名，最早见于《山海经·海内北经》，里面有"蓬莱山在海中"的句子。据《史记·封禅书》记载，传说远在齐威王、齐宣王和燕昭王的时候，渤海中有三座神山，名叫蓬莱、方丈和瀛州，上面的东西全是白色的，黄金白银为宫阙，珠玕之树皆丛生，华实皆有滋味，吃了可以长生不老。

秦始皇统一六国后，为了寻求长生不老药来到这里，忽然看见一片红光浮动，便问随驾方士那是什么？方士灵机一动，就以海上三岛之一的"蓬莱仙岛"作答。

蓬莱作为地名，始见于唐代李吉甫所著《元和郡县图志》："昔汉武帝于此望蓬莱山，因筑城，以蓬莱名之。"汉武帝于公元前104年东巡到这里，望神山而不遇，于是筑了一座小城命名为"蓬莱"，聊以自慰。

传说中的仙山蓬莱，是一个虚无缥缈的幻境，而徐静陪伴振华游览的蓬莱阁却是真实而有魅力的绝佳去处。

"眼前沧海难为水，身到蓬莱即是仙。"蓬莱的风情魅力，来源于变幻神奇的海市蜃楼和八仙过海的神话传说，来源于瑰丽独特的地域文化和恍若仙境的自然景观。

徐静介绍说："不管是在郑州上学，还是到了安徽六安，人家一问，我家是蓬莱，都非常羡慕，说蓬莱不是神仙住的地方吗？"

蓬莱阁在蓬莱县（1991年撤县设市）城西北的丹崖山上，包括三清殿、吕祖殿、苏公祠、天后宫、龙王宫、蓬莱阁、弥驼寺等祠庙殿堂、阁楼、亭坊组成的建筑群，统称为蓬莱阁。蓬莱阁以其独特的魅力与黄鹤楼、岳阳楼、滕王阁并称为中国的四大名楼。

蓬莱阁的大门，是一座牌坊式建筑，"人间蓬莱"四个镏金大字是集苏东坡的字。两侧的楹联是：神奇壮观蓬莱阁，气势雄峻丹崖山。

这里有几个旅游团队，振华和徐静就跟在一个小型团队的后面，听导游进行景点介绍，也省了徐静许多口舌。

龙王宫又叫"海神庙"，主要祭祀海神广德王，就是东海龙王。

蓬莱的东海龙王与别处的不同，他的脸黑黑的，长长的。为什么呢？蓬莱有个习俗，大旱之年渔民到龙王庙求雨，如果屡求不应，渔民就会抬着龙王的木头雕像游街，高呼："求大雨！求大雨！"如果还不应验，就把雕像放在烈日下暴晒，据说晒得龙王受不了了的时候，就会下雨。所以龙王的脸晒得黑黑的，气得脸也拉得长长的。

蓬莱天后宫是我国北方最大的妈祖庙之一，始建于北宋，清道光年间重修，共有四进院落，主祭海神天后，俗名林默，民间称妈祖。在二层木石结构的戏楼园内，有四块露出地面的因含铁石英岩而呈赭红色的石头，是当年劈山建阁时特意留下的，所以这座山称为丹崖山。

普照楼是仙境蓬莱的标志性建筑，又叫灯楼。田横山灯塔启用后，它的导航功能就消失了。普照楼耸立危岩的建筑风格是国内仅有的，近看危楼百尺，摇摇欲坠，远观如鹤立鸡群，飘然欲仙。

苏公祠是1578年修建的。苏东坡在1085年调任登州太守，他10月15日到任，10月20日被调回汴京。在短短的五天里，他深入民间，体察了解民情，发现当地的老百姓生活穷苦。经过了解才知道，当时新法中的盐法规定禁止百姓买卖私盐，导致沿海不少靠卖盐为生的百姓陷入贫困。苏东坡写了《乞罢登莱榷盐状》，列举了大量的事实，陈述利弊，说服皇帝允许百姓随便买卖私盐，就市论价，官府只收取一定的税金。从此，登州百姓不食官盐的规定延续至清末。

为了纪念他的功绩，当地百姓建了这座祠堂供奉他。后人留下了诗句："五日登州府，千年苏公祠。"

卧碑亭里有一块横卧的石碑，碑朝外的一面刻的是行草《题吴道子画后》，朝里的一面刻的是苏东坡的正楷刻石《登州海市》。但据介绍，苏东坡在登州任上仅五天，并没有看到海市，仅凭传说和想象而作的诗，多有不实之处。

蓬莱阁主楼建于北宋嘉祐六年（1061年），正门上方悬挂的"蓬莱阁"横匾为清代书法家铁保的手迹。蓬莱阁主阁高踞赭红色的丹崖山顶端，以大海蓝天为衬托，以田横峻岭为屏障，北望长山列岛，南临刀鱼水寨，另具一格，生动传神。

登上高阁，确有超凡脱俗之感。阁上一副楹联："九千仞天，登梯得路；三万里海，破浪乘风。"道尽了高阁的气势。阁的二楼四周环以明廊，是观海赏景、俯瞰古城的最佳场所。在这里举目远眺，可谓海天一色，一片苍茫。阁的二层，放着一张古旧的八仙桌，八位仙人正围坐在桌旁喝酒。

"八仙"是我国古代最著名的仙人群体，是蓬莱神仙文化的代表。八仙过海是千百年来脍炙人口的民间故事。当年这八位仙人在蓬莱阁上喝醉了酒，漂洋过海时，为了比试法力，以自己随身的宝器作为渡海工具。后来有雕塑家在阁一楼用彩雕表现了"八仙过海"等六幅八仙故事。

徐静介绍，"文化大革命"期间，蓬莱县委书记不堪忍受凌辱，就是在蓬莱阁内上吊自尽的。她又指着东北方向说："据说那边是一条大海沟，水非常深。"

振华说："这位书记在这里脱离了苦海，灵魂也就升天了，可能也成为神仙了。不过要说葬身之地，恐怕还是在那深海沟里好。"

徐静调侃道："你想在那里葬身哪！"

振华道："如果你和我散了，我就驾一艘小船，到海沟那里，把底凿穿，葬身海底。"

徐静不以为然道："我就不喜欢你要死要活的。"

游遍蓬莱阁的所有建筑，振华感觉最为神奇的当属避风亭。

这座小亭子是明正德八年（1513 年）登州知府严泰修建的，亭子的门正对北面的大海，即使海面上狂风巨浪，亭内也一点风都感觉不到，亭内中央经常燃烧着一支蜡烛，烟火笔直向上，不带动摇的。过去人们传说亭内有避风珠，实际上是这座亭子前面有齿状的短城墙筑在弧形的绝壁上，当北风从海面上扑来时，就从绝壁上升，从亭檐上吹过。而且亭子三面无窗，亭内空气不能对流，形成气流死角，所以亭内进不去风。这种避风效果真是人工建筑与自然环境的神奇的巧合。

从蓬莱阁上下来后，振华在阁东边海滩上找了一个适当的位置，在速写本上画了一幅蓬莱阁的钢笔画，并在背面题诗一首：

游蓬莱阁

（1982 年 8 月 23 日）

梦寐以求蓬莱地，
碧海丹崖人奕奕。
仙阁腾空云缥缈，
海市蜃楼世间稀。
始皇东游求仙药，
未曾长生后人讥。
东坡太守不得志，
《登州海市》诗不实。
历经沧桑兴废事，
尽付渔人笑谈中。
断碣残碑今犹在，
不见嬴政汉武帝。
蓬莱筑城逾千年，
风流人物今朝至。

砺人惜取少年时，
鹏程万里展云翼。

噩梦惊魂

回来的路上，徐静介绍了她爸爸、妈妈坚贞不渝的爱情婚姻。

她说："我妈妈是资本家的千金小姐，我姥爷是大连的一个大资本家，我爸爸是部队的团级干部，组织上不同意这门婚姻，还说如果坚持将影响个人的进步，逼着我爸爸离婚，可我爸爸坚决不同意，闹得组织上也没办法。"

振华叹道："看着叔叔对阿姨照顾的可真好啊！"

"好是好啊，就是不讲卫生。我爸穿那衣服，我妈不逼着他换下来洗，他是不换的。"

"唉，人就是这样，各有所长，也各有所短哪！"

徐静撇嘴道："哟哟哟！我看你那长处就不多。"

振华一向虚怀若谷，谦虚地说："是啊，我这个人短处多，长处少。所以，需要向你学习的地方很多。昨天晚上我做了个梦，一直没敢跟你说。"

"做个梦有什么不敢说的，也太女人气了。"徐静又不以为然地讥讽道。

"哎呀，是个噩梦。梦中不知因为什么事，我杀了三个人，成了杀人犯。我知道非判死刑不可，心里想着判刑后就自杀。当警察用手铐把我双手铐住要带走时，经过床头，我妈妈在床上坐着，你在床边站着。我对你说：'静，你找了个对象是杀人犯！'你不但没有谴责我，还对我说：'你过来坐坐吧！'我真是太感动了，我已经成了杀人犯，静还对我这么好。后来，噩梦就醒了，吓出了一身冷汗。一边庆幸这是个梦，一边庆幸你对我这么好，高兴得再也睡不着了。"

徐静说："事实和梦境完全相反！我就是想气你，把你气走就算了。"

"哦，原来如此！"振华明白了，心里有了数，也有了底。

看来自己的判断并没有错，徐静还是下不了决心分手，"把你气走就算了"，要是我不生气，反而更加爱她呢？自己的"坚定不移、毫不动摇"的策略还是正确的，需要扩大的还是自己的心胸，看来"虚怀若谷"还不够，起码要像弥勒佛那样，"大肚能容，容天下难容之事"，最好心胸能像大海一样辽阔宽广，海纳百川，有容乃大，让徐静像一艘小船一样，在大海里随便航行吧！

回到家里，振华把画的速写和写的诗拿给叔叔、阿姨看。

叔叔一看，赞不绝口："没想到你多才多艺，不仅能炼钢炼铁，还能诗善画，不可多得呀！"

振华一看，叔叔、阿姨喜欢，就把这张画裁了下来，送给了叔叔，叔叔就把这幅画插在了一个镜框上，陈列了起来。

徐静在一旁看着振华得意的神气，嘴又一撇，挖苦道："赛吹，逞能！"

叔叔听女儿这话觉得刺耳，就训斥道："你这怎么说话？不会好好说话吗？"

"讨厌！讨厌！讨厌！"徐静像放机关枪似的，射出了一串"讨厌"之后，一扭身向楼梯口走去，把她爸爸气得打哆嗦，用手指着她的背影，颤声骂道："你！你！你！真不是个东西！"

这一串的"讨厌"，不知道是指谁，是说她爸爸讨厌？还是说振华讨厌？还是因为她爸爸、妈妈都偏向她领回来的这个她不满意的男朋友而讨厌？

阿姨是维护家庭团结和稀泥的高手，她不能偏袒任何一方，更不能得罪任何一人。老公是终生依靠，相濡以沫大半生；女儿是掌上明珠，将来还靠她养老呢；常言道"丈母娘看女婿，越看越爱看"，女婿是半子，疼闺女要先疼女婿，疼还疼不过来呢，还能得罪？

看到闺女生气上楼了，说了句："你看小玲这个小脾气，气死个人！"也就跟上楼去春风化雨了。

大概春风已化为春雨，中午一家人和和气气吃了饭。

午休之后，振华挎着个篮子，和徐静一起到城南的庄稼地里拔鸡菜。

城南地势较高，可以俯瞰蓬莱城，遥望蓬莱阁。这里的土地也多是梯田，鸡能吃的野菜还真不少，蚂蚱菜当属首选。这种野菜大多生长在地瓜地、花生地里，玉米地、高粱地、大豆地里就很少。

这也算不上是个农活，大概就是阿姨安排徐静领着振华出来玩吧。

振华小时候就没少到地里剜过野菜，可谓轻车熟路，时间不长，就把篮子盛满了。

回来后，把蚂蚱菜用刀剁碎了，拌上麸皮，就成为上好的鸡饲料了。

看着群鸡吃得欢畅，徐静也露出了久违的欢快的笑容。

晚上，大家高高兴兴地吃了晚饭，阿姨又让徐静陪振华出去转转，看个电影。

到了蓬莱电影院，晚场放映《喜盈门》，看吧！

这是一部农村题材的喜剧片，看得徐静也高兴地笑了起来。

黑暗中振华悄悄地握住了她的手，传递着他的感情。大概徐静也沉浸在《喜盈门》的甜蜜爱情之中，也没有不高兴的表示。

"外婆的澎湖湾"

次日，叔叔、阿姨安排去看望徐静的姥爷、姥姥。

阿姨在蓬莱绣品厂上班，不能同去，由叔叔领着去。

临行前，叔叔说："你这姥爷从前可了不得，大资本家，那10块钱掉地下，连腰都不弯。"

阿姨娇嗔道："你跟孩子说这些干什么？"

叔叔又戴上了一副浅颜色的墨镜，又炫耀这副墨镜道："这是真正的水晶镜，养眼哪！从前有个人烂眼睛，就借这副眼镜戴，时间不长就好了。"

说着，就推出车子，骑上就出发了。

振华骑一辆车子，徐静坐在后座上，向城东驰去。

驶过蓬莱县城，在乡间公路和小路上又走了约一个小时，来到了一个小渔村，找到了姥爷的家。

这也是一所典型的胶东农村住宅，在村子的主要街道路南，大门向北，四间正房，一个小院，西边一间屋是个过道。

这位姥爷确实相貌不凡，虽然个头不高，但肥头大耳，红光满面，像个弥勒佛似的，笑嘻嘻的。姥姥也很和蔼、贤惠，看着姑爷领着外孙女和对象来看她，笑得满脸盛开菊花。

姥姥拿出一个玻璃瓶子给徐静，里边盛着一些海米。

徐静倒出一些在手上，递给振华，振华受宠若惊，伸出双手接了过来，连忙吃了几个，味道很是鲜美。

中午吃饭，五个人围着小炕桌，姥爷兴高采烈，频频举杯。大概在农村也不好跟庄稼人、渔民吹他当年如何如何。

今天来了客人，吹一吹，过过瘾吧："我在大连的时候，是有名的酒囊饭袋，我喝那酒瓶子，这三间屋盛不下。"

振华一看，姥爷喝得高兴，就端起酒杯说："我敬姥爷一杯！"

叔叔还不满意地说："早就该敬了！"

既然叔叔如此说，姥爷又是"酒囊饭袋"，大概多喝点没问题，振华又给姥爷斟满一杯，说："我再敬姥爷一杯！"

双手端着杯敬到了姥爷面前，姥爷一看，外孙女的对象不错，懂事儿，一仰脖就干透了，还望空照照杯。

吃完午饭，大概叔叔考虑老人要休息，他也不愿意和年轻人在一起。就说："这样我就先回去了，小玲陪着振华到海边赶海去吧，现在退潮，海滩上有很多好东西呢，然后你们自己回去就行了。"

出了村，向西走不远，就是大片的海滩。

由于是退潮，海滩上有不少妇女，戴着草帽，提着网兜，带着工具，都在赶海。

振华和徐静也没有带什么工具，也就是来看看热闹吧。

踩在柔软的沙滩上，海风轻轻地吹拂着，看着辽阔的大海，斜阳在海面上洒下一片金光，确实令人心情舒畅，心潮激荡。

这里的海滩，可不像青岛、烟台的海滩。那些地方的夏天，可谓游人如织，海水浴场里就像下饺子似的，人多得都没法游泳。这里的海滩地处偏僻，完全是自然形成的，除了附近的渔民及家人来赶海，没有什么游人。

这海滩上的海产品也特别多。有一种叫"尖虫"，文登那边方言叫"啜啜"，煮熟之后，把尾部的尖儿用牙咬住折断，从前边用劲一吸，就把肉吸出来了，味道异常鲜美，烟台的海边上还有人卖呢！这里尖虫是一片一片的，只是没法多拿。

坑坑洼洼的海水里边、沙滩上，小螃蟹也很多。

徐静在海边长大，知道什么东西可以吃。她从浅水里捡起一串须状的海生物，在水里涮了涮，说："这是海梗，很好吃，你尝尝。"

就扯下一串递给振华，她自己拿着剩下的一串也吃了起来。

海边上还有不少大概是风刮来的海带，一棵一棵的都不小，这个可以想办法带点回去。就拣了几棵大的，叠成两小捆，一人提着一小捆，在细细的沙滩上、柔软的海草上漫步着。

徐静问："你会吹口哨吗？"

"会啊，喜欢听什么？"振华自豪地答道。

"来个《外婆的澎湖湾》吧！"

这农村的孩子，大概都会吹口哨。这《外婆的澎湖湾》的曲子，振华用口琴都能吹得很好，口哨更不用说了。

> 那是外婆挂着杖，
> 将我手轻轻挽，
> 踏着薄暮走向余晖暖暖的澎湖湾。
> 一个脚印是笑语一串，
> 消磨许多时光，
> 直到夜色吞没我俩在回家的路上。
> 澎湖湾，澎湖湾，外婆的澎湖湾，
> 有我许多的童年幻想，
> 阳光、沙滩、海浪、仙人掌，
> 还有一位老船长。

这优美的旋律，回旋在海滩上空，引得许多赶海的大姑娘、小媳妇转过头来看这一对青年男女，看得振华不好意思再吹了。

在这偏僻的海滩上，在都是赶海装束的渔民妻女之间，这一对恋人确令人有"鹤立鸡群"之慨！

一个穿着军装的姑娘，绿上衣，蓝裙子，军帽后边垂着两条小辫子。农村人很少能看到女兵，在这沙滩上出现一个身材苗条的女兵，可能也是"史无前例"吧！旁边还有一位英俊潇洒、风流倜傥的小生陪着，一看就像个大学生，怎不令赶海的女人们眼热！

这一场景，倒使振华想起在昆嵛村东头的一幕。那也是一个夏天，也许是上学路过吧，恰好看到两个穿着漂亮裙装的城市姑娘在这里等汽车，一会儿，开来一辆卡车，大概是返回烟台吧，两个姑娘把着把手，爬上了汽车。这美丽的一幕就像一幅画一样，定格在振华的脑海里。

回到姥姥家，徐静把她提的那捆海带送给了姥姥，姥姥高兴得合不拢嘴。

蓬莱阁下

告别了依依不舍的姥爷、姥姥，骑着自行车踏上了归途。

途经蓬莱城东时，徐静说："咱们下来走走吧！"

徐静指着路南的工厂大门说："你看，那就是我们厂，蓬莱汽车制造厂是蓬莱最大的工业企业。我们的宿舍在路北边，后面就是海，夏天的时候，打开后窗就跳海里游泳去了，太浪漫了！

"我们那时候，一伙年轻人，骑着自行车，在蓬莱大街上横冲直撞，看谁骑得快，跟一伙疯子似的。

"我以前那个男朋友也是我们厂的，他的野心是当国家总理。他认为，为了达到目的，可以不择手段。他希望能像基督山伯爵那样，发一笔横财，盖一幢别墅，让我住在里边，种种花，养养猫，看看小说。他1977年高考被莱阳农学院录取了。"

振华插嘴道："你看看，这就看出差距来了。我在农村上的高中，毕业后在农村又种了两年半地，恢复高考，咱一举考进了东北工学院，这可是全国重点大学啊！"

徐静一听，老大不高兴，大概伤害了她心中神圣的偶像。反唇相讥道："你这是小人得志，你就是有再大的成就，我也瞧不上你！踹一脚，一边凉快去！"

振华一听，又"惹祸"了，真是"祸从口出"啊。忙赔着笑脸道："哎哎哎！别踹别踹，我是小人物，还不行吗？"

惹得徐静哭笑不得，又发泄道："你真是笨如猪，蠢如牛，朽木不可雕矣！"

振华笑道："那猪八戒可不笨，就喜欢背媳妇。"

徐静苦笑道："你看你那个样，那个丑，那个老，那个难看，那个赖，哪有媳妇让你背？"

振华打趣道："啊哈，真是七有此理，八有此外，豆芽炒咸菜。"

徐静叹口气道："你是春夏秋冬，四季俱全哪！"

大概徐静仍沉浸在对初恋情人的缅怀之中。不觉又介绍起来："他还跟我说，要是能想办法把国家没收的姥爷的资产弄回来就好了，姥爷就阿姨这么一个女儿，那还不都是咱们的。"

振华听着这些介绍，一方面觉得好笑，又觉得此人心术不正，但这回可不敢妄加评论了，闭着嘴不吱声。

徐静看振华不敢吱声了，又说道："有一年，部队的宾馆来招服务员，女的要一米六五，男的要一米七八，我的身高正好够。但我爸不让我去，说伺候人的活咱不干！"

振华若有所思地说："哎，这是男女标准身高吧！你一米六五，我正好一米七八，从身高来说，咱俩倒是很般配啊！"

徐静小嘴一撇："得得得！就你那身高，也有一米七八？还驼着个背，看样有一米七五就不错了！"

振华把腰板一挺，说："好好好！我穿着鞋还不止一米七八呢！以后坚决把腰板挺起来，不信你就瞧着吧！"

第三天晚饭后，叔叔让徐静领着振华去看望姑妈、姑夫，大概也有让姑妈、姑夫看看这位大学生侄女的未婚夫之意吧。

路上，徐静介绍道："由于老家的房子的事，我这个姑妈和我爸爸闹别扭，两家关系不是很好。"

到了姑妈、姑夫家里，也就是一般小市民家庭吧。尽管大人间关系不融洽，但侄女领着男朋友来了，还是很热情的。

聊了些家长里短之后，大概徐静考虑不便久留，也就告辞了。

满天星斗，北极星熠熠闪光，似乎在指引着方向。

徐静仰望着北极星，提议道："现在时候还早，咱们向北到海边转转吧！"

振华感觉，事情正向着好的方向转化，不仅叔叔、阿姨对自己很满意，就是徐静也不像刚来时那么尖酸刻薄了。

叔叔、阿姨安排去拜访姥爷、姥姥、姑妈、姑夫，这不就是家长完全同意了这门亲事吗？大概徐静也觉得，自己极尽尖酸刻薄之能事，也没能把这个痴情人撵走，父母都满意，还拜见了亲戚们，这虽不能说是木已成舟，生米也差不多煮成熟饭了。

因此，徐静对振华的态度也转变了许多，也慢慢地有说有笑了。振华心里就像三伏天喝了酸梅汤，爽快极了。

心里一高兴，振华的话也就多了起来。

振华生性幽默，知识也较丰富，没有了心理上的重压，俏皮话、笑话张嘴就来，逗得徐静笑声不止，在夏夜的海滨沙滩上，撒下了一串串金铃般的笑声。

夏夜的海滩，空旷无人，海风在轻轻地吹着，海浪有节奏地拍打着沙滩。

这时候，躲在云层后面的月亮也露出了半边笑脸，将阴柔的光洒在这一对恋人身上。

振华举头望着即将团圆的明月，若有所思地说："看来，这一次我们要在昆嵛山上观赏这七月十五月儿圆了。"

徐静随口应道："美得个你呗。"

振华大胆地挽着徐静的胳膊，在沙滩上漫步着，向海洋深处瞭望着。

那是一艘航船的灯火，由东向西驶去，可能是到龙口港吧。

那蓬莱阁普照楼上的灯光，似乎在为轮船指示着方向。

此时此境，大概徐静心情不错，轻声哼唱起了《军港之夜》：

> 军港的夜啊静悄悄，
> 海浪把战舰轻轻地摇，
> 年轻的水兵头枕着波涛，
> 睡梦中露出幸福的微笑。
> ……

"才高志大"

第四天早餐后，收音机正在播放男女声二重唱《年轻的朋友来相会》。

徐静问道："你知道这是谁唱的吗？"

振华摇摇头道："不知道。"

徐静顿时一脸不屑："吧吧吧！这都不知道，王洁实、谢莉斯唱的呀！"

由于徐叔叔也在旁边，这"吧吧吧"的不屑说得振华面红耳赤，好像什么也不懂似的，看来必须正当防卫、绝地反击，以维护这被伤害的自尊了。

振华平静地问道："那你知道刘诗昆是干什么的吗？"

徐静想了想说："是个音乐家吧？"

"那你知道他的岳父是谁吗？"振华穷追猛打地继续问道。

这一下把徐静问哑巴了，有点恼羞成怒，惹得她老毛病又犯了："赛吹！逞能！"

徐叔叔一看，这两个大学生互不服气，忙挺身而出，正气凛然地说："你们不要互相争执，要互相学习，互相尊重，取长补短，和谐相处。"

这一回合，徐静没占上风，又想出了新招，要对振华的人生之路、奋斗目标，做出高屋建瓴的指导。大概由于振华在炼铁高炉上工作，整天灰头垢面的，与她的期望相差太远，必须重新打造这位未来的夫婿。

她指示道："我看你这个情况，应该走经营管理的路子，在仕途上有所发展。"

振华一听这一条最新指示，深思半天，斟酌了自身条件与性格，谨慎地答道："要是走仕途啊，我估计最多能当个冶金厅的处长。"

徐静一听，未来的老公要当处长了，立刻兴奋了起来，兴高采烈地跟她爸爸说："爸爸，他要当处长！"

叔叔称赞道："嗯，振华不仅多才多艺，而且才高志大呀！"

面对这个"多才多艺、才高志大"的未来的姑爷，也激起了徐叔叔的好胜之心，便聊起了他当年过五关斩六将的英雄事迹。也许是想在姑爷面前树立起老泰山的威严，也许是为了进一步激励闺女女婿的雄心壮志吧！

叔叔说："当年我在军校学习的时候，摸爬滚打样样第一。爬那高墙，我第一个上去；在那火底下爬，谁爬得也没我快；在那很高的梯子上跑，我也是冲在最前面。毕业的时候，门门功课都是优秀，就是争第一呀！唉！就是在抗美援越战场上负伤退役了。要不然，唉，往事不堪回首啊！我这个伤，是一个美国鬼子从侧面打我的，我向前扑倒的同时，一侧身就是一枪，把那个鬼子打死了，正好一根断铁轨穿透了我这腿，我后来把这截铁轨锯了下来，带回来了，你看看。"说着指着屋角一小段被炸得很尖锐的断铁轨。

看着这一小段曾把叔叔的腿刺穿的尖锐的铁轨，确实令人胆寒。

唉，战争啊！

垂钓刀鱼寨

叔叔提议道："今天你们也没什么事，跟我钓鱼去吧，现在鱼很多，明天你们就要到文登了，咱们改善改善生活，到海边钓鱼吃。"

叔叔收拾好两套钓鱼竿以及鱼饵等，就分骑两辆自行车来到了蓬莱阁东边的海滩上。

钓海里的鱼和在水库、池塘边钓鱼大不相同。

在水库、池塘边钓鱼时，一根长钓竿，顶端一根细线，下边垂着钓钩及鱼饵，人坐在水库或者池塘边上，把钓线甩到水里，钓鱼人手持鱼竿，看到漂标晃动，就是鱼儿上钩了。

钓海里的鱼，就不同了。因越接近沙滩，海水越浅，大鱼不可能到这么浅的水里来，必须把钓线甩到老远的水较深的地方去。

叔叔把两根钓鱼竿安装好了，每根鱼竿的中部都有一个缠着尼龙线的飞轮。

叔叔讲解了甩线的动作要领，又示范了一下，把钓线甩到了十几米外的海水里。

振华也依样画葫芦，两手抡起鱼竿，在半空中划了一个半圆，但钓线却没有甩到海里去，都甩出来缠在了一起。

叔叔一看，把他的鱼竿让徐静拿着，过来清理缠着的钓线，清理了半天，终于把钓线又缠回了飞轮的凹槽内。叔叔又讲解了一遍，因有过失败的经验，振华这一下把钓线甩到了海里。

叔叔介绍说："鱼汛来了的时候，一上午就能钓100多斤，可是钓这么多鱼却没有什么用，又不能拿去卖，送邻居也送不了这么多。所以只能钓一点，够吃也就行了。"

一会儿，开始收线。徐静拿着的那根钓线上的多个鱼钩上都挂着鱼，振华这根钓线上只钓到一条鱼。不过，这也是平生所钓到的第一条大鱼，心里还是很兴奋的。

大概叔叔看这两个年轻人的兴趣不在钓鱼上，就收起了一根钓鱼竿。说："你们到那边去玩吧！"这一下如获大赦，两个人沿着海边向蓬莱阁方向漫步而去。

蓬莱阁的东边，就是著名的水城，这是中国唯一完整保留下来的古代独特建筑——海军要塞。

水城自宋代筑刀鱼寨（古代水军战船形似刀鱼），明初修土城，万历时改筑砖石门及水门，并将河水改道，绕水城南、东两面而入海，又于振扬门东修建迎仙桥，连通内陆，在利用自然地貌发挥军事攻守的优势上，充分显示了高超的筑城技术，是我国海防要塞建筑科学的巨大成就。

水城的设施，一是海港设施，包括以小海为中心的防波堤、水门、平浪台、码头等；二是陆地设施，包括城墙、敌台、陆地门、营房、指挥所、灯楼等。这两部分设施，构成了一个进退自如的海岸军事防御体系，平时驻扎水军，停泊战船，操练水师；战时则可随时向敌人出击，退时可以据城固守。

沿着水城转了一圈，看着这古人杰出的智慧结晶，令人叹为观止。

二人又转回叔叔钓鱼的老地方，水桶里已经有半桶鱼了，大的小的都有，青鱼、带鱼、黄花鱼、鲈鱼，品种齐全，也够吃两顿了，遂收起家伙，满载而归。

"从来没见过这么好的小伙子"

回家后，把鱼分好类，刮净洗好，就做起了"百鱼宴"。

这大概就是世界上最新鲜的鱼了，清蒸，红烧，不管怎么做，味道都很鲜美。

吃着"百鱼宴"，陪叔叔喝着小酒，加上徐静对自己的态度明显好转，振华心里非常高兴。端起酒杯说："我敬叔叔、阿姨一杯！"碰了碰杯，一饮而尽。

振华继续说道："几天来，给叔叔、阿姨添了很多麻烦，也没帮着干多少活，明天就要到文登了。下午我去挑水，把两个水缸都挑满。"说得叔叔、阿姨都高兴得笑了。

挑水是振华的老本行，振华的背有点驼，就是从小挑担子压的。

在昆嵛村挑水时，是把水桶挂在井绳钩上，把水桶顺下去，一晃井绳，把水桶晃倒，就盛满了水，再把水桶提上来，挑着两桶水回家，倒在水缸里。

振华曾多次到烟台，还帮大伯拉水到工厂或商店去，一般居民家里也用不上自来水。振华也为大伯、姑妈家里挑过多次水。

这一次挑水意义就更大了，能挑上一个好媳妇，一定要挑好，不能含糊。

徐静家南边约一百米处有一个大院，大院内建有一个高高的水塔，下边有一个水龙头，附近居民就挑着水桶，来这里取水。

太阳偏西后，各项准备工作已就绪。

振华挑着两个水桶，叔叔在前边开路，徐静在后边殿后，浩浩荡荡，直奔水塔而来。

这个大院不小，有不少大树，也很好玩。

叔叔放满了两桶水，振华挑起来就走。尽管这几年没挑水了，但还能摆出一副悠然自得、步履轻松的态势来。

屋子内一个水缸，门外一个水缸，别说就两个水缸，值此特殊时期，就是十个八个水缸也不在话下。

两个水缸都不是很大，挑了七八担水也就都灌满了。

振华报告说："叔叔，两个水缸都挑满了，再挑这一担就行了。"

叔叔又把两个桶都盛满了水，看着准女婿累得满头大汗，心疼地说："这一担水我来挑吧！"

振华忙说："不用不用！我来我来！我在老家干活的时候，一百来斤重的担子，挑个五六里地都不成问题。"说着蹲下身，把担子挑在了肩上。

徐静大概也玩够了，打着头阵，班师凯旋。

傍晚，阿姨下了班，一看两个水缸满满的，还有两桶水，心想这个女婿真不错，人又老实还能干，可省了老头子的事了，看来这"半子"之福是肯定能享上了。心里美滋滋的，忙活着和叔叔一起又做了好几个菜。

叔叔看准姑爷下午立下了大功，累得也不赖，加之明天就要启程了，该拜访的亲戚也都去了，这门亲事也就算定下来了，心里也特别高兴，要和准女婿多喝几杯。

大概家里也知道徐静喜欢喝梨酒，不知从哪里找出来一瓶，母女俩喝梨酒。

由于振华不仅"多才多艺、才高志大"，而且生性厚道，尤其性格脾气特好，又很勤劳，几天来，在院子里劈劈木柴，挑挑水，洗洗衣服，还帮忙拾掇碗筷，小嘴也很甜，"叔叔""阿姨"的亲热地叫个不停。因此，也就博得了叔叔、阿姨的喜爱。

几杯"八仙"酒下肚，叔叔面红耳热，感慨地说："我带了这么多年兵，从来没见过这么好的小伙子！"

尽管振华忍受了不少徐静的冷嘲热讽，但却受到了叔叔这样高的评价，心里也很激动，忙给叔叔又斟满一杯酒，双手端着说："谢谢叔叔，我再敬叔叔一杯！"

叔叔一仰脖，一饮而尽，又说道："我看你们也都大学毕业了，有了稳定的工作，生活上也有了保障，什么时候结婚，你们自己定吧！明年国庆节怎么样？也都二十五六岁了，你们也积点钱，有点物质基础。你们结婚，我给你们500元，买点家具什么的。"

振华忙接旨："谢谢爸爸、妈妈！你们把这么好的闺女许给了我，我有点不配呀！我一定好好照顾小玲，同时努力工作，争取在事业上有所作为。"

徐静红着个脸，不吭气，心想这个家伙还敢叫我的小名，大概她心里也默认了。她斜睨着振华，琢磨这小子可真有一套，嘴巴也真够甜的，反应也真够快的，连"爸爸、妈妈"都叫了，难怪爸爸、妈妈都喜欢他，这就算定婚了吗？他就是我的未婚夫吗？尽管自己不是很满意，可爸爸、妈妈都这么喜欢他，亲戚家也都见过了，也没人说他不好。主要的，他对自己也真是够好的，够痴情的，找这么个老实人，起码自己一辈子不受气，大概这也是命运的安排吧！

喝了不少酒，吃完了饭，振华要帮着收拾碗筷。阿姨说："你们上去休息吧，也收拾一下东西，明天早晨就要走了。"

飘飘似仙

振华随着徐静上了二楼，徐静随手开了电灯，说："你过来坐坐吧。"

这个房间，有一张床头靠西墙放着的双人床、衣橱，东南角放着一套非常漂亮的餐桌，可开合，能方能圆，配四把椅子，也非常典雅精致。一看就是"文革"之前的老家具，也可能是解放前的，估计是阿姨的陪嫁吧。

振华在桌旁坐了下来，徐静张罗着泡了两杯茶。

振华问："你这有笔和纸吗？这几天我胡诌了几首歪诗，在脑袋里装着，我写出来，请你斧正斧正。"

徐静找出一个本子和一支红蓝圆珠笔，递过来说："你写吧，我先找点东西出来。"

一会儿，振华写完了，笑着递给徐静道："请徐老师教正。"

海边拾贝

大浪淘沙潮退去，海风窸窣拂襟衣。
夕阳斜悬一金缕，碧波万顷心神怡。
海湾沙滩海梗吃，海草柔似沙发椅。
尖虫遍地拾不急，怎奈落日已归时。

拔野菜

静家大鸡能生蛋，怎奈也需把食餐。
一起来到城南山，长郊草色绿无边。
蚂蚱菜多心畅然，暗自比赛干得欢。
幽默话语绕耳畔，趣味盎然一提篮。

夏夜海滩

蓬莱夏夜星光灿，情人漫步去海边。
恬静处把手臂挽，月照海浪起波澜。
一日三笑能长寿，华静岂止笑九遍。
畅心笑声不间断，伴着涛声响云端。

垂　钓

海天一色，银线荡空。
鱼竿一甩，喜不自胜。

　　徐静仔细看了两遍，点头道："唉！也算难为你了。一个学理工的人，居然还能写诗，且不说这诗作得怎么样，这种精神也就难能可贵了。"

　　徐静把她找出来的陈芝麻烂谷子拿给振华看："你看，这一本是在'文革'中，我们一帮小姑娘学着剪纸剪的，这个'红色娘子军'和'白毛女'剪得还像回事，这两个跳舞的彝族小姑娘也可以，其他的就不值一看了。"

　　振华翻看着这一本杂志里夹着的花花绿绿的剪纸，如获至宝，爱不释手，赞美有加。

　　徐静又拿出一个纸袋子说："你看，这是我收集的糖纸。哎呀，当时能收集到一个没见过的新糖纸可高兴了。"

　　振华又翻看着这么多的糖纸，这些糖纸有不少也铭刻着"文革"这个时代的烙印。如北京市工农兵食品厂生产的"香蕉乳脂糖"纸上，印着一个战士抱着枪，拿着笔和书，下面一行字"战士爱读老三篇"，头顶上还印着"工农兵"三个字；北京市第一食品厂出品的"精制奶糖"纸上，印着"阿庆嫂"，旁边还印着"沙家浜"三个字；上海爱民糖果厂生产的"全脂奶糖"纸上，印着七八个红卫兵在唱歌，中间一个扎皮带留短辫的姑娘在扬手指挥，上边印着"大唱革命歌曲"。

现在的小朋友们，如果看了这些彩色塑料纸，大概会感到莫名其妙，不知道这是干什么用的。

振华请求道："我把这些宝贝带回去，好好整理一下，保存起来，这也是你生命卷帙中的一页呀！"说着就把这些物品和圆珠笔都收了起来。

徐静喝了两口茶说："这几天可把我累得够呛，我躺着歇歇。"说着，就走到床边，躺在了床上。

振华一看，这怎么办？她又没说让自己走，自己在这干什么呢？

灵机一动，计上心来。就凑近床边，亲热地说："你太累了，我给你按摩按摩吧。"

徐静听后，没有吱声，大概这就是默许了。

振华就在床边坐下，给她搓揉手臂，轻轻地按摩腿部。

徐静叹口气，说："唉！你怎么这么信任我？你怎么这么对我好？再也没有比你对我还好的人了！等一年后，你就可以随便了。"

振华一听这发自肺腑的情话，心中爱的火焰顿时燃烧了起来。压抑了许久的感情终于可以尽情地表达了。他轻轻地托起徐静的左手，亲吻着，亲吻着，把每一个指头都吻遍了，又亲吻手心手背，再亲吻她那白皙细嫩的胳膊。

看徐静闭着眼，经过"高级按摩师"的精心按摩，休息得挺舒服，就轻轻地趴到她身上，亲吻她的颈项，亲吻她的耳朵，亲吻她的面颊。终于，亲吻到了令人神往已久的她那迷人的樱唇。同时，由于生理作用，下边也膨胀起来了，难受而不由自主地乱动起来。

不知过了多久，振华只感觉像漂浮在半空中，如痴如醉，飘飘似仙，一阵激烈的快感忽然袭来，只感觉一股热流喷射而出。

徐静似有所感，呢喃地问了一句："你怎么了？"

振华不好作答，羞得把脸颊贴在她面颊上，紧紧地抱着她。

此时，振华似乎听到楼梯上有轻微的脚步声。侧脸一看，哎呀妈呀！阿姨的头露出在楼梯上，立刻又消失了。

徐静闭着眼，大概让振华折腾得也迷迷糊糊的，估计也听不到，更看不到这瞬间的一幕，振华也不敢汇报。

振华担心准老泰山再来兴师问罪，就爬起来，坐在床边，握着心上人的手，深情地注视着，她像圣洁的仙女，似乎睡着了……

振华在里屋的床上躺着，却怎么也睡不着，仍然沉浸在激动和幸福之中，却又有些惴惴不安。虽然没有兴师问罪，可这明天怎么见叔叔、阿姨呢？阿姨会怎么想？想这个准女婿已经偷吃了禁果了吗？

第二天早晨，振华磨磨蹭蹭地不知在忙啥，听着徐静先下楼了。她像没事人似的，该洗脸洗脸，该刷牙刷牙。

振华听了半天，没什么大动静，也就心怀鬼胎，若无其事地下了楼。

吃过早饭后，叔叔、阿姨把女儿、准女婿送出院门口。

振华握着叔叔的手说："爸爸、妈妈，你们请留步，看看春节要是能回来，再来看你们，我们走啦，你们多保重！"

这两声"爸爸"、"妈妈"可是在早晨清醒的时候叫的，叔叔、阿姨自然能领会这"半子"的深情厚谊，也紧紧地握着女儿未婚夫的手，许久没有松开。

再见了，尊敬的老泰山、丈母娘！

再见了，难忘的人间仙境！

小蓬莱

8月27日上午，振华偕徐静从蓬莱乘车到了烟台。因去蓬莱时，姑妈就嘱咐，回来时一定要过来一趟，这也是姑妈这个大媒人对蓬莱之行不放心之故。

到了姑妈家里，晓红也从武汉回来休探亲假了。

老同学虽相别仅月余，却恍如隔世，此后关山阻隔，想见面也难了，所以格外亲切。

振华向姑妈简要汇报了蓬莱之行取得的丰硕成果，特别把叔叔赞扬的几句话突出了一下。

姑妈惊奇地瞪大了眼睛："怎么？大老华子还有这两下子，我都没看出来，不得了了。"

姑妈这颗悬着的心，这回总算放下了，这个大媒也就算做成了，只等着明年喝喜酒了。

离吃午饭尚早，晓红提议到毓璜顶公园玩玩。

姑妈高兴地说："你们玩儿去吧，我在家给你们做好吃的。"

一路上，她们两个叽叽喳喳，不知说些什么。振华也插不上话，傻乎乎地跟在后面，像个保镖。

毓璜顶公园又名"小蓬莱"，坐落在市区中心偏南的山上。"毓"是生育的意思，"璜"是玉器，形容这里环境优美。

这里的主体建筑是玉皇庙，正殿供奉着玉皇大帝的神像。

这院内有一个"童叟奇观"。一棵老石榴树，有600多年树龄，开白花，结白果；西边有一棵小石榴树，开红花，结红果。这一老一少，一红一白，确也罕见。

向后殿转去，是六间候客厅，建于清朝同治五年。候客厅门的楹联是："蓬山路在眼前地，瑞霭光涵方丈外。"把这秀丽的毓璜顶小蓬莱，比作蓬莱仙境。

振华由于刚从蓬莱仙境归来，对这小蓬莱颇有"曾经沧海难为水，除却巫山不是云"之慨。不过，左右旁门上的两副对联写得确是不错："梅花香馥琴心古，瑶草春深鹤梦闲"、"虚竹幽兰生静气，和风畅日契天怀。"描写了清雅的环境以及对人的影响。

小蓬莱阁建于清光绪二年，也叫吕祖庙，供奉着八仙首领吕洞宾。

瀛枢门上书"福地洞天"四个大字。"瀛"即"瀛洲"，如前所述，是传说中的海上三仙山之一。"枢"，即门轴。"瀛枢"是说这里是进入仙山之门，进门之后即已成仙。

小蓬莱石坊也比蓬莱石坊街的石坊小不少，石坊前面正中题有"小蓬莱"三个字，右边"观海"，左边"听涛"。对联是："天下文章莫大于是，一时名士皆从其游。"

转了一圈，学问见长，但也累了，在树下找了一处石桌石凳坐下了。振华买来三瓶汽水，大家解解渴。

她们说话，振华仍然插不上嘴。

听徐静这意思，经过半年的通信，特别是这几天的接触，感觉你这个表哥还可以，学业功底比较扎实，也算多才多艺吧，人也老实厚道，家里老人都喜欢，人也长得白白净净的。说着，徐静把振华额前的头发向旁边一拨，说："你看看，他这几天晒黑了，其实长得挺白净。"弄得振华很不好意思，大有市场上相驴马之感。

徐静又道："你这个表哥倒是去过不少地方，只是没有学洋了，土气有余，洋气不足，还挺'赛吹'，一见面，就拿出一沓演出节目单让我看，全是中央级、省级文艺团体的，倒也挺逗。"

振华之所以面部晒黑了，主要是因为在徐静来济之前后，为了省几毛钱的公共汽车票，几次借邻居的自行车，下午迎着太阳去市里察看列车车次或买票所致，但额前有长发挡着阳光，故没有晒黑。

这徐静观察力也够敏锐的，能透过黑的现象看到白的本质。

世外桃源

午饭之后，到烟台汽车站乘上了去昆嵛村的客车。

这条公路，振华走过多次。从烟威公路到牟平，过上庄口子后，不远就向南拐，也就从柏油公路转到沙土公路上了，一会儿就到了龙泉汤了。

振华介绍道："这个地方叫龙泉汤，有非常著名的温泉。这里到咱们村有十几里路，过年之前，很多人到这里来洗一个温泉澡，洗去一年的晦气，好过大年。"

从龙泉向南，过一个山坡，坡下路西就是姥姥家。

振华指着路西的村庄说："这个小村庄叫潘格庄，姥姥家就在这里，舅舅还住在这。再有十来分钟，就到昆嵛村了。"

汽车在爬旸里口子的大上坡时，速度很慢。

徐静问道："为什么汽车在爬坡时速度这么慢？"

振华不假思索地答道："功率等于牵引力乘以速度，汽车发动机的功率是一定的，譬如说12马力拖拉机，解放牌卡车是95马力，上坡时需要加大牵引力，所以速度就低。"

徐静似有所悟地说："你这知识学得还真是挺扎实。"

一会儿，汽车开到了昆嵛村后的坡顶上，振华指着路北的纪念碑说："你看，这是烈士纪念塔，全公社就这一个，一到清明，很多学生都来扫墓。这下边就是咱们村了。"

汽车下坡后，向南一拐弯，就到了昆嵛村停车点。

下得车来，一看母亲从一伙坐着聊天的婶子、大娘中间站起来，迎了过来。

振华心头一热，眼泪差点流下来。心想，母亲不知在这里等了几天了，因为没有办法通知母亲到达的准确时间，母亲只能天天来这里等，不知失望了多少次，好歹还有希望，终于等到了小儿子和女朋友。

顺着村中间的大路向西走，母亲满面春风，和见到的村里人热情地打着招呼。

到了院里，在这里绣花的大姑娘、小媳妇们都站了起来，恰似欢迎外国元首的仪仗队。

在文登京剧团工作的小妹妹振雁，听说小哥和女朋友回来了，特意请了几天假回来看望未来的小嫂子。她穿着静姐的军装在院子里的花前树下，美滋滋地拍了几张女兵照。

这个小院落，与四年前没有太大的变化。迎门是影壁，上面是振华题写的李白的诗《下江陵》。之所以写这首诗，是因诗中的"两岸猿声啼不住，轻舟已过万重山"，表达了振华考上大学后的豪迈心情。院内两棵大苹果树长得还是很旺盛，靠南墙的梨树也是硕果累累，堂屋门东侧振华栽的水杉树长得有碗口粗，又高又直，远远高过屋顶。母亲在猪圈前栽的一棵木槿花，长得也很苗壮，比人都高，开了一树的花。振华在西厢房与正屋之间的夹道里栽的小柳树也柳枝依依。主要的变化就是猪圈里没有了猪，但猪圈上空的一棚南瓜架子上却也郁郁葱葱，好几个大南瓜坠了下来。

院子的地面是由平整的自然石块铺成，在多少年来鞋底的摩擦下已很光滑，也很干净舒适。

这次回来，差不多有一周多的时间。振华想，先陪徐静在村子周围转转，欣赏一下农村的田园风光。

第二天下午，振华和徐静、振雁一起向村北小山顶上的烈士塔走去，站在烈士塔的基座上，可以俯瞰昆嵛村全貌。村子的南面、西面、北面全被群山围绕着，村南是一条小河，向东则一马平川，直达公社驻地界石村。

看了烈士塔，信步向西走去。振华知道，西边后山半腰有一户人家，颇具田园风味。

到了这一家院门前，这里像是一个小广场，大概兼作打麦场吧。场南边是一眼清泉，泉水流入荷花池，几株荷花婷婷玉立，在微风中摇曳着，在斜阳的映照下，花瓣粉红鲜嫩而透明，十分惹人喜爱。振雁更是喜欢的不得了，吟诵起了《爱莲说》中的名句："出淤泥而不染，濯清涟而不妖"。

场院的西侧，有一棵大杏树，只是杏子们已不翼而飞，一个也看不见了。房屋东边的菜园里，黄瓜、豆角都爬满了架子，细嫩的黄瓜还带着黄花，看得两姊妹啧啧称赞。

屋里的老人听到了外面的喧哗声，拄着拐杖走了出来，鹤发童颜，颇具仙风道骨。

一看来了贵人，忙招呼客人在大杏树下阴凉处的小凳子上坐。振雁那小嘴可甜了，左一个"爷爷"，右一个"爷爷"，叫得老人心里乐开了花。

坐下来一聊，原来老人也姓王，和振华的父亲也都相熟。

老人说："哎呀，你爹那个人可好了，看见穷人也不嫌乎，都挺亲热的。我当年就在这西面烧柞木炭，烧好了都是你爹给我卖，再把钱送给我。我买么东西，跟他一说，就送来了。唉，好人不长寿啊。"

振华又问："爷爷，现在家里都有什么人啊？"

老人说："这不就儿郎和媳妇、孙女吗，都下地干活去了。大孙女原先找个对象，那个×养的那时候三天两头来帮着干活，再以后，走后门上大学了，就把俺孙女甩了，俺孙女感觉没脸见人，就上东北了，好几年了也没回来；小孙女还在大队养猪场养猪子，×养的，那也不是个闺女干的活呀，弄得一身脏，满身味儿。"

"你这两个孙女，我都熟悉，小孙女有对象了吧？"振华又问道。

"说是有了，在公社农具厂干活，等着俺那孙女也出去干活就好了。"

听老爷爷这一说，他的两个孙女，振华都认识。

大孙女王廷蕙，是高中毕业，小孙女王廷敏，也是高中毕业，只是大孙女比振华大，小孙女比振华小，都不是同班。

说也奇怪，他这两个孙女，和振华的爷爷同辈，辈分很大，大概应该叫这位老人"老老爷爷"了。

品尝了几根老人摘的新鲜的黄瓜，既解了渴，也歇憩过来了。

走吧，老人依依不舍地拄着杖，目送着他们翻过了南边的小山头。

山南坡上就是一片苹果园。振华上初中时，曾和一个能捣蛋的外号叫"孬蛋皮"的同学来这里偷过苹果，并被看果园的抓住过一次，再也不敢来偷了。

看果园的人住在苹果园中间的小屋里，也不知现在谁在这里，也就不想去打扰人家，还需费很多口舌，就从果园西头的田间小路向南走下来。

斜阳照在红彤彤的小国光苹果上，分外娇艳，累累的果实压弯了枝头，这是照相取景的好地方。

照张相吧！振华取出了借来的120海鸥牌照相机，给徐静和振雁各照了一张，又合照了一张。徐静又为振华照了一张，振华摘下一个大苹果，作大吃样，也很有意思。

这时候的田园在夕阳的照耀下，非常美丽。

振华选好一处地点，对徐静说："来，你站这儿，我给你照个侧面逆光照。"

这张照片冲洗出来后，效果非常好。徐静面向南，背后一株小树，远处是昆嵛山余脉，近景是错落有致的庄稼梯田，太阳被身影挡住了，逆光照去，使这位姑娘跟观音菩萨一样，通体放光。

回济后，振华让照相馆放大并着了颜色，真是一幅绝美的摄影佳作。

这向阳的山坡上到处都是野花，两位爱美的姑娘争相采撷，一人采了一束。花美，人美，鲜花衬托得人更美。

下到坡底，路南就是一条河流，这是村南两条交汇河流北边的那一条。

姐妹俩一见这么清澈的流水，又来了精神，洗洗手，洗洗脸，整理一下秀发。

这一路跋山涉水，满面汗渍。这一洗，小脸白里透红，焕然一新，精神焕发，一人拿着一束野花，高高兴兴地沿着河岸回了家。

昆嵛山上

在院子里的小桌上吃了晚饭，振华说："振雁就明天一天的假了，咱们明天爬昆嵛山去吧！"

振雁立刻兴奋地说："好！"

振华又说："要去的话，明天咱们早点走，我领着你们到昆嵛山顶峰泰礴顶上去观光观光。不过，今天晚上要把吃的东西准备好。"

振雁接着说："哎呀，太好了！那泰礴顶我就从来没上去过。吃的东西我来弄。"

又跟邻居借了一辆自行车，振华把在济南药店里买的防毒蛇咬伤的四个药丸也放在包里。因为上次和晓红她们游昆嵛山时，曾看到一条蛇，使振华不得不考虑防毒蛇咬的重大问题。万一在深山里被毒蛇咬了，那用不着到家也就命归黄泉了，那怎么交代？所以振华在济南跑了几个大药店，终于买着了防治毒蛇咬伤的药丸，这就是四个放心丸。

次日清晨，早早地吃了饭，太阳还没出来，就骑着自行车向西而去。

这路是小上坡，振华的车后座上驮着徐静，这就是动力呀！她在后面抱一抱你，这动力就越来越大。

骑了一会儿，太阳出来了，朝霞首先映照在昆嵛山主峰泰礴顶的金字塔上，然后慢慢地就把光芒洒到了群峰上，映照着红脸石，那巨大的红脸石似乎笑得脸都红了，在迎接着游山的贵宾。

到了龙王庙，看到新建了一个大门，门前有一个解放军战士在站岗。

到了岗哨跟前，说明了情况，哨兵做不了主，就请示了首长。

首长答复不能通行，再怎么说也不能通融。

徐静遗憾地说："要是把我的军人通行证带着就好了。"

振华想，人家徐静考这个院校好，不但管吃管住，还管穿衣服，还发通行证，普天之下，好事还是不少的，就看你命运怎么样。不过又一琢磨，遂笑道："带来也不一定管用，就是让你通行了，估计也不会让我们通行。"

要说北京、上海这些大城市的道路，振华肯定不如那几位同学清楚，但要说这昆嵛山，振华从小就不知爬过多少次，不但路径成竹在胸，就是哪里有块怪石，哪里有一棵特别的树，也是了然在胸。

此路不通别路通。遂把自行车放在大门旁边，叮嘱哨兵照看一下。振华就领着两位女士，从龙王庙向北，过一条河，就是开山洞这座大山的后山，这里也有一条路进山。遥想当年，振华深山采药，就走过多次。

一边走着，振华一边嘟囔："这些土八路，真不怎么样，这点方便都不给，还军民一家呢！"

徐静一听，物伤其类，立刻满脸地不高兴。小嘴一嘟噜："好！你说他们是土八路，那我也是土八路了！"

"哎呀！又惹祸了，这咋整？"振华思忖道。连忙赔着笑脸说："唉！你看我这张破嘴，就没个把门的，胡说八道，满嘴放炮！来，你抽两个大嘴巴解解恨！"说着把脸扬起来凑向徐静。

徐静一听，也不生气了，笑着说："唉，你这个人，真拿你没辙，死人也能让你说活了。"

振雁就跟听相声似的，看着这一幕，乐得捂着嘴笑个不停。

"哎，我将功抵罪。你看这条小河，你过不去，我背你过河，怎么样？"振华又笑道。

大概徐静嫌脱鞋、脱袜子的麻烦，看着小河清清的流水，说："那怎么好意思？"

"没啥没啥，学雷锋，为人民服务嘛！"说着，振华就弯下腰，让徐静趴在肩上，把她背过了小河。

再一回头，人家振雁鞋都没湿，就过来了！难道说振雁真像雁似的飞过来的？

再一看，这河面露着几块石头，振雁在京剧团大概功练得好，看准了，踩着石头就跑过来了。

沿着小路向西漫行，山路越来越陡，两位女士都气喘吁吁。

振华一看，停了下来，折了一根树枝，用小刀修了修，递给了徐静："你拄着它，三条腿总比两条腿省劲。"

小妹一看，说："小哥，给我也弄一个。"

振华就又折了一棵小树，弄成拐杖，送给了妹妹。

徐静也没感觉怎么样，人家毕竟是部队院校出来的，那管吃管住管穿衣服也不是白管的，那战术课等军事训练也不是闹着玩儿的，而是玩儿真的，不像普通院校的军训玩儿花架子走过场，吃苦耐劳的精神自然也非常人可比。

沿着崎岖的山路西行，就到了一处三岔路口，直行向南过山梁，就是王母娘娘洗澡盆，直行向西过山梁，西边就是柳钱庵。

振华想，回来的时候再到王母娘娘那儿，先直着向西过这个山梁，可省很多路，也少爬不少陡坡。

振华身先士卒，在前面领着向西山顶上爬，终于爬到了山梁上。

山风一吹，凉爽得很。振华道："走，咱们顺着山梁，向南一点，到红脸石上坐着歇歇。"

从山梁上走就比较平坦了，到了红脸石顶上，那真是巉岩绝壁，站在边儿上腿都打哆嗦。振华指着下边像蓝宝石似的水潭说："你们看！那就是著名的王母娘娘洗澡盆，那东南方不远的两块巨石，就是丢当石，正南的大山叫老鼠山。看到了吧，那四块叠在一起的巨石，就是老鼠蛋。这下面还有两处大瀑布，非常壮观。我感觉这里是昆嵛山自然风光最佳处，咱们回来的时候，在下边好好玩玩。"

"咱们在这歇歇，我给你们说个神话故事。"振华就找了个适宜的石头，请两个姑娘坐了下来，又从包里拿出两个大苹果给她们每人一个，就拉开了话匣子："你们知道黑龙江吧？"

"黑龙江谁还不知道，咱二哥不就在黑龙江吗？"小妹咬了一口苹果说。

"可是，这黑龙江啊，原来可不叫黑龙江，而叫白龙江，因为江里边住着一条白龙。这条白龙从大禹治水的时候，就来到了这条江里。它在这里兴风作浪，常常使江水泛滥，可就苦了一辈子都靠这条江生活的老百姓了，房屋被冲毁，良田被淹没，家禽也都被洪水冲走了。很多人被迫离开了这片富饶的土地，迁徙到外地去了。

"在咱们山东胶州湾一带住着一些从江边迁来的人家，其中有一户姓李的，双亲不幸遇难了，只剩下兄妹俩相依为命。有一年夏天，妹妹照常去海边洗衣服，天气实在太热了，她洗完衣服后，就靠在沙滩上的一棵树下乘凉，不一会儿就睡着了。不知睡了多久，妹妹突然觉得腹中有点疼痛，醒了过来，便收起衣服回家了。

"妹妹感觉自己不对劲，可是哥哥已经出了远门，也找不到人商量，就这么一天一天挨着。但她的腹部却一天天大了起来，她就整天待在家里不见外人。直到第二年春天，在一个阴云密布、雷电交加的夜晚，妹妹生下了一条浑身漆黑的小龙，她又害怕，又不忍心，就抱起来喂他奶吃。可这小黑龙的嘴也太有劲了，妹妹痛得就晕了过去。此后这小黑龙晚上就回来吃奶，白天就没踪影了

"过了一阵子，哥哥终于回来了，妹妹便把这件事一五一十地告诉了哥哥。哥哥闻言，默不作声，他偷着磨了一把快刀，等天黑了，偷偷地守在妹妹的门外。不一会儿，就看到小黑龙溜进了妹妹的房间。他在外面等了一会儿，就闯进去了。这时妹妹已经晕了过去，小黑龙吃得正香呢。哥哥对着黑龙砍了下去，小黑龙身上发出一道闪电，伴随着一声雷鸣，窜了出去，不见了踪影。妹妹被响雷惊醒，发现了被哥哥砍掉的小黑龙的尾巴。

"因为不知道小黑龙的父亲到底是谁，所以他便跟着他的母亲姓李，又因为他的尾巴被舅舅砍掉了，后来人们都叫他'秃尾巴老李'。

"这'秃尾巴老李'从家里跑出来后，就再也没有回去过。他听说自己的家乡在白龙江，就去找那条白龙决斗，终于把白龙制伏了。以后这里就风平浪静了，这条江也就改名叫黑龙江了。在黑龙江上行船的人都知道，只要在开船之前喊一声'船上有没有山东人啊？'船上的人就回答：'有啊！'这条船保险就能避过风浪，平安到达目的地了。

"'秃尾巴老李'为了把白龙弄开的决口堵起来，就到胶东昆嵛山上来挑大石头。他来到这里，一看对面那老鼠山上那几块大石头，想把它们都挑黑龙江去。原来那老鼠蛋有六个，都撺在一起，他挑起两个就下了山，走到这下边，放下石头想休息一下，不巧王母娘娘正在下边的水潭里洗澡，一看有人在上边，气得她大吼一声：'大胆！哪里来的毛贼，敢偷看老娘洗澡，快与我拿下！'老李一看不好，顾不得担子了，把石头扔在了这里，顺着山梁向北窜去，一蹿蹿到了黑龙江，再也不敢回来了。老李蹿过那山梁，一道火光烧起，全烧成了烂石头，寸草不生。你们看看，咱们刚走过那道山梁东边，从上到下，全是烂石头。"

小妹妹一听，忙站起来看，她拿的那个苹果，第二口还没咬呢！

休憩了一会儿，吃了苹果，继续上路吧！

从这里下了坡，直至柳钱庵，都是较平坦的路，走着很舒服。

到了柳钱庵东边的大槐树林，遮天蔽日，凉风习习。

到了树林里的泉水池旁，振华趴下喝了一阵子水，就像饮驴似的，两位女士看着不雅观，就把手洗了洗，用双手捧着水喝。

振华介绍道："这昆嵛山是中国道教全真派的发祥地，素有'海上仙山之祖'的美誉。金代王重阳在昆嵛山南麓的烟霞洞创立道教全真派，丘处机等七真人都在那里修炼。就在这里，还有一处古迹，目前还没有看到考古的记载，我始终觉得这里也可能是一处全真派的道观。在东边的荣成就有一所全真派大师王处一所建的圣水观，可惜这里没人来考证。这里还存有一块六角石碑，六面都有很多小字，咱们看看去。"

从泉水池向北约30米，北山脚下，密林深处，就是那座古迹废墟，断垣残壁，有多块石碑，那块六角石碑还竖立在碑座上，只是上面覆盖着一层苔藓，字迹难以辨认，也看不出个所以然来，只得留待后来人去考证吧！

这里西面、北面、东面皆环山，废墟在这山坳里的一块平坦之地上，从南边接受着日月的精华，确是一块风水宝地。

看完了这古迹废墟，振华说："走，我领你们到花果山吃果子去。"又从原路返回到泉水池，向西十几米就是柳钱庵的三间山庵，大概此时不需要看护山林，门上还是一把铁锁锁着。

小妹妹转头仰望着北山顶上怪石嶙峋的巨石，若有所思地说："静姐，你看这山顶上的大石头，多像三个人像雕塑啊！"

徐静转头观望了一会儿说："这真是很奇怪，大自然真是鬼斧神工啊！"

从山庵向南的山坡上，就是花果山了。

"这是圆枣，还没熟，要等下了霜才好吃，可甜了；这个麦粒似的小枣是灰枣，也非常甜，你们尝尝；这是杜梨子，生吃有点涩，煮熟了才好吃；这个红的小果是沙果，尝尝怎么样？"两姐妹算忙活开了，尝尝这个，摘点那个，不亦乐乎！

振华一看，说："你们少摘点，多了背着还沉，前边还有好的果子呢！咱们顺着这条小溪向上走，有一棵桃树，一般人不知道，上次晓红她们来可吃了不少，咱们去看看还有没有桃子。"

沿着小溪岸边，向西攀登而去，远远地看到悬崖下那棵桃树上的仙桃在微风中摇晃着，似乎在向远方来客招手。

三人就像加了油的汽车，加大马力向桃树下奔去。

振华吹嘘道："这昆嵛山哪里有什么果树，有什么山葡萄，还有裂瓜，我都知道。这样的自然生的桃树没几棵。这一棵有这个山崖挡着，从上面的路上看不见，所以一般人不知道。这可是真正的仙桃啊！吃一个就长寿百岁，可不能吃多了啊！"

一边摘，一边洗，一边吃，这两姐妹也不怕吃成老太婆，一个接一个地吃。这桃子和其他水果不同处在于桃子能当饭吃，吃了不饿。

吃了不少"仙桃"，歇了一会儿，看看表，还不到11点。这是由于早晨走得早，又抄了近路，上次来到这里就12点多了。

振华道："咱们从旁边上去，就到路上了，咱们到滴水源吃饭吧！"

从陡坡上爬上去，就到了山间小路上。过了安宁口子，就是昆嵛山国营林场，参天的柞树林，让人看不到天日，人在下边走，确也凉爽舒适。

出了这一大片柞树林，就到了滴水源。每次到这里，振华都有一种神圣的感觉，感叹大自然造化的神奇！在这么高的山上，一块巨石底下，居然长年不息地喷吐着这么大的水量，莫非真是龙口？

徐静、振雁看着这神奇的景观，也都面面相觑，感觉不可思议！她们蹲下身来，掬一捧神水，洗涤一下脸庞，清清心，明明目，好像也拂去了心头的尘埃。

振华又夸张地介绍这神水的功效，什么延年益寿啊，包治百病啊，说得两位姑娘心驰神迷，纷纷捧起神水喝个不停。

振华又介绍道："这滴水源就是老母猪河的发源地之一。俗话说，老母猪河，十八个奶，丢一丢，甩一甩。我看了一下军用地图，分析这十八个奶，很可能是指老母猪河的十八条支流，而这里就是一个主要支流的发源地。这条支流从这里发源后，向下就流到老蜂窝了，再向北就流到王母娘娘洗澡盆了。这条河流，军事地图上标着叫清凉河。咱们回来就从这前边往下走。"

由于滴水源周围地势较平坦，水汽润泽，遍生仙花奇卉，两个如花似玉的姑娘在花草丛中像纷飞的蝴蝶，一会儿就一人采了一大捧花，这些花可谓举世无双、千金难买。

看着她们脸上兴奋的神情溢于言表，振华取出照相机说："来，在这滴水源给你们照几张相。"就在滴水源水潭边上选了一块大石头，请她们坐在上面，旁边就是喷涌而出的水流，两人手捧鲜花，摆好了姿势，一按快门，一张摄影佳作又诞生了。

小妹妹照完了相，灵机一动，说："哥，姐，来！我给你俩照一张。"

小妹妹这么可爱，未来的小嫂子也不好意思拨面子，振华当然求之不得，就找了一处背景好的地方，说："在这照吧！"人站在奇花异草之中，背景是落叶松等多种树木，徐静手持鲜花，振华紧挨在她身边。

妹妹一边瞄着取景框，一边喊："茄子！"两个照相的人还没喊"茄子"就已经笑了，小妹妹眼疾手快，迅速按下了快门。

二人相识相知半年来，第一张非常珍贵的合影照片横空出世了。

在这里吃了干粮，补充了能量，下一步就是征服昆嵛山主峰泰礴顶了。

从这里向西南走，很快就爬上了主峰泰礴顶和次峰五股叉之间的山凹，也就是上次晓红她们来爬山的终点。从这里眺望了一下四周景观，就开始向顶峰冲击。

从这里到顶峰，有一条羊肠小路，也都被茂密的草丛覆盖着，不熟悉路径的人根本找不着路。振华拿根棍子，在前边拨拉着，仔细地观察着。

登顶之路，很是陡峭，就像沿着金字塔的斜面向上攀登一样。

经过千辛万苦，终于到达了泰礴顶上，放眼望去，可谓"一览众山小"，大有"山为绝顶我为峰"之慨。

徐静问道："这泰礴顶有多高啊？"

振华准确地答道："军用地图标的是923.2米，一般地图和旅游手册只标923米。这里是三县交界处，东边是文登，南边是乳山，西北是牟平。"

振华又指着正南方向说："从这里向南直线距离约三公里处，有一座无染寺，也很有名。始建于东汉桓帝永康年间，被称为胶东第一古刹。无染寺附近还有著名的景点王母娘娘洗脚盆。看来王母娘娘经常到昆嵛山来，既有洗脚盆，又有洗澡盆。在无染寺东南方向约三公里处，就是著名的圣经山，圣经山因其拥有"圣人"、"圣经"而得名。圣人老子容颜尊像，活灵活现地坐落在仙山之巅，他的传世著作《道德经》被道家奉为经典，全文五千余字被凿刻在山顶巨石之上。这个摩崖为世界上最大的道教石刻，距今已有近千年的历史。"

振华又侃道："相传王重阳来昆嵛山修道时，受到'孔雀使者'的指引，看到了'三圣人'，受吕洞宾指点度化，应'七朵金莲结子'之兆，收弟子七人，后世称'全真教七真人'，其门徒弟子将全真道教逐渐发扬光大，也应了那'万朵玉莲吐芳'的谶语。'孔雀使者'完成了使命，飞向泰礴顶西侧化作了孔雀圣石。在石门处的山峰上，道祖老子正襟端坐在山峰处，其长耳大目，方口厚唇，髯鬓拂胸，表情凝思，衣襟随风飘荡，仙风道骨之态尽展眼前。老子身后还立有一人，甚似孔子，他躬身而立，正做长揖之势。在石门西南，有尊巨大无比的佛像，好似释迦牟尼正在诵读佛经。不过，在这里看不大清楚，咱还下去看看吧？那边还有个三瓣石，也挺有名的。"

振雁累得有气无力地坐在一块石头上，说："小哥呀！我可不下去了。要下去，你和静姐下去吧，我在这等着你们回来。"

徐静一听，小妹妹不愿去，她自己也累得够呛，也就顺水推舟地说："别下去了，在这看看算了。"

振华遂又介绍道："你们看这个大铁架子，是个电讯转播塔。以前在咱们村蹲点的工作组里有一个年轻人，后来就在这里工作。有一年春天，我们上山摘黄花菜，他还领我们参观过，铁架子下面全是山洞子，有不少电讯设备在里边。"

振华在这泰礴顶上，大有指挥千军万马之势，指点江山、挥斥方遒之慨，又向西北一指，侃道："这西北方向有个村叫殿后，那里有个缫丝厂，妈妈在那工作有十年。那边还有个著名景区叫九龙池，过两天，休息好了，咱们去看看。"

小妹妹一听急了："等我回来再去啊！"

"你啥时候再回来呀？"振华问道。

"我争取早点回来，等着我啊。"

"好！"这位小哥应付道，又说："你们能上昆嵛山顶峰来看看，也是一生的造化，一般人一辈子也来不了这里。"

在山顶上转够了，也休息得差不多了，太阳也已偏西，慢慢地下山吧！

下到金字塔斜边的一大半，振华说："咱不走小路了，我领你们去看一个奇观。"

就从小路上向东北斜着往下走去，这里是一大片大石头，蔚为壮观。

振华又说："你们蹲下听听。"

徐静和振雁都蹲在大石头上，侧耳谛听，只听得这巨石下面有"哗哗"的流水声，但却看不见水流，像是一条暗河。

在巨石阵上蹦蹦跳跳，下到了金字塔的底部。

振华指着眼前的一大片有两个人高的芦苇说："这一片芦苇呀，是农村盖房子编屋笆最好的材料。想当年我比振雁还小得多，秋天的时候，三哥就领着我来这里割苇子，准备给二哥盖房子。结果二哥一家人都闯关东了，房子也不用盖了。现在家里那么大个院子，14间房子，也没有儿子住了，四个儿子、三个闺女都出外了。"

从这里再向东走，就又走回了小路，慢慢地走向了清凉河岸边。

振华又介绍道："前边又有一处景观，水帘洞，你们可小心点，淋湿了衣服，我可没办法。"

沿着河北岸，往东走了一会儿，就听到瀑布跌落的轰鸣声。

走近一看，一道几丈宽的瀑布，挂在十几米高的悬崖上，水流轰鸣而下，震荡山谷。而这道峭壁下面是向里倾斜的，如果要拍电影《西游记》，把这里作为水帘洞的外景，那堪称天下第一，可惜那些导演老爷们来不到这里。

振华指着峭壁下面用石块垫起来的"小路"说："看好了啊，我在前面带路，你们好好走。"说着就钻进了瀑布里，走到瀑布中间，向后招招手："走啊，没事。"向南一看，从瀑布里遥望群山，若隐若现，恍如仙境，也为不可多得之奇观。

沿着河边的小路继续往下走，走着走着，走到了一块巨石上，下边是一个深水潭，没路可走了。

振雁惊叫道："小哥，你怎么领的道，这往哪儿走？"

振华看着下面的深水潭，不动声色，徐静也着急了："怎么走啊？"

振华这才一回头，笑道："我逗你们玩呢！吓唬吓唬你们。有一回，我挑着担子先走，就走到这里，没路可走了，这怎么办？就把担子放这儿，等着后边来人了，看他怎么走？结果你们看，"振华指着后边不远处的一块巨石说："小路从那里拐弯了，拐到河南岸去了，要是直着走，就走到这里来了，就没路了。"

小妹被涮了一把，气得捶着她小哥的背说："小哥，你真坏！吓死我了，我还以为没路了呢！"逗得徐静也笑了起来。

回到大石头处，向南过了河，沿南岸走了一阵子，这里的自然风光也十分旖旎。

在从河南岸向河北岸拐弯的地方，有几块大石头，上面生着一些爬山虎，旁边还有几棵小树，河北岸是高耸的大山，在这里照张相吧！

徐静找了一个适宜的地方，坐在石硼上，双脚踩在下面的石头上，左手挂着那根棍子，右手拿着小手绢搭在左手上，斜对着相机，满面笑容，凝视着振华。

振华按下了快门，心想这张照片准错不了。

回济后，振华把这张照片也进行了放大着色，确实非常美。这大概是徐静毕生所照的照片中最美的一张，脸上洋溢着幸福快乐的神情，笑得也最灿烂。

踩着河中的石头，来到了河北岸的山路上，经一个上坡后，就来到了老蜂窝山庵西边的陡坡上。

振华指着东北山腰峭壁上的一个石洞说："看到没有？那个石洞，就是著名的老蜂窝洞。原来这个洞前面有几棵大楸树，把洞口遮住了。现在，一个人上不去，搭人梯才能上去。当时，胶东建党初期，起义失败后，十几个人就躲在这个山洞里，上级来人办培训班。一直到西安事变后，国共合作抗日，他们才下了山。后来又在天福山举行起义，成立胶东抗日救国军。这里的领导叫于得水，他家就是文登铺集的。冯德英的小说《山菊花》，主要人物就是于得水。不过，他改了个名字叫于震海，这个老蜂窝洞，也改名叫老鹰洞。书里面描写冯痴子为了救受伤的于震海，爬上老楸树顶上的蝎子嘴去采'回生草'，被老鹰啄，被大蝎子蜇，救活了于震海，痴子则中毒死了。我看这本书，最惊心动魄的就是这一段描写。"

徐静感叹道："没想到这部小说，还真有人物原型，也有实景描写。"

振华接着道："冯德英的《山菊花》是从建党初期，写到抗日战争；《苦菜花》是写抗日战争的；《迎春花》是写解放战争的。这"三花"都是以昆嵛山及周围几个县为背景的。在《苦菜花》里边，于得水改名叫于得海，是八路军的团长。还有一本小书《昆嵛山火焰》，是我'文革'时从界石中学图书馆偷来的，这本书也是写抗日战争的，现在已经找不到了。"

从坡上下来，就到了老蜂窝山庵。

振华说："在这歇歇吧！我感觉这里是昆嵛山第二个最美的风景点。还有一处景观，也很值得一看，在这座大山南边，魏家庵向西有一处叫大照壁，'昆仑崩绝壁'也就如此吧。差不多有百米高，千米长一块绝壁，也算一大奇观。不过今天看不着了，以后有机会走南路，再去看看。"

三个人在大柿子树下河边的石头上坐了下来，振华指点着说："你们看这西边有瀑布，春天的时候，这南山上开满了映山红，北山上各种树木非常茂盛，奇花异草遍地都是。这棵大柿子树，是昆嵛山里唯一的一棵，咱三个人也合抱不过来，不知有多少年了。你们看结了那么多柿子，可惜现在还不能吃，秋天来就好了。你们看路北这个小山庵，就是《山菊花》里多次写到的冯痴子和于震海的妻子桃子和女儿竹青住过的地方。"

徐静和振雁一边洗着被汗水浸透了的小手绢，擦洗着脸上的汗渍，一边四处张望着。

徐静感叹道："这里确实是个好地方，像世外桃源一样，要是能在这个小山庵里住上几个月，那也就是神仙过的日子了。"

振华调侃道："真想来住啊？那没问题。这个山庵和这座大山后面的柳钱庵，都是舅舅那个村的。我小的时候，舅舅就住后边的柳钱庵，我搂草也住那。住这个老蜂窝庵的，我也熟悉，他妹妹也嫁在咱们村，就住咱们家斜对面。和他们一说，准没问题。"

徐静说："这次肯定是不行了，看以后有机会吧！"

振华一看，背包里还鼓鼓囊囊的，就拿过来说："咱们再吃点东西，就下山了。"就把里边的点心拿出来，请二位仙女吃了几块，又拿出仙桃在清澈的溪水里洗了洗，请仙女们再吃几个仙桃。

真舍不得离开这宜人的山清水秀的好地方，但在这里已看不到太阳了，又担心下山时那站岗的解放军再不让过可就麻烦了。要真不让通行，那就只能再爬过红脸石东边的山口，从山后边返回了。

走吧！但愿运气好一点。这往下路就比较平坦了，路况也好多了。

一会儿，就到了大姑娘炕。这回可是真来了两个大姑娘，看着这平滑如镜的巨石，不要说大姑娘想在上面躺一躺，就是小伙子躺一躺也很舒服。

两个大姑娘爬上了炕，并排躺下了，仰望着蓝天白云，目光追寻着从山涧飞过的小鸟，如痴如醉，振华少不得又偷拍了一张佳作。

再往下走，沿着山脚向北拐弯，就到了昆嵛山第一景点——王母娘娘洗澡盆。

这里的美景使人目不暇接，北山上的红脸石，眺望着南山顶上的老鼠蛋，相映成趣；在拦河坝上面，第一道瀑布飞流而下，在瀑布东侧，有一块飞来巨石，有几丈高，像一把宝剑，直刺青天。

在瀑布顶端一侧的石硼上，振华取出包里的笛子，吹奏起了电影《少林寺》

插曲《牧羊曲》，振雁听着这优美的旋律，不由自主地跟着唱了起来：

> 日出嵩山坳，
> 晨钟惊飞鸟。
> 林间小溪水潺潺，
> 坡上青青草。
> 野果香，山花俏，
> 狗儿跳，羊儿跑，
> 举起鞭儿轻轻摇，
> 小曲满山飘……

悠扬的笛声，和着小姑娘的歌声，瀑布的轰鸣声，像一首协奏曲，响彻着山谷，回音嘹亮。

徐静一看，这两兄妹很好玩，赶忙拿过照相机，拍下了这人与自然和谐相处的一幕。

在拦河坝上面不远，从柳钱庵那条山谷里流下来的溪水，也汇流到了这条河里。

过了拦河坝，就是丢当石。在这两块像两个巨大的树立起来的鹅蛋之间，振华说："这就是秃尾巴老李留下的那两块大石头。"

他又介绍起这丢当石的奥秘，一脸狡黠地问徐静："怎么样？你丢个石头试试，要是不掉下来，就肯定生男孩。"

徐静脸一红，又不好发作，讪讪地说："这么高，我丢不上去，你丢吧！"

从丢当石这里，看着瀑布从拦河坝上飞流而下，似一道白练飞入湛蓝的王母娘娘洗澡盆里，看着这圆圆的深不见底的大水潭，徐静赞叹不已，她也不知道这是怎么形成的，怎么这么圆？

此时这里也见不到太阳了，只见山谷上空万道金光，蔚为壮观。

在这里看着北山山腰上的几个大山洞口，振华琢磨，在这里打这些山洞子，可是真正的扰民哪！山下的老百姓们从这里是进不了山了。

向下走不远，又来到了岗哨跟前。这位神圣的哨兵依然做不了主，又打电话请示首长。由于早晨已打过交道，这三个人中，一个是军官；一个是京剧演员，还来这大山里为打山洞的战士们慰问演出过；一个钢铁工人，也不是什么坏人。大概此时首长考虑，这三个人就在山下昆嵛村里住，毕竟军民一家亲嘛，如果不让他们下山，在山野当中晚上要是遇上野兽，或是摔伤了，出了问题，那也是不好交代的，就同意放行了。

这一下，振华真是太高兴了，如释重负啊！试想已经爬了一整天的山，就算振华还能支撑，两个年轻姑娘早已累得腰酸腿疼了，还怎么爬这么陡、乱石丛生的北山！

由于军事施工，都已经把山路修成了公路。在向阳的半山上，有五个大洞口，据说这里是作为军火库建设的。

振华在家种地时，就来了很多工程兵在这里打山洞，已经四五年了，大概山洞打得差不多了，所以也不让老百姓从这里进山了。

一路凯歌还。走在平坦的略带下坡的公路上，振华想到今天顺利地安全地完成了导游任务，心情格外振奋，愉快地哼唱了起来："日落西山红霞飞，战士打靶把营归……"口中哼唱着小曲，步履也格外轻快，不一会儿，就到了进山时的哨位前。

在这里，向哨兵道了谢，只见一位首长从营房走了过来，大概他也关注着这几个人的安全，客走主人心安哪！

振华一看，装模作样地一个敬礼："首长好！谢谢首长！"把徐静、振雁都逗笑了，首长也跟着笑了，说道："这里也不是不能走，但是要从这里进山，必须有村里或者公社开的介绍信。你们从外边回来，不知道这个情况，下回要再来，开个介绍信就行了。"

"谢谢首长！有空请到我们村里做客，我们好好招待您！"振华逗笑道。

首长笑着说："只怕我还没去，你们就都走了。"

"我们坚决等着您，首长！不见不散，再见！"说着，就都上了自行车，一溜烟地溜了。

唉！一溜下坡，真是太爽了！

振华兴奋地又扯开了高嗓门："长鞭哟，那个一呀甩，哎，叭叭地响呃，赶起那个大车出了庄，劈开那个层层雾啊，穿过那道道梁呃……"

沐浴瑶池

第二天早饭后，振华和徐静把振雁送到了村东头，在这里等汽车回文登城。

振雁说："静姐，这次遗憾的是，不能请你到文城看看我们的京剧演出，回去后就要到南海边下乡演出，也不知道多长时间，这几天估计是回不来了，你们到九龙池，就不要等我了。"一会儿，来了一辆到文城的长途客车，振雁上车后，还在不断地挥手。

振华指着公路东边的一片房舍说："这就是昆嵛联中，附近好几个村的孩子都来这里上学。我从这里读到初中毕业，然后到界石公社上的高中。我在家种地的时候，这所学校都办到高中了。振雁就是在这里上高一的时候，被县京剧团挑选去当演员的。"

往回走的时候，徐静说："振雁一点也不像个农村孩子。"

振华道："那是，她一天地也没有种过。她有表演天赋，唱歌跳舞都很好，从小学到高中，到处演出，到京剧团工作也四五年了，也算个文艺工作者吧，可惜这次不能看她的演出了。"

由于爬山累得腿都疼，在家里休整一天，洗洗衣服。

村南的小河，是两条河流在这里汇聚，南边的一条是从滴水源流下来，经龙王庙流到这里；北边的一条是昆嵛山第二高峰五股叉那边山麓流下来的。这河流刚出山，没有任何的污染，非常清澈，河底除了沙子就是鹅卵石，还有不少小鱼在游动。河北岸还有不少妇女洗衣服用的平石头，妇女们就坐在旁边洗衣服。

振华和徐静端着两盆衣服来到了河边，把衣服打上肥皂先泡上，然后再在石板上搓洗。这流动的河水漂洗衣服，那可真是一绝。

旁边树丫间，还扯着几根绳子，供晾衣服用。

徐静又打了一盆水，放在太阳底下晒着，她要用这清清的河水，洗理她的一头秀发。

忙活了半天，晾上了衣服，也洗好了头发。

振华说："走，咱们顺着南边这条小河看看。"

赤着脚，在清清的小河里，踩着沙子、鹅卵石，慢慢地向上游走去。

徐静一头秀发飘散着，脸色白里透红，浑身洋溢着青春的气息，透出些许浪漫和妩媚。

振华不仅赞叹道："你这一洗了头发，漂亮不少啊！"

徐静心里高兴，也"赛吹"开了："我呀，我的小脸要一胖起来，滴溜儿圆，小嘴巴一凸起来，小嘴一撇，可好看啦！"

振华也给她添油加醋地说："我看你呀，唱歌像李谷一，说话像百灵鸟，天才像居里夫人。"

徐静一笑道："你喜欢吗？喜欢就明年国庆节嫁给你。"

"哎呀！太好了！就盼着这一天啦！"振华的心里乐开了花，就像唐僧经历了九九八十一难，终于到达了西天，取得了真经一样。

振华为了爱情，苦苦地追求，坚定不移、毫不动摇，终于赢得了徐静这颗高傲的心！

看到好几个像是人工掏出来的水坑，水底全是沙子，把小石块堆在四周。徐静不解地问："这些水洼是干什么用的？"

振华答道："这都是村里人夏天洗澡的地方。白天中午男的来洗，晚上就是女的来洗。一到了晚上，男的没有到这来的，这也是风俗吧。"

"那晚上我来洗洗行吗？"徐静又问道。

振华思忖了一下，说："你一个人恐怕不敢来。上次晓红她们来洗过，就在这上游，村里的人到不了那里。你要想洗，晚上晚点来，我陪你去。"

吃过晚饭，休息了一会儿，徐静悄悄地跟振华说："咱到南河去吧。"

振华道："行！你准备一下换的衣服。"

约八点多，天上已经有了一轮快要圆了的月亮，朦朦胧胧的。

二人出了家门，向南河的石桥走去。在小石桥上，就听着上边嘻嘻哈哈的说笑声。

这声音大概也是警示有女人在这里洗澡，男人不要过来之意吧？也许是"三个女人一台戏"，大姑娘、小媳妇凑一块儿洗澡，本身就热闹。

振华说："咱们不能从这儿下去，过了河，河南边有条向西的路，从那儿向上走，上边有个王福大汪，肯定晚上没有人，咱们上那儿去。"

王福大汪东西约有50米长，南北宽约十几米，最深处及胸部，北边是两丈多高的河壁。在东边一块大石头处，振华停下说："你就在这洗吧，我往上一点，这里没有人来，你放心好了。"

待振华向上走了约20米，月光下，只能影影糊糊地看到有一个人，也就停下了。

振华试了一下水温，还挺温和的，大概这王福大汪的水让日头晒了一天，把水晒热了。

振华下水刚洗了一会儿，只听徐静小声咋呼，振华立刻向她身边游了过去，抱住她问："怎么啦？"

"水里有东西老往我身上撞！"徐静声音颤抖地说。

"哦，这是鱼！大概你占了鱼的窝，打搅了鱼的美梦了，它就撞你，想把你赶走，没事！我在家的时候，还来这里捉过鱼，也没有大鱼。"

"你怎么不早说，吓死我了！"

"没事！没事！有我呢！"

……

在月光下，在瑶池似的大汪里，舒舒服服地洗去了几天的劳累，就像脱胎换骨了似的，飘飘欲仙。

徐静抬头看了看月亮，若有所思地说："这月亮快圆了，是不是快到十五了？"

振华答道："今天是阴历七月十一，再有三天，就到十五了。十五这天晚上，找个好地方，咱们一块赏月亮。"

在希望的田野上

阴历十三日，振华骑车带着母亲，徐静也骑一辆自行车，到界石公社大姐那里走亲戚。

此时，大姐夫于忠民已担任了公社党委副书记，大姐还在公社财政所工作，也分到了住房，告别了租房的时代。

公社副社级以上领导，每家都是三间瓦房，前边是一个小院，种着韭菜、茄子、辣椒、豆角、土豆等多种蔬菜。大姐夫是农学院高才生，这些蔬菜长势喜人，比旁边院里的蔬菜长得都好，大有一枝独秀之概。

大姐一看，这未来的弟媳妇，大学毕业，将来还是大军官，长得也漂亮，还很洋气，自然是不敢怠慢，把家里储藏的好东西都搬了出来，招待贵客。

大姐的已五岁的宝贝儿子彬彬一看有了这么多的好吃的，忙从姥姥怀里溜下来，不亦乐乎。

聊了会儿天，喝了几杯茶，振华说："大姐，你先忙着，我和徐静到界石中学看看。"

公社驻地在大界石村北的公路北边的小山坡上，从公社驻地向南不远，就到了大界石村从东向西的主要街道。十字路口的西北角是供销社，也就相当于北京王府井百货大楼；西边紧挨着的是生产资料门市部，这里卖一些农具、化肥什么的；再向西就是农副产品收购站，兔毛啊、药材啊，这里都收购，振华在家上学时，可没少来这里。

供销社路南对面就是一个饭店，相当于北京饭店；饭店西边就是公社卫生院。再西边就是地盘很大的界石中学了。

这样规模的供销社在一个公社里只有一处，即使在昆嵛村这样大的村子里，也只设有供销点。

徐静站在布匹柜台前，端详着，说："你看用这个蓝底白点的布料做件上衣，再配这个格子布料做的裙子，搭配起来就漂亮。一般人不懂得搭配，看着这种布好看，做件上衣，看着那块布漂亮，再做条裤子，但搭配起来就不一定协调、好看。"

振华一听，她说的有道理，但又不知道她什么意思？就问道："你要看着好，给你扯几尺，大姐就很会做衣服，请她给你做起来。"

徐静忙说："不用不用！我平时穿军装，也穿不着这个，花那钱干吗？"

进了界石中学东大门。就是一个有400米跑道的体育场，还有几副篮球架，有一伙孩子正在你争我夺地玩得很热闹。

振华说："这就是界石公社的最高学府了，原来叫文登第五中学，这里的老师都是公办老师，教过我们的老师也都是大学毕业或师范院校毕业的，水平都比较高。

"我是1973年春节之后到1975年夏天，在这里上了两年半的学。那时候，不是学工，就是学农，真正用于学习的时间不是很多。不过我毕业时的六门功课全是优秀，在三个同级的高中班里，也算知名人物吧。我字也写得漂亮，你看这几个黑板报，主要是我负责更换，还有学校办的"战报"，是用蜡纸刻版油印的，也多是我来刻版。他们到农场干活，我就在学校里干这个，也感觉很爽。

"1977年恢复高考的时候，很多人都来这里接受辅导，教过我的民办老师也来了好几个。考进重点大学的也就我一个人，还有一个同级的女同学考进了青岛医学院北镇分院，教我初中物理的老师是个'老三届'，和教我初中数学的老师，都考进了莱阳农学院，这都是大专吧，还有几个同学考进了中专。只要能考出来，就不用一辈子种地了，就是胜利呀！"

来到了学校中间位置一栋最漂亮的建筑前，振华介绍说："这里是物理化学实验室，'文革'期间图书室也在这里。我在新疆的三哥当时就在这里读书，他晚上领着几个半大不小的小伙子，来这里偷书，我也跟着来了，那窗户上的玻璃都没有了，开开窗就跳进去了，偷了一些书。我哥把一本最大最厚的书偷回了家，还在家里，不知是什么书，等你回去看看是什么书？

"我上高中的时候，也来偷过一次书。那时图书室已搬到这三间教室里来了，就在我们教室的后面。星期六下午我来看书，偷偷地把一个窗户的插销打开了，这天晚上住校的学生都回家了，我就和村里一个小兄弟来偷书，他在外边望风，我背着书包，把窗户打开，跳进去偷。由于提前勘察过，要偷的书也大致知道放在什么位置，《金光大道》《艳阳天》，还有一些马列的书，什么《认识与真理》《自然辩证法》《唯物主义和经验批判主义》，很多干部家庭里放着许多发的马列的书不看，我这个买不起书的穷高中生却偷来马列的书如饥似渴地读，也很有意思。如果说我还有一点辩证思维的话，那也就是我偷着学来的，你看我这理论水平还是不低吧？"

徐静笑道："你理论水平低不低我不知道，偷的水平倒是很高啊，要是把你逮着了，进去关几年，我看你也不用上大学了。"

"可也是，那一次把我也真吓坏了。第二天就来了一辆三轮摩托车，我还以为是公安局来人破案呢，吓得我发誓再也不敢动'偷'的念头了，结果那是电影队的摩托车。"

当天晚上，公社里又要放电影，大姐留客人吃晚饭，看了电影再回去。

拿个凳子给母亲坐着看电影，振华和徐静就溜到了外边。

振华说："让妈妈在这看吧，咱们骑车子回家去！"

界石村到昆嵛村也就五里地，两千来米，一会儿就到家了。

一阵亲热后，让徐静躺在炕上歇歇。振华拿个床单盖在她身上按着她的体形把床单披好了，赞叹道："唉，你这个体形真苗条，要穿上旗袍才美了。"

徐静道："我有旗袍，我妈妈给我的，只是没大穿过。我还有个狐狸腿的皮大衣，也穿不大着，挺可惜。"

说了一阵子话，振华又担心起母亲来，要是电影散了场，母亲到哪儿去呢？要是母亲到大姐家去了，这和徐静两个人在家里，要是控制不住自己的感情，走了火，可怎么办？无论如何也要等到结婚吧！

振华就和徐静商量："咱们要不要到界石把母亲接回来？"

大概徐静也有点担心，尽管说是定了婚，可毕竟没有结婚哪！这要是真偷吃了禁果，可不是闹着玩的。就说："好，咱们走吧！"

一路上，徐静说："我感觉，大姐说话的声音非常好听。"

振华道："大姐也是有多方面才华的，上初中时，她和三哥都在这公社中学里，而且都在同一级。学校由初中升格为高中，只让上一个，家里考虑还是让三哥上了高中。大姐唱歌唱得好，也是文艺宣传队的骨干，后来她就当了公社广播站的播音员，还能写通讯报道稿，《烟台日报》《大众日报》农村版经常刊登她写的稿件。她和这大姐夫是在学校宣传队时认识的。后来，她和我妈到成都看我姨妈去，我姨夫是54陆军医院的政委，想安排她当兵，大概她舍不下这位姐夫，就回来了。后来大学招收工农兵学员，她讲用都很好，就是没有后门，也没有送礼，两次报名都没去成。倒是我大姐夫的叔叔是文登县革委会副主任，经'领导批准'，他倒上了莱阳农学院，毕业后到了界石公社工作，他们就结了婚。现在大姐在公社财政所工作，大姐夫是公社党委副书记，也算不错了。"

看完了电影，把凳子送给了大姐，就要回昆嵛村，大姐又问了返程日期，跟徐静说道："行，4号中午我回去给你们包饺子吃。"

看了大姐，再去看看二姐吧！

次日，又骑着自行车，带着母亲，到二姐的婆家阎家泊子去。

从昆嵛村一直向东，过界石村，到鞠家庄向北一条乡村土路，过张格庄、河西、河东村，再向北就到了阎家泊子了。

在阎家泊子的村西头，有 所小学，只有一排房了。从这里下了车子，推着走，看到一位熟悉的年轻的姜老师。

这位女教师原来在昆嵛联中教书，长得非常秀丽、可人，待人亲切和蔼，教过振雁，对振雁非常好。振华有时候到学校玩，彼此也相熟。不过那时候，人家是老师，自己是个庄稼巴子，可谓不是一股道上跑的车。

彼此寒暄了一阵，姜老师又关心地问起了振雁的情况，就此作别。

这次邂逅，在振华的心里荡起一缕愁丝。

振华琢磨，这么一位好姑娘，从昆嵛联中怎么调到这么一个小学校里当山村女教师，她的青春就这样度过吗？她的婚姻大事怎么解决？在这么一个偏僻落后的小山村，到哪里去寻找她的如意郎君？真是替她惋惜！

一路上，振华向徐静介绍了小姐振美的情况："小姐高中毕业后，到南京给大哥看了几年孩子。当时想把她办到南京郊区当下乡知青，返城时安排个工作不成问题，可她嫌那里都是水田，还说她想家，就回来了。小姐也是个小姐身子丫环命，在生产队种花生时，把花生种撒到刨好的小坑里，再用脚埋上土，人家女的都赤着脚，她穿着袜子，我在旁边看着哭笑不得。后来到了公社面粉厂工作，认识了这位小姐夫刘大庆，大庆是个心灵手巧的人，面粉厂的大部分设备都是他安装起来的。我大学没毕业时，他们就结了婚，这不孩子刚两岁多，她也上不了班了，在家看孩子。"

小姐一看，母亲来了，弟弟领着对象来了，高兴得眼泪直流。

吃完了午饭，母亲抱着小外孙，小姐正在拾掇碗筷。

振华说："妈，你先歇会，我们出去转转，回来再走。"

振华和徐静出了门，向西边的小山头走去。

这座小山也是松树、柞栎和杂草野花丛生。

振华帮徐静又弄了一大束鲜花，扎好了，这才下了山。

走的时候，小姐又到菜园里弄了不少黄瓜、芸豆什么的，让带回家吃。

回到家里，徐静把从昆嵛山上采来的那些花从瓶里换了出来，插上了新的花束，映照得小屋蓬荜生辉。

连日来，累得徐静小姐不赖。

这一天，振华打算领着城里小姐到南庄菜园子见识见识，也体验一下田园生活。

即使在"文革"期间，到处割"资本主义尾巴"，农民也有几分自留地和菜园子。菜园子都是好地，供农民种点菜自家吃。

这块菜园子约有二分地，旁边紧挨着一个五米见方的泉池子，终年不涸。

泉池里还有大鳝鱼，不过由于泉池底部全是大石头，还有好几个泉眼，人也抓不着。

泉池东北角还有一眼井，供在南庄居住的几户人家吃水。井东边住着一户姓王的人家，独门独户，门前一棵大杏树，也要几个人才能合抱过来，杏树下边一盘大石碾子，供农家碾小米等用。

振华在家时，种菜园子都是他的事，韭菜、大蒜、土豆、冬瓜、大白菜样样来得。

振华上学后，估计就是母亲请邻舍的侄子们帮帮忙，照看一下罢了。

这一天午后，太阳也不毒了。

振华挑着一担人粪尿，一边走着，一边嘴里还嘟囔着跟未来的岳父新学来的词"没有大粪臭，哪有五谷香"。

徐静扛着一把锄头，母亲挎个篓子，浩浩荡荡向南庄的菜园子进发了。

在树底下坐着聊家常的老大爷、大娘们，看着这一家人，都露出了羡慕的目光，母亲笑眯眯地和他们打着招呼。

这时候要给大白菜追肥。振华教给徐静怎么在大白菜的根旁边挖个小坑，并且不能伤害大白菜，这比《朝阳沟》里栓保教银环锄地要容易多了。

徐静是测绘学院的高才生，离白菜根多远挖坑合适，她目测得极其准确，挖的坑不大不小也正合适，真不愧受过高等教育，再接受一下贫下中农的再教育，可就能大有作为了。

她在前边挖坑，振华就在后边用粪勺子舀着施肥，母亲看着肥都渗下去了，就用脚拨拉着把土再掩埋上，施肥过程也就竣工了。

这块地里还种有地瓜、玉米，此时还没有成熟，但也很鲜嫩，尝个鲜没问题。

徐静小姐来了精神头，刨地瓜，掰玉米，摘豆角，割韭菜，忙活得她过了一把"收获"之瘾。

干完了活，振华收拾一下农具，说："静，你先在这池子里洗洗手。"

振华正收拾着，忽听徐静"呀！呀！蛇！蛇！"地叫了起来，振华连忙丢下农具，跑过去一看，原来一条大鳝鱼正在水里向她游去。

振华忙说："没事，这不是蛇，是鳝鱼。你在大饭店里吃那炒鳝鱼段，就这鳝鱼。"

"哎呀，那多小哇，哪有这么大的鳝鱼？这能抓住吗？怎么没人抓呢？"徐静好奇地问。

"这个鳝鱼滑得很，比你还滑，根本抓不住它，好不容易把你抓住了，这大鳝鱼我可抓不住。要想抓住它，大概要把这池子的水舀干了。"

振华本想幽它一默，不想又捅了马蜂窝。

徐静一听这话，可就老大不高兴，小嘴一撇："胡说八道！满嘴放炮！不理你了！"

振华一看，又惹事了，忙赔笑道："索累索累，斯密马孙，斯密马孙！咱们到那大杏树下面歇歇吧，你这半天累得够呛，走！"

"妈，咱到那大杏树底下歇歇吧！"振华又招呼母亲道。

走了半天路，又干了半天活，也够热的。

在这大杏树底下，坐在碾盘上，乘着阴凉，也真够舒服的。

七月十五月儿圆

9月2日，就是阴历七月十五。

振华和徐静通信的时候，就约定每月阴历十五月圆之时，约好时间共同观月，对着月亮倾诉心里话，期待着月亮老人像人造卫星那样，能够把话传递给对方。

当天下午，振华领着徐静到南山上转了一圈，从东路上山。

这里有南山石窝子，也就是采石场，有不少石匠在这里打石头。

石匠们先用长钢钎打炮眼，然后里面装上炸药，把石头崩开，再用短钢钎把石头劈成一块一块的，用于建筑材料。这里的石头颜色发青，很好看，有不少出口到国外。

沿着小路再向西南，就到了山顶上。

在大石硼上有几块像轮船一样的巨石，爬上去一看，在这巨石上面居然有几个像洗脸盆一样大一样圆的小水池，里面全是生着青苔的水。

徐静很奇怪地问："这些圆坑是怎么形成的啊？"

振华根据已经了解的一些知识答道："估计远古的时候，这里全是冰川。这几块巨石，能坐落在这大石硼上，很可能就是冰川漂砾。当天气逐渐变暖的时候，冰川顶层开始溶化，这水就往下滴，也可能夹杂着一些沙粒等物质，天长日久，就在下面的石头上滴出一个小洞，然后沙子在水的冲击下，就在这个小洞里旋转，把这个小洞越磨越大，越磨越圆，就形成了现在这个样子。"

看徐静像听天方夜谭似的，似信不信的，也找不出理由反驳。

姑妄言之，姑妄听之吧！

山上的石头缝里，生长着一种叫"菠菠丁"的植物，呈圆形，一瓣一瓣的，可以吃，酸溜溜的，徐静很喜欢吃，就拣大一点的拔了好几棵。

从这里向西南下去，就是廉朋水库，也就是振华曾在这里光屁股游泳偷苹果的地方。

走在水库南边的大坝上，振华把这段故事给徐静一讲，笑得徐静前仰后合，直不起腰来。

既来到这里，就到水库西南面不远处的廉朋家里看看吧。

廉朋家独门独院，不过家里也没有人，大概都下地干活去了。门前也有一棵很粗大的杏树，还有菜园子、泉水池，环境倒是很优美。只是一家人住在这偏僻的地方，不知是好还是不好？

这里南、西、北三面环山。

遥望着群山，振华笑道："有个成语，叫作'开门见山'，不知你怎么理解的，这一户人家，就是典型的开门就见山。"

徐静向南一瞅，也服了，门前几十米处就是大山。

从来路向回走不远，沿着水库西侧的道路向北，山坡上就是那一大片苹果园，苹果园中间有一所敬老院，和徐静一起去看了看。

这里有一个鳏夫，长年住在这里，就是那个抓光屁股偷苹果的金宝，他一边看着苹果园，一边伺候住在这里的几个鳏寡孤独的老人。

既来到了这里，就看看敬老院里的老人吧。这里也就是一排六间房子，有四五个老人住在这里。

那金宝和振华原也很熟，那年春节后，他跟着村里的《节振国》剧组到各村巡回演出，负责管理道具、衣服等。

今非昔比，他一看来了贵客，满面笑容，还拣那好苹果摘了几个，硬逼着客人吃。

上了北山坡顶上，就能看到路东的那棵老松树，就像一顶冠盖，矗立在那里，卓尔不群。还有振华打蜂子被蜇的巨大的石头。徐静听了打蜂子的故事，也感觉很新奇。

再向北走，就到了刘清水库，这个水库比廉朋水库小多了。

水库东岸的山坡上也是一片果树林，不过这里果树的品种较多，桃树、苹果树、梨树都有。

水库边上大概就是刘清的家，刘清也不知干啥去了。振华从来就没见过这个人，房子也早就塌了，只剩下残垣断壁。有好事者，在墙壁上画了些不堪入目的淫秽之作。

一路上，徐静也采，振华也采，路边的野花采了不少，又集成了一束色彩斑斓的山花。尤其是扫帚花，白中泛紫，异常美丽。

走在山间的小路上，眺望着满山的秀美景色，振华又跟徐静商量："今天是阴历七月十五，咱们晚上找个好地方，观赏月亮吧。估计咱们结婚之前，很可能也就是这一次有共同观月的良机了。"

徐静点头道："好啊，这是在你的家乡，哪里好你都知道，你说到哪儿，咱就到哪儿。"

振华考虑了一下说："村子的北面、西面、南面，咱都去过了。咱们村东头那条公路，向南一点就是南河桥，再向南约500米左右，还有一座桥，叫南庄桥。南河桥上晚上有人在那里乘凉，南庄桥在山脚下，环境非常清幽，也没有人去，咱们就到那桥上观月吧！"

吃了晚饭，振华和徐静沿着门前到南河的路到了河边，再沿着村南向东的小路就到了村东头那条公路上。

在南河桥上，果然有不少人在这里歇憩乘凉。有坐着的，有躺在麦秸打的草帘子上的，劳累了一天的农民们，此时才能身心都放松一下，好好地休息休息。

此时月亮已从东方升起，振华挽着徐静的臂膀，在路旁的大树下向南缓缓地挪动着。

到了有石栏杆的南河桥上，桥下是哗啦啦的小河流水，向东而去，被月光照耀得波光粼粼。抬头观月，好像这月亮都比城市的大，估计也不比外国的月亮小，星星也好像就悬在头顶上。

在这昆崙山脚下的山村，没有任何工厂，没有任何污染，空气的透明度极高，真是野旷天低树，河清月近人。

振华搂着徐静的肩膀，在她耳旁悄声说："要问我爱你有多深，月亮代表我的心。"

"唉！"徐静叹了口气，感动地说："看来我找你这么个老实人就对了，一辈子对我好，也不生气，还有什么可求的？找个花花公子肯定不行！"

振华听了心上人这肺腑之言，也激动得不行，就搂着徐静的腰，下了桥，在桥北的小树林里，拥抱着，亲吻着……

此前亲吻时，徐静都比较被动，她闭着小嘴，让你亲个够吧。这一次，她张开了樱唇，让振华的舌尖伸进了她口中，两条舌尖在彼此口中翻滚着，舔舐着，绞在一起，舌吐香兰，口中津液，如龙髓凤胆，吸入各自腹中。

似此人间眷属，尚慕仙否？神仙有此人间之极乐否？难怪七仙女要下凡了。

在这幽静的夜晚，只听得小河哗哗的流水声，只听得青蛙呱呱呱地交响，只听得各种昆虫的合唱，皎洁的月光普洒在青山绿水之上，也洒在两个热恋的小伙和姑娘甜蜜的心田上。

踏着皎洁的月光，两个恋人手挽着手，走一会儿，就拥抱着亲一会儿。

振华提议道："也休息了几天了，明天咱们就到著名的九龙池去看看吧。你今天晚上睡个好觉，养精蓄锐，明天好爬山。这个九龙池啊，可真是天下奇观，举世无双啊！大哥和大嫂回来的时候，也去看过，说这要在大城市里，可就不得了了，那游人能挤破了头。"

让这位先生一忽悠，徐静女士也心驰神往矣！

游九龙池

第二天是9月3日，振华打点水果干粮放在书包里背着，这一回骑一辆自行车就行了。

从村中间向北那条路，一直上了村北山坡上的公路。

振华带着徐静向西北蹬去。一个大下坡，就到了旸里店子，转向了从这里向西的一条公路，一路上经过了高家台、孔家庄、辛上庄、钓鱼石，又到了滩上，这里有一个大水库，从公路上就能看到。

再向西走了不远，突然天上下起了雨，这怎么办？

避避吧！一看，前边有一座单拱石桥，就到桥下避雨吧。

桥下只有一条小溪流过，由于下大雨时山洪的冲刷，桥下完全是沙子和鹅卵石，非常干净宜人。

外边又下着雨，路上也没有行人了，这里可就成了个谈情说爱的绝佳场所了。

说了一会儿话，振华拿出一个苹果，说："你看这个大红苹果，多像我这一颗火红的爱心，我把它毫无保留地送给你吧！"

徐静笑道："好！那我就把你这颗心毫无保留地放到肚子里吧！"

振华拿出小刀，为她削了皮，又递给了她。

她接过来，说："你这么大个心，我肚子小，盛不下，把我的心也分一半给你吧。"就接过小刀，把苹果分开，递给振华一半。

俗话说："六月的天，大姑娘的脸，说变就变"，虽说是已到了阴历七月中旬，可这天气变化仍令人捉摸不定。这一团黑云彩，下了一场雷阵雨，就被风吹跑了，霎时雨过天晴，苍山如洗。

一路西行，看到路边有一块路标：九龙池。

向南一望，果然看到半山上数叠瀑布遥挂前川。就此下路，推着自行车顺着小路向南走去，看到有干活的老农，很有礼貌地请教了上九龙池怎么走好。

到了山脚下，把自行车锁好，就开始打量周围环境。

只见一面绝壁，是个摩崖刻石的好地方。振华想，这么好的石壁，为什么没有刻上"九龙池"三个大字，真是遗憾。他在心里琢磨，这三个大字，写什么体好，怎样结构，刻多大合适，位置怎样安排。恍然间，似乎这几个大字已然刻在了这石壁上。

他正幻想的痴迷，想着自己的字能刻在这巨崖上，游人们都在这里留影照相，忽然被徐静轻推了一下，马上回到了现实。

顺着西侧的小路向上攀登，坡度是很陡的。爬一阵，歇一气，看看到了第几个龙池了。

原来这九龙池，就是在两山之间的石壁上，有一道瀑布，瀑布夹带着石块在不同落差的石硼上，从上到下冲击出了九个大小不同的水潭。水潭都非常圆，呈翠绿色，像一块翡翠，镶嵌在这里。

可能由于潭内石壁上长着青苔，也看不到底。正所谓"深潭必定不见底，不见底的不一定是深潭"。

好不容易爬到了瀑布顶端，一条小河流，从这里泻下。

看着依次分布的龙潭，徐静又感到纳闷："这真是奇怪，这些水潭怎么这么圆？"

振华道："这都是瀑布夹带的石头磨出来的，石头从上往下在石硼上砸出坑之后，再冲到坑里的石头，就在水的冲击力的作用下，在坑里旋转，把坑壁越磨越大，越磨越圆，哪里不圆就被石块磨去了。"

九龙池瀑布顶端，也就是这座大山的半腰，上面有一块较平坦的地方，这里山清水秀，灌木乔木茂盛，还有不少野果。有一种灌木上的红果，已熟透了，跟樱桃差不多，胶东人称为"筅莲子"，又酸又甜，非常好吃。大概到顶的人极少，有不少筅莲子等着这两位恋人摘取。

此时，日近正午，就在瀑布顶端，小河西侧，找了一处既阴凉坐着又舒服又隐蔽的好地方，在这里补充了卡路里。

吃了饭，又在清清的河水里洗筅莲子吃。

吃饱了，又吃了餐后水果，歇歇吧。

在整个山谷里，除了飞鸟的鸣叫和瀑布的轰鸣声，再也看不到一个人影。

振华抱着徐静说："你也累了，我抱着你，你迷糊一会儿，歇歇。"

徐静就闭着眼，把头靠在振华肩膀上迷糊着。

抱着心爱的姑娘，振华不觉心旌摇曳，手痒难耐，就把手伸到她上衣内轻轻抚摸起来，摸着她嫩滑的肌肤，不觉又在她红润的脸蛋上亲了一下。

看着心上人也没有不满的表示，振华的"贼胆"越来越大，慢慢地把手伸向她的乳罩内，把乳罩轻巧地推了上去，用手抚摸着她那令人神魂颠倒的娇柔的乳房，振华斜睨了心上人一眼，似乎她也沉浸在一种爱的享受之中。

振华一只手待在原地继续抚摸着，另一只手又慢慢地向一个姑娘最隐秘处滑去，终于滑到了"草丛"深处，振华顿时浑身颤动，热血沸腾，但又强抑着欲望，只是激动地轻柔地抚摸着，抚摸着，再睨一眼心上人，只见她两颗晶莹的泪珠挂在眉梢。

振华心头一惊，心想，这也太过分了吧！就把在"草丛"里的手慢慢地滑了出来，但感觉收获了两株"小草"。见心上人尽管在滚着"珍珠"，但却没有其他不满的表示，就赶紧把这两棵无价的"小草"放了衬衫的口袋里。然后，轻轻地把乳罩也拉正了位，又掏出手帕替她收藏着"珍珠"，两只"贼手"老老实实地依旧从衣服外边环抱着她，歉意地说："你看看我，真没出息，这冲动的感情就不能抑制抑制，真该打！不过你放心，再怎么着，我也要坚决把住最后一关，必须等到新婚之夜，再享受人生最大的快乐和幸福！"徐静默默地轻轻点了点头。

不知过了多长时间，一只雀鹰在山谷里盘旋着，"嘎嘎"地叫着，把这一对恋人吵醒了。

从哪里下山呢？爬山的人讲究不走回头路。

"咱们从东边下山吧?"振华搭讪地问道。

徐静又默默地点了点头。

振华一看,首长批准了行动计划,就拉着她的手站了起来,过了小河,来到了东岸。

一看周围环境,振华发现东南方几十米远处有一个巨大的山洞,就说道:"咱们看看那个山洞吧?"

刚来到洞口,只听"忽喇喇"像一片黑云遮天蔽日地掠过洞口,着实把人吓一大跳,振华赶紧把徐静抱在怀里,把她的头压低下。

一会儿工夫,黑云散去,整个山谷都是飞鸟。

原来这个大山洞是蝙蝠的巢穴。这蝙蝠是夜间飞行动物,没想到打扰了它们,但愿它们还能飞回来。

走在山梁上,东边的群山像在交错移动,感觉脚下的山也在移动,使人有眩晕之感,只好站住不动,抱着徐静,闭着眼睛,定一定神,再也不敢四处看了。

从九龙池东侧下山就没有路可寻了。

振华先从瀑布旁边跳了下去,又把徐静接了下来。一看这个小地方,比较狭窄,东、南、西三面石壁,水从南面的石壁上冲下来,除了从飞机上能看到这里有两个人,从哪里也看不到。

振华一看,天赐良机,在这里再留下点美好的回忆吧!

从石壁上再向下攀爬,巨大的石硼非常陡峭,人都不能站起来。振华只好壮壮胆,率先冲了下去,再往上站住,把徐静接了下来。虽然冒了险,但对半山上这六个龙池却能近距离观察。这龙池的直径约有五六米,边缘又圆又滑,人要是掉进去,要爬出来也非易事。

费尽千辛万苦,度过数重险关,终于安全地到了山下。在山脚下的缓坡上,还有三个龙池,只是没有山上的那么圆了,看来也不是很深,这里就可以随便玩了。在龙池里洗洗脸吧,沾点仙气。

这处大自然的神奇造化,可谓鬼斧神工,"养在深闺人未识",不知何年何月能像杨贵妃那样名满天下,成为举世闻名的旅游胜地。

回程中,走到滩上,看着路北边不远的滩上水库,徐静提议道:"咱去看看这片水吧!"就把车子放在路边,徐静把车子锁好,就顺着小路向水库边走去。

唉!这昆嵛山,真可谓处处皆景点,可惜还没有进行系统的旅游开发,不为世人所知。这里还是大水库的一个汉子,南岸是茂密的野草和玉米地,北岸陡峭的山崖倒映在水中,真乃一幅天然图画,令人拍案叫绝。

水库岸边,花草茂盛,花香扑鼻,蜂蝶飞舞。

二人携手,又采了一束烂漫的山花。

看了这些使人赏心悦目的奇峰异景,徐静的心情也振奋了起来,她把花束交给振华，说："你拿着花，我来骑车子，你坐后边！"

"呃！钥匙呢？"徐静诧异道。

"车子不是你锁的吗？钥匙肯定也是你拿着的。"

"是吗？怎么没有了呢？"

东翻西找，就是找不着了钥匙，这可怎么办？

"要不，咱们顺着这小路回去找找看。"

振华在前边低着头，仔细地搜索着，就像电影《地雷战》里日本鬼子探地雷似的，徐静垂头丧气地跟在后边，也在寻觅着。

快到水库边了，振华终于发现了掉在小路中央的车钥匙，这才长吁了一口气："哎呀！可找着了，这要是找不着，可怎么办？咱俩也不能把这车子扛回去。你说说，这该怎么罚你？"

徐静面含赧色，说："你说怎么罚就怎么罚。"

"真的呀？"

徐静脖颈一挺说："真的！"

"那好！"振华就把面颊向她一侧，用手指点着说："来，来一个！"

"一言既出，驷马难追。"徐静没了辙，无奈地在振华面颊上亲了一下。

振华立刻咋呼道："哎呀，太爽了！"

徐静开了车锁，说："我先骑上，你跳上来坐着。"

"好！"这可是太美了，只是让路人看着感觉不好意思，怎么办呢？

"我给你唱个歌吧，慰劳慰劳你。"振华提议道。

"唱吧！"徐静应道。

"我先给你唱个《谁不说俺家乡好》吧！"

> 一座座青山紧相连，
> 一朵朵白云绕山巅，
> 一片片梯田一层层绿，
> 一阵阵歌声随风传。
> 哎，谁不说俺家乡好，得哎依哎……

"这一个唱得还行吧？我再给你唱一个新歌《飞奔吧！社会主义自行车》。"

"哪有这么个歌？"徐静奇怪地问。

"你听着吧，这是我移花接木改编的。"

> 车轮飞奔，铃声高歌，
> 在祖国辽阔的大地上，

飞奔着社会主义自行车。
一幕幕迷人的景色，
装扮着壮丽的山河。
黄河南北稻花飘香，
泉城铁厂火花飞烁。
渤海之滨石油滚滚，
昆嵛山下花果满坡。
看不尽的烂漫山花，
唱不尽那胜利的凯歌。
啊！飞奔吧自行车，
飞奔吧，社会主义自行车！

听着这奇歌异词，徐静笑道："你还真能胡编乱造！"

"累了吧？还是我来骑吧，这来了小上坡了，你蹬不动，别累着你。"

徐静听话地停下了车子。

振华重又跨上了车子，待徐静坐稳了，就用力地蹬了起来。

徐静在后边说："我来给你加点动力！"两手搂着振华的腰，面颊贴在振华的后背上。

振华立时感觉平添无限力量，车子越蹬越快，在这缓坡上，蹬得快反而省力。

振华不禁叹道："这岂止是加了点动力，简直就是核动力！"

"只此一回"

晚上吃过了饭，洗好了碗，母亲拿着小马扎出去和人们坐着乘凉聊天去了。

振华打来一盆温水，拿两个小板凳放在盆的两边，深情地说："亲爱的，你爬了这一天的山，累得不轻，来！我给你好好洗洗脚，解解乏。"

"你给我洗脚？那怎么好意思？"徐静扭捏道。

"这有什么不好意思的？结婚后我天天给你洗。"振华诚心诚意、情深意长地说。

徐静一看，又没辙了。洗就洗吧！就坐了下来，脱下袜子，把两只脚伸进了盆里。

振华用两只手轻柔地为心爱的姑娘洗着脚，心里充满了柔情蜜意，一个脚指头一个脚指头地洗，再加以按摩的手法，按摩得徐静很舒坦。

她低下头看了一会儿，诧异道："我还没注意，你这双手这么小啊，也非常柔软。"

振华道："我这手啊，在家干活的时候，生产队里开大会，有一个大嫂拿着我的手说，'你看看振华这个手，又白又嫩又小，像个大闺女的手'。"

洗完了脚，振华又把徐静的脚放在自己的膝盖上，一只一只的仔细地擦了个干干净净。

振华又道："亲爱的，我费这么大劲给你洗脚，你还满意吧？"

"满意，只是不大好意思。"

"不好意思啊？你看这么着行吧？你也给我洗洗脚，也就好意思了。咱们后天就要走了，你回部队后，每当想到这双脚曾由亲爱的给我洗过，那将成为长久的幸福甜蜜的回忆。"振华乞求道。

徐静听了这一番高深的理论后，笑了，说："唉，你这个人可真不吃亏，也真赖，付出了一点，就要求回报，只此一回，下不为例啊。"

振华兴奋地答道："没问题，只此一回，下不为例！以后我天天给你洗，不用麻烦你再给我洗了。"就把双脚伸进了盆里。

振华为徐静洗脚那么认真，徐静自然也不好意思糊弄，也认真地为振华洗脚。

又说道："这也真是奇怪，怎么你这手小，脚也这么小？"

"我这个人哪，很可能前生是个女的，一般的姑娘都没有我皮肤白，手小脚小屁股大。上大学时，寝室有个同学拍着我的屁股说，'你们看这个王振华，长个娘们腔，又大又圆'。同寝室有八个人，我的个子算第三高，但穿的鞋号最小，穿40号的就行，39号的也能穿，而他们一般要穿42号以上的鞋。"

"我看你这个性格也像个女的，动不动就好哭。"

"性格温柔，感情脆弱啊！不知好还是不好？"

"性格温柔，我倒喜欢，不会欺负我。这感情脆弱，动不动就哭鼻子，我可看不惯，缺乏男子汉的阳刚之气。"

"太阳刚了就易折，坚韧不拔而处上。老子《道德经》里边讲：'人之生也柔弱，其死也坚强。万物草木之生也柔脆，其死也枯槁。故坚强者死之徒，柔弱者生之徒。是以兵强则灭，木强则折。强大处下，柔弱处上。'所以温柔坚韧是一种很好的品格。"

"哎哟哟！可了不得了，还搬出'老子'来压我，看把你能的。"徐静笑道。

"岂敢岂敢！我不过是特别推崇老子的道理。老子还说：'天下莫柔弱于水，而攻坚强者，莫之能胜。弱之胜强，柔之胜刚，天下莫不知，莫能行。'所以人的性格柔韧一点是有好处的。"

"得得得！我可争不过'老子'。不过，一个男人，总该有个男人的样子吧！一个男子汉，如果整天一副女人腔调，也不像回事吧？"徐静不服道。

"我这个人哪，外表有柔弱的一面，但骨子里却是有一股坚韧不拔的毅力的。我上大学四年，每天坚持跑5000米，至今坚持冷水浴。我看准了的事情，大有一股不达目的誓不罢休的劲头。再说了，虽然我外貌和性情可能有点像女人，但我男性的本质特点，也可能能你略有感触，却也是很雄强的，是个真爷们儿。"

"这我怎么没看出来呢？"

"好好好！男人就要坚强，有男子汉气派，勇于担当。你让我摘星星，我就不敢摘月亮；你让我下五洋捉鳖，我决不上喜马拉雅；你让我偷鸡，我决不摸狗。怎么样？行吧？"

徐静一听，立刻笑得前仰后合，把脚往盆里一放，说："不洗了，洗不了了，你自己擦擦吧。哎哟哟！笑死我了，你这个人，真拿你没办法。"

文理兼通

收拾好了用具，振华说："回来这些天，我又胡诌了几首诗，我写出来，还请你指导指导。"就找出了纸笔，坐在三屉桌前，写了起来。

采　花

野花遍山崖，把它采回家。
插入花瓶中，暗香真优雅。
每日一束花，爱情培育她。
金钱买不到，绚丽永光华。

在田间

我挑一担肥，你把锄头拿
妈把小篮提，一同田里去。
要吃大白菜，施肥要浇水。
你把坑来挖，我把肥来追。
我把菜苗栽，你把豆角摘。
我把红薯挖，你把玉米掰。
朗朗笑声甜，回荡在田间。
苦亦不觉累，瓜果满载还。

二游昆嵛山

巍巍昆嵛矗云天，潺潺流水自高山。
鸟语花香游人恋，野果累累喜心田。

青石板上进野餐，自动拍照留个念。
泉水清清正解渴，密林采蘑走不转。
跨过峻岭越险滩，披荆斩棘直向前。
开路先锋不畏难，率领女将攀高山。
大姑娘炕趣话添，浑身疲劳飞九天。
昆嵛美景没逛完，来年我们再登山。

小河边

山村美如画，水秀人亦雅。

村南有小河，哗哗清无瑕。

带着小板凳，相依坐河边。

石头作搓板，一同洗衣衫。

打盆水晒着，给静洗秀发。

喜看静梳头，婀娜真娇艳。

明年国庆日，洞房花烛夜。

柔情似流水，日夜绕心间。

田园生活美，多值得留恋。

乡间小路

田间小路上，空气多新鲜。

黄花含苞放，稻香扑鼻来。

弯弯渠道旁，静把花生尝。

军纪全不顾，还配穿军装？

高峡出平湖，坡上苹果香。

垂涎已三尺，多想尝一尝。

晚风轻轻吹，往事浮心上。

"为啥偷苹果？""哼哼哼"赖腔。

哈哈捧腹笑，差点笑弯腰。

又恐笑爆肚，不敢笑话讲。

田间小路上，一篮花儿香。

未来在召唤，并肩向前方。

十五观月

每当十五月儿圆，静华都要把月观。
七月十五永难忘，家乡团聚共婵娟。

一双恋人步出村，月下小路朦胧间。
树荫下面接个吻，摩擦生热暖静心。
石桥流水意境美，皓月普洒银光辉。
相依观月心神往，酒不醉人人自醉。
每当十五月儿圆，华静都要把月观。
此次观月长相忆，幸福情景在眼前。

游九龙池

九月三日气象新，九龙池畔添丽人。
途中小雨增情趣，小屋桥孔天赐与。
幸福不是毛毛雨，桥孔避雨喜心里。
一个苹果分两半，两颗诚心永相依。
九龙池名不虚传，潭潭碧水映青天。
陡峭山壁实在险，层峰交错移步难。
华在身边静坦然，两手相执赏奇观。
池水如镜照倩影，一双笑脸蜜样甜。
青石板上紧相偎，感情冲动难抑然。
两颗珍珠挂眉梢，吓得华忙好言劝。
滩上水库采束花，跨上车子赶回家，
给华来点"核动力"，疾驰如飞速度加。

　　振华写完一首，就顺手递给坐在炕沿上的徐静一张。振华快写完了，徐静也快看完了。振华把最后一首《游九龙池》写完后，站了起来，坐在徐静身边，把最后一张给了她，待她看完了，振华虚心地问："你看怎么样啊？"

　　徐静琢磨半天，说："写得还不错，我写不出来。有人说'诗言志'，你这都是'诗言情'了，能表现出真情实感，也不容易了。我看你这么喜欢文学，也有这方面的天赋，1977年高考，你为什么不考文科？"

　　"唉！那时候十年没有高考，高考怎么回事也不是很清楚。考试前连文科、理工科的分类也不大明白，就知道个'学好数理化，走遍天下也不怕'，高考就是要考数理化，就复习数理化，就这么稀里糊涂地考的，根本没想着还要考文科。报学校也是胡报一通，连这个东北工学院都不知道，就'服从分配'被录取了，就去学炼铁了。后来听说，东工的录取线是平均分都及格。即使知道有文科，恐怕那时的水平也不够。

　　"上理工科学校也有好处，多学一点科学知识，对认识这个世界大有裨益。文科那些课程，如果喜欢，有兴趣，完全可以自学。这样如果能文理兼通，那就受益无穷啊！毛主席在1941年给他两个儿子写信也说：'趁着年纪尚轻，多向自然科学学习，少谈些政治。目前以潜心多习自然科学，社会科学辅之。将来可倒置过来，以社会科学为主，自然科学为辅。总之注意科学，只有科学是真学问，将来用处无穷。'"

"这倒是有道理。一个学理工的人，再学习一点文科的东西，文理兼通固然不容易，但也有助于提高个人的修养水平。"

振华深思了一会儿，又说道："其实呀，文科和理科、艺术和科学也是对立统一的。如果科学家写一篇论文，文理不通，也不能正确地表现他的观点；文学家写一部小说，如果不懂科学知识，尽写一些外行话，也是让人笑话的。我看这个《红楼梦》就是一部文学与科学完美统一的著作，那里面关于建筑、园林、饮食、医药、美术等的描写，都是有极深的科学素养的。"

信任与考验

9月4日上午，吃了早饭，正在打点行装，母亲拿出一小袋花生米，说："你姑夫喜欢吃花生，把这袋花生米捎给你姑，也没有什么别的东西好捎。"

11点来钟，大姐骑着自行车回来了，带着一块肉和韭菜，大家就一起忙活着包饺子。

在母亲的教导和耳濡目染下，振华也会干一点家务活，这擀饺子皮就挺拿手，甚至还会烙油饼、蒸花卷、擀面条。只是姊妹不少，他没大有表现的机会。只这一会儿擀饺子皮这一小手，就把徐静震得不赖。大概她过惯了衣来伸手、饭来张口的日子，会干的活不多。

吃了"上马饺子"，大姐推着自行车和母亲一起到村东头送行。

一会儿，看到有客车从南边过来了，徐静对母亲说："妈，你多保重，我们走了。"又握着大姐的手说："大姐，我们走了，再见！"

看着汽车缓缓地开动了，越跑越快，越跑越远，大姐兴奋地对母亲说："妈，这个媳妇跑不了了！这不，连妈都叫了！"

到了烟台，又到姑妈那里做了汇报。姑妈听说明年国庆节结婚，非常高兴，晓红也高兴得不得了，感觉这一分手，再见面也很难，坚决要求二人在烟台住一天，少不得又盛情款待一番。

9月5日，吃了晚饭，晓红送振华和徐静到火车站。想着这位高傲的同学就要成为自己的嫂子了，同学情加亲情，两个人的感情也更增进了一步，有说不完的话。

列车从烟台站正点发车。告别了可爱的表妹，离开了养育自己的故乡，又踏上了那未知的人生旅途。

回顾这一趟胶东之行，振华可谓乘兴而来，满意而去。

在济南初相见，面对徐静对自己的不满意，在蓬莱的冷嘲热讽，振华都以"坚定不移、毫不动摇"的信念，以一颗火热的心、无私的爱，无微不至的关怀和照顾，终于赢得了心上人的爱的芳心。等到明年十月一，两颗相爱的心将永远在一起跳动，携手百年，共度美好人生，还有比这更幸福的吗？

回想着头天晚上徐静的话，似乎还在耳边回响："咱们俩在农村生活好，在昆嵛村的这些天，才是我们互相尊重对方感情的日子。在蓬莱我对你不好，我也不知道怎样才能补偿你。"想着这些情真意切的交心话，振华激动的热泪又流了下来。

夜深了，在硬座上，振华让徐静斜倚着他，好让她能够睡一会儿。

列车于次日晨抵达济南站，二人乘坐八路公共汽车赶回了济南铁厂。

在宿舍里迷糊了一会儿，又吃了中午饭，振华又来了精神，对徐静说："昨天一晚上你也没睡好，还出了一身汗，今天晚上你还要坐火车，也没有好好洗洗。这么的吧，我打盆热水来，给你好好擦擦身，你舒舒服服再睡一觉，好好休息休息。"

徐静听了，未置可否。

振华去热水房打了两暖壶热水来，把脸盆里的水调好了温度，让徐静躺在床上，她可能也是还没缓过乏来，就听话地躺在床上，闭上了眼睛。

振华先用温热的毛巾为她擦拭着手臂、颈项。然后想办法把她的上衣脱下，擦拭着她的胴体，又把她的乳罩解开了，温柔地擦拭着她娇柔的乳房，温热的水滋润着她青春的肌肤，散发着迷人的清香。又抱着她让她翻过身来，擦拭着她的背部。静的背非常直，也非常美。然后替她把乳罩扣上，把上衣也穿好。心上人依然闭着眼睛，好似睡着了。

好事做到底吧，振华又从她的小腿擦起，然后把她的裙装扣子轻轻解开，褪了下来，看着心上人睡着了，又把她的内裤也往下脱了脱，用热毛巾擦洗着，擦洗着。看着这前些天被自己偷偷抚摸过的"草丛"，是这样令人神魂颠倒，忍不住又用手轻轻地抚弄起来，又把脸颊贴在这温柔的"草丛"上。

虽然振华身形似女人，但雄性荷尔蒙激素的分泌却是正常的，某器官早已充血坚挺，把裤子顶得像打起了一把雨伞。振华内心也在忍受着剧烈的煎熬，如果此时偷吃了禁果，那是多么诱人哪！但又担心，一旦把心上人惹恼了，那怎么办？她对自己这么信任，自己若胡来，恐怕于心有愧，况且自己曾向她许过诺言，一定要等到新婚之夜！

想到此，强压心中欲火，决不能蛮干，互相尊重是爱情的基础。她这样"睡着了"，是对自己极大的信任，也就是未婚妻对未婚夫的信任，也是托付终身，决不能不经过她的同意而胡来！

看着徐静迷人的洁白的胴体，就像看着一个仙女的雕像一样圣洁，那充上来的沸腾的热血又慢慢退了下去。啊，亲爱的！我的静，我的心上人！等着我们最美好最幸福的那一天到来吧！

振华轻轻地把心上人的衣服都整理好，贴在她耳边轻轻地说："亲爱的，你睡吧，我到火车站签票去，我把门给你锁好。"吻了吻静的面颊，就轻轻地掩上门，出去了。

傍晚回宿舍时，静已梳洗好了，倚在床上看书。

吃晚饭的时候，静说："我觉得人的感情应该纯洁一些，如果只是为了这，那你随便找个人不是都可以吗？"

啊！这是静对振华提出的含蓄的批评，还亏了自己坚定了意念，没有突破最后防线，若不然，后果很难说。

静又问："我就要走了，你有什么话说？"

振华答道："我耐心等着你。"

振华又问静有什么话说，静说："如果每次分别都给你带来这样的痛苦，我愿意永远不见到你。"

"是啊，我们应当高兴地相见，愉快地回到工作岗位。"

静又说："人在社会上就是要有竞争能力。我遇到的一些人，都是很有抱负的。"

振华道："只因为有了你，我才树立了较为远大的志向，确定了追求的目标，我一定会努力的，哪怕只是为了你。"

济南至合肥的列车是凌晨二时左右，正好坐23:30下小夜班的班车去市里，在天桥北有一个停车点。

快到发车点了，王力波也出来送一送这未来的嫂子，可上了车一看，座位已经被人占满了，大概这些人是提前来占下座位的。

由于振华差不多连续两昼夜没有好好睡觉，在汽车行驶途中，站着的振华迷迷糊糊差点倒下去，还多亏徐静扶着他。

班车在天桥北停下了，振华和徐静顺着天桥西侧的路向南走，过了天桥中间的铁路桥，向西拐，就是济南站了。

在这几十米的路段发生的事，令振华终生难忘。回厂后，他特意写了一篇日记，记录了此事：

1982年9月7日凌晨零时30分许，我送静到火车站，走到天桥下，有一条东西路直穿天桥，正在向南走着，突然静大喊："流氓！坏流氓！"我当时迷迷糊糊的，只顾往前赶路，听静一喊，不知发生了什么事，我向静喊的方向一看，一个骑自行车的人已经窜出去有十几米远了，我站在原地不知所措，瞬间也没有任何表示。

再一看静，她的背包带从肩上滑落在臂弯上，我明白了，这是一个抢包贼，没有得手，就跑了。我站在那里，不知说什么好，也没有喊，也没有去追那个流氓。

向前走了几步，静问我："你为什么不帮助我？"

我无言以对，竟拙劣地辩解："你说，我去追他吗？我们还要赶火车呢！我骂他吗？骂那样的人有什么用？！"

静听了这一番谬论，气得哭了。气愤地说："什么时候见人心哪！"

见我不吭声，静又说："你把你的包带回去，我自己走，不用你送！"

所谓"你的包"，那是我送静的一些礼物，包括李伯伯给我的那幅中国画。我以为，这是我最宝贵的东西了，交给未婚妻保存着，也是很有意义的。

这时已经走到了火车站，大概静的气也消了点，就缓和地说："你去买站台票吧。"

我这才把悬着的心略放了放，去买了站台票，来到了候车室。

大概看我一脸沮丧、痛不欲生的落魄样子，静还安慰我："我走了后，你去找个旅馆，休息一下。"

我说："不用，就在这睡一会儿，天就亮了。"

静说："你睡得着吗？今天回去就别上班了，好好休息休息。"

静看我仍沉浸在悲痛之中，又安慰道："你别再想这个事了。"

我说："我说过，决不会做对不起你的事，可现在呢？"

静断然地说："你以前的对不起我的事和现在你对不起我的事，都一笔勾销！我说话算话，你别再想了！"

唉，纵使掬尽西江水，难洗今朝满面羞！静看我脸色仍不正常，又说："我脾气不好，刚才那话也太重了，你多原谅。"

"惭愧、悔恨的是我，是我要请你多原谅。"

"好好，互相原谅，再不提这个事了。我回部队后，就给你写信，春节我尽量争取回来。还有，你要买家具的话，要和床的颜色一致，以床的颜色选配。饭桌就不要买了，想办法把我屋里那套餐桌运过来就行了。"

唉！静是多好的人哪，这么体谅我，还提买家具的事，就是告诉我婚期不变，静真是太好了。

送静上了火车，静伸出手来，我激动地用力握着静的手，静也着力握着我的手，说："你在候车室休息，要注意小偷。"

把静的东西安置好了，我就下了车。

站在车窗外，静又把手伸出了车窗，我忙握住这充满爱意和宽容的手，静说："你多保重！"

汽笛一声长鸣，火车启动了。

振华忙说："你也多保重，一路平安！我等你的信！等着你春节回来！"

静把头伸出了窗外，向我挥着手，我也跟着列车前行，不断向心上人挥手再见。

两地书

亲爱的静：

你好！给你写信时，你还在旅途当中吧，也不知买到卧铺票了没有？甚念。

你乘坐的列车开动以后，我来到了候车室，在长凳上躺了一会儿，终于昏昏地迷糊着了。

早晨6:40乘火车回到厂里。今天就不上班了，洗洗衣服，整理一下。

由于我的自私，你这多天都没休息好，你也应好好休息，恢复一下才好。

静，我这辈子也无法原谅我自己的，无法消除我的羞愧和悔恨。当我明白是怎么回事后，不但没有勇敢地站出来，而且还替自己辩解。

静，敬爱的，你原谅了我这个不可原谅的过错！

静，是你拯救了我，要不然，我不知道我一生的独身痛苦悔恨的生活会怎样。

你自己心里很委屈、难过、气愤，却还安慰我，你是一个多么难得的人啊！

你的心胸是那样宽阔，你是那样宽宏大量、忍让人。相形之下，我是多么自惭形秽，在你面前，我真是无地自容！当时，我真是想到了死，我有何脸面活在世上啊！

下火车时，我几乎不敢看你，以前走路都是显示出一些傲气，可现在我觉得矮人半截。这几天，我简直不知做些什么好？什么也不想吃，最多的今天吃了五两饭。静，你放心吧，我以后尽量不想这个问题，让它化为动力吧！

一路上辛苦了吧？我知道，即使你乘上卧铺，恐怕也难以入睡的。

亲爱的静，虽然你将9月7日凌晨的不愉快的事，一笔勾销了，但我这心里就像打翻了五味瓶，真不是个滋味，我要不对你表白一下，那我的心里永远也不会得到安宁。

在你乘坐的火车开动后，我多想跟着列车跑一段，再看看你，可我惭愧得没有那样做。

我细想了一下当时内心境况，对你解释一下，如果你能在这个基础上原谅我，那我的心里会好受一些，要不然，我是没脸再见你的。

当时是七日凌晨一时左右，我们向火车站走，由于心里有一股说不出来的感情和急于赶到火车站，我们并肩向火车站快步走去，就看一个人骑车子从我们身前拐了过去，你立刻大喊："流氓！坏流氓！"我当时不知发生了什么事，我扭头向你一看，看到你背的书包带滑下了一段，我明白发生了什么事了。可再看那个人，离我们已经有十几米远了，我愤怒地盯着他，站在那儿没动也没喊。

这一切，发生在几秒钟内，由于当时那种难舍难分的感情还在心里折腾着，我根本也没想到会发生这种事，所以在这么短的时间内，我几乎没有反应过来应该怎么办，那个坏流氓就逃了，这是需要你谅解的地方。

静，我在盯着看那个人时，如果那个人下车向我们走来，我一定会跟他拼的。不用说是自己的未婚妻，就是不认识的姑娘，遇到了流氓，我也会见义勇为的，绝不会畏惧。这一点，你一定要相信我。我对你说过："如果找个对象，连点安全感都没有，那就完了。"这是心里话。也就是说，有我在，就有你在。

如果在你要遭到不幸时，我有惧怕流氓的心理，那我宁愿撞死。我说过："我是把心身及一切都给了你的。"难道在你要遭到不幸时，我会跑开吗？如果我有一点这样的心理，我就不配做你的未婚夫，连认识你都不配。你相信这一点，我就可以自慰一些。

流氓骑车逃走了以后，你连气带委屈的话都说不出来，愤怒地质问我："你为什么不帮助我？"为了面子，我拙劣地辩解道："我骂他吗？这样的流氓，骂有什么用？我追他吗？我们还要赶火车呢！"这拙劣的辩解是最使你生气的，把你气哭了，你说："你当时没动，我不生你的气，而是你后来的解释。"我还说："我们两个人，他一个人，他怎么敢呢?!"你说："你是不是认为他有什么，你怕他才没动？"静，我向天发誓，我当时并没有这些想法，要是有什么怕的心理，我就是小狗。

敬爱的静，你后来还是原谅了我，"一笔勾销"了，我的心情是没法言状的。如果你上火车后还不原谅我，我可能就没脸活到今天了。我不知道当时在站前，你是怎样的心情而宽恕了我，能告诉我吗？亲爱的静。这些天，我羞愧得连你的照片都没脸看。

亲爱的静，如果你能在"振华当时心里有着复杂的感情，而事情发生在几秒钟之内，这么短的时间，他没有反应过来，应该怎么办？流氓就逃走了，如果那个流氓敢下车走过来，他一定会舍生忘死保卫我的"的基础上而原谅我，我就完全可以自慰了，在你面前还会和以前一样。否则，我无法原谅自己，也没脸再见你和爸爸、妈妈。

在上面这个基础上原谅我吧，亲爱的静，我有很多缺点，有些我自己并不知道，有些你已经给我指出来了。你好好想一想，还有什么地方，哪怕是很小的你看不惯的，我一定努力克服和改正。现在我主攻普通话和走好路，把拼音再学一下。

　　静，你刚到部队，人地两生，自己多保重吧。

　　关于工作是否能调动，待这几天了解一下情况，再告知。现在我就按既定方针努力吧！

　　静，现在我思绪很乱，想给爸爸、妈妈写信，但又缺乏勇气，觉得对不起他们老人家。他们放心地把女儿交给了我，可我做了些什么呢！

　　暂时就写这么多吧，愿你休息好，精神愉快！

振华
1982年9月7日9时

　　振华：你好！

　　看了你的忏悔信，我心里更为难过。的确，在接到你这封信之前，我没有写信的愿望，甚至给同学们写了几封信，也没有给你写信的愿望。想到你，我心里总感到沉闷、沉重。

　　火车开走后，我内心十分空旷，似乎急驰了半年的列车，突然发现并没有奔向幸福的国度，却驶进了一片荒草，这种心情你是难以理解的。

　　你信奉命运的安排，也许你我的相遇也正是上帝的意旨。可是，难道上帝就完全正确？上帝就是万能的吗？我的心苦极了，我不知道该不该对你讲这些？可是不对你说，又对谁说呢？

　　火车走了大约两小时，才买到了卧铺票。

　　列车长本不打算给我卧铺，因我是从济南上车的，有许多人排队在我前面。可是我确实精疲力竭了，只感到头晕眼花，就对他说："我累极了。"这才办理了卧铺票。

　　下午五点钟到的六安，搭了一个部队的车，回到了单位，路上还算顺利。

　　振华，我知道，你爱我，爱得很深，这一个月的相处，足以证明这一点。

　　可是这一个月当中，我对你如何？你能感觉得到吗？你不觉得有一个温柔的、贤惠的妻子，比有一个脾气古怪、任性的妻子幸福吗？

　　上车前的一件意外的事，几乎摧毁了我整个的梦，这不能不使我心碎，我好难过，又绝望。

　　当时我原谅了你，因为我想到你已经为我吃了很多的苦，几乎两天两夜没有睡觉了，在一个人处于昏昏然的状态下，过分刺激是会导致十分严重的后果的。我也这样想，极度的困乏，会使人的反应迟钝，这一点是可以体谅的。可是你那番"议论"，却使我十分吃惊，仿佛事情不是发生在我身上，而是一个你并不认识的局外人。虽然你反悔、认错，我也原谅了你。可是，我总在问自己：你是为了爱自己才爱我？还是为了爱我而爱我？这个问题不知你该怎样回答我。

你说我拯救了你，也许是这样的，我不愿意再次损伤一个人。一路上我反复想这个问题，想我们的关系是否要继续维持下去，想得头都疼了。想到你会痛苦，你要独身，终身不娶，我心中就十分不忍。

我说过一笔勾销了这件事，的确是这样的。对于这件事本身，是可以勾销的，就像是没有发生过一样。因为我不愿意把它留在记忆里，这终究不是一件光彩的事。

你恳求原谅，这不是不能做到的事。要说原谅一个人，原谅一件事，那不是很简单的吗？关键是心灵上能否承受得住这样的折磨。我可以原谅你，像你说得那样原谅了你。

这两天，我总算想得开了。特别是想起在农村那一个多星期的生活，总使人感到眷恋和温暖，这是令人难忘的。也就是说，还有一些美好的记忆，可以冲掉这些眼前的烦恼。

"让它化为动力吧"，这是你信中说的话，你自己要记住的。

你让我给你指看不惯的地方和缺点，我下次写信告诉你。现在我的心很烦、很乱。学拼音、学普通话是必要的。多看一些书，自然会陶冶你的情操以及改变性格、气质等。

工作开始了吧？请了那么多的假，可能要补许多班，要注意好好休息，上班时间多留神，不要多想这件事了。你想到"她飞不了"，待到明年的十月一，她将如期地做你的妻子，就该安心地工作了，千万别出事故。

不管工作有无变动，都不能忘记你的方针，这是重要的。

另外，你以后给我写信，信封上的字，不要写得太死板，就像你平时写草字那样，写得大大方方的。

祝愉快！

静
1982年9月12日

亲爱的静：

终于盼到了你的信！如果今天还收不到你的信，那么，明天我就想打个电报给程华夏，问一下你是否出了什么事。因为火车要开动时，你说到了单位就给我写信，可你走后已经八天了，最近这四天不知怎么熬过来的。昨天在收发室附近徘徊了一个多小时，等取信的人回来，结果没有你的信，我的心里不安极了。我想你可能是归队晚了，受批评了，还是出了什么事？反正现在放心了。知道你买到了卧铺票并按时归队，我高兴极了。

静，今天我也给蓬莱爸爸、妈妈写了信，没征得你的同意，请你原谅。因为我觉得应该写，你说对吗？只是介绍了一下咱们回昆嵛村的情况及打算，请老人放心。

我没有写那段不愉快的事，我不想对任何人提起。在车站，你说"一笔勾销"，让我别再想它了，而那时怎么能呢？当时你原谅了我，而我当时心里很乱，不能原谅自己。而现在，我在上封信里对你说的那个基础上，你原谅了我，我心里可以自慰一些。从现在起，我要按你说的那样，不再想这个事了。如果老想这个事，会影响我们的工作，也会影响我们今后的感情的。亲爱的静，你也从内心深处把它忘了吧，别让它压在我们心里继续折磨我们了。下次见面时，我就像没这事一样地见你了，因我们已把那个不愉快的事及根由全埋葬了，你说好吗？静。

静，我以前就对你说过，任何事情都不是一帆风顺的。希望与绝望，也是一对孪生姐妹，没有绝望也就无所谓希望，希望往往是在绝望中产生的。就像老子《道德经》所说的福与祸一样："祸兮福之所倚，福兮祸之所伏。"

一个人只有自爱，才能爱别人，一个不自爱的人，也不值得别人爱。这就像一个人只有自强，才能帮助别人，一个不自强的人，是不能帮助任何人的。两个恋爱中的人，更说不清是爱自己，还是爱对方，这种爱是缠绵在一起的。结婚后，两个人组成一个小家庭，其一切行为，都是为了这个小家庭的和谐幸福的，不能说只是为一个人的。如果有了孩子，这个孩子是谁的？这是两个人爱的结晶，不能说是你的，还是我的。

通过这一波折，我对你更加敬爱了，在火车上我没敢保证的，以后不对你有冷脸，而保证不对你发脾气。现在我可以向你保证，以后决不对你有冷脸。我将努力工作，努力学习，搞好干群关系，为达既定目标而努力，不辜负你的期望。

你说得对，"人在社会上应该有竞争力"，"人应该有野心"，为了达到目的，是需要卧薪尝胆、委曲求全、百折不挠地奋斗的。

静，这些天没有好好学习。开始几天晚上，到技术科刘科长、车间王主任和张总工程师家里串了一下门，了解了一些情况，并对他们解释了一番，原想和你一起去玩的，可由于签火车票回来太晚了，就没去成。

老校友张总对我很好，他说："你结婚后，调到合肥钢铁厂吧，那儿我有人，可以发函联系。"

我说："她那个单位可能要搬，可能搬到南京或无锡，等她们搬定了再说吧。"

张总又说："南京也有个关系，可以利用。"

这次回家近一个月，是幸福甜蜜的一个月。在我睡觉以前，总爱回忆着幸福的片断入睡，真是幸福极了。

亲爱的静，从9月10日起，我一入睡，你就来到了我的梦境，真是太幸福了。

如果咱俩在两地时，每天能在梦境里相会，也就够幸福了。我想思念过度，就会在梦境里相会的。

在铁厂附近，留下了你很多足迹，每当走到我们幸福在一起的地方，我就会想起当时我们的幸福情景。

这近一个月的假，炉长说："给你算九天事假，这个月就都算考勤吧。你要没事，星期天就加几个班。"

回家前，我已加了四个班，再加几个班就差不多了，你放心好了。我回来，就发了一个月的饭票和20元的节能奖和奖金，12日又发工资，又发了点钱，你走时我还有一点钱。这样，我这个月的钱够用了，把这20元钱随信寄给你，买把雨伞，或买双皮鞋吧。我什么也没有给你买，心里很难过的。

你留下的三本小说，我已快读完。

看小说我是很上瘾的。只是上了大学后，没敢沾边儿，怕上瘾，影响学习。

在四年大学期间，在一个暑假里，看了全套《红楼梦》，使我大开眼界；快毕业时，看了一本《御香缥缈录》，是写慈禧太后的，又长不少见识。

有一回，不知是谁偶然扔了一本《沉船》在我床上，我看了几眼就放不下了，一个下午加晚上，一口气看完了，放不下呀！所以，在大学读书时，我不太敢沾小说的边，但我是很喜欢的。我看的许多书，还是上大学以前看的。

还有一回，晚上十点多，我从设计室回宿舍睡觉，拿钥匙的人还没有回来。我到隔壁屋里坐了一会儿，看到有一本《呼延庆打擂》，随手看了几眼，又放不下了。人家都回来要睡觉了，我就拿一个椅子，到走廊里有灯光的地方看了起来，到下半夜三点多才看完了。别的人还以为我在用功呢！

看看小说是有好处的，现在开始有节制地看一些，外国小说也曾看过一些，不过不多。这次收藏世界名著，是我先看了，再邮给你，还是先邮给你，等以后我到你那去再看呢？我想看一看《官场现形记》和《金陵春梦》，听他们说还不错。

整理书名可能要一定的时间，不能急。

你看过《德伯家的苔丝》（哈代著）没有，如没有，我先给你邮这一本。

亲爱的静，我说过，如果我们在一起半年，我的土气就会去掉很多，普通话也会学得很快，以后还是能调一起好。

现在我心里一点包袱也没有了，过去的事情就让它过去吧！对过去事情的悔恨，不如化作对未来的努力。

雪莱也说过："过去属于死神，未来属于你自己。"

等你把对我的要求、要改的地方寄来后，我制订一个方案，寄给你看看。

愿你休息好！工作好！

振华

1982年9月14日

爸爸、妈妈：

您二老好！近来工作生活得愉快吧！

在蓬莱虽然时间短暂，但您二位老人对我像对儿子一样无微不至的关怀和照顾，仍历历在目。爸爸严于律己、宽以待人，心胸宽广，处理问题那样有方法。青年时期那样壮志凌云，都使我受到很大启发。妈妈和蔼可亲，那样慈祥，从心底关心帮助我们，给我讲人生，树立正确的人生观，开阔我们的眼界，是那样的可敬。姥爷能伸能屈的大丈夫气概，也令我很敬佩。当然，我们绝没有要恢复以前状况的想法。

我的意思是，一个青年人，要实现自己的奋斗目标，现在就必须有卧薪尝胆、委曲求全的度量不可。

8月27日，从蓬莱出发后，中午到烟台姑妈那里去了一趟，她的女儿、徐静的同学任晓红也回家了，大家都很多高兴。下午就到了老家文登县界石公社昆嵛村。在那儿住了一个多星期，徐静也很高兴。到两个姐姐家去了两天，又爬了几天山，还到自留地干了一天的农活，就差不多了。

徐静得到了全家人和邻居的好评：话不多，老实，不娇气（这是徐静最喜欢的一条评论），说她有教养。

徐静对母亲也很好。母亲听说我们要回家（我原写信说7月底差不多应能回家），提前好多天，就从我小姐那里回到昆嵛村，收拾房子，买了那么多苹果，由于我们回去太晚，坏了不少。

我们回家的前些天，眼睛都盼得有些看不清了，现在好了。

"谁言寸草心，报得三春晖。"父母的养育之恩是永远也报答不完的。

徐静和姐妹们相处得都很好。

在昆嵛，我和徐静也相处得最好，她一句气我的话也没说。

她说："这七天是我们互相尊重双方感情的七天，我不知怎样做才能补偿在蓬莱对你的过失。"

总之，通过这近一个月的相互了解，关系是很牢固的，望爸爸、妈妈放心。

由于我有很多缺点，如土气，说话不是标准普通话，还有一些她看不惯的毛病。所以，一开始对我有些失望。她说："你的照片和信，和你本人对照不起来，我一下转不过这个弯儿来。"这是可以谅解的，别的她也说不出我有什么不好的。

我理解她，因为她太洋气了，而且虚荣心极强，对人的风度举止要求特高，而且眼光尖锐，有些过去我不知道或普通人都不认为是缺点的东西，她都能看出来。

我是个知错改错的人，我要是错了，我就虚心接受批评并改正，这一点徐静是满意的。

我想，两个人总有一些互相看不惯的地方，要想生活得好，一方必须尽力克服自己的缺点，而另一方需要多忍让一些。

现在我们也已经定婚了，我愿意尽力克服她给我指出的要我学习和克服的方面。她说，她尽量地容忍我。我现在坚持每天跟收音机学20分钟的普通话，注意克服走路及其他一些坏毛病，等我们下次见面时，让她更满意一些（徐叔叔看信时，在此处划有重点线，并批示：太过分！！！）。

我喜欢徐静，尽管她也有缺点，譬如脾气有时暴躁，说话不太注意，有时简直让人下不来台（我婉言提醒她，到单位可要注意说话，有理也让人才行，不要让人下不来台。在家里可以，在学校可以，在单位可不行），有时很任性，但这些我都能忍让她，以后慢慢地可以让她主动改一些。

主要的是，徐静本质好，忠实可靠，待人坦诚，心眼好，才华横溢而远远超过了我（徐叔叔在此批示：不实际！），虽然个别地方暂时不如我，但很多地方比我强，脑子要比我聪明得多。而且有着一般人所没有的气质和风度。她的洋气和娇气也不是什么缺点，存在决定意识（徐叔叔批示：富了不好！），要是我从小在大城市长大，恐怕她也不会说我土气了。能遇到她做自己的终身伴侣，是我的福气。所以我愿意克服自己的一些毛病，学习一些新东西（大学四年，我的修养水平提高很多，因为有两个修养很高的北京同学和我们住一个屋。我想，如果我和徐静在一起半年，我的土气就会去掉很多，普通话也会说得更好），并忍让她的一些缺点。

关于徐静对我态度的改善，她对我说了心里话："我就需要找你这样的老实人，花花公子肯定是不行的。"

我们是9月4日从昆嵛村乘车到了烟台，在烟台和晓红玩了一天。

5日晚乘火车，6日9点多到了济南，7日凌晨两点多，送她到车站乘火车回部队。

请爸爸、妈妈放心，我们会生活得幸福的，我决不会做对不起她的事。虽然我们一开始要两地生活，即使这样，我们一年也有两个多月的时间在一起，这就不错了。工作一段时间，再休息一个月，也有其好处。当然能在一起更好。等以后她的单位定下在什么地方，再考虑调动问题吧。

在昆嵛，静定下了我们最幸福的日子——明年国庆节。

我结婚不能依靠家里给我什么。妈妈好不容易把我拉扯大了，并且尽力供我读完了大学，应该让老人享点福，而不能再让老人为难了。但妈妈和姐妹们已经为我们准备好了一套结婚用的被褥、床单、枕头等及其他一些物品，这就应该知足了。其他的，我紧一点，买一些必需的家具，结婚时省一点，也过得去。

我原来就打算，明年她转正后结婚的。这一段时间，我们积点钱。

这次回家，提前预支了几个月的基本工资，只能从明年开始积钱了。我回来上班后，每月奖金、岗位补贴、夜班费什么的还能发30元左右，所以生活没问题。

在济南，我们到家具店看了一下，商量了一下必须买的家具。虽然我们结婚前后经济最紧，以后就会好转的。

徐静已在7日傍晚按时归队。本来早就想给你们写信的，但我想等收到徐静的信后，再给你们写，这样就迟了些，请爸爸、妈妈谅解。

9月8日，我和徐静同时上班了，工作倒不是很累，只是环境不太好，高温和粉尘多。我想还是珍惜在第一线的锻炼和学习，可能也不会太久。

我一定努力工作，努力学习，决不辜负爸爸、妈妈和徐静对我的期望！

姥爷、姥姥已到城里了吧？请代问老人好！

祝全家身体健康，精神愉快！

振华 拜上

1982年9月14日

小玲：你好！

你9月8日的来信，早已收到，内情均知。因最近家中忙了些，没有及时给你回，让你久盼了。

现在工作挺紧张吗？现在已习惯了吧？知道你和振华到昆嵛一切都好，而且顺利地回到工作岗位，我们都很高兴。

振华在9月14日来了封长信，写得很好，很有水平，我很高兴。现将此信捎给你一看，信内有些问题望你要注意思考。

我已给振华去信，让他集中精力搞好工作、学习。至于你们什么时间结婚，我不参加什么意见，一切由你们自己决定。但不要为此过多去考虑它。听说振华要积极节省钱，为结婚做准备。我要求你们办婚事一切要从俭，适当增买些必需东西是可以的，但不能高而要低，将来可以根据需要，再逐步增添。

望你们在现在的基础上，继续发展你们的友好关系，在各方面都要互相帮助，互相学习。望你克服暴躁、说话不让人、洋和娇等等。

现在家中一切都好，不用挂念。你姥爷、姥姥在10月5号前来蓬莱住。另信再述。

祝你工作顺利！

爸字

9月27日

亲爱的静：你好！

今天高兴地收到了你的信，我的心里很温暖。

静，这以前的10天左右的日子里，我也是稀里糊涂过来的，没干什么，但休息好了。现在我编制了一个计划，从下周开始实施，现在我已经振作起来了。

静，要走企业家的道路，从目前着眼，我想一方面要委曲求全，搞好干群关系，一方面要熟练掌握和学习业务；另一方面必须拿出一定的时间去搞社交。现在认识厂里几个主要人物，我想最近到厂长（厂长是部队转业的一个团级干部，和我关系还可以）那去玩玩，聊一聊，让他知道有个王振华；还想到厂党委书记那去玩一玩，书记是工人出身，他也是需要和知识分子交朋友的，估计不会讨厌我的吧。

今年厂里来了17个大中专毕业生，有四个炼铁专业的，三个男的全到高炉上了，我想和他们也要搞好关系。

以前我打算靠自己的技术吃饭，不拉那些关系，现在看来那是很单纯的。

你曾说过我是"小人得志"，想起来也确实是。在农村累死累活的，也就是想考上大学，争这口气，而争了这口气，"得志"了以后，别的就很少想了，只想当个工程师，有个铁饭碗。

是你改变了我的人生，使我既定了新的方针，我将按着新的方针努力。

一个好的领导人，不一定有很高的专业水平，而在于他能充分地发挥手下人的特长和调动他们的积极性，使他们各尽所能。

其实，我原来的安安逸逸过日子的想法，也有一部分是受你的影响。如你说"与世无争"，还有"到僻静的小山村去，过世外桃源样的生活，不是很好吗？"所以形成我的那种思想。

静，你给我指出的一些缺点，确实是存在的。有一些是由于走南闯北形成的江湖习气，如不管到谁家里，如果吃饭的话，我都能吃饱；不管对面坐着什么干部也好，我都不太拘谨。所以有些就不太注意，有些毛病自己还不知道呢！经你指出后，我当然要努力克服了。

静，咱俩要是能在一地生活该有多好啊！近朱者赤，我想过不了多久，我就会被你熏陶改造好了的。

如果这个春节你能来就好了。工力波要在春节期间回老家，就剩我自己了。你要能来的话，咱们这个春节将有多幸福啊！

关于改进缺点的计划如下：

一是走路。我现在已经习惯外八字了（我想不要太外，对吗），要挺直胸膛，而且要注意两臂摆动的平衡，步伐要稳健。

二是学习普通话。这是你要求的重点之一。首先要从拼音学起，上小学时学的差不多都忘了，要重新学。我这有一本《汉语拼音课本》，争取在短期内把拼音重新学好；学好拼音之后，就从《新华字典》里的字学起，把常用字的读音及音调掌握了，把这些字的拼音及音调，写在小本子上，有时间就看，就读。也就是说，要把字典翻看几遍。其实常用字也不过三千个左右，一天学十个，一年就差不多了。有些字不翻字典，是咬不准音调的，如济南的济读三声，救济的济读四声；在查字典的同时，坚持跟广播读，像你要求的那样，还要加快说话的频率；另外，在别人说话时，可以在心里默读，他说的这句话，普通话应该怎样讲，或者自己"先思而后说"。

三是衣着打扮。我想你不在这里时，我穿昔日的旧衣服就行了，我还是比较爱干净的，只要衣服洁净，也就不失身份。咱们在一起时，你可以随心所欲地打扮我，我都是乐意的。

四是"微笑外交"问题。我尽量努力吧，我可能做不好，因我总是板着个脸，像个大人似的，所以别人就说我稳重。但只要人家知道你不愿多说话，也会谅解的吧。我注意不得罪任何人，有利于大家的小事多干点（这是大哥教导的）。

五是入党问题。要想达到既定目标，重要的一条是要争取早日入党，搞好同党员、支部成员的关系，这几天就把入党申请书交上去。

六是生活小节问题，希望你多给我指出来，我尽量注意。

七是读书问题。利用星期六、星期天的时间来看小说、杂志等，其他业余时间用以学业务和普通话。

亲爱的静，在最思念你的时候，如果给你写封信，我的心里就舒畅多了。

思念之情古人也没办法解决。李清照的词《一剪梅》就深切地表达了这种情感，其词曰："红藕香残玉簟秋，轻解罗裳，独上兰舟。云中谁寄锦书来？雁字回时，月满西楼。 花自飘零水自流，一种相思，两处闲愁。此情无计可消除，才下眉头，却上心头。"

静，我把《德伯家的苔丝》寄给你。我知道你很闷，先看本小说吧。

关于买历史书，我不知道你想学到什么程度？如果只是想了解一下历史的话，我这有一本在沈阳买的供高中毕业生复习高考用的《历史》，其中有中国古代史、近代史、现代史，世界古代史、现代史，比较通俗易懂；如果想研究历史的话，那就要买周谷城的《中国通史》、冯友兰的《中国哲学史》，据认为这都是比较权威的书。你对我说过，作为一个干部是要懂历史的，当然是对的，小说应当看一些，但我觉得学这些东西还应是主要的。你看怎么办？要不我先把那本《历史》邮给你，你先大概了解一下历史概况，再买成套的《中国通史》，按每月一本寄给你。

我倒想研究一下大人物是怎样白手起家干上去的，多看一些名人传记，其中肯定有许多奥秘，必能给人以启迪。

你寄来的这三本小说都看完了，受刺激挺深。我喜欢看美好的书，就是看了以后，心里挺舒畅的。而这三本小说，看了以后，心里都不是滋味。看了《甘医生》后，就替他惋惜；看了《月蚀》，就同情那个失恋的小伙子。而且《甘医生》这本书，还把偷爱别人的妻子的暧昧关系，描写得那么纯洁高尚，也可能是作者空想出来的，让人觉得多蒙是对的，这不是岂有此理吗？难道甘医生除了经济窘迫，而不能满足哈勒泰的一些需要外，甘医生对她不是忠心耿耿的吗？

你说要逐月买书，要从文艺理论入手，参差着买吧。世界名著像《茶花女》《钢铁是怎样炼成的》《牛虻》《基督山伯爵》《红楼梦》等一些你看过的书，要不要买呢？望告知。

关于家具，要不就要淡颜色的，要不就要和蓬莱家里的桌椅一个颜色的，配起套来，也很雅致。

关于读报，我们每天上班有《济南日报》《大众日报》，还有《参考消息》，看一看就可以了，还有报栏，有时去看一看。我还订有《中国青年报》，我已把这几个月的青年报星期刊保存了起来，还把不是星期天的报上的好的内容剪了下来，贴在星期刊上。如果你要看或者保存，我就寄给你。好否？望告知。

另外，王力波和我闲聊，胡扯八道一通，供你一笑：

王力波："我算看透了，你就是怕徐静！"

我说："我怕她什么呢？谁说得对，就听谁的。"

王力波："不对！徐静说的错了，你也要说她的对。你本来就不土气，而你却承认土。你在咱们班，谁还比你洋呢？许思贤、吴文江都是大城市人，他们都说你洋气。王建功怎么样？高干子弟，有你洋气吗？也可能徐静很洋，而你比一般人洋得多，她还认为你土。"

"前两天，我和一个青岛来的女大学生小阎在那儿写材料，你来找我。你走后，我忍不住问小阎：'你看我们这个同学土气吗？'她说：'一点也不土，我们科里有人问，哪一个是王振华？有的就回答，就是挺有风度的那个。现在一看，还真是挺有风度。'你看，人家小阎是在省城长大的，在青岛上大学，青岛是全国最时髦的城市之一，人家都说你洋气。还得怎么着？"

"还有外八字，外八字走路并不好看。你看那些农村人走路都是外八字，而你也听她的，走路脚正着就可以。"

我说："还是稍微有点外八字好。"

王力波："不管怎么说，这几件事，足以证明你是一个彻头彻尾的'妻管严'。"

我无奈地说："妻管严就妻管严吧，也没什么不好的。"

静，快过国庆节了，而这个国庆节正好是八月十五，赶得多巧啊！我们应该好好过一下这个节日。因为它不仅是我们的观月日（还记得我们七月十五是怎么观月的吗），而且明年的国庆节，将是我们最幸福的日子！

静，你写信时能放几根头发在信封里吗？

静，我是从你这封信起，振作起精神来的，让我们为了美好的明天去生活、去学习、去战斗吧！

永远爱你的华
1982年9月18日

亲爱的静：

首先向你，一个女排运动员，致以热烈的祝贺！

中国女排的姑娘们，又为祖国赢得了荣誉，打出了国威，我刚看完电视（1982年9月26日10:30），你可能要等到晚上再看电视吧？

亲爱的，来信及寄来的杂志都收到了，勿念。

以后就每月的10号、20号、30号给你写信，特殊情况例外。最好你也这样吧，定时写信好处多。因为这一方面知道你生活及工作的情况，介绍我的工作的开展情况及生活情况，虽然咱们身在两地，但你我的工作和生活情况，彼此都很了解，可以互相帮助、互相鼓励、互相照顾。

你的这两封信，我读了好多遍。说实话，亲爱的静，你很有才华，在人生的道路上，能和你结为生活的伴侣，我感到很荣幸。

铁厂今年来的17个大中专毕业生中，有四个炼铁专业的，其中两个是马鞍山钢铁学院的，两个太原钢铁学校的，三个男的都到了高炉上值班，一个女的分配到了原料车间。他们的学校和我们的学校是没法比的。马钢院是1978年由中专改为大专的。其他的大都是学机械、土建、电气等专业的，他们在铁厂没有什么发言权。从现在的情况来看，我的竞争条件还是很好的。最近两年分到铁厂的学生中，我的岁数最大，他们较小，而且我的人际关系也可以，有老校友帮忙，只要努力，我相信是会成功的。

当然，在竞争中，要学习各种本领，要提高领导才能，平时注意向别人学习。

静，我有一个优点，就是善于发现别人的优点，从而考虑是否向他学习这一优点。不管一个人有多少缺点，他总是有优点的。

要当好现代的企业家，不仅要有历史知识，而且要了解厂史，了解企业的技术、设备等情况，具有现代企业管理的知识，善于使用人，避其所短，用其所长。

我想我现在一方面要搞好人际关系，注意和工人处好，争取尽早入党。现在的业务任务是搞好高炉操作，熟悉各班组情况，注意尊重领导。不管这个领导多么无能，都要尊重，都要好好工作，这也不单纯是给那个领导干的，也是为了自己的发展。

静，要走企业家、仕途之路，还是在车间里干好，由值班工长、炉长、车间主任、副厂长、厂长，再到省冶金厅。如果是在科室，恐怕就不行了，搞技术工作也不行。现在铁厂这些年轻人，我完全有信心和他们竞争。是的，一个有价值的人，是应该出人头地的。

李清照不是有诗"生当做人杰，死亦为鬼雄"吗？

吴文江最近来信说："要珍惜双方的感情，不受外界的影响，在生活上互相照顾，在事业上互相鼓励。"

静，我的步子是比较稳的，当然要经过时间的考验。是的，不应该有让别人觉得我不想在铁厂长干的感觉，如果让别人产生了这种感觉，那对我就相当不利了。

但有一个问题，我们是要考虑的，如果你们老在六安，我们结婚后怎么办？我是否要调到合肥去呢？或者现在先不考虑这个问题，等结婚后再说。

如果有人到上海，就买个好点的雨伞，那个旧的以后带到济南也可。

另外，你有毛裤吧？你那个绒裤怎么办呢？我愿想毕业后打条毛裤，但现在应该第一是存钱。你那条绒裤不知能否想办法带到济南，我原来那个绒裤太旧了，如果不能邮寄，春节你如能来捎来也好。

关于家具，我也认为有蓬莱家里那一套桌子、椅子，其他的最好颜色要配起来，我平时到市里再注意看一下，到同事家里串门也要观察研究。

静，你的这两封信给我启发很大，特别是"克己让人"。

亲爱的静，可以说，你的什么我都是很喜欢的，包括容貌、风度、言谈华止、心灵、衣着打扮，我觉得我们很和谐，只是现在我还不够洋气。我也不是不爱美，在学校时，虽然条件不太好，但同学们还是说我真洋气，有风度，有派。

对于你，我担心的是，你说话太不饶人。对同事和领导，无论如何也不能让人家下不来台。

晓红的爸爸，在这一方面处理得很好。有时领导批评错了，他也不当面顶撞，而是以后适当时机，再找领导说明情况。

咱们生活在一起，如果你有什么不顺心的事，可以回家对我发脾气、使性子都可以，因为我不生你的气，我了解你。

另一个担心的是，对老人的态度。看你在蓬莱对爸爸、妈妈说话老不注意，信口就来，亲生的爸爸、妈妈不生你的气罢了，或者说，自己的女儿自己了解。可昆嵛的妈妈是一句气话、一句不好听的话，也不愿意听的，我们兄弟姊妹们没有一个人敢顶撞母亲。妈妈说了："我就没做一件让别人说我不是的事。"所以，我们也应该尽量满足妈妈的一些要求，让她幸福地度过晚年。

静，这几天生活得好吗？书和杂志不知收到了没有？这本书可能不是什么世界名著，主要考虑你现在闷得慌，买本小说你看看吧，下回再买好的。还买了一些时装之类的，供你翻着看看解解闷。

是啊，刚从学校毕业，原来那么多同学在一起，一下子就剩一两个人，是会觉得孤单的。静，有空时可以到同事家里串串门，聊聊天，了解一下情况，看看电影、电视。

我看电影喜欢看一些大人物。最近看了电影《海魂》，里面有个英国皇家海军学校毕业的舰长，我觉得那个人了不起，有将军风度。是啊，看电影、看小说，是可以改变一个人的气质风度的。

我现在拼音已学完，正在做《汉语拼音课本》上的练习，共16课，我一天做一课的练习，上面有很多练习的词汇。待我把练习做完了，就翻字典，把常用字的拼音、音调都记到小本子上，而且还可以了解该字或词的用法。这样文字水平会来一个飞跃的，我已经有这样的感觉。

以前只是一些常用的卷舌音，如任、认、生产、是、之、诗等，都读成不卷舌音，而错、醋、聪等却读成了卷舌音，还有一些音调读不准，尚需要下功夫。

我现在注意练习，坚持读报，这是很能锻炼普通话的，跟人谈话也都注意说普通话。现在每天6:00～6:30跟着收音机读30分钟，再练习一小时拼音。这样占时间较长，以后把拼音练习做完了，就读半小时，再翻半小时字典吧。

我现在对学普通话很感兴趣，而不是作为压力任务来完成的。

亲爱的静，我觉得不用一年，如果春节咱们能见面，我的普通话可能就会让你满意一些。

这次回家太幸福了，有那么多有趣的镜头，还写了那么多诗，我把这些诗都制成了卡片，有的背面画上了画，放在月饼里一起寄给你，保存起来吧，这是咱们爱情的一些真实记录。

亲爱的静，快到十一了，明年的这一天我们该多幸福啊！

国庆节我想和王力波一起喝点酒（虽然我邮给你一些钱，以及买了一些书，但今天又发了10元钱的节能奖，所以过十一还可以，请放心），王力波弄了个煤油炉子，我们可以做点菜。我在济南悄悄地敬你一杯，你也喝点酒吧，以示庆贺。还买了几块月饼（咱俩一样多）邮给你，留几块在十点观月时吃好吗？那几个蜜枣是用梨酒泡过的，你尝尝。我八月十五上白班，机会很好。

静，十五中秋节，你把我给你写的苏轼的《水调歌头》条幅，拿出来挂在床头上吧，字虽然不太好，但也不至于让别人看了丢人。我想也用不着怕人，有什么好怕的呢？明年我们就结婚了，伯伯那幅画拿出来挂上欣赏欣赏。

《大众电影》第九期我已买了，过几天和《中国青年报》8月的星期刊一起寄给你，顺把《历史》也寄给你。我到书店看看，再买一套好的历史书。

你床上那毛巾单子我在用着，我这块巾子就和月饼一起邮给你吧。

我把脸贴在你的青丝上，闻着你的气息，就像吻你一样的幸福。

这个月 30 日就不写信了。由于工作关系，你如不能按时写信，那就随时写也行。

祝十一幸福愉快！

振华

1982 年 9 月 25 日

亲爱的静：你好！

像你计算的那样，在国庆节收到了你的来信，真高兴啊！

节日期间给我增添了多少欢乐，而且，昨天收到了爸爸的来信，要咱们好好工作，不要过多的分散精力，对咱们结婚的日子表示同意，要咱们结婚向低水平看齐。

静，知道你现在心情好些了，我真高兴。心情好，生活得就好。

我觉得，不要老是把自己关在屋子里，可以和同事们接触一下，不至于感到孤独。

关于家具，如果有蓬莱到济南的汽车，拉来即可，这样的汽车是会有的，或者济南铁厂有到蓬莱的汽车，亦可带来。这个事等过了春节，就着手了解一下情况。

我住些日子，跟车间主任说一下，要一间屋子，估计没问题。因厂里盖了两幢宿舍楼，有一些人要搬进去，就会腾出一些房子来。要了房子，桌椅运来后就有地方放了，其他家具就和它一个颜色吧，古色古香的，也很漂亮。

关于春节，咱们尽可能在一起过，好吗？

关于探亲假和婚假的关系，等我问清楚再说。

如果春节你的七天假不让走，那我到你那里也可以。到你那儿十天，也不用请假，加几个班就可以了，这样也挺好。

静，春节咱们能在一起过三天，我就很满足了。但我现在不知能打多少分，现在是不够 80 分的，估计你可能给我打 60 多分吧。因现在走路也基本改好了，普通话很有进步。

静，说实话，如果你给我打 60 分，那别人起码能给我打 80 分的。

今天和王力波在一起喝了些酒，挺高兴的。看来，他结婚后是要想办法调到大连去的。

今天济南下雨，不知你那里怎么样？

快到 10 点了，我打着伞，带着一个月饼出去了。

来到厂北边那条较僻静的东西马路上，在铁厂中学的墙南边，幸福地回忆着，给你唱歌，让你吃月饼。

我给你寄的月饼，十五吃上了吗？

其实，我和王力波没说什么。他老问咱们的事，我说这是秘密，不能告诉你。有些是他的观察或猜测的。

对那两个同学，我也只是说，咱们相处得很好。我怎么会向别人说你的不是呢？吴文江最近的信还说："看来你对你的徐静是很满意的。"你放心好了，我不会把咱们的秘密告诉别人的。

在烟台，晓红告诉我，说你很聪明。说你入学后，开始不怎么用功，但后来一用劲，就跃到班级第八名，这是很不容易的。说你如果想得95分，一努力，那真能拿到的。又说你很有抱负，说你在学校都是数得着的。说你虽然厉害，但在谁的心中，都占有一定的地位。说你的思想已经达到了那样高的境界。说你脾气怪，不能跟你顶，有什么事，要以商量的口气说，而不能以命令的口气。还说你如果看不惯哪个人，就"嘚嘚嘚"，噌噌几句，就把人家的弱点，三句两句就尖锐地刻画出来了，那是很真实的。还说你的模仿能力很强，看电影上的摇摆舞，回到屋里一学，可像了。晓红就说了这么多吧。

国庆节我没有放假，高炉生产是不能停的。王力波三天假，哪儿也没去。

节日加班，一天发三天的工资，反正也就是在值班室坐着，也不累。有人想加班还不让呢，因为加班费是固定的。

除了专业、外语等之外，我学习一些历史、地理、文学、美术等，只不过是作为生活的乐趣而已，想多了解一些，知识面广一些，而不想研究很深。

我看你对文学特别喜爱，就是作为生活的乐趣也是很好的。你是否还打算将来搞点创作，如果你有这样的打算，我当然从各方面支持你，当然成功与否是另一回事。

没有理想，没有奋斗，也就没有成功。

我想把你的那张彩色照片的底片，放大一张12寸彩色的，镶上镜框，挂在屋子里，就随时都可以看到你了，可以吗？

你要一张四寸的，对吧？以后把咱们这次回家照的相，找好的放大几张，寄给你。

愿明月带来你的微笑，送给你我的无限深情和热恋！

振华于国庆之夜

亲爱的静：你好！

来信收到。

想到就要穿上自己的未婚妻给织的毛裤，心里喜的美滋滋的。

人们说今年济南冷得比较晚，我刚穿毛背心，还用不着穿毛衣。当然，别人早就穿上了。再冷，我就穿上尼龙裤，现在只穿一条秋裤和一条罩裤，所以你不用着急。

静，我也不是吹牛，可能像我这样好的体格，恐怕还是不多的。

在东北那么冷的冬天，不穿棉裤的人很少，而咱呢？就不穿。别人盖毯子时，我盖被单；别人盖被子时，我盖毯子。

现在我还盖着毯子呢！而王力波盖被子差不多有一个月了。

这个星期天到市里去了一趟，到书店转了一下。看到有高尔基的《我的大学》《母亲》、普希金的《上尉的女儿》、塞万提斯的《堂吉诃德》、托尔斯泰的《战争与和平》、大仲马的《三个火枪手》，以及《鲁滨逊漂流记》《诺贝尔文学奖获奖作家作品选》等书。

《镀金时代》已看完，等把它寄给你，你织毛裤累了时，可以看看嘛。这本书很好，不愧为名著。人物写得很美，很有特色。书中有句话，说有些人"从顶上动手盖房子"。说的是赛利斯少校、哈利等人，太富于空想，而没有学到一些实际的真本领，他们在挫折与碰壁中，后来都醒悟到了这个道理，也开始学习一些实用的本事。

这句话虽然表达了一个方面，但另一方面，要想盖房子，必须设计出屋顶的样子，这就好比一个人的奋斗目标，必须有整栋房屋的设计，有屋顶的图样，才能逐步从打地基开始，一步一步地建造起来。从屋顶动手盖房子是不行的，必须打好坚实的地基，房子才能盖得高，盖得坚固。因此，作为一个刚刚走上社会的年轻人，在基层干几年，多接触一些人，学一些本事，对他一生的发展，应该说是有极大的好处的。

书中还有一句话，"如果你没有人情，光有品德、资历和才能，那对你徒然是一种包袱，一点用处也没有"。这话放在当今的社会，也是适用的。一个人不但要有专业的才能，还必须有一定的人际关系，才能在社会上立足，并打开局面。你说对吗？

这本书里充满了冒险。当然，人生之路没有坦途，人生也就是要在充满荆棘的崎岖小路上探索前进，每迈进一步可能都要付出巨大的代价。有些人不成功，则成仁了。

书里还有一句话，"无论什么时候，总以稳重一点为妙。"

还有"他很迅速地结交了许多朋友，给他造成了势力。"这也说明，人没有朋友是不行的，在单位和社会上，我也应交一些朋友，给自己形成势力呀！

在这本书里，好像能够看到你的形象。露思、爱丽思的形象有些地方与你是相像的。

书中对爱情的描写也很高尚。你看，露思深沉地爱着斐利普，但她牺牲了自己的幸福，成全了斐丽普和爱丽思，这比那些为了获得所谓"真正的爱情"而去做第三者，或者只顾自己的幸福而不顾他人的死活，不择手段地去破坏已建立的家庭的人，不是很高尚吗？

书中对塞勒斯少校和波路顿先生的形象描写也很好。塞勒斯少校够"义气"，对朋友可谓"两肋插刀"，且是个乐观的人，吹牛皮的本事也是够高的。波路顿先生心肠软，经不起一些居心巨测的家伙的哀求，使自己破了产，但他后来也醒悟了。

罗拉的命运也是值得同情的，她有改变自己生活的决心，但却遭到了命运的无情捉弄。

总之，这部书很好，可惜时间太紧，不能仔细研究。

你那张半身照片的底片已拿去放大，10月30日去取，同时买个好看的镜框，这将给我带来多少欢乐啊！我把你的一个很好看的红色的"白毛女"剪纸，贴在白色的绘图纸上，挂在我的枕边，真美啊！

这一次去市里，还理了发。在此之前，我理发从没吹过风，我想这次吹吹风，看效果如何？哎呀，这一吹风，小伙子精神多了。等你来时，我就去吹吹风，以崭新的面貌呈现在你的面前。

你春节来时，吹好了发型，咱们照个相好吗？到市里还看了一下家具。在人民商场家具店里有漆得很漂亮的床头，颜色跟家里那一套桌椅差不多。

昨天订了1983年的《中国青年》杂志和《大众电影》，一高兴还订了一份《美苑》杂志，是季刊，"美苑"嘛，就是美的最高级别的园地。当咱们在一起时，我也要在你的英明指导下，尽量显得美一些，风流倜傥，好把你迷住。当然，你不在这里时，只要朴素大方即可。

王力波也很想他那女朋友，国庆节那天喝多了。

他那女朋友就是那个大学教授的女儿，个子不高，戴副眼镜，不算很漂亮，但人也很文静。辽宁师范学院毕业后，在中学当物理老师。他以后是肯定能调到大连的，他未来的岳母在大连的劳动局里工作，调动应该说没什么大问题。他一旦调走，虽然我孤单了一些，但在铁厂的竞争力也就更强了，因为就没有人比我的学历更高、牌子更响的了，而且在铁厂，别的专业也吃不开。

拼音练习已全部做完，这封加注音的信，是向你汇报学习成绩的。

音调可能有许多错误，因我还没有正式开始翻字典。

买了一瓶风油精夹在书里寄给你，如果被蚊虫叮咬了，涂抹一下就好了。

亲爱的静，晚安！吻你！

你的华

1982年10月19日

亲爱的静：你好！

来信收到，知道你要好好学习英语，将来打算翻译一些文学作品，这也很好啊，这起码可以充实一个人的生活。

但是要达到翻译文学作品的"信、达、雅"水平，则非易事，那非下大功夫不可。这不仅要精通语法，还要掌握大量的单词。而掌握单词，是必须靠死记硬背的，而你可能不善于下这些死功夫的。

关于英语，我在大学里是作为第二外语来学的，只学了半年，学了语音、音标及一些语法，我不想用英语来看书，只是知道一些就可以了。因日语里有不少外来语，而且大部分来自英语。当然，日语是要让它过硬的，看书、会话都要让它有相当的水平。

尽管现在铁厂连本日文书也没有，但将来晋升技术职称，或者其他一些机会来临，总会用得上的。

当咱们在一起时，你要是有兴趣，教你一些日语。

今天到市里去了一趟，收获不小。一是把你的照片取回来了，12寸彩色的，就像你真人一样，这张4寸的就寄给你。二是预订了一套范文澜的《中国通史》1～6册。

关于春节，看你的安排，我大概要"坚守岗位"了，反正咱们相聚是没问题的。

推迟三个月的婚期，我倒不反对。而且还可以多存一点钱，准备充分一些。

只是一点，国庆节期间，气候最好啊，不冷不热。想到海边啊，山上玩玩，到田野里走走，都很合适。可元旦呢，冰天雪地，一片寒冷，没事儿恐怕就不想出门了。

我有个大胆的想法，可能你不会同意。这主要是对你的工作可能有些不利影响，但只要跟领导解释清楚了，也没什么。

我这个想法是这样：你这次春节到济南来，咱们先履行结婚登记手续，这样有不少好处。

一是假期问题解决了。地方的规定是，男25岁、女24岁，就算晚婚，若回父母所在地结婚，婚假有20天。而且，登记之后，十一你就有一个月的探爱人的假期了，这样加路程口期，也有近40天，也可以吧？

二是可以解决房子问题。你可以跟领导这样说，地方上都是先登记，然后才能申请房子，事实也确是如此。不登记，是没有理由要房子的。只要咱们登了记，要房子就名正言顺。而且最近也是申请房子的好时机。铁厂新盖的两幢宿舍楼，能搬进去150户，这样会倒出一些房源的，正好申请。

最好是春节期间你能来登记，因为咱们岁数都够晚婚了。如果实在考虑你到单位不久，影响不好，那就考虑你的方案。

同来铁厂的北京钢铁学院那个人，年龄比我小，国庆节回家结婚去了，还没有回来。

大学一毕业就结婚的人也不少，我们炼铁专业一毕业就结婚的有7个。况且，咱们只是进行结婚登记，主要是为了要房子，我想你跟领导和同志们解释一下，大家都会理解的，你考虑一下吧。

最近看了电影《骆驼祥子》，还可以。只是有些脏话不说，效果也挺好，如祥子摔碗那一段，把碗用劲一摔，就很够劲了，根本没有必要骂那么一句不堪入耳的话。

祝你心想事成！

爱你的振华

1982年10月30日

亲爱的静：你好！

来信及毛裤都收到了，勿念。

毛裤打得很漂亮，王力波可真是羡慕、嫉妒、恨哪！由于弹性较大，臀部也可以，蹲下没问题。第一次干，就打得这么漂亮，是很不容易的。

毛裤的每一根线，都是经你的手抚摸过的，真是毛裤穿在身上，暖在心上，幸福在荡漾。

我抚摸着毛裤，就像看到了你在灯下，一针一线打毛裤的情景。这一针针，一线线，都凝聚着亲爱的静对我的一片情思和爱啊！

关于婚期，就按你的意见，定在元旦吧。或者定在元旦和春节之间，以你的假期能在家里过上春节来决定，这样可以了吧？

静，我想咱们的结合，一定能给你带来幸福和快乐的。

可你为什么很害怕结婚呢？

结婚后，你还完全可以按你的生活习惯去工作，去学习，我尽量不干涉你的自由。你不情愿的事，我尽力克制自己不做。你可能考虑孩子问题吧？这完全可由你自己决定，在身体允许的情况下，你愿意在婚后的什么时候要都可以，我没有意见。而且，还有我对你始终不渝的爱。

工作紧张，注意营养是对的，我是没有问题的。最近在很标准的秤上称了一下，135斤，我都有些不相信了，我以前穿棉衣也没有这么重啊！

最近，我独立值班了。这个星期我倒班，也就是我替换别人休息，要是不出大事，自己值班还是可以的，望放心。

关于写字台，我想还是抓紧时间买。

关于钱，如果可以向爸爸借就借吧，也是很难为情的。爸爸会认为咱们在向他要钱啊！向别人借，更是很难堪的，这种不是滋味的滋味，我是感受过的。

咱们就是在婚前经济比较困难，婚后就会慢慢宽裕的。

静，想到再有两个月又能见到你了，心里充满了期盼和欢乐。

今年春节，几乎所有分来的学生都要回家过年，而你要来陪伴我，该有多幸福啊。

静，这次如果到南京大学学习，一定要到大哥那儿去的。

大哥曾三次写信说，如果你去南京，一定要到他那里去。大哥、大嫂都是很好的人，他们现在还和伯伯、伯母住在一起，伯伯家里的房间较多，还是住得开的。最近他们可能就要分到房子了

买了《诺贝尔文学奖获奖作家作品选》（上下册），都是中短篇小说。我看后即寄你。

最近又看了电影《蝴蝶梦》和罗马尼亚影片《十六个人》，都挺好。

最近，天气冷了，但在高炉值班，倒是挺舒服，我们值班室有暖气，挺好。最辛苦是夏天。

静，《中国青年报》还是我来订吧，我们说过要积星期刊的，我知道你是喜欢的。星期刊就像百科全书一样，是很重要的资料啊。

愿明月带来你的微笑，送给你我的深情和回忆！

祝幸福愉快健康！

振华

1982年11月10日

亲爱的静：你好！

昨天观月了吗？月亮可真亮啊！旁边一点云彩也没有，我是在那天咱们一起待过的那道墙下观月的。

《诺贝尔文学奖获奖作家作品选》上册快看完，看完后即寄给你。还是不错的，一个作家只选登了一篇作品，当然是成功之作了。给我印象最深刻的，是描写那位渔民意外地捕获一只巨蚌，而得到了一颗价值连城的大珍珠，不但没有给他带来好运，反而伴随着一连串的霉运，还差点丢掉了性命。这与中国古语"匹夫无罪，怀璧其罪"如出一辙。

我觉得看小说能长很多见识，也算间接地认识世界吧。《基督山伯爵》我没看过，和《白衣女人》一起邮来吧。《马丁·伊登》始终没有卖的。

我已给爸爸写了信，说了一下我们的打算。

主要意思是，原来按我们自己的经济情况，家具只搞一张床、一个写字台、一个书架、一个圆桌、两把折叠椅。后来小玲说，家里那个圆桌和椅子要给我

们，这样一来，家具的式样和颜色最好要以圆桌为出发点来选择和设计，与之相配。如果家里帮我们一笔款的话，可以买一个大立柜，放衣服、被子什么的。现在，写字台、大立柜、床都有合适的，若收到家里汇款后，可以先把这几件家具买下来，免得以后买不着。

你11月20日又忙得忘了写信吧？

静，这个月发奖金17元，比以前多一点，我是125分，一般是100分，大概是由于我加班多吧。

我买了一册风景摄影挂历，美极了。我想在元旦之前寄给爸爸，估计爸爸会喜欢的。

我打算再订几本专业杂志，如《炼铁》《钢铁》《企业管理》，如果每月看了这三本杂志，肯定会丰富很多专业知识的。你不是希望我当企业家吗？那么订阅《企业管理》杂志也就很有必要了，从现在开始学习和研究企业管理，充实自己。

静，我初步算了一下，我们每年用于买书、订报纸、杂志的钱，大概要100元左右，不过也没什么，用我的奖金就够了。这算咱们精神生活的一部分吧，也是很有价值的。

我打算在高炉上干两三年（当然这也不能由自己决定），这确实是在捞资本。

一个学炼铁的人，在工厂里工作，不在高炉上干几年，不熟练掌握高炉操作技术，那人家是不佩服的，说的话人家也不一定当回事。

不但要精通专业，还要加强对外语的学习。咱们有了录音机之后，还可以锻炼听力，我有一套《日语九百句》的唱片，已在厂广播室把它翻录成了录音带。

还要学习历史，把看小说当作消遣。

我想我应该多读一些名人传记，从这样的书里一定能得到不少启迪。

我现在常思考的一个问题是：要当厂长，现在应该怎么办？

对今年到铁厂的几个学炼铁的学生，我和他们关系都挺好，把他们团结在身边，尽量让他们有自叹弗如的佩服感觉。我们东工炼铁专业是全国最好的，自己只要谦虚谨慎即可。待老一辈退二线后，就轮到我们上了，如果我在同龄人当中出类拔萃的话，那么对于干部的选拔使用将是很有利的。

我现在注意工作方法的学习以及怎样加强组织领导能力。

据王力波说，由于搞精简机构，多的减，少的补，技术科还少一个人。现在到不到技术科，我没多大兴趣，技术科也不过干一些日常工作，没多大发展，对于当企业家是没多大好处的。所以我不想为此而周旋。如果让我去，我就去，让别人去，我也毫无意见。

我觉得咱们家的人都太善良了，还经常以自己之心度别人之腹，而这是不行的，事实证明了"不要把别人想得那么好"。

愿明月带来你的微笑，送给你我的热恋！

振华

1982 年 11 月 30 日

亲爱的静：你好！

来信终于盼到，知你近况很好，很高兴。

《白衣女人》已看完，可真是一鼓作气啊！这部书，格调是很高的。和《红日》里的华静、《青春之歌》里的林道静、泰戈尔《沉船》里卡玛娜和哈梅西等人一样，小说的主人公是那样的高雅，心灵是那样的美好，爱情是那样的纯洁，使人受到感染，受到熏陶。

劳娜和哈尔科姆的友谊不是语言所能描述的，在她们少女的生活中，她们是多么纯洁、高尚、天真啊！她们是那样的不可分离。可以设想，要是劳娜不结婚，而能够继续过她们那种恬静、高雅、幽美的生活，不也是很好吗？当然，如果劳娜和哈特赖特结婚，那么哈尔科姆也必将为劳娜的幸福而幸福啊。

所以，我认为结婚并不可怕，而可怕的是遇到一个不爱自己的人。如果丈夫以最纯洁的爱，用整个身心的爱，始终不渝的爱，去爱他的妻子，那我认为，结婚是能够给他妻子带来终生幸福的。

"对过去的一切回忆，对未来的一切展望，对自己的处境的一切不合实际的想法，都隐藏在心底形成一种虚伪的宁静。"这一段是你划过着重号的，而且整本书里只划过这一小段。

如果把这段话放在书里理解哈特赖特当时由于对劳娜产生了纯洁的却是毫无希望的爱情的情况下，他的这番想法只是唯一的，是可以理解的。

亲爱的静，我恳求你别把它单独拿出来理解，这对我们是不利的。我们对未来充满希望，充满乐观，我们不但要战胜自己，还要战胜别人。

要不我把它改一下：对过去一切美好的回忆，对未来充满着的希望，对于扫清我们前进道路上的障碍，都在我们心中形成了无坚不摧的力量！

"这会儿，她脚步急促，脸上焕发出幸福的光芒，喜盈盈地走进来，她那可爱的双臂自动拥抱了我，她那甜美的嘴唇自动凑近了我。'亲爱的，'她悄声说：'现在咱们可以彼此相爱了吧？'她柔情脉脉，心满意足地把头贴在我怀里。'哦，'她天真地说：'总算还有今天，我多么幸福。'"亲爱的静，这不是由纯洁的爱情给劳娜带来的力量而使她获得了新生吗？

静，小说读完了，我真为哈特赖特、劳娜、哈尔科姆的胜利和幸福感到由衷的高兴，我衷心祝福他们永远幸福。感谢柯林斯先生，让我读了这么一本好书，

使我感到心情舒畅，感谢他给了我们一次高级的艺术享受

从星期六（4日）晚18点看到23:30睡觉，从星期天早晨6点，一直看到星期一上午10点看完。

星期天早晨没起床，在被窝里看到下午才吃了点饭，又看了一个通宵。

本来从星期天的23:30我应上大夜班，可又想一气看完，所以就在星期一休班，下个星期天上班即可。

我看书是较慢的，我想你看书一定很快。

《诺贝尔文学奖获奖作家作品选》下册，在《白衣女人》之前已看完，写了一篇读后感寄给你。

由于12月我已看了两部书，1983年1月份又能看《基督山伯爵》。所以，这个月看情况，如果有《现代汉语》给你买一套和《诺贝尔文学奖获奖作家作品选》下册一起寄给你。

前些日子，还看了个电影《翱》，是著名的电影演员王女士编导主演的，真是个和《平鹰坟》差不多的片子，她主演的《神秘的旅伴》和《野火春风斗古城》都是很成功的。可能是由于"四人帮"的迫害，使她失去了文艺青春，所以她想在退出电影园地前，搞一部片子为自己树碑立传的。主要是太虚假，有些地方还是可以的。

还看了《花好月圆》，这倒是一部相当不错的电影。讲的是1952年农村由互助组到人民公社的事情，较形象，较真实，有个性，虽然个别地方有些夸张，让人觉得还是可信的。电影里的蜡梅形象很好。

静，你们那里那么冷，不知你有大衣没有？如你没大衣，快点回信，我给你寄点钱，先买件大衣，呢子或料子的都可，既漂亮又暖和。这样，晚上在屋子里看书、学习或干什么的，穿上会暖和些，还可以盖在被子上。

济南这几天挺冷，我已穿上棉衣，下身着毛裤就挺暖和的，再冷就把尼龙裤也穿上。

我们这个小屋已生了个炉子，烧焦核，是炼铁用焦炭的筛下物。

由于我们在厂里住，车子去拉就行了，出厂大门就不行。

这次春节王力波回家，你来很好，如果你高兴，还可以用这个炉子做点菜或下点面条呢！

最近，南京大哥随他们学校的船到烟台实习，回老家一趟。妈妈和振雁到烟台去接他了，只住了两天，可能已回南京。

前些日子搞了一个"美苑"集，我很喜欢。我想你看了也会喜爱的。其中有你的所有的剪纸，我把它们贴在16开纸上。

还有"百花园地"，这是名副其实的百花园地呀！我不是曾告诉过你，我在学校时曾采集过百花标本，我把它们也全贴在16开纸上，每页贴五种花，一共

贴了23页，你看有110多种花呢。

把它们摆在床上，真可谓美不胜收矣！在冰天雪地的春节，你可以在百花园地里欣赏春天、夏天、秋天里的各种花卉。

还有集邮，我把我所集的邮票，也都贴在16开纸上，每页贴10枚，还有你那些糖纸，也全整齐地贴在16开纸上。

整个"美苑"是由这些主要部分所组成的。我把它们搞得整整齐齐放在一个文件夹里，等你春节来欣赏吧！

我现在还未收到爸爸的回信。

亲爱的静，对于把身心都献给你的人，用不着解释。

如果你觉得为难，那么你给爸爸写信，根本不用提这件事，或者向爸爸解释一下。

我想给你刻个"徐静藏书"的藏书章，作为春节送给你的礼物，我想你一定喜欢。

我的一切都好，勿念！

用我无限的爱保佑你顺利、康健、愉快！

你的华
1982年12月10日午

亲爱的静：你好！

10日来信收到，知你现在的处境与心情。如果我这封信，能濯涤去你的一些苦闷，我将感到很欣慰。

静，我何尝不理解你的心情，我何尝不理解你的苦闷。只是我不愿意对你说。

我知道，我离你的要求差距甚远，我清楚咱们之间的差距，有时甚至觉得不配你，感到内疚，感到自卑，感到自私。

但是，亲爱的静，你的一切是那样强烈地吸引着我，我不顾一切地爱着你！

为了你，我愿意改变我的一切。通过三个月的努力所取得的效果，我看到了我所取得的成绩，看到咱们之间距离的缩短。

因此，我战胜了那种自卑感，我要崛起，我一定要配得上你，咱们之间的差距一定能够消失，我一定能给你带来终生的幸福与欢乐。

到了那时候，我将自豪地对你说："亲爱的静，我没有辜负你对我的殷切期望。"

亲爱的静，我深信在我的主观努力和你的帮助下，这个时刻一定能够尽早到来！

亲爱的静，你对我的剖析，如果说，吸引你的主要是那三点，这我不能说什么。

如果把它说成是优点的"仅仅",那么,我站在一个客观公正的立场上,对于我自己做一番自知之明的解剖的话,它只是我全部优点的一个最基本最重要的部分。

我坚信随着岁月的流逝,你会逐步发现我身上更多的闪光的吸引你的宝贵的东西。

你还记得在蓬莱爸爸、妈妈对我的评价吧?

那是我有生以来听到的对我最高的评价。爸爸是转战南北几十年的老干部,妈妈也是有着广泛生活经历的见过大世面的人,他们给我那样高的评价,绝不是没有根据的。

当然我还有很多缺点,爸爸也给我指出了一些。

亲爱的静,爸爸说得对,我们应当互相学习,互相帮助,咱们谁都有一定的优点和缺点。

如果用自己的优点和别人的缺点比,那就看不到别人的其他优点,如果用自己的缺点和别人的优点比,那就能看到自己的差距,因而取长补短。这样既有利于自己的进步,也有利于认识自己周围的人。

亲爱的静,你的心情正处于正弦曲线的负半周。

这一方面是周围的环境和人不能使你满意;另一方面是我还没有达到你要求的水平。

亲爱的静,只要你坚信,通过咱们的共同努力,我一定能够达到你所要求的水平,你的心情就会好起来。

如果我不能给你带来终生的欢乐和幸福,那么,我愿过一辈子独身生活,而以哥哥对妹妹的爱来爱你,从各方面给予你无私的援助。

你对我的评价,没有使我伤心,更没有使我绝望,而是更激发了我努力学习、刻苦改造与奋斗的热情,一定要赶上你,超过你,使"这样的时候"在你心中尽早消失殆尽!

半年来,特别是最近的三个月,我是坚持不懈地和自己和自然做斗争,在向你的目标接近。再住一个多月后,我想你会看到我的进步的,而且你会看到咱们之间差距的逐渐消失而高兴,而让你坚信咱们之间的差距在不远的将来是完全可以消失的。

那么,在这段时间里,我有哪些收获呢?

一是坚决地戒了烟。

二是树立了奋斗的目标。这是最主要的,也是你所希望的。而且已经为实现目标展开了行动。在此之前,我只想靠自己的技术吃饭,做一个清高的不入俗流的人,过一辈子高雅的生活。而一经树立了奋斗目标,我就考虑如何从眼下做起，逐步实现。

在烟台你和晓红曾说过："目的和手段不是一回事，为了达到目的，可以不择手段。"这样，有些自己不愿意做的事，也要去做。

我知道，作为一个领导者，首先要有群众基础。

一个人，如果没有群众基础，那他是当不好一个领导的。因此，清高的想法必须去掉，必须和群众打成一片，在群众中树立威信。

现在我注意团结每一个和我接触的人，使他们觉得我既有才干，又谦虚，且平易近人，让他们觉得有领导的水平和能力。当然要在群众中有这样的威望，是要经过相当的努力的。我注意和群众搞好关系，又注意尊重和服从领导，特别是对最基层的领导，因为入党什么的，还是要靠他们的。

其次要有领导的艺术和方法。我注意观察现在领导的工作方法及其处理问题的效果，并且注意报纸和杂志上介绍的一些年轻领导是怎样开展工作的以及他们是怎样干上去的。

我觉得，你期望于我的，主要是气质的升华和事业的成功。

气质方面通过文学和你的影响，毫无疑问，可以达到你所要求的水平，而且知识丰富对我来说简直是一种乐趣。我对于知识的学习，可以说是如饥似渴的。我时时感觉自己知识的不足，只要多看些书、报纸、杂志，这方面是可以弥补的。

事业需要努力，只要奋斗，谁都有获得成功的希望。况且，天时、地利、人和，各方面对我们都是有利的。"王侯将相宁有种乎？"人都是经过学习和奋斗才获得成功的。谁也不敢保证，谁一定就会获得成功。那些现在担任重要职务的老红军，参军时还不是"一字不识叫扁担"的奴隶娃子吗？

有的书上说，雄心用于成功者，野心用于失败者，成者王侯败者寇。冶金部一个副部长不也是从高炉值班室干上去的吗？省冶金厅一个副厅长还是由工厂化验员干上去的呢！目前厂里的一些副厂长，大部分还是由工人提起来的。

静，我的起点，比他们低吗？还有这样有利的天时吗？十年没有大学毕业生，企业人才正处于青黄不接的时期，我们这批首届大学毕业生可谓正逢其时。

我不比他们聪明吗？我不比他们清楚怎样才能搞好生产吗？静，作为我的最低奋斗目标，起码在济南铁厂要当厂长。

我有信心，有能力，有专业知识，只要当了厂长，那么一旦调到省冶金厅，担任副处长或处长是一般的。所以，我对事业和发展前途充满了信心。

亲爱的静，在前途方面你放心吧，要相信你的振华是能够获得成功的。

我知道你所说的"依靠"，不仅仅是指生活上的相互关心和照顾，而是希望我成为一个在社会上有相当地位的人。我也清楚地知道，一个人在社会上没有地位也是站不住脚的。

亲爱的静，为了你的自尊心和幸福，我愿为此而奋斗！

三是学习普通话方面取得重大突破。首先，重新学习掌握了汉语拼音。另外，我决心把《新华字典》从头到尾翻一遍，把常用字找出来并掌握其读音。

现在基本掌握了口语的一些常用字的读音。通过翻字典，通过每天差不多20分钟左右的听收音机和跟着读，通过自己每天的看报或读书时的朗读或默读，我的普通话可以说有了质的飞跃，取得了重大进步。现在只是还比较生硬一点。

但我觉得，在初学时，必须把每个字的读音咬准，而后通过朗读和会话以达熟练。我不仅掌握了大量汉字的单个读音，还掌握了许多汉字在不同的词组里、不同场合下的各种不同的读音。如"作"在作坊、作料、作风这三个词组里的读音都是不同的。还通过听广播掌握了一些口语里常用的习惯读法，而这种读法是拼音所拼不出来的。如半点的"点"、香肠的"肠"、走后门的"门"、项链的"链"等字。

关于普通话的学习成绩，春节期间你来评分好了，我想你会较满意的。

四是文学方面的进步。由于你考过一次文科，所以你在这方面一定系统地学习过，而且你酷爱文学，我没有系统地学习过文学理论，所以这方面我是应该很好地向你学习的，好好学习一些文学基本理论。

这些时间里，在你的影响下，读了一些外国小说，了解了一些外国作家及其作品。特别是通过翻字典，收获尤其大，不仅证实和明确了很多以前咬不准和不知道读音而很熟悉的字，而且了解到很多以前自己不知道的字的讲法或其他用法。

亲爱的静，我是喜爱文学艺术、历史、地理的。上大学前，我读了不少中外小说，特别是中国古典小说，是个"小说迷"。由于我一看小说就废寝忘食，就像听到收音机里转播音乐会，就不想学习了一样。

上大学后，我怕由此而影响学业，所以强制自己几乎停止了阅读小说。

所以，我的文学水平在大学期间没有什么提高，几乎还停留在高中的水平。

在高中读书时，我的语文水平还是较高的，我写的作文曾多次被印在了校报上。

一个语文老师曾对我说过："作为一个学理工科的学生，你的语文水平足够。"

正是在大学四年中，我的文学水平停滞不前，而你则看了大量的小说及刊物，使你的文学水平得以很快地提高，因而形成了咱们之间现在的差距。

只要我努力学习，我想在文学方面是会进步很快的。在这封信之前，我没有打算从文学理论上再提高，既然你对我提出了这样的新的希望，那我是很乐意从文学理论上得到提高的。

对于我来说，学习文学、历史、地理等知识那简直是一种享乐。

关于文学理论的学习，我最近买了两部书，一部是《现代汉语》（上下册），一部是《文学基础知识》。我先把《现代汉语》寄给你，你先看看，如方便，春节期间再带到济南，作为我的自学教材。我想把这本书啃透了，再把《文学理论基本知识》学深，无论对于我的写作，还是作品欣赏能力，都会有一个飞跃。

要不然，等你来济时，咱们再共同制订一个计划。

关于历史方面，等《中国通史》买到后，即开始认真学习。预计范文澜这套书明年4月出版，在此之前，就先学习文学理论吧。

为了增长知识，我想从第二季度起订阅《环球》杂志，这本杂志登载很多国际知识；再订阅《知识与生活》，也有不少我们需要的知识，以美化我们的生活。

我也不管省钱不省钱了，因为能给你带来欢乐的是我的知识的丰富和才华的增长，而不是家具的多少。

五是气质和修养方面的升华。由于你的指点和熏陶，以及文学的影响，我觉得在气质方面是有一个升华的。等咱们相会时，你感觉吧。

凡是你给我指出的，我都尽力改过。走路时挺胸、手臂的摆动以及稍微的外八字，已基本养成。

我觉得已经内向了不少，我再也不会向别人炫耀什么了（这次给你写的信不算，好吗）。平时的一举一动，待人接物，我都细想你是怎样要求我的，你是怎样做的。

平时的表情也有了变化，让人看了既不傲，又不自卑，而是给人以既高贵、又有涵养、又平易近人的感觉。

我在铁厂是以文静、文质彬彬、有风度而闻名的。

前几天到市里办事，走在街上，身后边有两个女的说："这个小伙子真洋气！"我当然是不理她们的，但这也从侧面说明了我是有变化的。

亲爱的静，仅仅是三个月的时间，一个人有这么快的进步和收获，你不感到高兴吗？你不感到差距是在缩小而且可以消失吗？而他决心为此而奋斗啊！

亲爱的静，通过事实证明，只要努力，我们之间的差距完全可以消失，我完全能够达到你的要求，那么你就会由愉快来驱散"苦闷"，由欢乐取代"痛苦"，由对生活的热爱和向往代替"生活的艰难"。

亲爱的静，我现在充满了自信，满怀信心。

亲爱的静，生活是美好的，幸福的未来是属于我们的。

世界是在不断地发展变化的，一切都是可以改变的。通过读书学习，生活的基调可以由较"低沉"变为高雅，人可以由较"平庸"发展为脱俗。

到了这样的境地，你的"这样的时候"也就完全消失了！而我一定更加努力，让这个过程更短。

静，你知道我每天的睡眠时间有多少吗？

上大夜班早晨7:30下班，回屋洗一洗就睡觉，睡到中午12点，再就很难睡着了，这样一般情况只能睡四个小时，最多估计也就是六个小时。

上小夜班，晚上23:30下班，0点睡觉，到第二天6点左右起床，每天只睡6个小时。

　　上白班从晚上23:00睡觉，到翌日晨6时起床，这是睡觉最多的时候，能缓和恢复一下体力。

　　我挤出了这么多的睡眠时间，亲爱的静，难道不都是用来学习、用来看小说、用来看报、看杂志了吗？

　　这样少的睡眠时间，如果是你，非把你拖垮了不可。而由于我在农村的劳动锻炼，大学四年的每天5000米，上天赐予我这样健壮的体魄，即使这样少的睡眠，我仍然精力充沛，而且比夏天你见到我时胖多了。

　　现在我仍然坚持冷水洗头、洗脚，坚持冷水擦身，有时候按照我独创的健身方法进行一下锻炼。

　　这种方法我对你说过，就是在音乐或歌声的伴奏下，近似于翩翩起舞，或者各种表演动作，或体操武术动作，或自己随心所欲做出来的动作，由于各种动作都有，而且是在不停地做，伸腿展胳膊、扩胸踢腿、蹬腿下蹲，这样不停地运动十分钟，保证能出一身汗，而且活动了身上的各个部位。

　　由于是在屋里，又是在音乐声中，所以既干净又愉快，还享受了美，又锻炼了身体。所以我认为这确是一种很好的锻炼身体的非常简易的方法。

　　春节你来，如你想看，我给你免费表演一下，但你一定会因各种光怪陆离的滑稽动作而笑得直不起腰。

　　亲爱的静，最近重庆的姨妈来信说，一个人的一生，一是婚姻，二是事业。这两件事处理好了即可。我是为了爱情而追求事业成功的，这种观点显然拿不出去，但事实也确是如此。

　　《中国青年报》开展讨论，人生支柱是什么？就我而言，毫无疑问，你就是我的人生支柱，你的要求和希望，就是我追求和奋斗的目标。

　　亲爱的静，你知道你在我心中的地位吗？

　　我爱你不知胜过爱我自己多少倍，我对你的爱超过所有小说里描写的爱情故事，况且那毕竟是故事，且可能多是虚构的。

　　我对你的爱是那样纯洁，那样无私（这里说的无私，是指我把我的一切都无私地献给了你。但只有我达到了你的要求，那才是真正的无私），那样永恒，为了你的欢乐和幸福，我愿献出我的一切甚至宝贵的生命，我要用我的生命谱写一曲纯洁、无私、永恒的爱情之歌！

　　亲爱的静，我觉得我们之间是有许多相似之处的。我们的共同生活一定会是幸福美满的。我将以我温存的爱来无微不至地关怀、照顾、帮助你幸福地生活一辈子，不论是在你得意的时候，还是失意的时候，你的振华都是永远忠于你的。

　　我们在昆嵛山村的生活是多么和谐幸福啊！它永远留在我的记忆里。

亲爱的静，我希望和相信，春节咱们相聚时，站在你面前的将是一个你较满意的崭新的振华，希望我们相聚的欢乐，能驱散你心中的烦恼，而以愉快的心情，再回到工作岗位，开始新的生活。

亲爱的静，一颗赤诚的火热的心，能够融化南极的冰山！对自己心上人的纯洁无私的爱，也一定能够赢得他心上人心灵深处的最纯洁最宝贵的爱！

亲爱的静，我愿以火热的心唤起你对生活的向往和追求，我愿以我的生命换来你的欢乐和幸福！

静，我说过，我是个感情脆弱的人。信写到这里，我哭了几次，但我又是个受过磨难的意志坚强的人，我会努力实现我对你的许诺的。

衷心祝福我的静愉快欢乐康健顺利！

永远爱你的振华

1982年12月16日

亲爱的静：你好！

祝你元旦愉快，在新的一年里，一切顺利！

亲爱的静，看了你的来信，我很高兴。

你说要腊月三十到济南过春节，充分证明了你说的："我是把心上人放在第一位的。"说实话，当时我以为你是在激我呢。

静，我不希望你春节那几天在我这儿过，那我就太自私了，我怎么能让我一个人的幸福去换五个人的不愉快呢？要知道，爸爸、妈妈、弟弟、姥姥、姥爷是多么盼你回家过个团圆年哪，而我春节那几天还要加班呢！

王力波在1月23日回家。你看，要是在一月底来到济南，住一些天，再回家过春节，就挺好。你要在济南过春节，我心里是很不安的。你能在济南住几天，我就很高兴了。你把录音机带来，春节那几天，我会听到你对我说话和你那甜美的歌声，不也很惬意吗？

假期的事，看情况再说吧。

亲爱的静，妈妈给了我第一次生命，你给了我第二次生命，所以我要把整个生命献给妈妈和你。

我把你的愿望，看作我的第一愿望。

你所从事的翻译事业，我会从各方面给予你大力支持的。我相信你的才华，只要你努力，没有办不到的事。你需要什么，尽量让我给你买，因为这样，我会得到很多欢乐。

亲爱的静，我活着是要给你带来温暖和幸福的，只要能给你带来幸福，什么事我都在所不辞。走企业家的道路，也完全是为了你。在济南铁厂，虽然天时地利人和，但如果你不能到济南或淄博，那我就想办法到你身边。

　　合肥钢铁厂的高炉和我厂的高炉是一样大的，都是100立方米的。这样，我到合钢也不生疏。合肥钢铁厂的各项指标都比我厂差，而在落后的厂是容易出成绩的。不论到哪儿，我已树立的信念是不会动摇的。

　　亲爱的静，收到爸爸的来信有几天了，爸爸的语气很慈祥。

　　爸爸说，那么多钱不便于邮寄，等你回家带来。爸爸还说，我们现在还没有个归宿，如何安排还待我们研究。

　　最近看了几部电影，《人世间》《阴谋与爱情》这两部电影挺好。《人世间》我很欣赏。还看了国产影片《大海在呼唤》，跟《平鹰坟》差不多，主题思想不明确，胡编乱造，文不对题，看完了电影，我也不知道大海在呼唤什么？

　　你寄的书都收到了，我很高兴。我给你寄几本中篇小说，有《保尔与薇吉尼》《特里斯丹和绮瑟殉情记》《米佳的爱情》，前两本是世界名著，还有一本《时装》杂志、《大众电影》12期，还有两张画，一张是清代画家郑板桥画的竹子，你取的时候，注意小心一点，不要把画给撕坏了。

　　藏书章也取回来了，把它也卷在里边，一起寄给你，这方藏书章的石料非常漂亮，像一朵彩云，韵味无穷，我想你一定会喜欢的。

　　这个小邮包，必定会给你带来元旦的快乐！

　　亲爱的静，大后天就要过十五了，别忘了咱们的相会啊！

　　在那20分钟的时间里，我心里是极甜蜜幸福的。

　　静，如果外面太冷，你就别出去，但在那20分钟里，只能想我，而不要想别的，好吗？

　　亲爱的静，在节日里，我吻了你这个名字，你也给我一个吻，好吗？

　　你这次回家，我想办法买两瓶茅台酒带给爸爸和姥爷。

　　元旦愉快！

你的振华

1982年12月26日

第七章　怎么办

振华和徐静的爱情故事，可谓一波三折。

他们从1982年3月开始通信，互相引为知音，相见恨晚；及至8月见面后，徐静感觉"和你的信、照片对照不起来"，而大失所望，以及在蓬莱的"横挑鼻子竖挑眼"的指责，想把振华气走；振华都"坚定不移、毫不动摇"，一以贯之地忍让和对她无微不至地关爱，使徐静受到很大的感动，及在昆嵛山村，使徐静"感到眷恋和温暖"，感觉找这样一个老实的、爱她的人就可以了，因而由她定下了婚期；可是在济南火车站送行时发生了一件意外的事，成为他们恋爱关系破裂的导火索。

面对自己全身心地爱了近一年的未婚妻要"跑"，面对失恋的巨大打击，怎么办？

振华何去何从？他是在失恋中毁灭？还是在失恋中崛起？

在《北极光》的照耀下

振华：你好！

经过半年多的通信和近一个月的接触交流，现在我终于清醒了。

我坦白地说，你拨不动我内心深处这根爱情的弦！

我所谓对你的"爱"，常常是怜悯加屈服。你是一个好人，但好人并不一定可爱，世界上的事情就是这么奇怪。

我多次向你表示，我对你不爱，可每次都被你的固执和盲目的自信顶了回来。渐渐的，我也相信起你的话了，只要你爱我，就能使我有一个温暖的家，只要你爱我就够了。我就是这样接受了你的爱情，默认自己是你的未婚妻。

应该说我们有许多地方合不到一起去，这就是所谓的"存在决定意识"吧？

以前我对这一点的认识是不足的，没有把它估计得这么严重。因为我极少接触农村长大的孩子，对他们的了解，仅仅是从书本上、电影上的了解，这是很不实际的。

在我们通信的过程中，我很喜欢你，特别是你开始的几封信，很有哲理性，也很有水平。可是后来越来越熟悉，你写信也就越来越显露出许多农民意识，越到后来这种感觉越强烈。

不知你感觉到没有，后来我给你写信，就有些漫不经心了。

但是，我总是这样自慰，一个人具有美的灵魂，也就是说本质是好的，那么可以按照自己的意愿去创造他，使他成为理想中的人。我就是抱着这样的信念坚持下来，去济南见你的，见面之后也是靠着这种信念维持到分别前的最后一刻的。

但是，实践证明，"江山易改，本性难移"，这一切都是徒劳的，你再怎么改变，也不可能变成我爱的人。

在济南分别的最后的时刻，上帝又突然安排了那么一件意外的事情，它几乎摧毁了我整个的梦，这不能不使得我心碎，我真是绝望了。

一路上，我都在反复想这个问题，想我们两个人的关系是否还要维持下去？想得我头都疼了。想到你，心里总感到沉闷、沉重。

虽然我原谅了你，又拖了这么几个月，但我始终生活在痛苦的折磨中不能自拔。

近日看了一部长篇小说《北极光》，给我以极大的震动和刺激，使我顿然醒悟了，爱情应该是双方的，既然我不爱你，那么我们的结合能够使我幸福吗？又能够使你幸福吗？

我们毕竟不是仅仅为了要建立一个家庭才结婚，而更多的是为了精神上的需求，不对吗？所以，我决定要像陆芩芩那样，果断地结束这没有爱情的关系，不能再这样继续下去了，让我们都去寻找自己的幸福吧！

你是一个好人，请你尽快考虑个人问题，在济南找一个好姑娘，把我忘了吧！

祝你幸福，再见！

徐静
1983年1月12日

六安行

亲爱的静：

请允许我这可能是最后一次这样称呼你，但在我的心里将是永远这样称呼的。

如果我们结合，是否能成功？我是坚信通过我的努力是会成功的。

你也知道，为了你，我愿意抛弃我的一切，我的所有的爱都是属于你的，不管你是否爱我，我想一个人拼了命地想达到一个目的，是可以达到的。

除了对你的爱，我是没有爱再给别的姑娘的。你知道，我没有对你说过一句假话，所以我根本不能再害一个无辜的姑娘。如果我和别的姑娘结合，不用说，没有爱情可言，连起码的家庭安宁也是无法维持的。所以，你让我尽快考虑个人问题，那是不合适的。

如果咱们不能结合，那我独身一辈子是决不会改变的。

振华没有权利死，这是我对你说过的，他有义务使母亲度过一个幸福的晚年，也许他将随着这一使命的完成而离开这个浊世。虽然这是我的愿望，但我的确担心，我连这个最起码的责任也不能尽，我担心我会忧郁而死、病死或因绝食而死，这不是我所希望的。

正因为我担心有这种可能，我想尽快去六安见你一面。

亲爱的静，你放心，我说过，我会尽一切使你生活得幸福。你说过，我是一个好人，我绝不会伤害你，这一点你要绝对放心。而且我到六安，会尽量抑制自己，从容镇静，不会让别人看出什么。

我想和你谈一下，我们今后各自的打算或安排。即使作为朋友，你也有义务帮助我解脱。作为一个朋友，我想你不会拒绝吧？因为他可能活不了几天啦！对于一个可能要离开这个浊世的人的最后一个请求，只要有点人情味的人，都不会拒绝。

也可能你收到这封信的时候，我已经到了你那里。振华对生活还没有完全绝望，如果你不相信他而拒绝见他，那他将完全绝望了。

我再对你说一遍，我绝不会伤害你的。因为我爱你，你能生活得幸福，爱你的人心里也会是幸福的。

摆在振华面前的生活之路，可能是下面几条：

第一条，咱们明年元旦结婚。他将拼命学习提高，达到你对他的起码的要求，我想只要拼命是可以达到的。你也知道，世界上决不会有第二个人像我这样爱你。只要拼命，他在事业上和气质上一定会得到飞跃，我坚信通过我的努力，是能够给你带来幸福的。

第二条，你不是说你适于单身生活吗（当然，只要你能够得到幸福，遇到知己而结婚，我是支持的）？那么，我愿意拼命十年，当上了厂长，那时咱们如果能结婚的话，我是愿意拼的。

以上两条道路是振华所期望的。

第三条，振华不能和你结合，将独身生活一辈子，而且是和母亲一起生活。他将是一个超脱的人，脱离世俗的一切偏见，抛弃功名利禄，他将个人奋斗，致力于文学创作的神圣高贵的伟大事业。他达到一定水平后，将创作一部长篇小说，把振华一生不公平的遭遇、伟大母亲的一生，把振华一家善良的人们，通过文学的手段，描写出来，让社会了解，那他将死而无憾。我一定要达到这个目的！我想它的题材是前人所没有的，而且情节会很生动，我坚信我会获得成功！

振华不喜欢炼铁，他将可能是一个哑巴，不想对任何人说话，也可能他将得一种奇怪的病，而不能坚持上班，而一个人住在一间屋子里，致力于他的事业。

振华现在必须出去走一走，他决定先到六安看看你，再回老家，他想到蓬莱看看叔叔、阿姨。我决定要认你的爸爸、妈妈作我的爸爸、妈妈，我想他们不会拒绝。因为我是一片好心，根本不会伤害任何人。你如果能认我作你的哥哥，那振华一生就将很幸福了。

我想你将来如果碰到的是一个通情达理、心地宽厚的人，他是不会反对的。

从蓬莱回昆嵛，陪同母亲到南京过春节。

这是我短期内的打算，我现在必须和亲人在一起。

我将对任何人保密这件事，我也希望你不要告诉晓红、姑妈她们，我想你也别给你的朋友们写信了吧，你也做一个隐士吧，去致力于你的事业。

经过半年多的努力，我在各方面都有了长足的进步，一个人是能够改变的！

等到振华实现了他追求的目标，完成了他的使命，他的葬身之地，将是咱们讨论过的蓬莱阁东北面的深海底，他将安息在静的故乡，他的灵魂也是爱你的、属于你的。

如果振华经过奋斗实现了他的目标，振华则不枉此一生，他的一生是有意义的。

亲爱的静，其他的事，等我到六安后再商量吧！

你对别人就说我到合肥钢铁厂出差，顺便来看看你，或者说我是你的同学。

不知道说些什么，请原谅！

永远爱你的属于你的振华

1983 年 1 月 17 日

这是振华在1983年1月16日收到徐静的分手信后，回复徐静的信。

信寄走后，他就踏上了赴六安的旅途。

此刻，振华坐在济南至合肥的硬座列车上，眼光迷惘，思维混乱，神情呆滞，不知在想些什么？

16日上午10时，振华兴高采烈地从传达室取到了心上人寄来的信，兴冲冲地回到了宿舍，用剪刀剪开了封口，抽出信笺，想慢慢地享受这一顿爱情大餐。

可看了第一段，就感觉不对劲！

啊！徐静提出分手！

振华只感到头脑眩晕，眼冒金星，整个房屋也旋转起来，身体像飘浮在半空中，不能自控！

一会儿，王力波回来了，进门就嚷："准备好了吗？"

看着学兄躺在床上，没有回音，感觉很奇怪！再一看，地上散落着一封信，学兄的脸色煞白，两眼发呆，可把他吓坏了，这是怎么了？！

他抓住振华的手，摇晃着，呼唤着，终于把失魂落魄的学兄不知从哪个世界

昆嵛儿女

唤回了现实当中。

"唉！完了！"振华无可奈何地叹道。

王力波捡起地上的信，浏览一遍，愤怒地骂道："妈的，这个熊×徐静，太不是个玩意儿了！"

"妈的，这怎么办？咱中午不是还要请王主任和刘工长喝酒吗？那老刘是从市里直接就来了，现在也没法通知他们不来呀！这怎么办？"

啊！还有这回事！振华一下子清醒了过来。

是啊，昨天就跟老校友、车间王主任和一个炉子上值班的刘工长说好了，今天中午和力波一起请他们来喝酒。事到如今，也没有办法推了！

力波琢磨了一下，说："你躺着歇歇，也别太当回事了，没什么了不起的！妈的，三条腿的蛤蟆不好找，两条腿的人有的是！这么着吧，酒反正咱们已经买来了，我出去买点炸花生米、猪头肉什么的，再到食堂打两个菜，中午一起喝吧！娘的，一醉解千愁啊！"

快到12点了，王力波把买来的菜都摆在桌子上。

王主任和刘工长相继而入，满面笑容。

振华强压心头悲苦，也只得笑脸相迎。

振华陪着喝了几杯苦酒，也实在无法下咽。他们说的啥，振华什么也没有听到。好歹有王力波左右招呼着，把酒场继续进行下去。

看着他们有说有笑的，像针扎在振华痛苦万分的心灵上，又不能赶人家走，实在痛苦得受不了了，振华站了起来，把曾招待过徐静的高脚玻璃杯狠命摔在了水泥地板上，摔了个粉碎！

王力波还知道怎么回事，可把请来的两位客人摔懵了，这是怎么回事？！

这一摔，又把振华摔回了现实中来，看着他们愕然的神色，连忙赔礼道："哎呀，两位老大哥，实在对不起，就刚才接到老家来信，说老母亲生病住院了，我这一愁一急，就失态了！哎呀，真是对不住！"

一位老校友，一位同一高炉的值班工友，一听说这事，也回过神来了，纷纷安慰，表示如需要帮助，他们全力帮忙。

酒是不能再喝下去了，在王力波的一再劝说下，他们又吃了点馒头就告辞了。

怎么办？这种神情恍惚的状态，值班是很危险的。

如果下一个上料单，上错了料，造成炉凉或其他事故，可就惹大祸了！

炉前就是铁水沟、渣沟，1000多度的高温铁水，要是不小心踏进去，鞋和脚立刻就熔化了，是极其危险的！

王力波比振华小三岁，也没有什么好主意。

去一趟六安，见徐静最后一面，再说吧！

路费呢！由于招待徐静，又一起回蓬莱、文登，已经向厂里预支了三个月的基本工资，刚过去，不能再预支了。由于这几个月，扣去基本工资，只发夜班费、高温费等津贴，能对付日常生活也就不错了，哪里还有什么钱？

借吧！尽管这违背了大哥的意志，也实在没有办法了。

另一位老校友、总工程师张德传的爱人崔大夫，在厂医院工作，住在铁厂宿舍区。振华到医院找到她，看能否借100元，崔大夫爽快地答应了。

路费有了，又请好了假，振华一颗悬着的心，暂时放了下来。

给徐静写封信吧，表达一下自己的情感和以后怎么办，明天就去六安找她。

列车到徐州，上来一位年轻的解放军军官，坐在振华旁边的座位上。

一聊天，原来他叫胡守富，正在徐州86569部队63分队当兵，已担任连长。他这也是回家探亲，巧得是，他的家正在六安。

振华就向他打听83406部队35分队所在的位置以及怎么走？

他说："这个部队我熟悉，去也很方便。咱们在合肥换乘长途汽车，向西一个来小时就到了。在六安汽车站，他们部队有接人的卡车，你上去就到了。"

哎呀，这可真是"踏破铁鞋无觅处，得来全不费工夫"。好啊，这下放心了。已是下半夜了，闭闭眼迷糊一会儿吧！

列车在符离集车站停车时，上来几个卖烧鸡的妇女，这符离集烧鸡也是名闻全国的。振华于1981年10月在南京实习结束返回沈阳途中，李永镇教授就从这里买了一只烧鸡，还请振华吃，振华不好意思吃。这次机会不能错过了，买一只吧，也请徐静尝尝。

到六安已是18日下午了，胡守富把振华送上了83406部队接送人的汽车，并留下了家庭住址：六安地区马家巷园艺场，欢迎振华去他家玩。

到了83406部队大院，一打听35分队徐静，就有个军人把振华直接领到了徐静的宿舍。

徐静不在屋里，她的同学王银环和她一起分配到这里，两人共住一间屋。王银环正在看一本左拉的小说《金钱》。

原来这王银环是牟平县人，和文登邻县，还是老乡呢！

她倒了一杯水给振华，就出去找徐静去了。

等了一阵子，徐静和一位年轻的女军官一起进了房间，看徐静的神情有些忐忑不安。

振华一看，忙站了起来，徐静相互作了介绍，这位女军官大名叫程华夏，人长得很苗条，面相清秀，待人和善，给人很好的印象，是徐静的战友，也是她的领导。

程华夏寒暄一番，看没什么意外情况，就说："小王今天晚上就住在招待所吧，我去安排一下。"就告辞了。

此时，已到了吃晚饭的时候了，振华从包里取出了烧鸡，说："列车经过符离集时，买了一只烧鸡，这符离集烧鸡很有名啊，请你尝尝。"

徐静高兴地说："还亏了你买这只烧鸡来，要不然还真没什么好东西招待你。我再下点面条，凑合一顿吧。"

徐静把鸡整好了，放在盘子里。又用一个电热杯下了点面条。

振华勉强吃了点鸡，喝了点面条，就放下了筷子，两只眼睛看着徐静，心里就像打翻了五味瓶，酸甜苦辣咸，不是个滋味。

吃了点饭，大概也担心王银环回来，徐静说："走吧，咱们到招待所去。"随手抱了一床被子，振华收拾好新买的挎包，一起步出了宿舍。

这个部队的营房是建在山坡上的，各种树木和花坛、花圃，把营房装扮得像个花园。

顺坡向下走，到了一排平房前，徐静向管理人员要过钥匙，打开了房门。

徐静把被子往床上一放，说："这是我盖的被子，怕你冷，给你拿来了。"

此话像一股暖流，温暖了振华冰冷的心。

他坐在床上，抬起头，深情地注视着徐静，缓缓地说："这次来，没有给你发电报。前天收到你的信，晚上也睡不着，胡思乱想，给你写了一封信，昨天发给你了，估计明后天能收到。我现在心里乱得很，在单位也没法值班，来这里看看你，也许是见最后一面了。"

徐静说："这事也没有办法，我这个性格适合独身，而且咱们之间有很多合不来的地方，要是硬凑合在一起，我不会幸福，你也不会幸福。所以，你要想开一点。在济南见面时，我就跟你说过，'我要是你，就在济南找个靠山'。济南是个很有灵气的地方，好姑娘有的是，找一个结婚吧！"

"爱情我是不奢望了。我现在已经打定了主意，既然不用为了你而奋斗了，那么，我要走文学创作这条路。以我的个性特点，不适合走仕途，也不适合当企业家。而文学创作完全是个人的行为，通过个人奋斗，就能够实现自己的目标。"振华信心十足地说。

徐静叹道："这也很好，一个人，有自己的理想追求，不至于虚度一生。"

振华提议道："你看这样行不行？一呢，你不是说你要独身吗？如果我获得了成功，咱们就结婚，给我一点希望；二呢，今天是1月18日，定为咱们每年的通信日，互相写一封信，告知一下各自的情况。如果工作有变动，也要互相告知一下；三呢，我把你写给我的信都带来了，这些信先放在你这里保存着，我要是创作需要时，你再把这些信都寄给我。你看行吧？"

徐静思考了半天，回答道："第一条呢，给你点希望是可以，但一旦我遇到合适的人要结婚，你不能阻止；第二、第三条都没有问题。"

振华又说："你能获得幸福，我就感觉幸福。但你若是结婚，不用告诉我，我还心存一点希望为好。"

徐静又问："你在我这里的物品、书信，是否还给你，让你带走？"

振华伤心地说："就放在你这里吧，你要是结婚的话，销毁了也可以，但是信件要保存好。另外，伯伯给我画那张小画，是写着我的名字的，放你这里，你也不会挂着，要是结了婚就更不能挂了，我就带走吧。"

徐静说："行，没问题！"

沉默了一会儿，徐静又说："我们部队领导说了，要是直系亲属，在这里能住三天，要是同学朋友，只能在这里住一晚上，你看怎么办？我看你最好是从这里到南京你大哥那里住几天，也散散心，解脱一下。"

振华一听，也罢，既然分手了，多住也无益。就说："行，我明天上午就走吧，从合肥到南京去一趟。"

主要"业务"已谈完，徐静站了起来，伸出了手，说："好，这样你好好休息一下吧，这几天都没休息好，也够累的。明天早晨，我来叫你吃早饭。"

振华把放在袋子里的一捆信件，递给徐静，又叮嘱道："这些信你可要保存好啊，别弄丢了。"

徐静应道："没问题。"遂握手作别。

19日晨，徐静把那幅画轴带来了。

早饭之后，就把振华送上了开往六安接送人的班车。

六安这个地方，之所以有名，主要是因为这里出产著名的"六安茶"。

《红楼梦》里"栊翠庵茶品梅花雪"一回，就写道：妙玉捧茶与贾母，贾母说："我不吃六安茶。"这说明，贾母与妙玉的祖辈很熟悉，而且妙玉家待客习惯就是用"六安茶"。

在六安下车后，一看路边果然有很多卖茶的，外观是青茶。也不能太多讲究，既然要到南京，就买了两包茶，送伯伯一包"六安茶"喝喝吧。

买的票是下午一点半去合肥，还有点时间，要不要去看看新朋友胡守富呢？再一想，自己处于失恋当中，去了还要周旋，既不能给人家带去欢乐，还要给人家添麻烦，不去也好。

在合肥火车站，乘上了开往南京的列车，车上也没有座位，就在车厢连接处找了个角落坐下了。

在这个角落里难受地坐着，心里却打开了小鼓。琢磨这次去南京大哥处，有些难言之隐。去年夏天，大哥就不愿意我请假和徐静回老家；这次又因失恋而借钱去六安，大哥要是知道了实情，还不把我熊得狗血喷头啊！这也太没有出息了吧？！简直给王家丢人！

怎么办呢？就说到合肥钢铁厂出差吧，拐个弯来宁看看伯伯、大哥、嫂子。

由于事出仓促，也没有给大哥写信或拍电报。

列车到南京站，已是晚上九点半了。去大哥处也太晚了，影响伯伯休息，人家也没有准备，显得不礼貌。不管在哪儿，休息一宵，明天造访吧。

这次在南京住了五天，大哥、嫂子都上班，也不能陪振华玩。他白天不是看伯伯作画，就是出去转转，或到新华书店买点书。

心里还记挂着老朋友任明，但也不好意思再拜访了，见了面说什么呢？

听说中华门开放了，去看看吧。

中华门位于城南，在南京实习时经常从这里乘车，当时还没有开放。

这个建筑非常特别，不同于一般的古城门。中华门古称聚宝门，建筑形体像瓮，里边有许多屯兵洞，故称瓮城，是专门为抵御敌军攻城而设计建造的。瓮城工程宏伟壮观，结构异常复杂，是国内同类城门规模最大的一座，为研究古城建筑和兵法提供了珍贵资料。

回来的时候，振华从外边买了一盆水仙花。小瓷盆就像一个笔洗，水仙花球的四周用五颜六色的雨花石充塞着，水仙花郁郁葱葱，已抽出花茎，花蕾含苞欲放，在寒冷的冬天，尤其显得生机勃勃。

振华捧着水仙花，进了东南工学院教职工宿舍院白苑。一些人正在一座楼前，可能在等车，一看一个小伙子捧着一盆水仙花，信步而来，纷纷转头观望。

一位年轻女士还说："哎呀，这盆水仙花可真漂亮，送人可挺好。"她以为振华是捧着水仙花送老师的。

振华心想，这么好的水仙花，以前还没有见过，伯伯家的案头上已经有了一盆，这一盆我就带回济南了。

22日，在南京给徐静发去了一封信：

徐静：你好！这几天生活得好吗？

"过去属于死神，未来属于你自己。"

过去虽然你对不起我，但过错却在我这里，所以你不要难过。现在让我们开始真正的新的生活吧，让我们为了美好的未来而奋斗！

我是到六安后买的下午13点半去合肥的车票。在六安买了一只拉小提琴的小瓷猫，当天晚上九点半到达南京，为了不影响伯伯的休息，故在旅社住宿一宵。

我打算2月25日左右返回济南上班。

这几天很有收获，每天上午看伯伯作画，学到了很多绘画知识。所以，我决定每周用六天学习文学，用一天学习绘画和练习书法。

我对于艺术品的欣赏水平是较高的，也是懂一些绘画技法的，但我目前只能画一点速写。

伯伯在作画时，我提了两个问题，伯伯还是比较欣赏。一个是，我问伯伯画的月季花是一天当中什么时候的？

伯伯说："这个问题呀，宋徽宗比较讲究。譬如画猫，早晨的猫、中午的猫、晚上的猫，都不一样，冬天和夏天睡觉的猫，姿势也不一样。我画这幅月季呀，是早晨的。"

我说："伯伯，还真让我猜对了，我感觉这月季花的叶子和花都很脆生，像被露水滋润过的一样，显得生机勃勃。"

另一个是，我问："伯伯，是不是有的将画纸润湿了，而后再作画？"

伯伯回答："是的，而且有的是局部润湿。"

我想要伯伯一支画笔留个纪念，就跟伯伯说："伯伯，你的笔有没有不能用了的，送我一支，我放在笔筒里，做个纪念。"

伯伯就给我找了一支很好的笔，赠给了我，我感觉很幸运。

伯伯还说："你们什么时候结婚哪，我给你们作画。"

我说："现在还不好说，等确定了以后，我给我大嫂写信，请她跟您说一声。"

伯伯说："好的。"就又沉浸在艺术创作的氛围之中了。

徐静，请你回家过春节吧！

我给叔叔、阿姨去一封信，让他们不要谴责你，不要干涉你的自由。

我回去后，春节不休息，准备加班。

你回家时，是否到我处，有你的自由，振华永远不会干涉你的自由。

我在南京买了一盆高风亮节的水仙花，我想它将以它的怒放欢迎你的光临。如果你不到济南，我就把它的蓓蕾给剪了去，我一个人不欣赏它。

还买了一个会眨眼睛能出声音的非常漂亮的娃娃，她很像小时候的某个人。或者说，我就认为她是小时候的那个人，在她的身上，寄托着我的感情和希望。看到她，我会忘掉我的一切烦恼。

静，我要告诉你，现在我的一切，不是为了爱情，而是为了实现我的奋斗目标！我现在已经不奢望温暖的家庭生活。所以，你应当学会自立，能够独立地生活，由于事业的关系，在生活上我对于你的照顾可能会差一些，请你谅解。

静，我现在已经是一个超脱的人，他脱离了世俗的金钱、地位，脱离了低级趣味，他将不受任何人的左右，而朝着他既定的目标，百折不挠地前进！

我深信，世界上绝不会有第二个人比振华更纯洁、更高尚、更高贵、更心胸开阔，也决不相信世界上有第二个年轻人有他现在的气质、风度、修养！

对咱们之间的事情的处理，你是否对振华有一个重新的认识？

他说过，他有能力应付一切事情，他处理得怎么样呢？他软弱吗？他无能吗？

清傲、高雅、自信已经回到了振华的身上，他现在很痛快、很幸福，对生活充满了希望！

他希望你也鼓起精神，不要难过，因为通过这一冲突，我们成了真正的同志，这是值得庆幸的。

1月18日，让我们记住这一天吧！它才是我们真正新生活的开始！

今后的道路还是漫长的。我将用四年左右的时间打基础，自学大学汉语言文学专业的课程，我将对你谈我创作的初步设想、小说梗概。

要练笔的话，就以小说中需要的场景或人物练笔，用10年左右的时间来创作，用五年左右的时间修改。

要知道，这本书将是我一生心血的结晶，是我毕生的追求。它将由国家级或省级出版社出版，也可能成为一部世界名著。

徐静，以前我没有什么奋斗目标，只想毕业后过清傲高雅的生活，靠自己的技术吃饭，而选择企业家作为目标显然是错了，这不适合我的天性。

经过人生的这一挫折，终于选对了我人生的奋斗目标！

我相信我在文学方面是有天赋的，也是有创作灵感的，我坚信我的这一目标是一定能够实现的。

这几天我构思了许多奇妙的情节，春节你如到济南，我讲给你听。

如果将来你能和我结合在一起，这部长篇小说成功之后，我还可以写几部书。一部写农民生活的，一部写大学生活的，一部写工人生活的，一部写祖国的大好河山。

我有满腹的话要对你说，我为有你这样一个同志、朋友，能够与之交流我的思想而感到很欣慰。你为我做的第一次饭，就叫作"同志"吧，是很恰当的。

这次在南京买了很多书，如有兴趣，到济南请观看。

啊，振华！让他不负这伟大的名字吧！

祝愉快！

你的最可靠的同志 王振华

1983年1月22日于南京

柳暗花明

1月25日傍晚，振华踏上了从南京返回济南的归途。

上车找到座位后，从提兜里把水仙花取了出来，一看座位间的小桌很脏，就把一张报纸铺在上面，把水仙花放在靠窗户处。然后，在靠窗户的座位上坐下，从挎包里取出一本《中断的友情》来看。

对面坐着一位中年妇女，旁边坐着她的女儿。大概振华一来到这里，她就看着他忙活，看着忙活完了，她赞叹了一句："哎！你带来了文明。"

振华听了，抬头看着她，微笑着说："谢谢您，这是您女儿吧，这么可爱。"就又低下头看书了。

第二天返回厂里后，晚上又给徐静写了一封信：

徐静：你好！

上信收到了吧？我于今日中午回到济南，准备上班。

我已初步拟定了我今后的作战方针，你若能来时，咱们共同商量一下。

上信说了一句不完整的话，现把它说完全：我的一切不单纯是为了爱情，但是有了爱情，可促进我的事业早日成功！

没有你的爱情，我会像苦行僧一样的奋斗；有了对你的爱情，我可以在爱情的幸福中奋斗。

总之，我坚信目标是一定能够达到的。

我从来没有在你的面前说起过那个人，这是第一次也是最后一次。

说实话，在去六安之前，我始终觉得不如那个人，但现在我觉得我已经远远超过了他。

天才吗？什么叫天才，勤奋就是天才；聪明吗？我在农村劳动了两年半，一举考进东北工学院，而他却考了个莱阳农学院；气质风度修养吗？我深信世界上现在没有第二个年轻人可与我比拟。

在气质风度修养方面，我觉得我经历了三个阶段：第一是大学阶段，第二是毕业后这半年多，第三阶段是离开六安后的这些天。

这三个阶段，是由量变到质变的升华！

在南京，我不凡的气质，潇洒的风度，高深的修养，得到了大家的喜欢。

但是，这主要是由于我已经超脱了世俗，而且你对我的一些要求，我也尽力注意改过，亦占部分。

我同那个人的不同在于，他野心大，为达目的不择手段，不惜牺牲他人的生命和幸福；而我则清傲高雅，喜欢过世外桃源样的生活，我从来不伤害人。

这是我们本质的不同！

在南京，由于大哥抽烟，陪着他抽了几颗。

大哥抽烟，大嫂管不了。

大哥说："男子汉大丈夫怎么能被女人管呢？"

这真是男子汉的豪言壮语，如果毛泽东被江青管住了，也就绝成不了伟大的领袖！

这次在南京买了一些物品，希望你来看看我新布置的房间。

你如能来，请拍电报给我，我去接你。你若能来，住几天随你的便，我赶你回家过春节。

你如果没写信给晓红的妈妈，那就去看看她，感谢她介绍我们相识，并成了人生旅途中最好的朋友。

我深信，我们会在共同事业的奋斗中生活幸福的。

王力波已回家过春节去了。

有好多话要说，暂搁笔。

你的最可靠的同志、最忠实的朋友　王振华

1983 年 1 月 26 日

振华回厂后，已上了几天班。

1 月 30 日这天，下了大夜班，换下工作服，洗漱完毕，正躺在床上看着书，准备睡觉。

忽然听到敲门声，打开门一看，竟是徐静站在面前！

哎呀，这可真是喜出望外呀！

进得屋来，徐静说："我不忍心让你把水仙花蓓蕾剪了去。所以，这次回家休探亲假，顺道来看看你。"

振华一听，大为感动！忙把窗台上的水仙花搬到了小书桌上，说："你看看，已经含苞待放了，巧得很，今天早晨正好开了第一朵，原来是欢迎你大驾光临哪！"

在工厂简陋的职工宿舍里，这样一盆生机盎然的水仙花，确实是蓬荜生静，光彩照人！

徐静默默地看着这盆水仙花，闻了闻，说："这花真香啊！"

又若有所思地说："我下了车就奔你这来了，火车是今天晚上七点多到烟台的，还没有签票。"

振华说："那不要紧，你能来看看我，我就很高兴，很满足了！你坐这一晚上火车，有卧铺吧？我看你也挺憔悴，要是累了，就先在这儿睡一觉，歇歇。中午咱们吃了饭，就去市里签票。"

徐静说："行啊，可你怎么办呢？"

"你在我这个床上睡吧！王力波回荣成了，我在他床上看书也行，到厂图书室去看看书也行。"振华答道。

徐静又说："你就别出去了，在这看看书吧，也说说话。"

振华说："行，你还洗洗脸吧？我给你打水去。"

"好。"徐静应道。

振华拿着脸盆，到水房打了小半盆水，端了回来，又从热水瓶里倒了些开水。

徐静从包里取出毛巾等物品，洗了脸，抹点护肤霜，梳梳头发，一位年轻女军官的形象顿时鲜亮起来。

振华赞叹道："你这一梳洗，漂亮不少啊！"

徐静自负地说："那是，一天一个样！"

中午吃饭时，振华到食堂打了两份菜，又买了点香肠等肉制品。

这回可是没有梨酒了，吃点饭吧！

原来，去年8月份，徐静来的时候，振华遵照她的意愿，买了一瓶"梨酒"，徐静喝了一点，就一直放在宿舍里。

振华这次从六安回来后，看着这酒就来气！梨酒，离酒？要不是徐静喝了这破梨酒，说不定还离不了了呢？就把这瓶剩下的酒，拿到了野外，狠命地往石头上一摔："妈的，去你的离酒，什么酒不好喝，偏要喝离酒！"

吃完了饭，振华用玻璃杯沏了两杯茶，端给徐静一杯，说："这是我这次买回来的'六安茶'，不知你喜欢喝不？《红楼梦》里面妙玉家里就喜欢喝这'六安茶'，你尝尝吧。"

经开水泡了一回，这茶杯也就显现出了色泽，绿油油的，再加清香四溢，也很诱人。

大概由于振华已断绝了婚姻之念，也就用不着为讨好徐静而低三下四了，再加以心中树立了远大的志向，"腹有诗书气自华"，显示了一个文人雅士的清高孤傲的本质，显示了男子汉的风度，也令徐静刮目相看。

这人也是奇怪得很，你越是对她好吧，她越是瞧不上你，对你横挑鼻子竖挑眼，把你贬得一文不值；到你对她只有客情、友情时，她反而觉得你可敬，也就尊重许多，热情许多。

喝着清香而略带苦味的"六安茶"，大概也温暖了徐静的心，说话友好多了。

反正振华感觉，她这次来，不大可能仅仅是为了不剪这水仙花蕾吧？或许有别的原因，是她想和好吗？

那么，倒要试一试，看她什么态度？

振华眉头一皱，计上心来。就说道："我想，咱们毕竟好了一场，在六安分别时，仅仅握了握手，我一直感觉很遗憾。你这次能来，我太高兴了，能不能再让我拥抱你一次，就算分手，也让我高高兴兴的？"

大概是"吃了人家的嘴短"吧！徐静一时语塞，低着头不出声。

振华以为，沉默就表示默许，此时不行动更待何时？

……

根据科学研究的结果，女人对男人的感情，就像水龙头。她对你好的时候，水龙头就打开了，任凭感情之水哗哗流淌；一旦到了无情、绝情之时，她就把感情的水龙头一关，滴水不漏，这是毋庸置疑的。

据此，振华判断，徐静此行，对自己还是存有感情因素的，所以才允许自己对她的爱抚，也就是她爱情的闸门还没有完全关死。那么，就还存在着希望。

济南到烟台的火车，在历城站停车。

振华把徐静送到济南站，找到了卧铺车厢，又在车上陪着她，一直到了历城站。

下车时，振华又嘱咐她："到家了给我写信哪！"

徐静在车厢门口挥了挥手，说："好的！你回去还要上夜班，注意安全哪！"

振华点点头，挥着手，看着列车关上了车门，一声汽笛，响彻夜空，列车缓缓地启动了，载着徐静，向黑暗中驶去。

这几天，振华感到非常兴奋，又感觉莫名其妙，好像怀里揣了个小兔，活蹦乱跳，又恰如十五个吊桶打水，七上八下的。

这一天，终于收到了徐静从蓬莱寄来的信：

振华：

你好吧？分别后你回去做了些什么？

你在盼我的信吗？第二天上班了吗？

家里准备在年前给你寄点花生，这是他们的一点意思。

你在南京给我写的信，我带了回来。这两天给我爸爸打毛裤，有了思考的机会。我想了很多、很多，但却不知道怎么样写信才好。

这次在济南见面，时间很短，你给我的印象不错（指开始时和送我走时），不知为什么会这样，我自己也很奇怪。

振华，我不想多写了，我思绪极乱，心情也不好。过几天看看，争取春节让你收到信吧！

你如想写信，就写吧，不必克制自己。

你说我信中错别字很多，以后看到的，或你以前记住的，给我指出来好了。

你有这三字："克、刻；做、作；既、即"分不大清，请你注意！

花生有一袋熟的，一袋生的，袋子上有标记。

今天我去寄，和信一块寄给你。

还有一事，你花钱不能像流水一样，要节约。

徐静
1983年2月1日

这封信让振华太兴奋了！这不是要恢复关系吗？！

振华拿出搞科研的劲头，来研究这封信。

短短的一封信，包含着诸多的信息。有几点是尤其值得特别注意：

一是"家里准备在年前给你寄点花生，这是他们的一点意思"。这不是十分明确地表明了徐静的父母仍然同意我和他们女儿的婚事吗？！

二是"这次在济南见面，你给我的印象不错"。这不是十分清楚地表明徐静对我态度的转变吗？

三是"你在盼我的信吗？""你如想写信，就写吧，不必克制自己"。这不是明确表态，还希望我一如既往地爱她吗？！还希望我给她写信！

四是"你花钱不能像流水一样，要节约"。不是恋人关系，不是准备结婚的情侣，谁管你这些闲事?!

五是"今天我去寄（花生），和信一块寄给你"。这表明她同意父母的"意思"，才亲自去寄的。

六是"你给我的印象不错（指开始时和送我走时）"。她不满意的地方，就是她默许之后那六个点，她也没有反感的表示啊！如果她略一抗拒或不愿意，还会有那六个点吗？这不是她允许我表达对她的爱吗？一个女大学毕业生、年轻的女军官，如果不是恋人关系，她能允许你如许轻薄吗？

七是"不知为什么会这样，我自己也很奇怪"。这表明，她对我的认识是在潜意识里向好的方向转变。

八是"你从南京给我写的信，我带了回来"。如果已经彻底分手，两无牵挂，那么，这样的信，看过之后，随手就可以扔到垃圾箱里，没有必要探亲时还带回老家。这说明，她心里还是有点恋恋不舍的，不是能完全放得下的。

九是"我思绪极乱，心情也不好"。说明她心里还有一些矛盾，需要从根本上解决。

十是"过几天看看，争取春节前让你收到信吧！"这表明，经过几天的思考，她将解决心里的矛盾，春节前写信给我以明确的答复。

哎呀！如此细密深入地解剖分析研究了徐静的这封来信，可谓"格物致知"了。

振华不由得心花怒放起来，自己心爱的人，就要重新回到自己的身边了。这可真是"山重水复疑无路，柳暗花明又一村"，也是好事多磨啊！

心情好了，看着这个世界是那么美好，看着工友们是那么亲切，看着陌生的人也觉得是友好的！

这封信是1983年2月1日（阴历腊月十九）写的，信中说春节前再让振华收到一封信，想必是最后的答复了！离大年三十还有十天！就将最后决定振华的命运！

"笑意写在脸上，哼哼一曲乡间小唱"，振华不管是上班，还是下班，眉头舒展，心头舒畅，感觉未来是那么的美好、幸福！

楼台会

时间在一天天过去，振华的心情也越来越紧张、焦躁！

振华回厂后，就没有休过班，炼铁厂的高炉是连续生产，春节也不能停。

大年三十这一天，振华不知跑了多少趟传达室，都是失望而归，弄得传达室彭师傅也感觉很奇怪。

过春节，大家都非常高兴。可振华这个春节过得真是难受，如坐针毡，坐立不安，有如煎熬，不知怎么过来的。

到了正月初四，振华实在受不了了，就给徐静爸爸的通信地址：蓬莱县人民武装部，拍了一封电报："静安否？速回电！"

不管怎么样，是出了什么意外吗？总该回电吧？可是没有！

初五也没有收到回电。

振华直觉到事情有变，大事不妙！

初五下午，又发一电："我初六上午到达蓬莱。"

电报发走后，又向炉长请了几天假。

这请假的理由也够愁人的，刚因母病请了假去六安，这回怎么说呢？只好说母亲又病重了，让回去看看。这天大的事，炉长还能不准假吗？

请好了假，接着就赶往济南火车站，就乘徐静坐的这趟车，心急火燎的，就嫌这火车开得太慢了。

这一路上，头脑里仍像是灌了糨糊，理不出个头绪来，昏昏沉沉的，迷迷糊糊的，窗外是一片黑暗，心里也是一片黑暗。

"黑夜给了我黑色的眼睛，我却用它寻找光明。"顾城的这句诗多好啊！多么希望，在黎明到来的时候，当旭日升起的时候，我也能够在蓬莱阁普照楼的"普照"下，也寻找到光明啊！

列车在黎明前的黑暗中，驶进了烟台站。

下了车一看，毁了！狂风夹杂着暴雪，横扫烟台大地！

今天是见不到徐徐升起的朝阳了，也不可能沐浴到旭日的光辉了！不祥之兆啊！

天光还早，去蓬莱的早班客车估计不会这么早就发车，这么早就到人家里，恐怕也不大好。先找个地儿，吃点早餐吧，也稳定一下情绪。

客车抵达蓬莱汽车站，已是九点多了。

下得车来，风雪似乎更猛烈些了！

此时的振华却没有海燕那种勇敢的搏击暴风雪的精气神了。

举头望西北，蓬莱阁隐藏在暴风雪当中，普照楼更是不见了踪影。

从汽车站出来，向南走去，过不几条街，就是父子总督、母子节孝牌坊的戚继光住宅的这条著名的牌坊街。

在这条街上走着，思考一下怎么办？

唉！是福不是祸，是祸躲不过，车到山前必有路，随机应变吧！

到了徐静家的院子里，那条大黄狗倒是还认识振华，摇头摆尾地向振华表示欢迎。

阿姨在灶房里忙活，听到动静，就打开了屋门，面色凝重而无喜悦之色，把振华让进了屋，她就在外间继续忙活，不再照面。

正屋里，徐叔叔正和他老泰山在炕上玩一种最简单的游戏。

在一张纸上纵横各划五道格，用带壳的花生当棋子，大概是看谁能最先把全部棋子按规定走法跳到对方底线上。

振华把带来的两瓶茅台酒从挎包里拿了出来，说："叔叔，这大年下，给您和姥爷带来了两瓶酒。"

叔叔接了过来，客气地说："你看你又花这么多钱干什么？你坐坐，徐静一会儿就回来了。"

振华在地上的凳子上坐了下来，叔叔和他岳父继续下棋，也不再和振华讲话。

振华表面上看他们下棋，脑子里却飞速地旋转着，思考着。

振华的第一感觉就是：没有希望了！

否则，他们不会如此冷漠，多一句话都不说！

如果是独生女的未婚夫、未来的姑爷来了，这是娇客驾到，那还不笑脸相迎、热情接待？

正在这里胡思乱想，徐静从大门外风雪仆仆地推门而进，一股冷风也乘虚而入，带进来一股寒气，令振华浑身一哆嗦。

她妈妈在外屋和她低声说了一句什么话，她往房门口一站，双眼射出两道凛冽的寒光，说了一句："你来！"

振华站了起来，提起了挎包，对炕上玩棋的人点了点头，就跟着徐静上了二楼。

二楼的陈设依旧，只是人心变了。

在那张准备结婚用的很漂亮的圆桌前，对面坐下。

徐静恼怒地质问道："你来干什么？"

"节前你寄的花生和信，我都收到了。你信中说春节前再给我写一封信，可等到初四也没有收到，我担心你出什么事了？初四发了一封电报询问，初五也没有回音。所以我来看看，你是不是病了？"振华嗫嚅道。

"你才病了呢！我看你病得还不轻！已经明确了分手，还来干什么？！"徐静怒吼道。

唉！该来的终于来了，那些幻想在严酷的现实面前立时碰得粉碎！

振华一时无言以对，坐在那里垂头丧气，双眼又不争气地渗出了泪花。

徐静一看，五毒攻心，气不打一处来，怒斥道："你看看你，浑身上下全是女人气，说话、表情、动作全像个女人，还有点男子汉的气概吧！你呀，我算看透了，小泥鳅翻不起大浪啊！哭哭哭！就知道哭！哭顶个屁用？！"

在你家里，随你训斥吧！

振华来了个"徐庶进曹营——一言不发"。

他擦干了眼泪，抬眼望着她。心里暗想：这人的差距怎么这么大呢？不就是十几天前，你还专门到铁厂去看我呢！相处可以说是很融洽和谐，还给我寄花生，让我写信，怎么转眼之间，就翻脸无情呢？！这是怎么回事？

振华在那里闷坐着，百思不得其解。

突然，像一道闪电划破了夜空，也电击了他的全身，他浑身一激灵，一个念头从脑海深处冒了出来：她肯定是和前男友恢复了关系！

找到了答案，振华也就慢慢地平静了下来。

干脆挑明了吧！总得有个结果啊！如此这般下去，还不把人折腾死？！

振华两眼逼视着她，缓缓地问道："你是不是和那个人恢复了关系？"

徐静一愣，但旋即就两眼一瞪，怒视着振华："你胡说八道什么？我和谁恢复了关系？"

振华一看她矢口否认，就低声道："我只是有这种感觉罢了，没这事那更好啊！这样我还有点希望！"

"你那希望也渺茫得很哪！"徐静冷笑道。

振华无奈地叹了口气："渺茫就渺茫吧，有点希望就比没有好。我再重复一遍在六安说过的话，如果你选择了独身，若干年后，如果我获得了成功，你就嫁给我，你答应吧？"

徐静沉吟半晌，始言道："我答应你，我给你这点希望。但是，一旦我找到了合适的人，你不能干涉我结婚！"

"这个没问题。还像我说的，你结婚不要跟我说，我也不打算送你什么结婚礼物。我再提以下几点要求，有的是重复。你答应了，我立马就走。"

"你说说看吧！能答应的我尽量答应。"

"一呢，这个18号确实是个特殊的日子，1月18日我赶到了六安，2月18号我又来到了蓬莱。我们就约好了，每年1月18号，互通一封信，通报一下各自的基本情况，做到胸中有数。如果调动了工作，随时通知。"

"这个没问题。"

"二呢，你把咱们两人的信件保存好，我创作需要的时候，你都寄给我。"

"这不可能了，已经让我烧了。"徐静说。

振华一听，热血直往上涌，气得满脸通红，一拍桌子站了起来，怒斥道："你说什么？！你再说一遍！在六安你答应得好好的，把信件都保存好，在济南，你也没说已烧了，人说话要有信用！"

徐静被振华这气吞山河的气势镇住了，她这才领略了这个人的男子汉气概！原来他还真是个爷们儿，并不是个女人！

她一看，振华真被激怒了，气恼了，若继续把他气下去，把他气疯了，做出意外的举动，可就不大好收场。

遂缓和道："我回去就把它烧了。"

"哦！还没有烧啊！"

振华这才又坐了下来，义正辞严地说："人活在世上，说话一定要讲信用。一个人言而无信，在这个世界上将无立足之地，早晚要倒大霉。我希望你信守在六安许下的诺言，把信都保存好！"

"我好好考虑一下吧！"徐静无奈地答道。

"三呢，咱们虽然分手了，但是也都留点念想吧！有些物品就放在你那里，你送我的一些东西就放在我这里。如果你找到了男朋友，你可以把那些物品毁掉，没必要跟我说。"

"既然分手了，就一清二楚，留什么念想？！"徐静冷峭地说。

"你找到了男朋友再说吧！没必要那么急。我要说的主要事都说完了，希望你信守诺言，特别是那些信，绝对不能烧，否则，后果自负！"

两个人都陷入了沉默，没什么话可再说了。

"再就是，你这次休假，什么时候回六安哪？"振华又问了一句，打破了沉默。

"我打算22号从家里走。"

"那太好了！我这次请了一个星期的假，我准备到烟台，在晓红家里住几天。这样，我给你买好票，22号晚上咱们从烟台一起走。"振华又痴心地提议道。

"买票不用，我也不一定那天走，你走你的，不用管我。"徐静推辞道。

"那好啊，我也不上烟台了，就在这儿住几天，你哪天走，我就哪天陪你走！"振华慢悠悠地呷了一口茶，摆出一副"任凭风浪起，稳坐钓鱼台"的架势。

看着振华这副"死猪不怕开水烫"的模样，恼怒得徐静气不打一处来，终于触动了她那根暴怒的神经，就像是导火索引爆了炸药，气得徐静从椅子上蹦了起来，狂吼道："无赖！滚滚滚！立刻就滚！"

振华被她的一片"滚滚滚"之声惊呆了，吓得魂飞魄散！大有"闻此声可以使人之血凝而不流"之态，似乎呼吸也停止了，整个人就是傻了！呆呆地望着她，也出不来声。

徐静一看，这个野小子居然对我女皇的旨意无动于衷，这不是蔑视我、羞辱我吗？！

气得她怒火越烧越旺，用手指着振华的鼻尖，连连吼叫："无赖！无赖！滚！滚！滚！立刻就滚！"这吼声就像卡秋莎火箭炮一样，万炮齐轰。

看着振华还是没动静，她继续怒吼："混蛋！混蛋！滚滚滚！马上就滚！立刻就滚！"

振华两眼直勾勾地呆坐了半天，才缓过气来，血液也恢复了流动，他迷茫地看着徐静，这个他曾经爱过的女人，叹息道："你消消气吧！气大伤身哪！我肯定是要滚的，只要你答应我在烟台等你，我立刻就滚。"

冲冠一怒，大概损毁了徐静女士不少的细胞，消耗了她很多的卡路里。

发泄完了，她也没劲了，颓然地一屁股坐在了椅子上。

面对这么个无赖之徒，赶也赶不走，徐静算是没辙了。

大概她也有点害怕了！

看振华这状态，似乎很不正常，刚才像是休克了，眼珠都不会动了。要真是把他气出精神病来，不能走了，可就麻烦了！

徐静毕竟是军人出身，深通韬略，三十六计更是精通。硬的不行，就来软的。

她眉头一皱，又一计上心来：明修栈道，暗度陈仓。就放低了声调，轻声说道："你这个人哪，真拿你没办法！行啊，我22号下午到晓红家去，晚上咱们一起走。"

振华看她答应了，高兴地说："那太好了，我在烟台玩儿天，等着你。这样我就马上滚到烟台去。"说着，站起身就要告辞。

徐静一看，又于心不忍，挽留道："到吃饭的时候了，你吃了饭再走吧！今天巧得很，家里给我弟弟定婚。他那个对象，你也见过，挺好的一个小姑娘。她的父母也过来，估计已经到了。"

振华一听，颇有感触。遂叹道："哎呀！今天这个日子，奇怪得很，弟弟要定婚，姐姐要离婚！"

徐静一听，又恼了，斥责道："你胡说什么？胡说八道！"

振华一笑，不吱声了。

吃饭吧！定婚宴席，倒也挺丰盛。

徐静的弟弟成了专职服务员，楼上楼下，跑来跑去，送上来好几个菜，又送来一瓶葡萄酒。

幻想也破灭了，压在心头的巨石也抛到深海沟里去了。

既然如此盛情款待，就饱餐一顿吧！这些天就没有好好地吃过饭。

一会儿，酒足饭饱。

振华拿着这个喝酒的杯子，晃了晃，说："这个酒杯送我做个纪念吧！"

徐静叹道："唉，这可能是一套上的，不过你要喜欢，就拿去吧！"

就拿了几张纸，把杯子包了起来，送给了振华。

振华接过杯子，放进了挎包，把挎包往肩上一背，说："我走了，就不跟叔叔、阿姨告别了！"

"行啊，我送你到汽车站。"

下楼梯时，振华向正屋炕上瞄了一眼，不少人正在推杯换盏，喝得满面通红，喜气洋洋。

振华遂快步走过灶房，推门而出。

刚来到院子门口，徐静的爸爸冲了出来，也不好说什么，握了握手，对徐静说："你骑着自行车，送送振华。"

徐静推出了自行车，振华边走边回头，向叔叔挥了挥手。

徐静骑上了自行车，说："上来吧！"

振华就坐在了自行车后座上，向汽车站而去。

到了汽车站，正好赶上一班开往烟台的汽车，马上就要发车了。

振华匆忙买了票，脚已踏上了车门踏板，徐静在后边说："你不要等我，我从蓬莱到莱阳坐火车走！"车门随即就关上了！

汽车载着愕然的振华，在轰轰的发动机启动声中，驶离了蓬莱这块伤心之地。

遥望车窗外，徐静的身影越来越遥远了，变得越来越渺小了，直到看不见了，消失了！

梦醒了

烟台市广仁路46号大院，有前后两栋二层的楼房，中间是一个院落，大门向南，就开在南边楼房的中间。

这套楼房是烟台开埠时期建造的，约有百多年的历史。大院后边十几米就是大海，环境非常好。

振华刚进了大院的南门，就被姑妈看到了，热情地招呼道："哎呀！大老华子来了，快进屋！"

晓红妹妹毕业后分配在武汉南望山34502部队工作，这次春节没有回来。在兰州大学读书的晓霞妹妹回来了，姑夫也在家里。

喝着晓霞妹妹沏的龙井茶，抽着姑夫的高级香烟，振华冰冷的心也慢慢地温暖了过来。

姑妈全家还以为振华和徐静的事情进展很顺利呢，问结婚的事准备得怎么样了？姑妈还给准备了一套高档餐具做侄子的结婚礼物呢！

这怎么说呢？振华感觉很难启齿。反正要在这儿住几天，慢慢地渗透吧，时机成熟了再全面汇报，别把有高血压病的姑妈气坏了。

晚上，姑妈做了几个好菜，喝着小酒，聊着家常，聊完了晓红，再聊晓霞，再就轮到聊振华了。

听完了全面汇报之后，特别是根据徐静这次到济南及之后的寄花生和她的信，以及这次到蓬莱徐静和她们全家的反常态度，还有振华的猜测，姑夫根据各方面因素，进行了一番综合分析，得出了准确的结论："在她到济南和她家给你寄花生和她写信时，她和她们家还没有最后决定是否要和你分手。就是春节这几天，徐静下了决心要和你分手，她们家父母也没办法，管不了她。徐静和她的前男友必定是恢复了关系，毫无疑问！说不定，今天中午她弟弟的定婚宴席，也是要请她男友到场的。估计你昨天下午发的电报，她很可能是今天早晨才收到的。你来了，她男朋友自然就不能来了。所以，她早晨接到你的电报后，就去通知她男友不要来了。要不，这么大雪天，她出去干什么？你来就已经搅了她们的好事，你还想在那儿住几天，她自然要恼怒万分，要让你'立刻就滚'了！"

哎呀！真是醍醐灌顶啊！这一番真知灼见，可谓拨开云雾重见天日，失恋大事尽收眼底！振华对姑夫的智慧算是服了，这个推理、判断，令人十分信服，不愧是海军总部出来的军官，确实是飞机上挂暖瓶——高水平啊！

姑妈歉疚地说："你看看，我办了这么个事，也没办好，过去了也就过去了吧，吸取教训吧，不要老放在心上。要向前看，对象还是要找的，好姑娘哪儿都有，最好就在济南找一个，也没那么多麻烦。"

晓霞也劝道："哥，我看你呀，适合找一个温柔贤惠、心地善良的姑娘。至于学历，倒是次要的，不一定非要找大学生。你看有个著名作家就说，女初中生，要找男高中生；女高中生，要找男大学生；女大学生，要找研究生；女研究生，一定要找老外。男的学历比女的高一些为好。这样，女的对男的有一点崇拜感。"

徐静是不可能来了，晓霞陪着表哥玩了几天，散散心，排解了不少郁闷。

在姑夫的指点下，振华这场噩梦终于醒了，他也清醒多了。

一旦没有了爱，也就摆脱了那种对偶像的崇拜感，而能够从新的视角去认识徐静，她就没有那么好，也没有那么可爱了，而且她的很多缺点，也立刻就显现了出来。

更重要的是，自己不能再被她愚弄，再被她当猴耍了！

到了彻底断绝这个畸形关系的时候了，也没有什么可留恋的了。

振华就提笔给徐静写了一封绝交信：

徐静：

在你一阵阵"滚滚滚"的狮吼声中，我离开了蓬莱。

我始终疑惑，在这么短短的几天中，怎么会发生这么大的变化？怎么会这么翻脸无情？特别是你父母，几天前还让你给我寄花生，表达意愿，现在竟一句话也不说了。

我断定其中必有隐情。

我曾当面问你，是否和前男友恢复了关系，你矢口否认，说我胡说八道。

我上了车，你又说不到烟台了，更引起了我的怀疑，我决定一定要弄清楚事情的真相。所以，就在离蓬莱不远的八角汽车站下了车，又潜回了蓬莱。

苍天不负苦心人。就在我冻得瑟瑟发抖，快站立不住的时候，终于看到了你和你那位风流倜傥的白马王子、未来的国家总理，祝福你早日成为总理夫人！

现在我明白了事情的真相。

实际上，你在千方百计、想方设法与前男友取得了联系之后，立刻就给我写了绝交信，以作为恢复关系的前提。

但那时候，能否恢复关系还很难说。因为你父母就不喜欢他，你也做了两手准备，如不能恢复关系，就和我好下去，所以家里又寄花生你又寄信；如果能够恢复关系，就和我彻底断绝关系。

现在，你们恢复了关系，这是你的自由。

但是我不愿意再被人欺骗，再被人愚弄，再被人当猴耍了！

是可忍，孰不可忍！

噩梦彻底醒了，现在到了应该彻底结束这段畸形关系的时候了！

你那点渺茫的、可怜的、骗人的希望，你自己留着吧，留着做你的总理夫人梦吧！王某人已经用不着了！同时要求你信守诺言，把咱们两人往来的书信尽快全部寄给我。

否则，一切后果自负！

永别了！

一个被欺骗、被侮辱、被伤害的人　王振华
1983年2月20日于烟台

回到济南后，振华感觉上封信还不足以泄心头之愤，不足以表达他内心的憎恨之情，又用在蓬莱时徐静送他的那支红色圆珠笔，写了第二封绝交信：

徐静：

你不但毁灭了我可能获得的爱情的幸福，而且你还破坏我唯一的文学创作事业，为此，正义将要惩罚你。

王振华要不使你徐静身败名裂，他就不姓王。

你大概今年就要做"总理夫人"了吧？

祝贺你呀！我明人不做暗事，可能老天不会让你做得成！

你虚幻的追求，就注定了你命运的悲惨！也决定了你的一生，必将一事无成！

当翻译，笑话！那不过又是你骗人的花招罢了！

我对你有了一点粗浅的认识，你是一个极虚荣、极虚伪、嫉妒心极强的人；你学识浅薄得可怜，但是你却披上了一张伪装得并不很高明的画皮！你清楚，如果撕下了这张画皮，你将可怜地剩下了什么？

你自私自利，翻手云覆手雨，说过的话，就像体内放出的某种气体。

为了你的利益，不惜牺牲他人一生的幸福乃至宝贵的生命！

你极会含蓄地吹嘘，你深谙怎样才能获得男子的欢心，怎样控制男人，你明白怎样在现实社会实现你的不可告人的卑鄙目的，你的内心世界肮脏得见不得人。

在蓬莱的最后时刻，你曾连吼三遍："滚滚滚！立刻就滚！"

这还有点人性吗？你就是这样一个道德败坏、丧心病狂、毫无人性的家伙，是一堆不齿于人类的臭狗屎！

实际上，不能不说是我原谅了你的一切，为了使你生活得幸福，我愿抛弃我的一切，但是我爱错了人！

正义将要惩罚你！

复仇天使　王振华

1983年2月23日

华夏之声（上）

王振华同志：你好！

在一个特定的条件下，我有幸看到了你写的两封信。

我既是徐静的同事，又是徐静所在的那个组的党小组长。所以，出于对同志的关心和负责的想法，我将信件交给了教导员，他对有关事件已经有了比较透彻地了解。

事情比较地巧，为了培养和使用测绘学院出来的毕业生，上级已经决定送一批同志去学习，然后去友邻单位实习（也可以说是帮助工作），时间比较长。徐静和小王将在近日出发。

徐静只告我，如果再有信件寄来。可以按原址退回。

在此，我想谈谈自己的一些想法。

在前个时期，我就比较清楚地知道了你和徐静建立"特殊关系"的前后经过，现时也知道了她和另一位同志所发生的一些事件。

经过分析，我感到，这些事件的发生、发展都是比较自然的，而且是必然的。成功和失败，这在人的一生中是会经常遇到的。只有正视挫折才能获得新的成功。而我以为，挫折并不都是坏事。就婚姻问题而言，如果男女间看问题的观点常常地不一致，性格又合不来，那么，这两者之间就很难会因此而产生一些爱情的东西。不知你和徐静之间是否是这样？

不过，从你最近写来的这两封信中，我好像认为是这样。既然如此，是不是应该分道扬镳呢？这样，对两个人都有好处，可以分别在工作、学习中去结识志同道合者。

不知你的看法如何?

徐静有自己的弱点,如决定一个问题时欠果断。正因为如此,才造成了今天这样的结果。如果她早些决定此事,那时你们分手时,就不至于过分地伤感情了,是吧?

从这点上讲,她多少应该向你道歉,表示歉意吧。她对这件事的处理方式的不妥已经有所意识了。

我听过这样的话,人在一生中没有事业不行,没有爱情也不行。可见事业的成功和爱情的获得之重要。

你喜欢文学又准备搞些创作,这说明你是有一些文学水平的,如果能在文学创作上有所成就的话,你将感到振奋和幸福。

在恋爱的问题上,一般的人都不是顺利的,而你大概也是这样的,我可以理解。

我以为,人和人之间的性格、思想是千差万别的,而相识只是提供了一个互相了解的方式。如果两者间发现了某些东西,使之不能和谐,那么,双方就有可能再去向他人做了解。

如果双方都感到对方是自己的知音,那么,这样的结合就是比较幸福的。我的水平不高,问题讲得未必正确。你可以纠正我的看法。

如果想深入地讨论有关问题,可以向我们的组织谈。我想,我们一定会从中得到有益的启示的。

在来信中,你讲了一些气话,一些词句有些过分。不过,我还是愿意听听你对这件事情的具体的看法。这样,我们就可能全面准确地了解情况,从而正确地处理此事。

顺致

祝好!

程华夏

3月4日晚草上

振华接到程华夏的信后,利用上大夜班的时间,奋笔疾书了一晚上,把一卷用过的仪表纸背面写满了,展开来差不多10米长,估计有几万字。

写完后,也没有精力再读一遍,更不要说还要复制留底。一气之下,究竟写了些啥,也无从考证。

下班后,就用挂号,寄给了程华夏同志。

不几天,就收到了程华夏的复信。

王振华同志：

你的来信，我已收阅。

用了不少的时间和很大的气力才勉强地读完了信件。字体的不端正使我无法理解信中的每句话的意思。当然，大意还是知道了的。

你通篇叙述了事件发展的过程，并站在你个人的角度上对事件本身和对徐静个人做了一点分析和下了一些结论。

客观地讲，这些还只是你一方反映的情况，叫作一面之词。我们准备再听听徐静那一方的一面之词。这样来分析和处理问题可能会更全面些。现在还很难下结论，所以不准备多写。

在这里，只想就信中的内容，提几个问题。

你准备毁坏徐静的面容。如果真会是这样，那么组织上将会首先来调查处理这个案件，然后才有可能解决处理其他有关的问题。

问：你怎么会把这个犯法的行为说成是"正义"的？而把和徐静断绝朋友关系的行为说成是"邪恶"？你拒绝过多个姑娘，那么你的这种邪恶是不是更深些？你说你代表正义，那么，去坐牢时，你代表的将会是什么样的正义？是犯了法的那种正义吗？此外，你们两人之间是不是要互相敌视？人生的道路长得很，遇到的事会难得多，像这样地去树敌，是不是孤立了自己？

在这件事情的处理过程中，确实可以看出你们俩谁的修养最好，谁的情操更高，谁是真正的宽宏大量，谁是最纯洁无私、真正正直的人。

如果事情处理得好，我想徐静是会佩服你的。

你信件反映的情况，将作为引线，必要时将作全面的调查。

最后，希望你们俩能推心置腹地谈一下，尽可能地做好善后工作。不管是哪一方都不要歪曲事实。这样事情会好办得多。人们对你和对她的看法也会更准确。

先写到此吧，有什么其他的想法可以再谈，有什么情况可以再反映。搁笔。

礼

程华夏
3月10日

决绝信

程华夏同志：

来信收悉。

咱们虽然见过面，但我不知道您谈过恋爱、失过恋没有？

没有爱，也就没有恨；

爱多深，恨就有多深；

爱之欲其生，恨之欲其死。

就这么回事，自古以来，就是如此，这是人类社会的铁律。

对你信中的问题，我择要答复如下：

一是要伸张正义，不一定犯法，而法律所保护的东西，不一定是正义；犯法的不一定是真正的罪犯，而真正的罪犯却不一定犯法。《流浪者》电影里的法官拉贡纳特最后叹道："我是罪犯，但法律却不能制裁我。"《中国青年》杂志为什么要开辟"道德法庭"专栏呢？就是因为有些在爱情上的骗子是受不到法律的制裁的，而他们有可能受到正义的惩罚。

二是我拒绝过向我求爱的姑娘，我并没有欺骗她们，也没有玩弄任何一个姑娘纯洁的感情，更没有答应和任何一个拒绝的姑娘结婚，这是负责任的态度。

而徐静，先是运用她的"本事"，骗取了我的全部感情，她父母都同意我们的婚事，她自己定下了我们结婚的日期。而又看我不能满足她的虚荣，如她所说"小泥鳅翻不起大浪"，她便不惜牺牲他人的幸福和生命。

我们绝不是像你所说的那样，仅仅是朋友的关系，不成也就算了那么简单。

我们是未婚夫妻的关系。我们在一起的一个月里，我给她擦过身，她给我洗过脚，这是朋友的关系吗？而且，在我们一起回我的老家昆嵛村期间，相处得很好，她说"总使人感到眷恋和温暖，这是令人难忘的"。

离开老家的时候，她还亲热地喊我的母亲为"妈"，当然，从蓬莱走的时候，我也喊过，这是双方老人都同意的一门婚事。你若不信，可以问她，要是她不欺骗你们，她就会承认的。

你还可以问徐静，我究竟有什么地方对不起她的？我做过什么错事？她一件都找不出来！

她说我的错误就是不该爱她！此前我是用我全部的感情来爱她的，这也是我的初恋。她和她的原男友恢复了关系，如此决绝地抛弃了我，要不是在亲戚的帮助下，我是不能自拔的。

现在我认清了她，我虽然不爱她了，但是我却永远失去了爱情，如她所说"人的爱情只能有一次"。

三是我本来根本就没有打算要惩罚她，只要她信守她的诺言，把我们往来的信件寄还给我。但现在，她毁了我一生本来可以获得的爱情的幸福还不算，还一再玩弄卑劣的手段继续欺骗我，破坏我所从事的神圣的事业，那么我还能够容忍吗？是可忍，孰不可忍！

四是前些日子，我情绪不太稳定，在兄弟姐妹们的劝说下，我已经不打算对徐静进行肉体的惩罚了。但是，如果她不按照下面的两条中的任何一条去做，那么，我将永远也不放弃惩罚她的义务和权利。

（一）信守她的诺言，把全部信件寄还我。而我保证对这些信件，只用于数年后我创作的参考，而别无他图。

（二）不把信寄还我也可，其实信里很多内容我都能背下来，更重要的是我认清了她这个人，对于我的创作没太大危害。那么，她必须写张字条给我："我徐静是个骗子，我骗取了王振华的全部感情，亵渎了他纯洁的爱情，毁了他一生本来可以获得的爱情的幸福，还破坏他的事业，我向他认罪，祈求他的宽恕！"（内容不许更改）下面要徐静签字盖章。而对于这张字条，我也只是自己保存，决不给任何人看。

如果我做出了这么大的让步，徐静还不执行，那她就只有等着受正义的惩罚了。而这种惩罚是法律和你们组织上所干涉不着的。基督山伯爵复了仇，他却没有触犯法律。

五是欢迎组织调查，澄清是非，正义得到光大，邪恶受到鞭挞。

徐静要是敢把写给我的所有的信件（在测绘学院时七天一封，在六安时十天一封）都给组织上看了，你们也就了解了真相。

我给徐静的信，还在她那里，你们可以看。看过了双方的信件，你们就会判断是与非，谁是高尚的？谁道德败坏？谁是纯洁的？谁是卑鄙的？谁是诚实的？谁在进行欺骗？

六是我和徐静已经没有什么要谈的了，她欺骗了我，就是这么回事。

我这个人，据徐静说是"农民意识特别严重"。为了她，我工作一年，一分钱也没有存下，还负债累累。当然，我是不会跟徐静算经济账的，那是小人的作为。

如果你认为我们还有必要谈一下的话，你可让她先写信给我。

七是如果你们一味地站在偏袒徐静的立场上，那么问题不会得到满意的解决。

八是我并不需要像徐静这样道德败坏、极端自私的家伙的所谓"佩服"，我惩罚了她，也会得到公正的社会舆论的支持。

九是徐静如按那两条做了，从此和她分道扬镳，断绝一切关系。如果她不执行，那么她就是我的敌人，这不是我树敌，而是她树敌。

我在给她的最后一封信里就说得明白，一切后果由她自负！

致礼！

王振华

1983 年 3 月 14 日

万言书

振华:

我回来了,现在就在六安。你写给华夏的长信,也可叫"控诉书"吧,我看过了,看过好多遍。本来我想沉默一段时间再给你写信,告诉你一切,那样你能够冷静一些,现在看来,没有那个必要了。

也许你现在根本不屑于看我的信了,我在你心目中的形象是如此狰狞丑恶,简直一败涂地了。可是,我要写,要和你谈一谈,也许这将是我们最后一次推心置腹地谈话了。

所以,我希望你在看这封信的时候,尽量保持平静,使自己站在公正的立场上,理智地看问题,把这中间出现的人物看作暂时与你无关。这或许能使这封信起到它应起的作用,达到它应达到的效果。

至于我为什么要写吗?我也不知道,似乎解释,似乎申辩,又似乎什么都不是,很难表达现时的心理状态。但我要说,要对你说,我并非你想象的那么坏,决不是的!

说来话长,从哪里开始呢?我的思绪很乱,又没有仔细考虑过,只是看了你的信后,我觉得自己有责任为你、为我,为所有的人进行解脱。当时你到六安来,曾从我这里寻求过解脱,今天则是我主动帮你解脱。

先谈谈我这个人吧。

可能这没什么可谈的,既然你的信中用了大量的篇幅谈论我这个人,我们就不妨在这里稍提一两笔。

我们相处的时间不长,百分之九十的时间只是通信,不管怎样,你的确可以发现我的毛病、缺点,乃至致命的弱点。无论在何种情况下,无论你以何种方式给我指出来,我都是乐于接受的。令人遗憾的是,在我们相处的过程中,你却从来也没有告诫过我。

而今天,你在尽一个人的责任时,却带上了浓重的个人恩怨,带上了侮辱的色彩,这是多么低级、狭隘的农民意识!而且也使你那"责任"失去了价值。

当她答应了你,接受了你的爱情时,她是你至高无上的皇后,她的意旨便是你的圣旨,你可以为她的"虚荣"去拼搏、去奋斗,甚至献出你的生命;而当她拒绝了你,离开了你时,同样还是她,顷刻间就被你骂得粪土不如了。

这种悬起伏是普通、正常的人所能接受的吗?这是否使你那纯洁无瑕的爱情也遭到了贬值?你究竟爱她还是爱你自己呢?

一个回答:你爱的是你自己!"得不到,就打碎",这便是你极端个人主义的具体表现。

　　我本人的确没有什么骄傲的资本，无才无貌，软弱无能，为了这些，我常常自卑。然而，我有一点值得骄傲，就是：尽管我经常犯错误，尽管我一边忏悔，一边仍旧不断地犯错误，但我最终总能够坦荡、明确地对待生活，真实地对待人！

　　在过去给你的信中，我记得曾对你说过："我远远不如你。"而且不止说过一遍。所以，我没有自认为了不起，更没有吹嘘的必要。如果过去一度曾使你有了这样的认为，我请你收回。

　　现在，我们的冲突像是到了白热化的程度了，而焦点是什么？一是我的"道德败坏"，二是围绕我的信。

　　我们先来谈第一个问题。

　　振华，你还记得，你刚认识我的时候，我整个的思想和感情是一种什么状态吗？那是一个真正的人生的低潮，因为我失恋刚半年多。

　　当一个人倾心地爱上一个人之后，一旦让他（她）失去了，那种痛苦不是正常人所能够承受的。因为我经历过，所以今天特别能理解你。

　　你是1982年3月10日给我写的第一封信，这封信的确是一封高水平的信，直到今天我也这样认为。它确实富有哲理，也可以说在那当时鼓起了我生活的勇气。

　　为此，我深深地感激过你。可是后来，当我渐渐冷静下来时，我明白了，我对你只是感激，并不是爱，是敬佩，不是情，在我们之间产生不了我初恋时的那种圣洁的感情。

　　在学校，我对晓红说过，每当晚上我躺在床上，脑子里出现的是我第一个朋友的形象，而手中拿着的是你的信。有的时候给你写信，就把你假设为他了。

　　晓红知道了这一点后，曾想写信告诉你，如果那时这样做了，也就没有今天的悲剧了。后来，我和晓红商量了一下，考虑你当时的感情，并寄希望于见到你，就会把幻觉变为现实，而且许多爱情不都是由尊敬开始吗？所以，决定见面再说。

　　八月，休假到济南见你。说实话，一见到你，就像如梦初醒，你太陌生了。当时我不能对你说"很失望"，怕伤了你的自尊心。我在安慰和鼓励自己：需要有一个熟悉的过程，多少人不都是这样经过介绍而相识的吗？

　　可是后来，我实在坚持不下去。有一次在市里的路上，我对你说过："我们要重新考虑这个问题。"

　　那时候，我是很动摇的，我很想逃跑。可你的感情太脆弱，我又太软弱，只好罢了，忍下去吧。

　　在济南短短的几天中，有多少不愉快的事啊！

　　在听音乐会回来的路上，你呜呜地哭了。在那当时，我的心都凉了，这哪像个男子汉哪！就在那天晚上，我曾下过决心，一起到烟台，当面对晓红的妈妈讲清楚，我们的关系不能维持下去。

可是，到了烟台，当我看到阿姨那期望、不安的神色，真是于心不忍！

说良心话，不仅你、晓红、晓霞、晓红的父母，都能看出来，并知道我是不高兴的，是不满意的。

晓红告诉我："我爸说：'徐静嫌振华土气。'"这一切，在那当时，你更是知道得清清楚楚，而且你还知道我时刻在怀念过去的朋友，只是你不愿意点破，是想避开它，千方百计地想抓住我。

在蓬莱，我再次提出结束我们的关系，请你立刻回去。可是你说："没有了你，我今后将无法生活下去。"你又是以眼泪感化我，错就错在我的心太软，太软弱了。

在家里，父母再三训斥我，你们三个人联合起来对付我，我只得投降了。可我心里有多少委屈，你不是不知道的。

到你家去的时候，我们和好了，我当时就想孤注一掷了。既然你这样爱我，又能照顾好我今后的生活，而我这个人依赖性很强，很难自立，那还要挑剔什么？没有爱情能有感情也行了吧。所以，我要求自己尊重你。因为既然今后我们真的要结合，我怎么能真的让你做"脚夫"、做"男丫环"呢？

可是，在济南送我上车的那天晚上，恰恰遇到了一个流氓，你当时是怎么表现的？这真使我心都碎了。

你还反过来问我："是否要去追他？"亏你好意思问得出口。甚至讲了一套为自己辩解的大道理，仿佛不是在议论我，而是在议论一件古老的往事，那么平静、冷漠！

在那当时，我原谅了你，怕的是你真的卧轨了。

为了这件事，你接连两封信忏悔，要求不要告诉任何人，并说如果我不原谅你，你就再也没脸见我了。

振华，你平心静气地想想这一切吧！

我们的关系就是这样悬浮不定的，它无时不在向你预示着破裂的危险。你深知这个严重性，所以催我春节就跟你登记去，这怎么可能呢？"只能推后，不能提前"，这是我给你的答复，你记得吧？

我爸爸多次教训我，要多看你的长处、优点。

我承认你是一个不错的人，我也曾对你说过，如果我没有第一次恋爱，一定会认为你是一个很理想的人了。

九月初在济南送我走那天晚上，你说过："如果你想找，能找到比我好的人，你就找，等你不幸福的时候，还可回来找我。"这句话我记得很清楚。我当时认为，你并不自私，是很高尚的。

回到单位这半年中，我的思想起伏极大。当别人谈到他们的朋友、爱人时，我都羞于听。因为什么？我不爱你，对你没有爱情，而你却是我的对象，或者叫未婚夫。所以，我经常对你发牢骚，表示不满，而你明知道我不爱你，还要死死维持这不合理的关系。

你说我自私自利，你是否更自私，你尊重别人的感情吗？"只要我爱你就够了"，真是这样的吗？我是一个人呀，是一个有思维的、活生生的人！不是你钟爱的一件珍品！怎么能任人摆布？

在这过程中，我也时常忏悔。给晓红的信中还说过，你的过错就是爱我！这的确有些不讲理了。所以，我又尽自己的努力，让你得到你应该得到、早已应该得到的温暖，自我解嘲叫它作"尽义务"。

你说你的事业是为了爱情的。你的人生道路公式是：工长——炉长——车间主任——厂长——省冶金厅处长，如此等等。你以为我期待于你的就是当官，而我就是要做官太太，这不太狭隘了吗？如果是那样的话，干吗还等你奋斗呢？现在就去找一个当官的，不是比你更实惠吗？

你曾经告诉过我，在学校时，你在班里是最用功的学生，但成绩只是中等水平。如果不这么用功，只能是下等水平。王力波也曾经说过，四年大学，他用于学习的时间只占你的一半。我觉得既然如此，你在专业上要想取得成功，那要付出多少劳动才能赶上别人。所以，希望你选择对方向，找到捷径。

你发奋地学习，拼命充实自己，为了让我高兴，也看起小说和《大众电影》来了，还订了青年报等，这些的确曾使我感到过安慰。我也确实做过这样的努力，就是努力使自己爱你。可这种努力永远是徒劳的。

我对你说过，我们的关系是虚伪的，尤其我对你是虚伪的。可你总是不肯让步，总要维持它。一个果敢、坚定的男子是不应该、也不会这样做的。

还记得《白衣女人》一书中我划下的那段话吗？那就是我当时的思想。

在感情上，你永远不尊重别人，永远是霸道的！

今天的事实绝非偶然。

我要对你谈另外一个人，也就是你看见的那个人——我的第一个朋友。

我告诉过你，我们很小就相识了，如果没有他，我没有今天，也就是说，没有他，我就考不上大学。

我们相爱时，我还不到20岁。一年半以前，由于家庭阻力，出现了波折。有一个人受另外的人的委托，决意拆散我们。于是乎，造出了许许多多关于他的谣言，以至于让我恨他、蔑视他、瞧不起他。如"脚踩两只船"、"又与别人恋爱，想留青岛"，"想当官"，如此等等，很多很多。

当时，我太幼稚了，而且三年中我们在一起的时间又少，所以我就凭自己的想象断定他变了，变坏了，自私自利了，瞧不起我这大兵了。

可是，这一切，确确实实是一场误会！！

在这一年半中，他和我一样的痛苦。你也体会过这种痛苦。那么，你就能够理解当时的我和他了。应该说，我的痛苦还小于他，因为我毕竟听信了谣言，怀着对他的偏见和怨恨离开了他。

振华，将心比心，人都是一样的感情动物，我们从相爱至今已有六个年头了，这种感情，不，是爱情，能够忘怀吗？你我相识不足一年，我离开了你，就毁了你的一生！我们相识六年（何止！），如以同样的方法推论，我离开他，不更是毁了他的一生吗？！

振华，我爱他，这种纯真的爱情，同你对我的爱情是一样的，甚至比你更纯洁、更高尚。

当我相信了那些谣言，当我确信是他抛弃了我时，我的内心是多么痛苦，完全绝望了！可就是这样，我依然希望他幸福，一边强咽泪水，一边恨，一边又在为他祝福。

为什么？原因只有一个，我爱他。

他呢？他蒙受着这样的误解，依旧坚持着他的爱情，从没有说过一句有损于我的话，默默地忍受着不幸。

为什么？同样的原因，他爱我。

你说我是寻找各种渠道，想方设法与他恢复关系，一旦知道了可以恢复，才给你写的绝交信。

你错了！如果是这样，他暑假就在家里，我可以很容易地去找他的，干吗还要想方设法？而且，在那时，我已经知道了情况。我一直是在忍受着这种折磨，而坚持着与你保持关系，并决定和你结婚的。这些晓红都知道，你可以问问她。

就是在1983年的元旦那天，我给他写了分手后的第一封信，劝他尽快地找女朋友，解决好个人问题，告诉他我有朋友了，等等。这一切，是你能够想象的吗？我忍下了多少苦、痛、酸、楚，才决定这样做的？而这无疑又给他痛苦的心灵上扎了一把钢刀！

在那段时间里，我神思恍惚，失魂落魄。接着看了一部长篇小说《北极光》，又收到了王文娟的信，她谈了她的个人问题，她不爱那个对象，终于坚决地分手了，"决不将身轻许人"。这些给我的震撼和刺激都是极大的。当时只有一个念头就是"对不起"，是对不起我的良心，对不起我的感情，我在欺骗，欺骗你，欺骗他，也欺骗我自己。我想，至少要在心灵上保持一种平衡，所以十二号便给你写了绝交信。

我当时的确想独身，我并没有去找他，因为我自己把自己的路堵死了。

后来，我想找一个素不相识的人，华夏陪我一起到合肥打听到了婚姻介绍所，在休假走的那天，如时间来得及，我就去拿表格了，我身上就带着那个介绍所的电话号码。

后来没来得及，我又准备回来的时候再去。而且这中间，华夏还为我物色了一个人。这一切，华夏可以为我做证。她是党员、干部，她是可信的。

也就是说，我离开你，与他既有关，又无关，我就是不和他恢复关系，也要离开你的。这一点，你必须弄清楚。因为我感到连王文娟的勇敢都没有，连陆芩芩的果断都没有，实在太可悲了。

1月18日，你来到了六安，你那时十分痛苦，简直都浑身发抖。但你很明理、明智，并不是如我想象的，是来找我算账的，这又使我感到安慰。

你断定我独身，我否认了。你说你改变了奋斗目标，将致力于文学创作，我很高兴，越是感到对不起你，越是希望你好，希望你能够在事业上成功。进而你又要求等20年，你成功之后，如果我还独身，就不能再拒绝你。我说我不能等你20年，在这之间我要结婚，你不能干涉我，你同意，并说"最好不要把这个消息告诉我"，"给我一点希望"，我答应了你。

你还说："我爱你，就是希望你幸福，无论你跟谁结婚，只要你幸福，我就高兴，就幸福。""爱一个人，就是希望她幸福。"

这话你对我说过很多遍。可是你的这封信上，却说在六安我答应了要和你结婚，这是真的吗？如果是真的，你为什么还要从我这里拿走那么些小玩意、小东西作为永别纪念呢？那又何必呢？

我希望你不要撒谎，即使你受了委屈。否则，你在我心目中，也将一败涂地了。

你去南京后，又给我写了一封长信，很明达。劝我回家过春节，并说你已给我家里写信，让他们不要说我、指责我。

我看到这里，很受感动，觉得你的心是太好了。而且你说那盆花的命运，将取决于我是否去你那儿，我反复想了，最后还是去了。因为我觉得你很宽厚，而且你曾说过，允许你像哥哥爱妹妹那样爱我，你就很满足了。所以，我愿意跟你做个好朋友。况且就要过节了，不能让你那么凄凉地一个人在那儿伤心。

现在看来，这样做是错了。

我一见到你，心就软，给你造成了误会，我要负责任的！

在当时，你是怎么说的呢？你说，今后在你成功之前，你无权向我求婚，但如能博得我的爱情，我随时可以来找你，但在你成功之前，绝不首先提出。我问："如果我和别人结婚了呢？你生不生气？"你还是那句话："最好不要把这个消息告诉我。"

我想，独身对于你是不现实的。

你太多情了，我一再劝你重新考虑个人问题，你虽然拒绝，但在我的思想中，总以为这是一时的。所以，我不愿意你因为我而变得除创作外，不顾其他一切，大手大脚花钱，因为你总要有个家的。

你的信上说，我这次对你大献殷勤，这又是事实吗？你说良心话，就我这样一个人，就是我徐静，会献殷勤吗？

我谈了这么多年朋友，无论他，还是你，我从来就不知道什么叫作献殷勤！你说我读了几本外国小说，深知怎样才能获得男子的欢心。

为了这句话，我反复地想，总结了自己，我觉得唯一博得你欢心的地方，就是我一再拒绝，表示不满、不高兴。而往往人们总是越得不到，越想得到，甚至这种费尽心思得来的明明是一块瓦片，也把它当作一块宝玉。如果说这是我的错误，那么世界上任何人都不能再犯错误了。

这次回到家里，遇到了我第一个男朋友。我才又重新考虑了这一问题。

当时我的思想非常混乱，家里人一再说服我跟你和好，而我的同学、朋友，又一再劝说跟他和好。为了这件事，一直闹到过春节后初二那天才平息。所以，这之前，我爸爸、妈妈还坚持给你寄花生，这是引起你误会的关键所在。

后来，我服从了我的感情，是服从了我的爱情！当我真的下了决心后，家里人也没有别的办法。因为我都25岁了，应该自己掌握自己的命运了。

初六那天早上八点多钟，收到了你的第二封电报。

当时正好准备给我弟弟定亲，而我和他初七早晨就走，所以顺便让他也一起来，缓和一下关系。

收到了你的电报后，我想你最早10点到，就到他家去告诉他，不要来了，这可以免去许多不愉快。

从他家出来九点多，我先回家看看，再准备去车站接你，这时你已经到了。

当我妈妈告诉我，你已经到了的时候，我突然地意识到，做好朋友是空想。

你爱我，而你又不肯控制你的感情，我们就永远也做不成朋友或兄妹，而且你和他是不可调和的。

所以，只有一个思想支配着我，就是把你气走，让你恨我，忘了我。那天我说了许多刺人的话，甚至挖苦、讥讽、嘲弄，目的只有一个，就是惹翻了你。

在你问我的时候，我真想对你坦白地说出来，犹豫了一下，又否认了，决定回来写信告诉你。

由于我们第二天早晨六点钟的车去青岛，所以傍晚我去告诉他，你走了。他很奇怪。

开始，他知道你来时，还反过来劝我，让我下午和晚上都不要出来，在家陪着你，好好招待你。如果必要时，他可以一个人先走，让你在这住下，我留下送你。

我没有告诉他，是我把你气走、赶走的。那样，他要责备我了。

至于你以后怎么又回来，看见我和他在一起，我就不知道了。

振华，事情的详细经过就是这样，我本是希望你能够恨我，继而忘了我。

可没想到，它会使你这么一个温和、宽厚的人，变得狂怒了，到了不共戴天、势不两立的地步了。

送你走时，你要我22号到烟台，并说你给我买票等，我又一次想告诉你真相，可看你当时那么痛苦，又停住了。

但是我不能答应你，因为我手里有第二天的票，答应你就是骗了你，不答应，你就不走，我就只好等你上了车，告诉你我不去。

本来，我是回来后要给你写信，告诉你真相的。

但你没容我有一点空隙，便接连来了两封信。

看第一封信时，我还不大相信，觉得你在开玩笑一样。

你用红笔写来的信，真使我大吃一惊！我甚至怀疑那是否是你写的，看那红颜色，就是我那支笔，多么可悲的事实！

我替你想过影响、面子等问题。

你尽可以对别人说我死了，对于你，就算我死了吧。

这些就是造成今天这个悲剧的全部过程和内幕，已经到了这一步，没有什么必要再隐瞒你了。

你的信上说，我对你是犯下了罪行，我承认我有愧于你，是对你犯了罪。

这个罪是什么？就是我一再的退让，接受了你的爱情，使得你对我的感情越来越深，掉进了深渊。如果我能及早地告诉你真相，或者就这次在蓬莱告诉你真相，都不至于到今天这个地步，你和他很有可能成为朋友的。

我的罪过占的比重是百分之五十。你也有罪，你执迷不悟、越陷越深，顽固地坚持你的追求，这个罪应该占百分之三十。还有百分之二十是命运。如果你不认识我，或我没有恋爱过，或我不认识他，那么也不会有今天。

当我写到这里的时候，如果你不是王振华，而是与此事无关的第四者，对于这三个人会做出怎样的裁判？你感到他们中间必定是其中之一对另一进行了欺骗、犯下了罪过吗？你同情谁？你感到他们之中，谁受的磨难更大、更痛苦？假如这中间的遭遇者徐静是你的亲妹妹振雁，你又会怎样看待她？

振华，你曾说过，你目前是世界上最高尚、最纯洁、最有修养、最讲道德的人，是心地最善良的人，可就是你这样一个人，却在今天表现出了高度的自我，"决不让她如意地生活！"这与那"爱一个人就是希望她幸福"能调和起来吗？

也许就在此刻，也许在今后的某个时候，五年、十年甚至二十年之后，你想起今天的你，想起你的失态，想起你的粗鲁，你会脸红、羞愧的。

你以为我是幸福的，对吧？

在寒假中那短短的十几天中，我反复想过你、我、他的今后。假如我跟你结合，你会幸福吗？自己的妻子时时刻刻在怀念另一个人，你的日子好过吗？她不幸，你不幸，另外一个人更不幸。

假如三个人全独身，同样是她不幸，你不幸，他不幸。

假如我跟他结合，至少可以促使一个半人的幸福，他幸福，你不幸，我呢？一半幸福，一半不幸。这一半不幸是什么？就是对你的愧疚。

你要创作，你要写，当你在纸上写下第一笔时，首先不要忘记问一问自己的良心，是否是公正的。

你说你代表着正义，正义意味着什么？意味着符合真理。绝不是一切为我！

振华，我们曾经是朋友，在今后，我们不可能再是朋友了。虽然你一生也不会忘记我，但这种感情已由爱变为恨了。

我要告诉你的是，无论你以前爱过的她，还是你今天恨着的她，都是同一个她。她还将以她的方式去生活，去奋斗，去追求。只是她要汲取的教训是：不要软弱，要坚强。她还要坦率、真诚地对待生活，对待人，只是要少走弯路。

通过这一历史的悲剧，不论你还是我都变得成熟了，我们也都会变得坚强的。

是的，对于你，心灵的创伤是很大的。你把全部心血花在了一棵枯萎的根基上，这种牺牲和浪费也是巨大的，但是怎么办？你就假设，不，你就认为，你培育的那棵花不幸夭折了吧。你就恨我吧！

人生就是一个变幻莫测的万花筒，谁也不能保证谁的一生就一定诸事如意。我也是经历过磨难的人，我深深地知道这一点。

你对我下的那些结论是否太早了？

你毕竟认识我还不足一年。今后的生活道路还很长，有待于让历史证明的东西，你是不应该预言的。

我承认我缺乏毅力，很可能奋斗一生也一事无成，但能充实我自己，不也很有意义吗？我有什么必要让你认为我有追求？你太狭隘，所以就以你自己去揣测别人，这难免要闹笑话的。

下面谈第三个问题，我的信。

振华，我想问问你，你为什么一定要这些信呢？既然你认为是她欺骗了你的感情，既然她是不齿于人类的狗屎，既然她是你的敌人，既然你是这样地看不起她，那么，她的信，对于你的创作，尤其是你关于纯洁爱情的描写，还能有什么价值？你这不是自己否定自己吗？

更何况，通过上面的叙述，你就更应该明白，这些信对于你是毫无价值的。

"没有了信，就没有了事业，我就什么都没有了。"这是可信的吗？它能成立吗？这仅仅是一个借口，是你借题发挥的一种手段。

你还记得，1月18日那天晚上，你说："你的信我带来了，但请你允许我保留那张大照片。""你不要太残酷了，我只要那张照片，有了它我就很幸福了，你不能再剥夺这个幸福。"

这些都说明，你从济南来的时候，就已经决定把信还给我了，并不是我把它们骗到手的。

我当时要把你的东西以及你的信全部还给你。你说你不堪忍受这种痛苦，"等我走后，你把它们烧了吧，不要还给我。"但是你要了那件最重要的，就是你伯伯的画，你知道它是名贵的，有价值的。

后来，你突然间改变了你的奋斗目标，要致力于文学创作。于是我说："那么，那些信我就不烧了，等你需要时，我就寄给你。"我当时指的是你的那些信。本来我们说好，你走之后，我把它们烧了，现在我又决定替你保存，因为你不肯带走它们。我并没有想过还要把你已经还给我的信，再寄给你。这次在蓬莱，你再次提出信的问题，并很明显是要我们两人的全部的信。我告诉你我已经烧了，那是指我的那一部分。后来又说回去就烧了，当时是为了惹翻了你，而这次说的是你的那一部分，后来看你真急了，就说给。当时，我的意思，还是要给你你那些信。

你20号从烟台写来信，我是25号晚收到的。在这之前，我的那些信已不复存在了。第二天，就把你的信连同你的照片寄还了你。

我觉得，在信的问题上，可以这么说：一是我的信是我的私有财产，就像一个国家有她的主权，我也有我的人权，你硬是要这些信，实际上是侵犯了人权；二是你在这个问题上的态度，就像一个野蛮的孩子，硬要抢别人的东西，既无知，又霸道。

看到这里，你可能要暴跳如雷。如果你不能容忍，你就来报复我好了，我就在六安，近期内不出去的。要是你真恨我切骨了，你就来吧，你可不用坐牢就能达到目的的！你一定要置我于死地，我反抗也毫无意义。不过，我想在你行动之前，耐着性子往下看，看到底，那不会耽误你几分钟的。

振华，如果你站在我的位置上，你会怎么做呢？

当你已与对方断绝了关系后，你还愿意把信再度寄给对方吗？你现在还肯把你的那些信给我吗？那样做又意味着什么？况且，如果我还那样做，对不起我现在的朋友，我欠负他的已经很多了。

从你的创作出发，并不能说没有这些信，你的事业就毁了。你还有大脑，你还有记忆，你还有创造。

一部小说，并不是真实的再现，更多的是虚构，是作家才智的结晶。如果单单是这几封信，就把你整个的事业毁了，那么这个事业本身就是苍白的，是靠不住的。

请原谅，我并非在嘲讽你，主要是想说明这个关系。

"你毁灭了我的一生"，这句话是否恰当？是否过重了？

如果说，真的是我整个地毁灭了你全部的幸福和唯一的事业，那么你现在在干什么？你在做的不正是你的事业吗？

你全部的人生道路还很漫长，在今后的几十年中，生活中将出现什么变化，发生什么事情，都是很难预想的。

当然，我承认，由于我给你带来的苦难和创伤都是深重的，如果可能，我愿意给你帮助。活生生毁灭一个人，还不如我自己死了的好。你看我是否能做一些什么？能使你受伤的心灵得到一些抚慰，也算是恕罪吧。

对于你的爱情的幸福，我想我是无能为力了。假使现在恢复我们的关系，你也不会接受的。你是这样地看透了我，这样地蔑视我，那我只有一个办法，就是期待着、盼望着，你能遇到一个好姑娘、能够真心爱你的好姑娘，给你幸福和温暖。

对于你的事业，如果可能，如果你允许，如果你还能看得起我，我可以尽我的努力帮助你。

那些信是毁了，我这个人还活着。在必要的时候，也就是在你需要这近一年的情况时，我可以帮你回忆。既然是我毁了它，也只有靠我来拯救它。而且你的那些信都已经在你那儿了。你是否同意这样？如同意，请回信答复！否则，你来报复，那是你的自由了。

这件事情，我真不知道还会对你的刺激这么大，还会有如此的严重性。当我看到你的那几条摆在我面前的路时，我真想立刻去济南见你面谈，当面请你给我毁容！

一个受过高等教育的、80年代的大学生，竟会说出这样有失身份的话，真叫人替你害臊！

振华，看来我们是不能成为朋友了。无论怎样，我们还是同志，当你需要我帮助时，我会尽一个同志的责任的。我希望我们不要成为仇人。在这近一年中，无论你对我，还是我对你，都是有很大帮助的。特别是我，我给你指出了许许多多的缺点和不足，而且这些又是你乐于接受并努力去克服的，不能不承认（这实际上也是你自己说的），这近一年中，你的进步是惊人的，也就是你说的那三个阶段的升华。

当然，我不是在摆功劳，只是想说明，我们本来可以继续做朋友的，可现在的结果是多么令人遗憾！

今后的道路还很长，还会遇到许许多多的风浪，比这更大的风浪，如果我们不能把握自己，是会翻船的。

我知道，你坚信你事业的成功，你在为它付出一切。是的，你能够吃苦，有毅力，有恒心，这都是不可多得的优点。一个人是要有自信心的。可是，如果遇到了波折、风浪，你怎么办？你想过吗？你能把握住你自己吗？说心里话，我希望你成功！

我要谈的还有很多，一时不知道怎样才能把整个思想说清楚，才能使你在信任的基础上理解我，我只能说，这是一场历史的悲剧！而可惜的是，你根本不了解我。

也许我谈了这么多，你根本不屑一顾，相反又给我扣上"极虚伪"的帽子，如果这样，那你就彻底的错了，历史将告诉你是你错了，你会后悔的！到了那时，就不再是我，而是你自己受良心的谴责了！

写到这里停笔吧！最后一次谈话，写得太冗长，请多原谅！

如果你回信，请把我的照片寄给我。

你来，请你把它们带来！

如回信，请抓紧时间，四月上旬我不能保证是否出去。

徐静
1983年3月22日

振华：

那封长信，措辞过于严厉了，也许你很难接受，但它却是我的真实思想与经历。

只要在你目前极度混乱的思维中，还存有一丝理智，我相信你会理解我的。况且，我很疲劳，除了那一气呵成时能够奋笔疾书，再也无力修改它了，请原谅！

你现在一定陷入了深深的痛苦之中，甚至不止这样。从你的信中可以看出，你完全失掉了理智，不仅是痛苦、绝望，而是近乎于疯狂了。这一切都是由你的感情脆弱引起的。所以，无论你怎么咒骂我，我还是同情你的，因为你是失恋者，是不幸者，你比我更痛苦。

还记得在蓬莱最后的时刻，你恳求过我：给你一点希望，我答应了你。后来，我决定告诉你，为的是让你忘掉我，不至于独身到底的。现在看来，这个想法以及你当时"埋伏"的做法都是明智过头了的。

如果你仍旧能怀着朦胧的希望离去，我们仍旧按照你的要求，每年的1月18日那天，作为分别纪念通信日，会比现在给你造成的痛苦小得多的。

一个人最大的不幸，不是失去爱情，而是偶像被打破。

你过去给我的评价太高了，把我捧上了天。所以，一旦"认识"了她的本来面目，就使你不能自拔了。

因为在我们决定分手时，你虽痛苦，但可忍受，今天则不能忍受了。

然而，我要对你说，我没有欺骗你！振华，我们相识时间不长，但如果说我对你一点感情都没有，那是假话，是不现实的。

你深深地爱我，对我是太好了，即使我是一个铁石心肠的人，也不会不受感动的。越是这样，心中越愧，越感到对不起你。

别说是你，别说你献给我爱情，就是同学、同事中给予我友谊的人，我对他们的感情也是很深的。

但我对你有的只是感情，不是爱情。

像我这样一个人，一辈子只能爱一次。

我曾误以为。对你的敬意是爱情，后来又做过这样的尝试，试图我们之间——我对你会产生爱情，但这不可能成功。

这次寒假，我又重新考虑这些问题时，我才明白，再去另外找一个人——一个素不相识的人，其结果还会同你是一样的。

也就是说，并非是由于我自己有多么好，也并非你或者其他的人比我现在的朋友差，事实可能完全不是这样，但人就是这么奇怪！一个人一旦有了自己的偶像，它便是至高无上的了。

如果我能及早地认识这一点，就不会给你带来这么多不幸了。通过你，我明白了这些，而这无疑使你成了无辜的牺牲品了。

所以，我说：是我害了你！你应该恨我的！而我的过错在于，在这之前，我并不了解自己，不认识自己，以为自己会像别人一样，失恋一次，还会重新产生并获得第二次爱情。这无疑是错了的！所以，我并没有欺骗你！

如果说，一个人的一生是难免犯错误的，那么这就是我一生中最大的过错，而这过错又是我无法弥补的，它将折磨我一生呀！

对那些信，我是不打算给你的。前一个阶段（在学校时的信），证明着我的错误，后一个阶段（见面后的信），证明着我的软弱、退让和虚伪，所以我不能容忍它们继续放在你那儿（这是原因之一），就像一个人发现了自己明显的错误不得不立刻纠正一样。我甚至想把我全部的东西都要回来，让你没有一点可以回忆的东西。

我知道，你要那些信，一是为了事业，而这多半是个借口。正如我那封信里说的，没有它，你照样可以创作。二是你想从它的身上得到安慰，把精神寄托在已经死去的事物上，这是一种倒退，我怎么能让你这么做呢？

我们还是要向前看的。我还是那句话，我可以尽自己的努力帮助你，从你的事业上帮助你，以我的微薄之力，让我帮你回忆、甚至虚构，都是可以的。这一点你会允许的吧？

随信寄给你的这部小说《怎么办》，我细细地看过了，我想请你也认真地读一读，一定会有收益的。

现在我很平静了。

当我把所有话都写出来的时候，当我想到它会使我们不至于继续由朋友变为敌人的时候，我感到平静多了，我想你也会这样的！

如果我真能做到帮你从痛苦中解脱出来，那我将会感到欣慰了，

徐静

1983年3月23日

振华：

　　不知道寄给你的书、信收到了没有？

　　今天再次打扰你，是告诉你一件事。我很可能下月初就离开六安。所以，你的回信，尽量早一点。我希望走之前，能得到你的答复。

　　当然，极有可能，你并不回信。那么，等到月底，也就是31号，我就不再等了，说明你仍在记恨我。

　　也有可能，你感到很难下台。

　　因为你的信中，简直把我贬到地狱里去了。这件事，不要计较了。人在失去理智时，所做的事是很难追究的。过去的事就过去吧。

　　我觉得，自己是尽了最大的努力去做那些有一线希望的能够挽回、弥补的事情，意在不使我们成为仇人的。

　　你知道，我是不想和你成为敌人的，我们也不应该成为敌人的。

　　近来工作也很忙，写到这里。

　　对不起，耽误你的时间了。

徐静

1983年3月24日

徐静：

　　你费那么大劲，三天写了三封信，想把我从痛苦中拯救出来，你那些花言巧语，再也骗不了我了！谢谢你的狼心狗肺！

　　《怎么办》寄还你，至于我怎么办？已用不着你再费心了，也用不着你再指导了，我自然知道我该怎么办。

　　你自己很清楚，你是多么虚伪！多么虚荣！多么卑鄙自私！多么浅薄无知！多么心狠手辣！多么地善于欺骗！你和你的"总理"真是臭味相投、一丘之貉！

　　在"万言书"中，你仍然把自己摆在"女皇"的地位，高高在上，颐指气使，好像是别人的精神导师，把别人看作奴隶、傻瓜，通篇充斥着污蔑、侮辱之词，是可忍，孰不可忍！

　　你说什么，我"根本不了解你"，实话对你说吧，剥了你徐静的皮，我也认识你的骨头，把你的骨头烧成灰，我也知道这就是徐静！

　　"人贵有自知之明"，可惜你做不到这一点，你对你自己也不了解，这也是你自己说的！

　　现在摆在你面前的仍然是我给你指出的两条路：

　　一是你信守你的诺言，把你从我这里骗去的信件，全部寄还我，从此断绝一切关系。你做你的"总理夫人"。我做我的苦行僧。

二是不寄还信件，就必须写一份认罪书寄给我，我就饶恕你。认罪书内容如下："我徐静是个骗子，骗取了王振华的全部感情，亵渎了他纯洁的爱情，又以卑劣的手段，破坏了他所从事的文学创作事业，我向她认罪，并祈求他的宽恕。"签名盖章。

如果我做了这么大的让步，你仍然执迷不悟，那么，敌对关系则是你造成的，我就要用我的余生来报复你，不使你徐静身败名裂，我就不姓王。

王振华向来说话算数！

腾飞四海、翱翔九州的是振华，让他不辜负他伟大的名字吧！想做总理夫人又做不成的小泥鳅翻不起大浪的小人是徐静！

王振华

1983年3月27日

华夏之声（下）

王振华同志：你好！

我收阅了你给我的来信。

我感到，在善后工作的处理上，你做了积极的努力。相信徐静会按照你的要求，退还你的物件。

你在几次来信中，都提到了徐静写的那一部分信件的事。听说她从济南回部队后就烧毁了。我也曾看过她的书箱，确实没有这种信件。

此外，你一直觉得徐静欺骗了你的感情。这个问题很复杂，是很难用文字表达清楚的。当然，徐静应该负一定的责任，这就是她应该早些把自己的复杂心理和由于此而引起的不稳定的情绪告诉你。而她仅透露了一小部分，这就使事情复杂化了。

徐静也是一个很重感情的人。她和前一个朋友有很深的感情基础，后来发展成为爱情。时间已经说明了这个问题。她（他）们间也曾有过误会，在这个前提下，两个人分手了，这时徐静遇到了你。你对她的诚心，使她对你产生了感激之情，并且试图转移一下自己的爱情。但是她无法做到这一点，她时刻想念的还是那个同学。我想这大概是人类的通病吧。

矛盾的心理和复杂的感情，使她不能自已。她想结束你们之间的关系，但又怕伤了你。这就造成了一种所谓"虚假"的局面，即：她常常表现出一种自相矛盾的行为。这期间，她和你都很苦恼。这种烦恼的心情压得她喘不过气来，经常唉声叹气。

后来，她受到了几篇文章的启发和几件具体事实的鼓励，最终下定了决心。

当然，她下决心的时间过晚了，使你感到突然和不可理解。

因此，你有理由说她欺骗了你的感情。我同样也可以说她欺骗了自己的感情。因为一个人对另一个人的感情（特别是很深的感情），是很难转移的。如果她早就比较清楚这些的话，事情大概不会那么的不可收拾。

你有你的苦衷，这是很可以理解的。当自己付出的深情厚谊，换来的却是虚情假意，换来的是向你"告吹"的报酬时，你会觉得对方是冷酷无情的，因此而恨她。

如果经过冷静的分析之后，你发现你们之间并没有真正的爱情，那么你就不会再为这件事感到惋惜了，也不会特别地恨她了。

近期里，徐静常常感到不安，她觉得对不起你。尽管你讽刺、挖苦她，要向她报复，她还是感到惭愧的。你们的关系彻底了结后，她也不会忘掉你们之间的友谊的。

随着时间的推移，你会找到理想的伴侣，而徐静也会比较理想地解决好这个事。我为你们祝福。

你是知识分子，单位的领导和同志会重用和爱护你，祝你工作顺利。

你的信我尽快转给她。

礼

程华夏
4月1日

王振华同志：你好！

今天，收到了你寄给徐静的物件，估计是书。

徐静已经出差，所以只好代笔。

你在牛皮纸封面上写了两行字，即："速寄还我的所有的，汝言90%不可信。"

我估计，你是急着想从她那里要回你的东西。不巧的是，徐静去北方出差，需一个月的时间，而她回来后，才能寄出你的物件。所以，你能否给她一些时间呢？

徐静出去算的题，量比较大。所以早些回来的可能性就不大。不过，我将转去你寄给她的物品，请放心。

祝好！

程华夏
4月6日晚

打虎亲兄弟

　　大哥这里怎么办呢?

　　思虑再三,给大哥写了一封长信,以作交代,并乞求谅解。

大哥、嫂子:

　　您二位好!

　　春节过得愉快吗? 伯伯、伯母身体都好吧!

　　我回来后就上班了,春节期间加了三天班。

　　现在,我把我和徐静的真实情况告诉您们吧! 到南京时我撒了一点谎,我也看出,你对我有些怀疑,也是无可奈何吧。

　　你的话是对的,我们现在已经完全分手了。但是,由于现在我已经完全认清了她,所以我现在并不痛苦。

　　在这件事上,是倾注了我全部的感情的。我纯洁的爱情也曾经感动得她流下了眼泪,但那毕竟是短暂的。如果她爱我,就是她死了,我都不会再结婚。即使现在我们分手了,我也不想再找对象了。

　　我想用我一生的精力来完成一件事,那就是写一部长篇小说。让人们知道,什么是纯洁善良,什么是虚伪丑恶! 使人们在人生的道路上有所借鉴,从而可能少受些挫折。

　　徐静是这样的一个人,她的虚荣心极强,她追求的并不是一个人的心灵美,而是漂亮的外表,潇洒的风度,也就是一个时髦的花花公子,她的目的是找一个"靠山",做一个官太太,这是最根本的。而这些是我所不能给予她的。

　　另外,她本来精神很空虚,知识贫乏的可怜,可是她却有一套伪装得很巧妙的外衣,普通人是根本识不破的,让人觉得她的思想有多么深奥,知识多么丰富,气质修养多么高雅。

　　我给你举几个简单的例子。

　　在回家的汽车上,她问我,为什么汽车上坡时的速度这么慢呢? 我说,功率等于速度乘以牵引力,汽车发动机的功率是一定的,上坡时需要牵引力大,所以速度就低,这样的常识性的知识,她都不懂。

　　在咱们家里,有一部又大又厚的书,是"文革"中振刚从学校图书室里偷来的,我现在知道那是一本《辞海》合订本,不过前后都撕没了。她看了看,故作高深地说:"这是一本《康熙字典》吧!"

　　在蓬莱的时候,谈起历史,她连乾隆、溥仪是什么人都不知道,而她第一年还考过文科呢！我平时说话引用的一些典故，她相当一部分都不懂，如贻笑大方、塞翁失马、杞人忧天等，她好像都没听说过，而她还自称喜欢文学呢？

她还说她想当翻译，翻译文学作品，那纯粹是拉大旗作虎皮，让人觉得她有高雅的追求。

她从晓红那里听到一些传说，就到我跟前含蓄地吹。由于她读过几本外国文学作品，她深知怎样才能取得一个男子的欢心，怎样才能控制一个男人，她也清楚怎样才能在现今的社会上打开缺口，实现她不可告人的目的。

我不否认，她有点小聪明，但她是个没有教养的人。

在她家里，她经常对她爸爸发火，说她爸爸："讨厌！讨厌！"她爸爸都气得骂她："你真不是个玩意儿！"

她学得了一套小姐的习气，披上了一张漂亮的画皮，由于她自己很空虚，所以她认定必须找一个男人当"依靠"。她所追求的，我不能给予她，所以分手也是必然的。

在夏天到蓬莱的路上，她竟问我："如果我和你母亲都掉到水里，你先救谁？"

我考虑了一阵说："应该先救母亲。因为母亲年纪大了，不抗折腾，应该先救，再去救你。当然你从小在海边长大，肯定会游泳，一会儿出不了大危险。"

她一听就恼了，说："得得得！先救你妈，你妈重要，我不重要！"

回家时，姐妹们谈起工资，她还让我保密。她还给我表达意思，说母亲不能和我们住在一起。

这些我都没有吱声，我考虑我们两地生活，母亲和我住在一起，问题不大。

我给你汇报一下我们之间的一些情况：

姑妈介绍我们互相通信之后，我把我对人生和处世的一些看法写信寄给了她。那时候，她对我佩服得五体投地，好像认为我能当大官。所以，简直是她追求我了，在信里说"你是我唯一的能够陪伴我终生的亲人、知己"之类的话。所以，我认为已经没有什么隔阂，不少人给我介绍对象我都不见。

夏天，我们在济南见面后，她发现我不是个能当大官的料，可是我对她始终如一的爱，她爸爸、妈妈也都对我非常满意，她自己定下了婚期，也就是今年国庆节。

在回到昆嵛的日子和返回济南时，她对我很好，说"我不知道怎样做，才能弥补我的过失"之类的话。

到六安后，特别是接近春节的一些信，她就冷酷起来了，以致使我心都寒了。写信时，想在她的名字前加上个亲热的称呼，简直都加不上去。

以前我发过誓言，就是我要尽我的一切，使她生活得幸福。因为她失过恋，所以，"我决不会再在你已受过创伤的心灵上再留下创伤"。所以我对她始终很好，她对我的要求，我都尽力去做，要当"企业家"什么的，都是她的鬼点子。

但现在，我要写一部书确是我自己不可动摇的决心。当然，我还要搞好专业，做好工作，工程师要当，要我做什么领导，我也不推辞。

文学创作嘛，也就是利用适当的业余时间来进行。

徐静始终不忘她的第一个男朋友，或者说，虽然他们分了手，但她始终对他有好感。

那个人，据她说是"人很聪明，既漂亮又潇洒"。而正好，那个人特别善于投其所好，说什么"希望像基督山伯爵那样发一笔横财，给她盖一幢别墅，她在里面种种花，养养鱼，喂喂猫，不会烦闷的，还可以看看小说"。还说此人有志，"他的野心是当国家总理"。我当时虽然觉得好笑，但却没说什么，我不愿意说使她伤心的话。

他们分手的原因，大概有三：一是徐静的爸爸不喜欢那个人，说他像个公子哥儿；二是那个男的家里也不喜欢徐静，说她娇气又傲之类，徐静考到军校也就是当兵了，男方家里反对两地分居；三是那个人在学校里，瞒着徐静和青岛有权势人家的小姐谈恋爱，以便能分配到青岛。而那个男的说，这一切都是为了徐静。徐静给我的信里这样说："她忍无可忍，靠这种卑劣手段得来的幸福能算作幸福吗？"所以他们分手了。

她和晓红是同学，她假期到烟台姑妈家里去，急急地要姑妈给她介绍对象，要找飞行员，而徐静的伪装是很巧妙的，姑妈认为她很好，所以就介绍了我。

春节前夕，她给我写了一封绝交信，我接信后，第二天就到六安去了。

次日傍晚到了她所在的部队，谈判结果，她对我很好，又送我一些书什么的，并答应我成功以后和我结婚。

由于我是休的探亲假，我当时想，如谈不好，我就回老家。

她说："你现在不能回厂，你到南京去吧。"所以，我就到你那里去了。在南京，对你们撒谎，希望你们谅解。

我从南京回来不几天，她就休探亲假来到济南，早晨到，晚上走。这次她简直是对我献殷勤，又好像是在追求我了。

其实，经过我和姑夫的分析，她在给我写绝交信时，就已经同她的第一个男友取得了联系，但又不敢最后确定能否恢复关系。而她看我可能有所作为，或者她家里要她和我保持关系，所以对我挺好，以作两手准备。假如能和原男友恢复关系，就跟我彻底断绝；如不能恢复关系，就跟我结婚。

她回家后，她爸爸、妈妈让她给我寄来了一些花生，她还给我写了一封信，说什么"这次在济南见面，你给我印象不错"，还要我不要乱花钱之类。我们估计这时她还没有恢复关系。

我送她走时，她说春节给我来信。结果到初四也未见信，拍电报也没有回音，我感到事情有变，就在正月初六上午到了蓬莱，结果遇到了她们全家的冷脸，我也见识了翻脸不认人的境况。

　　下午我就到了烟台。我和姑夫分析，这时她肯定已与原男友恢复了关系。她在六安时，还对我说"人的爱情只有一次"之类的话，要不是恢复了关系，她爸爸、妈妈不会对我那样。

　　我在烟台住了四天，今天返回单位，明天上班。

　　这几天假，是我春节前为了徐静的到来而已经加班了的。

　　应该庆祝这件事，因为我现在已经认清了她这个人，我已经解脱了，对她没什么可留恋的，她不值得我爱，是我爱错了人。

　　姑妈一家人都劝我在济南找对象，我相信好人终有好报。

　　都是年轻惹的祸！我一定吸取教训，好好工作，好好生活。

　　祝一切顺利！

弟　振华

1983年2月23日

振华弟：

　　来信收到，知工作生活已进入正常，我心中也就踏实多了。

　　应吸取以往教训，有事兄弟间要真诚相见，共同根据情况，出出主意，打虎还要亲兄弟。

　　你们分手了也好，少却了许多麻烦。

　　对母亲和家里人只说，大哥不同意两地分居，就双方自动终止了关系。

　　对同志、对女友，都要多看到人家的长处，多接触为好。通过正常接触、交流、沟通，进一步了解其内心世界。此事，最理想的是就近解决?！

　　鉴于此次受到的挫折教训，特将以下几句名言警句相赠，兄弟们互勉：

　　翻手为云覆手雨，纷纷轻薄何需数。

　　纸上得来终觉浅，绝知此事要躬行。

　　塞翁失马，焉知非福?

　　祸兮福之所倚，福兮祸之所伏。

　　妻贤夫祸少。

　　行路难，不在水，不在山，只在人情反复间。

　　天下不如意事，十常有八九。

　　水至清则无鱼，人至察则无徒。

　　人有不为也，而后可以有为。

愚兄　振源

2月28日

良言善道之

失恋对人的打击是巨大的，需要向亲朋好友倾吐，借以排解胸中郁闷，同时也能得到他们的帮助。

振华还没有向晓红汇报，晓红妹妹就先来了一封信，给振华指点迷津。

振华哥：你好！

我接到了徐静的信后，想了很多，我想我该写封信给你。

你和徐静的事就结束吧！你不要再缠在这件事上。

你们既然分开了，就各自去寻找各自的幸福，开始各自的新生活。

人的一生是短暂的，应该好好地生活，你千万别把眼睛总放在这件事上，把你的精力从这上面转移出去。

人身上既有善的一面，又有恶的一面；既有个人利益需要满足和维护，又有他人利益需要满足和维护；人的一生总是行善行恶兼有。

在你的个人问题上，我们大家都没有做好。一是人的复杂，二是人的简单。复杂是心理、感情、思想时时在变化，考虑各种情况；简单是，对问题看得不深、不透、不远，解决问题的方法也不好。总之，许许多多复杂的因素，产生了一个使人痛苦的结果。

振华哥，向前看，向前走，从过去的一切中摆脱出来，挥手告别吧，开始你新的生活，三分之二的年华还等待着你，不要让这一年来的经历，毁了你今后的生活。

开始，开始你新的生活吧！也让徐静去过她的生活。

回想我在你这个问题的整个过程中的所作所为，也是有许多教训要汲取的，我也有责任。

妹　晓红

3月29日

振华哥：你好！

来信和寄来的图章都收到了。

这个藏书章我非常喜欢，真可以说是我自己的一个宝贝。我想就冲这枚藏书章，我也该好好整理和收藏我的图书。

谈到你找对象，我觉得你适合找一个温柔贤惠、年轻一点，好看一点，思想意识比较单纯，有一定进取心的姑娘。这是有利于你这个人、你的生活、你的事业的。

在方法上你可要注意，要讲究策略。

我爸爸、妈妈总希望你找个大学生，其实我不这样看。男子一般应讲才识，女子一般应是外貌和性情，有一定知识就行。

现在女大学生思想意识都有点怪，我觉得对于你来说，性情温柔、相貌俊秀、心地善良是第一位的，其次是她的知识、修养。

你现在也应该积极地找了，不然你年龄也就偏大一点了。

我说的只供你参考，大家七说八说的，别把你说乱了。

总之，你自己该了解你自己，自己到底需要什么样的人，按照自己的愿望去寻找。我就是这样。

谈到文学创作，我觉得要广泛学习各方面的知识，像哲学、历史、逻辑学……另外，要增强自己的感受力、表达力，感受不丰富或表达能力不行，则写不出真实感人的文章。

再有就是要进行深入的思考，许多名著都很富于哲理，给人以启迪。

我觉得，感受、表达、思考、知识四者的结合，便是比较全面正确的路子。

要是能结识一、两个在文学方面有造诣的朋友就好了。

你应该把本职工作做好，这是个根本，是基础，是保障。

我现在一切都好，一面努力地工作，一面学习各方面知识，一面在找男朋友。

祝顺利！

妹　晓红

4月6日

振华：

来信收悉。

你勇于探索文学创作的决心值得赞赏，这是一条艰苦的道路，会有挫折，会有失望，也会有暂时的失败，要有一往直前的精神，要有百折不挠的毅力，要虚心，要踏踏实实地一步一个脚印往前走，只有这样，才会取得成功，你的愿望才能实现。

你的计划，我认为前一部分还是对的，多学习些知识，开阔眼界，这是写作所必需的。至于后一部分，十年写作，五年修改，这框子恐怕定得太呆板了，是不是从什么期刊杂志上看到某大作家用十年、二十年才写成一部名作，而想到的呢？这个意见供你参考。

我想你是否能从散文、短篇小说写起呢？边学习，边写作，逐步提高写作能力，要写得朴实，不要哗众取宠。当你积累了足够的素材，具备了相当的写作功力时，你的长篇大作就会呼之欲出、一气呵成了。这样好吗？

你和徐静的分手，应该好好总结一下。我并不了解你们之间的恋爱过程，但我觉得在你严厉地抨击她时，你也应该冷静地批判一下自己。我想在这件事情上，你不会做得尽善尽美吧？

生活是不会一帆风顺的。跌几个跟头，会使你聪明起来。

选择朋友，各人的标准不一样。树林大了，什么样的鸟都有。要做到志同道合确是不容易的事情。我想你在寻找对象的过程中，希望相互之间能更多的互相了解，知心、交心，平等待人，要能同甘，更要能同苦。在你艰难痛苦之时，她应成为你的慰藉，在她遭受挫折困难时，你更应毫不犹豫地做她的后盾。不要指望少给予，多收获。

我也许说得多了。总之，我是希望你能够尽快找到满意的伴侣。

你未来的嫂子还没毕业，我们不准备今年办事，到时会通知你。

许思贤春节已结婚，我没回京，没能参加他的婚礼。

我们今年的工作，一个是接去年的"烧结过程脱除钾钠"课题，一个是新项目"烧结过程节约固体燃料"，工作均安排得比较紧。

祝好！再谈。

友 文江

1983 年 4 月 27 日

振华同学：

来信早已收到。由于前一阵较忙，未及时给你回信，望谅解。

看了你的信后，知你和原先的对象吹了。她脚踩两只船，是很不道德的，你们分手是对的。

但我觉得你应从此事中吸取经验教训，看问题、看事物，都应抓住其本质。

我知道你诚实，做什么都一心一意的，总的说，你还是比较单纯的。但是，在社会上，太单纯是容易吃亏的。

所以，看问题应该深一些，细一些，多想一些。不能都只是从主观愿望出发，应多客观地分析问题。

对于自己爱的人，也要既能看到优点，更能看到缺点。

还有，就是两人的爱情还要有一定的物质基础，最好靠一头。你不是济南人，家又不在济南，最理想是找个济南人，只要人品好、本质好，就可以。

还有就是，你谈的准备写小说。我觉得，这并不是只从主观愿望出发就行的。什么都不是做不到的，但要有恒心。只是出于一时的冲动或气愤，是写不好的，也写不成小说的，更何况你所向往的长篇小说。

我觉得，你若是决心搞文学创作，就应能坚持到底。同时，有几点是应该注意的。

首先关于题材，你信中说，主要是取自你的经历和虚构。我觉得，像你现在的情况，绝对不能虚构故事情节，最好是从切身经历的事物中，提炼出有意义的东西，加之以文学的手法，这样的文章、小说，才有生命力。一开始就虚构，以你现在的条件，是不适当的。

其次是篇幅，以你现在的条件，可先创作一些短篇小说，可以是你构思中长篇的部分章节，也可是你生活中感受最深，并可以提炼出有益的教训的事件的反映。一是可以练习一下文笔，二是为将来做准备，三是通过别人对小说的评论，找到小说写作的优缺点，以便扬长补短。

最后是，你应仔细观察社会，通过现象看到本质，看到事物内部的联系与制约。任何事物的产生，都是有其原因的，你应该学会观察社会、分析社会。这样，写作起来才能文思泉涌，生动深刻。

就提以上看法，未免有点不谦虚，望原谅了。

我现在在西昌实习，过一阵还要到渡口去，大概八月才能回校。

祝不断进步！

许思贤

1983年4月29日

"一清二楚"

徐静收到振华的绝交信后，很快就把振华写给她的全部信件都寄了过来，一些物品不方便寄，说以后有机会捎过来。

1983年5月初，振华收到了徐静的一封信，让他于5月4日晨8时到济南站接站，王银环途经济南，将代她把振华的物品归还原主，并要求把她的物品准备好，让王银环带回。

振华按约定时间到车站站台上接站，从站台上一位解放军女战士手中取回了自己的一提兜物品，但并没有再执行徐静的"命令"：归还她的物品。

王银环问振华："有没有东西需要我带给徐静？"

振华答曰："没有！"

王银环也不好多说，就上了车，走了。

振华以为，你不守信用，不归还两人全部信件，我也不还你的物品，没什么说的，也算报了"一箭之仇"吧！同时，让徐静也尝尝受欺骗的滋味！让她也难

第二部　第七章　怎么办

第五三五页

受难受吧！

回厂后，振华给徐静去了一封信：

徐静：

按你信中指示，我已按时到济南站取回了我的物品，谢谢。

关于你留在我处的些许物品，连烧毁了的你的照片灰尘都已封存。

我近几年要封存这些东西以及由这些物品给我带来的爱情和愤恨，集中全部精力，达到汉语言文学专业本科毕业生水平。

我学成之后，还要广泛阅读国内外文学名著，然后就将进入创作阶段。

那时，我将把这些物品摆在我面前，我的头脑里就会历历再现当时情景。

你如果不需要这些没有用的物品，就放在我这儿吧。

这些物品如果归还你的话，也只能给你带来不快，带来麻烦。

如果你有别的想法，我可以寄远远超过这些物品的价格的金钱来补偿。

王振华

1983 年 5 月 4 日

徐静收到这封信后，发来了一封"义正辞严"的声讨书：

王振华：

归还东西是由你提出的，所以你没有理由食言。

至于我看见这些东西是否会引起什么不快，早已不在你关心的范围内了。

你的东西放在我这里，是对你人格的污辱！

那么，我的东西放在你处，该作何解释呢？

该不会是对你人格的提价吧？

奇怪的是，一个人的人格的收缩系数如此之大，大到能随着利益而变。

对于你的品质，我知道的太清楚了，以致难以再受蒙蔽了。

对不起，东西请还来。怎样处理它们，是其主人的事，任何别的人无权干涉！

是你自己把事情做绝了，你无情地辱骂过人家，还想得到人家的帮助，真是太可笑了！

徐静

1983 年 5 月 7 日

像毒蛇一样可爱的静：

给你台阶下你不下，给你脸你不要脸！

受蒙蔽吗？受蒙蔽的不是你，而是悔恨的我！

你不仅欺骗、愚弄、亵渎我一生仅有的爱情和家庭中本应得到的幸福，而且还以卑劣的手段欺骗去了你的罪证！是你受蒙蔽吗？不能再受蒙蔽的是我！

品质吗？你这样的家伙也不配谈"品质"这两个字。

难道一个人为了追求自己所谓的幸福，就可以牺牲他人终生的幸福乃至生命吗？就可以在热恋她的情人千里迢迢到达她家之后，遭到的是一片谩骂和"滚滚滚！立刻就滚！"的吼叫吗？

如果这样的人能算作品质好的话，那么世界上就绝不会再有什么品质坏的人。对具有这样"优秀品质"的灭绝人性的野兽，还有什么道义可讲吗？如果像这样的野兽也认为人的品质不好，那么，人也只是为了对付野兽才跟野兽学会的防身和打击野兽的本领，即以其人之道，还治其人之身！

在利益面前收缩吗？我要你归还的，是我给你的所有的东西，你全部归还了吗？

在利益面前收缩的是你，而不是我。

在我还没有识破你这个阴险的家伙的时候，即使你提出断绝了关系，我到六安也是把我买的电梳子等物品带给了你，即使在蓬莱被你赶出家门之后，我还说，要让晓红在武汉给你买双皮鞋。

这样的人，是在利益面前收缩吗？是你恶狠狠地说："一清二楚！"

食言吗？食言的是你，而不是我，是你欺骗了我。

既然你为了追求你那流着鲜血的所谓"幸福"，而不顾及他人的生命，那么，我就要为了使人们认识这样的家伙，让她身败名裂、在我们伟大的祖国无立锥之地而奋斗！既然有些东西能帮助我完成这一事业，我完全可以遵照我自己的意愿去做！

可笑吗？可笑的是你，而不是我。

在你卑鄙地骗去了那些罪证之后，你不是说要帮助我回忆，甚至帮我虚构吗？

这才叫可笑呢！那么，现在你明白了，我不是要为你树碑立传，而是为你掘墓时，你不想帮忙了，难道罪犯因为不想受到惩罚就可以不受惩罚吗？

此致

"振华，我亲爱的"
1983 年 5 月 10 日

亲爱的静：

昨天这个通信日，刚给你发走一封信，这封信"措辞太严厉，可能你接受不了"。

所以，今天去此信，缓和一下，毕竟爱了你一场。

我知道您很忙，再加上"难以再受蒙蔽"，"也可能不屑再回信"，那就继续忙吧！

衷心地祝贺你！在我的帮助下，你也彻底地解脱了，可以心无歉疚地全身心地去爱你的白马王子了！

我受你骗而上当多次，这次你受了我一次骗、上了我一回当，我心理上也平衡一点。

你骗我上当容易，我骗你上当就不容易了，因为我愚笨而实在，而你狡诈而虚伪！

不管怎么说，我们就此扯平。你不再受蒙蔽了，我也不再恨你了。

你若同意，就此作别，永不再见！

哈哈哈！"典型的、低级的、狭隘的农民意识！还不承认，真是太可悲了！"

这几句话，我替你写出来了，为你免去再提笔的劳累。看看，我是处处为你着想啊！

否则，我信守我的诺言，将你的物品"一清二楚"交割清楚。我记得大件物品是一条毛裤、一件T恤衫、一条单裤，还有个温度计、一个小相册、一个小石头鸽子，几本书，还有什么来着，哦！还有一支红色圆珠笔，还有吗？我一时想不起来，干脆请你列个清单来。

我准备好之后，请你亲自来取走。邮寄或托人捎带，我都不放心。一旦丢失，我负不起这个责任。

亲爱的，美丽的泉城随时欢迎你来！

但你是领教过的，济南小流氓可是真不少！请你把《三国演义》带上，路上看看，里面有一身是胆的赵子龙，给你壮着胆！

若出于安全考虑，你一个人不敢贸然前来的话，那么，为了显示"总理夫人"的派头，坐一架专机，或乘专列来，再由"总理卫队"护驾，则安全无忧矣！

其实，我也不欠你什么。

尽管你"视金钱如粪土"，我这个"农民意识"很重的人，却深知每一分钱都来之不易，都是很宝贵的。

可能你忘了，也可能还记得。在见面之前，我考虑你刚刚毕业，还没发工资，又要花钱，就曾在信里夹寄过一次钱；你从济南返回单位后，我考虑没有送你什么东西，又把我节省下的一点钱寄给了你，请你买双皮鞋、雨伞什么的。我感觉，这些钱买你给我的物品绰绰有余，余下的就算你为我打毛裤的工钱吧（太俗了！农民意识又来了！简直没办法，无可救药！）！

我辛勤工作一年，不仅分文没积下，还负债累累，可谓鸡飞蛋打、人财两空！可悲可叹，自作自受！

如果，你上封信说，区区废物，不值一提，都留你那里吧！那才显得你是真有水平，心地宽厚，我还能再去报复你吗？

亲爱的，作为一个过来人，在此友好地提醒你：

既是偶像，就必然有倒塌、破碎的一天！一座倒塌了，另一座也必然破碎！

在那不幸的一天必然到来之时，你或他可要挺住啊！亲爱的！

"愿明月带来你的微笑，带给你我无限的深情和真挚的爱！"

永别了，亲爱的！

曾经爱你的振华

1983年5月11日

尊敬的徐叔叔、阿姨：

您二位好！

现在我和徐静已彻底分手，恩怨已了，一清二楚了。她走她的阳关道，我走我的独木桥。

尽管叔叔为中国人民的解放事业和抗美援越做出过许多贡献，但是对女儿的教育却不是很成功的。

在蓬莱时，看到她对父母态度恶劣，我很气愤，但只能委婉地提醒她，却遭到她的怒斥！

在我老家，尽管她确定了1983年国庆节结婚，但又提出了"老人不能和我们住在一起"的前提条件。

这样一个忤逆不孝的女儿，不知您二位是怎么教育的？

恐怕将来你们老了，想和她和她丈夫生活在一起也不可能。以她的性格脾气，想让她为病床上的老人擦屎端尿，更属天方夜谭。

希望您二位有所思想准备，不要对她依赖过多。

儿子年龄还不大，不知对你们态度如何？

也许现在还用得着您二老，态度好一点。但也要尽快加强教育，"养不教，父之过"，万事孝为先，养子防老啊！希望引起你们的重视。

我很喜欢和尊敬您二位老人，觉得很合得来，在一起也非常高兴，可惜缘分有限。在蓬莱，叔叔给我以很高的评价，也成为鞭策我继续进步的动力。

离开蓬莱的时候，你们包括徐静都认可了这门亲事，已谈婚论嫁。因此，告别时，我握着叔叔的手，激动地叫了你们一声"爸爸、妈妈"，看得出，您二位也很感动。

但随着事态的发展，徐静和前男友又恢复了恋爱关系，这是您二位和我都无能为力的。人各有志，各有所爱，尽管我非常遗憾，也没有任何办法挽回。

爱情是强求不来的，强扭的瓜也不甜。既如此，在这里，我就把这个称呼收回吧，请你们谅解。

在蓬莱的日子里，受到了你们无微不至的热情招待，至今仍历历在目。"受人滴水之恩，当以涌泉相报"，不知日后还有没有报答的机会？

祝你们身体健康，精神快乐！

再见了！

王振华　拜上
1983年5月18日

痛定思痛

这一场旷世畸恋，历时一年多，现在终于尘埃落地。

徐静连续收到振华的最后两封信后，已"不屑于再回信"。

沉默就是默许。看来徐静同意振华提出的建议，恩怨已了，一清二楚，就此作别，永不见面。

虽然彻底分手了，但是对于振华来说，这场刻骨铭心的恋爱，在他心里造成的影响却不是短期内能消除的。不管大哥、晓红，还是文江、思贤，都说到要认真吸取这次事件的教训，这样才能更好地对待恋爱婚姻问题，同时也必须把徐静在自己心里造成的许多负面的影响清除，才能放下包袱，才能更好地生活与工作，才能更好地面对未来，去实现自己心中的梦想。

翻来覆去，思考了几天，王力波固然可以谈谈，但深切了解这件事来龙去脉的还是程华夏，给她写封长信吧，倾吐一下自己胸中块垒，从思想上做一了断，彻底放下，轻装上阵。

程华夏同志：您好！

首先感谢您在处理这场感情危机中所发挥的积极作用，阻止了人在失去理智时所可能发生的悲剧。

您4月6日的来信早已收到。

5月4日，徐静的同学王银环途经济南，把我的些许物品已归还我。

现在看来，像个笑话，不过是个小收音机、几盒磁带罢了。

徐静放在我这里的些许物品，也就是几件衣服（也是我寄钱买的），我不想还她了，她若执意要，就请她回家时来拿吧。

我于5月10日、11日给她连去两信，表达此意，她若不要了，互相扯平，就此作别，永不再见。

现已10天过去，她没有回音，就算默许吧。

那么，就此永别，她走她的阳关道，我走我的独木桥。

"飘风不终朝，骤雨不终日。"

当狂风暴雨过去之后，一切终于恢复了风平浪静。我也由一个盲目的热恋中的性格扭曲、弱智、失去人格尊严，到失恋时的痛不欲生、非人非鬼、愤怒、狂躁、疯狂的人，逐渐回归为正常人的理智，恢复了一个人的尊严。真是恋爱使人变成鬼，失恋、梦醒、清醒后，鬼又升华为新的人。

痛定思痛，感慨万端，如鲠在喉，不吐不快。

但是我已写信给徐静表示"永别了"，那只有跟您谈谈了。因为您既了解事情真相，您也是党组织的人，也是徐静的领导，我也是相信您的。

为什么还要写这么一封长信呢？徐静写"万言书"时，说她也不知道为什么要写？

我想，把这一年来的事情，从思想上做一下清算，做一个了断，把徐静加在我身上的不实之词来一番澄清，把徐静压在我身上的几座大山彻底掀翻，把扭曲了的性格、个性矫正过来。

总之，是要肃清徐静流毒，放下包袱，轻装上阵。

但这封信，在所难免的仍然有些偏激，我的同学就来信说："我觉得在你严厉的抨击她时，也应该冷静地批判一下自己，我想在这件事情上，你不会做得尽善尽美吧？"是的，这是我以后慢慢还要思考的问题。

上次给您写的长信，徐静称之为"控诉书"，是上大夜班（23:30～7:30）时在值班室写的，头脑昏乱，失去理智，写完后再看一遍的劲也没有了，下班后直接就寄给您了。写了些什么，我也记不得许多了，恐怕发泄愤怒、偏激之辞是少不了的。

徐静看了几遍这份"控诉书"，于3月22、23、24日，连续给我写来三封信，尤其是第一封，可谓"万言书"，我称之为"申辩书"吧。

对徐静的"申辩书"，我不知道经过了组织把关没有？

如果您看过了这"万言书"，为了平息事态，也不会允许她这样颠倒黑白、指鹿为马、掩耳盗铃、翻手云覆手雨，让人不知道她哪句话可信。

就在1982年12月22号，大概她已经决定要和我分手了吧！她在"万言书"中说"当别人谈到他们的朋友、爱人时，我都羞于听。因为什么？我不爱你，而你却是我的对象，或者叫未婚夫"。但她还来信假惺惺、虚伪地说："我是把心上人放在第一位的。"（不知道哪一个人是她的心上人？或许又把我想象成她的"他"了吧！）表示腊月三十要到济南，陪我一起过春节。可是她却又在1983年1月12日就寄来了分手信，"你拨不动我内心深处这根爱情的弦"，"要果断地结束这没有爱情的关系"。简直让人不可思议，难以捉摸，无所适从，难以接受！

　　她的谎言张嘴就来，眼都不眨，她虚伪地披着好几张画皮，让人认不出哪个面目是真正的她，恐怕她自己也不知道。而且通篇仍然充斥着诋毁、羞辱的言词，让人难以忍受。

　　如"你太狭隘"、"既无知，又霸道"、"极端的个人主义"、"多么低级、狭隘的农民意识"，等等。她仍然拿出女皇的架势，高高在上，颐指气使，盛气凌人，仍然使人有受侮辱之感，完全没有把我当作一个平等的人来对待，令人十分气愤！

　　经过徐静的同学任晓红的妈妈（也就是我的姑妈，在烟台工作，姑夫在部队工作）介绍，我于1982年3月10日给她写了第一封信，就使徐静分外动心。

　　她在回信中说："你的信、你的诗歌，都明白地告诉我，你很热爱生活，是生活中的强者，在弹拨着生活的强音。这种热情也深深地感染了我，激励了我，激励了一个消沉、颓废的人的心。为此，我感谢你，衷心地。你可以随时给我来信，告诉我你的工作生活情况。我相信，能够从你那里吸取很多的力量，帮助我进步。你是站在坚实的大地上努力拼搏，追求美好的未来，追求高尚的精神生活，既实际，又脱俗，你也一定会成为我坚强的后盾力量的。"（3月14日）

　　我的回信还没有发走，她又急切地于16日来了第二封信："说实话，我感到你是一个很好的人，是在我以前生活的小圈子中从没有遇到过的一种新型的人。你思想深刻，哲理性很强，感情也较细腻丰富，心胸也坦荡。这些都促使我很愿意与你交朋友，只有一点遗憾，就是不能见到你本人。"

　　姑妈在作介绍的时候，就跟我说过，你愿意就愿意，不愿意就不愿意，不要坑人家。我一看这位徐静姑娘对我很青睐，就写信介绍了自己及家庭成员的情况。

　　徐静于3月25日回信说："你的信简直把我带进了童话世界。你的母亲、家庭以及你本人的奋斗史都深深地吸引着我，我既感到新奇也感到快慰。尤其是你把自己的一切毫无保留地告诉我，这样坦率、真诚，这样信任我，我心里真高兴。看了你的信，应该用什么词句形容心情呢？对，应该用'很欣喜'三个字，尤其是得知你的性格时，我很欣喜，这与我虽有不同，却也有相似之处。"

　　经过书信的进一步交流，感情在不断升温。

　　徐静在4月6日的信中说："振华你好，你真好，我喜欢看你的信，也盼望你来信。你要相信我，虽然我们没见过面，却正如你说的那样，心灵相倾，'一见如故'。我的心也是赤诚的，感情也是纯洁无瑕的，是真实的，你相信我吗？"

　　徐静还给我姑妈写信，对姑妈、姑夫表示感谢。她的同学、我的表妹晓红也给我来信说："关于你和徐静的事，我打心眼里替你们彼此找到了知己而感到由衷的高兴。用徐静的话说，就是她看到了生活的希望，她似乎有一种开始了新的生活的感觉。"

面对徐静的热情和其他方面的信息，我于4月15日给徐静写信表示："静，你现在很有眼力，没有认错人，他不会辜负你对他的殷切期望的，他决不会在你已受过创伤的心灵上再留下创伤。我们的结合，一定会是甜蜜的、幸福的。"在我看来，这就是我庄重地对她发出的"爱情誓言"！

徐静被感动了，心灵受到了震撼，于4月19日的信中称："振华，你好！我不知道用什么语言表达内心的感情！你真好，真是太好了！看过你的信，我哭了，真的。你的信，不！是你的心，你的感情，你的热恋，这样强烈地震撼着我！我怎能不为之感动呢？告诉你，你是我可以依赖和依靠的亲人。在这茫茫的人海里，心在寻找着心，上帝终于仁慈起来，把幸福爱情和你一起送给了我，我真是陶醉了，和你在一起，一定会是幸福的。当爱情是纯洁无瑕的，不掺杂任何杂质的时候，它才是甜蜜的，它又只有你才能够给我。"

徐静在5月10日的信中又表示："我对你的爱是深沉的、执着的、真挚的，我把你当作我唯一可以依赖的、能够帮助我、陪伴我走完人生旅途的亲人、知己，这是感情上、心灵上的寄托和希望。"

徐静在6月2日的信中说："现在我又遇到了你，具体我也说不清你是什么地方这样吸引我。可自从认识你以后，就感到心里很踏实，无论遇到什么样的事，想到你就有力量了。我这样假设过，如果你现在离我而去，那我将会十分抑郁的，会像失去了生命的支柱一样，真的。"

华夏同志，您看看徐静信中这些情真意切的话语，不是她真心实意的表露吗？是假的吗？这些内容，既反映了她的真情实感，也表现了她的个性，是任何人也编造不出来的！

而她在绝交后的"申辩书"中却说："我明白了，我对你只是感激，并不是爱，是敬佩，不是情。在学校，每当晚上我躺在床上，脑子里出现的是我第一个朋友的形象，而手中拿着的是你的信。有时候给你写信，就把你假设为他了。"

呜呼哀哉！这前后的话是一个人说的吗？真是判若两人！让你相信什么呢？她的话还有可信之处吗？让人欲哭无泪！

子曰："人而无信，不知其可也。大车无輗，小车无軏，其何以行之哉？"在这个世界上，一个言而无信的人，早晚是要摔大跟头的。

大概您也会觉得奇怪，这些话不可能是我编出来的，必是徐静信中的原话。可是，她写给我的信不是已经由她全部烧毁了吗？这是怎么回事呢？

徐静虽然小聪明且狡黠，但她做梦也想不到"在学校时的信，证明着我的错误，见面后的信，证明着我的软弱、退让和虚伪，信还给你，对不起我现在的男朋友"的这些信件的"精彩内容"，由于我爱得深切，为便于随时观看，而做了摘录。这真是，自助者，天助也！

我既发出了爱情的誓言，我就尽一切努力去爱她，可以说我是这个世界上唯一能宽容她、接受她全部优点和缺点、无条件爱她的人。

这是由于她是我的初恋对象，而初恋的纯洁性和执着，再加上见面前介绍人对我的要求："我们看了信，都为你们两人高兴。我还是要看你们见面之后的情况，你们能相互怎样培育和浇灌这朵美丽的爱情之花？使它永不凋谢。我希望你，在见面后，应表现为落落大方，关心和体贴女方，细心照顾。一定要处处主动热情，但要稳重和机智。就是遇上女方不满意自己，也要一直真心实意地追下去，毫不动摇自己对女方的衷情，准备几经周折，最后胜利一定会是你的。"

对我始终不渝的坚贞的爱，徐静也是有所感触的。她说："你怎么这么信任我！怎么这么对我好！再也没有比你对我还好的了！"还说："看来我就需要找你这样的老实人，花花公子不行。"（摘自当时我的日记）就是在她的"申辩书"中，也不得不承认："你深深地爱我，对我是太好了，即使我是一个铁石心肠的人，也不会不受感动的。"

可是徐静有多副面孔，也有她的强盗逻辑，颠倒黑白、指鹿为马是她的拿手好戏！她把我坚守爱情誓言，真心实意、毫不动摇对她的爱，把人世间对纯洁爱情的不懈追求的崇高情感，说成是："可你总是不肯让步，总要维持它。一个果敢、坚定的男子是不应该、也不会这样做的。"（摘自申辩书）

这是人话吗？这是人的情感吗？这是对我人格的侮辱！不正是她此前的"山盟海誓"才坚定了我对她的追求吗？

徐静和她的初恋男友，一致认为：人要有野心，为实现目的可以不择手段。

她说，她男友的野心是要当国家总理。可是她们不懂：野心用于失败者，雄心才用于成功者。

为了实现和我相爱的目的，徐静一会儿在信中说："上帝终于仁慈起来，把幸福和爱情一起送给了我，我真是陶醉了，和你在一起，一定会是幸福的。"

而为了达到和我分手的目的，她又说："你信奉命运的安排，也许你我的相遇也正是上帝的意旨。可是，难道上帝就完全正确？上帝就是万能的吗？"

同一个上帝，同一个我，为了达到她的不同目的，她就是这样不择言辞、不择手段！

她在给我的信中，说的明白：她和她男友的分手，一是由于双方家庭的阻挠；二是男友为了毕业后能分配到青岛，而和青岛籍的姑娘谈恋爱。她去信质问，她男友回答说：这都是为了你！其目的就是为了以谈恋爱为跳板，分配到青岛后，再把无辜的可怜的姑娘一脚踹到大海里，再把徐静弄到青岛。这是他们两人直接的对话，绝非她说的是什么谣传！！

徐静认为这太卑鄙，就和他分手了。而在申辩书中，徐静却又说"确确实实是一场误会!!"不知误会在哪里?!而她的男友实现了分配在青岛的目的却是真!!他们又恢复了关系也是真!!!

这真是让人哭笑不得,真是掩耳盗铃,此地无银三百两,认为世人皆弱智啊?!

我在写给她的绝交信中说她,千方百计、想方设法与前男友取得了联系,就给我写了绝交信。徐静在"申辩书"中又矢口否认,说即使不能和前男友恢复关系,也不和我继续保持关系了,并由您陪她去了合肥的婚介所去征婚。

这完全是她"明修栈道,暗度陈仓",掩人耳目的一套鬼把戏。既不想取得联系,断交一年半了,还给前男友写的什么信?分明是探路,看前男友是什么态度?说她已有了男友,劝对方尽快地找女朋友,这就是投石问路了。

收到前男友回信后,回信内容我不得而知,我也不愿妄加揣测,大概这位先生此时已经把"过河的桥"拆了,她就立刻给我写了绝交信,因为不和我绝交,就不可能和前男友恢复关系。

这从时间上分析,是完全合乎逻辑的:"申辩书"中说,"在八三年元旦那天,我给他写了分手后的第一封信",元月16日,她写给我的绝交信,不正是接到男友回信后,立即采取的异常果断的行动吗?有什么好说的?不先把我"踹一脚,一边儿凉快去",是不好谈恢复关系的!

"申辩书"中还要在我面前美化她自己,假惺惺地说"我把自己的路堵死了"(指已有了我这个弃之如敝屣的所谓"不和他恢复也会离开你"的男朋友),她既然和您去征婚,那么她的男友在哪里呢?简直是驴唇不对马嘴,胡说八道!

唉,真不知道她哪句话可信?对于为达目的而不择手段的人来说,这也太可笑了!即使结了婚还能离婚呢!何况一个看不上了的男朋友,八分钱的邮票立马就可以解决所有问题:我不爱你,"你永远也不可能成为我爱的人",拜拜!!

事实上,她也正是这么干的!

与前男友取得了联系,当然,这种联系可能一直就存在,要不然也不会还留有他的毕业后新的工作单位的通讯地址。

但是,要恢复关系,还是阻力重重,起码徐静的父母就不喜欢这个人,而喜欢我。徐静的爸爸也是个部队因伤残而退役的干部,他说:"从来没见过这么好的小伙子",还说我"多才多艺,才高志大"。据徐静说,这个男孩的父母也不喜欢她。因此,能否恢复,也存在一些未知数,需要在春节假期里解决、敲定。

接到她的绝交信后,对我打击太大,也没法工作了,高炉炼铁是很危险的,一千多度的高温铁水就在眼前奔流。我去了一趟六安,打算见她最后一面再说吧。节前休假,徐静途经济南来看望了我,对我很好。回蓬莱后,又给我寄花生,又写信,还要我给她写信,要我节省花钱,并说春节再让我收到一封信,大有恢复关系之迹象。

结果，我等到大年初四也没收到她的信，就发去一封电报询问，无回音；初五下午我又发一电报，说我晚上乘火车去蓬莱，她初六早八点多收到电报。

初六上午，到了她家之后，她不在家。一看她爸爸、妈妈的冷脸，我就知道完了。以前他们对我是多么热情啊！

一会儿，徐静风尘仆仆、火急火燎地回来了，把我叫到楼上，讽刺、挖苦、谩骂、羞辱，一连三声地吼叫："滚滚滚！立刻就滚！"

华夏同志，您想想，这是人的作为吗？这样灭绝人性地对待一个她也曾爱过的、仍然还爱着她的男朋友，真是禽兽不如！

实际上，这时候她已经和前男友恢复了关系，她在"申辩书"中也承认了，第二天还要和她的前男友一起到青岛，所以才这样不择手段地急于把我迅速地赶走，以免我耽误了她们的好事。

这天中午正好是她弟弟定婚，本来是要请她前男友来的，我的突然造访，打乱了她的如意算盘，她怎能不恼怒、愤恨。可惜来不及了，否则她绝对要设法阻止我前来，她还虚伪地不敢对前男友说是"把我赶出了家门"。

"为达目的，不择手段"，是行不通的，"为人莫欺心，欺心害自身"，她如此倒行逆施，必遭上天报应，早晚要倒大霉！这方面最著名的文学作品，就是陀思妥耶夫斯基的小说《罪与罚》。

华夏同志，您想一想，从1982年3月开始通信，到8月济南见面，又一起回蓬莱和我的老家文登，到1983年1月我又到六安、又赴蓬莱，面对她的不满、讽刺、挖苦、羞辱，我一直不改初衷，对她非常好，仍然爱着她的全部优点和缺点，决不让她受伤的心灵再受创伤，从来没有对她发过火，没有对她说过一句难听的话，这是多么刻骨铭心的爱，这需要多么高的修养，多么深的涵养，这需要什么样的容忍的性格？需要多么宽广的胸怀？

我性格柔和，但也坚忍不拔。徐静就多次抨击我"女人气"。一个人感情丰富，看了心酸、心痛的事，马上就能掉眼泪，这是缺点还是优点？

同情是人类最好的品质之一。每次我看越剧《五女拜寿》，从头到尾，我的眼泪不断，同情三春及其夫婿，痛恨那几个势利眼女儿及其丈夫。总之，我同情弱者、善者，这泪水，洗涤了我心上的尘埃，净化了我的灵魂。同时，我也深信，"善有善报，恶有恶报；不是不报，时候未到"。《五女拜寿》同样遵循了这一规律，先前骄横不可一世的作恶者，后来全都遭到了报应。而义女三春、女婿则扬眉吐气！真乃大快人心之佳作也！历史就是这样无情！

伟大人物，也未必就无情。"男儿有泪不轻弹，只因未到伤心时。"毛主席在三年困难时期，吃着难以下咽的农民吃的糠窝头，不也泪流满面吗？

徐静到济南时，穿着一双新高跟鞋，晚上看完节目后，在街上走，脚被鞋磨

昆
仑
儿
女

第
五
四
六
页

破了，疼得她受不了，说："恨不得把我这破鞋扔了！"我爱莫能助，心疼得掉眼泪了，结果她在"申辩书"中说："我的心都凉了，这哪儿像个男子汉哪！"难道对于他人的苦难漠不关心，对自己心爱的人受罪无动于衷，才像个男子汉吗?!

徐静知识浅薄，见识狭窄，既不懂社会，也不了解人生。她就是看了几本小说，用以指导她的人生，真是可悲可叹！她既不懂《易经》，也没看过《道德经》。男人女相，乃大富大贵之相，你注意过毛主席像吗？那是否是一个女人相？性格柔和并不是不坚强。"天下莫柔弱于水，而攻坚强者，莫之能胜。""天下之至柔，驰骋天下之至坚。""弱之胜强，柔之胜刚，天下莫不知，莫能行。"

而反观徐静，我感觉她倒有点男性化，其个性、性格也处处显现一副男人的做派，这真是奇怪得很！造化弄人哪！如果徐静是个男的，我是个女的，那可就是天造地设的一对了。性格决定命运。也许徐静能成为一个女强人，但她决不会成为一个孝顺的女儿、贤惠的妻子、称职的母亲！

徐静在"万言书"中说："我本人的确没有什么骄傲的资本，无才无貌，软弱无能，为了这些，我常常自卑。"这倒是她说的一句实话。

正因为如此，要在竞争激烈的社会中求得生存，争得一席之地，就必须采取非常措施。她确有一种常人不具备的特殊本事：打击别人，贬低别人，抬高自己。她能够吹毛求疵、鸡蛋里挑骨头，不把别人贬低得一钱不值，就树立不起她的崇高、伟大的光辉形象。

她把她的初恋情人吹嘘得一副"高大全"的模样，相貌英俊，风流倜傥，才华横溢，志存高远。以此贬低我这个"农民意识"极重的人，让我产生自卑感，也就衬托得她高雅伟大。

那位先生，其相貌如何英俊、风度怎样潇洒，我没有领略过，谈一点他才华是怎样横溢、野心怎样勃勃吧。她这位才华横溢的初恋情人，在县城上的高中，恢复高考后，考了个莱阳农学院；而我这个彻头彻尾的农民，在乡村中学毕业，毕业后在农村种了两年多的地，1977年一举考上全国重点大学东北工学院，这还不说明问题吗？

但徐静不把你贬到地狱里，她是不罢休的，她诋毁羞辱道："你这是小人得志！你就是做出再大的成绩，我也瞧不起你！"这叫什么人哪?!她连一些起码的做人道理都不懂，人应该是平等的，应该互相尊重！

她的初恋男友野心勃勃，奋斗目标是将来要当国家总理，要像基督山伯爵那样发一笔横财，给徐静盖上一幢别墅，让她在里面种种花，养养猫，看点小说。

而徐静这位想当官太太想疯了的人，20岁还在当工人的时候，就为自己立下了极高的寻偶标准：团级干部，28岁以下。连她的工友们也认为这太不现实："28岁能当上团级干部，肯定是非常了不起的人，人家能看上你一个小工人吗？"

而这位先生，要当总理，要住别墅，这就让虚荣心极强的徐静晕头转向，青睐有加，一拍即合，真可谓臭味相投、一丘之貉！这虚幻的追求，必然是痴人说梦，一枕黄粱！把我的大牙都笑掉了两颗！悲矣哉！

在济南见面后，把我说得一塌糊涂：说话胶东味，举止土气得受不了，走路姿势也不对，脚也不对，腰也直不起来，把我说得一无是处，无地自容，恨不得钻入地缝。就是她了不起："我在同学中属洋气的。"

可是她不懂，所谓洋气也好，土气也好，只是表象，而非一个人的本质。而大直若屈，大巧若拙，大辩若讷，大智若愚，大洋若土，这些富含哲理的思想，她根本不懂。真是浅薄得可怜！可叹！！

大概徐静最痛恨我的就是"农民意识"了。

在绝交信中，徐静说："后来你写信，也就越来越显露出许多农民意识，越到后来，这种感觉越强烈！"在"万言书"中又发泄道："今天，你在尽一个人的责任时，却带上了浓重的个人恩怨，带上了侮辱的色彩，这是多么低级、狭隘的农民意识！"并且指出了产生"农民意识"的根源就是"存在决定意识"。

痛定思痛。看来，这低级、狭隘的"农民意识"，才是徐静深恶痛绝、水火不容、不能容忍的。

为了我以后的进步，我决心研究一下什么是"农民意识"？它有哪些特点，有什么坏处？怎样才能克服？

从哪里下手呢？不识的字查字典，不懂的词查词典。

正好手头有《现代汉语词典》，一看，没有这个词条；我想《辞海》里总有吧？《辞海》是收录中国所有词汇的工具书，一查也没有；那么《辞源》上可能有吧？再查还是没有。

这就怪了！三部顶权威的辞书里都没有"农民意识"这个词，这徐静的学问也实在太高深了，居然创造出了一个中华民族五千年都没有过的新词汇"农民意识"，为中华民族文学历史做出了卓越的里程碑式的贡献！太有创意了，真是太伟大了，真是让我高山仰止，景行行止！

我在农村生活过20多年，种过多年地，曾是个真正的农民，可我并不知道什么是"农民意识"！

而徐静这个自称"极少接触农村长大的孩子"的城里小姐，她更不可能接触农民，她既没有接触，也不了解农民，那么，她知道"农民意识"是什么？真是滑天下之大稽！

如果说，农民的意识是农民意识，那么，她徐静生活工作在城乡接合部的一个小县城里，她又是什么意识？是工人意识？半农民半工人意识？小知识分子意识？但她肯定不是"农民意识"！大概徐静是干部子弟意识？小资意识？

大概徐静从小就过惯了衣来伸手、饭来张口的寄生虫生活，没钱了就跟父母要，她不知道每一分钱都是来之不易的。一谈柴米油盐，俗！一谈金钱，太俗了！！一谈结婚需要家具、房子，这就更是俗不可耐的"农民意识"了，太低级、太狭隘了！！！

我大哥王振源，一天农民没当过，一直上学，在文登县城读高中，1964年考入东南工学院，现在是大学老师，他应该没有一点"农民意识"，大嫂是教授的女儿，更不可能有"农民意识"了。他们在给我的信中说："生活总是生活，不是幻想，要吃饭、要穿衣、要住房、要生儿育女。所以，望你们理智一点，空想不能代替现实，空想更不等于现实。"不知徐静认为这是什么意识？

既然徐静对"农民意识"这么反感，不共戴天。那么，既然徐静凭空捏造了一个《辞海》上都没有的词，我估计她也不了解"农民意识"到底是什么意识？而她信中又曾异常谦虚地说"一切都要你来教我"。

人之患，在好为人师。我曾是个农民，但我也不明白"农民意识"究竟是什么？但我应该比徐静明白一些，我不敢说"教"，探讨一下吧！

既然没有"农民意识"这个词，那么，就把"农民"和"意识"组合起来，分析研究一下，看是什么意思？

《现代汉语词典》中：农民，长时期参加农业生产的劳动者。意识，人的头脑对于客观物质世界的反映，是感觉、思维等各种心理过程的总和。

《辞海》中：农民，直接从事农业生产的劳动者。意识，人所特有的对客观现实的反映。

《辞源》中：农民，从事耕稼的百姓。没有"意识"这个词，看来这是近现代的人们创造的一个哲学名词。

关于"意识"，马克思和恩格斯在《费尔巴哈——唯物主义观点和唯心主义观点的对立》一文中曾说："意识一开始就是社会的产物，而且只要人们还存在着，它就仍然是这种产物。"

好了！"农民"和"意识"都查明白了，参考革命导师对"意识"的论述，我试着为徐静先生所创造的"农民意识"下一个定义：

农民意识：从事农业生产的劳动者们对于客观现实的反映。

华夏同志，您看这个定义没有什么大问题吧？

那么，"农民意识"有哪些含义呢？也就是：从事农业生产的劳动者们对客观现实有哪些反映呢？

我是个在农村生活二十多年，种过多年地的庄稼汉，依我的体会，"农民意识"主要应包含如下几个方面：

首先是"种瓜得瓜，种豆得豆"。什么都不种，就什么也得不到。这是我上小学一年级时，语文课本上的课文。用文化人的话说就是"栽什么树苗结什么果，撒什么种子开什么花"。再一引申一点，受人滴水之恩，当以涌泉相报；赠人玫瑰，手有余香。当然，谁种下仇恨谁遭殃！

其次是"一份耕耘，一份收获"。用徐静的爸爸经常教导她的话说，就是"没有大粪臭，哪有五谷香"。用文化人的话说就是：一份辛苦一份才。

再次是心存善念，知恩图报。农民心地善良，民风淳朴。农户的房子都没有锁门的，农民之间借钱也从来没有写借条的，但即使是人快死了，也不会忘了还人家的钱。农民都是知恩图报的。共产党分地给穷人，穷人就让自己的孩子参军，自己则踊跃支前。谁给了农民一点好处，那是一辈子也忘不了的。

第四是"谁知盘中餐，粒粒皆辛苦"。由于盘中的粒粒粮食，都是农民"锄禾日当午，汗滴禾下土"而得之不易的，他们自然要珍惜，决不会浪费一粒粮食。再引申一点就是，农民深知一粒粮食来之不易，一文钱更是来之不易。"吃屎难，挣钱难。"农民决不贪财，不会去偷、去抢、去杀人、去放火。也深知"天上不会掉馅饼"，"没有免费的午餐"，农民只是珍惜钱财，不舍得乱花一分钱。

最后是知足常乐吧！"三十亩地一头牛，老婆孩子热炕头。"看似没有远大的理想与追求。

"农民意识"所包含的这五个方面，我看不出有什么不好的，反而认为这都是人类美好的品德。

大概徐静眼里的"农民意识"，主要侧重于对第四、第五点的片面、低级、狭隘的认识，即农民斤斤计较于金钱，没有远大的理想与追求。一张口就是"吃饭了吗"，"柴米油盐酱醋茶"，太俗！太低级！太狭隘！

徐静先生说："应该说，我们有许多地方合不到一起去，这就是所谓'存在决定意识'吧！"徐静没有在农村生活过，没有种过地，甚至没有接触过在农村长大的孩子，更没有接触过农民，她不懂"农民意识"是可以原谅的，但她把"农民意识"污蔑为"多么低级、狭隘"，则是我所不能容忍的。

如果把她的"多么低级、狭隘的农民意识"发表出来，我相信，必然会遭到全国八亿农民以及离开了农村的农民的子女们的共讨之、共诛之！

所以，在此再一次给徐静先生一点"告诫"：徐静先生，请您以后说话谨慎一点吧！也请您对农民兄弟多一点尊重，如果没有他们辛辛苦苦地播种耕耘，为您提供粮食、蔬菜、水果，您还能过上这么舒适的生活吗？惹恼了八亿农民兄弟可不是好玩的，一人一口唾沫也能把您给淹死了，小心点吧！

如果您仍然执迷不悟，那就请您和您的偶像陆芩芩一起，到北极点上喝着南风，仰望着那虚幻绚丽的北极光过日子吧！

没有爱，也就没有恨。我由爱她爱得死去活来，到恨她恨得咬牙切齿！真可谓：爱之愈深，恨之愈切；爱之欲其生，恨之欲其死！尽管时代在变，但人类对爱的感受是改变不了的。这和徐静所谓的"低级、狭隘的农民意识"没有任何关系！

即便是徐静学习的榜样，《北极光》中的陆芩芩所追求的偶像——曾储，不也是从监狱出来后，听说他以前的女友结婚了，"我痛苦得几乎要发疯，跑到她那儿去，我的血在沸腾，仇恨的火焰在燃烧，那是什么事情都能做得出来的"。

可见，"得不到就打碎"，并不见得是"极端个人主义"，而是人类在恋爱过程中对爱得极深的女友背叛自己的一种共同情感！而和所谓"低级、狭隘的农民意识"，没有任何关系！

那么，产生徐静这种"意识"的"存在"又是什么呢？

徐静的父亲在部队作战致残退役时，是个团级干部。

在小县城里，这样的级别，是和县里最高领导也就是县委书记、县长同级别的，她也就是县里最高级别领导的孩子，就像县里大多数居民都住平房，而徐静家住着二层楼房一样，自小养成了一种高高在上、盛气凌人的"优势意识"，觉得自己比别人什么都高。这也就形成了她井底之蛙的可悲可怜的低级狭隘的"意识"，我就把它称作"徐静意识"吧！

在我们同学里，上海、北京、沈阳等大城市考来的人很多，有不少是高干子弟、高级知识分子的子女。有个同学的父亲是内蒙古自治区副主席，给我写信的那个同学的爷爷是北京知名人士，母亲是北京大学教授，可这些同学一点架子也没有，都和同学们打成一片，没有丝毫的瞧不起农村来的同学的意思。

一个县团级干部，在大城市里还算个"高干"吗？一抓一大把，没人当回事！

如果徐静生长在大城市里的真正高干家庭，那她的尾巴可能就要翘到月亮上去了，地球上是没有她能瞧得上的人了！如果徐静在农村长大，这样的"存在"，可能就不会产生她"高高在上"的低级狭隘的"徐静意识"了吧？！

实质上，徐静认为我"农民意识越来越重"也好，听不惯我说话、看不惯我的行为举止也好，都是她潜意识里看不惯农村、看不起农民、瞧不上农村出来的青年的一种外在的表现。她自视部队干部子女、资本家小姐的千金，逐渐形成了这样一种高高在上的"小资意识"。

其实，她就生长、学习、工作在城乡接合部的县城，而看不起乡镇的人，也算是五十步笑百步吧！

毛主席的老师杨昌济教授曾说过："中国农村多出英才。"他发现从农村出来的青年毛泽东是一个英才，就果断地把女儿杨开慧嫁给了他。

城里人有城里人的优势，农村出来的人有农村人的优势，能否成才，建功立业，不在于他出身城市还是农村，此所谓"英雄不问出身"之谓也！

徐静以这些鸡毛蒜皮来衡量一个人，而看不到一个人真实的才华和潜能，也算是浅薄得可怜！

徐静的爸爸也是从农村出来当兵闹革命的，身上自然少不了"农民习气"、"农民意识"，如不大注意讲卫生等，徐静对其父亲之所以态度恶劣，是否是嫌她

爸爸"农民意识"太重?!

徐静在"万言书"中又自我吹嘘:"我有一点值得骄傲,我最终总能够坦荡、明确地对待生活,真实地对待人。"

不说别的,她真实地对待过我吗?! 就是这样一个极虚荣、极虚伪,翻手云覆手雨、言而无信、谎话连篇、说谎不眨眼,尖酸刻薄得失去人性的家伙,居然还这样恬不知耻,没有自知之明,把我的大牙又笑掉了几颗!

我在给她的信中说,与班里聪明的同学相比,我这个人不是很聪明。我们班有好几个上海、北京在黑龙江生产建设兵团考来的同学,他们初中毕业就奔赴边疆,1977年恢复高考时,他们学习了几个月就考上了大学,大学毕业后,有的还考上了研究生,也是事实。但在同学们当中,我是学习最刻苦、最勤奋的。这也有一点谦虚的意思,毕竟在高中读书时,我也是班级的尖子生,毕业时六门课程全部优秀,77年高考时,全公社只有我一个人考上了重点大学。

我说我在大一时,学习比较吃力,也主要是指高等数学,其他课程并不吃力。这也说明了,一个人不可能是全才,一个人的才能往往是某方面的。

据资料介绍,钱钟书当年报考清华时,数学得了15分,但他文科成绩却是最高的;爱因斯坦当年上学时,不也是被老师认为是不可救药吗?

徐静就认为我真的是个笨人,很难在专业上取得成功。她不懂:成功是99%的努力,再加一分运气。鲁迅不也是把别人喝咖啡的时间都用来学习和工作的吗?经过四年刻苦的努力,我的毕业论文、毕业设计都获得了优秀的成绩,不就已经充分地证明了这一点吗?

勤能补拙是良训,一份辛劳一份才。一个人的事业能否成功,往往不在于其智力的高低,而在于他是否有远大的理想与信念、勤奋与谦虚、兴趣与自信,是否有坚韧不拔的毅力,这已为无数的人所证实。

徐静在信中还说:"我有缺点,也愿意别人批评,有我认识到错的东西,也尽量克服改正。一个人难能可贵的,不就是知错改错吗?"在"申辩书"中还说:"不管怎样,你的确可以发现我的毛病、缺点,乃至致命的弱点。无论在何种情况下,无论你以何种方式给我指出来,我都是乐于接受的。令人遗憾的是,在我们相处的过程中,你却从来也没有告诫过我。而今天,你在尽一个人的责任时,却带上了浓重的个人恩怨,带上了侮辱的色彩。这是多么低级、狭隘的农民意识!"

真是这样的吗?如果口说无凭,那么就以文字为证吧!

1982年9月14日,我给叔叔、阿姨写了一封被徐静的爸爸认为"写得很好,很有水平"的信,她爸爸把这封信转寄给了徐静,并提醒她"信内有些问题,望你要注意思考"。这封信她想必是看过了。

这封信中，就有"告诫"她的内容，她没有当回事而没有"注意思考"罢了。

我在信中说："我喜欢徐静，尽管她也有缺点，譬如脾气有时暴躁，说话不太注意，有时简直让人下不来台（我婉言提醒她，到单位可要注意说话，有理也让人才行，不要让人下不来台。在家里可以，在学校也可以，在单位绝对不行），有时很任性。但这些我都能忍让她，以后慢慢地可以让她主动改一些。"

1982年9月25日给她的信中有："对于你，我担心的是，你说话太不饶人。对同事、领导，无论如何不能让人下不来台。另一个担心是，对老人的态度。看你在蓬莱，对爸爸、妈妈说话那么不注意，信口就来。昆嵛的妈妈是一句气话、一句不好听的话也不愿意听的。"

这是写在信中的"告诫"，至于当面告诫，迫于她的淫威，尝试了一次就再也不敢了。她对父母的态度非常恶劣，训斥她爸爸："讨厌！讨厌！！讨厌！！！"我实在看不下去，也听不下去，就劝她说："你对老人说话，能不能和气一点？"

好！这一下捅了马蜂窝了，引火烧身了！徐静立即将斗争锋芒转移到我这个出气筒身上，只见徐静女王双眼一瞪，柳眉倒竖，杏目圆睁，一迭声地狮吼："不用你管！不用你管！！不用你管！！！"其音量由800分贝，8000分贝，直达80000分贝，震得屋宇晃动，地球连续抖了三抖，蓬莱阁上的游人们都以为发生了二十四级地震！

这震天惊地的怒吼，把振华这位胆小的人吓得一屁股蹾在地上，仰望着面前这位威仪赫赫的女皇！啊！女皇的极权、尊严是不容挑战的！这惊天动地的怒吼，彻底把我镇住了！从此臣服了，拜倒在女皇的石榴裙下，甘愿为她服务，做女皇的"脚夫"、"男丫环"，更不用说还敢给女皇"告诫"，想造反哪？！

不知徐静作何感想？她就是这样睁着两眼说瞎话，真是没有办法！

我现在也认为，这几条可以说都是她的致命弱点！如果她没有当回事也就算了，如果还有印象，那么"申辩书"中这一段话就是谎言，后面的"这是多么低级、狭隘的农民意识"也就失去了依据而站不住脚了！

常言道："尽信书，不如无书。"

这点道理，徐静也不懂。她算让一些言情小说害惨了。一看《北极光》，她就要当陆芩芩；一看《怎么办》，她就要当薇拉。她看过的少得可怜的几本书，也是生吞活剥，囫囵吞枣，好像猪八戒吃参果，食而不知其味！

陆芩芩，何许人也？她是黑龙江省一位知青女作家于1981年创作的小说《北极光》中的主人公，从小渴望见到北极光。知青返城后，她在工厂里当仪表装配工，已与干部子弟傅云祥领了结婚证，两月后将举行婚礼。她嫌傅云祥一身小市民气，没有理想追求。她在业余大学的日语班上，先是邂逅大学生费渊，向人示爱，热脸碰上了人家的冷屁股；继而又去追求费渊的朋友，一个水暖工曾储，因为曾储有"信念"，志存高远，写了《对我国经济发展的几点建议》，被社会科学院退回。几经接触，陆芩芩"发疯地想去追他"。

这个陆芩芩的偶像曾储又是何许人呢？是个进过监狱，又因打群架而被人打成脑震荡住院的主儿。傅云祥和陆芩芩在照结婚相的过程中，她毅然决然地离开了"她不爱的"傅云祥，冲出了照相馆，投入了曾储的怀抱，似乎看到了那神奇的北极光。

唉！这样一些胡诌八扯的东西，真让人摸不着头脑，抓虱子也不贴铺衬。

一个农村长大的孩子，农场工人、水暖工，没上过一天大学，好高骛远，要"对我国经济发展提几点建议"，这不是笑话吗？与一个工人妄想要当国家总理如出一辙！

子曰："不在其位，不谋其政。"曾子曰："君子思不出其位。"一个农民不琢磨怎么把地种好，一个工人不思考怎么做好工作，而考虑怎么当好厂长，怎么当好县长，这不是很悲哀吗？也是很可笑的！更不要说考虑怎么当好省长、国家总理，考虑应该由中国社会科学院等研究单位研究的国家经济发展问题！这不是痴人说梦吗？太荒唐可笑了！孔子、曾子的话都不对吗？

这就是典型的《镀金时代》里面所说的"盖房子先盖屋顶"的例子，不打好基础，能盖房子吗？能盖起高楼大厦吗?!

像这样不自量力的人，在中国也为数不少。中国科学院数学研究所每年都能收到自称已证明哥德巴赫猜想的稿件，能装两麻袋。而其中有的人，连高等数学都不懂，岂不可悲！

不知道这位知青作家出于什么用意，让一个中学毕业生、水暖工去提《对我国经济发展的几点建议》，是为了显示作者的思想高度和深度吗？而且，这样可笑的人，还成为陆芩芩的偶像。这可能给多少正常的人造成精神混乱，可能把多少怀春的少女送入歧途！

我想给您发走此信后，如果工作上能走得开，就到哈尔滨去，千方百计、想方设法找到陆芩芩，然后把我的大作《怎样当好联合国秘书长》《中美苏三国如何协调发展》《关于世界永久和平之构想》《世界经济发展必须遵循之规则》等论著送给她斧正，这些论著的题目就能让陆芩芩顿生崇拜之情，这比曾储高多少个档次啊！这小伙子太有才了，太有雄心壮志了，太可爱了，"我爱你！"曾储这种废物就将被芩芩"我不爱你"而一脚就踹垃圾桶里了。

得到芩芩小姐的芳心之后，再乘坐"雪龙号"北极探险船，把她带到北极点上，让她再也找不着北，当她在北极点上仰望着绚丽的北极光时，我就已经开船返航了！

陆芩芩女士在北极点上，忘情地欣赏着虚幻的北极光，是再也不想回她讨厌的中国了，也许可爱的北极熊会对她青睐有加的。

陆芩芩被我送到了北极点上，实现了她的理想。

那么，这薇拉又是何方神圣？

说来话长，这薇拉比陆芩芩年长一百多岁，是19世纪中叶俄国彼得堡一个平民家庭里的"掌珠"，"教养很平庸"。

她母亲把她许给了一个军官，并已定了婚。她不爱这个军官，就跟家庭教师、医学院学生罗普霍夫私奔并结婚了。

婚后，他们生活很平静幸福。但由于罗普霍夫忙于工作（革命活动），没有多少时间陪伴薇拉，她感到孤独。而罗普霍夫的同学、也是他最好的朋友吉尔沙诺夫，经常温柔地陪着她去剧院、舞场，这薇拉就移情别恋，又爱上了吉尔沙诺夫。

吉尔沙诺夫也爱上了好朋友的妻子，但他又认为这不道德，就不再登门了。

不可思议的是，深爱着妻子薇拉的罗普霍夫，好像有神经病，违背人类情感地又亲自跑到吉尔沙诺夫那里去，做了很多工作，苦口婆心地把吉尔沙诺夫又请了回来，让他们两人继续黏糊，他就跑到一座桥上上演了一场假自杀的闹剧，然后偷着去了美国。

而这个吉尔沙诺夫也不是什么好东西，他以"修养不相称"为由，抛弃了和他同居两年多的已有肺病的好姑娘，而投入了薇拉的怀抱，并和薇拉结了婚。

若干年后，罗普霍夫从美国回来了，成了美方公司在彼得堡的代理人，又接受了薇拉和吉尔沙诺夫为他介绍的新女朋友而结了婚。婚后两家住在一起，幸福地生活着。

这就是该书作者空想出来的"新人"的故事。就是在人民文学出版社出版的《怎么办》译本序中，也提到："在我们今天看来，车尔尼雪夫斯基的伦理观是有缺点的。"

《怎么办》就是描写了以上的主要感情冲突。

这三个人，我一个也不喜欢。

薇拉和吉尔沙诺夫都伤害了爱自己的人而移情别恋，一点责任感也没有；罗普霍夫深爱自己的妻子，但他为了革命事业，不能改变自己，使自己能够温柔地陪伴、很好地照顾自己的妻子，就把她推给了吉尔沙诺夫，这证明他爱妻子爱得不深。而奇怪的是，罗普霍夫与薇拉结婚四年，感情浓厚，但却没有生育。和吉尔沙诺夫一结婚，薇拉就开始了生儿育女。看来，罗普霍夫是真的有病，而且病得不轻！

怎么办？您收到的那本书，就是徐静寄给我的《怎么办》，让我"认真地读一读，一定会有收益的"。

我在那本书的扉页上写下了："怎么办？我怎么办已经用不着你来指导我怎么办了，至于你怎么办？你愿意怎么办就怎么办好了！"又把《怎么办》寄还了她。

按照《怎么办》的主题要求，虽然我深爱着徐静，但徐静以"性格不合"为由而爱上了"总理先生"，我要主动离开，让他们幸福地生活在一起；然后，再由他们给我介绍一位女朋友而结婚，四人亲如一家，都过着幸福甜蜜的生活。

徐静看了《怎么办》，要当薇拉不要紧，还要我去当假自杀的第一任丈夫罗普霍夫，还要和薇拉的第二任丈夫吉尔沙诺夫成为好朋友。真是胡扯八道，满篇胡言，不知道是什么人瞎编了这么一本违背人类情感和伦理道德的破书！

一查该书作者，是一位名叫车尔尼雪夫斯基的先生，原来他是19世纪俄罗斯的一位著名的空想社会主义者。这就不奇怪了，这本书是他在监狱里空想出来的！

车尔尼雪夫斯基认为，所有的人都是利己主义者，总是选择对自己好处最多或坏处最少的做法，并且把这个当作自己的行为准则。

徐静把我定性为"极端个人主义者"，也就是极端利己主义者！那么，我从"利己"的角度出发，抨击这部空想之书，在实践着作者的主张，作者应该是很高兴的。

看来，徐静看书，食而不化，盲目模仿，而不懂得也没有这水平以批判的眼光来看待一本书。

好的小说，应该源于生活而高于生活。而以虚构的、空想的小说，来指导自己现实的生活，是不切实际的表现，也是很幼稚的，是很可笑的！

大概按徐静的意思，我看了《怎么办》而"有收益"之后，她就可以像林徽因那样，和她的恋人梁思成结婚，而身边还有一个因崇拜她而终身不娶的金岳霖，可惜她没有林徽因那样的才华和魅力！

治疗爱情的灵药当然是结婚。

不过一旦结婚之后，就是中国古代诗人说的，"情到浓时情转薄"了。情薄了，爱情的病自然就没有了。有的，或许就变成无情的伤痛了。

也许徐静女士更像富家小姐陆小曼，王赓娶她王赓倒霉，徐志摩再娶她徐志摩倒霉。

王赓是美国西点军校精英班的五名学员之一。校方对王赓的评价是："完美的学生与极具亲和力的学生，西点军校以他为荣。"他的同学艾森豪威尔，是二次大战欧洲盟军的统帅，并就任美国第三十四届总统。

王赓回国后，与陆小曼成婚，一路青云直上，曾任五省联军总司令。但总司令整天忙于工作，抽不出时间陪妻子，她就爱上了徐志摩。

漂亮的陆小曼与浪漫诗人徐志摩可谓干柴烈火，欲罢不能。陆小曼不择手段、费尽周折，终于与王赓离了婚。这王赓一人坎坷度日，最终郁闷孤独地病逝在海外。

她嫁给徐志摩后，整天花天酒地、灯红酒绿，摆阔气，过着极其奢靡的生活。徐志摩满足不了她这样奢靡生活的高消费，而债台高筑，疲于奔命，兼着几所大学的课程。

要不是她拿起大烟枪就朝徐志摩的脸上扔去，把他戴的近视眼镜砸得粉碎，徐志摩可能还不至于死得这么早、这么惨。

这陆小曼，谁娶她谁倒霉！而徐静也没有陆小曼的漂亮和才华！

试问人间情为何物，直教人生死相许。

有人说，爱情是一种临时性的精神病，这种疾病有时是致命的。可用婚姻来治愈，使患者远离病源也有同样疗效。

也有人说，爱情产生的一瞬间基于这样的事实，女人无力抗拒任何呼唤她受惊灵魂的声音，而男人则无力阻挡任何灵魂正在响应呼唤的女人。

一位叫"兴国"的先生深有感触地说："爱情是什么？爱情就是巧克力，情到浓时就是白色的巧克力，甜甜的，美美的；情到薄时，就是深黑色的巧克力，一点甜味也没有，而且苦涩得很。"

据《21世纪词典》介绍，爱情是人们交谈的首要话题，是珍贵的消费品。人的第一疯狂，人性的最后一道防线。

柏邦妮说："我爱你，就是将我自己交给你，把我自己当成人质交给你。从此，你有伤害我的权利，你有抛弃我的权利，你有冷落我的权利。别的人没有。这个权利，是我亲手给你的。千辛万苦，甘受不辞。"

我以温柔的、极大的容忍和自我牺牲精神，全身心地爱着徐静，忍让着她的所有缺点，甘愿做她的"男丫环"，愿意改正她看不惯的习气，愿为她的虚荣而去拼搏奋斗，用自己的恋爱实践，充分证明了这一理论的正确性。

但是，如果要从这一场恋爱、失恋中吸取教训的话，这教训之一就是：在恋爱中，一定要保持自己的人格尊严，一味地对所爱的人好，往往得不到爱情，却得到轻视和背叛。

有人认为，爱一个人到什么程度，通常是在分手时见分晓，这就是爱情的悖论。

两个恋爱中的人，凡是能够平静分手的，都是爱得不深的人；爱得极深的人的分手，没有不在心灵上留下深深创伤的。

所不同的是，有的人在失恋中颓废、消沉下去了；有的人在失恋的痛苦中清醒而崛起了！

唉！一场轰轰烈烈的恋爱、失恋！我被爱情冲昏了头脑。不听大哥的劝阻，和徐静一起回蓬莱、文登；收到绝交信后，又借钱到六安、南京；回单位后，刚上了几天班，又请假赴蓬莱，像没头的苍蝇，真是昏了头！

一个刚毕业的大学生，到单位工作一年左右的时间，如许折腾，不安心搞好工作，也不知给单位领导和同志们留下了什么印象？

徐静也是，刚到工作单位，因恋爱问题处理不当，又要遭报复，又要遭毁容，整天唉声叹气，闹得沸沸扬扬，搞得"组织"上都知道了，对她的影响和打击也可谓不轻。

可喜可贺的是，我现在已经彻底解脱了！我爱错了人！！她不值得我爱！！！

华夏同志，我算是幸运的，因热恋而疯狂，因失恋而清醒。

现在，爱是烟消云散了，恨也基本消失了。特别是不少兄弟姐妹、同学朋友，知道了事情的经过后，纷纷献言献策，要我吸取教训，面向未来！

我要感谢徐静的是，通过这一年的通信、热恋、失恋，使我变得较为成熟了，尤其是使我确立了自己终生的奋斗目标：成为一名作家。这是最适合我的个性和爱好的一个选择，我决心用毕生的精力，创作一部褒扬真善美，鞭挞假丑恶的长篇小说！

华夏同志，我不知道，除了工作之外，您对徐静有多少了解？

但我想，通过几次鸿雁传书，特别是这封较为理智、真实、有理有据、有分析、有推理、有判断的长信，您可能基本了解了我！

我能算个心地善良的好人吗？像这样一个身高一米七八、体态匀称、气质高雅、面相清秀、皮肤白皙，满头黑发、五官端正，性格温柔、才高志大，具有多方面才华的当代大学毕业生，是否值得一个好姑娘的爱恋？如果贵军有这样的好姑娘，能否给介绍一下？

看了这一段，大概您的大牙也不知笑掉了几颗？还有这样为自己涂脂抹粉的人吗？太好笑了！

其实，这不过是一个失恋的人，一个被他所深爱的人贬低得一钱不值的人，梦醒之后，为了树立自信心，重新走向新的生活，寻觅那棵属于他自己的芳草，自己为自己重塑一个新的形象，自己为自己打气、加油罢了！

我非常喜欢食指的诗《相信未来》：

> 当蜘蛛网无情地查封了我的炉台
> 当灰烬的余烟叹息着贫穷的悲哀
> 我依然固执地铺平失望的灰烬
> 用美丽的雪花写下：相信未来
>
> 当我的紫葡萄化为深秋的露水
> 当我的鲜花依偎在别人的情怀
> 我依然固执地用凝霜的枯藤
> 在凄凉的大地上写下：相信未来

我要用手指那涌向天边的排浪
我要用手掌那托住太阳的大海
摇曳着曙光那枝温暖的笔杆
用孩子的笔体写下：相信未来

朋友，坚定地相信未来吧
相信不屈不挠的努力
相信战胜死亡的年轻
相信未来，热爱生命

我也很喜欢苏东坡《和子由渑池怀旧》这首诗：

人生到处知何似，
应似飞鸿踏雪泥。
泥上偶然留指爪，
鸿飞那复计东西。

　　这"生命卷帙中的一页"虽然翻过去了，但它并不会消失，这是个人成长史的一部分，也是人类社会发展史之沧海一粟。
　　"雁过留声，人过留名。"在雪泥上偶然留下的"指爪"，也是擦不去的。
　　"鸿飞那复计东西"。现在，对徐静无所谓爱亦无所谓恨了，徐静也"不再受蒙蔽"而心无歉疚了，"一清二楚"，恩怨已了，从此分道扬镳，各奔前程吧！
　　再见了，华夏同志，欢迎您来美丽的泉城做客！

王振华
1983年5月20日

2010年正月初一1时10分动笔
2013年2月26日4时10分第一稿（手写稿）完
2013年10月10日1时20分第二稿（打印稿）完
2013年11月11日1时10分第三稿完
2013年12月2日0时30分第四稿完
2014年11月12日校对毕